Para
Salram
con cariño
Xayo
28/10/98

Ladislao Vadas

LA ESENCIA DEL UNIVERSO

**(Título completo de la obra:
LAS MANIFESTACIONES DE
LA ESENCIA DEL UNIVERSO)**

ENSAYO CIENTIFICO FILOSOFICO

Editorial Reflexión
BUENOS AIRES
1991

Del mismo autor:
El origen de las creencias
Editorial Claridad, Buenos Aires
(De próxima aparición)

Significado de la ilustración de tapa:
El Sol es símbolo de luz, vida y conciencia,
puesto que, insertos en la cadena ecológica, vivimos y pensamos gracias a la luz
captada por los vegetales.
El libro recibiendo los rayos solares, que
por reflexión permiten la lectura, significa
el medio ideal para adquirir sabiduría.

Diseño de tapa: Graciela Noemí Cueva

Impreso en Argentina - Printed in Argentine
Queda hecho el depósito que establece la ley 11.723

© 1991 Ladislao Vadas
Editorial Reflexión, Buenos Aires
ISBN: 950-99830-0-4

INDICE

Segunda Parte
EL UNIVERSO

Capítulo IV. LA ESTRUCTURA DEL UNIVERSO DETECTABLE

Capítulo V. LA POSIBLE ESTRUCTURA DEL UNIVERSO
INDETECTABLE

Capítulo VI. EL UNIVERSO COMO UN ETERNO CATACLISMO

Capítulo VII. NUESTRO PLANETA

Tercera Parte
LA VIDA

Capítulo XI. POSIBILIDADES DE VIDA EXTRATERRESTRE

Cuarta Parte
EL HOMBRE

Sección Primera

QUE ES EL HOMBRE

Capítulo XII. EL EPISODIO *"HOMO"*

Sección Segunda

EL MUNDO HUMANO

Sección Tercera

REFLEXIONES ANTROPICAS

Sección Cuarta

EL FUTURO DE LA HUMANIDAD

Dedicado a mi esposa Linda Leonor
y a mis hijos Susana Laura y
Eduardo Gustavo

Prólogo

Este libro, que considero mi obra fundamental, es el resultado de mis perseverantes lecturas, de mis observaciones, experiencias y reflexiones.

Mi punto de partida ha sido la circunstancia de hallarme, como ser consciente, enfrentado conmigo mismo y con mi entorno. De esta confrontación yo-conciencia, yo-entorno, surgen los dos interrogantes capitales de siempre: ¿qué soy yo?, ¿qué es lo que me rodea?

Para hallar las respuestas he acudido a mi propio juicio, pero pronto he llegado a la conclusión de que ninguna de mis respuestas puede ser valedera sin la ayuda de información.

Las personas con quienes he tratado estos temas poco o medianamente ilustradas, ya sea con imaginación propia o influenciadas por diversas creencias inculcadas en la niñez según las culturas, me dan explicaciones poco convincentes, dispares, a veces ingenuas, que por ende no me satisfacen.

El acceso a personas sabias me resulta dificultoso. Entonces encuentro que es únicamente la lectura lo que me permite incursionar en el mundo del conocimiento profundo, pues allí, en los libros, es donde se pueden hallar acumuladas y teorizadas las experiencias de otras personas con inquietudes como las mías.

Me convenzo así que el valor del libro es inconmensurable, pues en la palabra escrita, medio eficaz de información, sistema ideal para la transmisión de la cultura, invento fabuloso, sutil y trascendente que ha precedido en milenios a los adelantos de alta tecnología, es posible leer los pensamientos de los más grandes personajes de la intelectualidad pretérita y actual que ha producido la humanidad.

Así es posible "conversar" con Platón y Aristóteles; conocer los resultados científicos de un investigador genial como Darwin, e incursionar en el mundo fascinante de la relatividad de la mano de Einstein y sus seguidores.

Es en los libros donde es factible conocer la historia de la humanidad y aun su prehistoria; pasear con la imaginación, al compás de la palabra escrita, por el Sol, conocer sus capas, composición, tamaño y temperaturas; visitar los planetas que lo acompañan e incursionar en el universo entero con sus estrellas y galaxias hasta el último quasar. También es posible penetrar en el micromundo de la física nuclear para encontrarse allí con los quarks y otras partículas, y asombrarse con las revelaciones de la física cuántica.

Podemos abarcar mucho más que con otros medios técnicos, como la imagen por ejemplo que, si bien nos puede ofrecer impresiones más vívidas, no nos permite en cambio incursionar en los vericuetos del pensamiento metafísico original y profundo, y posee a mi juicio tan sólo una utilidad complementaria.

En resumen, la lectura nos permite obtener de un modo cómodo, sin complicados artefactos, noticias acerca de todo conocimiento que se desee. Considero que esto es una ventaja, pues aunque mis propias investigaciones me han ayudado, lo cierto es que no me alcanzaría la existencia para indagar por mi cuenta en todo aquello que deseo saber.

Después de tocar diversos temas, pronto me percato de que con respecto al enigma del mundo, la vida y el hombre, las religiones no están acertadas al pretender dar explicaciones precientíficas, frutos de la más pura fantasía puesta al vuelo. Tampoco veo la solución en las diversas corrientes filosóficas aprioristicas que parten de meras especulaciones sin el apoyo de la Ciencia Experimental, con ideas inconsistentes que difieren sobremanera entre sí, y se asemejan muchas a los mitos.

Mi intuición me indica que es sólo la Ciencia la que se aproxima más a la realidad.

Entonces, para entender de algún modo lo que me rodea y comprenderme a mí mismo, me dedico a la tarea de incursionar en las ciencias que considero madres, a saber física, química, biología y astronomía. Más tarde exploro en sus ramas, como por ejemplo bioquímica, paleontología, embriología, anatomía comparada, genética, fisiología, patología, etología, ecología, geología, cosmología, antropología, psicología y otras.

Finalmente llaman mi atención las manifestaciones humanas como la historia, el arte, la religión, la tecnología y también la filosofía en general, esto último abordado con la finalidad de ubicar la posición de cada filósofo en el contexto del conocimiento científico.

Con todo este material a mi alcance, sumado a mis propias observaciones, elaboro esta "visión del mundo" en que consiste mi obra cuyo título completo es: *Las manifestaciones de la esencia del universo*. Este título (que he abreviado por razones prácticas) se descompone según sus significados del siguiente modo: "Las manifestaciones", como lo perceptible, es decir los fenómenos (nosotros, los hechos y objetos del mundo que nos rodea); "de la esencia", que es lo oculto, desconocido, la sustancia que se manifiesta, lo que se halla debajo de todo fenómeno; "del universo", que es el Todo.

Mis temas favoritos son: el origen y naturaleza del mundo, de la vida y del hombre, y el puesto que ocupa éste en el universo. Mis inquietudes han sido reflexionar sobre si existe o no lo espiritual; si hay dos sustancias: espíritu por una parte, materia por la otra, o una sola. Si hay o no (de existir el mundo del espíritu) un alma inmortal, es decir vida más allá de la muerte. Si tiene un sentido la vida. Si puede tener visos de realidad una bienaventuranza en la eternidad. Si existe o no un dios sobrenatural creador y gobernador del mundo. Si es posible, por otra parte, un panteísmo (dios inmanente que se confunde con la materia energía). Si puede existir un más allá sobrenatural o paranormal, esotérico, es decir oculto, y también la magia (denominada magia negra), el milagro, la precognición, la adivinación, la profecía, la telepatía, la premonición, la telequinesia, la predestinación, lo demoníaco, la incursión en nuestro mundo de entes o fuerzas de otros supuestos mundos (o dimensiones), o por el contrario si existe tan sólo "nuestra versión del mundo" que vemos, oímos, detectamos y palpamos. Si hay determinismo fatal o indeterminismo. Si la naturaleza es acaso sabia, o no, por tanto si es consciente y obra con inteligencia, o por el contrario se trata de un ente ciego, inconsciente, que actúa por tanteos al azar. Si las leyes naturales son fijas y eternas, o relativas y variables a lo largo del tiempo. Si existe o no el tiempo y qué es el espacio. Si la vida y la conciencia pueden ser fenómenos comunes en el universo o un caso único producido en la Tierra. Si hay finalismo o es todo producto del azar, y qué es el azar. Si el hombre posee o no libre albedrío y capacidad absoluta para entenderlo todo. Si su sola razón es suficiente para comprender la realidad. Si existen las "verdades eternas". Si puede haber una única moral o varias.

Por último, entre otras cosas, me intrigan las cosmologías, la naturaleza íntima del universo y la del psiquismo y la conciencia, ese fenómeno tan extraño que somos.

Todas las respuestas a las mencionadas inquietudes a que he arribado se hallan en este libro.

He utilizado términos que designan ideas diferentes de su acepción corriente, como por ejemplo *Macrouniverso* y *microuniverso* para nombrar, respectivamente, al universo total —según mi hipótesis— y al universo de los astrónomos compuesto de galaxias, al que pertenecemos con nuestro sistema solar. También introduje el vocablo *Anticosmos* para significar, en sinonimia con Macrouniverso, el verdadero estado caótico del Todo, contrario al clásico y tradicional cosmos: orden aceptado aún hoy por unanimidad.

Lo mismo ocurre con el término *esencia* que posee en mi teoría un significado especial explicado reiterativamente en el texto.

He elaborado mis propias hipótesis con respecto al universo, la vida y el hombre, y en el aspecto antrópico he tratado acerca del mundo humano, sus manifestaciones como las creencias religiosas, el pensar metafísico, la teología, la ciencia, la tecnología y otras.

Luego he hurgado en la escabrosa naturaleza humana para poner al descubierto su faz negativa, señalando el peligro que encierra el hombre para sí mismo.

Finalmente, hay un motivo por el cual me he decidido a escribir esta obra. Existe una causa final por la que he sacado a luz mis ideas: se trata de una propuesta acerca de qué debe hacer el hombre consigo mismo y con su entorno. Una vez dada a conocer mi *concepción del mundo*, y mi interpretación de la existencia del hombre sobre este planeta, viene a continuación —en la Sección Cuarta del plan de la obra— mi solución para el drama existencial, ya que no es otra mi conclusión luego del repaso del acontecer antrópico a lo largo de varios capítulos.

En resumen, en mi paso por esta existencia que considero única, como un fenómeno que se da por única vez, mi intención ha sido dejar algo para la posteridad, y ello es este libro con su objetivo, cuyos dos últimos capítulos en especial constituyen la razón de todo el desarrollo anterior.

Ladislao Vadas

Primera Parte

NUESTRAS PERCEPCIONES Y LA SUSTANCIA UNIVERSAL

Capítulo I
Nuestras percepciones

1. Nuestros sentidos y el cerebro

Nosotros vivimos estrictamente conectados con el medio ambiente. Tanto psíquica como físicamente nos hallamos aplicados al entorno en que estamos inmersos. Dependemos de él, y no sólo de lo que nos rodea inmediatamente, sino también del medio "cósmico" que nos da el "ser".[1]

En efecto, nos movemos no sólo en un océano de aire, sino también entre la fuerza gravitatoria y la al parecer recién descubierta quinta fuerza de la naturaleza;[2] entre los rayos cósmicos, magnetismo terrestre, luz blanca, rayos infrarrojos y ultravioleta, ondas hertzianas y todo el resto del espectro electromagnético; también entre las ondas acústicas, las diferentes temperaturas, la humedad ambiente, etc. Todo esto en el aspecto físico; el biológico lo veremos más adelante cuando tratemos de la vida.

Todo lo que nos rodea, y aun parte de lo que nos llega desde las lejanías del espacio, lo percibimos con nuestros sentidos. También debemos mencionar las propiedades fisicoquímicas de los objetos: emanaciones de la materia, como sabores y olores; estado de dureza, de blandura, de liquidez, gaseiforme de los cuerpos, etc.

Estos contactos sensitivos de nuestro organismo con el medio son estímulos permanentes que nos obligan a responder al entorno. Así, nosotros y el entorno constituimos un sistema.

Estamos íntimamente ligados al medio, tan aplicados a él que a menudo no llegamos a advertir muchos de estos estímulos permanentes.

Pero es el centro receptor el que nos da cuenta del entorno, esto es nuestro cerebro que interpreta de un modo particular todo lo que nos

---

[1] Este término, *ser*, lo empleo provisionalmente. Luego será reemplazado por el vocablo *proceso*.
[2] Según un cable fechado en Washington el 2-8-88 (Agencia Reuter), un equipo internacional de científicos anunció que fueron halladas nuevas pruebas de la existencia de una quinta fuerza de la naturaleza capaz de aumentar la gravedad en distancias cortas.

llega del exterior a través de los órganos de los sentidos, y no sólo eso, también aquello que se genera en nuestro interior. En este último caso, tenemos en el aspecto físico por ejemplo el dolor y el placer que se originan en nuestros tejidos orgánicos, y en el aspecto "psíquico" [3] los estados de ánimo, como tristeza y alegría.

Todo esto por supuesto no pretende ser una lección exacta sobre el mundo físico, percepciones sensoriales y psiquismo; sino una introducción al aproximado entendimiento de las manifestaciones de algo oculto, subyacente en todo fenómeno, tanto en el fenómeno *hombre* como en el fenómeno *mundo exterior*.

Ahora bien, ¿son nuestros sentidos los receptores que con *exacta fidelidad* comunican a nuestro cerebro *lo verdadero* del mundo exterior? Y nuestro cerebro, a su vez, ¿posee la capacidad de captar como *verdadero* lo que proviene de nuestros receptores sensitivos y lo que procede de nuestros propios tejidos internos y también de nuestro mundo psíquico?

Esto último, es decir lo que se origina en nuestro mundo psíquico, parece una seudoimpresión si lo imaginamos ¡captado por el cerebro! Es como si lo psíquico fuese captado por sí mismo. Y, sin embargo, es así en la toma de conciencia de nuestros pensamientos. A veces nos horrorizamos de nuestros propios pensamientos. Es una prueba de que nos captamos a nosotros mismos. Pero esto lo veremos más adelante en el capítulo relativo al psiquismo.

2. Las apariencias

Trataremos ahora de responder a los interrogantes planteados en el punto anterior.

Habíamos indicado, por ejemplo, que ciertos cuerpos se nos oponen por su dureza o permiten su manipulación en virtud de su blandura. Así es como podemos hablar de sólidos, semisólidos, líquidos y gases. También de sensaciones como el color, las propiedades de las sustancias para su identificación, calor, frío, electricidad, prurito, dolor, etc.

¿Realmente existen los colores, las características y propiedades inconfundibles para identificar elementos químicos, el calor, el frío, la sensación eléctrica, el prurito, el dolor, etc., como "cosas" según nuestro concepto, pero como si estuviesen fuera de nuestro sistema sentidos-cerebro? ¡En absoluto! Son nuestros sentidos y nuestro cerebro en consuno los que elaboran esas "cosas" o más bien, ahora, *apariencias*.

El color, por ejemplo, no se halla en los objetos, pero tampoco en la

---

[3] Más adelante veremos que "lo psíquico" es también físico.

luz. La física nos enseña que determinado color es una onda de determinada longitud. En realidad es una sensación originada por la interacción física entre la vibración fotónica, nuestra retina, el nervio óptico y el área visual de la corteza occipital de nuestro cerebro. De este conjunto de procesos físicos (o si se quiere fisicoquímicos) [4] surgen los colores que tiñen nuestro mundo exterior. Luego, como la luz blanca es una mezcla de colores sólo para nosotros, dicha luz existe únicamente *para el ojo que la "puede ver"*, y no en sí como fenómeno cosificado, como entidad concreta. (De ahí el absurdo de afirmar, por ejemplo, desde el ámbito mítico: "Y se hizo la luz" [Génesis 1:3], cuando no había ojos para verla.)

Los elementos químicos también nos pueden engañar en su apariencia exterior en virtud de su alotropía. Hay fósforo blanco, rojo, violeta y negro o metálico. El elemento fósforo blanco despide olor aliáceo, mientras que el rojo es inodoro. El blanco se oxida y es venenoso, y el rojo no se oxida ni es venenoso, pero todos son el mismo elemento. El carbono es otro ejemplo de alotropía. Se puede presentar como diamante, grafito y carbono amorfo. El diamante es un cristal transparente, el grafito una sustancia negra brillante, blanda y untuosa al tacto, mientras que el carbono amorfo posee apariencia de una masa porosa. Cuesta creer que se trata en los tres casos del elemento carbono.

Lo sólido, como otro ejemplo, no se halla más que en nuestra imaginación. Es tan sólo un concepto o más bien una apariencia. Veamos. ¿Qué nos enseña la física nuclear? Que el átomo se compone casi todo él de vacío, de modo que un cubo metálico de un metro de arista puede ser comprimido al volumen de una esferita comparable con un punto, una vez eliminado su espacio vacío. Esto significa que lo que tomamos por bloque sólido, como algo concreto y material en sus dimensiones, es en realidad casi un puro vacío. Lo mismo, los líquidos y gases. ¿A qué podría ser reducida entonces la Tierra en su corteza sólida, su capa líquida (océanos y mares), su magma interior y su capa atmosférica? A una bolita en el espacio, con una masa de casi 6000 trillones de toneladas. Lo que antes presentaba un volumen de más de un billón de kilómetros cúbicos (1.083.320.000.000),[5] una vez quitado el vacío se reduce a un cuerpo insignificante. Por algo se dice que la Tierra es transparente para los neutrinos que la atraviesan.[6]

Por su parte, las sensaciones lumínicas, de oscuridad, acústicas, eléctricas, de calor, de frío, dolor, placer, tacto, olfatorias, gustativas, de "lo arriba", de "lo abajo", de "inmovilidad" de la Tierra, de "movimiento" del

---

[4] Más adelante veremos que aun todos los procesos químicos, bioquímicos y psíquicos se reducen a pura física.
[5] Véase L. Rudaux y C. de Vaucouleurs, *Astronomía*, Barcelona, Labor, 1962, pág. 100.
[6] Véase Carl Sagan, *Cosmos*, Barcelona, Planeta, 1983, pág. 230.

Sol y de todos los demás astros, etc., son todas apariencias.

Si fuéramos ciegos, entonces la luz que nos hace ver los objetos no existiría para nosotros. La oscuridad es una "creación" mental no intencional, porque aun con un exterior bañado de luz ultravioleta o infrarroja y órganos adecuados, podríamos ver el mundo en ausencia de luz de la porción del espectro visible con ojos normales.

Sin atmósfera planetaria seríamos sordos.

Las sensaciones eléctricas que recorren nuestro cuerpo al ponernos accidentalmente en contacto con una fuente de esa energía, consisten en movimiento electrónico que nos hace experimentar un efecto desagradable. Es un proceso físico que se nos añade y nos resulta molesto. Lo aparente es creer que algo venido de fuera nos sacude, como si fuese un cuerpo que nos atravesara, cuando son nuestros propios átomos, nuestras moléculas, nuestras células lo que se agita ante el flujo energético.

En las sensaciones táctiles de calor y frío es "como si algún fluido penetrara en nosotros o saliera de nuestro interior", pero en realidad no entra ni sale "calor", ni absorbemos "frío", sino que son nuestras moléculas componentes que inducidas se mueven más a prisa o con más lentitud.[7] El calor que experimentamos al sumergir nuestras manos en agua caliente, por ejemplo, se produce por conducción, es decir por "contagio" de la agitación molecular desde el líquido a nuestras manos.

En otro caso, cuando decimos que "estamos tomando frío" a la intemperie, en realidad no es que se introduzca "frío" en nuestro cuerpo, como si aquel fuese una entidad física, sino que es la pérdida de calor lo que nos da la sensación de que estamos "absorbiendo" frío.

Sólo el calor radiante (rayos infrarrojos) es absorbido por nuestro cuerpo y agita nuestras moléculas y podemos decir relativamente que "entra en nosotros".

No es verdad, entonces, que por contacto el calor o el frío nos invadan como si fuesen cosas venidas del exterior, añadidas a nuestro cuerpo, que aumenten nuestro volumen orgánico, porque no hay entes "calor" ni "frío", sino que se trata en todos los casos de *procesos físicos* que se cumplen en nuestro organismo en íntima dependencia e influencia del cambiante medio ambiente.

El dolor y el placer sensitivo son formas cerebrales de percibir fenómenos que nos señalan una disfunción biológica en el primer caso, y una excitación agradable de nuestros tejidos en el segundo. No existe un ente "dolor" y un ente "placer" sino dos *procesos* biofísicos que nuestro cerebro capta e interpreta a su manera. De modo que el proceso "dolor" se torna desagradable, mientras que el proceso placer se traduce en deleite.

[7] Véase H. E. White, *Física moderna universitaria*, México, UTEHA, 1965, pág. 231.

Lo notable, quizás asombroso para muchos, es que podría ser a la inversa. El placer un dolor y éste un placer, si nuestra constitución y fisiología psicofísica fuese distinta. Pero el dolor es un aviso de que algo anda mal en nuestro organismo y se constituye en un proceso útil a nuestra supervivencia.

El tacto, por su parte, como ya vimos, nos engaña haciéndonos creer en lo sólido o líquido continuo, por ejemplo como algo que "llena" u "ocupa" un espacio, cuando la física nos dice que ello es casi todo espacio vacío.

Las pequeñas partículas que emanan de la materia son interpretadas por nuestro olfato y cerebro como olores aromáticos o hediondos, por ejemplo, Lo propio ocurre con nuestras células gustativas que transforman en dulce, salado, amargo y agrio lo que en sí mismo no es tal.

"Lo arriba" y "lo abajo" no existen, porque lo que para nosotros es "lo alto" como el Sol en el cenit, para nuestros antípodas es "lo que está abajo".

La aparente inmovilidad de la Tierra fue lo que engañó a los observadores del pasado que creyeron durante siglos que todos los astros giraban alrededor de ella.

El Sol que nace en el Este, a nuestra derecha si miramos hacia el Norte, se halla en el mismo lugar que "el Sol" que aparece ocultándose en el Oeste, a nuestra izquierda en el ocaso. Aparentemente se ha movido por el cielo mientras que en realidad somos nosotros los que hemos girado.

Infinitas e indescriptibles son las apariencias que nacen de la interacción mundo-sentidos-cerebro y, por tanto, no las podemos señalar aquí. Baste lo ejemplificado para comprender en qué clase de mundo nos movemos. Un "mundo" sui géneris que dista sobremanera de ser el real mundo en sí. Debemos hablar entonces de un mundo originado en la relación psique-entorno.

3. Formas, seres y procesos

A las formas como figuras o determinaciones exteriores de la materia, los filósofos les suelen llamar seres. Para un escolástico, por ejemplo, hay "seres" o nada. Luego son capaces de afirmar "con justa razón" que de la nada no puede surgir algo por sí solo.

Más adelante cuestionaremos la nada y el vacío (véase cap. II, 7).[8] Por

---

[8] Puesto que la numeración de todos los capítulos es corrida y los temas de este libro se hallan relacionados entre sí, de ahora en adelante el significado de las referencias a capítulos anteriores y posteriores será el siguiente: por ejemplo "Véase cap. X, 8"

el momento se hace necesario desprendernos de la engañosa idea de la nada frente a las formas.

Debemos decir que la *nada* no existe y que jamás existió, como tampoco los *seres* con sus formas (tampoco existen los seres abstractos y los espirituales, como veremos más adelante en el capítulo XIV).

Esto parece absurdo. Decir que los seres no existen es borrar toda existencia, el mundo mismo. Sin embargo, si observamos atentamente pronto nos daremos cuenta de que los seres concretos sólo existen en nuestra mente en cuanto pensados, mientras pensamos en ellos.

No obstante, el mundo exterior a la mente existe. Esta ahí rodeándonos e influyéndonos. Más aún, formamos parte del mundo.

¿Cómo conciliar esto sin borrar de un plumazo el mundo exterior?

Aquí se hace necesaria la introducción de otro concepto: el de *proceso*. ¿Qué es proceso? El diccionario lo define como "conjunto de fases sucesivas de un fenómeno", o como "una concatenación cualquiera de hechos". Luego para mí los *seres* físicos no existen, pues al constituir una concatenación de hechos se trata de procesos. Hay procesos y no seres orgánicos, por ejemplo. Incluso un trozo de roca es algo que "está sucediendo". No se trata de algo estático "colocado ahí" como objeto inerte, porque sus átomos componentes vibran y las influencias del ambiente telúrico-cósmico hacen que ese trozo de materia se comporte como "roca".

Más tarde veremos los procesos en general más ampliamente (véase cap. III, 10). Ahora podemos adelantar una división de lo que se denomina seres: los "seres" llamados materiales, como objetos físicos y los vivientes, y los "seres" que tan sólo existen en la mente humana en tanto son concebidos, como los abstractos, los fabulosos, los "espirituales", etc. Pero los segundos son producidos a su vez por un proceso, el psíquico, como luego veremos.

Repito, no hay *seres* sino *procesos*.

Nosotros estamos sucediendo porque debajo de la apariencia, de nuestra forma, existe un proceso bioenergético situado entre una estrella (nuestro Sol) y un planeta (la Tierra). Somos un suceso, una concatenación de hechos físico-químico-biológico-psíquicos.

Nuestras percepciones de las formas nos hacen creer que hay seres, cuando en realidad detrás de esas cosas se ocultan los sucesos que, en concatenación, constituyen los *procesos*.

4. Otras formas posibles de percepción y concepción del mundo

Además, nuestras percepciones son relativas. Poseemos un modo particular de percibir las cosas (procesos), uno entre múltiples otros también

---

significa: véase capítulo décimo, punto ocho. Para ubicar la página bastará consultar el índice general.

posibles (para otras supuestas formas de vida, por ejemplo). Apreciamos las cosas en macro para lo microscópico (los conjuntos moleculares) y en micro para lo macroscópico (los astros).

Nuestro entorno podría ser totalmente distinto si poseyéramos otros órganos sensoriales. El mundo que acostumbramos a ver, oír, palpar, oler y saborear y a veces disfrutar en su belleza, se nos tornaría irreconocible, entonces. Creeríamos hallarnos en otro ambiente totalmente disímil del telúrico.

Como paradigma supongamos que nuestros sentidos se hallaran trastocados o trastrocados.

Figurémonos con poderes sensitivos para detectar las ondas hertzianas que se utilizan en la radiodifusión; también, provistos de una visión adaptativa telescópica y microscópica para ver los objetos, esto es equipados de un mecanismo, especie de "zoom", con capacidad de observar tanto el mundo microscópico, como los objetos distantes incluidos los astros, mediante el acercamiento de la imagen.

Si pudiéramos también ver con luz infrarroja, ultravioleta y con rayos X; "oír" los olores, esto es percibir las emanaciones de la materia como si fueran sonidos; "oler" las ondas acústicas, aún los ultrasonidos; percibir el magnetismo o detectar otras formas de energía vedadas, y por ende desconocidas para nosotros, que nos permitieran ver a través de los cuerpos opacos (paredes, seres vivos, suelo hasta cierta profundidad, etc.) aun de noche, ¿cómo sería el mundo para nosotros?

Si a estas exóticas percepciones del mundo sumamos una forma distinta de concebir las cosas mediante un cerebro totalmente diferente del nuestro, ¿qué quedaría entonces de nuestro mundo?

Pueden darse tres casos, por ejemplo un cerebro como el nuestro en conexión con otros sentidos diferentes; un cerebro distinto ligado a nuestros propios sentidos; un cerebro diferente que percibe "el mundo" con órganos de los sentidos también diferentes de los nuestros. Y esto no es todo. Es posible concebir múltiples cerebros diferentes entre sí como también múltiples sentidos no señalados aquí, quizá muchos de ellos inimaginables.

Si mi cerebro me garantizara que todas mis percepciones son duplicadas, nadie me podría persuadir de lo contrario, y sin embargo yo sería el colmo de la equivocación con respecto a los demás. Basta con cruzar los dedos de nuestras manos y palpar sin mirar un objeto, como un lápiz, para percibirlo como doble.

Entre los animales de la Tierra, sin ir más lejos, poseemos algunos ejemplos de percepciones exóticas para nuestra naturaleza humana. Así conocemos que la abeja ve con luz ultravioleta mientras que el color rojo lo distingue como una tonalidad del negro;[9] el perro oye ultrasonidos y

---

[9] Véase Karl von Frisch, *La vida de las abejas*, Barcelona, Labor, 1957, pág. 103.

vive en un mundo de olores vedado para nuestras células olfatorias; el murciélago se guía en la oscuridad por el eco de sus ultrasonidos emitidos; los cetáceos se comunican a distancias muy grandes a través del agua, y los ofidios crotálidos detectan presas de sangre caliente sin verlas, mediante unos órganos sensibles al calor situados en la cabeza. Pero todos estos ejemplos y muchos más que podemos extraer de nuestra fauna no son más que un pálido reflejo de las posibilidades antes señaladas y de otras aún más extravagantes.

La ciencia nos da cuenta de la existencia de otro mundo además del percibido por nuestros limitados sentidos. El mundo microscópico es fabuloso, tanto en cuanto a los seres vivientes que lo habitan (microorganismos), como a las partículas físicas (moléculas, átomos, elementos subnucleares, etc.). Fabuloso y complejo.

También en el campo astronómico la ciencia nos ha ampliado el mundo hasta las galaxias y quasars que se hallan entre 10.000 y 15.000 millones de años luz. Nuestro entorno se ha microminiaturizado por una parte y macrodimensionado por la otra.

Pero todo esto es pobre comparado con las posibilidades de que hablamos al principio de este punto.

El mundo es, entonces, de múltiples formas según los órganos perceptores de su existencia, y según el centro receptor (cerebro) y su manera de recibir y concebir el mensaje exterior.

5. La relatividad, lo pequeño y lo grande

También puede ser un engaño nuestra percepción de las dimensiones. El universo nos parece de una inmensidad inconcebible. Un átomo, por otra parte, en el otro extremo dimensional, nos parece inconcebiblemente pequeño. Empero, ¿el átomo no puede ser a su vez un universo? ¿Cómo?

Si nos imaginamos pequeñísimos, capaces de "ocupar un lugar" en un barión como el protón, por ejemplo, mucho más pequeño que un electrón, separado por una inmensa distancia de las capas orbitales electrónicas, ¿se nos figuraría ese átomo como un universo? ¿Nos impresionaría de manera parecida a como vemos nuestra bóveda celeste? ¿Y así sucesivamente si continuamos incursionando en la mayor y gradual pequeñez, sin límites? ¿Podríamos ir hacia lo infinitamente pequeño sin dejar de concebir un universo en cada nivel gradual cada vez menor?

Sumámonos en el asombro de las modernas especulaciones astrofísicas relativistas. Supongamos una zona del espacio cósmico donde exista una potentísima fuerza gravitatoria; imaginemos una masa grande que se contraiga hasta el punto en que la velocidad de escape se iguale con la velocidad de la luz, para alcanzar el denominado "radio de

Schwarzschild" (en honor del astrónomo alemán Karl Schwarzschild [1873-1916], de la Universidad de Gotinga) de modo que ni los fotones puedan escapar de esa región. (Esto sería un *agujero negro* de tipo Schwarzschild.)

Para un observador situado fuera del sistema, la aproximación de una hipotética nave espacial a la masa en contracción presentará cierta apariencia. En la medida en que dicha nave se acercara al mencionado radio gravitatorio, los procesos presenciados en su totalidad irán extendiéndose en el tiempo indefinidamente. Sin embargo, para el sujeto que se halle en el interior de la nave, todos los procesos se cumplirán normalmente según la escala común de tiempo.

Pero una vez alcanzado el radio gravitatorio de marras, sucederán hechos extraños, pues mientras que él o los ocupantes de la nave se aproximaran al centro del agujero negro en un determinado período de tiempo, el observador exterior no notaría nada en absoluto, ni siquiera el alcance de dicho radio pues para él los acontecimientos se "habrán congelado" por causa de la dilatación del tiempo. Una vez alcanzado el centro, todo haría suponer que los astronautas habrían perecido. No obstante, hay especulaciones fundamentadas en modelos de contracción de grandes masas con cargas eléctricas que permiten suponer que podrían conservarse vivos. En este caso, igualmente tanto la masa como la nave y sus ocupantes se contraerían dentro del radio gravitatorio. Se calcula que esta contracción se detendría en algún momento, para luego invertirse el proceso y transformarse en una expansión, sin poder conjeturarse ciertamente hacia dónde regresarían los astronautas. ¿Tal vez podrían caer hacia otro universo? Todo esto según especulaciones de los físicos como Sajarov y Novikov.[10]

Es posible que nuestro universo se encuentre aislado en relación con otros "universos" en lo relativo al pasado absoluto o al futuro absoluto, según nuestro punto de vista. Por ejemplo, Sajarov "supone que hay una infinita multitud de espacios separados entre sí por tiempos infinitamente grandes".[11] De este modo serían posibles los traspasos de naves espaciales de una referencia espacio-tiempo a otra, esto es, por ejemplo, a través de agujeros negros y blancos.

¿Pura fantasía de los astrofísicos? ¿Por ejemplo cómo podemos negar categóricamente la posibilidad de estar achicándonos o agrandándonos con nuestro entorno, guardando la proporcionalidad de las distancias tanto de nuestros átomos, moléculas, células, planeta, Sol, galaxia, como de las distancias interplanetarias, interestelares e intergalácticas?

Si el universo se achicara y en igual proporción el Sol, la Tierra y

[10] Véase Carl Sagan, *Comunicación con inteligencias extraterrestres*, Barcelona. Planeta, 1980, pág. 192.
[11] Véase en nota 10, *obra citada*, pág. 194.

nuestro cuerpo, o ... viceversa todo se agrandara proporcionalmente, ¿cómo lo notaríamos?

No sabemos en qué escala nos encontramos, si nos estamos comprimiendo o expandiendo, y nada nos autoriza a negar estas posibilidades tildándolas de fantasiosas. Hoy podemos ser fabulosamente pequeños, mañana tremendamente grandes sin notarlo.

Muchas cosas no las podemos conocer porque nos son vedadas.

6. Posibles versiones del mundo provisionalmente vedadas a nuestras percepciones

Además de las múltiples formas de percibir el mundo por intermedio de las mismas manifestaciones que inciden en nuestros órganos de los sentidos, aun las ampliadas o detectadas por nuestro instrumental científico como microscopio, telescopio, radiotelescopio, espectrómetro, contador de radiactividad, electroscopio, fotografía infrarroja o ultravioleta, acelerador de partículas, etc., es posible concebir versiones del mundo vedadas para nuestras percepciones.

Pueden existir formas de energía insospechadas que ningún instrumental técnico logró captar hasta el presente. Quizá se lo logre en el futuro. Ya hay atisbos de la existencia de una quinta fuerza de la naturaleza, además de la gravitación universal, el magnetismo, la fuerza fuerte (que impide la desintegración de los núcleos de los átomos) y la fuerza débil (que provoca la desintegración de algunos átomos), según he señalado al comienzo de este capítulo.

Pueden haber aun una sexta, séptima... fuerzas o manifestaciones indetectables, así como distintas e insospechadas facetas de las ya conocidas que irán revelando los artefactos técnicos como los aceleradores de partículas (Tevatrón, LEP [*Large Electron Positron ring*], y otros).

Mediante los aceleradores se ha detectado, por ejemplo, la "antimateria" (el antiprotón, el antineutrón y el positrón) que sería una versión de la materia, de la clásica materia pero en este caso espejada. Esta antimateria con su consecuencia, llamémosle "antienergía", se añade a las dos versiones tradicionales, a saber, la materia como forma de la energía, y la energía como forma de la materia, duplicándolas para dar origen a una nueva rama de la física, la *antifísica*.

Este es un mundo realmente enigmático, donde un trozo metálico (materia) puede transformarse de pronto en energía (luz, magnetismo, radiactividad, etc.) y a su vez, estas formas energéticas transmutarse en materia. Máxime si añadimos a todo esto las antipartículas que cuando chocan con las partículas, se aniquilan mutuamente para producir otras formas de energía. (Por ejemplo, en la "cámara de burbujas" se ha podido fotografiar la captura de un antiprotón por un protón con aniquilación de ambas partículas y la producción de cuatro pares de mesones.[12] (Esto lo veremos con mayor lujo de detalles en el capítulo siguiente.)

¿Qué significa todo esto? Que muy poco sabemos aún acerca de la materia-energía.

Por lo tanto es indudable que deben existir múltiples versiones del mundo, por el momento vedadas a nuestros sentidos e instrumental.[13]

---

[12] Véase Harvey E. White, *Física moderna universitaria*, México, UTEHA, 1965, pág. 769.
[13] Véase Ladislao Vadas, *El Universo y sus manifestaciones*, Buenos Aires, Sapiencia, 1983, 1ª Parte, cap. I.

Capítulo II
La sustancia o esencia universal

1. Las partículas subnucleares

No obstante el hecho de hallarnos aún lejos de conocer y comprender lo más íntimo de la materia, es necesario volver a considerar las experiencias que tratan de desmenuzar el átomo, la hasta hace poco "última partícula". La física se vale para ello de los aceleradores de partículas ya mencionados en el capítulo anterior. Estos artefactos, nacidos hace unos 50 años, han proliferado en esta segunda mitad del siglo, y es posible ver cómo se añaden nuevas unidades con técnicas perfeccionadas y dimensiones antes poco soñadas. Su misión es acelerar con campos eléctricos y magnéticos las partículas subatómicas para hacerlas colisionar con la materia a fin de desmenuzar los átomos en sus más sutiles componentes, "creando" así innúmeras subpartículas. Podemos mencionar entre ellos el ciclotrón, el sincrociclotrón (ciclotrón de frecuencia modulada), el betatrón y el sincrotrón para la aceleración de electrones, el sincrotrón para protones con sus modelos, el cosmotrón y el bevatrón (con una pista de 115 m), el poderoso y gigante Tevatrón de siete kilómetros de circunferencia y el supergigante LEP con un perímetro de 27 kilómetros.[1]

Allí es donde se produce la denominada en física nuclear *transmutación de los elementos*. Por ejemplo, cuando son utilizados protones y deuterones de gran energía para bombardear distintos elementos conocidos, se forman diversos productos de desintegración. Estos eventos son registrados en detectores tales como el *contador de centelleo*, la *cámara de niebla*, la *cámara de ionización* y la *de burbujas*.

Esta técnica fue la que borró definitivamente la imagen de aquel clásico átomo de Rutherford, perfeccionado por Bohr, que se asemejaba a un

[1] Para conocer las descripciones y esquemas acerca de los aceleradores: véase Irving Kaplan, *Física nuclear*, Madrid, Aguilar, 1970, cap. 21.

sistema solar en miniatura: los electrones (cual planetas) orbitando un núcleo formado de neutrones y protones (el Sol), como últimos componentes de la materia (aunque ya se sospechaba la existencia del neutrino, la "fantasmal" subpartícula). Pronto, ante la azorada mirada de los físicos comenzó a desfilar una serie de partículas elementales, productos de las colisiones, tales como Ξ (xi o cascada), Σ (sigma), Δ (delta), Ω (omega negativa) y Λ (lambda) entre los *bariones* (familia de partículas pesadas); π (pi o piones), κ (kappa o kaones), ρ (ro), Υ (ypsilon) y Ψ/J (psi/J) entre los *mesones* (partículas medias), y μ (muón), τ (tauón) y neutrino entre los *leptones* (familia de partículas ligeras).

También existe una clasificación que agrupa a la mayor parte de las partículas que intervienen en las interacciones nucleares fuertes en *hadrones*.

A esta serie debemos añadir las antipartículas tales como el antiprotón, antineutrón, positrón, antineutrino, antimuón, etc.

Pero esto no fue todo, pues con nuevas técnicas, el asombro de los físicos subió de punto al encontrarse cara a cara con nuevos fenómenos que se sumaron a los ya conocidos y que obligaron a ordenar toda esa maraña de complicadas fuerzas e inconcebibles partículas. Entonces se comenzó a teorizar sobre los *quarks* como hipotéticas partículas elementales necesarias para interpretar los resultados de las experiencias con los aceleradores. Así nacieron los diversos tipos de *quarks* en número de 6, con sus "sabores" y "colores" (según la jerga de los físicos de partículas), bautizados con los curiosos nombres de *up* (arriba), *down* (abajo), *strange* (extraño), *charm* (encanto), *beauty* (belleza) o *bottom* (fondo) y *top* (cima) o *truth* (verdad). Cada uno con su respectivo *antiquark*.

Esto significa que los protones (que se creían indivisibles), neutrones y otros bariones y los mesones, están en realidad constituidos de partículas más pequeñas (quarks) unidas a otras partículas también hipotéticas denominadas *gluones*, que se interpretan como elementos que interactúan consigno mismos y con los *quarks*.

Hoy se conocen más partículas descubiertas como la W y la Z que fueron predichas por los físicos y la serie no parece tener término. ¿Qué ocurrirá en el futuro próximo cuando entren en funcionamiento aceleradores de partículas más poderosos y perfeccionados que los de la actualidad? Por ejemplo, en un reciente informe periodístico se habla del proyecto del SSC (*Superconducting Super Collider*), veinte veces más poderoso que el Tevatrón y superior al LEP. Allí la materia (protones) y la antimateria (antiprotones) recorrerá un anillo de unos 85 o 90 kilómetros, antes de colisionar.[2]

La concreción de este proyecto es ansiosamente esperada por los

---

[2] Según un informe aparecido en *L'Express* de París (8-89).

físicos, quienes piensan que con esta técnica se podrán desentrañar finalmente los secretos de la composición última de la materia energía.

¿Cuáles serán los resultados cuando la energía de las partículas aceleradas alcance un billón de electrón-volts y cuando cada segundo se produzcan 50.000 colisiones? ¿Será todo lo que detectan los actuales aceleradores tan sólo una ilusión? ¿Cómo es posible que la serie de transmutaciones de las partículas nucleares se haga interminable?

Veamos como paradigma los eventos naturales que es posible fotografiar, por ejemplo en una cámara de niebla durante la desintegración de un mesón, partícula presente en los rayos cósmicos, con una masa centenares de veces mayor que la de un electrón, aunque mucho más ligera que un protón.

Un *mesón* se desintegra espontáneamente en una partícula cargada llamada *muón* y en una partícula neutra sin masa denominada neutrino. El muón cargado a su vez se desintegra con una vida media de 2×10^{-6} seg, en un electrón y dos neutrinos (un neutrino y un antineutrino).[3]

En una cámara de burbujas de hidrógeno líquido se ha podido observar una estrella *pi mesónica* (compuesta de cuatro pares de mesones) producida por la captura de un antiprotón por un protón con aniquilación de ambos.

En otra experiencia registrada en el mismo tipo de cámara se ha podido fotografiar una serie de eventos relacionados que engloban 14 partículas a saber:

Una de las partículas *pi* de alta energía interactúa con un protón. Esta acción mutua fuerte, genera dos partículas: una *sigma* negativa y una *kappa* positiva. La partícula *sigma* decae en una *pi* negativa y un neutrón, mientras la *kappa* positiva se desintegra en una *pi* positiva y dos *pi* neutras. La *pi* positiva decae en un *muón* positivo y un neutrino, y por último el *muón* en un *positrón,* un neutrino y un antineutrino.[4]

En otra fotografía registrada en el CERN (Centro Europeo para la Investigación Nuclear) también se ha podido observar la producción de un par de *quarks* a partir de un choque a altas energías entre un protón y un antiprotón.

¿Qué es todo esto expresado en un lenguaje tan extraño para el lego? ¿Acaso magia?

En efecto, parece ser que un objeto se transfigura en otro y éste a su vez se desdobla en otros, en una desconcertante seguidilla de eventos.

¿Cuál es entonces la partícula más íntima de la materia, si es que

[3] Véase Harvey E. White, *Física moderna universitaria,* México, UTEHA, 1965, pág. 686.
[4] Véase en nota 3, *obra citada,* págs. 771 y 772.
Aunque todo esto pasará a la historia de la microfísica y será ampliado con nuevas experiencias, es lo que hoy por hoy puedo mencionar como adelanto, sin que ello vaya en desmedro de lo esencial a lo cual me dirijo.

existe, puesto que podemos sospechar que aun el quark puede ser divisible?

¿Existe realmente la tan buscada partícula elemental última o habrá que concebir otra cosa?

2. La posible no identidad de las supuestas últimas partículas

Todo lo percibido mediante la técnica descrita en el punto anterior parece ser reductible a pura matemática, esto es a una exactitud matemática. ¿Es en realidad factible tal reducción? Por mi parte lo dudo y sobremanera, y no solamente por la imprecisión de las mediciones, sino también por mi sospecha de que la intimidad de la materia-energía es de naturaleza relativa, indeterminable, esto es jamás inteligible, clara, sin confusión. Para demostrarlo, ¿podría servirnos el denominado *principio de incertidumbre* de Heisenberg según el cual, tratándose de partículas de magnitud atómica elemental, es imposible, en principio, determinar al mismo tiempo la posición y la cantidad de movimiento (el producto de la masa por la velocidad) con perfecta precisión? Si un experimento está proyectado para medir una de esas magnitudes exactamente, la otra se volverá indeterminada, y viceversa. En otras palabras, significa que alternadamente se puede retener el control sobre el movimiento de una partícula subatómica a costa de una gran inseguridad sobre su posición. O a la inversa, se puede medir con precisión su localización a costa de introducir una perturbación aleatoria y totalmente indeterminable en su movimiento.

Sin embargo, este principio de incertidumbre, llamado también de indeterminación, muchas veces mal interpretado y exagerado en sus consecuencias por algunos, en realidad debe ser considerado en parte como una limitación técnica, pues en el estudio del comportamiento de las partículas existe una relación objeto-aparato, una influencia por parte de la técnica de observación sobre las partículas que se están estudiando, que hace que las dos experiencias sean relativas.

Se trata de una perturbación que el propio observador introduce en el objeto observado.

Leamos lo que escribe Harvey E. White en su obra *Física moderna universitaria:* "Algunos filósofos afirman que el principio de incertidumbre es uno de los más profundos principios de la naturaleza. Los físicos, por su parte, se inclinan a creer que es una expresión de nuestra ineptitud, por ahora, para formular una teoría mejor de la radiación y de la materia".[5]

---

[5] Véase Harvey E. White, *Física moderna universitaria*, México, UTEHA, 1965, págs. 630/31.

Veamos también lo que dice Mario Bunge en su obra *Causalidad:*

El principio de incertidumbre de Heisenberg no es considerado como una limitación inherente a la precisión, sino *una limitación técnica* que procede de la *interacción objetiva objeto-aparato, cuya intensidad debiera ser en principio calculable con la ayuda de una teoría más detallada.* Además, la interpretación de Broglie-Bohm brinda una explicación causal de las fluctuaciones mecánicas cuánticas de las trayectorias de las "partículas" de escala atómica, variaciones que antes se consideraban inherentemente fortuitas y por ello individualmente impredictibles en principio. La ecuación newtoniana del movimiento se restablece en una forma generalizada y nos permite en principio predecir con exactitud la trayectoria de la "partícula"; además de la fuerza externa ordinaria, aparece en la fórmula de aceleración una fuerza nueva, interior, dependiente del campo "psi" (Ψ), y esta fuerza cuántica explica las desviaciones respecto de las trayectorias clásicas.[6]

Pero no obstante todo esto, según mi punto de vista, pueden tener cierta razón tanto aquellos que adhieren a la idea de que el principio de incertidumbre es uno de los más profundos de la naturaleza, como los físicos que se inclinan a pensar que se trata tan sólo de una ineptitud provisional para medir ciertas magnitudes en el ámbito de la microfísica.

¿Cómo conciliar ambas posiciones? Muy sencillo. Este principio nos indica que todo se influencia, que todo es relativo.

En efecto, puesto que, si cada partícula de las 10^{80} (un uno seguido de ochenta ceros) que componen nuestro universo detectable, es influenciada por la acción de los elementos que componen el universo que la circundan en forma de radiaciones, gravitación, fusión nuclear, etc., entonces aunque no exista observador humano ni técnica alguna, igualmente cada partícula presentará un comportamiento *indeterminado.*

El observador y la técnica o "la relación objeto-aparato" de Bunge, sólo añade más perturbación, pero en ausencia de esta mayor perturbación, la partícula aún debe continuar poseyendo una indeterminación por causa de las continuas influencias recibidas del entorno.

Consecuencia de ello es que realmente el comportamiento de lo más íntimo de la materia-energía es indeterminado, relativo, ininteligible. Una pauta de ello nos la da la moderna concepción del electrón, según la cual éste ya no es representable como un punto que orbita un núcleo atómico, sino como una masa repartida con su carga tridimensionalmente en toda la órbita en un instante dado, de modo que dicha "partícula" estaría al mismo tiempo en todo lugar de su órbita como encapsulando al núcleo atómico, cosa muy difícil de concebir y representar si se tratara de una

---

[6] Véase Mario Bunge, *Causalidad,* Buenos Aires, EUDEBA, 1972, págs. 363 y 364. (La bastardilla me pertenece.)

partícula. Pero esto se fundamenta en la más reciente teoría de la estructura atómica que indica que no es correcta la imagen del átomo de Bohr y acepta que un electrón no se comporta como una partícula sino como si estuviera formado por un paquete de ondas según Erwin Schrödinger.

En resumidas cuentas, el nuevo modelo de átomo es tan inimaginable que la pregunta: ¿Cómo es en realidad la apariencia de un átomo? no tiene sentido y mucho menos contestación.[7]

La indeterminación entonces es extensible a los protones, neutrones, fotones, quarks... etc., pero voy más allá de esta imprecisión al sospechar que ningún quark es absolutamente idéntico a otro quark, y en este aspecto existe cierta semejanza con las ideas de Leibniz: "Es necesario también que cada una de las *mónadas* sea diferente de toda otra. Porque no hay en la naturaleza dos seres que sean perfectamente el uno como el otro, y donde no sea posible encontrar una diferencia interna, o fundamentada en una denominación intrínseca (*Monadología*, § 9). En este caso, luego de casi 300 años, es trasladada la idea desde las *espirituales mónadas* al atomismo, a las hipotéticas últimas partículas subatómicas aún no halladas por la física, y finalmente a mi concepto de esencia intrínsecamente indeterminada oculta tras de todo, que luego explicaré.

El comportamiento de un átomo en el concierto universal no debe ser idéntico a otro átomo, sino que se hace necesario hablar estadísticamente de un promedio de comportamientos según las influencias universales creadoras de leyes, como veremos más adelante en el capítulo siguiente. No obstante, y aunque parezca paradójico, es posible aceptar que, a pesar de todo, existe cierta acción mecánica en las manifestaciones de lo subyacente. (Véase cap. X,1.)

3. Lo subyacente

Ahora bien. En virtud de lo tratado, y visto que los elementos subnucleares en que pueden pulverizarse los otrora indivisibles protones y neutrones, comprendemos que los físicos nucleares se hallan manejando algo que permanece siempre oculto más allá de las apariencias de mesones, antineutrinos, piones, negatrones, fotones, etc.

El mundo de las apariencias aún continúa vigente en los subterráneos sincrotrones sin que al presente pueda comprenderse qué es en realidad la materia energía. Lo subyacente permanece indetectable, enmascarado

---

[7] Véase Harvey E. White, *Física moderna universitaria*, México, UTEHA, 1965, págs. 628/29.

tras las partículas que dejan trazos en los detectores fotografiados.

Desde los antiguos y simples cuatro elementos (agua, aire, tierra y fuego) se ha saltado a los diversos niveles como las sustancias químicas, moléculas, átomos y quarks. Pero aun así no parece haberse tocado el nivel más profundo que lo explique todo. Lo subyacente parece ser algo escurridizo que ora cambia de naturaleza, ora se desdobla o, ¿produce de sí mismo cosas que antes no existían?

En el terreno de la química, por ejemplo, durante el manejo de las sustancias que reaccionan entre sí para producir nuevas sustancias o separarse en moléculas más simples, vemos que los hombres de ciencia se guían por puras apariencias. Una sal, un aldehído, una enzima, se identifican por sus reacciones en contacto con otras sustancias o fenómenos, nunca por sí mismas.

Esto es relatividad pura. Sin el papel de tornasol a mano, entre otros métodos, no es posible conocer si una sustancia es ácida o alcalina. ¿Qué es un tornasol? Se trata de un tinte azul violáceo que se torna rojo por la acción de los ácidos, es decir otra sustancia que se nos manifiesta aparentemente.

Tampoco podemos conocer si una sustancia química es blanca, brillante u opaca en ausencia de luz.

Sin embargo, en el terreno de la microfísica no ocurre algo muy distinto cuando se trata de reconocer las partículas "últimas".

La guía para identificar a las subpartículas atómicas la constituyen los trazos que ellas dejan registrados en la cámara de burbujas de hidrógeno líquido.

Cada elemento posee un trazo identificatorio propio. El avance científico ha sido colosal, pero hay algo subyacente que siempre "se escapa de las manos".

4. El tercer término

Tenemos entonces que la materia es una forma de la energía, y la energía a su vez es una forma de la materia. Pero ambas formas son manifestaciones de "algo subyacente" que permanece oculto, pues ¿qué es la forma?. Es la figura o determinación exterior de la materia, y también disposición o expresión de una potencialidad o facultad de las cosas, y también fórmula y modo de proceder de una cosa.

No tomaremos aquí el concepto de forma como "forma sustancial" que, según Aristóteles, es lo que es en sí y por sí.

Esas formas, como hemos visto, en lugar de cosas en sí, son *manifestaciones* de la *cosa en sí*, esto es lo que se descubre, "se pone a la vista" en apariencia de sólidos, líquidos, gases, luz, positrones, rayos X, magnetismo, quarks, etc., pero dejando siempre oculta su naturaleza.

Se hace necesario entonces echar mano de un nuevo concepto y de un término para nombrar ese algo misterioso e indetectable en su intimidad. Podríamos incluso denominarlo como "tercer término" para ubicarlo entre la materia y la energía como las dos formas de manifestación de lo subyacente (ente debajo) no definido.

Este tercer término, y aunque esto no conforme a los físicos ni a muchos filósofos, es según mi elección de la denominación: *esencia universal*.

Así como Giordano Bruno adoptó el término de *mónada* como unidad indivisible, como elemento constituyente de todas las cosas, aunque in-extenso y por ende de naturaleza espiritual, lo mismo que el platónico inglés Henry More, y como Leibniz utilizó igualmente el término mónada para designar la sustancia espiritual como componente simple del universo (según Leibniz, la mónada es un "átomo espiritual", una sustancia desprovista de partes y de extensión, y por consiguiente indivisible), así también por mi parte doy en llamar *esencia universal*[8] a lo subyacente, aunque *no de carácter espiritual* y no indivisible. (Para conocer por qué no la considero de carácter espiritual, véase el cap. XIV,1.)

Pero en sentido filosófico se trata de *esencia necesaria*, real, o *sustancia*. Esto es, no como la respuesta a la pregunta ¿qué es?, sino como sustancia, de *sub-stare*, lo cual literalmente significa "estar debajo", es decir debajo de los accidentes. Aquello de lo cual dice Locke:

> Si a alguien se le preguntara "cuál es el sujeto en donde el color o el peso está inherente", sólo podría responder "que las partes extensas y sólidas"; y si se le volviera a preguntar "a qué se adhiere la solidez y la extensión", no se hallaría en mejor situación que aquel indio que, habiendo afirmado que el mundo descansaba sobre un gran elefante, se le preguntó sobre qué descansaba el elefante, y repuso entonces que sobre una gran tortuga; y como se le presionara otra vez para que dijera sobre qué se apoyaba la tortuga, repuso que sobre algo "no sabía qué...". La idea que tenemos y designamos con el nombre general de sustancia no es más que el soporte supuesto o desconocido de unas cualidades que existen y que imaginamos no pueden existir *sine re substante*, sin algo que las soporte, a lo que llamamos sustancia. (*Ensayo sobre el entendimiento humano*, Libro II, cap. 23, § 2.)

De modo que para Locke la sustancia es una especie de sujeto desconocido e indeterminado que ponemos como soporte de varias ideas de cualidades sensibles que acostumbramos a unir (*obra citada*, Libro II, cap. 23, § 4). También cuando Locke habla de *esencia real* se aproxima a mi concepto:

---

[8] Véase Ladislao Vadas, *El universo y sus manifestaciones*, Buenos Aires, Sapiencia, 1983, cap. I, 1ª Parte.

...esa constitución real, aunque desconocida, puede llamarse *esencia real*; por ejemplo, la esencia nominal del oro es la idea compleja que la palabra oro significa, es decir, un cuerpo amarillo, de cierto peso, maleable, fusible, etc. Pero la *esencia real* es la constitución de las partes insensibles de este cuerpo, de la cual dependen las cualidades y todas las demás propiedades del oro... (*obra citada*, Libro III, cap. VI, § 2; la bastardilla me pertenece).

Esto significa que la esencia real es inaccesible al hombre.

También, ahora según Hume (aunque él lo toma como una "ficción" y hace una crítica de la idea de sustancia):

...las cualidades particulares que forman una *sustancia* están comúnmente referidas a un *algo desconocido*, al cual se suponen inherentes (*Tratado de la naturaleza humana*, Parte 1ª, sección VI).

También podría ser comparable con el *nóumeno* de Kant o "cosa en sí", pero a diferencia del estricto concepto kantiano, se trata de algo ininteligible, más bien definido como la esencia o causa desconocida de los fenómenos que, captados por los sentidos, llegan a nuestro entendimiento.

Empero Kant aclara muy bien la noción de nóumeno en los sentidos *positivo* y *negativo* y dice que:

...el concepto de nóumeno es sólo un *concepto-límite...*, y tiene por tanto sólo un uso negativo..., se halla en conexión con la limitación de la sensibilidad, sin poder, sin embargo, asentar nada positivo fuera de la extensión de la misma [...] en último término no es posible comprender la posibilidad de esos *nóumenos*, y lo que se extiende fuera de la esfera de los fenómenos es (para nosotros) vacío... (*Crítica de la razón pura. Analítica de los principios*, cap. III).

También Spinoza, dentro de su monismo, pensó en una *sustancia* que es aquello que es en sí y se concibe por sí, pero él lo derivó todo hacia un panteísmo que de ningún modo puedo aceptar.

De igual manera cuadra en parte la definición de la *entelequia* aristotélica, como "cosa real que lleva en sí el principio de su acción y que tiende por sí misma a su fin propio", aunque sin esto último, es decir que mi *sustancia universal* no tiende a fin ninguno y se relaciona íntimamente con el entorno.

Por último, mi concepto también se asemeja a la definición de sustancia que da Descartes: "una cosa que existe de tal manera que no necesita de ninguna otra para existir".[9]

---

[9] René Descartes, *Los principios de la filosofía*, Buenos Aires, Losada, 1951, I § 51.

Prácticamente se podría decir, para clarificar aún más mi concepto, que las tres *sustancias* aceptadas por Descartes (dios, alma y cuerpo) yo las niego y reemplazo la primera por la *esencia del universo*, aunque desprovista de todo carácter divino y de toda especie de intencionalidad, conciencia, voluntad y finalidad.

Estas ideas de sustancia, esencia o nóumeno, las confronto con la actual física nuclear que, como hemos visto, parece estar aún buscando aquel sustrato desconocido sin hallarlo, a pesar de haber arribado al quark.

Es decir que las experiencias llevadas a cabo hasta el presente en los aceleradores de partículas, conducen a la misma conclusión de algo desconocido e indeterminado.

De ahí mi adherencia al concepto y al término (que en suma son lo mismo) de *esencia universal* o *sustancia*, ya no aplicado a un objeto particular, sino al Todo universal.

Esta *esencia* necesaria o sustancial significa, desde el punto de vista ontológico, la existencia primaria y fundamental del *ser* (para mí, *proceso*) de la cual dependen todas las *manifestaciones*, sin duda existentes.

5. El comportamiento de la esencia universal

De inmediato veremos confirmado que ésta, mi sustancia, dista de ser exactamente la concebida por Aristóteles, Descartes, Leibniz, Spinoza, Locke, Hume, Kant y también por Husserl:

> Para Husserl, la esencia es la esencia necesaria o sustancia de Aristóteles, y tal esencia es aprehendida mediante un acto de intuición análogo a la percepción sensible.[10]

En efecto, esta *esencia universal* por mí concebida es caótica, creadora de circunstancias perecederas, leyes transitorias, ambientes caducos y condiciones cambiantes. No es algo absoluto, coherente, con identidad, consciente, racional, sino inestable, movedizo, mudable, relativo.

En su calidad de movedizo, ese algo es inseguro, inconstante, no firme, y en calidad de mudable es capaz de dar o tomar otro "ser" o naturaleza, otro estado, figura o lugar, de lo cual se infiere una inconstancia, fragilidad y transitoriedad en cuanto a sus manifestaciones, no obstante lo cual, durante ciertos períodos que pueden representarse por miles de millones de años, puede manifestarse mecánicamente. Pero muchas

---

[10] Véase Nicola Abbagnano, *Diccionario de filosofía*, México, Fondo de Cultura Económica, 1963, pág. 432.

manifestaciones de la esencia son literalmente instantáneas, pues en los registradores de trazos de partículas de los aceleradores, la mayoría llega a tener una vida media de billonésimos de segundo. Y en su calidad de relativa, significa que no depende nunca de sí misma sino de lo demás, lo otro que es también sustancia bajo otras formas de manifestarse.

De ahí entonces que el Tevatrón acuse en su detector (Collider Detector at Fermilab) la formación de decenas de nuevas partículas a partir de la energía producida por la colisión de protones y antiprotones.

La transmutación de los elementos no es otra cosa que el comportamiento de la esencia universal consigo misma bajo forma de partículas.

La esencia universal es aquello que de pronto toma forma de trozo metálico, el que ora puede ir transformándose en luz que viaja a 300.000 kilómetros por segundo como haz de fotones ondulantes, ora puede desintegrarse en protones, neutrones, electrones, quarks o antimateria, ora puede ser pensamiento. La esencia es tanto la luz de naturaleza corpuscular como ondulatoria.

Por algo Harvey E. White dice a propósito de ello en su libro *Física moderna universitaria* que el enunciado para las ondas de luz y para los átomos sugiere una especie de existencia del "Dr. Jekyll y Mr. Hyde" (de la célebre novela de Robert L. Stevenson), "pues bajo algunas condiciones, la luz y otras radiaciones pueden actuar como si fueran ondas, mientras que bajo otras condiciones se comportan como si fueran pequeñas partículas".[11]

Esto marca, en este caso, una supuesta *dualidad* en los fenómenos suscitados por la esencia. No obstante, de otras experiencias se desprende de la heterogeneidad en sus manifestaciones.

Si es necesario aceptar alguna clase de *entelequia* en este mundo, entonces ésta es precisamente mi *esencia o sustancia del universo*, aunque, como hemos visto, con un significado muy alejado del que otorgó Aristóteles a la autosuficiente entelequia como el acto final o perfecto, o sea la cumplida realización de la potencia (*Metafísica*, IX, 8, 1050 a 23), y también ajeno al de Leibniz con sus mónadas cuando dice:

> Se podría dar el nombre de Entelequias a todas las sustancias simples, o Mónadas creadas, porque tienen en sí mismas una cierta perfección; hay en ellas una suficiencia que las convierte en fuentes de sus acciones internas y, por decirlo así, en Autómatas incorpóreos (*Teodicea*, § 87; *Monadología*, § 18).

También es distinto del significado que le imprimió el biólogo Hans Driesch con su teoría del *vitalismo*. Sólo queda de su definición, según mi concepto, como una cosa que contiene en sí cierto principio de su

---

[11] Véase Harvey E. White, *Física moderna universitaria*, México, UTEHA, 1965, pág. 621.

acción, aunque se manifiesta en virtud de su concomitancia, esto es relativamente, en interacción con el entorno formado de ella misma.

6. Manifestaciones de la esencia universal imperceptibles e indetectables para nosotros

Lo visible, palpable, audible, evidente, constituye sin duda una mínima parte de las posibles manifestaciones de la esencia, al menos para nosotros, según nuestras limitadas posibilidades de percepción, tal como hemos visto en el punto 6 del capítulo anterior.

El hecho de que no podamos captar el resto de las supuestas manifestaciones no significa que éstas no existan.

La técnica nos ha ampliado marcadamente las posibilidades de percepción del mundo, así como también nos ha ampliado los confines del universo.

Ciertas emulsiones de las placas fotográficas sensibles a la luz ultravioleta o infrarroja nos permiten obtener fotografías de objetos terrestres y galaxias con este tipo de radiación. Esto supera nuestra visión que percibe el mundo a través de la limitada ventanita que se puede representar como un breve segmento del espectro electromagnético, que va aproximadamente de los 4000 a los 7000 angströms (del rojo al violeta del espectro), cuando el espectro total va desde los rayos *gamma* de un billonésimo de centímetro de largo, hasta las ondas largas de radio de varios kilómetros de longitud.

Lo mismo sucede con el sonido. Nos superan el perro y el murciélago en capacidad auditiva, como ya hemos visto.

Aquí corresponde ampliar lo expresado en el punto 6 del capítulo anterior en dos sentidos. En el primero, que quizá lo que percibimos con nuestros órganos sensitivos y mediante el instrumental técnico es lo mínimo comparado con las manifestaciones de la sustancia del universo de las que no tenemos señales.

Para nosotros se trata de las "no manifestaciones", por no poseer conciencia de ellas, pero manifestaciones al fin de la propia esencia, bien reales y existentes como lo fueron las partículas subatómicas y las ondas de radio antes de ser descubiertas.

En el segundo, que quizás existan otros mundos no sólo más allá espacialmente, tras las últimas galaxias avistadas, como esos hipotéticos mundos de antimateria o universo espejado con el nuestro que han sido sugeridos por algunos,[12] sino también "mundos paralelos" o "entretejidos"

---

[12] El físico sueco Hannes Alfven, en su libro *Mundos y antimundos*, sostiene que es posible producir "un mundo completamente a la inversa, como la imagen del espejo, es decir un antimundo de antimateria". Y también sostiene como existentes tales

con el nuestro, que incluso forman parte de nosotros mismos (ideas de Hugh Everett y Bryce De Witt).[13]

Mucho se ha exagerado acerca de los "mundos paralelos" en el campo de la ciencia-ficción con el propósito de impactar a los lectores y ganar dinero con la venta de libros, pero es indudable que nuestras diminutas ventanitas al mundo, que son nuestros sentidos, con su limitado alcance no nos pueden revelar todo, y lo más probable es que estemos abiertos a una pobre y deslucida muestra de lo que es la realidad en sí. Es muy posible entonces, y lo repito, que lo percibido por nuestros órganos sensitivos sea lo ínfimo, mientras permanece oculto el casi todo.

No vamos a caer aquí en exageraciones tales como afirmar con De Witt que "cada transición cuántica que se cumple en cada una de las estrellas, en cada una de las galaxias y en cualquier rincón remoto del universo, divide nuestro propio mundo en multitud de copias de sí mismo". Idea que sugiere que incluso nuestro cuerpo con nuestro cerebro, y por ende también nuestra conciencia, se escinden múltiples veces. Pero lo sospechable es que tanto en nuestro entorno como en nuestro propio interior se deben realizar manifestaciones vedadas a nuestros sentidos. Otras formas de esencia universal deben encontrarse entretejidas con nuestras moléculas, con nuestros átomos que nos componen así como también entre todo aquello que nos rodea, pues como veremos luego (capítulo XIV,9), nuestro relativo cerebro como adaptación a un medio particular no tiene por qué poseer la idea verdadera y completa del mundo que nos rodea.

Un parangón, no muy exacto por cierto pero ilustrativo, lo tenemos en el hecho de estar siendo atravesados constantemente por toda clase de ondas del espectro electromagnético, por rayos cósmicos y por la energía gravitatoria sin darnos cuenta de ello. Lo que percibe el receptor de radio o televisión o el radiotelescopio, para nosotros es como si no existiera si no tuviéramos noticia de ello por medio de tales receptores, y sin embargo todas esas formas de energía nos atraviesan, "están en nosotros" por instantes y forman parte de nuestro entorno que nos "da el ser". La miniventana que nos permite ver la realidad, una realidad interpretada a su vez por nuestro cerebro de un modo característico, propio, no único posible, según mi hipótesis es un débil instrumento natural que tan sólo nos muestra una ínfima versión, una débil imagen deformada, un insignificante segmento de todas *las manifestaciones de la esencia del universo*.

De ahí que, aunque esto pareciera pertenecer a la ciencia-ficción, que

---

antimundos en los confines remotos del universo y que en contacto con el nuestro, ambos se aniquilarían.

[13] Véase Paul Davies, *Otros mundos*, Barcelona, Antoni Bosch, 1983, cap. VII.

es una especie de seudociencia, es muy posible la realidad de otros mundos entretejidos con el nuestro de los cuales nada podemos sacar para conocerlos y que quizá nunca conoceremos.

Como esencia en forma de conciencia que somos, adquirimos noción del resto al valernos de la misma esencia manifestante que nos circunda.

¿Qué significa esto? Que mediante las manifestaciones conocidas como la luz y el fotoquimismo retiniano (la visión) podemos obtener noticias de nuestro mundo teñido de colores. Que en la vibración de los gases que componen nuestra atmósfera (ondas acústicas) podemos hallar el mundo de los sonidos que nos advierten de ciertas presencias o nos deleitan en forma de canto o música. Así como también gracias a las ondas hertzianas captadas y reproducidas por los radiorreceptores obtenemos noticias a distancia, etc. Pero no nos podemos valer de las manifestaciones de la esencia oculta porque no poseemos modo de contactar con ella.

7. El vacío y la nada

Aun podemos avanzar un poco más en nuestra concepción de la sustancia que compone el universo y decir que el vacío no es otra cosa que una idea engañosa que poseemos por culpa de nuestros limitados aparatos sensorios, que a veces nos señalan la ausencia de manifestaciones detectables. A esta falta de señales la denominamos *nada* y confundimos con esta nada el espacio vacío. Sin embargo, es muy posible que en este espacio aparentemente vacío se encuentren manifestando las formas de esencia vedadas a nuestras percepciones y conocimiento. La nada no existiría entonces. El vacío se hallaría poblado de procesos, no de seres como ya hemos visto (capítulo anterior, punto 3), sino de sucesos protagonizados por la esencia del universo que se ubican dentro y fuera de nosotros mismos sin tocarnos, sin afectar nuestra biología (incluido el enorme vacío existente entre los electrones y el núcleo de cada átomo). Entonces incluso las moléculas, los átomos, los quarks serían no cosas, sino sucesos.

Aquello que parece perderse en la cámara de burbujas de hidrógeno líquido en los aceleradores de partículas, que aparece fugazmente para desaparecer luego de escena, ¿serían procesos obrados por lo subyacente (de naturaleza cambiante, relativa, movediza, mudable, inestable, etc., según hemos visto en el punto 5 de este capítulo) que pasa al supuesto "vacío"?

¿Esto respondería también a la pregunta de dónde salen las antipartículas? ¿Y estaría también de acuerdo con la "creación continua de materia" en el espacio cósmico, con la desaparición de materia en los "agujeros negros", en el campo astronómico, y también quizá con la teoría de la inflación del universo en el ámbito cosmológico?

Es probable que algunas de estas cosas no tengan nada que ver con el "espacio vacío", en realidad "lleno"; no obstante las especulaciones abundan. En efecto, algunos cosmólogos, entre ellos Hoyle, Bondi, Gold y Jordan, sostienen teorías acerca de un estado estacionario del universo (no referido al espacio, sino al tiempo, considerado éste como eterno), donde la densidad de materia es conservada eternamente. Para que esta densidad sea mantenida es necesario que se forme nueva materia de manera permanente (a razón de aproximadamente una partícula por kilómetro cúbico al año) y se compense así la pérdida de masa en forma de energía de todas las galaxias por irradiación.

¿De donde provendría la "nueva" materia, según mi hipótesis? Precisamente del supuesto "vacío" que la contendría bajo otra versión invisible para nosotros. Se trataría verdaderamente de un "falso" vacío.

Pero a su vez se ha teorizado sobre la existencia de los "agujeros negros" del espacio cósmico, consistentes en estrellas colapsadas a un tamaño crítico, más allá del cual la gravedad supera a todas las demás fuerzas y la materia simplemente *desaparece* .

En cuanto al modelo inflacionario del universo, éste comenzó, se dice, en un estado de vacío sin materia ni radiación. Según mi concepción aplicada a esta teoría, la "creación" de materia y radiación no provendría de la nada sino del "vacío" preexistente, paradójicamente lleno.

Puede que sean tan sólo teorías que no se ajusten a la realidad, sobre todo las que sostienen la creación continua de materia y la de la inflación, pero lo cierto es que, dada la relatividad de nuestro cerebro ya señalada, y dada la limitación inherente a nuestros sentidos para conocer la sustancia del universo en su intimidad más real, nada puede considerarse descabellado en el terreno de la microfísica en su íntima relación con los fenómenos astronómicos observados y calculados.

Volviendo a los "agujeros negros" o "pozos negros" del espacio(llamados también "huecos negros"), se ha llegado a especular que la materia (para mí una de las formas de la esencia del universo), después de haber pasado por el radio gravitacional de un agujero negro, puede fluir a lo largo de un túnel topológico ¡hacia otro universo! O quizás emerger en un lugar distante de nuestro propio universo, ¿con el espacio contenedor achicado al principio y agrandado luego, que nunca estaría "vacío"?

Todas estas especulaciones, repito, no pueden ser consideradas como disparates, puesto que ¿quienes somos nosotros para apropiarnos y quedarnos con un modelo clásico de mundo, si a cada paso la Ciencia Experimental descubre nuevos y sorprendentes hechos protagonizados por aquello oculto, lo que he dado en llamar esencia o sustancia universal?

La microfísica y la macrofísica apuntan hacia polos dimensionales opuestos. Las observaciones del comportamiento de la materia-energía, tanto a nivel de nanómetro o a nivel angström como a nivel megaparsec, llevan al asombro y la fascinación a los físicos nucleares por un lado, y a los astrónomos por otro.

¿Qué conclusión podemos sacar de todo esto? ¿Que el "vacío" no es tal sino que "está lleno"? Esto parece ser un absurdo. Empero nos resulta ser contradictorio únicamente en función de nuestra relatividad cerebral y de nuestra forma sui géneris de concebir el mundo, esto es dentro del ámbito subjetivo. Más, exteriormente la realidad en sí puede resultar por completo opuesta y lo que concebimos como vacío verdaderamente puede estar lleno. ¿Lleno de qué? De lo subyacente desconocido: la esencia del universo, bajo apariencia de nada.

En efecto, según las cosmologías, el universo es casi todo él un vacío.

Recordemos a qué puede ser reducido el globo terráqueo por compresión y pensemos también en los matemáticos "agujeros negros" y en la posibilidad teórica de que todas las estrellas del universo puedan ser reducidas a ¡la nada! ¿Qué nada? ¿Existe al final de cuentas la nada? Si el vacío es algo, ¿entonces habrá que renunciar a lo puntiforme, al átomo, al quark o a cualquiera otra última partícula a ser descubierta como último y único componente del universo? ¿Arribaríamos así a la continuidad de la materia-energía?

Consideraremos mejor esta posibilidad en el capítulo siguiente.

Por su parte resulta interesante señalar que la teoría de la relatividad sostiene, con respecto a la gravitación, que "el campo gravitatorio constituye en cierto sentido el *espacio mismo* , en vez de colmar un ámbito espacial vacío".[14]

Igualmente la teoría de la relatividad acude en mi ayuda al explicar que el espacio en realidad está siendo creado a medida que el universo se expande (según la teoría que se desprende de la huida de las galaxias unas de otras).

¿Creado de qué o por qué? Según creo, de esencia universal preexistente bajo otra forma.

Para concluir, aquí sólo resta señalar que así como en el capítulo anterior vimos la posibilidad de la existencia de formas de esencia provisionalmente indetectables, pero posibles de conocer mediante la futura tecnología, en el presente capítulo dejamos entrever las posibles manifestaciones de lo subyacente que jamás podremos conocer.

---

[14] Véase Mario Bunge, *Causalidad*, Buenos Aires, EUDEBA, 1972, pág. 144. (La bastardilla me pertenece.)

Capítulo III
Las propiedades de
la esencia universal

1. ¿Se trata de una sola clase de esencia o de varias?

Todos hemos oído hablar de los contrarios, o de la "ley de los contrarios", como algo necesario para la producción de los hechos.

Y en cierto modo es entre los desniveles de energía (en los que existen los contrarios del más y del menos) donde se producen los hechos, como por ejemplo, los biológicos intercalados en el sistema Tierra-Sol. Pero una cosa son los contrarios y otra las diferencias de niveles.

Según el concepto de entropía (que es parte de la energía de un sistema de cuerpos que no puede transformarse en trabajo) extendido a todo el universo, éste al cabo de un tiempo quedaría reducido a materia uniformemente distribuida y a la misma temperatura, y por ende destinado a su "muerte" pues ya nada podría suceder en su seno.

¿Son necesarios los contrarios para que haya sucesos? ¿Por ejemplo, altas temperaturas-bajas temperaturas?

¿Existen, en otro orden, varias clases de esencia universal contrarias de cuyo encuentro surge la acción?

¿Los contrarios constituirían entonces el trampolín o resorte de todo suceso, de todo accidente, de todo encadenamiento de hechos o procesos?

En las partículas subatómicas detectadas con la técnica de los ya mencionados aceleradores, se revelan sus cargas positivas o negativas según la curvatura de sus trazos dejados en la cámara de burbujas entre poderosos imanes. (Recordemos al positrón y al negatrón.) Sin embargo, como también hemos apreciado, se forman partículas neutras como los leptones neutrinos y antineutrinos, bariones lambda y mesones piones.

Mi sugerencia es que las cargas contrarias son creaciones de la esencia del universo, lo mismo que las infinitas partículas y antipartículas que se transmutan a causa de sus encuentros.

Aparentemente todo esto nos puede sonar a mágico. Estaríamos inmersos en un mundo de magia donde surgen objetos y señales que nos desconciertan y atentan contra nuestra lógica.

No obstante, recordemos que todo aquello que una mentalidad primitiva toma como magia, es explicable mediante el conocimiento científico. El concepto de magia es entonces la señal de nuestra ignorancia.

Lo que parece milagroso en el terreno de la microfísica y en el campo cósmico, es sólo aquello que no entendemos.

Pienso que la esencia del universo no es un solo ente preciso, ni muchas entidades concretas contrarias o constantes y heterogéneas definibles en su naturaleza, sino algo indefinible, eternamente mudable como ya hemos señalado (véase cap. II,5). Algo relativo, creativo, inconstante, que en promedio de su accionar permite sustentar transitoriamente situaciones, hechos, procesos.

Así en distintos niveles ascendentès, el quark es un proceso, el átomo otro, la molécula otro, la sustancia química otro, la célula viviente otro, etc., pero todo debe ser interpretado estadísticamente, es decir que se trata de procesos producidos por un comportamiento promedio de las partículas como manifestaciones de la esencia inconcreta.

2. ¿Es la esencia una entidad puntiforme o se trata de algo continuo?

Recientemente habíamos sugerido que el vacío concebido como la nada absoluta podía estar en realidad "lleno", o al menos ser algo y no nada.

Una de las fuerzas más misteriosas conocidas hasta el presente es la atracción gravitatoria. Actúa a enormes distancias, nada la detiene, ni las radiaciones ni los sólidos, ni el "vacío". Posee carácter universal, pues la hallamos por doquier, hasta en los objetos astronómicos más remotos. Es siempre atractiva. Hasta ahora no existe manera de producir repulsión de gravedad. Hoy se habla de los hipotéticos *gravitones* como partículas mensajeras que viajan a la velocidad de la luz y transmiten la fuerza gravitatoria.

¿Dónde se halla realmente esta fuerza? ¿En el vacío? ¿Es decir en "la nada"? Tomemos por otra parte el modelo atómico. Un átomo cuyo radio medio es la cienmillonésima parte de un centímetro (10^{-8} cm) es casi todo él un vacío, pues los electrones se hallan dispuestos en capas a una distancia enorme del núcleo. En efecto, sabemos que el radio del núcleo es una diez billonésima parte de un centímetro (10^{-13} cm), esto es, cien mil veces menor que el radio del átomo, y por consiguiente si sacamos el volumen del átomo y lo comparamos con el volumen del núcleo, hallamos que el núcleo ocupa tan sólo una mil billonésima parte (10^{-15}) del volumen del átomo. Por lo tanto, si todas las partículas se juntaran por cese de las fuerzas que mantienen en rotación a los electrones corticales, la reducción del volumen sería del orden de los 1000 billones.

Para tener una idea de esto imaginemos que el núcleo (cuyo radio como sabemos es cien mil veces menor que el del átomo) se ampliara hasta obtener una esfera de treinta centímetros de diámetro. Entonces, según cálculos, el átomo ampliado proporcionalmente debería tener un diámetro de 30 km. Imaginemos entonces el tremendo vacío que existiría entre la esfera de 30 centímetros y la esfera de 30 km. que la contiene con los pequeñísimos electrones de sólo algunos milímetros, en órbita.

De ahí que debamos considerar al átomo prácticamente como un espacio vacío.

Pero allí, en ese casi vacío que es el átomo, se hallan actuando las llamadas "fuerza fuerte" que impide que se desintegren los núcleos de los átomos, la "fuerza débil" que provoca la desintegración de algunos átomos, asimismo como las cargas negativas y positivas entre electrones y protones. Quizá también allí se encuentren otras dimensiones como lo sospechan algunos físicos.

¿Qué significa esto? Que tanto el vacío exterior (espacio intergaláctico, por ejemplo) como el vacío intraatómico pueden hallarse repletos de formas de energía o... constituir esencia continua, no puntiforme. Lo puntiforme (leptones, bariones, mesones, quarks, etc.) es, según mi hipótesis, una de las múltiples manifestaciones de la esencia universal continua.

Luego el átomo sería otra manifestación en otro nivel, la molécula compleja en otro, las sustancias químicas en otro, y así sucesivamente.

También el electromagnetismo, la gravitación, la fuerza fuerte, la fuerza débil y la posible quinta fuerza natural, son manifestaciones de lo continuo.

No debemos confundir esto con "continuidad de la materia-energía" concebida por algunos en contraposición a la concepción de las "partículas últimas", porque la materia y la energía no consisten en la sustancia universal, sino tan sólo en dos formas distintas de manifestarse lo subyacente continuo.

Se confirma entonces que el espacio vacío queda lejos de constituir una nada; por el contrario se trata de algo existente y tan importante como que consiste en la propia esencia que "dibuja" el mundo en su propio seno, que es extensible y comprimible hasta el grado superlativo.

3. La naturaleza dinámica y eterna de la esencia

Una propiedad intrínseca de la esencia que es dable observar por doquier es su dinamismo. Todo es movimiento, tanto en las rocas, en el interior de nuestro organismo, en el Sol y en los conglomerados de estrellas. Vibran los átomos y se mueven las galaxias.

Hay agitación atómica en todo metal, en toda montaña, en toda la corteza de la Tierra, en las aguas, en el aire, en todos los seres vivientes y también en los cadáveres. Hay movimiento en el plasma (cuarto estado de la materia) de las estrellas y radia el cosmos entero (luz, rayos cósmicos, etc.) El cero absoluto no existe en el universo. El cero grado Kelvin equivalente a 273 grados bajo cero de la escala centígrada es inalcanzable porque siempre, en los espacios más vastos y recónditos, es posible hallar algún tipo de radiación.

Los movimientos pueden superponerse. Todo comienza en las formas energéticas que poseen movimiento inmanente que es trasladado a otro nivel, el de las partículas atómicas y moléculas para continuar en los grandes agrupamientos de materia como planetas o galaxias, que siguen presentando movimientos tanto intrínsecos como extrínsecos.

. La idea de lo estático nace en nuestra mente porque creemos ver objetos inmóviles que nunca son tales, como las estrellas con respecto a otras estrellas, un poste, etc., pero lo estático no existe, es un imposible. El movimiento produce cambios que pueden ser lentos o veloces. Lo que nos parece ser lento puede a su vez estar comprendido dentro de lo veloz (podemos desplazarnos "normalmente" en el interior de un avión que va a gran velocidad) y todo depende del patrón que usamos para su medida. Desde un movimiento que nos parece "normal" podemos apreciar otros movimientos como veloces. A su vez, si nos moviéramos con movimientos más veloces tomados como "normales" quizá no nos parecerían rápidos, y los antes "normales" podríamos tomarlos como muy lentos. Todo es relativo también en este ámbito de los movimientos.

A su vez, un movimiento puede estar comprendido en otro y éste en otro, en una serie muy larga, ¿quizás infinita? ¿Qué es lo infinito? Tal vez lo infinito sea tan sólo una idea inventada por nuestro cerebro antrópico.

Aparte de nuestros movimientos corporales de desplazamiento, por ejemplo, incluso en automóvil, tren o avión, existen otros en los que estamos comprendidos como los movimientos terrestres superpuestos, entre los cuales podemos citar la rotación del globo terráqueo sobre sí mismo; su traslación orbitaria alrededor del Sol; su nutación (oscilación periódica del eje de la Tierra); de arrastre siguiendo el movimiento del Sol en su desplazamiento junto con el resto de los planetas del sistema; de acompañamiento del movimiento galáctico de huida, unas de otras, que observan todas las galaxias (de acuerdo con la teoría del *big bang* o "gran explosión", que impulsó a todos los elementos del cosmos hacia una carrera de expansión), etc.

Cuando viajamos en automóvil, por ejemplo, ¿poseemos conciencia acerca de la cantidad de movimientos superpuestos a que nos hallamos sometidos en el cosmos? Es muy difícil conjeturar acerca de si al menos un habitante de los 5000 millones que pueblan la Tierra en la actualidad posea conciencia de ello en el momento dado.

Con respecto al tiempo, si estuviésemos consustanciados con el movimiento galáctico, es decir que si en la ficción fuésemos galaxias como organismos vivientes, nuestra existencia se extendería a los miles de millones de años que dura una galaxia, mas no lo notaríamos porque por supuesto no tcmaríamos como referencia el año, el día, ni las horas terrestres, sino otro patrón más amplio de medida del tiempo. Y si en el "polo opuesto" estuviésemos consustanciados con el tiempo ínfimo que duran algunas partículas subnucleares como un billonésimo de segundo, tampoco lo notaríamos porque los patrones de medida se hallarían en esa escala del tiempo y siempre es posible pensar en fracciones menores, de modo que, un billonésimo de segundo lo concebiríamos como unos 80 años terrestres por ejemplo (tiempo alargado de la vida humana) y, yendo más allá, el transcurso dentro de un minuto se nos figuraría como ¡una cuasi eternidad!

Todo es relativo, y el tiempo no escapa a esta subjetividad que también es relativa, y con creces. (Volveremos sobre este tema en el punto 11.)

Ahora bien, el tiempo estimado (dentro de innúmeros tiempos posibles) es siempre una fracción. ¿Pero fracción de qué? De una eternidad, por supuesto. Ya se trate de un billonésimo de segundo (duración de una partícula subatómica), o de 20.000 millones de años terrestres (duración de la actual expansión del universo a partir del teórico *big bang*, calculada últimamente), siempre estaremos en presencia de "un instante" dentro de la *eternidad*.

Empero..., ¿qué es la eternidad? ¿Acaso un simple concepto netamente antrópico, o quizás una verdad en cuya tecla ha dado la mente humana por mera casualidad? ¿Y qué es la casualidad? (volveremos sobre el tema en el punto 6 de este capítulo). Por de pronto debemos asumir que el concepto de eternidad es posible que sea uno de los pocos que ha dado en la tecla de la realidad entre innumerables otros conceptos equivocados que son mayoría, como no podía ser de otra manera dada nuestra relatividad cerebral. Muchas casualidades son improbables dentro de las posibilidades, pero algunas veces se dan aunque cueste aceptarlo. Más adelante veremos cómo se dieron la vida, el psiquismo y la conciencia, como casualidades tan improbables que rayan casi en lo imposible.

Pienso que la eternidad es el continuo presente intemporal en que nos movemos, sin antes ni después objetivo.

El "antes" y el "después" son tan sólo subjetivos, es decir algo *relativo* propio de nuestro modo de pensar o de experimentar, y no del objeto o más bien *proceso* en sí mismo, esto es que se trata de lo irreal, ilusorio o aparente.

Nuestra lógica, nuestro razonamiento son relativos, como veremos luego en el capítulo sobre el psiquismo, y si nos atenemos estrictamente a este relativismo pronto caeremos en el más desmoralizante escepticismo.

¿Qué nos queda entonces frente a los planteos metafísicos? Tan sólo atenernos humildemente a las hipótesis. Mi hipótesis es que *la esencia del universo es eterna,* jamás tuvo principio ni tendrá fin, ya que creo que el concepto de principio y fin de la sustancia universal es falso, porque se fundamenta sólo en los comienzos y finales de toda forma. Es la forma lo que comienza y fenece, jamás la sustancia que subyace, la que tan sólo se *transforma.*

Un origen de todas las cosas existentes desde la pura nada absoluta, choca con nuestra lógica. Una lógica relativa, particular, sui géneris, antrópica, o lo que se quiera, una forma de razonar quizás ofuscada, imposible de ser comprendida por nosotros mismos y tomada como la "verdadera" racionalidad. Más adelante veremos que la realidad es en muchos aspectos irracional, sobre todo en los campos profundos del conocimiento científico (véanse caps. XIV, 9 y XV, 13).

Pero aun así y todo, ¿qué nos resta? ¿A qué nos debemos atener?

No tenemos otra salida que atenernos a nuestra "flaca" razón, aunque no únicamente a ella en su pureza, aislada de toda experiencia. ¡Esto nunca! Por el contrario, es nuestro raciocinio aunado a la Ciencia Experimental el único camino que nos queda para, al menos, aproximarnos a la realidad. Raciocinio y experiencia en consuno es lo único que puede sacarnos de las tinieblas y conducirnos hacia la luz.

Dije que la aparición de algo a partir de la absoluta nada suena a absurdo para nuestra lógica. No obstante, si imaginamos la preexistencia de algo antes de la aparición del mundo, algún ente inteligente y poderoso con capacidad de crear lo material (y espiritual como lo conciben muchos), caemos también en el absurdo ante el interrogante ¿de dónde surgió tal ente? ¿De la nada?

Los teólogos se apresurarán a contestar enfáticamente y con certeza que tal ente es eterno, que en consecuencia jamás tuvo principio.

A lo largo de esta obra y en especial hacia su final, comprobaremos que tal ente eterno no es necesario para explicar el mundo. Por de pronto, el concepto de eternidad aplicado a tal supuesto ente, trasladémoslo a la *esencia del universo,* dinámica y creadora de procesos.

4. El movimiento dibujante

Ya expresamos nuestras dudas acerca de lo sólido, líquido y gaseoso, estados que únicamente en apariencia ofrecen las características señaladas (cap. I, 2).

Ahora estamos en condiciones de comprender mejor un sólido por ejemplo, que ofrece resistencia a nuestra presión, que puede ser desmenuzado a golpes si se trata de un cristal, reducido a granos que continuarán ofreciendo características de cuerpos. Incluso reducido a polvo no dejará de presentar ese aspecto si lo observamos con un microscopio. Pero esto es tan sólo ilusión.

Un trozo metálico, un no metal sólido cristalizado, consisten en vibraciones de los átomos que prácticamente están *dibujando* un cuerpo, y la resistencia que un "sólido" nos ofrece es una forma de energía empaquetada que compone al objeto e impide que cada partícula subatómica se pegue a otra partícula para, en este caso, transformarse un bloque granítico de varios metros cúbicos en una bolita una vez "eliminado el vacío".

En otro ejemplo, una persona robusta con la que podemos luchar y que nos ofrece resistencia con sus brazos y piernas formados de músculos, tendones, piezas óseas, etc., puede ser reducida por presión al tamaño de una cabecita de alfiler con un peso de unos 80 kilógramos. ¿Qué es entonces ese ser? Casi todo él un puro vacío —que de ningún modo es la nada— cuyas fuerzas emanadas de cada átomo componente, de toda la masa atómica *dibujante* de músculos, tendones, huesos, etc., nos muestra engañosamente a una masa de 80 kilógramos (masa ligada, según la relatividad, a la velocidad y a la energía, o masa igual a peso sobre aceleración de la gravedad) con figura humana de 1,80 m de estatura que nos ofrece resistencia. ¿Una cabecita de alfiler con capacidad incluso de dominar nuestras fuerzas?

Concluimos otra vez en que no hay sólidos, ni líquidos, ni gases, en el sentido que nuestra mente basada en la vista y el tacto nos lo quiere presentar, sino movimiento dibujante, energía que se nos resiste, esto es, esencia del universo que se expresa en distintos modos según las condiciones del entorno creado por ella misma.

El dibujo puede ser un pájaro, un árbol o una estrella. La esencia del universo es un ciego, sordo e incansable artista sin manos que se manifiesta en sus obras compuestas de sí mismo. Pero, lamentablemente, a veces se trata de un artista cruel consigo mismo. Un artista-resultado despiadado traducido en seres vivientes que sufren trágicamente, como veremos en la parte biológica.

La esencia es sorda, ciega, insensible, pero sus dibujos pueden ser en algunos casos paradójicamente lo contrario y originan verdaderos dramas.

5. La presunta serie infinita de las causas

Alguien dijo: "no puedes arrancar una flor sin perturbar una estrella".[1] ¿Es cierto un tan estricto determinismo fatal?

Si así fuese, entonces todo lo que estoy escribiendo en la actualidad habría sido gestado en las estrellas, en los quasars, a través de los rayos

---

[1] Poema de Francis Thompson, poeta británico (1859-1907).

cósmicos y todo otro tipo de radiación. Tanto la explosión de una supernova, la colisión entre dos galaxias, como la muerte de una araña, habrían sido acontecimientos ya predeterminados en el primigenio universo, mucho antes de la formación de las estrellas y los planetas. ¿Desde la eternidad?

Es difícil o más bien casi imposible dar la respuesta desde una posición que acepta un determinismo con retroceso infinito hacia el pasado. Ya he ofrecido mi opinión con respecto a la eternidad en este capítulo (punto 3) y además, luego cuando hablemos de un universo oscilante o pulsátil, veremos que en cada nuevo estallido del universo a partir de una concentración de toda la materia, los nuevos acontecimientos se encontrarán desligados de los hechos pasados, de modo que la presunta serie infinita de las causas y efectos carece hoy de sentido (véase cap. V, 5).

Sin embargo, algunos escolásticos han tomado muy seria y críticamente la supuesta serie infinita de las causas, y para negarla han colocado en su principio un "ente hacedor", causa primera de todos los restantes hechos encadenados.[2]

Estas inquietudes metafísicas son muy antiguas en el pensamiento humano. Si se da A, entonces sucederá B; si B, entonces se desembocará en C... y así sucesivamente en sentido lineal y perenne, todo incluido en una serie continua de causa-efecto, determinante y fatal. Si arribamos a la Z se debe sobreentender que existieron previamente los pasos Y, X, W. V... A, sin faltar uno solo.

Este determinismo fatal hace tambalear toda idea de libertad. Nada es libre, todo debe suceder ineluctablemente, y dentro de este fatalismo también se deben incluir las decisiones humanas. Así, la segunda guerra mundial obedeció a una determinación humana según el funcionamiento neuronal productor de pensamiento hecho de quarks (o de cualquiera otra nueva partícula a ser descubierta). Lo mismo puede suceder en el caso de la muerte de un feto (aborto provocado). Pero según esta postura, ambos sucesos fueron gestados ya en los tiempos prebiológicos. ¿Desde siempre? Nuevamente nos encontramos ante este interrogante oclusivo de los escolásticos.

En este caso, el curso del mundo obedecería a una acción que puede ser encuadrada dentro de un mecanismo absoluto, como si se tratara de un aparato de relojería exacto que marcha a la perfección de acuerdo con los cálculos matemáticos según la física newtoniana.

¿Es posible sostener esta posición determinista-fatalista sin atenuantes de ninguna clase? ¿O por el contrario, puede ser aceptable el cambio súbito desde la conducta indeterminable de un quark a lo largo de un

---

[2] Véase Tomás de Aquino, *Suma contra los gentiles*, Libro 1º, cap. XIII.

encadenamiento de hechos hasta arribar a la determinación cerebral de obrar de una manera y no de otra? Puesto que, si el mecanismo mental consiste en un encadenamiento de hechos desde los elementos más simples (quarks, por ejemplo) hasta lo más complejo (neuronas), entonces la gestación de las ideas hay que buscarla en hechos súbitos que se desligan de toda secuencia fatal si es que aceptamos la libertad. (En realidad nunca puede ser así porque estamos filogenéticamente programados, y nuestro mecanismo del pensamiento está planificado en los genes heredables. Esto lo veremos más adelante.)

6. ¿Determinismo fatal o espontaneidad?

De Broglie afirmó:

> La leyes de probabilidad enunciadas por la mecánica ondulatoria y cuántica de los fenómenos elementales, leyes bien probadas por la experiencia,no tienen la forma que deberían tener si se debieran a nuestra ignorancia de los valores exactos de determinadas variables ocultas.
>
> El único camino que quedaría abierto para una restauración del determinismo en la escala atómica parece, por lo tanto, cerrarse ante nosotros.[3]

¿Es todo casual entonces? Reiterando la pregunta del punto 3 de este capítulo, ¿qué es la casualidad? ¿Acaso otro concepto antrópico frente a un determinismo fatal que no entendemos?

Por de pronto, no coincido con otros en pensar que la *casualidad* o el *azar es la medida de nuestra ignorancia* acerca de aquello que debe suceder ineluctablemente, pues pienso que tan sólo desconocemos aquello que "debe suceder" en principio, aunque "condicionado" por cierta *actividad espontánea impredecible de la esencia universal.*

Esto a primera vista pareciera ser confuso. El interrogante categórico surge como consecuencia:

¿Hay determinismo fatal, o actividad espontánea, improvisada, por parte de la sustancia universal?

En otras palabras, ¿todos los acontecimientos del universo pueden ser calculables al mínimo detalle o existen hechos espontáneos nunca predecibles? A mi modo de concebir los hechos, y aunque parezca paradójico, existen ambas cosas, con la excepción de que no todo puede ser calculable al mínimo detalle.

La física actual ha abandonado el concepto aristotélico de causa, y en lugar de hablar de determinismo absoluto prefiere adoptar un *determinismo restringido* fundado en el reconocimiento de *la previsión probable*

---

[3] *Physique et Microphysique*, X (traducción italiana, pág. 209).

de los hechos: si se da A, es probable B o... tal vez C, etcétera.

Si retornamos a las experiencias de la microfísica podemos ver en los registros fotográficos de una cámara de burbujas, por ejemplo, cómo una partícula llamada pión se convierte en muones con emisión de neutrinos. Esto nos indica que el pión es inestable y que se genera en su interior una *actividad espontánea* desligada de influencias extrínsecas.

Esta espontaneidad puede ser considerada como un inicio de un nuevo encadenamiento de hechos.

La radiactividad natural también es un proceso espontáneo. No existe causa y efecto. Estos comportamientos de la esencia del universo excluyen entonces al determinismo causal.

> ...La mecánica rechaza la máxima escolástica: "Todo lo que se mueve es movido por alguna cosa", y reconoce, en cambio, un elemento de espontaneidad y por tanto de no-causalidad.[4]

(Aunque la cuestión es referida al automovimiento, esto es, la inercia, constituye una prueba más, entre otras, contra la causación final.)

¿Qué significa esto, entonces? ¿Acaso que todo proceso en el universo obedece a pura espontaneidad? De ningún modo, pues de ser así, el mundo en que vivimos sería un caos, y nosotros mismos presas de locura. Todo nuestro entorno sería incalculable y nuestro organismo, un baileteo alocado de sustancias químicas sin leyes.

¿Qué ocurre entonces?

Hay dos cosas: no existe un determinismo fatal de modo tal que absolutamente todo hecho deba producirse indefectiblemente, pero tampoco debe considerarse toda conducta de la esencia universal como algo absolutamente indeterminado, impredecible.

¿Por qué? Porque la misma esencia con sus manifestaciones crea *campos* o *condiciones* provisionales dentro de cuyo marco los hechos se ven compelidos a obedecer ciertas conductas calculables estadísticamente, aunque algunos pueden escapar a todo fatalismo. Existen *caminos promedios* por influencia de los campos creados por la propia esencia que en ellos se manifiesta. Caminos múltiples, sí, pero conducentes a ciertos fines indeterminados y perecederos.

Estas influencias obligantes emanadas de la propia esencia son las denominadas *leyes naturales*. Un campo con sus condiciones (leyes) lo constituyen por ejemplo un espacio intergaláctico, una galaxia, una estrella y sus alrededores, un planeta, un organismo viviente, el psiquismo encerrado en el volumen de nuestro cerebro, etc.

Por tanto, podemos hablar de leyes físicas, químicas, biológicas, psíquicas, etc., según los campos de influencia creados por la propia esencia

---

[4] Mario Bunge, *Causalidad*, Buenos Aires, EUDEBA, 1972, pág. 122.

del universo.

Dentro de estos campos, por ejemplo las partículas subatómicas para llegar a un fin no determinado siguen trayectos distintos, sinuosos, se desvían, vuelven, parecen equivocarse como las hormigas que corretean alrededor de su hormiguero, en apariencia perdidas pero que a la larga dan con la entrada. Esto se ve en la física cuántica.

Este "deambular" aparentemente sin sentido se debe a la propiedad dinámica de la esencia del universo, y su arribo final hacia su "objetivo" se debe a las condiciones (leyes) del ambiente donde se mueven, que las empujan, que las dirigen.

De modo que, debemos concluir con Bunge,

> La autodeterminación, espontaneidad o libertad es lo que hace de las cosas lo que esencialmente son; pero, por supuesto, nunca es completa. Ningún objeto concreto puede ser *enteramente* libre, sino que sólo puede tener cierta espontaneidad, por sus limitaciones intrínsecas y por estar realmente vinculado con infinidad de otros existentes.[5]

Pero para ampliar este concepto es necesario añadir que esas "vinculaciones" consisten en las leyes naturales o ambientes obligantes creados por la misma esencia en que ésta se mueve en sus distintas expresiones y en los distintos niveles de acción. Así desembocamos, a pesar de todo, en un mecanicismo de carácter transitorio en el contexto cósmico (véase cap. X, 1).

Pero aún hay más. Tampoco es posible considerar al universo como un bloque donde todo se debe al Todo, como lo creen los adeptos a las presuntas "ciencias ocultas", porque existen encadenamientos de hechos "verticales" o "paralelos" independientes unos de otros, que en algún momento pueden entrecruzarse, encontrarse e interferirse para dar origen a nuevas secuencias, y esto es también azar.

De modo que es dable aceptar, por todo lo antedicho, que muchos acontecimientos se van improvisando sobre la marcha y el determinismo, como el genético por ejemplo, que consiste en un camino biológico previamente señalado puede no obstante bifurcarse múltiples veces.

7. Los distintos niveles de acción

En el "micromundo" (para nuestra manera de ver) del núcleo atómico existe cierto nivel en que se manifiesta la esencia universal. Llamémosle "el mundo de los quarks", según las teorías en boga basadas en los más

[5] Mario Bunge, *Causalidad*, Buenos Aires, EUDEBA, 1972, pág. 196.

recientes hallazgos de la microfísica mediante el bombardeo de las partículas.

En este mundo ¿mundo puntiforme? (a continuación veremos que el punto puede ser tan solo un invento de nuestra mente), según se comprueba, residen las dos fuerzas de la naturaleza denominadas "fuerza fuerte" y "fuerza débil".

Habíamos dicho que la fuerza fuerte es la que impide que se desintegren los núcleos de los átomos, y la fuerza débil es la que rige la desintegración de algunos átomos, de acuerdo con lo conocido hasta hoy, pues es necesario tener siempre en cuenta que todo esto es provisional. Incluso el quark como presunta partícula elemental indivisible puede ser tan sólo un concepto tentativo o únicamente una más de las formas de manifestarse lo subyacente: la sustancia universal.

Aunque futuras experiencias obliguen a un cambio conceptual de la estructura de la "materia", no nos queda otro recurso que valernos de los resultados provisorios de las investigaciones. Este criterio será válido también para cuando pasemos al campo astronómico.

Ahora bien, si especulamos acerca del núcleo atómico que nuestra mente reducía a un punto antes de comprobar su posible desintegración, bien puede ser ahora concebido como un gran "espacio" donde se cumplen condiciones o leyes dentro de ese nivel. Será suficiente para ello reducir las dimensiones en mil billones, por ejemplo. Entonces, desde una imaginaria (y por supuesto fantástica) posición o puesto de observación reducido a una mil billonésima parte de un átomo quizás apreciaríamos la "pequeñez puntiforme" como algo inmenso, de tal modo que podría compararse con nuestra percepción normal de la bóveda celeste desde nuestro puesto de observación, que es el globo terráqueo.

En este inmenso espacio, en el por ahora nivel nuclear, indudablemente existen condiciones obligantes con respecto a las conductas de las subpartículas elementales, como lo bariones, mesones y leptones ya sean éstas de signo positivo o negativo (partículas o antipartículas). Esto está de acuerdo con la teoría cuántica.

El nivel siguiente en que se manifiesta la esencia del universo es el molecular que se traduce en elementos químicos: hierro, nitrógeno, oxígeno, oro, azufre... en número de 92 conocidos en la Tierra, y también en las estrellas mediante la espectroscopia. Cuando estos elementos entran en contacto entre sí, en ciertas condiciones producen otro nivel, el de los procesos químicos inorgánicos, ese mundo mágico de las combinaciones a nivel "capa electrónica de los átomos". Incontables sustancias químicas resultan de ese accionar esencial. Oxidos, anhídridos, ácidos, sales, hidrocarburos, etc. El mundo cambia así constantemente su fisonomía para nosotros y no sólo su aspecto visual sino sus efluvios olorosos, fragantes o malolientes, sabores dulces, amargos, agrios..., de propiedades beneficiosas o perjudiciales, etc. Ya no quedan rastros aquí de las anteriores manifestaciones de la esencia en forma de partículas subnucleares. Ahora se trata de sustancias químicas cuya apariencia encubre con una "capa más densa" lo subyacente, lo desconocido, aquello a lo que se quiere llegar mediante la técnica de los kilométricos aceleradores de partículas, como el ya mencionado LEP.

Luego está el nivel de la bioquímica que desemboca en el biológico propiamente dicho, cuyo quimismo raya en una complejidad inconcebible.

Podemos añadir también el nivel psíquico confinado al cerebro de los animales con su mayor exponente de complejidad en el hombre.

También podemos añadir los niveles de los grandes agrupamientos de materia-energía como los planetarios, incluidos los satélites naturales, los soles, las galaxias, el espacio intergaláctico, etc.

Todos estos niveles de acción se confunden con los campos que forman, aunque la noción de nivel es puramente subjetiva y empleada por razones didácticas con el fin de explicar de la manera más cómoda posible las acciones de la esencia, pues estos "niveles" se hallan *interpenetrados*.

De resultas de esta interpenetración surgen precisamente las conductas obligadas de las manifestaciones de la esencia (átomos, moléculas, sustancias químicas, organismos vivientes, psiquismo, energía interestelar, etc.) dirigidas por las *leyes naturales* o condiciones emanadas precisamente de la configuración estructural de esas *manifestaciones*.

Esto puede parecer confuso y se hace necesario aclararlo en el punto siguiente.

8. Las condiciones (leyes físicas), su circunstancialidad y transitoriedad

Para comprender este accionar emanado de las propias estructuras "dibujadas" por la esencia se hace necesario poseer una amplia visión de la estructura del universo, al menos de este universo perceptible mediante nuestros sentidos y detectable con la ayuda del instrumental científico. Dijimos que existen distintos niveles de acción, o campos, y que estos niveles se hallan compenetrados. Se encuentran en interacción a tal punto que el aislamiento perfecto de un proceso es imposible.[6]

En cuanto a cómo se debe entender que el entorno universal puede accionar desde enormes distancias sobre distintos puntos para crear condiciones o leyes variadas, es necesario no perder de vista que todo y cada partícula se hallan relacionados influenciándose al menos en el área del universo de galaxias.

Estas influencias, aunque sufran interferencias, se distorsionen y

[6] Véase Mario Bunge, *Causalidad*, Buenos Aires, EUDEBA, 1972, págs. 144 y sigs.

tarden algunas en hacerse presentes dadas las enormes distancias que deben recorrer a la larga llegan y actúan.

Además, no hay que descartar influencias instantáneas que abarquen el universo de galaxias.

Al respecto, resulta curioso el hecho de la posible "acción a distancia más rápida que la luz" que se menciona en física cuántica.

Esto no lo aceptaba Einstein, porque según la teoría de la relatividad nada puede superar la velocidad de la luz y lo esgrimió como argumento precisamente para rebatir la física cuántica que sugiere dicha acción instantánea a distancia. Este famoso argumento es la llamada paradoja de Einstein, Podolsky y Rosen (EPR).

Esta idea de acción a distancia se desprende del siguiente experimento: si dos cosas (fotones, por ejemplo) interactúan durante un momento y después se separan, parece como si la medición realizada sobre una de ellas afectara al resultado de la medición efectuada sobre la otra, aun cuando ya estén separadas por enormes distancias como las astronómicas.[7]

Además, tampoco podemos descartar la teoría de los *taquiones*.

¿Qué son los taquiones? Se trata de hipotéticas partículas que se mueven más deprisa que la velocidad de la luz.

Esto también parece ser un contrasentido, algo que contraviene la física relativista, ya que siempre se ha dicho que la velocidad de la luz no puede ser sobrepasada.

Sin embargo, es necesario notar un detalle: lo que afirma la teoría de la relatividad es que ninguna partícula que *se mueva en el presente* con una velocidad menor que la de la luz puede ser acelerada hasta alcanzarla o superarla. Empero no hay ningún motivo por el cual no puedan existir partículas que siempre se hayan movido a velocidades superiores a la de la luz.

Esto es que antes de la barrera que representa la velocidad de la luz, existen los denominados *tardiones* que nunca la pueden superar, pero detrás de esa barrera pueden existir ya los taquiones que siempre la han sobrepasado.

Sea como fuere, lo cierto es que nada escapa a las influencias del entorno, y los niveles o campos interactúan.

El primer gran campo lo constituye la actual estructura del universo conocido consistente en espacio, galaxias, estrellas, planetas, etc., y todo

---

[7] Con respecto a la posible "acción a distancia", véase Karl Popper, *Teoría cuántica y el cisma en física*, Madrid, Tecnos, 1985, págs. 22, 39-44, 47-49, 51-52, 181-182, 188; Alastair I. M. Rae, *Física cuántica: ¿Ilusión o realidad?*, Madrid, Alianza, 1988, págs. 67-68, 76-78; Mario Bunge, *Controversias en física*, Madrid, Tecnos, 1983, págs. 110-111, 244-245; Paul Davies, *Otros mundos*, Barcelona, Antoni Bosch, 1983, págs. 113-115.

tipo de radiaciones que "llenan el espacio", Todo esto configura un accionar de la esencia del universo sobre sí misma que crea condiciones o leyes naturales. Esto significa que las leyes físicas, químicas, bioquímicas, etc., no se hallan separadas de los quarks, protones, neutrones, mesones, radiaciones electromagnéticas, etc., sino que son el producto neto de esas mismas manifestaciones de lo subyacente: *la sustancia o esencia universal.*

Las leyes no están más allá, como si fuesen algo así como una tela de araña de fondo que obliga a los aconteceres a pasar por sus hilos en un ejemplo práctico, o como algo imponderable, sutil, fantasmagórico, con poderes de dirigir los hechos, en un ejemplo abstracto. No son algo que actúa u obliga a actuar desde un "más allá", sino que se trata de las propias emanaciones de la esencia del universo. En otras palabras, no es como si la esencia fuese algo supuestamente separado de sus manifestaciones lo que crea las leyes, sino que éstas son precisamente el producto de dichas manifestaciones.

No se trata de condiciones inmateriales dentro de las cuales todo, radiaciones y partículas, deban ceñirse a sus mandatos, pero ¡tampoco se trata de algo inherente a las partículas con carácter de eternidad!

Según mi hipótesis, *las leyes no son eternas.* Esto es que, si se borrara definitivamente esta actual estructura del universo, jamás sería posible que se reinstalaran estas actuales leyes que conocemos.

¿Cómo puede ser esto si a cada paso vemos cómo los nuevos hechos que se cumplen en nuestro entorno vuelven a obedecer a las mismas leyes que otros hechos pasados?

Un animal, por ejemplo, antes de morir deja descendencia y ésta se desarrollará en las mismas condiciones sin que aparentemente éstas emanen del tejido orgánico.

Una nueva estrella que nace está destinada a recorrer las mismas etapas evolutivas que otras que ya se hallan en su vejez.

¿Está mal planteada entonces la cuestión anterior y existen realmente ciertos hilos de fondo o caminos abstractos como "escritos" en el cosmos desde siempre, y que obligan a la sustancia universal a recorrerlos?

Aquí se hace necesario introducir dos conceptos para obtener una explicación más clara: 1º) la estructura total del universo de galaxias con sus emanaciones obligantes con respecto a otras estructuras menores, o niveles de acción, como hemos visto; 2º) la instalación de los *ciclos,* consecuencia de lo anterior.

Así tenemos ahora leyes generales a las que se deben ajustar los distintos niveles, por una parte, y por otra, leyes emanadas de estos niveles, propias de ellos y a su vez influenciadas por las generales.

Ejemplo de ley general: gravitación universal. Ejemplo de ley particular: fototropismo (crecimiento de las plantas orientado hacia la luz).

La gravitación lo "inunda todo", pero dentro de ese campo se producen

hechos que también se ajustan a leyes propias creadas por manifestaciones de la esencia añadidas.

En cuanto a los ciclos, éstos se instalan y duran mientras persisten
las influencias de campos mayores. Los ciclos son los que explican por
qué vemos repetirse los mismos hechos bajo idénticas leyes, pero son perecederos, nunca eternos.

La formación de una nueva estrella será posible mientras no varíen las
condiciones generales para la repetición de estos hechos. La existencia
de la estructura atómica será posible hasta tanto el campo que permite
su formación se mantenga a lo largo de los eones cósmicos *variando
lentamente*.

¿Qué significa aquí "variando lentamente"? Simplemente que las leyes
físicas, químicas, bioquímicas, biológicas y psíquicas son circunstanciales y transitorias.

Sin embargo, se preguntará el lector, ¿cómo es que la astronomía
detecta por doquier, esto es en todos los rincones del universo, las
mismas leyes que se muestran como invariables? Esto es debido a la
corta duración de la existencia de la humanidad sobre el planeta.

Para poder comprobar variaciones en las leyes que rigen el cosmos
serían necesarios fabulosos eones cósmicos. Podríamos hablar quizá de
veinte billones de años terrestres tomando esta unidad de tiempo (el año)
arbitrariamente, ya que al cabo de ese lapso no habrá rastros de la
Tierra, ni del Sol, ni de las galaxias, y es posible que ni siquiera la
estructura atómica sea ya posible. Los átomos como manifestaciones
transitorias de la esencia universal habrán pasado a la irrepetible historia
del universo.

Esto quiere decir que incluso los ciclos que se puedan instalar en el
cosmos y que presumiblemente permiten la repetición aparentemente
infinita de los hechos, como las floraciones de las plantas o el ciclo de
las aguas (evaporación-precipitación) en la Tierra, o de la formación de
galaxias en el espacio, son efímeros. Pasarán para nunca más volver.

Esto significa que no existirá más la ley de las órbitas elípticas de
los sistemas plantarios —según la cual el radio vector barre áreas iguales en tiempos iguales—, y aún más, los cuerpos esféricos serán imposibles y también dejará de actuar la ley de atracción de las masas. La
matemática entonces carecerá de sentido puesto que no habrá más
cantidades, no más objetos para contar, sumar y restar, no más cuerpos
geométricos para medir, es decir, ni prismas, cubos, icosaedros, ni otra
clase de poliedros, tampoco átomos, ni quarks, ni gluones, ni elemento
puntiforme alguno, sino continuidad o especie de plasma informe, esto
es no compuesto de partículas.

Luego las leyes naturales tenidas por invariables, incólumes, eternas,
son un mito. Por el contrario, se trata de condiciones circunstanciales,
variables, no repetibles luego de transcurridos los evos cósmicos.

9. ¿Son finitas o infinitas las propiedades de la esencia?

Ahora bien, luego de pasar este estado de cosas que hoy somos y conocemos, a saber, nosotros, nuestro mundo, los planetas, las estrellas incluido nuestro Sol, las galaxias, la estructura atómica, las subpartículas, las figuras geométricas, las leyes naturales, hacia otras formas de manifestación esencial en que ya seamos imposibles como procesos humanos, imposible toda forma de vida, imposibles los cuerpos esféricos del espacio cósmico y, por ende, las galaxias compuestas de globos estelares, imposible el átomo, los quarks y toda otra subpartícula a ser descubierta en un futuro, y absurdas las leyes naturales que hoy rigen el universo, entonces, según mi hipótesis, la deriva de la esencia del universo con sus manifestaciones, ¿tenderá hacia lo infinito en materia de formas?

¿Su posibilidad de transformación o transmutación será infinita o limitada?

Si infinita, entonces estaríamos formados por algo misterioso y en presencia de algo mágico que siempre se transmuta a lo largo de los evos cósmicos, y si limitada pero no repetible, entonces todo alguna vez quedará sin manifestaciones, fluctuando (muerte del universo); si limitada pero repetible en contradicción con mi hipótesis, por el contrario, estaríamos a la espera de un eterno retorno de todas las cosas durante toda la eternidad. ¿El eterno retorno de Nietzsche?

No fue Nietzsche el primero en concebir esta doctrina. La noción de *ciclo cósmico* la hallamos en el orfismo, el pitagorismo, en las ideas de Anaximandro, de Empédocles, en Heráclito, en los estoicos y en el brahmanismo, según el cual este universo debe perecer, no vive más que un día de Brahma; después de ese tiempo (que se calcula en cuatro mil trescientos veinte millones de años), se disuelve y transforma en Océano, en el cual flota Brahma dormido. Esta es la noche de Brahma. Todo desaparece, tanto los dioses como los demás seres. Al término de la noche de Brahma este despierta y comienza una nueva creación que es idéntica a la anterior.

Esto significa que cíclicamente Brahma se desarrolla y procrea todo lo animado, que luego, en el momento de la destrucción, vuelve a él.[8]

Luego, en Nietzsche reaparece esta doctrina de los ciclos del mundo como un "eterno retorno", según la cual todo, la erupción del volcán Krakatoa, la segunda guerra mundial, mis padres, esto que estoy escribiendo, todos los errores, horrores y aciertos de la humanidad, el dolor, las injusticias, las felicidades, los absurdos se repetirán hasta el cansancio a lo largo de toda la eternidad.

[8] Véase R. de la Grasserie y R. Kreglinger, *Psicología de las religiones*, México, Pavlov, s/f, págs. 67 y 68.

Esto sinceramente se constituiría en el ciclo cósmico más tonto concebible.

Estas filosofías y mitos por supuesto que no son más que especulaciones de la mente humana acerca de algo totalmente desconocido, fundadas en ciertas vicisitudes cíclicas confirmables en el choque psique-entorno, como la alternancia del día y la noche, de las estaciones, de las fases lunares, de las generaciones de animales y plantas, etcétera.

Según mi hipótesis ya expresada, la realidad es muy otra, pues incluso los ciclos tienen carácter perecedero y alguna vez desaparecerán para no retornar jamás. Por muy sugestiva, atrapante o subyugante que aparezca la idea brahmánica y nietzscheana del eterno retorno, no deja de ser, a mi modo de ver, más que una invención de nuestro psiquismo particular que toma de su entorno las pruebas de ciertos ciclos perecederos a elección para extender su significado al todo y a la eternidad, en una proyección no certificable sino puramente conjetural y, por ende, nada confiable.

Por su parte, ¿es confiable mi hipótesis que sostiene las propiedades infinitas de la esencia o finitas pero no repetibles, según la cual una vez desaparecidos los ciclos todo retorno es imposible?

Quizá no más que la anterior, con la salvedad de que al menos resulta más optimista, por cuanto trae el consuelo de que las tragedias, los horrores, errores y absurdos que lastiman a los seres conscientes no se repetirán jamás.

En cambio, según la otra posición, la del eterno retorno, estaríamos atados a un horrendo fatalismo para algunos, a efímeras perspectivas de felicidad para otros, pero todo librado a la suerte de cada uno, como si cada uno estuviese programado para la desdicha o la felicidad desde siempre y para siempre en una repetición vana y eterna dentro de la eternidad.

Esta hipótesis, la de los ciclos eternos, es consuelo para unos y desazón para otros, según cómo les vaya en la vida, según estén destinados a la bonanza o a la penuria dentro de las redes de un determinismo ineluctable, esclavizados, encadenados, sometidos a una esencia creadora de iguales leyes y circunstancias cíclicas desde la eternidad hasta la eternidad. Fantoches cósmicos manejados por los hilos de una fatalidad reiterativa hasta lo infinito.

Aquí sólo cabría elegir entre las dos posiciones. ¿Qué podríamos hacer más que elegir a nuestro gusto?

Sin embargo, mi tino o intuición o vislumbre, me inclinan a negar esa pretendida exactitud matemática traducida en repeticiones idénticas de todos los hechos, de toda clase de fenómenos, y me orientan hacia la aceptación de un devenir que produce circunstancias únicas, ya sean hechos aislados o ciclos transitorios.

Más arriba he hablado de plasma no puntiforme, estado en que podría quedar el universo una vez apagados los ciclos. Es posible que, dada la naturaleza dinámica de la esencia y su espontaneidad en la generación de nuevas acciones encadenadas, se susciten nuevos acaeceres que puedan derivar hacia los más variados caminos totalmente alejados de esta forma y leyes que presenta el actual universo que nos rodea y nos hace ser como · procesos. Pero acerca de la infinitud de estas nuevas formas y leyes poco podemos conjeturar. Si son repetibles sólo alguna que otra vez en la infinitud, aun fuera de un proceso cíclico, entonces es posible el retorno en la eternidad, siempre alguna vez. Si no lo son en absoluto, entonces esto que estoy escribiendo lo haré por única vez.

En resumen, nos resulta imposible conocer a ciencia cierta, en términos absolutos, si las manifestaciones de la esencia son finitas o infinitas.

He elegido las no repetibles. Más adelante (cap. XXII) veremos cómo aun una posición teísta cae en el absurdo.

10. La noción de "procesos universales"

Hemos explicado ya (cap. I, 3) que los seres no existen, sino que se trata de *procesos*. No somos seres concretos sino que consistimos en un suceso instalado entre la radiación energética del Sol, y la Tierra. Formamos parte de un sistema Tierra-Sol. Nos nutrimos de energía solar que es procesada. Sucedemos en virtud de nuestro metabolismo. Tomamos alimentos cuya cadena comienza en los vegetales que captan energía solar. Esa energía solar hace que "sucedamos". También dijimos que incluso una roca está sucediendo, es un suceso y no una cosa, porque se encuentra recibiendo influencias del entorno, se mantiene como roca por la temperatura, la fuerza de atracción, la naturaleza de sus átomos, su trama de cristal como silicato, etc. No es tampoco un "ser", es un suceso.

Ahora ha llegado el momento de proyectar el concepto de *proceso* hacia el universo entero.

Así tenemos entonces que el planeta Tierra es un proceso, puesto que se trata de un cuerpo espacial en constante transformación, según veremos más adelante.

Los plegamientos orogénicos, la acción del mar que por una parte realiza la abrasión de las costas continentales e insulares, mientras que en otros lugares interviene en su formación al acarrear materiales; la acción erosiva pluvial y eólica; el avance de bloques tectónicos que provocan movimientos sísmicos, el vulcanismo, etc., hacen que nuestro planeta cambie constantemente de fisonomía a lo largo de los evos geológicos.

El resto de los planetas y sus lunas son otros tantos procesos, también nuestro Sol con su fusión nuclear, los torbellinos presentes en su fotosfera (manchas), y sus erupciones; lo mismo el resto de las estrellas, nuestra galaxia Vía Láctea y el resto de las galaxias que pueblan el universo entero en su conjunto es un proceso en marcha que cambia sin cesar.

A su vez, podemos notar que un proceso mayor encierra otros procesos en menor escala y aunque todo esté en cierto modo relacionado (salvo eventos que ocurren a enormes distancias unos de otros) es posible recortar o separar los procesos universales a grandes rasgos, por ejemplo, comparándolos bastamente con un huevo separable en cáscara, clara y yema.

El universo formado de galaxias es un proceso que encierra todos los restantes: galáctico, estelar, planetario, etc.

El proceso galáctico a su vez encierra los estelares, quasáricos, del sistema solar, planetarios y una infinidad de otros más, y así sucesivamente. Esto será tenido en cuenta cuando tratemos el tópico de la vida (cap. VIII, 8, 9, 10 y 11).

Es necesario repetir que no existen seres concretos; hay procesos obrados por lo subyacente que he dado en denominar *esencia* o *sustancia universal*.

Estos procesos perceptibles o detectables, más los imperceptibles e indetectables (según hemos visto al tratar acerca de las manifestaciones de la esencia ocultas para nosotros) son los que forman la "atmósfera universal" o condiciones, llamémosle *leyes naturales*.

11. El eterno presente y el "tiempo"

Habíamos concebido (punto 3) una esencia universal de naturaleza intrínseca dinámica, con capacidad incluso de generar nuevas series de hechos por acción espontánea (punto 6). Este dinamismo natural provoca cambios. Luego son estos cambios los que interpretamos como transcurso, esto es como "tiempo", pero a mi modo de ver el tiempo concretamente no existe.

Necesitamos concebir de algún modo la sucesión de cambios ya que, de otra manera, nuestro presente sin pasado retenido en la memoria consistiría en un amplio y caótico desfile de hechos sin sentido y andaríamos desorientados en la vida. Nuestro cerebro al retener, cual una toma fotográfica, las distintas facetas del cambio crea la ilusión del *pasado*, y al calcular los acontecimientos a suceder crea la noción de *futuro* y a la instantaneidad le llama *presente*. Pero en realidad el pasado y el futuro no existen fuera de lo conceptual. La realidad en sí es cambio intemporal. Mas los cambios se producen a distintas velocidades para los sistemas de referencia. Así, para un observador un mismo cambio puede producirse antes o después que para otro observador. Ambos pueden discutir este asunto, pero no llegarán nunca a coincidir, pues todo resulta relativo cuando se trata de medir los cambios y aplicar a estos la idea   abstracta de "tiempo".

Todo lo vemos cuando ya ha ocurrido, nada en el instante presente. Ni siquiera las palabras que leemos en un libro. Es un hecho que ya ocurrió.

Si fotografiamos el mundo, un paisaje, el cielo estrellado, etc., todo eso ya fue, y lo más notable es que los distintos astros que aparecerán en la placa "fueron en distintos tiempos", no son "ahora" así como los vemos. Tanto tardan las señales (luz y ondas de radio, por ejemplo) en llegar hasta nuestra retina, a la placa fotográfica o al registro astronómico que muchos objetos celestes que observa el astrónomo a través de la lente telescópica u "oye" por medio del radiotelescopio, ya no existen, son sólo fantasmas, fotones u ondas de radio que aún nos llegan de una fuente que no está más.

Nosotros también somos cambio, pues consistimos en entes "dibujados" por la esencia en virtud del dinamismo de ésta. Luego nos vemos impedidos de determinar en forma absoluta otros cambios de distinta velocidad, porque nuestras mediciones se distorsionan.

Puedo medir una duración con un cronómetro que es cambio, o con la sucesión de mis pensamientos que también es cambio (tiempo psíquico), pero siempre estaré midiendo un cambio con otro cambio, con un supuesto segmento corto o largo de continuo. Incluso, ambos a su vez pueden variar y "tardar" en llegarnos el dato, por lo tanto resulta imposible medir nada con exactitud absoluta, pues son relativos tanto el cambio a medir como el método de su medida.

Cuando hablo de tiempo es que estoy aislando en forma abstracta y arbitraria un "segmento" de continuo: un minuto, un segundo, un cien mil millonésimo de segundo, etc. Pero ese continuo no es el tiempo que fluye, es un continuo cambio que siempre está en un presente.

Tal es la relatividad de lo que llamamos "tiempo", que si nuestro pensamiento que es cambio fuese extremadamente más lento que el "normal", o por el contrario sobremanera más acelerado, entonces el mundo se nos tornaría muy diferente.

Si nuestro pensar fuese de una lentitud extrema acompañado igualmente de un retardo en el proceso fisiológico que también consiste en una serie de cambios, y de tal magnitud que nuestra existencia durara por ejemplo mil millones de años, entonces en pocos instantes veríamos brotar las plantas, crecer explosivamente y al paso siguiente florecer y fructificar casi al mismo instante, todo repetido infinidad de veces para enseguida secarse.

Contemplaríamos la sucesión de las generaciones de los seres vivientes como una tragicómica historia acelerada conducente a la transformación evolutiva de todas las especies destinadas a cobrar auge en su tiempo, para luego precipitarse hacia la inexorable extinción en un irracional tránsito hacia la nada.

Si nuestro proceso psicofísico fuese más lento y longevo aún y durara varios miles de millones de años, como espectadores ubicados fuera de la Tierra podríamos ser testigos del aceleramiento de todo el proceso universal y asistir quizás al final de la actual estructura del universo. Tal vez veríamos la extinción de toda forma viviente; a la Luna caer sobre nuestro planeta (según una hipótesis); al globo terráqueo frenado en su rotación presentar siempre la misma faz al Sol (como lo hace la Luna con respecto a la Tierra); secarse los océanos y mares; huir la atmósfera hacia el espacio exterior, etc. Luego de transformado nuestro planeta en un páramo yermo con toda su superficie aplanada por la erosión, quizá veríamos a todo el sistema solar arrasado por una expansión solar y finalmente al Sol transformado en una estrella enana blanca primero y en enana negra después (según la teoría).

Si, a la inversa, nuestro pensamiento en consuno con nuestro proceso biológico estuviesen acelerados vertiginosamente con respecto a los aconteceres exteriores, entonces un día se nos transformaría en un siglo. La velocidad de la luz se nos tornaría muy lenta y su llegada desde el Sol en un nuevo día se nos haría esperar un tiempo tan largo que comparado con el actual equivaldría a años, y durante un lapso equivalente a un minuto desfilaría ante nuestras percepciones sensoriales una serie de acontecimientos que en la normalidad nos pasan inadvertidos, como las sucesivas etapas de la caída de un cuerpo acelerado por la gravedad visto con cámara ultralenta. Podríamos asistir al choque de dos vehículos cuyo encuentro se nos haría esperar tanto que nos parecería que jamás llegaría a efectuarse.

Estaríamos realmente en "otro tiempo" como porción de continuo aislada entre cuyos extremos sucede algo.

Aunque pasado y futuro y ni siquiera el tiempo existen, según mi hipótesis, podemos estar presenciando los acontecimientos desde distintos "tiempos", esto es cambios más lentos o acelerados. En un mal razonamiento, aquello que para un ser, cuyo proceso mental transcurriese lentamente, estaría como situado en un "tiempo futuro" con respecto a otro para quien las cosas transcurren lentamente por poseer procesos psicofísicos acelerados, y viceversa, este último estaría como en un "tiempo pasado" con respecto al primero.

Pero, en realidad, todo es presente en el cual se hallan capturados ambos observadores que perciben los mismos cambios desde procesos de distinta duración en que consisten ellos mismos y desde distancias dispares.

En cuanto a la *teoría de la relatividad* según la cual las series temporales son relativas, pues dependen de los sistemas de referencia en uno de los cuales puede hallarse ubicado el observador, en cierto modo coincide con mi modesta hipótesis. Sigo respetando la teoría relativista y acepto el "retraso del tiempo" a velocidades próximas a la de la luz, aunque considero como verdaderas exageraciones algunas interpretaciones en el sentido de que cierto observador pueda hallarse en "un futuro", o transponer las barreras del presente para incursionar en "el pasado" (y disparates tales como las posibilidades de modificar el presente desde ese mismo pasado), pues si dos fenómenos simultáneos dentro de un sistema dado de referencia pueden dejar de serlo en relación con otros sistemas,· es sólo *en relación* con esos otros sistemas en que puede hallarse un observador, no con relación al presente continuo.

Así como según mi hipótesis no hay tiempo, tampoco creo en un hipotético "ir físicamente hacia el pasado", o transponer el presente para "incursionar físicamente en un futuro" que paradójicamente aún no se ha producido.

Según la teoría relativista, es posible que el orden temporal de algunos sucesos pueda invertirse, pero esta teoría no dice que la luz, por ejemplo, puede llegar a determinado lugar antes de ser producida.[9]

Son los puntos de referencia en movimiento, o los observadores los que relativizan los "efectos", pero los hechos en sí se hallan cautivos en un eterno "ahora".

Aquí, en este punto se esfuma también la arcaica idea de "causa" y "efecto". Esto es puramente mental y no se ajusta a nada objetivo. Lo que podemos denominar "causa" fue hace un instante "efecto", y por consiguiente todo "efecto" se transforma de inmediato en "causa" de nuevos "efectos" que a su vez se transformarán en "causas" y así sucesivamente. Luego, si analizamos objetivamente los fenómenos y los asimilamos a un continuo flujo, sin antes ni después, todo amarrado a un instante perenne, desaparece toda noción de causa y efecto.

Si bien la teoría de la relatividad sostiene la relación velocidad-tiempo, (aumento de velocidad próxima a la de la luz, retraso del tiempo) mi hipótesis apunta al hecho: mayor velocidad cercana a la de la luz, mayor lentitud en los cambios con respecto a otros, todos amarrados siempre al instante eterno.

Puedo aceptar que un astronauta que parte de la Tierra en una nave espacial a una velocidad próxima a la de la luz (que es de 300.000 kilómetros por segundo en cifras redondas) para realizar un paseo por el cosmos que puede durar algunas decenas de años, al regresar a la Tierra se encuentre con que allí han transcurrido varios siglos o milenios.

Aquí volvemos a la conclusión, para muchos, de que son los observadores los que se engañan o son víctimas de la apreciación de los hechos.

¿Será realmente así? Conforme a un cálculo, para llegar al centro de nuestra galaxia Vía Láctea a una velocidad muy próxima a la de la luz

[9] Véase Mario Bunge, *Causalidad*, Buenos Aires, EUDEBA, 1972, págs. 78 y 79.

se necesitarían veintiún años según el tiempo de la nave espacial, mientras que para los "que se quedaron en la Tierra" habrán transcurrido nada menos que 30.000 años.[10] Para los terráqueos, el tiempo del astronauta se ha tornado ultralento, tanto que transcurrieron en la tierra varias generaciones, mientras que para el viajero su reloj marcaba horas normales y sus cambios fisiológicos "no experimentaron retraso", pero tan sólo para él en cuanto no lo ha notado. En realidad hubo retraso, esto es dilatación temporal con respecto a los terráqueos que se quedaron en su planeta, de lo contrario no podía haber regresado vivo transcurridos 30 milenios.

A su vez, para este astronauta todo el proceso de "envejecimiento" terráqueo, que duró 30.000 años, se tuvo que haber "acelerado", de lo contrario no podría haber encajado en tan sólo 21 años según su calendario.

No obstante, y he aquí lo curioso, de haber observado la Tierra con un telescopio desde su nave durante su alejamiento, el astronauta hubiese visto todo lo contrario, esto es los acontecimientos transcurriendo con lentitud, una Tierra en cámara lenta.[11]

¡Así de irracional es la relatividad!

Todo esto parece exagerado y quizás absurdo o inverosímil, pero los cálculos arrojan estas posibilidades "irracionales".

El tiempo carece "de propiedades productivas o de fluencia".[12] En realidad, y coincidiendo con Bunge cuando se refiere a la relatividad,[13] lo primero es el cambio, y su derivado es lo que denominamos "tiempo", pero para mí como puro concepto, no como una realidad.

En otros términos, el "tiempo" no es algo que fluye independiente, dentro de lo cual se hallarían los sucesos. Estos no ocurren en el tiempo, simplemente son.

Más adelante seguiré insistiendo sobre las irracionalidades del mundo frente al cual, para ordenarlo, nuestra mente elabora su "propio mundo" psíquico a fin de escapar así de la locura.

Tocados ya en esta parte los temas de nuestras relativas y limitadas percepciones; de lo subyacente oculto que se nos manifiesta parcialmente y que yo denomino *esencia o sustancia universal*, de lo cual también estamos compuestos y somos manifestación y manifestantes; y luego de haber hablado de las propiedades en parte hipotéticas de esta esencia, pasaremos ahora a la segunda parte de esta obra para considerar el universo, tanto el detectable como el indetectable.

[10] Véase Carl Sagan, *Cosmos*, Barcelona, Planeta, 1983, pág. 207.
[11] Véase Paul Davies, *Otros mundos*, Barcelona, Antoni Bosch, 1983, pág. 27.
[12] Véase Mario Bunge, *Causaliad*, Buenos Aires, EUDEBA, 1972, pág. 89.
[13] Véase Mario Bunge, *ob. cit.*, pág. 101.

Segunda Parte
EL UNIVERSO

Capítulo IV

La estructura del universo detectable

1. El elemento hidrógeno

Hacia cualquier punto del espacio exterior donde sea dirigido el instrumental astronómico, es posible detectar el elemento hidrógeno.

Telescopios con el adosamiento de espectroscopios por una parte, y los radiotelescopios por otra, nos dan la certeza de que el universo detectable se halla compuesto en su casi totalidad de hidrógeno.

Las líneas de absorción registradas espectroscópicamente nos indican que hay hidrógeno en el Sol y demás estrellas. En base a ello se calcula que la composición de las estrellas es de un 90% de hidrógeno. Las estrellas más jóvenes tienen un porcentaje aún mayor. A su vez, las ondas de radio nos advierten de la existencia de inmensas nubes de hidrógeno en el espacio interestelar, en el centro de la Vía Láctea y en todas las galaxias, pues esas nubes presentes por doquier emiten radiaciones · en longitud de onda de 21 cm que son "oídas" con los radiotelescopios. Así, según cálculos, la materia del universo está compuesta de un 90% de hidrógeno. Si añadimos la segunda partícula más abundante del universo llamado *helio* (formada por fusión nuclear en las estrellas a partir de cuatro núcleos de hidrógeno con liberación de energía) existente en la mayor parte del 10% restante, podemos decir que más de un 99% de la materia del universo consiste en hidrógeno y helio, de modo que nos queda menos de un 1% para el resto de los elementos químicos.[1]

Esta superabundancia de los elementos más simples de la escala química es muy significativa, y se constituye en la clave para comprender cómo ha obrado la selección universal que explicaré a continuación, y por qué existimos los seres conscientes en este punto del Todo, que es nuestro planeta natal, cuestión que veremos más adelante, en la Tercera

[1] Véase Albert Ducrocq, *La aventura del cosmos*, Barcelona, Labor, 1968, págs. 32, 33 y 214, y Paul Davies, *Superfuerza*, Barcelona, Biblioteca Científica Salvat, 1985, pág. 15.

Parte de esta obra, relativa a la *vida*, y en la Cuarta Parte referente al *hombre*. Esta sobreabundancia del elemento más simple nos está indicando que existe en el universo conocido un verdadero proceso de complejización por adición de núcleos atómicos y electrones.

Las estrellas son verdaderas fábricas de elementos químicos. En su interior se cumple la fusión nuclear que consiste primariamente en la formación de helio a partir de hidrógeno. El helio, a su vez, da carbono, el carbono da oxígeno y en estrellas muy masivas por adición de núcleos de helio se producen los elementos neón, magnesio, silicio, azufre... y así sucesivamente los demás elementos de la escala química.

Esto significa que de lo superabundante se produce lo poco pero más complejo. Este panorama universal nos está indicando algo que comprenderemos muy pronto.

2. El plasma o cuarto estado de la materia

Aquí en la Tierra, estamos acostumbrados a los estados sólido, líquido y gaseoso, y quizás nos cueste aceptar que vivimos en un sustento "anormal" si lo comparamos con el resto del cosmos.

En realidad, el estado normal de la materia en el universo consiste en una mezcla gaseosa compuesta de electrones e iones.

Este estado se denomina *plasma* y es el resultado del fraccionamiento de átomos y moléculas sometidos a temperaturas superiores a cien millones de grados, existentes en las estrellas. De modo que los átomos "armados" son una excepción propia de los cuerpos fríos, como los planetas.

Este estado plasmático de la esencia confirma una vez más que son las condiciones reinantes las que crean las formas de la materia energía y no ciertas pretendidas leyes físicas absolutas como estampadas en un marco de fondo dentro del cual ocurrirían los hechos ajustados a tales supuestas eternas leyes que, según mi hipótesis, no son siquiera repetibles cíclicamente en la eternidad, ya que los propios ciclos los hago perecederos e irrepetibles.

3. El quagma o quinto estado de la materia

Según una nueva teoría, además de la existencia del plasma estelar, es posible otra clase de plasma que habría existido en los albores de la formación de nuestro actual universo que conocemos. Según la teoría de "la gran explosión" o *"big bang"*, la materia fue creada hace unos quince mil millones de años precisamente a partir de ese acontecimiento. Pero este otro plasma se supone que existió durante un breve tiempo inmediatamente después de la gigantesca explosión, y los físicos lo denominan *quagma*.

Esta denominación surge de la combinación de quarks y gluones, elementos hipotéticos ya descritos (véase cap. II, 1) de los que se viene hablando desde hace algunos lustros para explicar las experiencias efectuadas en los ya mencionados aceleradores de partículas. Estos quarks y gluones nunca han podido ser observados aislados. Su concepto como partículas es casi metafísico.

Estas son tan sólo teorías que incluyo aquí porque confirman mis hipótesis. Es difícil hacer conjeturas acerca del estado del universo en el momento inicial de su gran explosión, si es que hubo realmente tal estallido, ya que en el futuro puede haber cabida para otras teorías, y si es a su vez cierto que en realidad existió tal estado primigenio, pues hay teorías que sostienen la idea de un universo *estacionario* donde toda la materia que se pierde en "la nada" de los agujeros negros, retorna luego como mágicamente emergida de los "agujeros blancos" (¿quasars?).

Sea como fuere, mi hipótesis, al apuntar hacia una posible transformación continua de la esencia universal, permite no sólo el estado "quagmático" en los inicios del actual proceso de transformación del universo hace unos 15.000 o 20.000 millones de años, sino también otros estados insospechados como veremos en el punto 1 del capítulo V. Por otra parte, rechazo todas las teorías que sostienen un modelo de universo estacionario en el cual mientras que por una parte "se pierde materia" por irradiación de energía, por otra se recupera mediante "una creación" continua y eterna de la misma.

4. Los objetos componentes del universo, hasta ahora conocidos

En la medida en que se fueron ampliando las capacidades de los medios de observación y detección en la astronomía, se han ido añadiendo nuevos objetos a los ya clásicamente conocidos desde la antigüedad, escudriñados a simple vista, como el Sol, la Luna, los planetas, las estrellas, "estrellas fugaces" y cometas.

A tal punto ha sido ampliado y modificado este panorama cósmico clásico, que hoy los astrónomos han arribado a una verdadera mezcla de asombro, entusiasmo y desconcierto. Steven Weinberg llegó incluso a decir: "...Cuanto más comprensible parece el universo, tanto más sin sentido parece también".[2]

Hoy se habla de galaxias, estrellas dobles, supernovas, estrellas neu-

---

[2] Steven Weinberg (Premio Nobel de Física 1979), *Los tres primeros minutos del universo.*

trónicas, púlsars, agujeros negros, quasars, lentes gravitacionales y radiogalaxias...

Los astrónomos han descubierto millones de galaxias (se calculan 10^{11}), y se estima que pueden existir nada menos que billones de ellas en el universo,[3] mientras que las estrellas se calculan (provisionalmente) en diez mil millones de billones (diez mil trillones).[4]

Estas cifras fabulosas serán muy importantes cuando tratemos de la vida y del hombre, para comprender cómo en forma aleatoria, los hechos universales han desembocado en la producción de *conciencias inteligentes* y por qué estamos aquí.

Nuestro Sol es una estrella mansa comparado con otros soles que sufren diversos procesos, algunos de ellos violentos al grado extremo como las supernovas o explosiones de estrellas masivas. Todas las estrellas son procesos repetibles momentáneamente en el universo, según mi hipótesis. (Aquí, en tiempo cósmico, "momento" puede significar la friolera de 15.000 o 20.000 millones de años para la eternidad). Se forman a partir de material galáctico interestelar, pasan por diversas etapas de contracción, fusión nuclear, composición, temperaturas, radiación, tamaño, brillo, color, etc., hasta convertirse en cuerpos opacos, estrellas colapsadas.

Las *estrellas neutrónicas* son de este último tipo. A causa de la fuerza gravitatoria, los electrones se comprimen en los protones nucleares y se forman neutrones que se añaden a los ya existentes. Cuando estos neutrones entran en contacto una vez eliminado el espacio, la estrella puede reducirse de tal manera que puede presentar las dimensiones de un asteroide con una masa igual a una estrella grande. Una pequeña bolita de esa materia compactada podría pesar lo mismo que el monte Aconcagua.

Estas estrellas, a medida que rotan, pueden parpadear al emitir un haz de radiaciones en frecuencias de radio y de luz visible, convirtiéndose en púlsars.

Si una estrella neutrónica posee masa suficiente para continuar contrayéndose, se convertirá en un agujero negro.

¿Qué es concretamente un agujero negro? Matemáticamente, es decir, teóricamente se trata de una región del espacio en el interior de la cual una estrella o un conjunto de estrellas como cúmulos globulares y concentraciones en los núcleos galácticos han colapsado, y de la que no puede escapar ni la luz, ni la materia, ni señal de ninguna naturaleza por causa de la tremenda fuerza gravitatoria allí desarrollada. En el

[3] Según un informe de la agencia EFE, fechado en Jerusalén el 14-5-88.
[4] Véase Isaac Asimov, *Las amenazas de nuestro mundo*, Barcelona, Plaza y Janés, 1980, pág. 57, y Carl Sagan, *Comunicación con inteligencias extraterrestres*, Barcelona, Planeta, 1980, pág. 153.

centro de este agujero negro se dice, en términos relativistas, que se ha formado una *singularidad*. Allí la materia ¡simplemente se esfuma! y todo acontecimiento en la región del agujero negro delimitada por el radio de Schwarzschild (véase cap. I, 5) se oculta tras un "horizonte de sucesos" que nos impide ver lo que allí ocurre.

Un trozo de agujero negro del tamaño de una manzana que chocara con nuestro planeta lo atravesaría de lado a lado como si se tratara de una esfera vacía. Aunque se trate sólo de un producto de la matemática, no es descartable la existencia real de estos violentos objetos de titánica atracción gravitatoria que son buscados por los astrónomos.

A continuación, antes de describir los *quasars*, es necesario adelantar que por el momento no se conoce bien su naturaleza. Existen varias teorías al respecto. En la actualidad se considera que los quasars consisten en núcleos activos de las galaxias. Parecen ser inmensas concentraciones de masa que atraen hacia su interior el material circundante, entonces producen una irradiación igual a cien galaxias como nuestra Vía Láctea, juntas. Estos potentes objetos fueron descubiertos con el avance de la radioastronomía y su nombre quasar deriva del inglés: *quasi-stellar* (semejante a una estrella), *radio source* (fuente de radio cuasi estelar) o dicho de otra forma, *objeto cuasi estelar*.

Se encuentran a considerables distancias de nosotros, desde superiores a 1000 millones de años luz, hasta cerca de 20.000 millones.[5]

Parece ser muy probable que se trate realmente de un tipo de galaxias peculiares tan distantes que los astrónomos pueden detectar únicamente sus centros luminosos, mientras que el resto permanece invisible, pues los tamaños aparentes de estos objetos apreciados desde la Tierra son pequeños comparados con nuestra Vía Láctea, por ejemplo.

Las teorías en boga tratan de explicar estos fenómenos de diversas maneras: a) como supergigantescos púlsars; b) como millones de estrellas apretujadas en núcleos galácticos, en plena colisión; c) como choques de materia y antimateria con aniquilación mutua y desprendimiento de potente energía; d) como emersión violenta de materia del "otro lado" de los agujeros negros que la absorben cual embudos. En este caso, se trataría de un embudo con flujo a la inversa o "agujero blanco".

Pero, en resumen, todo es tan reciente para la ciencia astronómica que resulta aún prematuro y aventurado predecir cuál teoría conocida o por elaborar, será la más acertada.

Por su parte, los astrónomos de la Universidad de Princeton, mientras estudiaban dos aparentes quasars, descubrieron en la constelación de

---

[5] Uno de los más lejanos objetos conocidos es el quasar OQ172, descubierto por los radioastrónomos de la Ohio State University, que dista de nosotros 17,6 mil millones de años luz. (Según la revista *Sky and Telescope*, setiembre de 1977.)

Virgo "una misteriosa masa cósmica imposible de clasificar", poseedora de una fuerza gravitatoria tan increíblemente poderosa como la de mil galaxias, pero invisible.[6] Esto constituyó otra intrigante sorpresa para los astrónomos, pues, ese intenso campo gravitatorio creado por la masa se comporta como una especie de súper lente.

La existencia de las *lentes gravitacionales* se halla prevista en la teoría general de la relatividad de Einstein y ya han sido localizadas varias. Es casi seguro que son la causa de las imágenes múltiples de algunos quasars observados.

Otros objetos no menos intrigantes son las *radiogalaxias*, radiofuentes originadas nada menos que en la colisión de galaxias.

El futuro ofrecerá sin duda nuevas sorpresas. Ya vemos cómo la imagen tenida por clásica acerca del universo ha variado sobremanera, hecho que nos indica que aquel supuesto o creído orden (cosmos) en el universo era tan sólo una ilusión originada en una insuficiente observación.

Esto lo veremos más de cerca en el capítulo VI, 1.

5. La expansión de nuestro "universo de galaxias"

Mediante el *principio de Doppler-Fizeau* podemos conocer que las galaxias huyen unas de otras.

¿Qué es este principio llamado también *efecto Doppler*?

Es el que nos indica si un objeto se acerca o se está alejando, experiencia fundada tanto en los sonidos como en la luz emitida por los objetos. Al observar una estrella, por ejemplo, con un telescopio y la ayuda de un espectroscopio, el corrimiento de las líneas espectrales hacia el azul nos indica que el astro se está acercando hacia nosotros; en cambio si el desplazamiento de las líneas es hacia el rojo, significa que la estrella se aleja de nuestro puesto de observación.

Ahora bien, aplicando este método espectroscópico a las galaxias del universo conocido, los astrónomos comprueban que todas, sin excepción, producen corrimiento de las líneas espectrales hacia el rojo, señal que indica su alejamiento.

Esto significa que el universo de galaxias se está expandiendo.

Pero no es tan sólo esto lo que comprueba la astronomía, también es posible saber que cuanto más alejadas de nosotros se encuentran las galaxias enfocadas, mayor es su velocidad radial, porque el corrimiento de las líneas espectrales hacia el rojo es más pronunciado.

Esta comprobación dio pábulo a una interpretación de los hechos en

---

[6] Según informe fechado en Washington (agencias ANSA, EFE y UPI) el 6-5-86.

consonancia con la teoría relativista. Pronto nació un paradigma con el fin de explicar el fenómeno observado de las velocidades "radiales" galácticas en aumento proporcional a las distancias, comparando el universo curvo y finito einsteniano con una pompa de jabón que se expande. En este caso, no son los puntos los que se alejan por sí mismos unos de otros, sino que es el espacio que crece entre ellos lo que los separa y aleja de sí. De modo que situado un observador imaginario en un punto cualquiera en la superficie de la esfera en expansión vería alejarse los demás puntos a velocidades cada vez mayores en proporción a las distancias. Es el efecto del espacio en dilatación, de modo que incluso el punto de observación se aleja del resto.

Aquí se presentan ciertos enigmas. Si en la medida en que se visualizan galaxias cada vez más remotas, se comprueba que sus velocidades son mayores, ¿dónde puede estar el límite? ¿Es posible que las más alejadas, que serán visualizadas en el futuro cuando entren en funcionamiento telescopios de mayor potencia, se encuentren cercanas a la velocidad de la luz, aceptada teóricamente como la máxima posible? ¿Y más allá aún? ¿Superarán la velocidad de la luz y, por ende, serán invisibles si la teoría de la máxima velocidad falla?

Por otra parte, si la expansión de este universo no tiene límites, entonces, alguna vez las galaxias se perderán en el infinito, más allá del horizonte cósmico. En este caso llegará un momento en que todas las estrellas se enfríen y mueran, la materia cambiará su naturaleza y luego ¡no ocurrirá más nada!

6. ¿Universo cerrado o abierto?

Según la teoría de la relatividad, el universo es curvo y finito, esto es que se cierra sobre sí mismo. Así es como podemos entender que un imaginario cosmonauta lanzado en su nave en línea recta hacia el espacio exterior, regresará al cabo de un largo paseo al mismo punto de partida. Nunca podrá lograr "salirse" de este universo simplemente porque "el más allá no existe". Todo, tanto galaxias como radiaciones, se halla prisionero dentro de un universo replegado sobre sí mismo y que es el todo.

Aunque nos preguntemos con justa razón, ¿y más allá qué hay?, y por más que nos sintamos tentados de imaginar algo ubicado fuera de este universo, todo esto resulta absurdo para esta teoría. Aquí, lo lógico se torna en un sinsentido y lo absurdo en aceptable forzado por la matemática.

No obstante, aún persiste la teoría contraria que habla de un universo abierto que se pierde en el infinito en su expansión.

Estas especulaciones toman en cuenta una constante denominada *cosmológica*, la densidad media de la materia y la radiación en el espacio.

De la existencia o no de dicha constante, junto con la curvatura del espacio que puede ser positiva, nula o negativa, depende que el universo sea abierto o bien cerrado, es decir infinito o finito, y que pueda expandirse para siempre o colapsar.

Entre los "modelos de universo" propuestos por los cosmólogos como eventualmente posibles figuran los expansivos hasta el infinito y los oscilantes (cíclicos), que pueden clasificarse en tres tipos a saber: de curvatura positiva (elíptico, es decir cerrado y finito); de curvatura nula (esto es plano, abierto e infinito según la geometría euclidiana), y por último de curvatura negativa (lo cual significa que es hiperbólico, también abierto e infinito).

Las observaciones parecen favorecer el modelo cerrado y finito en expansión o al menos excluyen el universo de curvatura negativa.

¿Cuál podría ser mi modelo elegido? Pronto veremos que, en el sentido de universo total ¡ninguno!

7. ¿Universo cíclico o estacionario?

Según hemos visto en el punto 5, de acuerdo con las observaciones, el universo de galaxias se expande, y según modelos expuestos recientemente en el punto 6, el universo puede ser cerrado o abierto. Ahora bien, también se ha hablado de "universo oscilante". ¿Qué significa esto?

Si las galaxias huyen unas de otras en una alocada carrera, si nuestro universo se ensancha, ello hace suponer que todo ese material, toda la materia existente que se escribe 10^{80} (partículas elementales: protones, neutrones y electrones, en el universo observable) estuvo junta alguna vez, concentrada en una especie de "átomo primitivo" o en un "supersol". Aquí también nace la idea de "explosión inicial" o gran estallido que en inglés se dice "big bang".

La actual huida de todas las galaxias sería el resultado de ese big bang, y nosotros ubicados sobre nuestro planeta, con todo el sistema solar acompañando a nuestra galaxia, estaríamos huyendo de un centro de explosión o acompañando una expansión sin centro común de explosión según la moderna teoría.

Esta imagen rompe ciertamente con la aparente quietud que creemos observar cuando escudriñamos el cielo estrellado.

¿Somos entonces el fruto de una explosión de la materia total del universo? ¿Hay que buscar nuestro origen en un colosal accidente? Las respuestas vendrán más adelante en este libro.

Más allá aun de la idea de una explosión inicial, se genera otra teoría quizá más audaz, la de Tolman, que habla de un universo oscilante, es decir de un cuerpo total que pulsa cual un corazón cósmico.

Ahora estamos en diástole (expansión), luego, cuando todo comience a reducirse nos hallaremos en sístole (contracción). Puede que ya se estén frenando las galaxias, pero no lo advertimos por causa de las enormes distancias que nos separan de ellas, pues las señales que emiten, como la luz, tardan millones de años en llegar a nuestro puesto de observación. El destino de todas ellas sería entonces una condensación en un punto o nuevo supersol para iniciarse otra explosión.

Esto sugiere a su vez la idea de un ciclo, el de expansiones y contracciones de un universo eterno.

Recordemos a Brahma dormido y a Brahma despierto creando a los seres (véase cap. III, 9). Acordémonos también del "eterno retorno" del pensador Nietzsche.

Además, podríamos también mencionar el modelo cosmológico del universo en estado "estacionario" infinitamente viejo, en el que existe una creación constante y lenta de materia que compensa la pérdida de masa de las galaxias por irradiación de energía. Sin embargo, este último modelo no se corresponde con las observaciones.

Por otra parte, algunos cosmólogos (quizá para quedar bien con viejos mitos creacionistas) han dejado volar su fantasía para explicar que todo ha surgido de la mismísima nada y dicen disparates tales como: "A lo largo de esta brevísima fase (fase inflacionaria de fracciones del orden de 10^{-34} segundos cada una), la región del espacio que hoy forma el universo observable *pasó de tener una milmillonésima parte del tamaño de un protón* (¡un universo menor que un átomo!) a varios centímetros...

Al final de la inflación[7] el universo era vacío y frío. Pero al cesar la inflación se vio repentinamente lleno de un intenso calor. Esta cálida llamarada iluminó el Cosmos...". (¿Coincidencia con el texto bíblico?) (Véase Paul Davies, *Superfuerza,* Barcelona, Biblioteca Científica Salvat, 1985, cap. 12, pág. 205; la bastardilla me pertenece.)

En definitiva, dejando de lado esta última cosmología, ¿con qué modelo de universo me quedaré entonces? ¿Con un universo cerrado y pulsante o con un universo abierto al infinito?

Aunque parezca paradójico, ambos modelos son compatibles con mi hipótesis según la cual existen ambas cosas. Esta cosmología será descrita en el capítulo siguiente.

---

[7] Alan Guth, científico del Instituto Tecnológico de Massachusetts, en 1980 denominó "inflación" a la supuesta hiperexpansión primigenia del universo a partir de un estado de vacío, sin materia o radiación. Según su teoría que explicaría el *big bang,* sucesivamente, cada 10^{-34} segundos cada región del universo dobló su tamaño. Al cesar dicha inflación el universo se calentó a unos 10^{27} grados Kelvin, a partir de cuyo momento comenzó la segunda etapa de la expansión que prosigue hasta el día de hoy.

Capítulo V
La posible estructura del universo indetectable

1. El universo total y los "microuniversos"

En el capítulo I de la Primera Parte hemos comprendido nuestras limitaciones para percibir el mundo. En esta Segunda Parte notamos nuestra pequeñez ante un universo que posee un radio de unos 15.000 a 20.000 millones de años luz.

Pero este universo que detecta la astronomía hasta la última galaxia, hasta el último quasar, ¿es todo el universo?

Por supuesto que no. Cuando entren en funcionamiento los gigantescos telescopios, este universo se ensanchará, sin duda. ¿Mucho? ¿Poco?

Ahora es la oportunidad de exponer mi hipótesis.

Dada nuestra increíble pequeñez frente a un universo de trillones de kilómetros de radio, no nos podemos arrogar la capacidad de abarcarlo todo ni mucho menos, aun provistos del más potente instrumental de observación y el empleo de cálculos matemáticos.

Con los supertelescopios del futuro, ¿cuántos trillones de kilómetros más podremos añadir al universo detectable?

Sin embargo, ¿es necesario que allí termine todo? No, de ningún modo. Desafiando la teoría relativista de un universo replegado sobre sí mismo, esto es, curvo, finito y único, propongo un universo aún "más allá". De modo que pongo en vigencia aquella pregunta espontánea "¿Y más allá qué hay?", a la que respondo que, después de los límites de este universo de galaxias en expansión, hay ¡más universo!

Allí está el verdadero Todo, en su mayoría ya sin estrellas, sin galaxias, sin átomos, sin quarks y sin las leyes físicas por nosotros conocidas, formado de esencia universal informe, cual plasma continuo.

A este verdadero e indetectable universo lo denomino a mi modo *Macrouniverso*, que contiene a nuestro universo de galaxias observable cual globito formado de átomos, radiaciones y formas indetectables de esencia entretejidas (como hemos visto en los caps. I y II) al que llamo *microuniverso*.[1]

---

[1] Véase Ladislao Vadas, *El universo y sus manifestaciones*, Buenos Aires, Sapiencia, 1983, Primera Parte, cap. IV.

A este microuniverso, ya sea cerrado según el modelo einsteniano, o abierto según otras teorías, es al que los astrónomos toman por el todo. A mi juicio, están tomando la parte por el todo. Si en esta hoja escrita quisiéramos representar enteramente este universo de galaxias conocido hasta el último quasar, lo deberíamos hacer mediante un punto, extendiendo los cuatro bordes de esta página por kilómetros más allá.

Ahora bien, tampoco considero descartable la existencia más allá del nuestro, de otro u otros universos hechos de átomos u otra forma de expresión de la esencia universal. Esto es, otros microuniversos distintos e incluso algunos de ellos semejantes al nuestro ya sea en su etapa primigenia (agalácticos) o ya formados de galaxias.

De este modo, estaríamos en presencia de un modelo de universo abierto como quieren algunos, conteniendo enjambres de microuniversos que pueden ser cerrados en expansión, pulsantes o no. Aquí es donde concilian ambas posiciones.

Pero hay una salvedad. No considero extensible este enjambre o varios enjambres de microuniversos a todo el Macrouniverso como si existiese alguna ley de homogeneidad. Pienso, por el contrario, que las posibilidades de los microuniversos de galaxias, como el nuestro detectable, existen tan sólo en una región del Todo. Región en la que estaríamos comprendidos con nuestro universo-globo en expansión acompañados de otros universos-globo similares. Más allá todo debe ser diferente. La esencia en estado caótico puede encontrarse dibujando fenómenos inimaginables que nada tengan que ver ni con nuestras experiencias del mundo, ni con nuestros conceptos de la realidad.

Tal es nuestra relatividad, tal nuestro grado de consubstanciación con un estado de cosas particular (nuestro entorno planetario), que no podemos estar capacitados para concebir otro u otros estados de cosas más allá de los enjambres de microuniversos.

Así es como a éste, para nosotros coloso que llega aproximadamente hasta un radio de unos 180.000 trillones de kilómetros (o 20.000 millones de años luz) lo reduzco a un punto en el Todo.

En astronomía y en física nuclear todo es posible en materia de asombro. Estrellas de diámetros fabulosos pueden ser reductibles por comparación dimensional al tamaño de un asteroide. Los átomos pueden parecer gigantes comparados con el quark. (El volumen de un átomo puede reducirse en el orden de los 1000 billones si se pegaran todas sus partículas en una masa sin espacio, aumentando la densidad de la materia en esa misma proporción.)

El universo de galaxias que parece ser tan colosalmente inmenso se achica de pronto para transformarse en un puntito en el contexto macrocósmico que propongo.

Es posible que en el futuro, con más poderosos medios de observación, la astronomía detecte otros universos de galaxias (microuniversos "cercanos" como éste que nos contiene).

2. Otras versiones de "microuniversos"

Así como en el capítulo II, 6 hemos especulado acerca de ciertas manifestaciones de la esencia universal, para nosotros imperceptibles e indetectables, ahora también es posible sospechar la existencia de "universos" enteros formados de esencia inaccesible para nuestros sentidos, pero situados más allá de nuestro universo observable.

Para aclarar este panorama es necesario decir que esos otros universos remotos a que me refiero aquí nunca podrán ser detectados por el hombre. Primero, por su lejanía, y segundo, por carecer de manifestaciones observables para nosotros, aun si estuvieran más cerca.

En efecto, dada la complejidad del entorno en que estamos inmersos sería verdaderamente "milagroso" que poseyéramos la capacidad psicofísica y tecnológica suficiente para captarlo y entenderlo todo. De modo que es legítimamente sospechable la existencia de otros mundos enclavados en un Todo que jamás lograremos conocer ni entender. La vanagloria humana es comprensible desde la perspectiva de nuestra ignorancia acerca de nuestra ubicación en el cosmos.

En otros tiempos, la Tierra era el centro del mundo, y el hombre el "rey de la creación". No creo que hayamos superado el natural antropocentrismo en nuestros días. Aún nos creemos importantes en el concierto universal y capaces de abarcar "todo el universo" con nuestro conocimiento, sin reparar que aun esta idea es falsa, como lo era la imagen de la Tierra quieta, de Tolomeo, alrededor de la cual giraban todos los astros observables enclavados en transparentes esferas concéntricas.

La matemática parece ser nuestro infalible recurso para entenderlo todo, y, sin embargo, esta ciencia suele fallar en sus aplicaciones para explicar las cosas. En efecto, recordemos lo que ocurrió en el pasado griego cuando Eudoxo, Calipo y Aristóteles, y luego también el egipcio Tolomeo autor del famoso *Almagesto* (o *Sintaxis matemática*), creían en las numerosas esferas cristalinas que rotaban armónicamente llevando a los astros.

En aquel entonces, la matemática aplicada a esos sistemas los explicaba bastante bien.[2] Y sin embargo, ¡qué lejos de la realidad estaban aquellos matemáticos que creían en la cosmología de las esferas transparentes!

---

[2] Véase Frank Durham y Robert D. Purrington, *La trama del universo (Historia de la cosmología física)*, México, Fondo de Cultura Económica, 1989, caps. V y VI.

¿No les esperará lo mismo a los cosmólogos actuales que, mediante ecuaciones matemáticas, creen tener al universo encerrado en un puño? ¿No se estarán introduciendo las modernas y abstractas cosmologías a lo largo de los intrincados laberintos matemáticos en verdaderos callejones sin salida? Las teorías cosmológicas se multiplican hoy sin cesar, a cual más audaz. Mas yo pienso que serán tan efímeras como osadas.

Esta imagen actual del universo tampoco tiene por qué ser la real y, menos aún, la definitiva.

El futuro nos depara fenomenales sorpresas en el campo de la astronomía, pero quizá la más asombrosa será cuando entendamos que existe un límite para nuestra capacidad de comprensión. Entonces ya no nos creeremos especies de dioses o algo parecido, ni regias creaciones, pues el hombre quedará destronado para siempre como "rey de la creación".

3. ¿Un universo total finito o infinito?

En el capítulo I, en el punto relativo a las apariencias, señalé que el calor, el frío, el prurito, el dolor, la luz, los colores, los sólidos, etc., eran tan sólo elaboraciones cerebrales. Nada de eso existe en la realidad tal como lo concebimos.

También he aclarado que no existe "lo arriba" y "lo abajo" desde un punto de vista astronómico si nos situáramos como observadores exteriores al planeta en el papel de astronautas. El Sol, por ejemplo, nunca está "arriba" ni "abajo". Todo es ilusión. ¿Habrá que agregar a la lista también la idea de lo infinito?

Volviendo a la idea einsteniana, el universo es finito. No hay "más allá". Pero esto cuesta concebirlo, porque si bien este universo se puede representar como una esfera, es decir como un cuerpo cerrado sobre sí mismo, siempre nos asalta aquel eterno interrogante: "Y bueno, pero, más allá de los límites de la esfera, ¿acaso no puede haber algo más, aunque sea tan sólo espacio vacío?".

Sin embargo, si nos remontamos mentalmente hacia un espacio sin límites, pronto nos sentiremos como anonadados, es decir, inmersos en una nada absoluta que no tiene fin, que equivale precisamente a "no-ser".

Luego, a continuación de esta experiencia meditativa retorna a nuestra mente el universo curvo y finito de Einstein que ahora quizá concilia mejor con la lógica para poder decir: sí, si más allá hay vacío, entonces no hay nada. Infinito y nada resultan ser lo mismo entonces. Pero... ¿Y si en lugar de vacío=nada, existiera algo, otra forma de materia-energía universal?

En otra parte mencioné que el vacío lejos de ser una nada era algo, y que en lugar de ser continente como telón de fondo, era *resultado* del accionar de la esencia (véase cap. II, 7). Caemos aquí de lleno en mi hipótesis que sostiene múltiples universos como el nuestro detectable, y no sólo eso, aún más allá del enjambre de estos microuniversos es posible ¡más universo!, con formas de expresión de la esencia totalmente inconcebibles para nosotros.

Bien, tenemos ahora un universo curvo y finito de Einstein que no está solo sino rodeado de otros universos similares como cuerpos que a su vez se hallan circuidos de esencia informe, incorpórea. Ahora surge la eterna pregunta: ¿y este Macrouniverso o Todo contenedor de microuniversos, es al fin y al cabo finito o infinito?

¿Qué puedo responder? ¿Me debo atener a mi relativo cerebro que concibe "lo arriba" y "lo abajo" que sabemos que no existen, aun bajo la sospecha de que entonces tampoco existe lo infinito?

Al igual que "lo arriba" y "lo abajo", por su parte "lo infinito" sería tan sólo un invento de nuestra mente, una ilusión.

4. Microuniversos pulsátiles

Con el fin de representar de algún modo mi modelo de Macrouniverso o Todo formado de esencia universal, podríamos compararlo con un cielo parcialmente nublado, con esas nubes rasgadas y otras aborregadas, mezcla de *cirro-cumulus* con *cirro-stratus* que podemos observar durante el ocaso cuando los rayos solares tiñen de distintos matices las diferentes formaciones nubosas arreboladas.

Ese panorama heterogéneo, informe y continuamente cambiante representa para mí el paradigma del Todo universal.

En cuanto a nuestro universo de galaxias, este universo poblado de estrellas como lo más conspicuo a simple vista, hasta el último quasar detectable técnicamente, lo represento como un pequeño globito en expansión inserto en aquel Todo caótico, indefinido. A su vez, a este globito compuesto de galaxias, lo imagino, según mi hipótesis, acompañado de otros globitos similares que ocupan todos *"la región de los posibles microuniversos de galaxias"*. De modo que en cierta área del Todo, y tan sólo en ella, existe un enjambre de universos pulsátiles de galaxias como el nuestro (ateniéndonos, en este caso, a la teoría del "universo oscilante", de Tolman). Expandiéndose unos, contrayéndose otros en sucesivos ciclos. Más allá de ese enjambre cesa toda posibilidad de formación de tales cuerpos, pues se trata entonces de esencia universal indefinida, siempre caótica como en aquel paradigma de las formaciones nubosas denominadas cirros y estratos.

No puedo saber si todo esto es cierto. Nadie, ni aun mediante la matemática, puede llegar a conocer si es cierto, pues dadas ciertas señales que nos indican nuestra pequeñez, pobreza y limitaciones de entendimiento, asimismo como la relatividad de nuestro mecanismo cerebral, se evidencia la sospecha de que sería demasiado fantástico, casi sobrenatural que nuestro relativo psiquismo ayudado por nuestros pobres sentidos y la tecnología diera con precisión en la tecla de una realidad única, y que al mismo tiempo lo abarcara todo fundado en la matemática como lo pretende la teoría de la relatividad.

Seríamos entonces poco menos que "divinos" o semejantes a "lo divino", como lo quieren algunos místicos. Más adelante, en la Cuarta Parte relativa al hombre, veremos cómo esta imagen de omnisciencia se desvanece totalmente. La matemática —supuesto lenguaje universal— como producto de nuestro mecanismo mental no es aplicable al Todo; sus servicios son limitados y, tal como la lógica, sólo nos permite extraer del mundo una versión antrópica del mismo.

Esas mencionadas señales que nos dan la pauta de nuestra insuficiencia son las indicadas en los capítulos anteriores cuando se trataba de las sorpresas reveladas tanto en el terreno de la microfísica como en el campo astronómico, que llenan de asombro a los hombres de ciencia.

5. Microuniversos acíclicos

Aquel enjambre de microuniversos dentro del cual se halla incluido el que nos contiene, según mi hipótesis, ese conjunto de supersoles que cual luciérnagas, en sentido poético, se prenden y apagan, pronto dejará de destellar al ser absorbido por el entorno caótico. Ese será el fin de los universos pulsátiles, esto es, el cese de los ciclos. Aquí "pronto" puede significar, en tiempo cósmico, la friolera de por ejemplo 80.000 billones de años si en una suposición los microuniversos pulsaran un millón de veces antes de ser tragados por la esencia caótica del entorno. Esto, basado en un cálculo simple aplicado a nuestro universo de galaxias, luego extrapolado a otros cuyos pasos podemos describir así: si hasta la actualidad la expansión demandó unos 20.000 millones de años y nos hallamos teóricamente en la mitad del período expansivo, y si por lo tanto le sumamos otros 20.000 millones para la expansión futura hasta su límite, es decir, hasta la detención de la carrera de las galaxias, entonces obtenemos 40.000 millones de años. Si calculamos otro tanto para el proceso inverso, es decir la carrera de regreso de todas las galaxias hacia un centro común (contracción del microuniverso, o *big crunch* según la jerga de moda) obtenemos 80.000 millones de años que multiplicados por un millón de pulsaciones nos dan la para nosotros fabulosa cifra de 80.000 billones de años. Sin embargo, no nos debemos asombrar, ¡para la eternidad esto es un instante!

¿Por qué supongo un proceso universal tan desmoralizante como la "muerte" de nuestro universo de galaxias y de otros similares, al cerrarse para siempre la posibilidad de los ciclos?

Porque mi hipótesis apunta hacia la relatividad y transitoriedad de las leyes físicas, según hemos visto. Luego somos por única vez como posibles dentro de los ciclos repetibles temporariamente también por única vez, ya que la esencia subyacente de las partes componentes del Todo, tales como la región "creadora" de supersoles estallantes o universos oscilantes, tomará los rumbos más caprichosos, incontrolados hacia la nada como forma concreta donde ya nunca jamás serán posibles los átomos, las galaxias, las estrellas, los planetas, la vida... ¡nada!

Al perderse las leyes física locales, únicas que conocemos aparecidas por única vez para formar ciclos, ya nunca más centelleará universo de galaxias alguno, y no sólo en esta región en que estamos comprendidos con el nuestro, sino tampoco en región alguna.

` La disolución de las leyes físicas traerá aparejada la detención de los ciclos y, por ende, ya nada de lo conocido será posible, ni siquiera la matemática, según hemos explicado ya en el capítulo III, 8.

Aquí cabe añadir ahora con referencia a las leyes físicas, que éstas no son únicamente circunstanciales y transitorias sino además locales.

¿Qué significa esto?

Ante este nuevo panorama expuesto según mi hipótesis de un caótico Macrouniverso, las leyes físicas que conocemos emanan tan sólo de nuestro universo de galaxias o del enjambre de estos y no del Todo universal o Macrouniverso.

En todo caso se repetirán perecederamente en "la región de las posibilidades de la formación de los microuniversos", pero no más allá. O tal vez ni siquiera eso, puede que en cada nueva pulsación se produzcan distintas leyes físicas en cada universo oscilante. En efecto, es muy posible que en cada nueva expansión el microuniverso emerja con distinta turbulencia inicial, distinta intensidad de la energía gravitatoria y diferencias en el resto de las fuerzas que hoy conocemos.

Esto quiere decir que no es el Todo el que imprime las leyes físicas que establecen ciclos, sino que es un fenómeno local influenciado por el entorno el que las crea por una única vez en la historia del Macrouniverso, en ciertos puntos de éste.

Según mi hipótesis, estamos en presencia de microuniversos pulsátiles perecederamente cíclicos, esto es acíclicos en la eternidad.

Así, no acepto, por las razones expuestas, una de las teorías cosmológicas en boga, la del "retroceso del tiempo".

Según estos postulados insinuados por modernos cosmólogos como Hawking, quien también en un tiempo lo creyó,[3] existirían "recuerdos del futuro" y no del pasado por parte de hipotéticos seres que retornarían

---

[3] Véase Stephen W. Hawking, *Historia del tiempo* (Título en inglés, *A Brief history of time*), Buenos Aires, Crítica, 1988, cap. 9.

a la vida para ir retrocediendo hacia el pasado. De este modo, según esta ciencia-ficción, si nuestro universo de galaxias una vez expandido al máximo comenzara a regresar a su punto de partida, hacia el *big-crunch* o hacia una concentración, para reiniciar una nueva inflación, o a introducirse en un "agujero negro" —según las teorías— llegaría un momento en que todos los seres vivientes, incluido el hombre, resucitarían. Todo se cumpliría a la inversa de la expansión con leyes al revés. Todos los átomos se juntarían nuevamente para formarnos desde cuando "éramos cadáveres". Todo comenzaría en los cementerios con la exhumación en lugar de inhumación. Sería como proyectar una película al revés. Una vez recompuestos nuestros cuerpos muertos y desintegrados, volveríamos a parar a los hospitales u otros lugares de nuestro fallecimiento para recobrar la vida allí, la mayoría siendo ancianos, y comenzar luego todos a rejuvenecer para pasar por las ahora sucesivas etapas de la madurez, juventud, pubertad, niñez... ¡hasta introducirnos en el útero de nuestra madre y tornar a ser nuevamente fetos en involución, para finalmente llegar a convertirnos en cigotos y aún menos que eso, espermatozoide por un lado y óvulo por otro!

Ni éste ni muchos otros disparates por el estilo pueden entrar en mi hipótesis de las leyes variables suscitadas entre los universos oscilantes. Ahora bien, volviendo al tema, considero esta actual "región de las posibilidades de formación de los universos pulsátiles de galaxias" como un punto frente al Todo. Quiero dar esta imagen para que más adelante el lector comprenda en su tremenda profundidad la importancia del azar en la formación de nuestro mundo habitado y nuestra conciencia.

Somos casi imposibles, pero posibles al fin y al cabo si nos consideramos "fruto" del accionar de semejante "ente" ciego pero rico en manifestaciones que es el colosal Universo total o Macrouniverso.

¡Fuimos posibles como una casi nada por eliminación selectiva del casi todo colosal!

Capítulo VI

El universo como un eterno cataclismo

1. La nueva imagen: el cataclismo o anticosmos

El término *cosmos*, como sabemos, significa orden, armonía, belleza. Así se denominó al mundo como "conjunto de todo lo creado" al parecer desde Pitágoras (582 a.C.).

Cuando salimos de noche a pleno campo para observar el cielo estrellado, nos parece asistir a un magnífico y bello espectáculo. Si a esa experiencia añadimos luego la lectura de un tratado de astronomía de algunas decenas de años atrás, nos puede invadir la sensación de que ciertamente vivimos rodeados de un mundo exterior armónico y ordenado, aun sin necesidad de trasladarnos, para convencernos de ello, a las antiguas ideas tolemaicas cuando se aceptaba que la Tierra era el centro del mundo, de ese pequeño mundo de antaño.

Desde el nacimiento hasta la muerte de cada hombre las estrellas parecen ocupar los mismos lugares en las constelaciones. Los planetas parecen cumplir sus ciclos de traslación exactamente siempre igual. La misma regularidad parece desprenderse de la rotación terrestre que produce el día y la noche, su anual traslación en órbita alrededor del Sol, etc.

El orden del cosmos fue tomado por muchos como prueba de la existencia de un "Gran Ordenador o Gobernador del mundo".

Sólo con el descomunal aumento de la capacidad tecnológica de observación se ha diluido esa imagen del *cosmos-orden* que durante tantos siglos había cautivado al hombre.

Hoy se sabe que nada es exacto, regular, matemático. Ni la rotación terrestre ni la de ningún otro planeta o satélite natural, ni la traslación orbital de cuerpo espacial alguno, ni la rotación y traslación galáctica, ni la de cualquier otro "universo isla" de los millones que nos rodean.

Hay estrellas que explotan con inusitada violencia, a las que se denomina supernovas, evento que si ocurriera con nuestro Sol (si éste fuese por ejemplo una estrella masiva) arrasaría todo el sistema planetario y generaría un brillo superior al resplandor que emite toda la galaxia.

Existen radiofuentes (quasars) tan poderosas que pueden radiar energía en una proporción de un centenar de veces la de nuestra galaxia. Los estragos que puede causar un quasar son realmente estremecedores. En sus cercanías pueden quedar deshechos millones de mundos como nuestro planeta.

Hay accidentes más colosales aún. Galaxias enteras pueden entrar en colisión (evento que da origen a las llamadas radiogalaxias) y, en algunos casos, una galaxia mayor "engulle" prácticamente a otra menor, fenómeno que se ha dado en llamar, en términos bien antrópicos, "canibalismo galáctico". Existen galaxias que estallan enteras generando cataclismos inconcebibles para la visión y comprensión del ser humano en su pequeñez, quien aún si estuviera en medio de tal evento, asentado sobre un planeta o en el interior de una nave espacial, quizá no lo advertiría dada la lentitud de semejante proceso comparado con el veloz transcurso de la vida humana.

Incluso nuestra propia galaxia Vía Láctea que aparenta mansedumbre contiene en su núcleo ciertos aconteceres violentos, como las nubes de hidrógeno que salen disparadas, señal de explosiones, así como existe la conjetura acerca de la presencia allí de un oculto e inquietante agujero negro de gran masa.

Se sospecha la existencia de estos agujeros negros con masas miles de millones de veces superiores a la del Sol,[1] localizadas en los núcleos de muchas galaxias, que hacen desaparecer materia-energía. Estos procesos de "succión" deben ser titánicamente catastróficos y borran indudablemente toda imagen de orden y armonía para un cosmos que de tal no tiene más que el nombre y que se continúa denominando así únicamente por el uso y la costumbre.

A todo esto hay que añadir la inseguridad del globo terráqueo amenazado por los asteroides que se desvían peligrosamente del enjambre existente entre las órbitas de Marte y Júpiter. Existe la posibilidad de colisionar con ellos igual que con los errantes cometas, pues nuestra atmósfera tan sólo nos protege de livianos meteoritos a los que pulveriza por recalentamiento.

Nuestro propio Sol es un proceso violento de fusión nuclear, donde cada segundo millones de toneladas de hidrógeno se transforman en helio. Es un proceso catastrófico por parte de un plasma en constante erupción que produce lenguas de fuego que corrientemente alcanzan más de 300.000 kilómetros de altura, aunque a veces estas eyecciones han superado el millón de kilómetros. (Para tener una referencia, recordemos que nuestra Luna se halla a una distancia promedio de 384.400 kilómetros de la Tierra.)

---

[1] Véase Carl Sagan, *Cosmos*, Barcelona, Planeta, 1983, pág. 248.

Otra prueba de la violencia solar la tenemos en el hecho de que periódicamente se forman en su superficie gigantescas · manchas que pueden alcanzar un diámetro tres veces superior al de la Tierra. ¡Si fueran agujeros, nuestro mundo podría entrar allí sin rozar sus bordes! Pero esto no es todo; a veces, el tamaño de estas máculas adquiere ribetes fantásticos, sobre todo cuando se agrupan varias de ellas. Entonces las dimensiones del conjunto pueden llegar a varios centenares de miles de kilómetros y ser visible a simple vista. Como se sabe, estas formaciones son de extrema violencia, pues sus gases componentes son turbulentos y forman intensos campos magnéticos, mientras que el aspecto general de la mancha da la impresión de un fantástico torbellino.

Estos fenómenos de sesgo cataclísmico solar provocan en la Tierra perturbaciones en las transmisiones radioeléctricas.

Existen además tempestades magnéticas solares que perturban a su vez el magnetismo terrestre.

Todos estos fenómenos no nos dicen mucho acerca de la mansedumbre de nuestra estrella más cercana y menos de su estabilidad. Nadie puede prever a ciencia cierta el futuro comportamiento del Sol.

Los planetas tampoco las tienen todas consigo. Se originan en su ámbito tempestades atmosféricas de variada intensidad, desde las que podríamos denominar "suaves" como en Marte y la Tierra, hasta las gigantescas y violentas tormentas con intensas descargas eléctricas de Júpiter y Saturno.

La enorme mancha roja de Júpiter, de 40.000 kilómetros de longitud y 11.000 de anchura que se eleva por encima de las nubes que rodean el planeta, constituye un gigantesco sistema tormentoso.

Las erupciones volcánicas existen tanto en nuestro planeta como en Io, una de las lunes mayores de Júpiter, y en otros componentes del sistema solar.

Los cráteres de impacto sembrados por la superficie de nuestra Luna, de los planetas Mercurio, Venus y Marte y de satélites naturales como Fobos, Deimos, Ganímedes, Calisto y otros cuerpos del sistema solar, son los inquietantes testimonios de la violencia cósmica o más bien anticósmica. Más la ausencia en otros astros de estas marcas crateriformes como señales de un nutrido bombardeo de masas espaciales no nos indica que en ellos no se hayan producido, sino que su falta es debida a las erosiones sufridas a lo largo del tiempo y otros factores. Por ejemplo, en la luna joviana llamada Europa, fotografiada por la nave espacial Voyager 2, la falta de cráteres de impacto visibles se supone debida a una gruesa capa de hielo que cubre su superficie.

En cuanto a la Tierra, una de las pruebas más notorias de que ha sido bombardeada por grandes masas desde el espacio exterior, es el gigantesco cráter meteorítico del estado de Arizona (EE.UU.), de 1,2 kilómetros de diámetro y cerca de 200 m. de profundidad, efecto del choque con la Tierra de una masa férrea de varios metros de longitud según se ha estimado, que ha liberado una energía calculada en 4 megatones.[2]

Tambien es una prueba más de la violencia "anticósmica" la gigantesca bola de fuego aparecida en el año 1908, resuelta en una tremenda explosión que arrasó 2000 kilómetros cuadrados de bosque siberiano, en la cuenca del río Tunguska, región de Krasnoiarsk, de la Siberia Central. Hubo testigos oculares y el fenómeno fue atribuido a un trozo de cometa que penetró en nuestra atmósfera para estallar, originando una energía equivalente a un megatón. A consecuencia de ello una ráfaga de fuego provocó un incendio forestal en el lugar del estallido, se sintieron sacudidas sísmicas y gigantescas olas recorrieron los ríos. La onda de choque dio dos veces la vuelta a la Tierra. Luego unas nubes plateadas formadas de cierto polvillo originaron una excepcional luminosidad que se podía apreciar desde el río Yenisei (Siberia) hasta el Atlántico.

Existen otros cráteres abiertos en la superficie terrestre cubiertos por las aguas, formando lagos, como el Ungava de 3.300 m. de diámetro en Canadá. También es renombrada el área sembrada de meteoritos de Campo del Cielo (Chaco, Argentina).

Todos estos accidentes y muchos más, producidos tanto a nivel galáctico, como estelar, planetario y telúrico, nos dan la pauta de la naturaleza catastrófica y, por ende, anticósmica de la esencia del universo en su accionar.

Pero a todo este cataclísmico panorama debemos agregar el máximo suceso según la teoría del *big bang*: el estallido del "supersol" o "átomo primitivo", es decir de todo este encabritado universo de galaxias que nos rodea y contiene, y que he dado en llamar *microuniverso*.

En este caso, todo es fruto de una catástrofe a nivel "supersol estallante". Nos hallamos comprendidos en un magno accidente cuya evidencia nos la da el hecho de la huida radial de todas las galaxias. Luego todo es accidental: nuestro mundo, nosotros y nuestro pensamiento. Somos el resultado provisional de un colosal cataclismo. Somos el fruto fugaz de un efímero equilibrio suscitado en un punto situado en medio de una colosal catástrofe o *anticosmos*. Esta es la denominación más acertada, no sólo para este proceloso y violento universo de galaxias detectable, sino también para mi sospechado *Macrouniverso* que nos rodea más allá. *Macrouniverso* y *Anticosmos* son para mí sinónimos.

El estado accidental, catastrófico, caótico es, según mi hipótesis, el común denominador en el Todo. En cambio, el estado ordenado y armónico (cosmos) es tan sólo una breve excepción.

---

[2] Equivalente a 4 millones de toneladas de trinitrotolueno.

2. El proceso universal eliminatorio

Anteriormente hemos hablado de distintos niveles de acción y luego de la superabundancia del elemento hidrógeno en todo el universo de galaxias.

En un breve repaso de lo explicado en el punto 7 del capítulo III, podemos resumir que existen sucesivamente los siguientes niveles de acción: el del quark, del átomo, de la molécula, de las sustancias químicas inorgánicas, de las orgánicas, el biológico y el psíquico. Y en orden a las grandes agrupaciones de la materia, los niveles galáctico, estelar y planetario, aparte de otros.

Ahora bien, vemos que el nivel más extendido en el universo conocido es el plasmático estelar, donde sobreabunda el hidrógeno como elemento más simple, aunque disociado en protones y electrones, esto es en estado ionizado. Esto presupone que este microuniverso de galaxias fue primigeniamente puro hidrógeno. Los demás elementos químicos se fueron formando después, lo que significa que en virtud del grado descendente de abundancia de los elementos químicos cada vez más pesados y complejos, el universo "simple" se ha ido complejizando.

En el nivel molecular planetario, a su vez, los elementos químicos han entrado en interacción (lo mismo en el espacio interestelar donde hay nubes de elementos atómicos y moleculares), es decir que fuera de las enormes temperaturas estelares que lo impiden, las moléculas se han ido combinando en los fríos planetas (fríos en comparación con las estrellas), para componer las distintas sustancias químicas como las sales (silicatos, carbonatos, sulfatos, etc.), líquidos como el elemento simple mercurio, compuestos como el agua y otros según las temperaturas y presiones planetarias; gaseiformes como el dióxido de carbono, el amoníaco, el metano, etc. según también las condiciones ambientales de temperatura y presión.

A su vez, este perenne accionar de las manifestaciones de la esencia del universo en forma de moléculas y sustancias químicas ha originado lo ínfimo y más complejo: la vida. A su vez, las permanentes transformaciones bióticas, por eliminación constante de caminos truncados, ha producido lo más complejo y casi improbable al grado superlativo: el psiquismo animal con su más alto exponente, el hombre.

Así podemos hablar entonces de un macroproceso que ha ido desde el hidrógeno simple hasta el psiquismo complejo, o más profundamente, desde el quark hasta la conciencia humana (véase cap. XII, 3), enfocado desde nuestra perspectiva netamente antrópica o naturalmente antropocéntrica.

El proceso general universal es, entonces, un mecanismo de complejización, que no se ha logrado linealmente, en forma directa ni mucho menos. Por el contrario, es el resultado provisional de infinidad de procesos que obraron por tanteos. Es decir, de procesos que en su mayoría se han iniciado en forma continua y en todas partes, pero que han derivado hacia callejones sin salida para finalmente truncarse.

Nos hallamos en presencia de una serie indefinida de procesos que se instalan a cada instante, pero muy pocos de ellos llegan a la complejización. Cuanto mayor grado de complejización logran estos procesos, mayor es su inestabilidad, es decir mayor es la posibilidad de su brusca ruptura por cambios en las condiciones que los sostienen. Cuanto más complejos, más frágiles y vulnerables son. Ejemplos: el estado plasmático de una estrella es más estable que un estado sólido planetario, ya que un planeta que fuera absorbido por un sol se convertiría al estado estelar, y la delicadísima y harto compleja trama vital se desmembraría ante el solo aumento de temperatura más allá de cierto umbral, sin necesidad de caer en estrella alguna.

Luego todo es accidental, lo que pudo ser galaxia espiral normal está ahí en el espacio como tal; lo que pudo ser estrella también está allí en estado estelar; lo que pudo ser planeta, perteneciente a esa porción ínfima de la materia del universo en estado sólido, líquido y gaseoso, está ahí orbitando a los soles, y lo que pudo ser vida inteligente como una casi nada frente al microuniverso y prácticamente una nada ante el Macrouniverso, está aquí en la Tierra como un episodio transitorio, efímero, pronto a desaparecer.

Esto significa que nada obedece a nada, no existe plan universal alguno, lo que puede ser es, siempre perecederamente, lo que no puede ser (la mayoría de los procesos que apuntan hacia la complejización para truncarse luego) no es. El accionar conjunto del universo de galaxias no deja de ser accidental. La idea de cataclismo universal no nos abandona en ninguno de los niveles, ya que todos son productos accidentales del perenne dinamismo de lo subyacente, más allá aun del quark, esto es de la esencia universal.

Esto creo que está claro y servirá para más adelante cuando tengamos que comprender qué es en realidad la vida y el hombre.

3. Los procesos planeta, estrella, quasar, agujero negro, galaxia y microuniverso en conexión con el orden y el desorden

Volvemos a la necesidad de definir los procesos universales esbozados en el punto 10 del capítulo III. Esta vez para señalar que estos procesos pueden ser comparados con una serie de cajas contenedoras, unas dentro de otras, hasta arribar a la caja mayor que las contiene a todas.

Así, un proceso planetario está comprendido en un ámbito de influencia solar, una estrella de un sistema binario se halla sujeta a ese ámbito, girando con su compañera alrededor de un centro gravitatorio común.

Todas las estrellas, algunas con sus posibles satélites planetarios, a la par de quasars, agujeros negros y todo otro fenómeno conocido o desconocido, se hallan en el ámbito galáctico. A su vez, la galaxia como proceso mayor con sus particularidades se halla comprendido en lo que denomino microuniverso de galaxias y, al mismo tiempo, este microuniverso está inserto en el Todo o Macrouniverso que concibo como un proceso caótico, informe. Esto significa que el desorden mayúsculo no obsta para que se instale fugazmente algún orden en su seno. Vivimos dentro de un proceso violento que es nuestro microuniverso en expansión, pero no lo notamos. En nuestra galaxia existen procesos impetuosos como los quasars, los agujeros negros y las supernovas; sin embargo, convivimos con ellos. En el ámbito que nos rodea inmediatamente existe un fugaz equilibrio y lo estamos aprovechando por un instante, que es lo que va a durar nuestra existencia como humanidad. Los conceptos de "fugaz" e "instantáneo" hay que entenderlos comparados con la eternidad del Macrouniverso en su esencia (no en su forma).

En resumen, concluimos en que el orden puede convivir con un desorden en un nivel de mayor magnitud y lentitud como proceso y viceversa, pero todo orden instalado en el Todo universal posee carácter de fugacidad y es una posibilidad siempre latente de la esencia del universo en sus accidentales manifestaciones.

4. Nuestro microuniverso como breve "chispazo" en el eternidad

Si bien el proceso viviente puede ser considerado como un brevísimo episodio pronto a desaparecer, hablando en tiempo cósmico, ¿qué queda para los demás procesos como el geológico, el de otros planetas, el estelar, el galáctico y el microuniversal?

Por supuesto que si nos atenemos a la eternidad de la esencia del universo, perpetuidad que acepto con ciertas reservas dada mi relatividad mental, entonces también este universo de galaxias es algo así como un destello, tanto si nos atenemos a la teoría del *big-bang* que sostienen unos, o a la teoría de la expansión sin explosión, como sostienen otros (ya se trate de un universo con dilatación sin límites o de un universo oscilante), o al modelo de un universo abierto y estacionario sin explosión inicial en el que "siempre" se recomponen las estrellas y, por ende, las galaxias.

Todas estas situaciones no se pueden sostener siempre, ni los ciclos, como hemos visto, de modo que frente a la eternidad todo es momentáneo.

No hace mucho los astrónomos asignaban al universo una edad de unos 3500 millones de años, levemente superior a la que se calculaba entonces para la Tierra: 3000 millones de años.[3] Luego se habló de una edad de 10.000 millones de años para el universo, y hoy la cifra ronda ya por los 20.000 millones, basada en el conocimiento de quasars que se hallan cercanos a esa distancia en años luz. No obstante, aunque se duplicara, triplicara, cuadruplicara o centuplicara... la edad de este universo de galaxias no dejaría de ser ello ¡un chispazo en la eternidad!

Arribamos así a estas consecuencias: primero fue destronada la Tierra tenida como el centro del universo, luego el Sol, pronto nuestra galaxia Vía Láctea, y ahora, a la luz de mi hipótesis, el mismísimo universo de galaxias deja de ser centro y menos aún "el universo único", para transformarse en un microuniverso más entre otros. Y no sólo esto. Lejos de ser eterno en su forma, ya sea de acuerdo con el modelo de universo estacionario o conforme al modelo oscilante, es decir cíclico del *big-bang* de expansión y contracción, deja de ser eterno para transformarse en un episodio momentáneo, cataclísmico y local dentro del Macrouniverso.

5. El Todo sordo, ciego e inconsciente

Consecuentemente a la reseña de los distintos niveles de acción formulada (cap. III, 7) y al detalle de los procesos universales en este capítulo (punto 3), alguien podría llegar a suponer alguna intención en el accionar universal. Algo así como si el colosal y total Macrouniverso hubiese "decidido" crear en uno de sus puntos, que es este microuniverso que nos contiene, una serie de pasos conducentes a un objetivo: la conciencia y la historia humanas. De modo que este paso del quark al hombre habría sido intencional. Toda la secuencia de las etapas desde lo más simple hasta lo más complejo habría sido entonces como "forjada conscientemente". ¿Por quién? ¿Por la misma esencia universal o por algo separado de ella, es decir por algún ente no señalado en este libro?

¡Nada más alejado de la realidad!

Fuera del hombre, el microuniverso en su accionar es tan sordo, ciego e inconsciente como el Macrouniverso que lo rodea, según mi hipótesis. Nada se debe a nada. No existe linealidad en los acaeceres sino tanteos, bifurcaciones, yerros, idas hacia la nada, catástrofes sin sentido, caos irracional. Todo es accidental, incluso los efímeros "resultados" como las conciencias y la historia de la humanidad. Aún más, teniendo a la vista el proceso universal, no cabe hablar de "resultados" por ser impropio. Si dije "resultados" fue en sentido puramente metafórico. El referirse a "resultados" es propio del hombre, la idea de producto final es netamente antrópica.

---

[3] Véase Lucien Rudaux y G. de Vaucouleurs, *Astronomía*, Barcelona, Labor, 1962, págs. 555 y 556.

Nada existe en el universo como fruto final, todo es devenir provisional, transformación, proceso en marcha identificado con puro accidente. *El Todo es sordo, ciego e inconsciente en su esencia, y sordo, ciego e inconsciente en su accionar.* De hecho, tampoco es dable advertir algo más allá de la esencia del universo, *algún otro hipotético ente* separado que otorgue sentido, dirección a los acontecimientos. Esta idea causalista relativa a la creatividad intencional se irá diluyendo cada vez más a medida que vayan desfilando los capítulos venideros.

Comprenderemos entonces que lamentablemente el Todo es también escalofriantemente *insensible*.

6. La absorción de los microuniversos en el Todo universal y la pérdida definitiva de los objetos y de las leyes universales

En el punto 4 del capítulo anterior me referí a cierta "región de los posibles microuniversos de galaxias", y traté de dar la idea de un hipotético enjambre de microuniversos pulsátiles entre los que estaría comprendido el nuestro, con nuestra Vía Láctea en su interior.

Los he imaginado expandiéndose unos, contrayéndose otros en sucesivos ciclos. Ahora, ante el panorama cataclísmico recientemente ofrecido de un anticosmos sordo, ciego, inconsciente y caótico, creador más bien de catástrofes que de orden, ha llegado el momento de añadir un final para ese enjambre de los microuniversos, en conexión con los puntos 8 y 9 del capítulo III.

Esta región del Todo en donde pululan los microuniversos, ya sean pulsátiles o, por el contrario, en expansión única cada uno de ellos, es decir acíclicos (para quedar bien con ambas teorías), o tal vez cíclicos unos y acíclicos otros (creo que todo esto es posible en el seno del Anticosmos), según mi hipótesis será absorbida por la esencia circundante en estado caótico, informe.

Luego de incontables evos cósmicos, es posible que ello ocurra, para ya nunca retornar las posibilidades de la formación de galaxias, estrellas, elementos químicos y ni siquiera quarks.

La posibilidad de los microuniversos quedará obturada y la desaparición de los objetos será obvia. Esto traerá aparejado —tal como lo advertimos en los citados puntos 8 y 9 del capítulo III— la ausencia de toda posibilidad de la matemática, del quimismo, de la biología y de la formación de las conciencias y, por ende, también la desaparición definitiva de todas las leyes físicas que conocemos. Suprimida la ley de la gravitación universal, por ejemplo, ya no habría nada, ningún cuerpo por cierto. Todo esto concuerda en algo con el concepto de entropía (véase cap. III, 1), pero en este caso se trataría de un caos macrouniversal.

En consecuencia, también las "verdades" tenidas por eternas pasarán para nunca más retornar, porque no habrá nadie para pensarlas siquiera.

¿Por qué pienso así, de un modo tan pesimista? ¿Por qué me atengo a una hipótesis tan desilusionante que niega todo retorno de las cosas?

Analicemos. Si supongo como muchos que la historia del universo, y que toda historia acaecida en su seno o "subhistoria" como la de la humanidad, es repetible; que la evolución bioquímica siempre será posible en la eternidad, estaremos en presencia de una sustancia universal como programada. Esto denota algo así como que alguien, alguna inteligencia omnipotente ha establecido las cosas para que se repitan siempre. O connota algún ente todopoderoso que ha otorgado a dicha sustancia propiedades finitas con capacidad de producir siempre las mismas manifestaciones. Esto es sumamente cuestionable, como veremos más adelante.

Por otra parte, si nos adherimos a mi posición que niega una repetición de los hechos hasta el infinito, caemos igualmente en la concepción de una esencia universal algo así como mágica, con propiedades siempre cambiantes. Este modelo de esencia a su vez conlleva la idea de que algo inteligente, separado, es decir no consustanciado con dicha esencia, ha influenciado en cierto momento de su existencia para sustraer cierta porción del Todo y hacerla entrar en acción evolutiva. Nuestro microuniverso, aunque no creado de la nada, sería un mecanismo puesto en marcha por única vez por la intervención de otro ente. Esto contradice evidentemente mi hipótesis que sostiene la existencia de una sola entidad universal: *la esencia del universo increada.*

En el capítulo XXII hallará el lector las razones por las cuales no es posible la existencia de tal ente separado de la esencia universal manifestante.

Pero aún no he contestado a la pregunta de por qué he elegido la hipótesis de las manifestaciones no repetibles de la esencia.

Es porque considero a dicha sustancia universal o esencia (siempre oculta para nuestras percepciones) como una entidad inestable, mudable, accidental, sin identidad siquiera, no comparable con la estructura atómica, ni con las partículas subatómicas, sino en todo caso equiparable a un algo indefinible, no absoluto, aunque "dibujante" circunstancial de cosas: subpartículas, átomos, sustancias químicas, galaxias, estrellas, planetas, vida... emociones, amor, odio, placer, dolor... ¿Cómo dibuja "cosas", "objetos", sentimientos? Mediante *procesos.* Ya he hecho notar que las cosas, los objetos, en general los seres, *no existen.* Hay procesos que dibujan así como la varita incandescente en la punta que, agitada, puede trazar un círculo o un ocho, o como la fuente de agua surgente cuyos chorros pueden "crear" figuras.

Tanto la ciencia química como la física se detienen en el nivel atómico o en el de las partículas subnucleares.

Yo voy más profundo, y hablo de algo subyacente que no es fijo, asible, descriptible, sino eternamente inestable, inexacto, relativo, que tan sólo por un breve lapso de la eternidad puede manifestarse coherentemente. Este momento es el que estamos "aprovechando", viviendo nosotros, que consistimos en procesos coherentes.

Pienso que ahora, ante la imagen de un universo cataclísmico, fenómeno añadido a la imprecisión de las subpartículas estudiadas mediante los aceleradores de partículas (véase cap. II), esto se entiende mejor.

Tanto en el micromundo plus ultra microscópico, como en el terreno astronómico de las magnitudes inmensas, tenemos las pruebas de la naturaleza incalculable de la sustancia universal.

Capítulo VII
Nuestro planeta

1. Un crisol de casualidades o centro del azar que nos hizo posibles

Si bien ya se ha explicado que la casualidad es en cierto modo la medida de nuestra ignorancia acerca de lo que "debe suceder" en principio, y que tales eventos se hallan también condicionados por cierta actividad espontánea e impredecible de la sustancia del universo (véase cap. III, 6), emplearemos no obstante el término "casualidad" para referirnos a lo acontecido en este punto del proceloso Anticosmos, en este centro del azar que nos da "el ser" y que denominamos Tierra.

Los cuerpos esféricos que orbitan el Sol, excluidos los asteroides, existen en un número poco mayor de 40 a saber: los 9 planetas (Mercurio, Venus, la Tierra, Marte, Júpiter, Saturno, Urano, Neptuno y Plutón) y los satélites naturales (entre los que se destacan nuestra Luna; Fobos y Deimos, de Marte; Amaltea, Io, Europa, Ganimedes, Calisto y 7 más, de Júpiter; Mimas, Encelado, Tetis, Dioné, Rea, Titán, Temis, Hiperión, Japeto y Febé, de Saturno; Miranda, Ariel, Umbriel, Titania y Oberón, de Urano; Tritón y Nereida, de Neptuno, y Caronte, de Plutón). Pero ninguno de estos cuerpos se parece ni remotamente a nuestro planeta Tierra.

El globo terráqueo es único, como lo son sin duda los restantes astros mencionados, cada uno de los cuales tiene sus características propias.

Extrapolando, podemos presumir que tampoco deben ser idénticos a nuestra Tierra los planetas de otros sospechados sistemas planetarios en las proximidades del sistema solar, por ser muy improbables en las cercanías.

La distancia ideal de la Tierra al Sol que permite temperaturas benignas para el desarrollo de la vida, a diferencia de los tórridos Mercurio y Venus, el frío Marte y los gélidos Júpiter, Saturno, Urano, Neptuno y Plutón; su atmósfera protectora tanto del bombardeo meteorítico (de pequeñas partículas) como de las radiaciones solares deletéreas (como las ultravioleta), son ejemplos que entre innumerables otros hacen pensar en un centro del azar. Se trata de un planeta acuoso. Su atmósfera contiene abundante humedad absoluta y la mayor parte de su superficie es agua. El ciclo de las aguas hace que se disuelvan los minerales litosféricos esenciales que entran en el torrente de la vida planetaria, y la abundante luz solar que baña su superficie es la fuente vital. Las tormentas que se originan en la atmósfera no son de extrema violencia, tampoco su vulcanismo, como para impedir la vida evolucionada. Abundan el oxígeno atmosférico como combustible biótico y el nitrógeno aéreo imprescindible para la formación de las proteínas. La rotación planetaria de 24 horas permite una distribución de las temperaturas, y la compañía de un Sol relativamente manso situado en una región galáctica sin extrema violencia, se suman a un sinnúmero de ventajas que no expondremos todas aquí.

Aunque no todo es paz y armonía en el sistema solar ni en la galaxia Vía Láctea, como ya lo hemos indicado en el capítulo anterior, esta relativa y transitoria calma que nos rodea al menos nos invita a hablar de un casual y perecedero equilibrio que permite el desarrollo de nuestra historia planetaria, biológica y antrópica desde sus albores hasta el presente.

Según el sistema tolemaico (cap. V, 2), teoría que prevaleció en la antigüedad y durante toda la Edad Media, con algunos pocos adelantos, el universo era una creación inmutable, compuesto de un núcleo, la Tierra, alrededor del cual giraban en el mismo sentido ocho esferas perfectas y diáfanas que contenían enclavados a los astros entonces conocidos: la Luna, Mercurio, Venus, el Sol, Marte, Júpiter, Saturno, y por último a todas las estrellas tenidas por fijas.

Si bien esta imagen se ha desdibujado totalmente a la luz de las modernas observaciones, y la Tierra ha dejado de ser el núcleo central del universo, y a pesar de que jamás ha sido preparada por nada ni por nadie expresamente con el fin de la instalación de la vida sobre su faz (como veremos más adelante, cap. X, 16), no por ello deja de consistir en un proceso donde se han conjugado múltiples factores favorables para constituirse, en cierto sentido, en un verdadero centro del azar, en una especie de accidente, en un proceso cataclísmico pero de menor monta que otros presentes en el proceloso Anticosmos. Este rincón galáctico donde se halla el sistema Tierra-Sol, únicamente puede ser considerado "manso" por comparación. Mejor podríamos decir que es menos violento.

2. Las armonías terráqueas

A pesar de su naturaleza cataclísmica, nuestro planeta posee, aunque de un modo basto, aproximado, aun otras perfecciones. Entre ellas podemos mencionar las corrientes oceánicas y atmosféricas que moderan el clima en distintas regiones, y el ciclo de las aguas (evaporación, condensación y precipitación) que permite el riego de las extensas áreas planetarias productoras de vegetación, base de la vida animal.

Si bien sobrevienen períodos de grandes sequías o de inundaciones en vastas regiones, en general y en promedio el sistema pluvial marcha; igualmente el sistema marítimo, lacustre y fluvial que interviene en la circulación de las aguas por evaporación, condensación, traslación atmosférica, precipitación, infiltración y flujo hacia lagos y océanos.

Dejando de lado los inmensos desiertos del globo, el ciclo de las aguas se cumple aunque, a veces a los tumbos.

Las napas de agua subterráneas son otra muestra de perfección telúrica. Esas reservas de los terrenos acuíferos permiten disponer del imprescindible líquido elemento aun en aquellas regiones en donde no abunda en su superficie.

Si pasamos a la atmósfera, vemos que ésta contiene un 21% de oxígeno libre. Este porcentaje a primera vista puede ser considerado uno entre tantos, aparentemente sin mucha importancia, ya que la proporción de ese elemento químico podría ser cualquiera otra. Empero, si el aire contuviera una proporción mayor de oxígeno quizás no sería posible la vida que conocemos sobre la superficie terrestre, o al menos sería difícil sobrevivir en un ambiente donde los combustibles naturales fuesen muy inflamables por causa de la sobreabundancia de oxígeno. Nos hallaríamos rodeados de incendios.

El gas nitrógeno, por el contrario, sobreabunda en la atmósfera pero se trata de un elemento inerte, no comburente, y tampoco afecta a los seres vivientes.

Las armonías terráqueas son múltiples; sin embargo, quedan empañadas por las discordancias, como pronto veremos.

3. Nuestro planeta como proceso de transformación

Nuestro planeta no es de ningún modo un sustrato estable, como "creado" de una vez para permanecer siempre igual bajo nuestros pies. Por el contrario, se trata realmente de un cuerpo inquieto que cambia a cada instante.

Los continentes, por ejemplo, se hallan sometidos a constantes movimientos de desplazamiento. Este proceso se denomina "derivas continentales". A las islas continentales (Eurasia, Africa, las tres Américas, Oceanía y la Antártida) se las puede comparar con grandes balsas siálicas que se desplazan sobre un sustrato simaico (de sima o capa litosférica situada debajo de la denominada sial), ocasionando en su avance cambios progresivos en las posiciones mutuas entre estos continentes, y también con respecto a los polos norte y sur.

Durante algunos períodos geológicos, los continentes parecen haber estado reunidos en uno o dos grandes bloques. Los geólogos hablan de

un gran continente primigenio denominado Gondwana.[1] En otros períodos se han ido separando al deslizarse sobre el referido sustrato simático
del globo.

Cuando por presiones por causas diversas ocurren rupturas de las
rocas, el movimiento a lo largo de la falla hace que las masas de rocas
se desplacen unas sobre otras produciendo sacudidas sísmicas de distinta intensidad.

Hay tambien elevaciones y hundimientos de grandes bloques de la
corteza terrestre, ya sean aquellos bruscos como consecuencia de un
sismo o lentos que cursan a lo largo de los evos geológicos.

Como ejemplos de alzamientos bruscos a consecuencia de terremotos
podemos mencionar el de las costas de Alaska cuando el fondo marino
sufrió en 1899 un levantamiento que alcanzó en algunos sitios los 15
metros. En 1891, a consecuencia de un sismo ocurrido en el Japón, a
un lado de la falla, la tierra se elevó 6 metros y se desplazó 4 metros
en dirección horizontal.[2]

Por su parte, a raíz de un movimiento telúrico que afectó la costa
chilena en la zona de Puerto Montt, se produjo un hundimiento y se
alteró la geografía del lugar.

El globo terráqueo se achica y su corteza se arruga. Se forman grandes
elevaciones montañosas que luego son desgastadas. Muchas de las que
hoy son cimas montañosas antes eran lechos marinos. Hay costas de
formación que avanzan, y costas de abrasión que retroceden por acción
del mar. Ni siquiera los hielos ocupan siempre las mismas áreas. Durante
ciertos períodos avanzan desde los polos y luego retroceden, fenómeno
denominado glaciación y que deja notables huellas de su paso en las
costas continentales.

También grandes ríos de lava provenientes de las erupciones volcánicas aportan cambios en el relieve y naturaleza de los suelos.

El globo terráqueo es cataclísmico a tal punto a lo largo de los evos
geológicos que sus fases se han dado en llamar "el drama cortical".[3]

Las aguas pluviales que arrastran materiales de la corteza hacia
arroyos y ríos que transportan en conjunto toneladas de materiales en
suspensión forman deltas. Los ríos, a su vez, a lo largo de sus cauces,
producen grandes cambios en el relieve del terreno y, junto con la erosión
eólica, contribuyen a la perenne transformación de la superficie planetaria. A todo esto hay que añadir los procesos internos del globo terráqueo que nunca está quieto, producidos en sus profundidades magmá-

[1] Véase H. H. Read y J. Watson, *Introducción a la geología*, Madrid, Alhambra, 1973.
pág. 633.
[2] Véase en nota 1, *ob. cit.*, pág. 16.
[3] Véase en nota 1, *ob. cit.*, pág. 636 y sigs.

ticas, cuyos exponentes notorios son las erupciones volcánicas, y en mayores honduras otros cuyas manifestaciones no son visibles exteriormente.

También la posición geográfica de los polos es alterada a lo largo de los evos geológicos por causa de movimientos irregulares del eje de rotación terrestre.

Esta imagen telúrica, lejos de indicar una "creación del mundo" de una vez, por el contrario concuerda perfectamente con la idea de "proceso planetario" expuesta más atrás. No hay cuerpos definitivos como creaciones para quedar estáticos o luego envejecer, sino "procesos" en marcha que vienen desde lejos en el tiempo y que se proyectan hacia el futuro.

Si existiese una serie de fotografías de la Tierra obtenida desde el espacio hace millones de años atrás, o mapas continentales e insulares confeccionados por algunos ficticios habitantes inteligentes de hace muchos evos geológicos, entonces hoy no reconoceríamos allí ni por asomo a nuestro planeta. Creeríamos hallarnos ante registros fotográficos o un mapamundi de algún extraño planeta inhallable en nuestro sistema solar.

También resultaría irreconocible en el aspecto actual para futuras generaciones si llegaran a existir dentro de millones de años.

4. Las imperfecciones y las catástrofes

Mucho se ha insistido acerca de las conspicuas maravillas terráqueas, sobre todo antaño, cuando no se poseía una visión más exacta y panorámica del proceso telúrico. El hombre, fuera del papel periodístico, suele pasar por alto los siniestros para resaltar únicamente las bellezas y armonías de su entorno. Sin embargo, como el propósito de esta obra es enfocar dicho entorno con la mayor objetividad, no es posible hablar de las maravillas sin contrapesarlas con los hechos catastróficos que ocurren a nivel planetario. La violencia volcánica, sísmica y oceánica ligada a las tempestades atmosféricas, son una prueba flagrante del carácter cataclísmico de nuestro globo natal.

Entre los episodios violentos provocados por el vulcanismo, por ejemplo, tenemos el caso de la erupción en 1815 del Temboro (Isla Soembawa o Sumbava, Mar de la Sonda), "la mayor que haya presenciado el hombre de raza blanca" (según se dijo). El cielo se oscureció totalmente durante tres días y por efecto del calor se originó un ciclón que arrasó con hombres, animales, casas y árboles arrojándolos al mar. Hubo 66.000 víctimas.

También fue terrible el episodio del cono volcánico Krakatoa que en 1883 entró en erupción. La terrible explosión del Krakatoa reemplazó una isla volcánica que alcanzaba la altura de 820 metros, por una hoya submarina de unos 300 metros de profundidad. El ruido de la erupción fue oído hasta en Australia, distante unos 4900 km., y las perturbaciones atmosféricas que produjo se registraron en los barómetros de todo el mundo. Una ola gigantesca, consecuencia de la erupción, asoló las costas de Java y Sumatra y causó varios miles de víctimas. Cerca de unos 14 km³ de materiales magmáticos fueron arrojados en forma de nubes que se elevaron hasta 80 km. de altura. El polvo en suspensión se mantuvo muchos meses coloreando las puestas del Sol en todo el mundo.[4]

Otra tristemente célebre erupción fue la del Monte Pelado de la isla de la Martinica en el Océano Atlántico. Este volcán estuvo mucho tiempo en relativa calma hasta que en 1902 reanudó su actividad con repetidas erupciones. La lava viscosa se fue solidificando en la parte superior de la chimenea del volcán y formo una cúpula que alcanzó una altura de 300 m sobre el borde del cráter. Durante su crecimiento la cúpula se agrietó repetidas veces por causa de explosiones internas. Al reventar, en lugar de lava surgió una oscura "nube ardiente" de vapor y gases recalentados cargada de partículas pétreas que descendió por las laderas del volcán y arrasó la ciudad de St. Pierre de la Martinica con sus 30.000 habitantes.

Todos conocen la sombría fama del Vesubio, que en el año 79 d.C. entró en erupción, descrita por Plinio, quien fue testigo presencial. En esta ocasión, las ciudades de Pompeya, cuyas ruinas excavadas he tenido oportunidad de visitar, y Herculano, ambas a una distancia de 16 km. de la chimenea volcánica, fueron sepultadas y ahogadas por materiales piroclásticos (que son rocas fragmentadas y minerales llevados a la superficie por los escapes explosivos de gases volcánicos), la primera por ceniza y la segunda por lodo caliente.

Estos ejemplos son apenas débiles muestras del vulcanismo telúrico. Las erupciones de tipo vulcaniano, estromboliano, vesubiano, peleano, se han producido en gran número a lo largo de la historia geológica. Humboldt y Sapper han contado aproximadamente unos 430 volcanes activos en tiempos históricos, al lado de algunos millones de los considerados inactivos. No obstante, el número de aquéllos puede ser mayor. Al parecer también en los fondos oceánicos se producen erupciones.

En lo que respecta a movimientos telúricos sería interminable la lista. Baste con recordar algunos de los más trágicos.

Durante el terremoto de la ciudad de San Francisco, California (EE.UU.), en 1906, dos grandes pilares de la corteza terrestre se desplazaron a lo largo de una fractura gigantesca conocida con el nombre de "Falla de San Andrés", formándose una escarpa de 3 m de altura. La ciudad quedó devastada.

[4] Véase en nota 1, *ob. cit.*, págs. 371 y 372.

En 1933, en Kansoe (China), un movimiento sísmico movilizó tan enormes cantidades de loes, que los chinos creyeron que "las montañas andaban". Se calcularon 150.000 victimas.

En 1923, en la ciudad de Tokio, se produjo un gran terremoto, seguido de un incendio, que arrasó siete octavas partes de la ciudad provocando unas 200.000 víctimas entre muertos y heridos.

En 1970, en la costa peruana entre Lima y Trujillo, un sismo afectó una extensión de unos 1000 km², destruyendo más de 250 poblaciones y causando unos 20.000 muertos y 50.000 desaparecidos.

A fines de 1972, la capital de Nicaragua, Managua, fue sacudida por uno de los mayores terremotos de todos los tiempos. La ciudad quedó totalmente destruida y se produjo un número de muertos del orden de los 50.000, amén de una incalculable cifra de heridas.

Los movimientos sísmicos no son fenómenos raros; por el contrario, su número por año en todo el planeta llega a varias decenas de miles según registros sismográficos, al punto que se puede decir que la Tierra tiembla constantemente. Tampoco marca su intensidad el número de víctimas que provocan ya que todo depende de la proximidad al epicentro de alguna ciudad importante vulnerable a los sismos. Por ejemplo, el sismo de Alaska, quizás el más violento del siglo que afectó principalmente la ciudad de Anchorage, sólo ocasionó 128 muertos en 1964, y el que azotó las zonas central y septentrional del Japón, también en ese mismo año, a pesar de su intensidad no causó grandes pérdidas humanas y materiales, debido a las precauciones tomadas por ese país para evitar los efectos sísmicos.

Por su parte, nuestra atmósfera tampoco nos ofrece seguridades a pesar de su tranquilidad en la mayor parte de los días. En las regiones intertropicales el manso aire puede transformarse en destructores torbellinos. Estos ciclones o tornados que suelen barrer zonas como el golfo de México y costas de la península de la Florida; costas del océano Indico; mar de la China; costas del Japón; golfo de Guinea, etc., son tristemente célebres por los desastres que ocasionan. Baste con citar dos casos a modo de ilustración.

En 1876 uno de estos ciclones tropicales ocasionó en la desembocadura del Megna (desembocadura común del Bramaputra y un brazo del Ganges) una marea alta de 14 metros de altura, que produjo la muerte de 200.000 personas.

El gran tornado de marzo de 1925 causó en los Estados Unidos más de 700 victimas. El camino seguido por este tornado tenía 350 km. de longitud y un ancho de 1,5 km.

Todo esto y muchísimo más nos indica que vivimos en un medio catastrófico que, no obstante, permite la perpetuación de la vida durante ciertos lapsos. Vivimos en un planeta-catástrofe cuyos procesos de "arrugamientos" (plegamientos orogénicos), hundimientos, elevaciones, erosión, deriva continental, desaparición de costas, formación de otras nuevas, traslación de los polos, frenamiento de su movimiento rotatorio, etc., son de tal lentitud que no los notamos durante nuestras breves existencias. En cambio advertimos los procesos súbitos como la actividad volcánica, sísmica y atmosférica, las inundaciones, sequías, etc.

Catastróficos son igualmente los procesos solar, galáctico y universal, de modo que estamos aprovechando un destello de relativa calma de nuestro ámbito telúrico. Muy pronto, en tiempo anticósmico, todo será diferente.

5. Un cuerpo espacial amenazado

La pauta de que todo se formó a los tumbos, que somos el "resultado" (en sentido figurativo) pasajero de un accidente, y que vivimos rodeados de un medio catastrófico, nos lo da también el hecho de que en el universo no existe seguridad ni garantía para nada ni para nadie.

El proceloso entorno nos amenaza constantemente. Nuestro habitáculo planetario se halla tan expuesto como el que más o cualquier accidente "cósmico" que prefiero denominar anticósmico. No está protegido de nada, por el contrario abierto al espacio exterior del que puede provenir cualquier evento devastador, desde radiaciones exterminadoras, hasta masas impactantes que puede provocar estragos.

Nuestro planeta está a merced de explosiones de potentes bombas de tiempo como son las supernovas cercanas, de las atracciones compactantes de los poderosos y casi inconcebibles agujeros negros, de colisiones con asteroides y núcleos de cometas, de impredecibles comportamientos anómalos y violentos del Sol, etcétera.

Algunos astrónomos y escritores optimistas niegan las probabilidades de accidentes anticósmicos que nos puedan alcanzar,[5] pero ello es tan sólo una expresión de deseo, pues a nadie le resulta grato aceptar que nuestro habitáculo espacial pueda ser aniquilado o seriamente averiado alguna vez.

Lo cierto es que los observadores se manejan con datos muy inciertos y nadie puede conocer a ciencia cierta el destino de nuestro planeta a merced de ¡todo!

Por ejemplo, el impacto meteorítico que produjo el cráter de Arizona (EE.UU.), y la gigantesca y estallante bola de fuego que arrasó un bosque en Siberia, eventos catastróficos ya descritos (véase cap. VI, 1) representan tan sólo pálidas muestras de lo que puede suceder con nuestro planeta.

---

[5] Véase Isaac Asimov, *Las amenazas de nuestro mundo*, Barcelona, Plaza y Janés, 1980.

Dada la lentitud de la velocidad de la luz, los habitantes de la Tierra, por falta de señales, no podemos conocer si ciertos acontecimientos catastróficos de gran magnitud ya producidos, provenientes de la lejanía, nos están por alcanzar.

Existe una teoría nada despreciable sobre la extinción de los dinosaurios hace 65 millones de años, que relaciona este hecho con una catástrofe astronómica ocurrida también hace unos 65 millones de años (extraña coincidencia). Se trata del estallido de una supernova muy masiva cuyas radiaciones habrían incidido letalmente en la fauna terráquea y cuyos restos hoy constituyen un anillo de gas en expansión de unos 3 millones de masas solares.

Sólo podremos conocer los fenómenos astronómicos cuando sus efectos nos toquen y la fuente ya no exista. Puede que ya esté próxima nuestra destrucción total sin saberlo.

Así como probablemente se extinguieron los dinosaurios en la era mesozoica por acaeceres catastróficos a nivel anticósmico, también es posible que se extinga la humanidad en plena era "psicozoica" por esas mismas causas.

Tanto los violentos, como los pausados pero catastróficos fenómenos geológicos, así como las amenazas del espacio exterior hacia nuestro planeta, nos dan la pauta de lo accidental de todo proceso, de lo fugaz y azaroso que es el lapso aprovechable para la vida en la Tierra.

No pensemos que esta visión del mundo es una exageración, sino algo palpable y contrapuesto a las maravillas terráqueas, la otra cara de la moneda de un proceso ciego más, llamado Tierra.

Todo esto será importantísimo cuando abordemos el tema teológico en el capítulo XXII.

6. Nuestro planeta como un episodio efímero a escala universal

En el punto 4 del capítulo VI quedó sentada la efímera duración de todo un proceso microuniversal como el que nos contiene con todas las galaxias. Allí expresé que aunque se centuplicara, por así decir, la edad que asignan los astrónomos a este universo de galaxias en expansión, y más aún, si este microuniverso pulsara un millón de veces cuya serie de oscilaciones durara la "friolera" de 80.000 billones de años (véase cap. V, 5), no por ello dejaría de ser solo un instante en la eternidad. ¿Cómo podemos apreciar entonces la duración del proceso telúrico si lo confrontamos con el del universo de galaxias?

Si calculamos en unos 5000 millones de años para la existencia de la Tierra (cifra redondeada), nos encontramos con que su edad es la cuarta parte de la hoy asignada para nuestro universo (microuniverso).

Mas comparado con la duración de los ciclos de expansiones y con-

tracciones de nuestro microuniverso resulta ser un episodio incalculable-
mente fugaz, tan efímero que pierde importancia para un Todo sordo y
ciego que continúa su marcha insensible.

Esta visión de la momentaneidad quizá sea chocante con nuestro concepto del tiempo. Los evos geológicos nos pueden parecer lapsos dilata-
dísimos; los miles de millones de años que demandó la transformación
terráquea, una enormidad de tiempo. Sin embargo, comparado con los
cambios más lentos en que consisten la evolución de toda una galaxia,
por ejemplo, o la expansión del microuniverso, todo se ve diferente.

Ya sabemos que en realidad el tiempo no existe, sino que hay sucesión
de cambios enlazados en un eterno presente (véase cap. III, 11). Si no
existiera memoria capaz de registrar los cambios, si no hubiese conciencia alguna para conocer las huellas dejadas por el paso de los cambios,
como lo hace el hombre dedicado a la geología, entonces sólo quedaría
el eterno presente que es la única realidad.

Pero esta comparación consciente (según *nuestra* conciencia), nos
servirá para comprender mejor el hecho de la existencia de nuestro
planeta, de la vida sobre su faz, y precisamente de las conciencias
humanas.

Tercera Parte

LA VIDA

Capítulo VIII

La vida como proceso obrado por la sustancia universal

1. Acción e interacción de los diversos niveles

¡La vida! ¡ Ese extraño fenómeno que ha intrigado a infinidad de pensadores, observadores y experimentadores!

¿Qué es la vida? ¿En qué consiste eso que palpita, crece, se desplaza, huye del peligro, se resiste a la muerte, se alimenta y se reproduce para reiniciar otro ciclo igual en cuanto a los animales; y eso otro, aparentemente rígido, inmóvil, que germina, igualmente crece, se nutre, florece y produce simiente para reiniciar otro ciclo en los vegetales?

Aquel que por razones de sus estudios ha tenido en sus manos a un animalito despanzurrado y ha observado el palpitar de las vísceras, venas y arterias, el latido del corazón que se niega a detenerse "como queriendo más vida", posee un pauta de lo que aparentemente es la vida: un proceso en marcha que a pesar de todo traumatismo se niega a morir.

Igualmente el enfermo desahuciado, en un momento de alivio de su dolencia, se niega a morir. Desea la vida aun a sabiendas de que ya le no es posible.

Incluso una simple lombriz de tierra, cuyo cerebro no es más que un conjunto de ganglios,[1] cuando es extraída del interior del suelo, su medio ambiente, se contorsiona violentamente para evitar ser asida y huir de los mortíferos rayos solares, "buscando" caer eventualmente en tierra blanda para enterrarse. ¡Tampoco ella desea la muerte!

¿Pero qué es en realidad la vida?

Muchas definiciones han sido ensayadas, pero todas pecan de cortas, imprecisas, o sólo se trata de explicaciones limitadas con fines didácticos. No obstante vamos a dar también una definición que según mi hipótesis es la más acertada, aunque como todas las demás, incompleta. Unicamente a lo largo de toda la exposición siguiente que compone esta tercera parte de esta obra, tendrá el lector el verdadero panorama acerca de qué es la vida. Ello significa que no es algo sintetizable como concepto, de-

[1] Véase Humberto D'Ancona, *Tratado de zoología*, Barcelona, Labor, 1960, pág. 603.

finible concretamente, sino que se requiere de un análisis, de un desmenuzamiento del tema para comprender en qué consiste la vida.

Por empezar, mi definición lisa, llana y "simple" de la vida es la siguiente: un *proceso* más entre otros múltiples instalados en el universo, que ha logrado perpetuarse transitoriamente, como recortado del entorno. Así de sencillo, aunque sólo en apariencia, ya que el término *proceso* en este caso encierra un superlativo grado de complejidad.

A esta definición conviene en principio aclararla. Su completo significado, como ya he adelantado, tan sólo será reconocible a lo largo del desarrollo del tema.

Retomemos para ello el concepto de *proceso*. En el punto 3 del cap. I sobre formas, seres y procesos ya ha sido afirmado que no hay seres, sino procesos, de modo que los seres vivientes no existen en el sentido que le otorga el diccionario corriente como *ente, lo que es o existe* (en forma concreta, como algo estable, fijo). No hay objetos, cosas, ni seres vivientes entonces, sino *sucesos*.

A su vez en el punto 10 del capítulo III fue ampliado el concepto de proceso y extendido a todo el accionar de la esencia en el universo. Así podemos hablar de proceso microuniversal (del universo de galaxias), galáctico, estelar, planetario, cometario, quasárico, de los agujeros negros, estallante de las supernovas, gravitatorio, radiante, magnético, cuántico, etcétera.

Entre todos estos procesos se instalan constantemente infinidad de otros procesos encerrados a su vez en otros mayores.

Debemos retroceder entonces y retomar el tema de los distintos niveles de acción que se entretejen, se influencian, generando nuevos hechos, la casi totalidad de ellos truncados o sin trascendencia, vanos, que se pierden en la nada muy lejos de constituir alguna manifestación conspicua, significativa o cíclica.

Si bien no es cierto que por el hecho de "arrancar una flor sea perturbada una estrella", lo real, sin exagerar tanto, es que incluso la radiación universal de fondo proveniente de los mas alejados rincones del universo deposita su influencia en los sucesos en marcha o en su origen.

La esencia universal en su permanente dinamismo produce una constante generación de nuevos acontecimientos, como si estuviese obrando por tanteos. No es éste el caso porque, según mi hipótesis alejada abismalmente de todo panteísmo, la escondida esencia universal carece en absoluto de voluntad alguna, de finalidad o intencionalidad, sino que por el contrario es ciega, sorda, inconsciente y por ende insensible, indeterminada, indefinible, relativa y eternamente dinámica.

Pero por razones didácticas y muy especialmente antrópicas conviene decir que obra como por tanteos. Esto puede ser, esto otro no, aunque todo se inicia y prosigue por un tiempo, aun lo inviable. Pero he aquí que lo inviable es casi el ciento por ciento.

La inmensa mayoría de las combinaciones químicas quedan ahí, sin avanzar más, como sustancias que no interactúan para complejizarse.

2. La vida como proceso de intercambio

En un punto a su vez de un punto (el microuniverso de galaxias), centro del azar, se suscitó un proceso que se recortó del resto de los sucesos en desarrollo y pudo seguir adelante desde hace unos 4000 millones de años: *el proceso vida.*

La vida es entonces un proceso más del universo, viable entre infinidad de procesos inviables que se originan a cada instante en el Anticosmos.

Más cerca aún: consiste en un proceso estructural de intercambio de sustancias químicas con producción energética. Más aún, se trata de un proceso de asimilación y desasimilación (metabolismo), de nutrición, formación de estructuras (tejidos orgánicos) sostenidas por el propio flujo de material químico, con generación de energías de combustión, eléctrica y neuropsíquica. Y también: es energía de fusión solar traducida en crecimiento, desarrollo, actividad y reproducción.

Más profundo aún: consiste en caminos recorridos por la esencia del universo según guías "inscriptas" en un código genético (ADN).

Muchas más explicaciones podríamos ofrecer para responder a la pregunta ¿qué es la vida?, pero la más acertada y simple según mi hipótesis es que se trata de un proceso más complejizado, instalado en el universo entre múltiples otros, con éxito de perpetuidad por determinado lapso de la historia geológica. Un proceso de intercambio de sustancia universal en forma de átomos, moléculas; un flujo de material circundante hacia estructuras formadas con él mismo, que los anatomistas denominan "tejidos orgánicos", pero un proceso tan ciego, mecánico y sin finalidad alguna como el proceso galáctico, el estelar, planetario, quasárico estallante galáctico, colisionante, etcétera.

¿Cómo puede ser esto último si vemos que en la naturaleza todo parece concurrir hacia algún fin?

Pronto comprobaremos que la única finalidad de los sucesos vivientes es *la supervivencia,* lo cual analizado en profundidad nos lleva a una redundancia, a un círculo vicioso: el "ser" vivo ¡vive para vivir!

Este resultado reflexivo nos está indicando la ausencia de toda finalidad.

El motivo de vivir se agota precisamente en el vivir. Por lo tanto, el proceso viviente planetario es tan ciego como todo "tanteo", como cualquier otro proceso (siempre accidental) que se instala en el Anticosmos o Macrouniverso, cuyas *manifestaciones* a la larga se agotan en sí mismas sin trascender. Ya vimos que incluso este microuniverso de galaxias en el que estamos comprendidos se agotará alguna vez (sea cíclico o acíclico) absorbido por el Todo (véase cap. VI, 6) y paradójicamente "todo" habrá sido sin finalidad (véase cap. XXII).

3. Los "seres" (procesos vivientes) vistos desde otra escala y perspectiva

Según mi anterior exposición, los sólidos, líquidos y gases son tan sólo apariencias de lo subyacente que se nos manifiesta. Así por ejemplo, si poseyéramos una visión plus ultra microscópica, superior aun al microscopio electrónico, y pudiésemos observar las partículas atómicas componiendo estructuras moleculares, entonces un sólido se nos haría comparable quizás con la observación de una estructura galáctica desde su interior. Un trozo metálico o pétreo lo apreciaríamos como a nuestra Vía Láctea en una noche diáfana y sin Luna.

Si poseyéramos esa clase de visión especial y al mismo tiempo teleobjetiva, de modo que pudiéramos observar objetos a distancia con una fabulosa resolución, entonces veríamos muy distinto al sistema Tierra-Sol, desde una nave espacial, por ejemplo.

Comprobaríamos con sorpresa que la Tierra y el Sol no consisten en dos cuerpos perfectamente recortados y separados en el espacio, sino una especie de bruma con dos condensaciones focales. Inmensa una: el núcleo solar; infinitamente más pequeña la otra: el núcleo terrestre (excluyendo a los demás planetas). A partir del núcleo mayor veríamos cada vez más difuminada hacia el exterior la nebulosa conteniendo a un lado al pequeñísimo foco (la Tierra cuyo volumen es más de un millón de veces menor), el cual igualmente estaría rodeado de una bruma cada vez más difuminada en proporción a la distancia de su centro de condensación.

Este es el aspecto que presentarían desde el espacio el Sol con su irradiación de fusión nuclear, sus distintas capas como la corona que se extiende hasta varias veces el radio solar aparente, la fotosfera, la cromosfera, etc., y el globo terráqueo con su campo magnético, los cinturones de radiación de Van Allen, las distintas capas como la exosfera, ionosfera, estratosfera y troposfera, radiactividad natural, irradiación calórica, el albedo, mares y océanos, corteza superficial, las distintas capas geológicas y finalmente el denso núcleo. Todo apreciado como un enjambre de partículas formando capas brumosas cada vez más espesadas hacia el centro.

Luego, centrando nuestra atención de ficticios observadores del espacio, especialmente en la biosfera notaríamos ciertas estructuras más o menos destacadas de las brumas de distinta densidad, aérea, acuosa y cortical.

Notaríamos que estas figuras más o menos definidas aunque esfumadas en su entorno se comportan distintamente, veríamos que las partículas circundantes entran y salen de ellas en un flujo intermitente. Al seguir más de cerca esas estructuras gracias a nuestra ficticia visión teleobjetiva con *zoom,* observaríamos que las partículas exteriores (átomos, moléculas) son obligadas a introducirse en las brumosas estructuras más o menos recortadas del medio, para cumplir allí una misión, ya sea para sumarse a dichas estructuras, ya sea para reemplazar a otras partículas, o cumplir un cometido energético y salir luego liberadas hacia el exterior para confundirse con el medio.

Este es el mundo vegetal. Esas brumas más o menos recortadas del medio atmosférico, acuático y terrestre, obligantes con respecto a los elementos del exterior para que penetren en su estructura, circulen allí en forma más o menos ordenada, cumplan un cometido físico químico o eléctrico y salgan nuevamente al medio, esas condensaciones ordenadas en figuras son los vegetales y ciertos animales sésiles o sedentarios como los espongiarios, corales, madréporas, actinias, etc.

Luego notaríamos que algunos conjuntos de partículas observan desplazamientos, conservando el ordenamiento de los elementos componentes. Veríamos que toman, que aprehenden a otros conjuntos moleculares, obligándolos a penetrar en el interior de la nube difusa, retener allí algunas moléculas o conjuntos moleculares y partículas energéticas y rechazar el resto.

Estos son los animales ambulantes, nadadores, voladores, etc., que se nutren de los vegetales y de otros animales. Así también comprobaríamos que los procesos vivientes no terminan en el límite que parece otorgarles la piel, sino que se extienden más allá en forma de radiaciones calóricas, electricidad, transpiración, etc.

Si continuamos con este ejemplo de una visión superior a la del microscopio electrónico y capaz de enfocar tanto el mundo inanimado como un organismo animal de pies a cabeza de manera tal que pudiéramos visualizar sus átomos y sus componente, ese cuerpo que antes, con una visión "normal" era por ejemplo un pez, una rana, un lagarto, un ave o un cuerpo humano, se tornaría irreconocible para el observador. La carne es también entonces una apariencia. Desde afuera y de lejos sería comparable a una nebulosa galáctica avistada desde la lejanía espacial con forma de pez, rana, etc.

Si luego penetráramos en el interior de ese organismo, se nos esfumaría toda la forma exterior, sería como incursionar en una galaxia como en realidad estamos, pues la nuestra, la Vía Láctea, no la podemos conocer en su conjunto, en su forma exterior, sólo deducirla. Todo se asemejaría entonces a observar nuestro cielo nocturno poblado de estrellas.

Si por otra parte pudiéramos empequeñecernos tanto hasta poder posarnos sobre un hipotético electrón del anticuado átomo de Bohr y orbitar con él el núcleo, el resto del organismo nos parecería de una inmensidad inconcebible formado en apariencia por infinitos cuerpos, como nuestro universo. (Recordemos que el átomo es casi todo él un vacío.)

Transformados en habitantes de un organismo viviente, más pequeños que un átomo, comprenderíamos quizás lo que realmente acontece allí para producir metabolismo, diferenciación de tejidos (organogénesis), crecimiento, envejecimiento, producción y secreción hormonal, formación de anticuerpos, fagocitosis, conducciones nerviosas, producción de energía, reproducción celular y demás procesos fisiológicos y aun psicofísicos de los animales superiores. Entenderíamos por qué el corazón constituye un órgano con una potencia y vitalidad tal, que es capaz de latir durante más de un siglo en algunos individuos de diversas especies, o la maraña de cadenas de átomos, moléculas y células que componen el estómago, el complejo hígado, los pulmones y la inconcebiblemente intrincada red de elementos cerebrales.

También nos daríamos cuenta de por qué determinadas agrupaciones atómicas formadoras de células adquieren misiones específicas en cada tejido interrelacionado con todo el resto somático y psíquico.

Cuán distinto veríamos nuestro organismo en forma de conjunto de partículas en constante dinamismo que van y vienen, se alejan, se acercan, se atraen, se repelen, ionizan, emiten formas de energía, vibran constantemente porque no son a su vez partículas últimas ya que detrás de esa manifestación en forma de partícula subyace lo oculto, lo más íntimo: la esencia universal.

Y todo en un continuo caos aparente a lo largo del tiempo traducido en días, meses, años, manteniendo en realidad un frágil equilibrio que tiende a romperse a cada instante, motivado esto por otras partículas que interfieren desde el interior de la trama orgánica y desde el exterior, provenientes del medio ambiente.

4. La vida como un constante fluir de los elementos químicos

Este constante movimiento de partículas organizadas que conforman un ente que puede pensar, trasladarse, sufrir, amar, gozar... somos nosotros.

Es como si se lanzaran innumerables bolitas por distintos canales o tuberías preparados de antemano construidos también de... ¡bolitas!

Cada bolita con una misión o trabajo a realizar a su paso, hasta encontrar finalmente obstáculos insalvables y cesar todo impulso inicial (muerte).

Así es lanzado al ser vivo desde la etapa de óvulo fecundado hacia una carrera que puede durar minutos, días, meses, años, siglos o milenios (árboles), según la especie, creando sus propios "canales" de dirección por los cuales se encaminan nuevos elementos creadores a su vez de nuevos caminos predeterminados potencialmente en el código genético o ADN. Y esto desde la primer célula, hasta arribar al final del plan estructurado para desmembrarse toda esa organización bioquímica y tornarse materia inorgánica, bioquímicamente ya inconexa entre sí, dejando de actuar entonces la interrelación que mantenía todo unido. Muerte del organismo significa cesación de la interrelación molecular organizada.

Aunque por supuesto no todo termina ahí, otros seres vivientes se hacen cargo de las sustancias bioquímicas detenidas en su carrera viviente. Toda suerte de microorganismos e insectos necrófagos y animales carroñeros (amén de los carnívoros) obligarán a los elementos que formaban tejidos vivos, a circular por su propia trama para proseguir dando vida.

De modo que, está mal dicho en realidad que "el ser vivo es lanzado desde su estado de óvulo fecundado hacia la carrera de la vida". Esto lo expresé así por razones didácticas. En realidad no hay ser vivo ninguno; ni en el óvulo, ni en el feto, ni en el niño recién nacido, ni en el individuo adulto, sino un fluir de los elementos químicos del entorno (agua, alimentos, sustancias minerales del suelo absorbidas por los vegetales) hacia "canales" compuestos precisamente por esas sustancias.

En ese fluir, durante ese paso de los elementos químicos por esas estructuras, es cuando se produce la manifestación que denominamos "vida", como algo que se mantiene en suspensión "a duras penas" porque tiende al desequilibrio constantemente.

Repito, no hay ser vivo, hay paso de elementos químicos que interactúan con sus capas electrónicas (quimismo), por sendas predeterminadas en el ADN y construidas precisamente del mismo material.

Es como si se agruparan moléculas para formar tubos a lo largo de los cuales irán a pasar también moléculas. Pero las moléculas no son simples bolitas inertes sino elementos con actividad propia que en contacto con otros *manifiestan* algo, en este caso *la vida*, como algo secundario, jamás primario.

No hay seres vivientes que toman elementos para darse más vida, hay procesos de los cuales surge la vida.

Esto significa que eso que llamamos vida puede ser comparable con una máquina que se autoconstruye (según se calcula para la futura robótica) y permite circular corriente eléctrica por sí misma y se pone en marcha a sí misma.

Un paradigma muy figurativo podría ser tomado de la zoología. Ciertas hormigas sudamericanas nómadas que avanzan por el terreno desparramadas en busca de alimento, al llegar la noche se agrupan para formar un verdadero nido con sus propios cuerpos entrelazados, con cavidades y conductos cuyas paredes están formadas por los propios insectos y por los cuales circulan los individuos.

5. La vida como proceso físico "dibujante"

También se puede comparar el proceso viviente con un río que cae y dibuja una cascada, o con una fuente de agua surgente cuyos chorros diseñan una figura ornamental. Las moléculas fluyen, la imagen permanece. Pero esta imagen a su vez se torna cambiante con el tiempo (envejecimiento orgánico).

Todo esto parecerá muy simple, porque son ejemplos sencillos. ¿Explican qué es la vida? En realidad ofrecen tan sólo una idea burda y simplista.

Sin embargo, más profundamente, no dejan de ser los seres vivientes más que auténticas imágenes, algo así como fantasmas, ¡verdaderas figuras fantasmagóricas!

¿Cómo? ¿Y la materia? ¿Qué es esto? ¿Espiritualismo o acaso algo semejante a los "cuerpos glorificados de los resucitados", según la mitología judeocristiana?

Nada de eso. Recordemos que un organismo viviente es casi todo él un vacío comparado con lo que nos queda de "materia" (materia es un decir, en realidad es esencia universal) si comprimimos a un ser humano de unos 80 kg de peso al grado superlativo, esto es hasta llegar a la densidad de una estrella neutrónica, por ejemplo..., esa persona ocuparía ciertamente ¡el volúmen de una esferita del diámetro de un puntito!

Luego, sin ser propiamente fantasmas en el sentido de cuerpos etéreos o visión quimérica como la que ofrecen los sueños, sí somos figuras dibujadas por la sustancia del universo, imágenes muy parecidas a las que traza un punto electrónico en la pantalla de televisión, con la diferencia de que somos tridimensionales y ofrecemos resistencia cual "sólidos" que somos (en realidad casi líquidos porque contenemos un muy alto porcentaje de agua).

Somos un engaño como figuras recortadas del entorno, somos casi vacío, y a lo más, imágenes resistentes y persistentes por un tiempo. Imágenes en cuanto a las estructuras atómicas que nos forman, e imágenes en cuanto al flujo molecular proveniente del exterior que pasa por nosotros y nos da el ser al dibujarnos.

En definitiva, somos un proceso físico.

Puede asombrarnos que ese conjunto de átomos que somos se pueda deleitar con vibraciones de otros conjuntos de átomos como las moléculas del aire, traducidas en música. Todo esto es un proceso físico, tanto nuestra audición como lo que elabora con ella nuestro cerebro (música).

Pienso en mi madre. A ella le gustaban los valses vieneses. ¿Un proceso físico más, mi madre? Pareciera que no, porque esto suena muy grosero para nuestros sentimientos. ¿Mas qué son los sentimientos? Paradójicamente otro proceso físico traducido en psiquismo.

Todo está conectado, nadamos en un campo físico y formamos parte de él, estamos rodeados de trenes de ondas que nos atraviesan, que nos chocan.

Repitiendo las palabras con que he comenzado este libro: estamos conectados con el entorno, frente al que "elaboramos" agradabilidad o desagradabilidad. El deleite musical, los placeres sexual, del olfato, del gusto, de la visión de panoramas cambiantes; el dolor, el sinsabor, el estado de terror, la angustia..., son todos procesos físicos que paradójicamente se gozan o padecen a sí mismos.

6. El automatismo del proceso viviente

Por supuesto que aún quedan dudas para comprender de lleno o en profundidad qué es la vida.

Lo principal es no perder de vista que el viviente, es un proceso más instalado en el universo con perecedero éxito, una manifestación más aunque harto compleja de su esencia.

Pero siempre queda el interrogante de por qué los átomos y moléculas que entran en el torrente vital se comportan de una manera determinada cuando forman parte de una trama viviente, y por qué no lo hacen igual cuando esos mismos átomos se encuentran constituyendo un conjunto de "materia" inorgánica.

¿De dónde sale esta propiedad de los elementos para formar procesos encadenados, concatenados y sostenidos mediante el continuo aporte de nuevo material? ¿Y tan eficientemente que los filósofos no tuvieron otra alternativa que echar mano de un hipotético *élan vital* como principio animador?[2]

Todo nace de la misma esencia que *es lo que es* en sí misma y posee propiedades que se manifiestan según los campos y las leyes biológicas creadas por la misma esencia.

Habíamos hablado de distintos niveles de acción en donde reinan leyes propias de cada nivel: astrofísicas, químicas, bioquímicas, etc. Ahora nos hallamos en el nivel biológico con sus propias leyes. Estos campos creados por el flujo de elementos a través de estructuras edificadas por ellos mismos, son los que obligan a las moléculas y átomos a observar ciertas conductas que no existen cuando esos mismos átomos forman parte de rocas, metales, aire o agua en estado natural, por ejemplo.

Así como existen leyes llamadas "universales", que denomino locales (propias de nuestro microuniverso), cambiantes y transitorias, emanadas

---

[2] Según Bergson, el *élan vital* es la conciencia en cuanto penetra en la materia y la organiza realizando en ella el mundo orgánico.

de la actual configuración y accionar del microuniverso, así también existen leyes biológicas creadas por la sustancia universal con su accionar
precisamente en los campos biológicos o estructuras orgánicas, formadas
por ella misma e influenciadas a su vez por el entorno, que no es otra
cosa que ¡otra faceta de ella misma!

Hemos de ver entonces que todo es puro automatismo. Todo organismo es una abstracción del medio ambiente, un proceso parcialmente recortado de otros procesos que marcha por sí mismo, influenciado por
ellos y que a su vez incide en ellos, detalle que se observa mejor desde
el punto de vista ecológico, como veremos luego (cap. X, 9).

7. La vida como proceso naturalmente planificado

Uno de los "misterios" provisionales para la ciencia biológica está representado por los rumbos que toman los sucesos vivientes no sólo en
lo que atañe a la diferenciación de los tejidos orgánicos durante el
desarrollo embrionario, sino también en lo que toca a la diversificación
de las especies.

El responsable de esta diferenciación histológica y diversificación específica se admite que es el código genético encerrado en las células
gonadales y repetido en cada célula somática.

Casi no hay célula viviente que no contenga un núcleo con el código
genético. Una de las anucleadas es el glóbulo rojo de la sangre, pero hay
que tener en cuenta que los hematíes no se multiplican, sino que se hallan destinados a morir después de unos pocos meses. Son las células
hematopoyéticas de la médula roja de los huesos las que producen los
perecederos glóbulos rojos de la sangre humana, y éstas son nucleadas
de modo que los eritrocitos deben ser considerados como células degene-
radas de corta vida, incapaces de reproducirse, pero que no obstante
cumplen una imprescindible misión fisiológica en la respiración que es
el transporte del oxígeno a todo el organismo. Un suceso puramente
casual.

Lo mismo sucede con el alga verde *Acetabularia* que pierde su núcleo
pero sigue viviendo. En cambio, los procariotas como las "algas azules",
poseen acumulaciones de ADN que no están aún rodeadas de membrana
nuclear propia, esto es que sin poseer núcleo aparente se hallan provistas
de código genético.

En general, toda célula gonadal contiene en su interior un plan de
desarrollo que puede apuntar tanto hacia la estructuración de una planta
de ortiga, un pino, una mosca o una ballena.

El secreto se halla en una estructura química denominada ácido desoxirribonucleico (ADN) representada esquemáticamente como una escalerilla helicoidal. La molécula del ácido desoxirribonucleico está constitui-

da estructuralmente por dos cadenas de polinucleótidos, dispuestas en forma doblemente helicoidal en torno de un eje común y enlazadas entre sí. Un nucleótido se halla integrado por fosfato, desoxirribosa y cuatro bases orgánicas nitrogenadas a saber, adenina, citosina, guanina y timina.

Pero todo esto no es más que jerga química de carácter didáctico. En realidad, lo que se experimenta no es más que una pobre visión de lo subyacente, una observación panorámica a vuelo de pájaro muy basta, muy superficial, pues la molécula del ácido desoxirribonucleico, a pesar de su complejidad, es tan pequeña que según cálculos existen tan sólo 3×10^{-9} miligramos (tres mil millonésimos de miligramo) [3] de ADN por núcleo en óvulos o espermatozoos.

¿Cómo no asombrarnos entonces ante el "misterio" de que desde un núcleo celular donde se halla el ADN con la función de plan, puedan desarrollarse tanto una bacteria como un cachalote según el código específico allí escondido?

El secreto está en lo pequeño, y mientras el hombre no entienda lo que sucede en la microdimensión donde actúa la esencia del universo que dibuja protones, neutrones, electrones, etc., se verá impedido de comprender los derroteros o cadena de hechos conducentes a estructurar virus, vegetales y animales de infinidad de formas y tamaños y, a la vez, entender la "creación" de leyes específicas del campo biológico.

Daremos una hipótesis al respecto en el próximo capítulo. Por ahora pasaremos a considerar un poco más de cerca el proceso viviente según la fisiología.

8. El organismo como conjunto de procesos

El hecho de considerar a los seres orgánicos como un proceso más entre incontables otros que se originan en el universo, no significa en rigor que cada ser viviente sea un sólo proceso. Por el contrario, la marcha de un organismo viviente se lleva a cabo mediante la concomitancia de un sinnúmero de otros procesos como ocurre en un sistema planetario, por ejemplo. A su vez, un planeta como la Tierra está compuesto de una serie de procesos como el atmosférico, de las corrientes marinas, del ciclo de las aguas, de la orogenia, de la deriva continental, etc. Así también el campo biológico de un individuo encierra una enorme gama de procesos interrelacionados.

Fuera del proceso general filogenético (de la diversificación y evolución

---

[3] Según cálculos de A. E. Mirsky, en el Rockefeller Institute, y de Roger Vendrely, en la Universidad de Estrasburgo.

de las especies) tenemos entonces un proceso general individual consistente en la concurrencia de un sinnúmero de procesos que se complementan, de modo que aquellos que hablan de una unidad orgánica, como un todo, tienen y no tienen razón. La tienen en cuanto el ser orgánico reacciona como un todo ante los estímulos exteriores e interiores según el *sistema psicosomático,* por ejemplo. No la tienen cuando se olvidan de que somos un conjunto de tejidos diferenciados que marchan ciegamente cada uno por su lado y en interconexión con los demás.

Para esclarecer este concepto es necesario recordar el de biocélula.

La biocélula es la unidad viviente más concreta. Podemos incluir aquí también a los procariontes (tipo celular que debe su nombre al hecho de no presentar verdadero núcleo, puesto que carece de membrana nuclear. Se considera precursor del tipo celular eucariótico).

Lejos de ser algo simple, se trata de una compleja trama con sus órganos, membranas y el intrincado núcleo, verdadera maraña de genes.

Estas unidades celulares, asociadas en los seres pluricelulares para formar los tejidos, constituyen procesos en sí, esto es, en cada célula; y procesos como tejidos diferenciados componentes de órganos.

¿Qué significa esto? Que los islotes de Langerhans productores de insulina son un proceso; el sistema circulatorio otro; el digestivo otro; el nervioso otro; el reproductivo otro, etcétera.

A su vez, dentro del sistema circulatorio por ejemplo, el corazón es un proceso, las venas otro, las arterias otro, y también lo son los glóbulos blancos, las plaquetas y los eritrocitos, con sus propias fuentes de producción.

El aparato reproductor a su vez se halla compuesto de varios procesos como la ovulución o la espermatogénesis, la excitación sexual, el orgasmo, la eyaculación, etcétera.

Cada proceso sigue su curso, ciego, pero asociado accidentalmente (a lo largo de la evolución filogenética) a otros, y dependiente de éstos sirve para algo.

Podemos tomar como modelo al pólipo marino *Hydráctinia carnea* en el que puede observarse una verdadera división del trabajo con su diferenciación somática, de modo que se producen colonias heteromorfas. Se distinguen individuos (o zoides) que cumplen funciones nutritivas y se llaman *gastrozoides,* otros que producen yemas sexuadas se denominan *gonozoides,* mientras que otros llamados *dactilozoides* cumplen la función ofensiva y defensiva. Algunos de estos últimos pueden ser urticantes.[4]

---

[4] Véase Humberto D'Ancona, *Tratado de zoología,* Barcelona, Labor, 1960, págs. 499 y 500.

Este es un ejemplo sencillo. No ocurre de otro modo en los vegetales donde raíz, tallo, hojas y haces vasculares son igualmente procesos separados, aunque ligados en sus funciones.

En los animales superiores sólo hay aumento en el grado de complejidad.

El proceso inmunológico, por ejemplo, se formó accidentalmente y prosigue su marcha; el de la visión igualmente nació paradójicamente de una serie de mutaciones ciegas al azar, pero ambos son imprescindibles para los individuos que, en un caso deben hacer frente a otros procesos destructores (microorganismos patógenos) y en el otro caso percibir al enemigo para defenderse, esconderse o huir. Las atrofiadas células ya mencionadas llamadas hematíes, no obstante su degeneración y corta vida, sirven para el noble y vital propósito de transportar el oxígeno captado por los pulmones. Los "agresivos" y casualmente destructores leucocitos sirven de paso para eliminar a los enemigos del organismo. Capaces de emitir seudópodos y presentar movimientos amiboides, aprisionan cuerpos extraños, bacterias, etc., presentes en la sangre, para fagocitarlos.

Nada ha sido "creado" para nada, pero todo proceso que aparece ciegamente y es útil, queda incorporado al conjunto de procesos orgánicos asociados y se halla "inscripto" en el código genético. A su vez, todo proceso nocivo que aparece también casualmente, casi siempre extraño, es rechazado porque lo que hoy conocemos en materia de formas vivientes ha pasado por un magno tamiz de prueba, y ha encajado dentro de las posibilidades de supervivencia. Posibilidades no creadas de antemano, "antes del mundo", sino aparecidas aleatoriamente entre la trabazón de influencias de un medio que centró su acción en la biosfera.

Otra pauta de que los procesos actuantes en consuno son ciegos en su derrotero, la tenemos en el hecho de que después de la muerte de varios tejidos de un organismo, otros prosiguen por un tiempo su marcha, como el crecimiento de las uñas y del cabello en los cadáveres.

Aunque la mayor parte de un organismo ya se encuentre trabada en su funcionamiento (enfermos de cáncer en su etapa terminal, o con gangrena avanzada, parálisis total, etc.), el corazón, ignorando la gravedad de lo que ocurre en el resto del individuo, continúa latiendo en vano, y a veces en muchos pacientes animales o humanos desahuciados "no se ve la hora de que llegue la muerte" para aliviarlos de un ya inútil sufrimiento.

El organismo no muere todo entero de una vez, sino que va muriendo de a poco en la medida en que los distintos procesos asociados se van deteniendo por turno. ·

Podemos concluir con la idea de que somos realmente una aglomeración de seres, en vez de un organismo único.

9. La vida como proceso de adaptación

Cada proceso orgánico del individuo apunta hacia una adaptación. Un músculo, un tendón, una pieza ósea, una sustancia presente en la sangre, un anticuerpo, una enzima, una hormona, etc., aparecieron por mutación puramente azarosa, y toda modificación obrada igualmente por futuras mutaciones genéticas siempre aleatorias, significará casi con toda seguridad una desventaja para la descendencia. Toda incidencia de una partícula energética, como los penetrantes rayos cósmicos, sobre la estructura de un gen produce un cambio accidental. Este cambio, consecuencia de un accidente, casi nunca puede ser ventajoso, puesto que no hubo intencionalidad, voluntad, plan eficiente alguno. Como seres evolucionados somos frutos de continuados accidentes físico-biológicos a lo largo de millones de años; somos el resultado de la más pura casualidad exitosa aunque nos cueste creerlo. De cien mutaciones genéticas es muy posible que no se obtenga beneficio alguno para la descendencia, porque desde el momento en que son accidentes, obras de la casualidad, lo lógico es que apunten hacia el error. Si elevamos la cifra de mutaciones a mil, por ejemplo es probable (tan sólo probable) que alguna de ellas signifique una leve ventaja adaptativa al medio. Si se trata de un millón de mutaciones, entonces ya es casi seguro (no absolutamente) que algún descendiente evolucione.

Vemos que la selección natural de las especies es brutal, cruenta, ciega. Aquel individuo mutado que se puede adaptar al medio sigue su marcha, y transmite la nueva adaptación a la descendencia; en cambio todo aquel mutante que no halla una correlación adaptativa con el medio en que vive, sucumbe irremisiblemente en un porcentaje muy próximo al ciento por ciento.

Podemos escribir 99,999 %[5] de fracasos y quizás nos quedemos cortos.

Las extinciones de individuos en la naturaleza nos pasan inadvertidas pero constituyen cifras astronómicas.

Tan sólo un 0,001 % de especies ha sobrevivido a lo largo de millones de años de accidentes biológicos, hechos eventuales llamados mutaciones genéticas, mientras el resto no pudo acomodarse al medio o quedó inadaptado por cambios también accidentales del medio ambiente. Aunque a veces, y esto es observable principalmente en las bacterias y vegetales pluricelulares, hay adaptaciones y readaptaciones a diversos medio ambientes, cosa que confunde a algunos investigadores que creen ver "ingenio" o "voluntad" adaptativa en ciertas cepas. Todo es accidental, y

---

[5] Según Ernst Mayr (citado por Heinrich K. Erben en su libro *¿Se extinguirá la raza humana?*, Barcelona, Planeta, 1982, pág. 95), se ha extinguido "el 99,999 % de todas las líneas evolutivas".

ello nos indica a las claras que no existe plan ni encaminamiento alguno en los derroteros biológicos, sino tan sólo un ciego oportunismo adaptativo. Luego veremos que el planeta Tierra no ha sido hecho para la vida, por el contrario, los seres vivientes son una adaptación a sus condiciones (véase cap. X, 16).

10. La vida como proceso de supervivencia

Desembocamos así en la idea de pura supervivencia. A través del gran tamiz de los obstáculos, queda únicamente aquel proceso que puede sobrevivir. El medio ambiente no influye en absoluto en una supuesta "creación consciente" de nuevas formas vivientes, así como tampoco son creativas las mutaciones genéticas.

Lo creativo supone intencionalidad, voluntad, ingenio. Aquí no existe nada de eso y por más que se hable de "inteligencia" de la naturaleza no deja de ser tan solo un decir, pues *son muchas más las oportunidades desperdiciadas por parte de las formas vivientes que las aprovechadas.*

Todo lo que podemos observar en la naturaleza y que nos maravilla, no es más que una débil muestra de lo que pudo haber sido. La ciencia biológica lo confirma.

La brutalidad de la naturaleza no perdona. Los mutantes ineptos, que son casi todos, desaparecen sin dejar descendencia.

Los restos fósiles hallados en todo el orbe, indicativos de una evolución de las especies, son también escasas muestras de las especies extinguidas. Es lo poco, lo ínfimo que nos ha llegado del pasado, porque el proceso de fosilización es accidental y poco probable. Depende de una serie de circunstancias concurrentes. La mayor parte de la florifauna extinguida no ha dejado rastros, y la cifra envolvente de las diversas formas vivientes que "fueron ensayadas" en el pasado debe ser realmente astronómica si tenemos en cuenta los casi 4000 millones de años de existencia de la vida sobre el planeta en constante variación no evolutiva.

¿Qué es esto de "no evolutiva"?

Hay que tomar muy en serio esto que acabo de expresar: "variación *no evolutiva*", pues biólogos y paleontólogos suelen repetir a menudo frases como "variación evolutiva" tal como si se tratara de un proceso lineal. Esto es tan sólo un aspecto nimio de las transformaciones, ya que lo que evoluciona es un porcentaje ínfimo de mutantes. No existe ninguna transformación lineal evolutiva. La representación de las filogenias en forma de árbol (árbol genealógico) es totalmente inadecuada. Habría que representarlas como una maraña con un sinfín de ramificaciones bifurcadas.

Una mutación o un conjunto de mutaciones acumuladas en el genoma es corrientemente una aventura letal, pues aunque suponga tan sólo una acumulación de deficiencias por el momento no deletéreas, a la larga la descendencia se extingue al hallarse en inferioridad de condiciones de supervivencia con respecto al resto de las formas casualmente más exitosas que la rodean.

Este mecanismo tan simple de la supervivencia del mejor equipado genéticamente, que da fenotipos que encajan en el medio ambiente hasta tanto éste no varíe, ha echado por tierra toda tentativa de explicar una supuesta "creación" continua de las especies vivientes. Jamás hubo creación alguna ni la hay. Existen tan sólo complejísimos conjuntos de procesos biológicos (biones) que en su casi totalidad van hacia el fracaso porque no hay nada ni nadie que los organice, y tan sólo los remanentes (la casi nada) se perpetúan retenidos en el severo tamiz de las posibilidades de supervivencia. Este filtro es precisamente el medio ambiente de turno llamado en ecología *biótopo*, donde se desenvuelve una biocenosis.

Por lo tanto, la "evolución" es tan sólo un aspecto de las transformaciones continuas de flora y fauna a lo largo de los evos geológicos. Una fracción casual y mínima de todas las variaciones específicas, que obtiene éxito de supervivencia transitoria, ya que nada garantiza su perpetuidad. Una variación brusca del medio ambiente físico o una agresión del medio circundante biológico, pueden extinguir las especies, y así ha ocurrido a lo largo de millones de años.

Agentes mutágenos y cambios ambientales, entonces, alteran la continuidad de los procesos vivientes y llegan a detener por completo su supervivencia.

11. La vida comparada con el acontecer cósmico

Las manifestaciones de la esencia del universo son incontables. Las pocas que, podríamos decir, dan en el blanco quedan, están ahí aunque siempre perecederamente. Las que no, se diluyen dejando apenas rastros.

Tanto resulta ser una manifestación de lo subyacente el drama de una mosca capturada por una araña, como un quasar que radia energía, o un chorro de materia galáctica eyectado. Aquí en la Tierra los acontecimientos se precipitaron hacia el drama de la captura. Un huevito, luego un gusano, después una mosca adulta. Aparte, otro huevito, el nacimiento de una araña, y más tarde la tela, y el encuentro. Ambos seres estaban destinados al encuentro. Uno de ellos a ser devorado por el otro.

En el espacio, por su parte, dos galaxias "gestadas" al comienzo de la expansión microuniversal se encuentran, colisionan, se origina un magno cataclismo.

Todo se comporta ciegamente. Todo es eventual en el universo. Ya hemos visto que el accidente es el común denominador en él, y tanto es accidental el encuentro de un espermatozoide con un óvulo, como una tempestad en el planeta Júpiter, o en Marte, y la finalidad no es posible hallarla en ninguna parte.

¿Qué finalidad puede tener una tempestad en Marte, Júpiter o Saturno?

¿Qué finalidad puede tener la constitución de un cigoto? ¿En este último caso será la finalidad del desarrollo de un organismo que se constituirá en pieza indispensable para la buena marcha del equilibrio biológico circunstancial? ¿Y qué valor tiene para el universo el equilibrio ecológico en el planeta Tierra, si al instante siguiente de la existencia del Todo, hablando en términos de cronología cósmica o más bien anticósmica, ya no habrá más planeta Tierra, ni Sol, ni galaxia?

El valor de la vida hay que buscarlo exclusivamente dentro de la vida misma como proceso provisional que fue y es posible por el momento. Muy lejos quedan así lo absoluto, lo eterno, lo trascendente de la vida en cuanto toca al hombre. Son ideas humanas, muy humanas y nada más, aplicadas a procesos que se escapan, a aquello que fluye y jamás se detiene. La mente trata de asir eso que transcurre, fijarlo, detenerlo cual una videocinta a fin de aplicarle la cualidad de lo absoluto, eterno, en un vano intento, pues en realidad se trata de una mera ilusión confinada como tal al ámbito de la trama mental madre, que también pronto no dejará trazos de sí.

El valor está en cada forma viviente para sí misma como proceso temporario que sobrevive; no le está dado desde el exterior, y el animal hombre que es el que más valora todo, no hace más que valorar su subsistencia y ese mismo hecho de valorar es igualmente un factor de supervivencia, como veremos más adelante. Se iguala a los instintos de conservación, de reproducción, etc.

Capítulo IX
Origen y evolución de la vida

1. El carbono y el medio primitivo

Si el elemento, podríamos decir clave, del universo de galaxias ha sido y es el hidrógeno, a partir del cual fueron fabricados naturalmente los restantes 91 elementos químicos [1], en el campo biológico es necesario considerar como clave para la vida al elemento carbono.

Esta estructura compuesta según la física nuclear de 6 protones, 6 neutrones y 6 electrones, con un peso atómico de 12 se constituyó en el núcleo de toda estructura viviente. Pareciera ser que la esencia del universo ha acentuado sus manifestaciones vitales en la Tierra en este elemento químico que tan burdamente, tan superficialmente, conoce el hombre.

En efecto, el bioquímico sólo habla de interacción de capas electrónicas que rodean el núcleo atómico, que es lo que da origen al quimismo, sin saber en esencia qué es un electrón.

¿Están, por ejemplo, los electrones contenidos en un rayo cósmico? Un rayo cósmico produce mesones piones por colisión nuclear. Estos mesones se desintegran en mesones muones, en rayos gamma y electrones positivos y negativos. [2]

Los núcleos radiactivos también despiden electrones en forma de rayos beta.

¿Significa esto que los electrones se hallan contenidos también en los núcleos atómicos además de orbitarlos? No creo que la física actual tenga la respuesta concreta.

También se dice que el quark y el antiquark se aniquilan y producen electrones, y se sabe que un neutrón libre al desintegrarse, deja como restos un protón, un neutrino y un electrón.

---

[1] El hombre ha logrado técnicamente "componer" hasta el elemento número 105 con el cual ya son 13 los artificiales transuranianos añadidos a los 92 elementos naturales, y se cree que seguirán lográndose nuevos elementos.
[2] Véase Harvey E. White, *Física moderna universitaria*, México, UTEHA, 1965, págs. 686 y 687.

Luego, no creo que solamente los electrones orbitantes intervengan en los procesos bioquímicos y propiamente biológicos. También los elementos nucleares deben jugar algún papel en esos fenómenos.

El carbono presente en toda materia orgánica en proceso ha sido el elemento aglutinante primitivo, principalmente por su capacidad de formar enlaces covalentes consigo mismo en largas cadenas, lo que permitió las primeras combinaciones que no fueron más allá de simples compuestos inorgánicos.

Sin embargo, facilitó el encendido de la chispa que iba a originar nuevos procesos encadenados que se iban a ir recortando paulatinamente del medio inorgánico al ir creándose los campos biogenéticos.

El agua fue con toda seguridad el medio aproximador de las moléculas disueltas. Por ello se dice que la vida se tuvo que haber originado en el agua.

De los 92 elementos químicos que componen la Tierra, unos 40 de ellos entran en los procesos vivientes, pero los más importantes, al margen del carbono, son hidrógeno, oxígeno, nitrógeno, azufre, fósforo, cloro, potasio, sodio, calcio, magnesio, hierro, silicio y fluor, como elementos biogenéticos. Entre los oligoelementos los más importantes son litio, bario, estroncio, cobre, cinc, flúor, bromo, arsénico y boro, que entran en el torrente vivo en cantidades ínfimas.

Esto quiere decir *grosso modo* que un trozo de chapa de cinc, una pieza de hierro, un terrón de cal, una roca, el gas nitrógeno, en otras circunstancias y dentro de campos creados, pueden formar parte del torrente vivo, ya irreconocibles allí en la hemoglobina, en el tejido óseo, en una uña o un cabello, por ejemplo.

¿Es realmente así? ¿Es correcto pensar que un hacha o un martillo o un remache de cobre poseen propiedades biogenéticas? ¡Claro que no, si consideramos a los elementos hierro o cobre fuera de un campo biótico! Recordemos que en profundidad hay que pensar en las manifestaciones de lo subyacente, de aquello que se esconde bajo la forma, capa o más bien apariencia, de hierro, cobre, hidrógeno, nitrógeno, etc., esto es la esencia universal que también se halla detrás del protón, del neutrón, del electrón, del fotón, del quark, etc. Recordemos también que el cobre o cualquier otro material puede desintegrarse de pronto y viajar algunos de sus componentes a la velocidad de la luz, o liberar tremenda energía nuclear.

La chapa metálica, el cristal, el gas, son tan sólo manifestaciones de lo subyacente, según el campo o ambiente físico en que se encuentran.

Cuesta creer que un terrón de tierra desmenuzado entre los dedos, en otras condiciones pueda ser parte de una laucha, una planta de cebolla o un pez, o que un montón de barro acumulado contenga los bioelementos necesarios para que en otras circunstancias físicas pueda estructurar a un ser humano que piensa, sueña, ama, goza y sufre. Pero la plasticidad de la esencia del universo es tal que la corteza terráquea pudo convertirse en un hervidero de formas vivientes que pululan en la biosfera planetaria.

2. Remotas posibilidades de un origen extraterrestre de la vida

Según la teoría de la *panspermia* de Arrhenius, [3] existen gérmenes de vida omnipresentes en el espacio extraterrestre universal, provenientes de otros mundos. Estos gérmenes fueron empujados por la radiación de alguna lejana estrella hasta su arribo a la Tierra para "germinar" y desarrollarse aquí en las diversas formas de vida. De modo que toda la vida sobre nuestro planeta, incluso la de los seres humanos, no sería autóctona sino alienígena, de origen extraterrestre.

Pero ya antes, en 1865, Richter supuso que la vida ha existido siempre en el universo y propuso la teoría del *cosmozoon*, una especie de espora que habría pasado de un sistema planetario a otro donde nunca antes había existido la vida.

Más recientemente ciertos astrónomos, entre ellos Hoyle, adhirieron a la teoría de la panspermia [4] aunque para éstos, el medio de transporte a través del espacio fueron los cometas en lugar de las radiaciones.

También otros estudiosos, que han observado cierta clase de meteoritos como las *condritas carbonáceas*, afirman haber hallado en ellos ciertos aminoácidos [5] piensan que esto ya sería suficiente indicio de que los ladrillos constructores de la vida (los aminoácidos) habrían arribado a la biosfera mediante este medio de transporte: los meteoritos. ¡Así de sencillo! Sin embargo, una cosa es un aminoácido, un compuesto molecular que "está ahí" suelto, como un tornillo o engranaje de una máquina, y otra cosa muy distinta es un proceso viviente donde todo se mueve, los elementos se empujan, atraen, intercambian, forman nuevas sustancias, producen energía... Podemos poseer cantidades de tuercas, arandelas, resortes, poleas, engranajes, pistones, cilindros, etc., mezclados, amontonados en el suelo, íntegramente todos los que pueden componer una máquina, pero sin embargo ello no significa un paso automático desde esas piezas hacia la construcción de una máquina. Es decir que esas piezas no pueden de pronto moverse por sí mismas, ordenarse,

[3] Svante August Arrhenius (1859-1927), físico y químico sueco.
[4] Fred Hoyle y Chandra Wickramasinghe sostienen la doctrina de la panspermia basados en el hallazgo de compuestos orgánicos en meteoritos del tipo de las "condritas carbonáceas" y en el descubrimiento de moléculas orgánicas en nubes de polvo cósmico.
[5] Cyril Ponnamperuma, químico ceilanés-americano del Centro de Investigación Ames de la NASA, entre otros, realizó análisis de los meteoritos de la clase de las "condritas carbonáceas", hallando en ellos una serie de aminoácidos.

ensamblarse y ponerse en marcha. Lo mismo ocurre con las "piezas biológicas".

Si bien un aminoácido, o cualquier sustancia conocida en los seres vivientes y al mismo tiempo hallada en el espacio sidéreo como amoníaco, formaldehido, formamida, ácido cianhídrico, ácido fórmico, etc., formados allí por puro azar, [6] consiste en realidad en un proceso, en algo que está sucediendo, esas piezas sueltas no son pruebas de vida. Aún falta mucho para que eso funcione como fragmentos de un organismo junto con otras sustancias, para que forme parte de un torrente vivo. Podemos decir que aún falta todo. El proceso viviente es inconcebiblemente complejo, tan laberíntico, entrelazado, indescifrable e indefinible, que nuestra capacidad mental flaquea para entenderlo en su conjunto. Tan sólo es posible atenderlo por partes, previo desmenuzamiento.

Los famosos químicos Miller y Urey [7] consiguieron obtener aminoácidos y varias moléculas orgánicas que también participan en los procesos biológicos, mediante descargas eléctricas sobre una mezcla de metano, amoníaco, agua e hidrógeno. Sin embargo, tampoco esto significa algo a favor de los que sostienen que la vida es un fenómeno común en el universo. En el capítulo XI volveremos sobre este tema.

En cuanto a la panspermia o siembra de gérmenes de vida a través del espacio extraterrestre sólo es necesario señalar que es totalmente imposible que una trama tan fabulosamente compleja y delicada como lo es el código genético, aun de las formas más inferiores, haya llegado incólume a la superficie terrestre después de un dilatado viaje de varios años luz por el espacio a merced de múltiples y nocivas radiaciones desmembrantes que lo llenan todo.

Con respecto a los meteoritos "portadores de aminoácidos" sólo basta recordar dos detalles. El primero es el recientemente expuesto en el sentido de que un aminoácido no es un ser viviente ni mucho menos, pues de ahí al encendido de la chispa de la vida hay un insondable abismo; y el segundo se refiere a la irresuelta cuestión sobre la cual aún se discute, esto es si esos compuestos orgánicos hallados en los meteoritos provienen realmente de otros mundos o han sido productos de la contaminación del ambiente terráqueo, pues esto ocurre rápidamente con cualquier material esterilizado en contacto con la biota de cualquier región planetaria.

Además, las altas temperaturas desarrolladas por la fricción con

---

[6] Radioastronómicamente han sido identificadas las mencionadas sustancias y muchas otras de tipo orgánico, formadas por pura casualidad en las nubes interestelares de gas y polvo.
[7] Harold Clayton Urey, químico estadounidense descubridor del agua pesada y del deuterio, hecho que lo hizo acreedor del Premio Nobel de Química en 1934, y su colaborador Stanley L. Miller realizaron estas experiencias seguidas luego por otros investigadores.

nuestra atmósfera al penetrar un meteorito en ella es suficiente para desintegrar, por movimiento molecular excesivo, toda delicada trama que apuntara hacia un proceso biológico.

Finalmente, la suposición de que los gérmenes de vida pueden ser sembrados por los cometas que los contendrían en sus núcleos, tampoco convence por las razones ya expuestas, tanto en lo relativo a las sustancias orgánicas que "no son vida", como a las señaladas para la entrada de los meteoritos en la atmósfera. (Recordemos el caso del desastre en la cuenca del río Tunguska, en Siberia atribuido a un cometa que se desintegró en la atmósfera, transformado en nubes plateadas.)

Además, aquí se debe presuponer una universalidad de la vida según las creencias de muchos astrónomos actuales, tema que pronto cuestionaremos.

En cambio, el ambiente terráqueo, y quizás en especial el que reinó en tiempos prebióticos o protobióticos, es óptimo para el evento del origen del proceso biológico, según ya vimos (cap VII, 1) al planeta Tierra como "un crisol de casualidades".

Por consiguiente, concluimos que si existe algún punto ideal para el origen y sostenimiento de la vida, éste es precisamente nuestro planeta; por lo tanto la vida es bien terráquea sin lugar a dudas, corroborado esto por su ausencia en los cuerpos explorados del sistema planetario como la Luna, Marte y Venus. Por deducción basada en las modernas observaciones técnicas también hay que excluirla de los restantes cuerpos planetarios y satelitarios naturales que orbitan el Sol, cuyas condiciones son hostiles tanto para la delicada trama vital conocida, como para alguna otra concebible por la ciencia biológica.

3. La vida ligada al acontecer cósmico

Si bien el origen de la vida es genuinamente terráqueo, no hay que perder de vista que se trata de un episodio cósmico.Hago recordar nuevamente que aquí "cósmico" no significa en absoluto aquello que expresa etimológicamente el vocablo: "cosmos" igual a "orden, armonía"; sino que empleo cosmos como sinónimo de universo, término muy en boga en estos tiempos, y que para mí, en una semántica propia incluso puede significar "anticosmos".

La vida, entonces, es un producto del cosmos con su accionar sobre uno de sus puntos o, para ampliar mejor el concepto, es el resultado pasajero de un accionar de una ínfima región del Macrouniverso sobre un punto que es la Tierra.

Una prueba de que el entorno nos influencia nos la ofrece ese ingenioso a la par que sencillo invento del hombre, el espectroscopio, y el más complicado radiotelescopio. Mediante estos artefactos es posible conocer

tanto la composición química de las estrellas, como las nubes de hidrógeno en profusión que emiten su "popular" onda de radio de 21 cm.

Hacia cualquier punto que es enfocado este tipo de artificios, ya se
trate de cometas, planetas, Sol, estrellas, quasars, galaxias, es posible
detectar radiaciones del gran espectro electromagnético, lo que sumado
a la energía de gravitación nos da la pauta de que somos el producto de
"invisibles hilos cósmicos" manejados por el señor azar en el papel de
titiritero. Estos hilos, que son parte de él, se entrecruzan para darnos "el
ser" y el movimiento por un instante en la eternidad anticósmica.

Podemos decir que indirectamente nuestra carne, nuestros huesos,
nuestro psiquismo, toda sustancia química, todo tejido, toda célula, toda
molécula, todo átomo que compone la capa viviente de la biosfera planetaria se gestó en lejanas regiones del espacio. Somos parte de una
galaxia, poseemos "porciones" de Sol, nuestra materia-energía en que
consistimos (como una de las manifestaciones de la esencia universal)
proviene del supersol primigenio o átomo primitivo, de aquel *big-bang*
que echó a rodar el mundo galáctico en expansión, y aún de más allá,
de otros grandes estallidos, es decir de un ciclo de expansiones y
contracciones de nuestro microuniverso suscitado cierta vez en el Todo
a partir de esencia preexistente desde siempre.

De allí provenimos en forma indirecta. ¿Debe entenderse con esto que
la vida fue gestada desde siempre? De ninguna manera, porque es una
originalidad, un accidente casual, novedoso, singular, y lo accidental,
casual, y por ende indeterminado, escapa a toda gestación pretendidamente finalista. Nada fue planificado. El accidente azaroso es un escape
de una secuencia de hechos encadenados que pueden obrar cíclica o
aparentemente —y sólo así— con relativa y transitoria "finalidad".

El proceso viviente carece de toda finalidad, salvo la de su supervivien-
cia como hemos visto, lo cual constituye una "tautología" de la naturaleza, o llamémosle "círculo vicioso": 1º) chispa de la vida; 2º) vida
suscitada; 3º) ¿finalidad de la vida?; 4º) ¡vivir!; o... según mi concepción,
sobrevivir, puesto que todo organismo consiste en una constante lucha
molécula a molécula, como veremos luego.

4. Las moléculas prebióticas

Coacervados, nucleótidos o genes libres, aminoácidos, sustancias coloides, "sopa orgánica", descargas eléctricas de las tempestades atmosféricas, energía calórica desprendida de corrientes de lava de lenta
condensación, radiación solar ultravioleta, y cosas por el estilo pertenecientes a las etapas primigenias de la biogenia, se mencionan para tratar
de explicar cómo se produjo la chispa de la vida.

¿Puede que sea todo fruto de una moda científica?

Lo cierto es que repetidas experiencias de descargas energéticas sobre ciertas mezclas de gases han dado iguales resultados, constituyéndose moléculas de tipo orgánico, de modo que la pista no es despreciable. Faltaría ensamblar las piezas y poner en marcha la maquinaria de la vida, y esto es lo más dificultoso de realizar.

Caben sólo dos especulaciones: o la vida fue creada por un ente separado de la sustancia universal (llamado dios por los creyentes) o fue un proceso natural extremadamente dilatado en el tiempo, obrado por una sola sustancia sin orientación ni finalidad.

Lo primero queda para mí totalmente descartado como veremos en el cap. XXII. Sólo resta entonces la cadena bioquímica fruto del acaso, pero nunca como un fenómeno común, universal, capaz de suscitarse por doquier según muchos creen, sino como algo excepcional, como una singularidad.

Mucho se ha especulado acerca de las cadenas de reacciones bioquímicas que pudieron haber conducido hacia la primera célula. Empero dejaremos de lado estas especulaciones para aceptar, sin ambages de ninguna naturaleza, que el origen de la vida ha sido a todas luces un despacioso proceso exclusivamente físico, tan físico como el proceso atómico, tan físico como el proceso quark.

¿Por qué hablo de física, cuando todo el mundo está de acuerdo en que la vida en todo caso se originó a través de una evolución bioquímica? [8]

Simplemente, porque creo que todos los procesos biológicos, bioquímicos y químicos se reducen a puros procesos físicos, con la única diferencia de discurrir aquellos por distintos campos creados por la esencia universal. (Más adelante advertiremos que aun los fenómenos psíquicos consisten en puras acciones físicas.)

Este proceso físico, entonces, la vida, consistió en A más B, más C... esto es un elemento más otro, una molécula más otra, hasta formarse un encadenamiento, Pero esos elementos no eran bolitas o simples ladrillos que se fueron apilando, sino estructuras atómicas, más que eso, quarks, más que eso esencia universal activa, dibujante, creadora de propiedades llamadas por los científicos, físicas, químicas, bioquímicas, biológicas...

La esencia es, entonces, mágica —aunque sólo por excepción—, porque crea condiciones o campos dentro de los cuales sus creaciones "corpusculares" a su vez crean sus manifestaciones propias: adición de corpúsculos (alimento), interacción compelida entre esos corpúsculos (átomos, moléculas), producción energética (o más bien devolución de

---

[8] Por ejemplo, Jacques Monod, biólogo francés (1910-1976), Premio Nobel de Medicina (1965), sostiene entre innumerables otros la evolución bioquímica de la vida.

energía recibida del Sol), estructuración de tejidos (organogénesis y crecimiento), influencia en el medio (acción ecológica), reproducción mendiante calcos del plan genético encerrado en los cromosomas y unión de estos calcos en una célula germinal (gametogénesis y fecundación), establecimiento de ciclos específicos (nacimiento, crecimiento, reproducción).

En consecuencia, todo esto es mágico, no en el sentido etimológico del vocablo magia (ciencia o arte que enseña a hacer cosas extraordinarias y admirables), sino relativo a nuestra incomprensión de cómo puede ser que un terrón de tierra se pueda transformar ante nuestra vista cotidiana en una planta, en una flor, o cómo una pradera de gramíneas se pueda convertir en vaca, oveja o caballo, o cómo la corteza terrestre húmica se pueda transmutar en inteligencia a través de sucesivas etapas de modificaciones que pasan por el vegetal que se nutre del suelo, el animal que se sustenta a expensas del vegetal, y el hombre que se alimenta de ambos.

La esencia universal, repito, es mágica en sus manifestaciones en el sentido de que nos asombra y nos desconcierta.

Es mágica en extrema lentitud, no mágica explosiva como lo pretenden los magos y lo realizan los ilusionistas. Se trata de una magia en extremo pausada que transforma tierra en seres vivientes. ¡Magia! ¡Claro! ¿Cómo iba a ser de otro modo siendo nuestro cerebro y nuestras ventanas al mundo (sentidos) tan pobres, limitados, pura adaptación a un medio particular del cual extraemos tan sólo una pálida versión de realidad, tan sólo para sobrevivir? Recordemos el capítulo I relativo a "nuestras percepciones". Releámoslo en todo caso para hacer ahora una mejor comparación.

Aquello que el hombre no alcanza a comprender es para él magia o milagro. Deja de serlo cuando llega a comprenderlo. La vida es, aun ante los ojos de los más eminentes biólogos, un fenómeno mágico porque no se comprende bien la transmutación de la corteza terrestre en un girasol o en un elefante; el plancton marino en una ballena; la proteína, el almidón, el azúcar, el aceite, la grasa, el fósforo, etc., en ¡pensamiento!

Luego, en lo tocante a la esencia universal, no hay distingo entre la magia y lo natural. Sin ser algo espiritual ni sobrenatural, la esencia es absolutamente natural pero mágica para nosotros, y por ello el hombre místico mira con sacro respeto a una de sus manifestaciones, la vida, como si ésta fuese si no sobrenatural, al menos producto de un supuesto ente sobrenatural.

Es el asombro, es nuestra pequeñez cerebral y sensitiva lo que nos hace sentir impotentes ante lo que no podemos entender en su conjunto, sino tan sólo desmenuzándolo, que es lo que estamos haciendo ahora en lugar de ensayar infinitas e incompletas definiciones de la vida.

Una vez formadas las moléculas prebióticas en grandes masas flotantes sobre las aguas, en algún momento y lugar se habrá producido la chispa de la vida, el enlace casi imposible, infinitamente improbable, que dio origen a la cadena de adiciones de elementos químicos y acciones. Acciones nuevas recortadas del medio ambiente, efectuadas maquinalmente, con cierta autonomía. Pero lo más trascendental para el fenómeno vida, para su perpetuidad, fue el mecanismo del calco la *mitosis celular*, división o reproducción de una estructura en proceso. Luego, la clave para la variación dentro del abanico multiforme de la evolución fue la *mutación genética*.

Por consiguiente, en principio han sido tres los hitos que aseguraron el éxito de los primigenios biones o tal vez sólo nucleótidos, como bases para la futura evolución: 1º) la constitución de códigos (polinucleótidos en cadena) para el futuro desarrollo bióntico (tanto de procariontes como eucariontes), encerrados, como códigos, en una estructura miniaturizada de unos tres mil millonésimos de miligramo (véase cap. VIII,7). 2º) La posibilidad del mecanismo del calco de tales códigos denominado mitosis para las células somáticas, y meiosis para las células gonadales. 3º) Los accidentes mutacionales o mutaciones genéticas obrados por los agentes mutágenos que originan las variaciones de las formas vivientes dentro de las cuales, por eliminación de los ineptos, encaja la evolución de las especies ya descrita.

5 Hacia la estructuración de la célula

Evidentemente la chispa de la vida que prendió espontáneamente entre trillones, cuatrillones... de moléculas de tipo orgánico fue un evento puramente casual.

A pesar de que nuestra lógica, nuestra forma de razonar es relativa y no la única posible, sobre todo en cuanto atañe al límite del conocimiento de las cosas, esto es de la sustancia o esencia sustancial, sin embargo hay hechos que ocurren de acuerdo con nuestra lógica, como que el día sucede a la noche o que la vida de los pluricelulares evolucionados termina siempre en la muerte. Y así debe ser, por cuanto de lo contrario la confusión frente a nuestro entorno haría presa de nosotros para sumirnos en un mar de incertidumbres y desconcierto. Los hechos hasta cierto punto deben correlacionarse con nuestro modo de pensar, so pena de naufragar en el océano del sinsentido.

El sentido nos indica entonces que, descartada toda presunta acción ajena al orden natural por absurda frente a la Ciencia Experimental, es necesario concluir en que la primera célula viviente fue constituida por fortuita adición de elementos prebióticos con acción propia, con propiedades para generar "caminos biológicos viables", o conductos o vías, por los cuales se iban a conducir obligatoriamente los nuevos elementos tomados del medio circundante. Sendas biológicas "creadas" como novedades, como algo que nunca antes había existido, como nuevas propiedades de la esencia sustancial impresas por la estructura y accionar circunstancial de la porción de Macrouniverso incidente.

En cierto sentido general y figurativo, Macrouniverso por una parte y punto receptor de sus acciones locales (en este caso la Tierra) hicieron posible el encendido de la chispa vital sin intervención de algún mítico impulso, o de un bergsoniano, presunto y no menos mítico *élan vital*.

Traducido a basta fórmula podríamos volver a escribir que A + B + C + D..., origina un campo biótico, luego la posibilidad del calco ocasiona una repetición de la secuencia. La suma de nuevos elementos E, F, G..., produce nuevos esbozos de rumbos bioquímicos, los nucleótidos están en marcha rumbo hacia la primera célula viviente.

¡Claro! Esto parece harto sencillo así explicado, como si se tratara de un proceso lineal. Entonces, ¡es obvio que se necesitaría imprescindiblemente de un mítico organizador de la materia inorgánica para ir transformándola en orgánica y viviente! ¡La vida sería así un milagro, un producto mágico en el sentido sobrenatural!

Nada más corto y simplista que este modo de razonar. La realidad es muy otra. Esa secuencia A + B + C + D + E... es una entre trillones, cuatrillones... de secuencias bioquímicas que se han iniciado quizá durante los sucesivos ciclos expansivos del pasado de nuestro universo de galaxias y con seguridad en el actual, para pronto fracasar irremisiblemente. La vida es el producto del fracaso de incontables procesos iniciados y truncados por haber derivado hacia callejones sin salida. Aquí, en este punto es donde se diluyen todas las ideas habidas y por haber relativas a toda suerte de *creacionismo*.

En cuanto a cierto cálculo matemático, como prueba que esgrimen algunos convencidos de que la vida no pudo haberse originado sola por ser esto improbable, es también rebatido por mi hipótesis. En contraposición a los que sostienen exageradamente que la vida es un fenómeno común en el universo, los calculistas escépticos, ya en el otro extremo de la exageración, dicen que la probabilidad de la constitución de una sola célula viviente es un uno sobre una cifra mayor que la calculada para el total de átomos del universo conocido, que es de 10^{80}. Piensan así que esta cantidad de átomos no es aún suficiente.

Sin embargo, a mi favor se encuentran según mi hipótesis explicada en el cap. V, varios universos de galaxias en vez de uno solo como se acepta corrientemente (véase "enjambres de microuniversos", cap. V,1), de modo que habría que escribir muchas veces la base 10 con el exponente 80, cifras que sumadas son harto suficientes para que el fenómeno vida sea casualmente posible.

Además —y esto es también una importantísima clave para comprender el fenómeno— hay toda una eternidad para el accionar constante de la esencia del universo. Frente a esta eternidad, ¿no existe entonces suficiente "tiempo" para el "milagro" del origen de la vida?

Finalmente los elementos combinatorios nunca pueden ser comparados con simples bolitas numeradas de un bolillero, con juegos de letras o algo inerte parecido, por la sencilla razón de que poseen la actividad propia que les imprime la *esencia del universo*, según hemos visto.

Todo esto, junto con una eternidad para el accionar de la esencia, vence a la improbabilidad azarosa. Luego, forzosamente, en alguno de esos microuniversos se tuvo que haber originado la primera célula viviente, y éste es precisamente el universo de galaxias en el cual estamos comprendidos.

Somos un ciego éxito entre casi un ciento por ciento de frustraciones no menos ciegas y vanas, y de tan corta duración en tiempo cósmico frente a la eternidad, que podemos presumir que muy pronto toda la biota planetaria se perderá en la nada (incluido el *Homo*).

6. De lo simple hacia lo complejo

La suma de elementos activos que crean nuevas propiedades, condiciones o leyes (leyes biológicas en este caso), con aumento de complejidad, van generando a su vez, paulatinamente, nuevas posibilidades.

Lo mismo que ocurrió en el espacio sidéreo, sucede en la faz del planeta Tierra, con la diferencia de que en este último caso, se trata de algo complejo al grado superlativo, además de ínfimo. Recordemos lo tratado en el capítulo IV relativo al hidrógeno, ese paso fusional de lo simple hacia lo complejo, del protón con un solo electrón orbital, hacia el uranio constituido por 92 protones, 146 neutrones y 92 electrones, luego de pasar por todos los estadios escalonados intermedios de la denominada "estructura material" (para mí, de las sucesivas manifestaciones de la sustancia del universo).

Ahora son unos 40 elementos químicos los que por adición seleccionada accidentalmente crean complejidades dentro de un marco de influencias universales. Más profundamente o quizá ya metafísicamente, se trata de la misma esencia universal que se manifiesta de un modo selectivo haciendo emerger estados, estructuras que antes no figuraban en ninguna parte, pero cuyo potencial de acción y "creación" accidental se hallaba latente en el Supersol o átomo primigenio, en las nubes de átomos que formaron nuestro planeta, en la corteza terrestre, en la atmósfera, en las aguas...

Lo que habría que conocer a ciencia cierta es si, no ya una gestación planificada que jamás existió (véase cap. IX,3), al menos las novedosas *posibilidades* de los derroteros biológicos hasta constituir la serie de tejidos destinados a poner en marcha tramas tan complejas como las vivientes, preexistían ya en aquel Supersol que formó este microuniverso de galaxias en expansión, o aun antes, en otros ciclos, o por el contrario advinieron estas *posibilidades* como novedad ahora y por única vez.

Sobre estas cuestiones no queda otra alternativa que confesar que no es posible conocerlas a ciencia cierta dada nuestra efímera existencia como especie de corta capacidad mental, pero según mi aventurada hipótesis todo obedeció a una aleatoria improvisación. En el punto 9 del cap. III ya expuse mi hipótesis, mi modelo elegido de esencia universal cuyas manifestaciones pueden repetirse cíclica pero transitoriamente (quizás algo modificadas en cada ciclo) para luego, una vez cerrada la posibilidad de los ciclos, transformarse irremisiblemente en irrepetibles, de modo que todo retorno de lo que hoy conocemos será imposible.

En consecuencia, la posibilidad de la vida tal como la conocemos es tal vez sólo contemporánea. Quizás advengan las posibilidades de otras formas de vida modificadas con respecto a las actuales que conocemos, en los futuros ciclos de *big-bangs*, si es válida la teoría de un universo pulsátil, o en otras circunstancias de un universo siempre en expansión según otras hipótesis, para de todos modos desaparecer ineluctablemente alguna vez para siempre.

7. ¿Pluralidad de las formas primitivas u origen único de la vida?

Una controvertida intriga es saber si el origen de la primera célula, o en todo caso del primer ADN con capacidad de dar copias de sí mismo, fue un caso único, o por el contrario fueron apareciendo biones por doquier. En el caso de un origen múltiple de la vida, quizá la mayor parte de los individuos estaba destinada a sucumbir, aunque igualmente los biones supervivientes habrían pululado por todas partes originando diversas ramas o filumes.

El origen múltiple de la vida debería ser considerado con una verdadera pangeneración espontánea de los tiempos protobióticos cuando las condiciones ambientales físico-químicas lo permitían, cosa que para hoy, a la luz de las observaciones, es ya imposible aceptar.

En tiempos antiguos se admitía que incluso algunos animales de compleja organización, como los gusanos, insectos y también las anguilas, podían originarse a partir de la materia inorgánica por *generación espontánea*. Se creía que las anguilas nacían directamente del barro y que las larvas de moscas se formaban de sustancias en putrefacción. Francisco Redi [9] demostró que esta tesis era falsa. Pero la idea de la generación espontánea surgió nuevamente a raíz del descubrimiento de

[9] Naturalista y poeta italiano (1626-1698).

los protozoos, aduciendo que los infusorios se formaban espontáneamente en las infusiones de hierbas. Más el experimento de Lázaro Spallanzani [10] desmintió esta equivocada opinión. Después de Pasteur quedó demostrado que ni siquiera las bacterias pueden originarse espontáneamente.

Desde los tiempos de estas experiencias de Redi y Spallanzani corroboradas luego por Pasteur, hasta el presente no ha podido ser observada ninguna especie de generación espontánea de la vida para desmentir aquellas pruebas. Esto tendrá mucha importancia cuando tratemos las posibilidades de vida extraterrestre (cap. XI). Por el momento, con referencia a la vida terráquea, esta ausencia de generación espontánea en los tiempos geológicos contemporáneos nos está indicando que el fenómeno vida, si bien siempre posible, es casi del todo improbable, de tan inverosímil probabilidad que incluso hace cerca de 4000 millones de años, cuando se suponen condiciones óptimas para su generación, es muy difícil que se haya producido por doquier.

En contraposición con la tesis de una pluralidad de generaciones espontáneas o polifiletismo, lo más plausible es un origen monofilético a partir de una sola célula viviente como un esbozo de toda su posterior complejidad estructural y funcional.

La generación espontánea habría ocurrido entonces una sola y única vez durante toda la historia planetaria y en un solo y único caso.

8. Los códigos (genes) de las formas físicas orgánicas y del comportamiento

Es muy difícil interpretar los códigos genéticos y su forma de actuar a lo largo del desarrollo, crecimiento y transcurso de la existencia de un individuo. ¿Cómo se debe entender la constitución de un roble, un pulpo, una pulga de agua, una jirafa o un atlantosauro de 40 metros de largo? [11] ¿Cómo pueden hallarse indicados los derroteros morfológicos en una miniatura como el núcleo de un óvulo fecundado, cuando el ADN de un espermatozoide o un óvulo sólo pesa unos tres mil millonésimos de miligramo?

Verdaderamente nos cuesta creer que un niño que nos sonríe, un árbol que nos da frutos, un reptil que nos hiere, un parásito que nos enferma, sean todos productos de los mismos procesos que se originan en el ADN y que apuntan hacia diferentes derroteros.

Se han ideado al respecto algunas explicaciones como las de la *preformación* y *epigénesis*.

[10] Biólogo italiano (1729-1799).
[11] Véase Bermudo Meléndez, *Manual de paleontología*, Madrid, Paraninfo, 1955, pág. 303.

Se dice que cierto observador muy imaginativo y provisto de un microscopio de escasa resolución vio en 1694 dentro de los espermatozoides humanos una figurilla humana en miniatura, una especie de "homúnculus".

Fue Luis Bonnet [12] quien se hizo eco de la idea que le pareció excelente, pues al hallarse el cuerpo humano ya preformado en el espermatozoide, sólo le restaba crecer y transformarse de microminiaturizado homúnculo en hombre de tamaño completo.

Pero Bonnet sostenía la teoría de la "encapsulación", según la cual una hembra contiene una generación dentro de otra, esto es, los gérmenes de toda su descendencia inmediata y futura, como si se tratara de cajas contenidas dentro de otras cajas.

Con microscopios mejorados fue posible descartar la hipótesis del homúnculo, reemplazada por la de la epigénesis. Según esta idea, no se reduce todo a crecimiento de algo ya diferenciado en miniatura, sino que se consideran a las células sexuales como si se tratara de simples gotas de líquido. El desarrollo consiste en una sucesión de transformaciones que van estructurando los órganos que antes nunca existieron en diminutas dimensiones.

Fueron Wolff y von Baer [13] quienes rebatieron la teoría preformacionista para dar lugar a la concepción de la epigénesis. Pero como Wolff creía en el *vitalismo*, admitía que la epigénesis era el producto de una arcana energía vital.

Darwin, por su parte, en una época en que aún se sabía muy poco sobre genética, hablaba de la "hipótesis provisional de la *pangénesis* ", según la cual existe la transmisión de unos rudimentos celulares llamados *gémulas*. Se supuso que éstas eran copias producidas por cada célula somática lanzadas al torrente sanguíneo para determinar la herencia al representar a distintos órganos y partes del cuerpo.

Muy pronto, y por lógica, experiencias de transfusión de sangre invalidaron totalmente esta especulación.

En esta breve reseña vemos los esfuerzos especulativos llevados a cabo por hombres del pasado, intrigados por algo tan misterioso como la transmisión hereditaria de los caracteres.

Sin embargo, aun hoy el tema continúa siendo secreto. ¿ Por qué un elefante o una pulga, cuando sabemos delante del microscopio electrónico que el cigoto de ambas formas vivientes contiene cromosomas, genes y

[12] Naturalista y filósofo suizo (1720-1793).
[13] Gaspar Federico Wolff, fisiólogo y anatomista alemán (1733-1794). Se licenció con la tesis sobre "Teoría de la generación", con la que fue el fundador de la moderna embriología.
Carlos Ernesto von Baer, naturalista ruso (1792-1876) considerado igualmente como el creador de la embriología.

por ende un código genético similar en grandes rasgos aparentes?

En virtud del panuniversal ADN sabemos que estamos emparentados con todos los seres vivientes de la biosfera planetaria, es decir con moscas, helechos, rosales, serpientes, amebas, sapos, búfalos y lechuzas.

¿Cómo surge esta diversibilidad de millones de formas y tamaños? ¿ Por qué aún se sabe tan poco acerca de esa galera mágica que parece ser el ADN? La respuesta dice que es porque se trata, el de los genes, de un mundo en miniatura. No podemos comprenderlo porque carecemos aún de capacidad tecnológica para visualizar los detalles.

Si viajamos en un avión a 10.000 metros de altura es muy difícil que podamos apreciar lo que ocurre con el tránsito de una gran ciudad moderna. Aparentemente el conglomerado poblacional se nos presenta como una mancha que se destaca del resto de la superficie. Mas a pocos cientos de metros de altura aún es poco lo que podemos entender acerca de la circulación vehicular por sus arterias. Es necesaria una notable aproximación para conocer el sentido en que se mueve el tránsito orientado por flechas indicadoras de mano y ordenado por semáforos o dirigido por autopistas.

Lo mismo ocurre con los "mapas genéticos", con esa maraña inexplicable que nos ofrece la visión con el microscopio electrónico, que equivale a aquella que apreciamos desde una aeronave a varios kilómetros de altura.

Ante esta pobreza de apreciación, ¿qué nos queda otra vez si no especular? No ya como lo hicieron Bonnet o Darwin pero sí a la luz, aunque muy tenue aún, de la genética actual.

Puede ensayarse, por ejemplo, la posibilidad de que el enigmático código genético consista en una serie de señales como las del tránsito urbano de una suerte de imaginarias flechas apuntadoras hacia las direcciones que deben seguir los encadenamientos bioquímicos en su estructuración de órganos. Es decir que una vez apuntado un proceso hacia la constitución del esqueleto óseo, quitinoso o silíceo (en ciertas esponjas); hacia la formación de la piel o hacia la constitución de un ojo, por ejemplo, en los animales, o hacia la estructuración de los haces leñosos, vasos cribosos, raíces, hojas y flores, por ejemplo en los vegetales, entonces ya los caminos quedan señalados y cada proceso sigue su curso.

O de otro modo podemos imaginar que el primer impulso que se origina en una señal del código genético implique la aparición de otra señal, la del segundo paso, y éste la de un tercero y así sucesivamente, y para cada uno de los infinitos caracteres no sólo morfológicos sino también *de conducta.*

Si se da al factor A, éste ya encierra en sí mismo la consecuencia B, ésta a su vez implica a C, y así sucesivamente hasta formarse una oreja, un diente o una flor.

Según los estudios de los procesos morfogenéticos en la organogénesis existe una emigración celular. Por ejemplo, las de la cresta neural embrionaria, que una vez en sus sitios determinados inician nuevas cadenas organogenéticas. Además también se habla de *inductores*.

Mediante técnicas de injertos de porciones embrionarias de un sitio a otro, se logró determinar que en ciertos períodos por turno, las células poseen propiedades inductoras, tanto para la organización más o menos completa de un nuevo embrión, como de distintos tejidos y órganos según las etapas, tales como la piel, un ojo, el sistema nervioso, el aparato digestivo, etc. Por ejemplo, la piel conserva durante largo tiempo la propiedad de diferenciarse en córnea. También el globo ocular conserva su capacidad inductora durante un largo período. Un fragmento de piel de una larva de anfibio, por ejemplo, perderá sus cromatóforos y se convertirá en córnea transparente si se transplanta sobre un ojo.[14]

Esto parece confirmar que A induce a B, B a C, etc. Idem para cada conjunto celular de igual función, de modo que cada característica morfológica proviene de un primer inductor particular sito en la maraña del mapa genético, y esto es válido también para las conductas observadas de una planta, un loro, un caracol o de los primates.

9. Las mutaciones genéticas y las monstruosidades

En el lenguaje común de los biólogos es frecuente oír decir que determinada especie "optó" por tal o cual derrotero ecológico, que se "proveyó" de ciertas defensas frente al medio físico o biológico agresivo, que se "adaptó" a un ambiente particular, etcétera.

Todo esto se dice sin la aclaración pertinente de la ceguedad con la que discurre la flora y la fauna planetaria en sus transformaciones, sin explicación alguna acerca del mecanismo tanteador en que consisten las mutaciones genéticas. Esto quizá como una reminiscencia del finalismo del pasado, con dejo lamarckiano.

En efecto, Lamarck [15] consideraba que los caracteres adquiridos, esto es una cola amputada, un pico de ave torcido accidentalmente, etc. eran heredables o que la simple necesidad de un órgano era suficiente para que éste apareciera en la descendencia. De modo que si un reptil necesitaba volar para huir de sus enemigos o por el simple afán de querer remontar vuelo, transmitía dicho deseo a la descendencia, la que en consecuencia se proveía de alas. Darwin lo aceptaba como un factor muy

---

[14] Véase B. J. Balinsky, *Introducción a la embriología*, Barcelona, Omega, 1965, pág. 306.
[15] Jean Baptiste Lamarck, naturalista francés (1744-1829). Aparece como el fundador de las doctrinas de la generación espontánea y del transformismo. Considerado padre de la primera teoría de la evolución.

importante de variabilidad de las especies sobre las que luego actuaba la selección para dejar como resultado a los mejor adaptados.

Según Lamarck, las variaciones son inducidas en los organismos en respuesta a una apremiante necesidad y tensión sobre los individuos, y también por el uso o el desuso de los órganos.

"La función crea el órgano", decían los lamarckianos, y el desuso acarrea su atrofia.

Las "leyes" enunciadas por Lamarck se pueden resumir así:

1) El uso constante de un órgano por un animal durante su juventud trae consigo el incremento, el desarrollo de ese órgano; la falta de empleo, por el contrario reduce su tamaño y, en algunos casos, sobreviene su atrofia total.

2) Los cambios adquiridos se conservan a través de su transmisión hereditaria.

No es que los actuales biólogos crean en estas cosas casi mágicas, como el hecho fantasioso de que si un reptil volador "sueña"'con ser ave emplumada, por ese sólo hecho su descendencia adquirirá las plumas "imaginadas y anheladas" por su progenitor, pero sucede que las lecciones de zoología y botánica quedan mejor explicadas expresando frases como "los reptiles 'optaron' por emplumarse y adaptarse al vuelo" o "los cetáceos y pinnípedos como las ballenas y los elefantes marinos respectivamente 'eligieron' adaptarse al medio acuático siendo antes mamíferos terrestres con extremidades ambulatorias". Nadie "optó" ni "eligió" adaptarse jamás en la vida planetaria durante sus transformaciones morfogenéticas.

El cuadro real es el siguiente: un mamífero terrestre, por ejemplo, da descendencia monstruosa por mutación genética aleatoria. El descendiente provisto de extremidades atrofiadas no puede correr para huir de algún enemigo natural y su destino es con casi toda seguridad el convertirse en carne, huesos, piel, pelos, etc., del cuerpo de un depredador carnívoro.

Si mutan en el mismo sentido mil mamíferos de esa misma especie que no conocemos ni es necesario saber cómo era, también sucumbirán sus descendientes con toda seguridad.

Pero si las mutaciones de los gametos de la especie "de marras" se producen por varios millares en el sentido de la atrofia parcial y monstruosa de las extremidades, he aquí que alguno de los mutantes puede ir a caer a la orilla de un río, lago, bahía marina, etc., y utilizar sus monstruosos miembros a la manera de remos para huir aguas adentro ante el primer amago de peligro. Podemos pensar que cada vez que aparecía el enemigo, corría hacia el agua para salvarse. Esto pudo haber ocurrido en el pasado con los hoy mamíferos acuáticos.

Aun al cruzarse genéticamente con sus congéneres todavía terrestres, este nuevo ser monstruoso provisto de rudimentarios remos que le dificultaban la marcha por tierra pero que le permitían cierta habilidad en el agua, ahora semiacuático pudo producir en la segunda generación, por ejemplo —según leyes mendelianas simples de la herencia, en ausencia de dominancia—, una cuarta parte de descendientes normales, dos cuartas partes de híbridos y una cuarta parte de monstruos puros. Los monstruos confinados definitivamente al medio acuático por hallarse allí más seguros, a su vez continuaron produciendo mutantes. De éstos a su vez iban quedando aquellos que por pura casualidad adquirían las mejores formas anatómicas para la natación en sus atrofiadas extremidades de mamíferos perseguidos por otros depredadores acuáticos. Finalmente transformadas a lo largo de los milenios en excelentes aletas natatorias, las anteriormente monstruosas extremidades y el cuerpo fusiforme podían permitir integrarse a las especies exclusivamente al medio acuático, como lo vemos hoy en las ballenas, delfines, marsopas, manatíes y *dugongs*.

Nadie optó, nadie se adaptó, sino que fueron quedando entre múltiples formas mutadas al azar ineficaces para el medio, aquellas que por casualidad cayeron en otro medio que les ofrecía cierta seguridad de supervivencia.

El mundo está plagado de monstruosidades genéticas adaptadas. Tal es el caso del elefante cuyo órgano nasal se hizo descomunal; la jirafa, cuyo exagerado alargamiento del cuello (alargamiento de las vértebras) la transforma en un monstruo que no obstante obtiene beneficio al poder ramonear en las copas de los árboles; el rinoceronte es otro monstruo que presenta un exagerado alargamiento del cráneo, hecho que le hizo aparecer los ojos mucho más adelante que en otros mamíferos. Así podríamos citar infinidad de monstruosidades como el exagerado pico del tucán, los colmillos del jabalí, las astas del ciervo, los cuernos del búfalo, la joroba del camello dromedario y las del camello bactriano, las extremidades posteriores del canguro grandemente desarrolladas y las delanteras disminuidas en tamaño; las serpientes, antes lagartos cuyas patas se han ido atrofiando hasta desaparecer con el correr de los evos biológicos, etcétera.

Mas si analizamos en mayor profundidad la fauna, hallaremos que o todo debe ser considerado monstruosidad, o ¡nada es monstruosidad!

En efecto. No es posible hallar en la naturaleza ningún arquetipo viviente ideal, a partir del cual se puedan considerar anómalas las desviaciones. Ningún patrón es posible tomar como modelo, ni entre los peces, anfibios, reptiles, aves, mamíferos, ni entre los vegetales. Ni siquiera el hombre puede ser considerado un modelo perfecto, y más adelante veremos por qué razones de fuste. Por ahora adelantaré que sus extremidades posteriores exageradamente desarrolladas con respecto a las anteriores, su hendida región glútea, sus poco estéticos pabellones auditivos, su prominente nariz, su pie modificado con respecto a otros mamíferos precursores, con un feo talón y atrofiados e inútiles dedos, etc., son todas monstruosidades si seguimos insistiendo en llamar así a toda modificación genética anómala con respecto a la forma anterior que le dio origen.

10. Las mutaciones genéticas como accidentes de origen anticósmico

Los choques efectuados sobre la estructura del ADN que producen cambios, son como simples eventos mecánicos.

¿Habrá que volver entonces al ya clásico y archiempleado ejemplo de las ˙bolas de billar para explicar la aparición de un defecto en un miembro... o en el sistema inmunológico?

¿Puede ser válido el siguiente paradigma? El hecho de que una partícula que incide en las estructuras en escalerilla helicoidal del ADN colisiona con una o varias moléculas cambiándolas de lugar, ¿equivale a golpear con el taco una bola de billar de las tres que forman una imaginaria figura geométrica triangular, para hacer que la figura cambie? Si la figura formada de moléculas (bolas de billar del ejemplo) es la que determina parte de la pigmentación de un ojo, por ejemplo, al variar por incidencia de veloces partículas, seguramente hará que dicho efecto en el fenotipo, a su vez varíe.

Muy simplista, sobremanera tosco y superficial resulta el comparar objetos esféricos que ruedan por una superficie, que se hallan desprovistos de actividad propia, con la sustancia universal que se manifiesta en *quarks*, átomos, moléculas y posee dinamismo, plasticidad, accionar propio sobre el entorno. No obstante esta salvedad, el ejemplo sigue siendo bueno en un aspecto: mostrar el desplazamiento, consecuencia de un impacto, que en el caso de las bolas de billar tan sólo hace variar la figura imaginaria dibujada por las esferas, pero en el caso de la molécula de ADN, además de variar las posiciones de los elementos componentes, hace que éstos actúen de otra manera y den otros resultados.

Desde el momento en que hay estructuras como la escalerilla espiral del ácido desoxirribonucleico, cuya molécula tiene cadenas de nucleótidos, es muy factible que la incidencia de un penetrante rayo cósmico actúe para cambiar de sitio algún elemento clave para la figura que sirve de guía a las futuras acciones organogenéticas.

Si hay estructuras se infiere de ello que existen elementos químicos que ocupan lugares claves del código relacionadas con las formas y el comportamiento de los individuos; luego cualquier traslocación, cambio de sitio o arrebatamiento de un elemento debe significar tanto un cambio genotípico como fenotípico en la descendencia si el núcleo afectado es el de una célula gonadal.

Toda incidencia energética en las células productoras de gametos, esto es en el espermatogonio, el ovario o el ovogonio, debe producir cambios estructurales en la delicada trama que cumple el papel de código.

Los penetrantes rayos cósmicos que no son detenidos en la piel, como los ultravioleta (aparte de la radiación natural planetaria, y al parecer las alteraciones espontáneas), deben ser los principales causantes de las mutaciones, pues caen continuamente y en todas partes.

Luego somos en buena parte productos indirectos del accionar de partículas que provienen de las profundidades anticósmicas como restos de un accidente de inusitada violencia.

La existencia de la variación biológica y, por ende, la evolución de todas las especies vivientes depende de la accidental y ciega violencia anticósmica, cuyos productos inciden luego de viajar infinidad de años luz por el espacio.

Si damos vuelta las cosas, este hecho puede ser interpretado de modo inverso, es decir que, lejos de tratarse de un proceso ciego e inconsciente, puede ser por el contrario consciente e inteligente, pues aunque se pierdan fabulosas cantidades de rayos cósmicos en el espacio y se tornen inoperantes, lo cierto es que los pocos que inciden en la vida terráquea obran la maravilla de la variedad y la evolución de las especies.

Empero si comparamos la Tierra con el universo y llegamos a tener clara conciencia de la inmensidad de éste, pronto arribaremos a la inevitable conclusión de que no era necesario ni mucho menos tan colosal derroche de inconcebible número de partículas desparramadas por las inmensidades espaciales, tan exagerado accionar de las mismas, y todo para que en un punto apenas perceptible que es la Tierra en el concierto universal, y de tan efímera duración a escala de tiempo cósmico, se realizara la historia de los seres vivientes.

El hombre siempre creyó y cree que el universo entero se debe a él y su planeta, cuando la realidad es muy otra, pues nos hallamos en un punto perdido e ignorado por el vasto anticosmos.

11. El mito de las especies

Desde la época de Linné,[16] con dejos de lógica aristotélica se ha adoptado la nomenclatura binaria para la clasificación de los seres vivientes: *género y especie.*

---

[16] Carl von Linné, botánico sueco (1707-1778) estableció su famoso método de clasificación de las plantas.

Mucho se ha discutido desde entonces acerca del concepto de especie o más bien sobre qué caracteres se deben tomar en cuenta para definir una especie, es decir algo fijo, concretamente distínguible, que no permita confusión alguna cuando se comparan individuos muy semejantes aunque pertenecientes a otra clasificación.

Para Linné no existía tanto problema en las clasificaciones ya que en su época reinaba el *fijismo creacionista*, es decir la creencia en la fijeza de las especies creadas como tales desde un principio. Este sistema binominal de nomenclatura está actualmente aceptado universalmente, aunque no son pocos los problemas clasificatorios cuando una especie (entre los insectos y aves, por ejemplo) se asemeja tanto a otra, que asoma la duda. Para dilucidar estos problemas de semejanza se ha centrado la atención en toda clase de minuciosos detalles morfológicos así como se han tenido también en cuenta las "barreras de fecundidad". Si dos individuos, macho y hembra, provenientes de dos dudosas especies diferentes de aves por ejemplo no se cruzan entre sí, entonces hay certeza de que se trata de dos especies distintas.

Pero en realidad las especies *no existen*.

Esta aseveración tan categórica que he subrayado puede parecer a primera vista poco convincente. Sin embargo, si abandonamos el falso concepto de "ser viviente", lo reemplazamos por el de "proceso viviente" y extendemos esta última idea hacia la marcha de las ramas biológicas que varían sin cesar, pronto se diluirá toda idea fijista como una reminiscencia del pasado cuando se creía que la gallina siempre fue gallina desde que apareció la vida sobre la Tierra.

El concepto de especie no es más que eso, una evocación inconsciente de la fijeza de las especies según el "creacionismo" anterior al "evolucionismo", cuando con manifiesta ignorancia se atribuía la vida a la acción de otro ente de naturaleza distinta de la sustancia universal, a una naturaleza que lleva el sello de "espíritu", invento de la mente humana para tapar precisamente la falta de conocimiento de las propiedades de las cosas.

La historia de toda la biogenia planetaria no habla más que de variaciones. Todo es inestable. No hay especies fijas; hay entidades dinámicas, no estáticas, luego no existen tales especies ya que se diluye su concepto. Las especies son tan sólo unidades arbitrariamente determinadas por el hombre, quien trata de encasillar aquello que está variando continuamente en categorías fijas por razones didácticas.

Las que antes fueron variedades y razas (según el concepto humano), hoy son especies; lo que ayer fue especie hoy es género; lo que fue género hoy es familia y así sucesivamente. Una vez diferenciada la variedad o raza luego distanciada de otras razas por aislamiento, se va convirtiendo en infecunda con los coespecímenes para transformarse en lo que se denomina especie.

En estudios comparativos de las aves, por ejemplo, es posible seguir perfectamente el proceso transformativo de la *especiación*.[17] En muchos casos se hacen imprescindibles los conocimientos de un experto para separar a los individuos de muestra en especies, pues las gradaciones son tan sutiles que pueden llevar a engaño.

Estas casi imperceptibles gradaciones hacen suponer un antepasado común bastante reciente de la serie de estas especies, en cambio otras series más discontinuas indican brechas producidas por las extinciones y, por ende, una mayor lejanía del ancestro.

El proceso filogenético se diversifica continuamente y para ordenar de algún modo las cosas en devenir, se echa mano de conceptos taxonómicos artificiales como género, especie, variedad y raza. Pero entre las artificiales especie y raza, es posible intercalar para mayor claridad, otras nomenclaturas como subespecie, subvariedad, subraza, etcétera.

También en la rama ascendente de esta nomenclatura los taxonomistas se ven obligados a intercalar clasificaciones como subgénero, subfamilia, suborden, subclase, etc. Todo por razones puramente didácticas, pero alejadas totalmente de la realidad puesto que, como no existe solución de continuidad en las variaciones de la flora y de la fauna inducidas por las mutaciones genéticas, ninguna clasificación puede ser absolutamente valedera, pues podríamos continuar intercalando cosas tales como sub-subfamilia, sub-subraza, etc., esto es, se pueden añadir todos los prefijos sub- o super- que se deseen, en un proceso que es continuo y carece de estaciones de detención.

12. La brutal y despiadada selección y la evolución de las "especies"

La evolución de las especies vivientes (que seguiremos denominando así por razones puramente didácticas) tiempo ha dejó de ser una teoría para convertirse a todas luces en un hecho fehacientemente demostrado. A pesar de ello, en estos umbrales del siglo veintiuno que me han tocado vivir, aún hay personas ilustradas que creen que la evolución es tan sólo una teoría frente al creacionismo. Por supuesto que a estas personas "ilustradas" les falta un conocimiento integral de las ciencias biológicas y en el fondo todo es debido en un alto porcentaje a la falta de información. El resto a creencias religiosas.

La evolución obedece al más puro mecanismo, y aquel que cree ver algo más que esto en el proceso viviente general, lo único que hace es teñir de fantasías una realidad que no entiende por su complejidad.

[17] Véase Edward O. Dodson, *Evolución, proceso y resultado*, Barcelona, Omega, 1963, págs. 49 y 50.

Recientemente, un equipo de investigadores estadounidenses cree haber descubierto que ciertas bacterias, frente a un peligro de muerte, pueden efectuar mutaciones intencionalmente.[18]

Por ejemplo, en cultivos de bacterias con "defecto hereditario" o "error genético" que les impide digerir la lactosa, se ha observado que producen nueva prole precisamente capaz de nutrirse del mencionado azúcar.

Otras experiencias llevadas a cabo parecen confirmar la "inteligencia, voluntad, intencionalidad y capacidad" de mutar ante una necesidad de supervivencia.

Esta interpretación, por supuesto, acarrea un dejo lamarckiano según la idea de que "la función, o la necesidad crea el órgano", tal como vimos recientemente. De modo que un mamífero terrestre, por ejemplo, por el solo hecho de experimentar el deseo de nadar para huir mejor de sus enemigos, hará que su descendencia adquiera aspecto fusiforme y aletas para satisfacer dicha necesidad, como el caso de los cetáceos.

Estos resabios de lamarckismo que suelen asomar esporádicamente no son más que errores de interpretación de las observaciones.

Así sucedió cuando ciertos botánicos creyeron comprobar la herencia de los caracteres adquiridos al transportar semillas de una región a otra donde existían condiciones ambientales diferentes.[19]

Las plantas parecen adaptarse y readaptarse a distintos ambientes porque su respuesta fenotípica frente a diversos estímulos ambientales ya se halla inscripta en el genotipo por causa de su cosmopolitismo, que es el resultado de un constante traslado de un lugar hacia otro, ya sea accidental (viento que lleva las simientes adaptadas al vuelo, corrientes de agua, animales que transportan las semillas adheridas como el abrojo, etc.) o por la intervención del hombre. Sólo hacen falta dichos estímulos para que se manifieste la característica tomada como "nueva" que no es tal, porque la especie de planta en cuestión ya ha estado alguna vez en el ambiente al que ha vuelto a ser trasladada y se ha surtido de mutaciones genéticas de adaptación fortuita al estímulo ambiental, las que se sumaron a los anteriores factores genotípicos que permitían su adaptación a las regiones de origen.

Así ocurre también con los animales cosmopolitas. Por ejemplo, el pelo de los perros y la lana de las ovejas es menos abundante en la zona tropical, en cambio en las zonas frías el pelaje de los animales es más espeso y largo.

Un ejemplo patente y clásico de respuesta al ambiente lo tenemos en la facultad de nuestra piel para pigmentarse ante la irradiación solar, con

[18] Según trabajos publicados en la revista *Nature*, por un equipo de biólogos de la Harvard Medical School, en los Estados Unidos.
[19] Michurin, Lisenko, Timiriázev y otros, en Rusia, se inclinaron hacia la hipótesis de la herencia de los caracteres adquiridos.

el fin de protegernos de los rayos ultravioleta. Nadie podría interpretar esto como "una mutación de adaptación intencional", por supuesto.

Esta clase de respuestas de los seres vivos al ambiente ya programadas en los genes, fue lo que confundió muchas veces a los investigadores que creyeron que "la necesidad obligaba a una cepa a variar su dote genética con intencionalidad".

Con respecto al caso mencionado de las bacterias estudiadas recientemente por el grupo estadounidense, se trata sin duda de la intervención de un mecanismo químico ambiental que acelera las mutaciones, entre las que pueden surgir algunas útiles. Además, existe un verdadero abismo entre las bacterias y los animales, por ejemplo, que se reproducen de una forma diferente. Las bacterias se multiplican en progresión geométrica y su número aumenta en cifras astronómicas durante cortos lapsos, de modo que resulta factible una adaptación accidental. Basta que un individuo entre millones adquiera alguna cualidad favorable para que sobreviva él solo y genere de inmediato una numerosa descendencia con la herencia de dicha cualidad. Este detalle sumado a la facultad de readaptación genotípica a un medio que "ya ha sido habitado" lo explica todo.

Ya hemos visto en el capítulo I que somos incapaces de percibir la realidad en su mayor intimidad. En el terreno biológico, dado que los hechos ocurren en la dimensión plus ultra microscópica, mal podemos apreciar a la ligera y con certeza un mecanismo que nos llena de asombro (dada precisamente nuestra incapacidad para entenderlo).

Aquello que no se comprende y que maravilla, despierta en algunos una especie de sacro recogimiento, comparable con el asombro que experimenta el inculto primitivo frente al modernismo. Una vez comprendido un mecanismo complejo, cesa todo asombro y se lo halla natural.

La genética ha llegado a la categoría de ingeniería. Las mutaciones genéticas son un hecho demostrable experimentalmente. La variabilidad es observable tanto en plena naturaleza como en los criaderos de animales destinados al provecho humano. El éxito de los mejor adaptados es indudable y lo accidental, brutal y despiadado del mecanismo selectivo es evidente. En la naturaleza no hay piedad para nadie y todo es azar. El nuevo ser que nace mutado por esos avatares genéticos, como producto neto del puro accidente posee casi el ciento por ciento de probabilidades de extinguirse. Tan sólo si dicha mutación le valió alguna defensa o encaje adaptativo casual en el medio ambiente, sobrevive y tiene posibilidades de transmitir su "cualidad" adquirida a la descendencia.

No existe otra explicación más plausible. Por más que asome a veces algún dejo de velado lamarckismo ("la función crea el órgano" o "el deseo crea el órgano": aletas, alas, probóscide, cuello largo, etc.), o algún amago de vitalismo con impulsos renovados, pronto, muy pronto caen bajo el rasero del hecho de la evolución mal llamado todavía "evolucionismo" como si se tratara de alguna creencia, doctrina, o a secas "teoría" de la evolución.

Las pruebas paleontológicas basadas en la cronología geológica son contundentes: en las capas donde se encuentran peces primitivos, no existen los superiores anfibios; reptiles, aves, ni mamíferos. Allí donde hay peces y anfibios antiguos no existen aún reptiles. Donde aparecen éstos por primera vez aún no hay rastros de aves y mamíferos. Donde se hallan mamíferos arcaicos aún no aparecen los mamíferos placentarios. Finalmente cuando aparecen los mamuts, elefantes, caballos, asnos, camellos, ciervos, cerdos, vacunos, primates y entre éstos el hombre primitivo, ya no hay señales de fósiles pertenecientes a los primigenios peces, anfibios, reptiles, aves con dientes y mamíferos aplacentarios.

Luego las capas geológicas con sus contenidos en fósiles constituyen un libro abierto que habla a las claras del transformismo biológico, todo certificado por los modernos métodos de datación de la antigüedad de los estratos.

Además, las pruebas serológicas, anatómicas, genéticas y embriológicas corroboran la existencia de la evolución que se deduce de las evidencias paleontológicas.

Mediante experiencias en el campo de la serología comparada es posible demostrar que cuanto más alejado se encuentra un espécimen de otro en la escala avolutiva acorde con ·el registro fósil, menor es la precipitación de la sangre en contacto con un suero sanguíneo inmunizado de determinado ànimal. Así, por ejemplo, el suero de un animal inmunizado contra sangre humana repartido entre cinco tubos de ensayo para añadirle respectivamente suero de un hombre, de un chimpancé, de un mono rhesus, de un mono sudamericano y de un lemur (en escala descendente evolutiva), la cantidad de precipitado formado decrecerá también en ese orden.[20]

En la anatomía comparada es posible seguir toda la evolución desde los peces hasta los primates mediante la observación de las piezas anatómicas como el esqueleto óseo, por ejemplo. Si las piezas óseas se colocan en serie de acuerdo con la escala ascendente de transformaciones evolutivas obtenemos un muestrario que sigue la secuencia de peces, anfibios, reptiles, aves, mamíferos antiguos y modernos, y apreciaremos cómo se han ido transformando gradualmente las piezas óseas, modificándose y soldándose.

Que el hombre fue antes otra cosa lo demuestran, por ejemplo, los caracteres vestigiales que presenta. Estos órganos residuales son: los músculos de mover las orejas; los restos de la membrana nictitante del

---

[20] Véase Edward O. Dodson, *Evolución, proceso y resultado*, Barcelona, Omega, 1963, págs. 78 y sigs.

ojo o tercer párpado, presente en aves, reptiles, anfibios, anuros y peces selacios; los caninos puntiagudos propios de los carnívoros; el tercer molar ("muela del juicio"); pelo sobre el cuerpo; apéndice vermiforme o cecal; músculos segmentarios del abdomen; músculo piramidal y vértebras caudales.[21]

Las pruebas genéticas ya han sido consideradas a lo largo de las páginas anteriores y lo único que cabe añadir aquí es que se trata de evidencias de gran peso para explicar la variabilidad en base a las mutaciones que determinan nuevos caracteres heredables.

En cuanto a las pruebas embriológicas serán tratadas a continuación.

13. Filogenia y ontogenia

Es casi imposible construir esquemáticamente con fines ilustrativos un "árbol genealógico" que incluya todos los filumes o líneas transformativas concatenadas derivadas de una forma común.

En lugar de un árbol, resultaría una figura enmarañada con millones de filamentos miles de veces bifurcados y en su inmensa mayoría truncos, de modo que tal pretendida representación carecería de todo sentido real. ¡Qué lejos se halla la realidad de la variación y extinción de las formas vivientes de aquella imagen fijista de antaño! ¡Qué lejos también de las esquemáticas y artificiales representaciones lineales de la evolución, comunes en los textos de enseñanza!

La fauna y la flora residuales que nos han quedado son apenas una débil muestra de lo que fue. Lo que conocemos son tan sólo los pocos extremos aún verdes de la compleja maraña seca en su casi totalidad. Es el 0,001 por ciento que ha sobrevivido con relativo éxito hasta nuestros días; el 99,999 por ciento restante de las formas vivientes extinguidas se encuentra ahí representado, en la maraña seca del ejemplo.

Es muy difícil, en algunos casos, seguir los filumes desde alguna forma inicial notable, bifurcada a su vez a partir de otra forma ancestral. Entre el material fósil que ha llegado a nuestras manos faltan a veces piezas de enlace, pero si bien no es posible reconstruir la filogenia total de toda la biogenia a nivel planetario, en algunos casos lo es en los filumes más completos que hoy son muy numerosos. Así es posible reconstruir, por ejemplo, la genealogía del caballo del terciario de América del Norte con eslabones fósiles que forman una cadena casi continua, y la serie evolutiva menos conocida de los *Titanotéridos* durante el Eoceno-Oligoceno,

[21] Según Kahn, en Storer y Usinger, *General Zoology*, 3ª ed., McGraw-Hill Book Co., Inc., 1957.

también del mismo continente, entre los vertebrados; y la filogenia del braquiópodo del género *Spirifer* del Devónico y del cefalópodo del género *Ceratites* del Triásico, entre los invertebrados.[22]

Estas y otras series filéticas, que sería muy tedioso detallar, se constituyen en otras tantas pruebas paleontológicas irrefutables que certifican la evolución de las especies.

Tan sólo añadiremos escuetamente la historia de los primates a la que pertenecemos, con el fin de sentar una base acerca del origen del hombre y su transformación, que empalmará luego con el capítulo XII.

Entre los primates más representativos de cada escala evolutiva tenemos en grado ascendente a los tupayas, lemures, társidos, monos y el hombre, no como una línea filogenética recta pero sí como una muestra de transición morfológica, por cuanto es sabido que el hombre no desciende de los monos actuales sino de una forma simiesca ancestral.

Ahora vamos a considerar otra prueba evidente de la evolución. Se trata de la ontogenia en su estadio embrionario durante cuyas fases es posible observar una recapitulación de la filogenia.

Podemos disponer de series comparadas de embriones de vertebrados durante tres fases de desarrollo. Así es dable comprobar claramente cómo durante tres etapas determinadas el embrión del hombre se asemeja morfológica y respectivamente a los embriones de un conejo, un ternero, un cerdo, un pollo, una tortuga, una salamandra y un pez en tres fases de desarrollo de estos animales.[23]

También la ontogenia en el ser humano en una etapa inicial nos indica que el huevo fecundado se asemeja a un primitivo protozoario. Luego al segmentarse pasa a ser un metazoario rudimentario.

Cuando se halla en la etapa de la gastrulación se parece a un celentéreo (pólipos y medusas), para luego asemejarse a un platelminto (especie de gusano).

Esto significa lisa y llanamente que nuestro proceso evolutivo tomado artificialmente como lineal, esto es si se ignoran los millones de tanteos, desvíos y extinciones, ha pasado por todas las etapas filogenéticas y el proceso ontogénico embrionario es una verdadera recapitulación de la filogenia. En el útero materno, durante nuestro desarrollo embrionario, somos sucesivamente unicelular, metazoario primitivo, invertebrado, pez, anfibio, reptil y mamífero, y en este historial intrauterino de semejanzas acompañamos al conejo, al ternero, al cerdo, al pollo, a la tortuga, a la salamandra y al pez.

---

[22] Véase Bermudo Meléndez, *Manual de paleontología*, Madrid, Paraninfo, 1955, págs. 48, 49, 50 y 51.
[23] Véase Edward O. Dodson, *Evolución, proceso y resultado*, Barcelona, Omega, 1963, págs. 66 a 73.

14. Irreversibilidad de los derroteros biológicos, y la ausencia de reiteración de los procesos

Dos hechos muy importantes es dable observar en toda la historia filogenética. Uno de ellos es la imposibilidad de que a partir de un mono vuelva a producirse por sucesivas mutaciones genéticas, un lemur, un reptil, un pez. No hay retrogradación.

El otro hecho que será muy valioso para cuando tratemos el tema biocosmológico, es la ausencia de cualquier recapitulación morfológica. Nunca se ha visto el nuevo nacimiento del género de los avestruces a partir de los reptiles; de un gato desde formas no placentarias, ni es posible ya la reedición del triceratops, del pterodáctilo, del gliptodonte, de la fauna prehistórica.

Todos estos capítulos están cerrados. De la flora y fauna actuales si se nos extinguen el ombú de las pampas, la sequoia de California, las algas rodofíceas, el tigre, el águila, el elefante o se extermina el hombre, ya nunca aparecerán estas formas vivientes por la sencilla razón de que no existe en el tranformismo biológico tendencia alguna a formar esos vegetales, ni tigres, águilas, elefantes ni hombres. La diversificación es tan fabulosa que las formas advienen por una única vez. ¿Ley biológica general? Más que de una ley, pienso que se trata de la plasticidad de los procesos biológicos que apuntan ciegamente hacia infinitos derroteros sin reversibilidad.

Tan casual es ser tigre que su aparición puede constituir un caso único en el universo. Tan difícil es el ser hombre que su repetición en caso de extinción debe ser casi imposible. Nadie ha visto la generación siquiera de una mosca doméstica a partir de otra forma viviente. Ninguna especie de las que se irán extinguiendo en el futuro, tanto de la flora como de la fauna, podrá retornar jamás en forma natural. Todo existe por única vez, y el destino final de todo lo suscitado en el Macrouniverso es la dilución en la nada como manifestación coherente (no por supuesto en la nada absoluta que, como hemos visto, no existe).

Capítulo X
Vida vegetal y vida animal

1. Proceso vegetal y mecanicismo

Una de las pruebas más patentes de que el viviente es un proceso más recortado de entre los incontables procesos restantes que se instalan en el microuniverso de galaxias, la constituye sin lugar a dudas el desarrollo, crecimiento y actividad de los vegetales.

Se trata incuestionablemente de un proceso físico, no existe nada más ahí. Pero no se crea que en función de nuestra pobre capacidad mental es reductible a pura física mecánica, sino a la física relativista, a la física cuántica, a la física de las probabilidades, a esa física que nuestra mente no puede comprender en su esencia por ser relativos tanto dicha esencia como la mente que trata de concebirla. Pero nunca, jamás, es posible, en virtud de este relativismo, retornar al viejo concepto *vitalista* cuando de la física de la vida se trata.

El hecho de que los fenómenos biológicos no puedan ser reductibles a pura y exacta matemática no autoriza el echar mano de vitalismo alguno. De otro modo estaríamos frente a una "razón perezosa" o en la pretensión de explicarlo todo sin explicar nada desde el refugio fácil de la ignorancia pedante.

Todo lo complejo y difícil fue, por tendencia simplista, reducido a un principio indemostrable: el que sostiene el espiritualismo.

Este invento del hombre consiste en estampar un sello de simplicidad en aquello que no se entiende, y así es como se pretende explicarlo todo mediante el concepto de *espíritu*, sin aclarar nada. Claro está que, para algunos es una auténtica explicación, pero son aquellos que se niegan al análisis, son los que se conforman con la síntesis. Síntesis en demasía simplificadora, por cierto. Más adelante, en el terreno psíquico, en el creencial y en el teológico, veremos cómo este mecanismo mental que se identifica con una verdadera pereza de la razón, se repite.

Lo calculable, mecánico, existe en la dimensión macro; para nosotros deja de tener vigencia en la dimensión micro, pero eso en buena parte por causa de nuestro relativo psiquismo y limitada posibilidad de percepción sensorial. Se pueden calcular con suma precisión las órbitas de los cometas porque la perturbación obrada por el sujeto que lo observa es despreciable, pero no el comportamiento de las partículas en microfísica, porque el experimento va a ser perturbado por el observador. Empero si el observador con su instrumental técnico es quien perturba un acontecimiento, se deduce entonces que todo suceso deberá ser perturbado por otro acontecimiento aunque no exista observador ni técnica algunos (véase cap. II, 2, *Principio de incertidumbre*).

De esto no se colige entonces que la reductibilidad a pura física de los acontecimientos biológicos sea imposible. Nuestra limitación, la barrera provisional para nuestra comprensión, no nos autoriza a volver atrás y retomar viejas concepciones que nada explican, ni dejarnos obnubilar por forma alguna de finalismo o algún "principio misterioso".

Si bien, según mi hipótesis, la sustancia del universo total es una entidad indefinible, inconstante, de propiedades variables, no puntiforme y ni siquiera material según el tosco concepto que se tiene de la "materia", aunque tampoco espiritual según la simplista idea de lo "inmaterial" (véase cap. XIV, 1 y 2), esto no nos faculta para negar categóricamente todo mecanicismo. ¿Por qué? Porque las estructuras "dibujadas" por la propia sustancia universal en los distintos niveles de acción interrelacionados, imprimen condiciones dentro de las cuales se desarrollan nuevos hechos, como es el caso de los aconteceres biológicos que no existen en otros niveles (véase cap. III, 6 y 7).

El Todo o Macrouniverso imprime condiciones o leyes locales obligantes para su accionar en los microuniversos como el nuestro, hecho de galaxias, espacio, radiaciones o diversas formas de energía para nosotros detectables y no detectables, y por ende conocidas y desconocidas, etc.

A su vez este microuniverso que habitamos (debemos decirlo así a pesar de nuestra insignificancia en dimensión) imprime un sello particular a sus distintos puntos llamémosles galaxias, espacio, etc., que se identifica con leyes propias.

Al mismo tiempo nuestra galaxia, la Vía Láctea, influencia sobre nuestro Sol y sus planetas. En forma simultánea el ambiente telúrico más la influencia del resto, ejerce su acción para que existan en su faz las leyes físicas por todos conocidas y éstas, a su vez, hacen que subsistan las leyes biológicas instaladas cierta vez como leyes físicas perecederas y particulares.

Estas leyes biológicas se hallan ubicadas en los campos biológicos identificados con los organismos, y son obligantes como las demás de otros niveles, de modo que todo elemento químico del exterior que penetra en ese campo no es ya libre, sino que se ve compelido a recorrer cierto camino y no otro para ejercer a su paso una acción, y esto se cumple en forma mecánica, automática.

Bajo el peso de todas las condiciones o leyes se desarrollan los vegetales en la Tierra como procesos puramente mecánicos, a nivel micromecánico, por supuesto.

No podemos conocer qué sucede en una célula y entre células a nivel quark, ciertamente, pero no por ello debemos sellar este hecho con los rótulos: vitalismo, *élan vital*, misterioso principio vital "separado de la materia" o principio espiritual, o cualquier otra cosa.

Si no entendemos cómo germina una simiente, cuál es el mecanismo de la diferenciación de órganos, del crecimiento, cómo sube la savia hasta más de cien metros de altura en los árboles de gran porte [1] a lo largo de los haces fibrovasculares, ello tampoco significa que nos tengamos que atener estrictamente a lo que dice Abbagnano en su diccionario filosófico: "La ciencia del siglo XX, a partir sobre todo de su tercer decenio, ha abandonado, sin embargo, el planteamiento reduccionista y, por lo tanto, el mecanicismo, sin volver a las posiciones a las cuales se oponía éste. La biología, por ejemplo, ha abandonado el supuesto de que los fenómenos vitales se rigen sólo por leyes fisicoquímicas sin admitir, no obstante, una forma cualquiera de vitalismo".[2]

Esto, no obstante, puede dar lugar a nuevas ideas vitalistas o seudo-vitalistas a pesar de su exclusión según el pasaje transcripto.

Lo mismo puede ocurrir con el siguiente pasaje extraído del *Tratado de botánica*, de Gola, Negri y Cappelletti (Barcelona, Labor, 1961, pág. 415): "En general, las modalidades de la asunción del agua por parte de la raíz y del paso de la misma hacia la endodermis, hoy no puede explicarse del todo con sólo los conocimientos fisicoquímicos".[3]

Lo correcto es decir que las leyes biológicas no son las mismas leyes físicas que rigen los cuerpos inorgánicos, pero son leyes físicas al fin y al cabo dentro de su nivel. Nuestra impotencia para comprenderlas no nos autoriza a catalogar a las leyes biológicas como independientes de las leyes físicas y desligadas de todo mecanicismo.

Como en todos los ámbitos, también en las ciencias existen modas.

El rechazo del mecanicismo en estos tiempos es tan sólo una moda pasajera (como toda moda) hasta tanto la ciencia tome un respiro y encare con nuevos bríos el tema A + B = C, C + D = E, todo igual a proceso orgánico. Esto es, ¡nunca vuelta a la exactitud matemática!, pero sí a un mecanismo que campea dentro de un ámbito de promedios.

Estos promedios, según nuestras percepciones ayudadas por el instrumental (que perturban los hechos, véase "principio de incertidumbre" de Heisenberg, cap. II, 2), en parte deben entenderse únicamente en relación

---

[1] La sequoia de California alcanza una altura de 125 metros (véase Claude A. Villee, *Biología*, volumen I, Madrid, Emalsa, 1985, pág. 233, 7ª ed.).
[2] Véase Nicola Abbagnano, *Diccionario de filosofía*, México, Fondo de Cultura Económica, 1963, pág. 786. (La bastardilla me pertenece.)
[3] Véase también Claude A. Villee, *Biología*, Madrid, Emalsa, 1985, volumen I, pág. 232 y sigs., quien lo explica de otra manera.

con nosotros en cuanto a nuestra incapacidad, pero los hechos en sí, independientemente de toda perturbación observacional, deben ser mecánicos en promedio aun teniendo en cuenta las perturbaciones naturales provocadas lejos de toda observación (véase cap. II, 2).

La *entelequia*, si tal puede ser la denominación de la autosuficiencia de lo subyacente, debe atribuirse sin lugar a dudas a la propia sustancia universal, esto es a *mi esencia del universo*, en vez de ser aplicada a un "cierto factor espiritual, irreductible a los agentes físico-químicos". (Según Hans Driesch, *El alma como factor elemental de la naturaleza*, 1903; *Der Vitalismus als Geschichte und Lehre*, 1906),[4] o a algún sustituto similar.

Driesch, impresionado por los fenómenos de la capacidad reguladora y regeneradora de los organismos, supuso ciertas potencias "ocultas", "latentes". Estas extravagancias científicas por supuesto que no le quitan el mérito de haber sido un gran investigador y observador, sobre todo en el terreno embriológico, sino que tan sólo señalan cómo se las ingenia el ser humano para explicar lo que no entiende por falta de técnicas adecuadas, recurriendo a las fantasías de las que han echado mano todos los primitivos animistas del pasado de todos los pueblos del orbe.

Ante una erupción volcánica el primitivo idealiza un "espíritu de la montaña" que está enfadado, porque no halla otra explicación. Ante el estudio del desarrollo de un embrión con sus tejidos organizadores "capaces de presentar actividad creadora general para producir órganos completos al ser trasplantados", Driesch, lleno de asombro, no tuvo otra alternativa que echar mano de la famosa "entelequia" aristotélica, símbolo de dios en biología.

Igualmente, por parecido camino, fueron Erich Becher y Aloys Wenzl que, proviniendo de las ciencias naturales, comenzaron a filosofar para imaginar algo más que "puros" procesos de variación y acomodamiento casual por selección de las piezas biológicas.

En resumen, la sustancia universal es indeterminada, empero se manifiesta momentáneamente de forma mecánica al crear estructuras como las atómicas y moleculares, que a su vez estructuran objetos "inertes" y tejidos vivos (véase cap. III, 6).

De este modo es dable conciliar mecanicismo con indeterminismo. (No por supuesto en cuanto relativo al "libre albedrío", su concepto clásico [que veremos más adelante], sino a lo más elemental del universo, esto es su esencia.)

---

[4] Hans Driesch (1867-1941), filósofo alemán. Originariamente zoólogo y discípulo de Haeckel, se desprende del "dogmatismo" de la mecánica evolucionista y se entrega a la filosofía. Estableció una nueva *teoría vitalista*. Dedicó también su atención a la parapsicología.

2. Los vegetales como ejemplos de acción mecánica

No es correcto pensar que el vegetal ha sido "inventado" por algún hipotético ente con inteligencia y voluntad, identificado tal vez con la propia *naturaleza*, con la finalidad de instalar después al animal dependiente del "manto verde", sino que la vida animal fue un puro evento añadido al accidente vegetal, fruto de la más genuina acción mecánica.

Es precisamente a raíz de la observación del comportamiento de los vegetales desde la fecundación en sus distintas etapas hasta la posterior germinación de la semilla, crecimiento de la planta, movimiento del vegetal, cierre y apertura foliar, corolaria y la formación de los distintos frutos, donde más se advierte la explicación mecanicista del proceso viviente.

Empero a la luz de los actuales conocimientos de microfísica, dicha acción mecánica no debe ser entendida de acuerdo con el concepto del "movimiento exclusivo de los cuerpos" que da la filosofía. Esto es que, no se trata exclusivamente de movimiento o combinaciones de movimientos en el espacio, de simples cuerpos sólidos que se entrechocan, sino que la esencia del universo de lo cual todo está compuesto posee actividad propia, un dinamismo en cierto modo elástico. Esta acción ínsita sumada a la mecánica generada por ella misma al estructurar quarks, átomos, moléculas, células, tejidos, etc., es lo que produce actividad vital.

Es menester que este concepto esté bien claro so pena de invalidarse todo este mi tratado como explicación del mundo, la vida y el psiquismo.

La clave está aquí, y es necesario que sea bien entendida. Los términos que manejo en esta obra, tal como lo he anticipado en el prólogo, no poseen el significado exacto según el diccionario clásico o el filosófico, sino aquel que le voy imprimiendo a lo largo de mi exposición.

Mi mecanicismo, entonces, según la acepción del diccionario filosófico, sería un neomecanicismo o tal vez, para algunos, un seudomecanicismo.

Esto quizá se entenderá mejor cuando pasemos a considerar la relatividad psíquica que nos menoscaba, en el capítulo XIV.

La cuestión es simple: si somos incapaces de comprender en su esencia el universo, mal podemos entender su exacto mecanismo.

A continuación pasaré a ejemplificar las distintas conductas de los vegetales que no indican más que mecanismos adaptativos de supervivencia.

El fruto de la balsamina por ejemplo (*Impatiens balsamina*) es una cápsula carnosa explosiva. Cuando está maduro, es suficiente un suave golpe para provocar la súbita apertura y el lanzamiento de las semillas.

Este lanzamiento de las semillas a distancia evita así de paso el hacinamiento de las plantas una vez cumplida la germinación.

Infinitos son los ejemplos de pura acción mecánica entre los frutos secos y dehiscentes de los vegetales como la piña de las coníferas, las legumbres, las silicuas, etcétera.[5]

Este mecanismo de naturaleza puramente física está relacionado con las estructuras de las fibras cuyo poder de contracción a veces es mayor en sentido transversal que en el longitudinal, y la acción se halla ligada a la sequedad o humedad del ambiente. La desecación, por ejemplo, puede en algunos casos provocar bruscas diferencias de tensión que a su vez producen la ruptura del pericarpo.

Los distintos casos de tropismo indican igualmente procesos netamente físicos y químicos, como el fototropismo, quimotropismo, termotropismo, geotropismo, heliotropismo, galvanotropismo, hidrotropismo, tigmotropismo, etcétera.

En el fototropismo, la luz recibida por la planta en las láminas foliares produce la encorvadura del pecíolo, y ciertos rizomas se orientan creciendo de forma tal que pueden mantenerse a una distancia constante de la superficie del suelo.

En ausencia de luz, mediante experiencias, se ha comprobado que los rizomas se comportan de distinta manera elevándose o penetrando a mayor profundidad.[6]

Hay plantas que iluminadas lateralmente presentan todas sus hojas y pedúnculos de un solo lado.

Por medio de técnicas de la administración de nutrimentos con diversos azúcares es posible observar el quimotropismo que se manifiesta en las curvaturas de las hifas de los hongos, y también de los tubos polínicos de otros vegetales.

El agua, por su parte, actúa como uno de los más importantes estímulos. El hidrotropismo se manifiesta en el desarrollo de las raíces que buscan preferentemente la humedad introduciéndose a veces incluso en las cañerías de agua.

Las plantas, durante su crecimiento, pueden curvarse si son expuestas a diferencias térmicas, y se alejan de las partes en exceso calientes o demasiado frías.

El tigmotropismo se produce a consecuencia de un estímulo de contacto. Podemos observarlo patentemente en los zarcillos que se enroscan alrededor de un soporte, como por ejemplo los de la calabacera y la chayotera (un bejuco americano, *Sechium edule*). Un zarcillo de estas plantas permanece recto durante mucho tiempo en el aire si es que no llega a ponerse en contacto con un cuerpo más o menos rollizo. Una vez en contacto, se enrosca en una o varias espiras para ensortijarse el resto

[5] Véase Gola - Negri - Cappelletti, *Tratado de botánica*, Barcelona, Labor, 1961, págs. 329, 330,331 y 333.
[6] Véase en nota 5, *ob. cit.*, págs. 531 y 532.

constituyendo un verdadero sostén elástico igual a un resorte.

Para demostrar el geotropismo es suficiente con la clásica experiencia de la fuerza centrífuga que sustrae a la planta de la gravedad terrestre.

Así es posible desviar el crecimiento de la raíz que, en lugar de tomar la dirección de la gravedad o la correspondiente a la fuerza centrífuga, adquiere una intermedia que es precisamente la resultante de ambas fuerzas. Si ambas fuerzas se hacen actuar sobre todas las partes, no unilateralmente, su acción se anula y el crecimiento tanto de tallos como de raíces se verifica en cualquier dirección que coincida con la que tenían al comienzo de la experiencia.

A su vez, si una ramita de *Impatiens Roylei* es colocada horizontalmente, se curva en su extremo de crecimiento para seguir éste en sentido contrario al que se manifiesta la gravedad, esto es perpendicular al suelo.

Se dan casos como el de la hiedra, cuyas guías pueden salir varias veces de un lugar oscuro hacia la luz si son introducidas allí adrede en repetidas ocasiones.

Las *nastias*, movimientos de curvatura que se producen dependientemente de la estructura anatómica del órgano e independientemente de estímulos, son otro ejemplo de pura acción mecánica.

La curvatura de las envolturas florales, por ejemplo, es causada por el crecimiento desigual de los tejidos de ambas caras de los órganos como cáliz, corola, perianto y brácteas.

Existen vegetales que por variación de la turgencia al reducirse la transpiración cuando la intensidad radiante del Sol disminuye, producen movimientos násticos. Así podemos observar hojas enderezadas en la "posición de sueño" como en los géneros *Chenopodium* y *Linum*. Otras, por el contrario, presentan durante el día posición de erguimiento (posición de vigilia) y hojas colgantes al anochecer como los géneros *Impatiens* y *Amaranthus*.

En algunas plantas, como el trébol, los limbos foliares se abaten hacia las últimas horas del atardecer.

Los movimientos quimonásticos de las plantas insectívoras son de los más llamativos, junto con los sismonásticos de la especie *Mimosa pudica*.

La *Drosera rotundifolia*, la *Pinguicula vulgaris* y la *Dionaea muscipula* son ejemplos proverbiales de plantas carnívoras cuasi con movimientos animales.

En el caso de la *Mimosa*, cuando esta planta leguminosa de hojas compuestas es sacudida, sus folíolos se mueven de inmediato hasta compaginarse por sus caras superiores, al mismo tiempo que se abaten tanto los pecíolos secundarios como los principales. De este modo la planta queda en posición de sueño.

La *Drosera* posee pelos contráctiles que aprisionan y digieren insectos. La *Pinguicula* retiene los pequeños bichitos enviscados, no sólo por la viscosidad secretada sino también por el arrollamiento del limbo foliar, y la atrapamoscas *Dionaea* consiste en un verdadero cepo formado de dos valvas foliares que se cierran de golpe sobre la víctima ante el menor contacto con ésta.[7]

En resumen, el movimiento es un fenómeno común en los organismos vegetales y puede decirse que no existe ninguno en el que no se produzca, ya sea en todo el vegetal o en partes de él.

Si nos proveemos de la técnica adecuada para captar todo este comportamiento de los vegetales, por ejemplo de un mecanismo de proyección acelerada de imágenes o de una cámara de toma de vistas lenta para observar los hechos aún a nivel microscópico, comprobaríamos la similitud con el movimiento animal por un parte, y por la otra que todo se produce mecánicamente y que no difiere en absoluto de la mecánica del sistema solar, de los sistemas estelares múltiples y del proceso galáctico, pero difiere del mecanicismo clásico que considera puros movimientos de los cuerpos en el espacio, porque aquí hay además acción emanada desde lo más íntimo de la sustancia universal comparable a la radiación y acción gravitatoria de los cuerpos del espacio como las estrellas y galaxias, por ejemplo.

El aspecto macroscópico y la lentitud son los detalles que nos hacen ver un mundo vegetal aparentemente estático en un minuto de tiempo. No obstante durante ese minuto han ocurrido una serie de hechos físicos traducidos en movimiento puramente mecánico coadyuvado o más bien sustentado por una actividad propia más profunda: la de la *sustancia universal* que en cierto modo puede ser considerada como elástica.

Desde el momento en que podemos engañar en su crecimiento a una planta al "anular" la fuerza gravitatoria mediante centrifugado, y vemos que la dirección del crecimiento se altera, que no hay más geotropismo, esto significa que son las moléculas, los átomos y las estructuras que forman, lo que se halla sometido a la incidencia de formas de energía, y que si un conjunto de átomos (que forman una raíz) tiende a crecer hacia el centro gravitatorio terrestre y otro conjunto de átomos (tallo) en dirección opuesta, es por la misma naturaleza de la trama formada de esencia universal influenciada por el entorno y no porque exista alguna "misteriosa" tendencia separada de la física pura. Esto es comparable con un gas más liviano que el aire que tiende a elevarse en la atmósfera, mientras que un gas más pesado propende a depositarse en las depresiones del suelo. No hay diferencia alguna salvo en lo que respecta a la complejidad de los procesos vivientes.

Como corolario resta decir que mi reedición del mecanicismo (algo modificado) está bien fundada en un monismo relativista, y que su rechazo por muchos obedece a nuestras limitaciones sensoriales y psíquicas

[7] Véase en nota 5, *ob. cit.*, Segunda Parte, cap. IV.

para comprender en su profundidad las manifestaciones de la esencia universal.

Además, y aunque esto parezca un contrasentido ante la noción clásica, se trata de un mecanicismo desprovisto de un determinismo riguroso, es decir no sujeto a una causalidad necesaria que abarcaría todos los fenómenos de la naturaleza. Aunque por otra parte está perfectamente de acuerdo con la ausencia de todo finalismo.

3. El accidente clorofílico y el Sol

Los dos pigmentos verdes compuestos de átomos de carbono, hidrógeno, oxígeno, nitrógeno y uno de magnesio, y los pigmentos amarillos carotina y xantofila, denominados todos *clorofila*, son también manifestaciones puramente accidentales de la sustancia universal.

Estos enlaces de elementos químicos ocurrieron una sola vez en el sistema Tierra-Sol, y se fijaron como procesos repetibles en la herencia de los vegetales. El ADN contiene como posibilidad codificada la producción de clorofila.

Gracias a este evento pensamos, actuamos, en una palabra, existimos, y por desgracia también sufrimos, ya que el dolor se halla ínsito como posibilidad en la existencia.

Resulta algo exagerado hacer depender el amor, el arte, la ciencia, la tecnología, un crimen, una guerra, la historia... ¡de la clorofila!

Sin embargo, nada de esto existiría en la Tierra sin el accidente clorofílico que permite captar luz solar para el proceso de la fotosíntesis.

Entre la corteza terrestre y el Sol se ha instalado un proceso más entre otros, que obtuvo éxito de perpetuación y fue, si se quiere, uno de los pilares fundamentales que permitieron la estructura psíquica y, en consecuencia, la ulterior aparición de los extensos tratados filosóficos, de la matemática, las ciencias naturales, el maquinismo, el derecho penal y todas, absolutamente todas las manifestaciones humanas. Los hechos encadenados desde la captación de energía solar permitieron el resto.

Somos porciones de Sol y de Anticosmos que nos están "dibujando" por única vez.

Así vamos comprendiendo lo improbables que somos, lo accidental de nuestra existencia. Pero fuimos posibles y aquí estamos. A lo largo de la lectura de los siguientes capítulos continuaremos entendiendo que hemos dependido de tantos avatares anticósmicos, que una repetición de los procesos que nos hicieron posibles es casi nula entre la totalidad de las partículas que componen nuestro universo, calculadas por los astrofísicos en 10^{80} (un uno seguido de ochenta ceros).

El proceso de la fotosíntesis instalado en nuestro planeta en su manto verde vegetal es el que hace posible la vida a partir de sustancias inorgánicas, pues los animales necesitan energía solar para su existencia y la obtienen de los vegetales, algunos por vía indirecta como quienes se alimentan de animales herbívoros.

A partir del agua absorbida por las raíces y del carbono obtenido por desintegración del dióxido de carbono del aire, las plantas sintetizan los carbohidratos bajo la acción de la luz solar sobre las moléculas clorofílicas que tiñen de verde el mundo vegetal.

Se ha llegado a calcular que las plantas que procesan la energía solar para obtener azúcar por medio de la clorofila, utilizan 150.000 millones de toneladas de carbono por año obtenido del dióxido de carbono aéreo y 250.000 millones de toneladas de hidrógeno procedente del agua, mientras que liberan 400.000 millones de toneladas de oxígeno también producto del desdoblamiento del dióxido de carbono del aire. El 10% corresponde a las plantas terrestres y el 90% a los vegetales marinos.

Esto no quiere decir que la instalación de otro sistema basado en una distinta forma de captación de energía no pueda haber reemplazado a la función clorofílica en nuestro planeta; sin embargo, el hecho de no haber sucedido el accidente clorofílico, no implica necesidad alguna de la aparición de otro sistema. Fue y se perpetuó hasta nuestros días y eso es todo. Si no hubiese ocurrido, nada garantizaría otro tipo de vida animal a instalarse sobre otro proceso bioenergético. La vida animal muy bien pudo haber sido imposible entonces.

4. El vegetal como cimiento de la biomasa total

A la totalidad de los millones de toneladas de elementos químicos que de la corteza terrestre y del aire pasan al torrente vivo y lo sostienen, podemos denominar biomasa total o planetaria. Esta materia viviente es representable mediante una figura piramidal, en cuya base colocamos a los vegetales marinos y terrestres. Sobre este estrato podemos representar a los animales herbívoros, frugívoros, etc., que toman el material sintetizado por los vegetales y lo transfieren a los subsiguientes consumidores, los carnívoros primarios, secundarios, etc. A los carnívoros exclusivos los podemos colocar en el vértice de la pirámide.

Así podemos decir que toda carne fue antes vegetal, tanto en el ámbito acuático como en el terrestre.

Todo este gigantesco proceso de transformación de la sustancia universal en este punto del Anticosmos que es el sistema Tierra-Sol, volvemos a insistir, es un suceso más, un minisuceso comparado con otros de mayor envergadura, recortado del entorno con éxito de supervivencia provisional. El comportamiento de los átomos en la biosfera que entran a formar parte del torrente vivo es particular y se destaca de otros comportamientos como el planetario abiótico, el estelar, el cuasárico, el galáctico, etc. Mas no difiere un ápice del propio de la esencia del universo dentro de un *monismo* casi haeckeliano,[8] donde *es imposible* hallar algo más, separado y actuante.

5. Las competiciones ciegas entre los vegetales

Algunos pensadores han creído ver un magno plan en la naturaleza ya sea desde un punto de vista panteísta o dualista-teísta. De este modo, los pasos dados por la evolución habrían sido calculados de antemano por algún eficiente, perfecto e infalible *ente artífice*, para desembocar indefectiblemente en las formas actuales.

Mas esta posición se derrumba no menos que 'indefectiblemente", ante una minuciosa observación del acontecer biótico a nivel planetario. La ceguedad de estos acontecimientos se desprende precisamente de la cruenta y despiadada lucha interespecífica de todos los "seres" o más bien *procesos vivientes* de la Tierra sin excepción que chocan entre sí, se molestan, compiten, luchan y eliminan sin miramientos ni compasión de ninguna naturaleza. Esta conducta quizá para muchos parezca inverosímil al observar el mundo silencioso y aparentemente manso de los vegetales. No obstante, una detenida observación de los verdaderos dramas que ocurren en el mundo verde pronto nos convencerá de que ahí también reina la ciega competición.

En realidad todo es drama en el mundo viviente, tanto en la dimensión microscópica donde un protozoario del fango atrapa a su inofensiva presa para digerirla, como en la dimensión macroscópica donde un jaguar atrapa a su víctima para desangrarla, despanzurrarla a dentelladas y masticar sus carnes y entrañas.

Entre el mundo verde no es distinto. Existen plantas que se comportan como verdaderos "asesinos y estranguladores". Entre ellas tenemos a los bejucos tropicales, que trepan a lo alto de las copas de los árboles en busca de luz y a menudo se ciñen a sus troncos hasta estrangularlos. Hay un bejuco emparentado con las higueras que trepa sobre sus víctimas hasta matarlas. El estrangulador vegetal ahoga los árboles con sus ramificaciones como si fueran cables de acero.[9] Incluso la "inocente" hiedra que adorna los muros puede tornarse en peligroso enemigo del

[8] Ernst Haeckel (1834-1919), naturalista y biólogo alemán. Luchó en pro del darwinismo, estableció la ley biogenética fundamental y sus ideas evolutivas lo condujeron a la concepción monista, es decir a una sustancia única del universo en contraposición al dualismo que sostiene la existencia de dos esencias o principios contrarios.

[9] Véase R. H. Francé, *La maravillosa vida de las plantas*, Barcelona, Labor, 1949, pág. 304.

árbol si llega a abrazarlo en demasía.

Hay otro bejuco de pequeño porte denominado cuscuta que es una plaga de los alfalfares. Las cuscutáceas constituyen una familia de plantas parásitas desprovistas de clorofila que mediante los haustorios o aparatos chupadores que penetran en el tallo del trébol o de la alfalfa, succionan la savia hasta que su huésped queda marchito y se destruye.[10]

El oidio de la vid es otro vegetal que ataca al vegetal. Sus hifas blanquecinas invaden las hojas del hospedante y el micelio se nutre por medio de haustorios que penetran en el estrato de células epidérmicas perforando la cutícula.

Toda selva, todo bosque o sotobosque, cada pradera, cada pantano es un muestrario de una perenne lucha entre vegetales, excluyendo la acción depredadora de los animales que se añade al drama.

Hay plantas que crecen con exuberancia y quitan luz a las que quedan bajo su manto. Estas últimas terminan por extinguirse. Existen vegetales invasores que roban sustento y humedad a otras plantas que se ven perjudicadas. Los hay que intoxican a su huésped. El parasitismo con sus perjudiciales consecuencias es muy común en el mundo vegetal. La ya mencionada cuscuta y el oidio son ejemplos. En muchos casos el parasitismo no consiste tan sólo en la sustracción de materiales útiles del organismo inficionado, sino que el parásito vierte en su víctima productos residuales perjudiciales que pueden provocar hipertrofia celular, neoformaciones que perturban el crecimiento, y aun necrosis.[11]

Todo se halla tan correlacionado en el medio ambiente, que incluso el parasitismo, su virulencia, depende de los desequilibrios térmicos, humedad, de la preponderancia de tal o cual alimento, etc.

Por eso, he señalado en otra parte el incuestionable hecho de que el proceso viviente es uno más entre infinitos otros instalados en el Anticosmos, que se abre camino dificultosamente entre ellos con éxito provisional, como recortado aunque profundamente dependiente de los demás procesos. Y así, todo el Anticosmos. El mundo vegetal, con sus interrelaciones específicas y con el ambiente, es tan sólo un ínfimo muestrario que se nos presenta no como una perfecta armonía, sino como una lucha constante, ciega y despiadada por una supervivencia tan vana como un suceso cuasárico localizado a miles de millones de años luz.

Vanidad que más adelante veremos extendida a la misma existencia humana. En efecto, no obstante la reconocida "importancia" del vegetal como sustentadora base nutriente del animal, que indirectamente hace factible la conciencia humana ya que esta no existiría sin la captación

---

[10] Véase Gola - Negri y Cappelletti, *Tratado de botánica*, Barcelona, Labor, 1961, págs. 244, 442 y 981.

[11] Véase en nota 10, *ob. cit.*, págs. 574 y 575.

de energía solar por parte de las plantas, es la propia conciencia humana
lo vano una vez analizada a fondo.

6. El vegetal como agente de limpieza de la biosfera

El accidente *bacteria* también puede ser considerado como un hecho
fundamental para la perpetuación de la biota planetaria. En efecto, si no
fuera por la presencia de las bacterias de la putrefacción habría una
monstruosa acumulación de cadáveres animales y vegetales incorruptos
sobre la corteza del globo, tanto en los mares como en la tierra, que
formarían una capa en constante aumento de espesor. Los lechos
marinos, lagos y ríos quedarían ocupados por organismos muertos, y los
continentes se cubrirían de una masa orgánica que lo tapizaría todo.

Quizá sobre esta capa cadavérica se podrían instalar nuevas formas
de vida por mutación genética azarosa que reemplazarían a la florifauna
primitiva extinguida, al no hallar ésta medio de supervivencia frente al
cambio ambiental. Estos nuevos especímenes, quizá surtidos de raíces
penetrantes, podrían horadar los cuerpos sin vida, llegar incluso a la
corteza terrestre y continuar extrayendo nutrientes hasta agotar el suelo.
Luego otros mutantes, provistos igualmente de raíces, podrían extraer de
los mismos cadáveres incorruptos los materiales nutrientes en un proceso quizá degradante hasta agotarse también las reservas y extinguirse
toda forma de vida. Quizá llegaría un momento en que los desechos ya
no serían aprovechables, salvo que se estableciera un ciclo más o menos
perfecto como el de las aguas: evaporación, condensación y precipitación.
En este caso se trataría de extracción, asimilación, metabolismo y cata-
bolismo.

Los seres sobrevivientes deberían estar adaptados para comer cadáveres, y con una población estabilizada. Entonces el aspecto biótico que
presentaría nuestro planeta sería marcadamente distinto del actual.

¿Podría haberse instalado sobre una capa cadavérica de varios kilómetros de espesor un ser inteligente y consciente como el hombre, esto
es una noosfera? Quizá no porque, según comprobaciones de la ciencia
biológica y tal como ya lo he señalado en el cap. IX, 14, una vez perdida
una oportunidad ya nunca renace otra idéntica.

Todo se ha dado por única vez en el proceso biótico planetario y no
es posible observar repetición alguna. Ya no es posible la aparición de
un nuevo espécimen extinguido. Dinosaurios, megaterios, gliptodontes y
helechos del carbonífero fueron por única vez.

De esto se deduce que si se extinguen las formas vivientes actuales,
tampoco estas especies aparecerán de nuevo naturalmente.

Así vemos entonces que fueron varios los factores de los que ha
dependido la perpetuación de la vida y nuestra existencia de seres

conscientes.

Al vital accidente *clorofila* tratado más atrás, debemos añadir ahora el no menos imprescindible accidente *bacteria saprófita*, gracias al cual todo cadáver, en lugar de conservarse incorrupto durante todos los evos geológicos, es descompuesto para retornar como materia húmica al sustrato cortical o como materia orgánica corrompida en el limo de los lechos marinos, lacustres, etc., nuevamente utilizable.

Dadas las cosas como están, ya que los animales y plantas no alcanzan a eliminar todos los organismos muertos, la biosfera, gracias a los microorganismos, se ha librado de un manto orgánico incorrupto en constante crecimiento que incluso podría haber alterado en algo las condiciones físicas del planeta en el sistema solar.

7. El movimiento acelerado creador de animalidad

Cuando tratamos de los distintos tropismos estimulados por agentes físicos, químicos o mecánicos, pudimos advertir que el vegetal posee movimientos que, apreciados con la técnica de una proyección cinematográfica de tomas de vistas lentas, nos sorprenden por su parecido con los movimientos de los animales.

Luego al describir ciertas conductas de plantas sensitivas como la *Mimosa pudica*, la *Drosera* y la atrapamoscas *Dionea*, pudimos también saber que, sin tecnología alguna, a simple vista, es posible advertir movimientos similares a los que ejecutan los animales.

La diferencia está en que los vegetales carecen de sistema nervioso y los estímulos son en este caso extrínsecos; en cambio, en los animales existen los movimientos voluntarios.

Sin embargo, ¿cómo se producen los movimientos voluntarios? Por acción del sistema nervioso central. ¿Y cómo se produce esa acción? Por movimiento. ¿Movimiento de qué? De elementos químicos con libración de la energía solar captada por los vegetales, introducida con los alimentos en el interior del animal para acudir al cerebro en forma de sustancias químicas como el azúcar, que entran en un ciclo de liberación energética ayudado por el oxígeno aéreo respirado. También hay impulsos eléctricos.

Si analizamos todo en profundidad, lo estático no se halla en ninguna parte y todo es movimiento lento o acelerado. Una célula viviente, incluida la neurona, jamás se encuentra en reposo. Absorbe y elimina moléculas sin solución de continuidad, las transforma o las desmembra; produce electricidad y desprende calor.[12] Si este proceso se detiene,

---

[12] Véase Paul Chauchard, *La química del cerebro*, Buenos Aires, Paidós, 1967, pág. 39.

acaece la muerte, aunque en un organismo muerto no cesa el movimiento que es entonces de otra clase. Por ello digo que los vivientes estamos siendo "dibujados" por la sustancia universal oculta, cual imagen en una pantalla de televisión, aunque en este caso tridimensional.

Por otra parte, pensamos a expensas de las plantas, más indirectamente a expensas del Sol.

He aquí entonces que la única diferencia entre el movimiento vegetal y animal es la velocidad. No cabe ya el argumento pretendidamente divisorio que se esgrime, basado en una observación superficial, y que proclama que el vegetal carece de sistema nervioso; el animal posee el sistema nervioso central y, por ende, genera movimientos que no puede realizar la planta, pero no es posible una neta división porque todo es movimiento. La acción animal apreciada con cámara ultralenta puede ser parecida a la de los vegetales y viceversa, el movimiento de las plantas filmado a largos intervalos puede ser apreciado como movimiento animal una vez proyectada la película a velocidad normal.

En materia de movimiento todo es relativo. Una galaxia, por ejemplo, se mueve lentamente, y su desplazamiento es para nosotros inapreciable; en cambio, un fotón se mueve a 300.000 km. por segundo.

Si nuestra galaxia fuese un organismo vivo, nos parecería inmóvil y necesitaríamos millones de años para apreciar bien sus movimientos a simple vista. Por otra parte, nuestro pensamiento es tan rápido que para apreciar su producción y decurso necesitaríamos de una técnica plus ultra microscópica para introducirnos en el campo de las neuronas con una cámara plus ultra lenta para apreciar las imágenes psicogénicas que desfilan.

¿Podrá algún día la tecnología detectar y revelar nuestro pensamiento con imágenes tridimensionales? ¿Podrán proyectarse nuestra imaginación, fantasías, recuerdos, ideas, etc., para que todo el mundo lo vea? Creo firmemente que sí, si es que la humanidad se da tiempo para ello.

La animalidad, entonces, con sus movimientos rápidos, según nuestra apreciación particular antrópica, es tan sólo una aceleración de los movimientos de esa otra forma de vida que son los vegetales.

8. Los hechos físicos enmascarados bajo apariencia animal

Al abrir el vientre de un animal anestesiado con fines de un estudio anatómico, aparece ante la vista el aspecto más burdo del proceso viviente. Aunque se aprecien los fofos pulmones, el músculo cardíaco, el voluminoso hígado, el sacciforme estómago, los tubulares intestinos, los ovales riñones, los ramificados vasos sanguíneos, etc., todo con distintos matices cromáticos (aunque en la oscura cavidad abdominal nada tiene color), todo ese conjunto palpitante, no es más que pura apariencia según nuestra tosca, sintética y harto limitada capacidad de visión de las cosas.

Totalmente distinta es la realidad enmascarada por las apariencias. No obstante, aun surtidos de todos los artefactos tecnológicos de que hoy dispone la biología para el estudio fisiológico, una vez aplicados a los procesos vivientes no deja de ser tosca y superficial la imagen obtenida.

Debajo de la capa de apariencia animal desaparece toda animalidad para dar lugar a la física pura.

La fisiología tan sólo logra someros atisbos del plus ultra complejo proceso viviente. Aún le falta mucho, muchísimo a la ciencia biológica para entender lo que "tan sólo" ocurre dentro de una célula viviente, aun con todo el adelanto experimentado en una de sus ramas: la medicina. Los ultramicroscopios y la microscopia electrónica, aún son impotentes. ¿Qué puedo entonces decir al respecto? ¿Puede tener validez mi juicio ante la montaña de desconocimientos?

Sólo puedo conjeturar. Mi tino, mi intuición me conducen hacia la hipótesis de que toda animalidad no es otra cosa que pura acción mecánica, como en el caso de los procesos vegetales. Pero es una acción mecánica elástica, esto es, no rigurosa, porque los elementos actuantes (la sustancia del universo) poseen actividad propia. No se trata simplemente de trozos de cascotes, bolitas o partículas inertes.

Lo que engaña es la complejidad y la pequeñez de los elementos puestos en juego. ¿Cómo no iban a creer ver los observadores algo más que puro juego de las sustancias químicas en el desarrollo fetal con su diferenciación de órganos, en el crecimiento, fisiología, metabolismo, actividad física y psíquica? ¿Cómo no iba a surgir entre los primeros observadores de los seres vivientes la idea de alma (del latín *anima*) como principio sensitivo que da vida e instinto a los animales, y vegetativo que nutre y acrecienta las plantas? Y también, ¿cómo no se iba a echar mano de la idea del *élan vital* como impulso que causa profundos cambios? ¿Cómo no se iba a recurrir a estas fantasías si somos miopes para apreciar y entender lo que ocurre en un tejido orgánico y en su interacción con los demás, que forman parte de un ser vivo?

Si pudiéramos desmenuzar a un ser viviente hasta sus últimos componentes, sólo nos quedaría entre manos un conjunto de elementos químicos que antes recorrían ciertos canales construidos por ellos mismos según un código encerrado en los genes y que interactuaban automáticamente en un ciclo con constante renovación de elementos químicos provenientes del exterior.

Esto que obtenemos como resultado de una pulverización de un organismo, es ya una nada como ser viviente. ¿Es acaso polvo inerte? ¡Eso nunca! Se trata de elementos activos con potencial químico, bioquímico y biológico, aunque ya fuera de estos campos, pero con la posibilidad de entrar nuevamente en ellos.

Sólo la biología cuántica y otras disciplinas futuras de avanzada podrán dilucidar las manifestaciones biológicas en profundidad.

9. El automatismo animal, incluido el psiquismo

Esos mismos elementos químicos, unos cuarenta de los noventa y dos conocidos [13] según hemos explicado en el cap. IX, 1, otra vez en el campo biológico, ya en plena acción, dirigidos, compelidos a actuar, obligados a sacar actividad de sí, en su conjunto son comparables a una máquina automática, un robot que marcha por sí mismo y que por su propia cuenta acopia combustible. Nada más cerca de los organismos vivientes que la robótica, especialidad que trata de ingeniar autómatas con funciones físicas e inteligentes cada vez más complejas. Algunos hasta temen hoy que en el futuro los autómatas cada vez más perfeccionados se tornen en enemigos de su creador, el hombre, cuando se vean facultados para tomar sus propias decisiones en defensa de sus "propios intereses". Se dice incluso que estos robots "desbocados" podrán reemplazar al hombre o esclavizarlo.

¿Imaginación de autores de ciencia-ficción? ¿Afiebradas elucubraciones de fantasiosos futurólogos?

Puede ser tan sólo esto. Mas no sabemos aún nada acerca del límite de las posibilidades en este Anticosmos que habitamos y que nos ha construido cual autómatas.

¿Autómata, el hombre? Como animal que es, no escapa del automatismo.

En cuanto a su psiquismo, cuando tratemos específicamente del hombre nos llevaremos una soberana sorpresa.

Cada célula, cada tejido, cada órgano, funcionan tan automáticamente, tan mecánicamente como una galaxia.

Recordemos que los animales, tanto como los vegetales, somos un conjunto de procesos concomitantes que pudieron ser entre millones de procesos fallidos, tan autómatas como robots, tan mecánicos como el sistema solar, pero no nos damos cuenta, nos engañamos y creemos ser otra cosa. Nuestra fantasiosa mente tiñe de milagro la vida porque no entiende cómo funciona.

¡Y lo quizá más rechazable para muchos es que ni siquiera el psiquismo animal encierra bajo su capa más que procesos físicos semejantes a los que generan los astros (luz, magnetismo, ondas de radio, etc.), aunque distintos en su naturaleza!

¿La memoria, el acto de una elección, la decisión de un animal, comparables al flujo fotónico, magnético o hertziano?

Naturalmente, esto puede ser si consideramos que entre neurona y neurona existe un flujo energético que puede reproducir imágenes. También si aceptamos movimientos energéticos fluctuantes u oscilantes.

---

[13] Véase Humberto D'Ancona, *Tratado de zoología*, Barcelona, Labor, 1960, págs. 26 y 27.

que pueden dirigirse hacia un extremo u otro, traducidos en *decisión* según experiencias sensoriales y psíquicas grabadas anteriormente que impelen al animal a elegir un camino u otro, sea para correr y salvarse del enemigo que lo persigue o para agredir en otro caso.

10. El fluctuante y cambiante equilibrio biológico

Con frecuencia se oye decir que el equilibrio ecológico planetario es sagrado, intransgredible, como algo establecido definitivamente que marcha a la perfección.

De estos conceptos uno solo es relativamente verdadero: no puede ser transgredido sin alterar en algo las condiciones bióticas. Una biota puede resentirse de algún modo con la sola extinción de una especie animal o vegetal, ya sea mamífero o insecto, árbol o hierba.

Pero el equilibrio ecológico jamás ha sido definitivo ni sagrado, y menos establecido para siempre por nada ni por nadie. Por el contrario, ha fluctuado constantemente desde la aparición de la vida hasta nuestros días. Ha sido roto y reemplazado infinidad de veces con predominios por turno de diversas especies en cada biota particular, y a veces a nivel planetario, como durante el dominio de los helechos en el período Carbonífero (Pensylvaniano); de las gimnospermas en el Triásico, de los dinosaurios de la era Mesozoica y de los mamíferos en las épocas del Mioceno y el Plioceno.[14]

Nada ha sido establecido, planificado, y nada es conservado ni gobernado.

No existe providencia alguna entonces y, por el contrario, cada pieza se acomoda como puede en el ecosistema, y si no puede, simplemente desaparece. Entonces el fluctuante equilibrio de una biocenosis se reacomoda por propia gravitación, y esto ocurrió y ocurre constantemente, pues son incontables las especies extinguidas naturalmente antes de la intervención del hombre. Así lo demuestra la paleontología con los hallazgos de restos fosilizados y por las evidencias de los faltantes de formas intermedias en muchos filumes que dan a entender la existencia de una enorme cantidad de especies sucumbidas que no han dejado rastros fósiles.

Si recluyéramos en una hipotética isla desierta toda clase de especies de plantas y animales en profusión, desde gramíneas hasta corpulentos árboles y desde insectos hasta grandes mamíferos, al cabo de unos doscientos años hallarían allí nuestros descendientes un "perfecto"

---

[14] Véase Edward O. Dodson, *Evolución, proceso y resultado*, Barcelona, Omega, 1963, págs. 87, 88, 154 y 155.

equilibrio ecológico, aunque formado por un ínfimo porcentaje de las variedades de seres vivos introducidos originalmente. La mayor parte habrá sucumbido después de una lucha despiadada por la supervivencia. Los insectos de rápida reproducción junto con los herbívoros habrán diezmado la mayor parte de la vegetación. A su vez, muchos de ellos habrán desaparecido al quedarse sin alimento, y detrás de ellos también los insectívoros, y carnívoros que de estos últimos dependían, y así sucesivamente.

Así ha ocurrido a nivel planetario en un reacomodamiento ecológico constante.

11. Las maravillas biológicas y ecológicas y su cruda explicación por las extinciones

En el punto 13 del cap. IX hemos citado un cálculo realizado por expertos que señala un 99,999% de extinciones de formas vivientes, frente a un 0,001% de éxitos de supervivencia. Ahora ha llegado el turno de explicar las morfologías que muchas veces nos impresionan como verdaderas maravillas, según un mecanismo de extinciones.

Para ello debemos acudir nuevamente al concepto de *proceso*. Ese casi ciento por ciento de extinciones significa otro tanto de procesos iniciados que no hallaron correlación con el medio ambiental y se frustraron. La casi nada de formas que llegó a nuestros días fue lo que se amoldó transitoriamente al ambiente.

Por eso es que hoy nos admiramos de la belleza, simetría, colorido y aroma de una flor. Por ello nos asombramos de ciertos "ingeniosos" mecanismos de reproducción y distribución de las semillas. Los insectos, las aves y el viento, por ejemplo, cumplen la misión de la polinización de las plantas, y muchas personas apenas caben en su asombro al observar los dispositivos de llamada (aroma, hedor, colorido, néctar, polen) para los insectos y las estructuras anatómicas de la flor para que, al entrar en su corola ciertos insectos, éstos se impregnen de polen con el fin de fecundar otras flores de la especie. Algunos mecanismos de este tipo son verdaderas trampas para pequeños insectos que resbalan o quedan atrapados por un tiempo y obligados a "bañarse" literalmente en polen.

Como un buen ejemplo tenemos a la enredadera aristoloquia. Sus flores tubulares se hallan tapizadas en su interior por infinidad de pelitos que apuntan todos hacia abajo y atraen a las moscas no sólo por su aspecto, que hace recordar a la materia en putrefacción con un color pardo sucio y amarillo verdoso, sino también por sus emanaciones odoríferas que para nosotros son fétidas pero agradables para muchos insectos. Después que la mosca ha penetrado en el tubo no puede ya salir de él impedida por los pelitos. Pero una vez fecundado el estigma que se halla en el fondo de la flor, ésta produce una serie de modificaciones. Los lóbulos se repliegan y la mosca se impregna otra vez de polen, a continuación se encogen los pelos y se desprenden, la mosca queda libre y prosigue su visita a otras flores. Y esto no es todo, pues la flor con cierto movimiento cierra la entrada del tubo de modo que no pase por allí ninguna otra mosca, porque ya ha sido consumado el acto de la fecundación.[15] Esto es similar a lo que acontece con el óvulo humano, que una vez penetrado por el espermatozoide fecundante, produce cambios en las membranas que provocan el desprendimiento de otros espermatozoides excluyendo de este modo la posibilidad de nuevas fecundaciones (polispermia).

También llamativo es el ejemplo de la polinización de la *Salvia pratensis* por medio de los abejorros. La salvia tiene dos estambres a modo de una palanca de brazos desiguales. Cuando el abejorro introduce la trompa, ejerce una presión provocando un movimiento de báscula que hace que la parte fértil con los granos polínicos descienda y sea restregada sobre el abdomen peloso del insecto que se carga de polen. Al visitar otras flores más avanzadas en su desarrollo las poliniza, porque su abdomen con el polen adherido toca los estigmas.[16]

Ciertas orquídeas pertenecientes al género *Ophrys*, producen flores con una morfología tan extraña que parecen ser hembras de cierta especie de avispa e incluso despiden el olor sexual de éstas. Entonces los machos de estos himenópteros intentan copular con esas imitaciones y se impregnan de paso de polen que es luego transportado a otras flores.[17]

Entre los vegetales existe una infinidad de otros casos que a primera vista parecen ser pruebas de "ingenio en la naturaleza". Todo parece encajar a la perfección. La anatomía de muchas flores induce a pensar que ha sido como calculada para determinado insecto pronubo. Las tubifloras parecen haber sido diseñadas adrede para la larga trompa succionadora de las mariposas o el prolongado pico del picaflor. Las de dispositivos especiales montados cual artificios minuciosamente planificados constituyen adaptaciones para el tamaño, la forma, pilosidad, etc., de las abejas, abejorros, coleópteros, mariposas, etcétera.

Asimismo, los delicados aromas o nauseabundos efluvios, vistosos co-

[15] Véase R. H. Francé, *La maravillosa vida de las plantas*, Barcelona, Labor, 1949, págs. 208 y 209.
[16] Véase B. Fernández Riofrío, *Introducción a la botánica*, Barcelona, Labor, 1942, págs. 183 y 184, y Mauricio **Maeterlinck**, *La inteligencia de las flores*, Buenos Aires, Tor, 1940, págs. 28 a 30.
[17] Véase Irenäus Eibl-Eibesfeldt, *Etología*, Barcelona, Omega, 1974, pág. 197.

lores y caprichosas formas traen a la mente la sospecha (o la certeza para algunos) de que han sido inventados para llamar la atención y atraer a los polinizadores.

Todo esto parece ser una "maravilla de inteligencia de las plantas", idea subyugante en la que quedó atrapado Maeterlinck cuando escribió su ingenuo libro *La inteligencia de las flores*, atribuyendo a éstas algo más que pura selectividad basada en infinitos tanteos de las diversas formas nuevas aparecidas por mutación genética frente al ambiente siempre hostil.

Aparente y superficialmente, la naturaleza se nos muestra como un dechado de armonías en donde la relación de los seres parece haber sido calculada por algún "gran artífice".

Así, como en este caso ya descrito de los vegetales, también en la fauna es posible advertir sorprendentes "maravillas" que hacen pensar a muchos acerca de algún plan inteligente establecido en la biosfera.

Mimetismo, simbiosis, mutualismo, comensalismo... son todos términos técnicos para designar distintos fenómenos del proceso biológico que llaman poderosamente la atención, tanto a legos como a estudiosos que incursionan en la naturaleza.

Aparentemente, toda esa "maravilla" de relaciones interespecíficas y formas de pasar inadvertido el individuo ante sus enemigos, nos da la sensación de inteligencia.

La pigmentación de muchos animales, por ejemplo, hace que éstos se confundan con el medio. Una perdiz agazapada entre la maleza es difícil de distinguir de cuanto la rodea.

Hay animales que poseen la facultad de cambiar de coloración para asemejarse al ambiente en que se encuentran y confundirse con él. Esto es observable entre los reptiles, anfibios, peces, crustáceos, insectos, moluscos cefalópodos y otros invertebrados, y en algunos mamíferos (cambios estacionales de coloración).

También es observable en la naturaleza cierta picardía, para emplear un término bien antrópico en sentido figurativo que no cuadra objetivamente al caso. Se trata de ciertos ardides o engaños de "que se valen" algunas especies (en otra metafórica interpretación antrópica, que no se ajusta a la realidad ecológica, donde nadie se vale intencionalmente de engaños ya que todo ser viviente es un autómata).

La tortuga *alligator* (*Macroclemys temminckii*), por ejemplo atrae a sus presas con la lengua como señuelo. El pez pescador (*Phrynelox scaber*) posee un cebo natural en forma de gusano que oscila, se encoge y retuerce como un auténtico verme. A su vez la "flor del diablo", que no pertenece al reino vegetal ya que se trata de un insecto mántido (*Idolum diabolicum*) del Africa, imita a una flor a la que acuden los insectos engañados que son atrapados y devorados. Incluso una parte del cuerpo de este mántido imita a las moscas posadas en una "flor", lo que infunde confianza a las verdaderas moscas que se acercan.[18]

Hay moscas (*Eristalis tenax*) que se confunden por su aspecto con las abejas. Mariposas que imitan a otras de sabor desagradable "para no ser comidas". Serpientes inofensivas se confunden con las venenosas (falsas yararáes, falsa coral, etc.).

En la naturaleza todo es simulación, engaño, alarde, ostentación, y también egoísmo, agresividad, saña, destrucción... (esto será importante tenerlo en cuenta cuando tratemos del psiquismo humano), a la par que ciega solidaridad.

Con los términos comensalismo y mutualismo se designan respectivamente dos formas de relaciones beneficiosas entre las especies. Cuando se habla de comensalismo es una sola de las especies la que se aprovecha de la relación sin que la otra se vea perjudicada. Con mutualismo se designa la relación de dos especies que se benefician mutuamente.

Clásico es el ejemplo del cangrejo ermitaño (*Eupagurus prideauxi*) que tiene adherida a su caparazón (que pertenece a un caracol y que le sirve de habitáculo) una o varias anémonas marinas o actinias (*Adamsia palliata*). Los animales fijos (las anémonas) se benefician con el transporte hacia sitios donde abunda el alimento, además de obtener trozos de comida que consigue el cangrejo, y éste a su vez queda enmascarado y es además protegido de sus enemigos por las actinias, cuyos tentáculos poseen acción urticante. Es el propio cangrejo el que toma las anémonas con sus pinzas y las desprende de las rocas para colocarlas sobre el dorso de su habitáculo.[19] Esta asociación constituye un típico caso de mutualismo. Existen casos de "simbiosis de limpieza". Los picabueyes, por ejemplo, son aves que liberan a grandes animales de parásitos. También hay peces que limpian a otros de parásitos. Incluso ciertas especies, como las mantas, visitan a los limpiadores en los arrecifes de coral, verdaderas "estaciones de limpieza".

Otros peces pequeños buscan protección al amparo de los de gran tamaño, nadando muy cerca de ellos por encima o por debajo.

Otra curiosidad sorprendente son los peces de las grandes profundidades que desarrollan órganos luminiscentes. Esta bioluminiscencia es útil tanto para los peces que la producen como a los que los acompañan en la vida abismal, aunque para algunos sea un inconveniente al revelar su presencia ante sus enemigos.[20]

En general, todo parece destilar inteligencia, como si la ecología planetaria obedeciera a algún plan sabiamente concebido. Sin embargo,

---

[18] Véase Irenäus Eibl-Eibesfeldt, *Etología*, Barcelona, Omega, 1974, págs. 196 y 197.
[19] Véase George L. Clarke, *Elementos de ecología*, Barcelona, Omega, 1958, págs. 431 y 432.
[20] Véase en nota 19, *ob. cit.*, págs. 244 a 248.

la respuesta al interrogante "¿cómo se explican esas 'ingeniosas' y aparentemente misteriosas relaciones interespecíficas?" es una sola: por la constante variación de las formas vivientes y sus conductas, y por las extinciones en número astronómico de formas fracasadas. En otras palabras, las morfologías y comportamientos actuales se explican por las extinciones de millones de formas vanamente ensayadas, por ser inviables. No hay otra respuesta posible. Queda lo mejor adaptado tanto al medio abiótico como al medio biológico, sin plan alguno. Toda concepción engañosa de algún supuesto plan está de más. Todo plan ingenioso es inhallable en la naturaleza.

No hay misterio alguno, si se asocian un cangrejo y una actinia es por mera casualidad, por la aparición genética de conductas reiterativas. Lo mismo la asociación de mamíferos, aves, reptiles, etc., con las bacterias saprófitas intestinales benéficas. Si al elefante le creció descomunalmente el apéndice nasal fue por azaroso cambio del plan genético gonadal, y esa probóscide le sirve de paso como múltiple herramienta, incluso para tomar agua. Si al rinoceronte le creció un cuerno o dos en la línea media nasal por el mismo motivo, pudo quedar armado para la defensa entre infinidad de otras formas que carecieron de cualquier ardid o arma para librarse de sus enemigos y cuyo destino fue su desaparición. Si una mariposa se mimetiza con el medio ambiente y sobrevive es porque precisa y casualmente adquirió esa característica entre cientos de miles de formas que, puestas en evidencia, fueron víctimas de los insectívoros hasta extinguirse.

Por su parte, las migraciones de insectos, peces, aves y mamíferos tampoco son un misterio, como frecuentemente se las quiere presentar. Se explican como mecanismos ciegos, automáticos, que quedaron como exitosos entre infinidad de casos fallidos.

La fórmula del relativo y provisional éxito de cada especie no varía: primero gran despliegue de formas mutadas; luego rigurosa selección por mortandad, para quedar la casi nada exitosa.

Si de los millones de procesos vivientes (formas vivientes) iniciados o ensayados en la biosfera quedó en el tamiz de las posibilidades tan solo un ínfimo porcentaje, lo lógico es que las formas actuales presenten los "ingenios" que tanto asombran al lego.

12. La aparente armonía biológica empañada por la cruel competición animal

¡El animal carnívoro! He aquí un infausto error de la naturaleza, si es que se puede imputar error a algo ciego, inconsciente, que actúa por tanteos al azar.

Si a pesar de todo persistimos en utilizar el término "error" en forma metafórica, más adelante veremos que la naturaleza está plagada de errores y asimismo de horrores, y esto no es un juego de palabras, sino una coincidencia terminológica.

En vano la sensibilidad humana trata de ocultar la brutalidad y crueldad de los seres vivientes en sus ciegas competiciones por la supervivencia. En vano se empeña en no querer ver el reverso de la medalla, en cerrar los ojos ante escenas desgarradoras que hieren las fibras más íntimas del sentimiento compasivo.

En los documentales cinematográficos y televisivos, por ejemplo, es muy frecuente mostrar cómo persigue el carnívoro a su presa, pero casi nunca se muestra el funesto destino de esta última. En todo caso, se prefieren las tomas en las que la presa logra zafarse de su enemigo con el aplauso del público. Sin embargo, la realidad es muy otra. A cada instante que transcurre ocurren en la biosfera infinidad de dramas, tanto en los fondos marinos como en su superficie; tanto en el fango como en los desiertos; tanto en la selva como en las praderas; bajo tierra, en el aire y en el interior de otros seres vivos, en todo sitio los depredadores atacan y consumen a sus víctimas.

Ya lo vimos en el ámbito vegetal, donde se trata de seres carentes de neuronas, de nervios, de ganglios nerviosos, pero en el reino animal esto es terrible, horroroso, injustificable, porque existe la sensibilidad en todos los seres y la alta desesperación psicogénica en los animales superiores.

Se puede tratar de una araña que caza en su red a una mosca, la envuelve con su tela a pesar de la desesperación del insecto, y lo devora. Se puede tratar de una serpiente que traga entero a un batracio que aún con vida se convulsiona en el tubo digestivo del reptil. Puede que un ave de rapiña trague viva a una culebra, o que capture una liebre para conducirla con sus garras hasta el nido con pichones, o que una orca devore enorme cantidad de peces. Todo esto vaya y pase porque, una mosca, un batracio, una culebra, una liebre, un pez, tienen poco desarrollado el psiquismo, aunque no por ello están libres de sufrimiento. Pero si pensamos en un mono cuyo proceso energético psicógeno se asemeja tanto al nuestro y es capaz de crear desesperación en alto grado, que es capturado por un águila arpía para ser despanzurrado en su nido con pichones, esto raya en el horror, y todo aquel que aún cierra los ojos y argumenta "¡total, no es un ser humano!", no presenta las condiciones plenas de un ser humano. Tanto en una gota de agua estancada, bajo un microscopio, como en plena selva es posible asistir a la crueldad, que es injusta. Aquí no se trata de ir escalando las gradaciones de los seres vivientes para apreciar la intensidad consciente del sufrimiento mayor o menor. Aquí se trata de comprender con plena sensibilidad que todo, absolutamente todo sufrimiento es superfluo en todo ecosistema, y que si existe, no es más que un funesto error de la naturaleza según nuestro sentido metafórico del lenguaje.

Es vano, injusto y ridículo que una madre animal sufra y se desespere porque un carnívoro devora ante sus ojos a sus cachorros. Más valdría que no tuviera vista, oído ni olfato. Es absurdo que un elefante o una ballena sufran hasta lo indecible la muerte de un compañero en manos del animal depredador hombre, quien quizá si tuviera raíz genética ancestral vegetariana no sería cazador.

Si éste, el planetario, fuera un sistema sabiamente planificado, bastarían con creces los insensibles vegetales para garantizar como alimento la supervivencia de toda forma animal.

Esta descripción del brutal y despiadado panorama biológico tendrá una radical y negativa injerencia en el tema teológico a tratar luego.

Es inaudito que existan el tigre, el leopardo, el león, el jaguar, carnívoros que persiguen a sus víctimas hasta cansarlas, herirlas, desangrarlas, asesinarlas y devorarlas por supervivencia. ¿Para qué? Y... ¡para que existan el tigre, el leopardo, el león y el jaguar como carnívoros! ¡Qué sabia respuesta! ¿Acaso estos depredadores mencionados y todo el resto de carnívoros que pueblan la biosfera no podrían ser exclusivamente vegetarianos? Bastaría para ello con que poseyeran una dentición y aparato digestivo aptos. ¿Un tigre sin colmillos ni muelas carniceras? ¿Un águila sin garras? ¿Dejarían por ello los tigres de serlo por dedicarse a pastar en las praderas y las águilas de ser tales por comer sólo frutos de las copas de los árboles? No veo el inconveniente. Sería suficiente en este caso un reacomodamiento de las piezas ecológicas para que todo marchara equilibradamente.

En el capítulo XXII relativo a la teología, volveremos sobre este tema.

13. La supervivencia como única finalidad de los procesos asociados en el individuo

Vivimos insertos en un ecosistema íntimamente trabado. Hay vida sobre nuestra piel, en el interior de nuestros intestinos, en nuestra boca, en nuestras fosas nasales, ¡por todas partes que tocamos! Eventualmente también en el interior de nuestros órganos como pulmones, corazón, hígado, riñones... Allí pueden anidar bacterias o virus patógenos que nos infectan, o pueden instalarse en nuestro torrente sanguíneo ciertos protozoarios nocivos.

La presencia de vida en nuestro planeta es casi universal, y todo proceso viviente es una constante lucha. Conjuntos de células contra conjuntos de células. Se combate célula a célula, sustancia química contra sustancia química.

Puesto que los microorganismos nos inundan y estamos "empapados" de ellos, no bien cesa la defensora corriente sanguínea por causa del paro cardíaco, todo el peso de la lucha se inclina a favor de los microorganismos que entonces nos devoran. Los agentes de limpieza planetaria a la larga ganan, y quedamos hechos una masa putrefacta con emanaciones que nuestro cerebro, a través de nuestras células olfatorias, interpreta como malolientes. Esto quizá como factor de supervivencia, para que no se nos ocurra como a los buitres, hienas y otros carroñeros y necrófagos, devorar cadáveres e intoxicarnos por no hallarnos adaptados como ellos a digerirlos.

Desde que somos óvulo femenino por un lado y espermatozoide por otro, es decir separados en dos planes genéticos, uno en el ovario, el otro en el testículo o en la vesícula seminal, y aun antes, cuando recién somos células gonadales separadas del resto somático destinadas a formar los gametos que luego se unirán por azar, ya hay combate contra la amenaza de destrucción. Los leucocitos maternos cuerpo a cuerpo con invasores extraños nos tienen que liberar constantemente del peligro de muerte. Luego, durante el desarrollo embrionario, cuando nacemos, mientras crecemos, durante la adultez, en la ancianidad y hasta la detención cardíaca, somos sobrevivientes de un constante acosamiento de otros procesos vivos que también luchan ciegamente por lo mismo: la vida, como los virus, bacterias, hongos y protozoarios.

Aquí se revela a las claras la ceguedad de todo. El equilibrio justo de esta contienda sin tregua es el estado de buena salud. Un equilibrio que se rompe muy a menudo activando las defensas orgánicas para vencer al enemigo biológico. A veces la victoria se logra a duras penas y con la ayuda de medicamentos, y otras se lucha ya sin éxito con funesto desenlace para nuestros tejidos.

Estamos entonces literalmente plagados de seres vivos en nuestro interior, que pugnan por sobrevivir. Somos un reservorio de biones enemigos que deben ser mantenidos a raya. Consistimos en un habitáculo de indeseables huéspedes junto con otros que nos benefician, como la flora intestinal. La podredumbre nos acecha sin solución de continuidad y esto sin tener en cuenta otras agresiones del medio ambiente, los defectos congénitos y los accidentes.

Plantas y animales sin excepción, somos procesos de supervivencia.

14. La supervivencia como única finalidad de los procesos vivientes colectivos

Este proceso de supervivencia individual, trasladado a los ecosistemas no varía de finalidad. Toda asociación fortuita inserta como patrón de conducta en los códigos genéticos, toda simbiosis, mimetismo, ingenio o picardía para sortear peligros, toda dependencia entre las especies, apunta a una sola y única finalidad: supervivencia. Lo que pudo ser fue y algo de eso es aún, todo el resto ha desaparecido. Y lo que aún es como ser viviente, lo es porque no quiere morir, porque así se dio el mecanismo ciego, la trama molecular que compone células cuya tensión de vida se resiste a la desintegración y porque sus mecanismos fisiológicos y psicogénicos han logrado relativo y perecedero éxito dentro de un cuerpo mayor de relaciones que se denomina ecosistema, como el máximo nivel de organización puramente aleatoria y eliminatoria de la materia viva.

¡Finalidad! El hombre no se ha cansado de buscar finalidad en todo acontecer. Búsqueda milenaria, afiebrada y comprensible como anhelo ante la angustia de vivir frente al vacío, a la posibilidad de la nada y el absurdo. Pero al fin y al cabo infortunadamente búsqueda inútil. Y en definitiva, el hombre centraliza en sí mismo las causas finales. El se considera el fin por excelencia. A él se refiere toda la doctrina teleológica. Por desgracia para nosotros, esto es tan sólo un ilusión vana y ya se están aproximando los capítulos de mi obra relativos a este autodenominado "rey de la creación", quien a su juicio cree que todo ha sido hecho para él hasta el último quasar y el más recóndito quark del universo, capítulos en los cuales se diluirá este espejismo psicogénico, como toda ilusión engañosa.

15. La posible real armonía interfaunística, una oportunidad desaprovechada por la naturaleza

Resulta hondamente descorazonador pensar que estando tan eficientemente sentadas las bases para una vida en plena solidaridad y armonía en todo el ámbito planetario, por el contrario tengamos que asistir a toda clase de escenas de violencia, persecución, brutalidad, crueldad e impiedad, que protagonizan los animales depredádores con sus víctimas.

Desde cuando el manto vegetal que tapiza la Tierra y plataformas submarinas, y el fitoplancton que nada en océanos, mares, lagos y ríos, se constituyen en el sostén nutricio suficiente para toda la masa viviente animal, ¿por qué, el carnívoro?

¿Acaso este planeta que habitamos no podía haberse constituido en un verdadero paraíso, como en los soñados mitos de la antigüedad se lo imagina? ¡Claro que sí!, pero con una sola condición. La de que exista un sabio plan en la naturaleza basado en la sensibilidad, en la piedad. Más adelante, en el capítulo concerniente al campo teológico esto se verá más de cerca. Por de pronto hay respuesta y bien triste por cierto a las preguntas ¿por qué el carnívoro, siendo posible una fauna exclusivamente vegetariana que se nutra de seres insensibles como los vegetales? ¿Por qué la desesperación de pichones, madres, padres y compañeros ante el ataque artero, alevoso, sorpresivo, brutal y sanguinario del carnicero? ¿Por qué el engaño, la trampa, el abuso de la debilidad? ¿Por qué el dolor, la angustia, el horror, si este globo podría ser un vergel donde cada animal no hallara más que paz y armonía en un sistema ecológico planetario incruento gracias a la base nutricia vegetal, un ser sin neuronas, sin nervios, sin conciencia alguna?

La respuesta no es menos simple que desalentadora, ¡por desgracia! Todo ello ocurre por descarnada lógica, una lógica tan cruda e irrebatible que raya en lo imposible de no ser cierta.

Todo eso ocurre porque no hay nada ni nadie que haya planificado sabia ni piadosamente el proceso viviente planetario, sino que éste va a la deriva, por tanteos ciegos, y por la mismísima ceguedad son aprovechadas las circunstanciales y transitorias oportunidades que se suscitan en los ecosistemas.

16. El planeta Tierra no ha sido "hecho" para los seres vivientes

Después de haber expuesto este panorama biológico para comprender qué es la vida, luego de explicar que se trata de un proceso físico añadido y recortado del resto de los infinitos procesos físicos que a cada instante se instalan en éste que denomino *microuniverso de galaxias*, y en el *Macrouniverso todo*, y antes de tratar de la fatal muerte, es necesario advertir de paso que nuestro planeta, a pesar de sus condiciones, jamás ha sido preparado de antemano para crear y albergar vida.

La vida, como ya lo he indicado, fue un proceso aleatorio añadido, nunca previsto. Es absurdo pensar entonces, ni remotamente, que la vida se tuvo que instalar en la biosfera del globo terráqueo indefectible, fatal y necesariamente, por estar prevista, proyectada, concebida de manera anticipada, como si todos los aconteceres cósmicos y anticósmicos se hallaran conducidos con intención hacia un fin ineluctable dentro de un determinismo absoluto "creado" con finalidad.

Si bien nuestro planeta presenta las condiciones azarosas adecuadas para la instalación de la vida, lo cierto es que ésta fue un evento casual, un accidente, un suceso estocástico.

Se dieron las posibilidades, pudo ser y fue, eso es todo. Pero también pudo no haber sido. El origen y prosecución de la vida planetaria dependió y depende de tantos y tan delicados hilos, que hubiese bastado se cortara uno solo para que el proceso se truncara antes de organizarse la primera célula, o poco o mucho después.

Cualquier cambio brusco ambiental originado en un accidente a nivel telúrico o a nivel cósmico o anticósmico, de haber ocurrido, hubiese podido aniquilar toda incipiente vida o toda vida complejizada ya en marcha. Si esto no ocurrió fue por pura casualidad, ya que sabemos a ciencia cierta que nuestro planeta se halla totalmente desguarnecido.

No obstante, y aunque parezca contradictorio o paradójico, *por presión del azar* en algún lugar del Anticosmos tuvo que haber acaecido lo que vemos y somos, y este sitio es precisamente la Tierra y no por privilegio sino por el acaso. El determinismo fatal, como vimos en el cap. III, 6, no existe en términos absolutos, y como nada ajeno a la esencia del universo organiza o dirige los acontecimientos macrouniversales, entonces la vida sobre el globo terráqueo fue en sus orígenes y es en su desarrollo ulterior un proceso cósmico puramente azaroso y sin garantías de prosecución.

Todo esto nos permite invertir esa forma común de pensar que consiste en tomar como requisitos indispensables para la vida las condiciones que presenta nuestro planeta.

Si las cosas son enfocadas en el sentido finalista (esto es lo más común) según el cual, el fin es la causa total de la organización del mundo y de los acontecimientos particulares, entonces podemos presumir que la Tierra ha sido acondicionada previamente para la posterior instalación de la vida sobre su faz. En efecto, la abundancia de agua, de bioelementos como el carbono, el nitrógeno, el oxígeno, el calcio y el fósforo, por ejemplo, una atmósfera no venenosa como lo sería si consistiera en metano o amoníaco, temperaturas no extremas, órbita terrestre casi circular que impide acercamientos o alejamientos extremos del Sol, de consecuencias deletéreas, una gravedad no muy intensa, una capa de ozono atmosférico que nos protege de los letales rayos ultravioleta que nos envía el Sol y un campo magnético terrestre que desvía los peligrosos rayos cósmicos mermando su llegada a la Tierra, todo esto y mucho más hace suponer a primera vista que nuestro globo ha sido "calculado y construido" para albergar la vida. Nada más inexacto. Todo es a la inversa. Es la vida como proceso viable la que se *adaptó* a las condiciones planetarias. Mil planetas de otros sistemas solares con sus respectivas atmósferas todas diferentes, distintas composiciones químicas de sus suelos, incluso desprotegidos contra determinados tipos de radiaciones, etc., podrían albergar mil formas adaptadas de vida disímiles unas de otras y de las conocidas en la Tierra, siempre que allí se centrara una acción estocástica.

17. Sufrimiento y muerte como aconteceres sin importancia para la supervivencia

Sufrimiento y muerte no tienen razón de ser entre los seres sensibles. Todo padecer y todo final es superfluo, y ambos constituyen errores de la naturaleza.

El problema se halla, por una parte, en la sensibilidad de los animales, y por otra, en el tipo de reproducción que se ha instalado en la biosfera, esa forma de interrupción de la continuidad vital entre los individuos padres e hijos. La suspensión, el bache que representa la producción de óvulos por un lado y espermatozoides por otro que escapan a la continuidad del proceso viviente de los progenitores, que se separan con sus códigos genéticos propios, que se alejan de la unidad padre y de la unidad madre para constituir otra distinta de ellas, este mecanismo es el culpable de la muerte.

Y ello es así porque desde el momento en que la reproducción ya ha sido cumplida, si ya existe la prole y en cierto modo ha sido garantizada la supervivencia de la especie mediante el escape afuera desde los progenitores, ¿qué importa que éstos fenezcan? Y aunque lo hagan entre terribles sufrimientos, enfermos, sin defensas inmunológicas o sin dientes, sordos y ciegos por la vejez, imposibilitados de alimentarse, ¿qué importa si ya sus jóvenes descendientes están a su vez reproduciéndose?

Esta crueldad de la vida no le va en zaga a la crueldad de los ecosistemas donde depreda el carnívoro sanguinario.

Pero, ¿acaso existe en la naturaleza la posibilidad de un escape de la muerte? ¿Es posible en la naturaleza evitar esa traba de los procesos vivientes concomitantes que conduce al desastre biológico, a la podredumbre y a la entrada de los átomos en otros procesos, hacia la mosca cuya larva se nutre del cadáver, los coleópteros necrófagos, los vegetales que reinician el ciclo, etcétera?

Sí, la posibilidad existe para que al menos la muerte se produzca sólo por accidente, en contadas ocasiones comparado esto con su ineluctabilidad en todo individuo según el actual sistema establecido. ¿Cómo? Por escisiparidad como en la ameba y el *paramaecium* (protozoario ciliado). En estos casos, no hay muerte porque cada individuo se escinde en dos. Si todos los animales de la Tierra emplearan esta forma reproductiva, ninguno quedaría para morirse de vejez.

El sexo, tanto en plantas como en animales, es tan sólo un accidente biológico de carácter puramente estocástico. No es necesario, pues no obedece a ninguna ley biológica que lo exija como mecanismo imprescindible para la reproducción.

En el capítulo siguiente volveremos sobre este tema, en esa oportunidad en conexión con el hombre.

Capítulo XI
Posibilidades de vida extraterrestre

1. Lo casi imposible en el resto del universo

Habíamos dicho que el número total calculado de partículas elementales del universo (protones, neutrones y electrones), al menos de este universo de galaxias, se puede escribir 10^{80} (un uno seguido de ochenta ceros) [1] (véase cap. IV,7), y que el número de estrellas ha sido estimado por ahora en diez mil trillones (véase cap. IV, 4) quizás con igual número para los planetas.[2] Estas son cifras estimativas basadas en cálculos provisorios, y es muy probable que en el futuro tengan que ser aumentadas y no a la inversa.

¿Qué significado pueden tener para la cosmobiología?

Para muchos quizás el de la certeza de la existencia de vida extraterrestre, y no sólo eso, la de civilizaciones semejantes a la de la Tierra y aun superiores.

He aquí que es entre los astrónomos donde se halla más extendida esta creencia (digo creencia porque, a mi parecer, no llega a constituirse en una hipótesis sólidamente fundada). Sagan, por ejemplo, cree que el universo se halla colmado de civilizaciones técnicas y las ha calculado nada menos que en varios millones.[3]

Por su parte, entre los biólogos parece existir mayor cautela al respecto.

¿Qué podemos decir nosotros aquí sobre una pretendida ciencia, la cosmobiología o astrobiología (también exobiología) que tan sólo posee una única prueba de vida en el universo, el planeta Tierra?

Simplemente que carecemos por completo de pruebas de que las par-

---

[1] Véase Paul Davies, *Otros mundos*, Barcelona, Antoni Bosch, 1983, pág. 171, y Carl Sagan, *Cosmos*, Barcelona, Planeta, 1983, pág. 219.
[2] Véase Carl Sagan, *Cosmos*, Barcelona, Planeta, 1983, págs. 5 y 7.
[3] Véase en nota 2, *ob. cit.*, pág. 300 y sigs.

tículas elementales y moléculas posean *tendencia* alguna hacia una organización viviente. Todo ser vivo procede de otro ser vivo. No es posible observar generación espontánea ni propensión hacia estructura autónoma alguna por parte de los elementos químicos. No se halló vida en la Luna, ni en el planeta Marte, ni es posible conjeturarla en Venus, Júpiter y Saturno, ni en el resto de los planetas y lunas, dadas sus condiciones adversas.

Tampoco se conoce ninguna hipotética ley bioquímica según la cual —basada en la colosal cifra de elementos del universo (10^{80}) puestos en juego—, a la larga, forzosamente, la materia inerte debería desembocar en procesos vivientes. Nada nos indica que entre los trillones de planetas calculados se haría inevitable una repetición de lo acontecido en la Tierra.

Hay astrónomos tan entusiastas que hasta teorizan acerca de que la vida debe ser un fenómeno común en el universo y cuya "siembra" debe ser constante (véase teoría del *cosmozoon* y teoría de la *panspermia*, cap. IX, 2).

Las sondas espaciales lanzadas últimamente hacia distintos planetas tienen como una de las más importantes misiones el detectar formas de vida, aunque más no sea primitivas o en estado fosilizado.

A su vez, las sondas espaciales Pioneer 10 y 11 contienen cada una un mensaje grabado en una placa con figuras que indican la posición de nuestro sistema solar entre catorce pulsars, el esquema de los nueve planetas, un dibujo esquemático del perfil del Pioneer y una pareja desnuda de terráqueos humanos entre otros detalles.

Estos mensajes, más otros incluso con sonidos e imágenes de temas terráqueos contenidos en otras sondas como las Voyager, viajan por el espacio para ser "vistos" y "oídos" por alguna inteligencia extraterrestre.

También se han montado en la Tierra artefactos para detectar posibles mensajes emitidos mediante ondas desde supuestas civilizaciones de otros mundos, y se está procurando, por los mismos medios, emitir señales en un "idioma universal" para comunicarse la humanidad con los extraterrestres.[4]

Existen también ambiciosos proyectos para el futuro próximo como montar nuevos dispositivos en los actuales receptores y la construcción de radiotelescopios de mayor capacidad, con el fin de rastrear el espacio para obtener presuntos mensajes inteligentes del cosmos.

Realmente curiosa y extraordinaria manifestación de la esencia del universo es ésta en forma de *conciencia inteligente* que trata de entablar relaciones con supuestos habitantes más allá del sistema solar.

---

[4] Véase Carl Sagan, *Comunicación con inteligencias extraterrestres*, Barcelona, Planeta, 1980.

Pero a mi juicio todo esto es en vano, ¡ningún ser se hará eco de los mensajes ni será "oído", porque no existe!

Según mi hipótesis, la exobiología es tan sólo una fantasía. No puede haber vida ni en Venus, ni en Júpiter, ni en ninguno de los más de cuarenta globos que orbitan el Sol. Y no sólo aquí en nuestro sistema solar, tampoco es posible forma de vida alguna en toda nuestra galaxia Vía Láctea. Y aún más, incluso en las galaxias más cercanas que nos rodean y son avistadas es imposible un proceso viviente de cualquier forma extraña de que se trate. Sólo en remotísimas galaxias aún no conocidas hay cierta probabilidad de alguna forma de vida muy rudimentaria, y esto ¡quién sabe! De aquí a imaginar ¡civilizaciones! ya es totalmente utópico.

¿Qué fundamento poseo para pensar así? ¿Es esto ir contra las posibilidades y el azar? ¿Es desafiar los cálculos de probabilidades? ¿Es avanzar demasiado lejos con el escepticismo?

¡Son cien sextillones de septillones el número de partículas elementales las que juegan en el universo! ¡Son miles de trillones de estrellas y planetas los que pueblan el espacio! ¿Es verdad que sea casi imposible una repetición de lo acontecido en nuestra biosfera?

2. Falta de conocimientos biológicos fuera del ámbito terráqueo

Todos los hallazgos realizados en el espacio sidéreo en materia de compuestos moleculares de tipo orgánico, iguales a los producidos en la Tierra por seres vivos como formaldehído, ácido fórmico (producido por las hormigas), amoníaco, metanol, ácido cianhídrico, acetaldehído, tioformaldehído, ácido isociánico, etc.,[5] nada significan para la vida.

Ello no explica ni remotamente el funcionamiento de una célula viviente y menos el complejo proceso psicosomático de un simio.

Tampoco los supuestos aminoácidos, sillares de las proteínas, contenidos en meteoritos como las ya mencionadas condritas carbonáceas (véase cap. IX, 2) pueden constituirse en pruebas de la existencia, en el espacio exterior, de procesos tan complejos como la conducta de una abeja o el cambio de color de un camaleón, y ni siquiera del crecimiento y reproducción de un hongo con su aparato productor de esporas.

Pero dejemos ahora de lado la complejidad de la vida ya en marcha en forma de tejidos organizados, y vayamos a lo primigenio que desde ya es harto complejo: el origen de la vida, esa chispa que inició en la Tierra la cadena evolutiva.

[5] Véase *Revista Astronómica* publicada por la Asociación Argentina Amigos de la Astronomía, Buenos Aires, Nº 179, 1979, pág. 13.

Lo cierto es que falta totalmente un conocimiento biológico fuera de la Tierra. Sin embargo, nos es dado especular y con fundamento.

3. Las distintas condiciones y las idénticas

Sabemos que de los 40 globos que acompañan al Sol no hay uno solo igual a otro. Cada uno posee sus características propias que lo distinguen de los demás. Tanto los 9 planetas como las 31 lunas son singulares.

Sin embargo, si tomamos en consideración diez mil trillones de planetas, ¿Es posible que existan entre ellos otras Tierras, copias exactas de la nuestra que nos formó? Por supuesto, porque es fabulosa la cifra. Aunque no conviene perder de vista que esa cifra es fruto de una pura extrapolación de un fenómeno planetario local con su complejísimo ecosistema y de algunas sospechas de la existencia de compañeros planetarios en otras estrellas de trayectorias sinuosas (por tironeo de masas planetarias en un sentido u otro). Una extrapolación hacia todo el universo de galaxias. Pero así y todo, aun existiendo millones de planetas idénticos a la Tierra, ¿es acaso suficiente garantía para una multiplicidad de la vida en el universo de galaxias? ¿Qué ley generadora de vida lo prueba? ¿Dónde está dicha ley revelada con evidencia?

Ni siquiera la vemos aquí, ante nosotros, en nuestro propio planeta. Recordemos aquel cálculo que da un uno sobre una cifra mayor que todos los átomos del universo para la probabilidad de formación de una célula viviente (véase cap. IX, 5). ¿Acaso son observables algunos presuntos agrupamientos moleculares en el agua, en la tierra, en el aire o en la misma materia en putrefacción o en cualquier medio que sea, que tiendan a formar seres orgánicos? Las supuestas condiciones "por doquier" aptas para ello quizá nunca existieron, ni siquiera hace 4000 millones de años, sino que la chispa de la vida pudo haber sido una sola, fruto de una casualidad única en todo este microuniverso rodeado del Anticosmos o Macrouniverso y de otras posibles microuniversos como enjambre local. Unica también la casualidad que impidió su extinción una vez en marcha el proceso evolutivo, y único también el mecanismo suscitado como plan genético hereditario susceptible de mutación y la forma de reproducción celular por mitosis, presente tanto en unicelulares como en pluricelulares, vegetales y animales.

Chispa de la vida, plan genético (ADN), herencia, mecanismo reproductor, mutación creadora de nuevas formas, organogénesis, y condiciones ambientales telúricas y cósmicas vecinas sostenidas que impidieron una extinción sobre la marcha, todo esto es muy probable que hayan sido eventos únicos en el microuniverso entero de galaxias sin ley alguna de tipo universal.

Es tan sólo aceptable una ley suscitada en nuestra biosfera, de una improbabilidad casi total en el resto de los sistemas planetarios.

Si pensamos en todos los complejísimos factores que hicieron posible la vida "desde el virus hasta el hombre" —según se suele decir—, todos aparecidos aleatoriamente por única vez, a saber en breve e incompleto resumen: plan genético, herencia, organogénesis, instinto sexual, de conservación, vida en comunidad, solidaridad específica, defensa, territorialidad, y todos los "ingeniosos" mecanismos descritos en el capítulo anterior, caemos en la cuenta de que si no nos hallamos comprendidos en un sistema geocéntrico como lo creían erróneamente los antiguos, al menos nos hallamos en un punto cósmico "azaricéntrico" (valga el neologismo) (véanse caps. VII, 1 y XII, 3).

4. Eliminación de sistemas ineptos para las formas de vida conocidas, y la supuesta "ley bioengendradora universal"

Si hacemos un ligero repaso de las condiciones físicas reinantes en los distintos cuerpos que forman el sistema solar, hallaremos lo siguiente: los planetas Mercurio y Venus son demasiado cálidos para la vida, sus temperaturas de superficie son abrasantes. Además, hoy se conjetura que en Venus existe una permanente lluvia de ácido sulfúrico en el interior de su atmósfera, que si bien nunca alcanza la superficie planetaria, se constituye, junto con el efecto de invernadero con una temperatura de 480°C en su superficie y una presión de 90 atmósferas, en un medio agresivo para la formación de biones o colonias de formas vivientes;[6] Marte es muy desértico, hay poca densidad atmosférica que no ofrece mucha protección, y escasez de agua; Júpiter y Saturno demasiado fríos, al parecer no son sólidos como los planetas mencionados y se constituyen en sedes de violentas tempestades; Urano, Neptuno y Plutón se presentan gélidos por su alejamiento del Sol. Todos son ineptos para la vida conocida en nuestra Tierra.

Más allá puede haber sistemas solares con intensa radiación estelar, centros galácticos convulsionados, soles fríos cuyos planetas se presentan como bloques congelados, inhóspitas cercanías de las supernovas y quasars, etcétera.

Sin embargo, la fantasiosa mente humana, para salir del paso, en su entusiasmo por adherirse a la creencia en la vida extraterrestre ha imaginado otras formas de vida adaptadas a esos ambientes hostiles para la nuestra.

Claro está, fundándose en una petición de principio, esto es siempre presuponiendo aun sin mencionarlo o inconscientemente, la existencia en

---

[6] Véase Carl Sagan, *Cosmos*, Barcelona, Planeta, 1983, págs. 95 y 96.

el universo de una ley bioquímica emparentada íntimamente con un determinismo fatal e ineluctable que, tarde o temprano empuja u obliga a la materia a organizarse en forma de vida, sea cual fuere el ambiente que la ha de generar y sostener. Se ha exagerado a tal punto que incluso se ha especulado con la probabilidad de vida en sistemas planetarios sin estrellas o bien sobre la existencia de vida inteligente en las mismas estrellas.[7] Creencias, sólo creencias semejantes a los mitos.

Lo primordial, lo que exige la mencionada petición de principio lanzada de modo tan desaprensivo, es precisamente demostrar la existencia de tal ley bioquímica, llamémosle biológica o "bioengendradora" de carácter universal, tan rigurosa, infalible y eficiente que sea capaz de empujarlo todo hacia la constitución de la vida, ¿aun en centros galácticos de extrema violencia y también en el "interior" de los agujeros negros?

¿De dónde pudo haber emergido tal ley universal? ¿Quién y cuándo la pudo haber establecido para imperar en todos los rincones del universo?

Recordemos que mi hipótesis no acepta leyes fisicoquímicas macrouniversales y menos con carácter de eternidad. Por el contrario, dentro del Todo, Anticosmos o Macrouniverso las leyes son locales, circunstanciales y transitorias (véase cap. III,8) pero abarcan este microuniverso formado de galaxias que habitamos. ¿La supuesta ley "bioengendradora" entonces también abarca todo este universo de galaxias, tal como las pasajeras leyes fisicoquímicas? ¿O por el contrario, es el producto circunstancial y único de la incidencia en nuestro punto que es el sistema Tierra-Sol, de influencias circundantes provenientes de una región del brazo galáctico a que pertenecemos?

Dada la inconcebible complejidad que presenta el proceso psicosomático, dado lo dificultoso que resulta reducir a leyes físicas ordinarias o explicar mediante éstas la "simple" asunción del agua desde los pelos radicales y de su paso hacia la endodermis en los vegetales,[8] resulta harto audaz hablar entonces de leyes biológicas panuniversales. Esto suena a algo así como magia, o como algo establecido por alguien con intencionalidad en el universo, cuando por el contrario notamos que todo se conduce en él sin dirección ni finalidad algunas. Vemos procesos truncos sin solución de continuidad, tanteos ciegos al azar en la naturaleza, un sinfín de fracasos frente a un puñado de éxitos que tampoco toman carácter de seguros y definitivos. ¿De dónde iba entonces a surgir semejante ley capaz de hacer convergir los hechos universales siempre,

---

[7] Véase Carl Sagan, *Comunicación con inteligencias extraterrestres* (actas de un congreso científico que se celebró en 1971, en la Armenia soviética), Barcelona, Planeta, 1980, págs. 56 y 57.
[8] Véase Gola, Negri y Cappelletti, *Tratado de botánica*, Barcelona, Labor, 1961, pág. 415.

en todo tiempo y lugar, hacia la formación de vida, su transformación y su evolución?

5. ¿Es posible la vida en otros microuniversos de galaxias o agalácticos?

Al principio de este capítulo señalé que sólo en remotísimas galaxias aún no conocidas existe cierta probabilidad de vida, aunque con algunas reservas. Esto demuestra lo improbable que considero una repetición del episodio biológico acaecido en la Tierra, sobre todo la vida inteligente y consciente, porque somos no sólo improbables, sino ¡casi imposibles!

De entre una fabulosa cifra de partículas, que se escribe 10^{80}, surgimos como hipercomplejos procesos, en este caso poco menos que inevitablemente, dado precisamente ese inconcebible despliegue de partículas puestas en juego.

Recordemos al respecto mi hipótesis del *enjambre de universos de galaxias*, que nos exige escribir múltiples veces 10^{80} partículas (véase cap. IX,5). Y esto no es ninguna clase de ingenuo antropocentrismo, porque todo sistema antropocéntrico considera al hombre no sólo como centro sino como fin de una supuesta creación intencionada, como una meta planificada, y éste no es el caso.

De esto podemos inferir que, de existir otros microuniversos componentes de un enjambre en nuestras cercanías, pulsando cada uno como lo hace el nuestro tal como lo he conjeturado más atrás (véase cap. V,4), entonces en alguno de ellos es posible una repetición del fenómeno biogenerador, el evolutivo, e incluso de una vida inteligente.

Esta posición, como es evidente, difiere de las especulaciones generalmente elaboradas y aceptadas, de que la vida rudimentaria podría hallarse por doquier, en cualquier planeta, y la vida inteligente repetida muchas veces en nuestra propia galaxia y en las demás. Mi postura es *infinitamente más centralizante*, estocástica, extraordinariamente "azaricéntrica".

En lugar de tomar por ejemplo a una galaxia que contiene 300.000, 200.000, 100.000 millones de soles, para centrar en un punto (en el caso de nuestra Vía Láctea, la Tierra) la producción, sostenimiento y evolución de la vida hasta el arribo a la conciencia, trato de abarcar muchísimo más. Para ello tomo todo el conjunto de galaxias que forman nuestro universo y hablo de un solo centro del azar: el planeta Tierra con su vida inteligente y consciente. También, extrapolando aún más, extiendo este fenómeno a alguno que otro universo de galaxias similar al nuestro, situado más allá, en un supuesto enjambre de ellos que puede estar rodeándonos.

Pero eso no es todo. No nos olvidemos que mi hipótesis sobre la vida considera a ésta como un proceso físico más entre otros, instalado en el Anticosmos, recortado groseramente del mismo, que sigue un curso con carácter perecedero (véase cap. VIII, 1).

En consecuencia, no resulta ser un gran impedimento para otro tipo de vida el hallarse ésta ubicada en alguna región agaláctica del Todo, esto es en una porción de Macrouniverso sin estrellas ni planetas, formada de nubes de partículas, ¿atómicas, de quarks o de otras subpartículas? (Esto último queda ya en el ámbito de lo incierto e intrigante.)

Si tenemos en cuenta que el proceso de la vida requiere cierta organización por parte de la esencia del universo, deberíamos hablar de ciertas estructuras como las atómicas y moleculares, en vez de partículas "desbocadas" con tendencia al escape, como las que resultan del choque en los aceleradores de la física nuclear.

¿De qué clase de vida se trataría, entonces, sin planetas generadores y contenedores, ni estrellas? ¿Quién puede atreverse siquiera a conjeturar algo? ¿Nubes gaseosas vivas en movimiento ameboide, formas reticuladas, enjambres de partículas organizadas?

¿Hay contradicción con lo que expresé en el punto 4 criticando a los fantasiosos que aceptan la existencia de vida inteligente en planetas sin estrellas, y en las mismas estrellas? No, porque aquí me estoy refiriendo a otros universos de galaxias o agalácticos muy alejados del nuestro, donde pueden reinar otras condiciones.

¿Existiría entonces una ley biológica circunscrita no tan sólo a los universos de galaxias sino también a las regiones agalácticas? Si existen no será con carácter de eternidad.

Sea como fuere no nos debemos olvidar que la posibilidad de los microuniversos posee carácter perecedero y que, una vez cortadas las condiciones de su producción en el Todo, ya nunca volverán, ni siquiera sus leyes, y por ende tampoco la vida, ninguna forma de vida (véase cap. VI, 6).

6. Otras posibles formas de vida

Todo lo antedicho puede sonar a exagerado, sin fundamento, a pura especulación con fuerte dosis de fantasía, o tal vez como una sarta de disparates. Es muy probable que sea así. Nos queda entonces lo menos probable pero posible, al fin y al cabo, de acuerdo con mi especulación.

Recordemos para ello otros casos, pero del pasado, cuando no se concebía otra forma del mundo que el tolemaico. La Tierra como un centro del mundo, alrededor de la cual giraban el Sol, la Luna, los planetas y las estrellas, todo unido a esferas transparentes perfectas, concéntricas. Esto era natural, pues la Tierra parece estar fija, inmóvil, mientras que lo que se aprecia más conspicuamente es el recorrido de todos los astros por el cielo. Se los ve nacer, desplazarse y ocultarse. ¿Quién podía dudar de ello?

Sin embargo, Giordano Bruno, en el siglo XVI, sostuvo la pluralidad de los mundos en clara contradicción con lo que se aceptaba entonces. Por esta y otras audacias como las especulaciones acerca de otras formas de vida, como es sabido fue condenado a la hoguera por la ignorancia y el fanatismo de la época. También Galileo, quien estaba demostrando experimentalmente la existencia de otros mundos y sus movimientos como "cosas nunca vistas" e "ideas jamás soñadas", fue objeto injustamente de una tremenda oposición de sus contemporáneos convencidos del modelo geocéntrico del "mundo miniatura" inventado por Tolomeo en el siglo II d.C. Modelo que fue aceptado durante 1500 años.

Más atrás en el tiempo, tampoco se le dio crédito a Demócrito cuando hablaba de sus átomos, varios siglos antes de nuestra era.

Y más acá, en los tiempos modernos, tampoco se sospechaba que los objetos observados como nebulosas (hoy galaxias) eran grandes *universos-islas* formados de millones de estrellas, y que nuestra Vía Láctea era uno más de ellos. Esto se comprobó sólo con el aumento de la capacidad de los telescopios.

Nada se sospechaba poco ha, acerca de quasars, agujeros negros, novas y supernovas, radiofuentes, lentes gravitacionales, etc. Nada se sabía de las colosales dimensiones del universo observable, ni de su fabulosa antigüedad, que por ahora raya en los 20.000 millones de años, ni de la cantidad de galaxias y estrellas existentes.

Tampoco se conocía nada acerca de la divisibilidad del átomo y de la sorprendente profusión de subpartículas y antipartículas que en su conjunto suman, hasta el presente, unas doscientas clases diferentes. Y, sin embargo, hoy se toma como natural todo este fascinante modelo de mundo radicalmente transformado con respecto al antiguo. Si alguno de los pensadores de la antigüedad despertara al mundo de la ciencia de hoy, verdaderamente sería incapaz de reconocer, en los conceptos del presente, a su mundo antiguo.

Del mismo modo, entonces, ¿no podrá la ciencia y la tecnología de un futuro cercano cambiar mediante nuevas observaciones la imagen actual del mundo, y transformar a éste en un vastísimo enjambre de universos formados de galaxias los unos y agalácticos los otros? ¿Ampliar sus dimensiones y antigüedad a cifras hoy inconcebibles y comprobar que la vida es un fenómeno tan improbable, que apenas se lo podría encontrar en alguno que otro microuniverso?

Una vez explorada la Vía Láctea y las demás galaxias próximas, tengo la seguridad de que la ciencia hallará en materia biológica ¡un vacío de vida! Y una vez avistados con telescopios gigantes en serie otros universos mucho más allá del nuestro, será posible especular con mayor fundamento que la vida, sobre todo la inteligente y consciente, se puede hallar únicamente en algunos microuniversos como fenómeno único y jamás repetida en nuestra galaxia ni en el conjunto restante de nuestro propio microuniverso.

Imaginémonos ahora la posibilidad de vida extraterrestre en esos lejanos ámbitos. ¿Cómo podrán ser allí las formas de vida?

Por de pronto, muy dispares de las conocidas en la Tierra. No se asemejarían ni a los animales, ni a los vegetales porque al no existir ninguna ley biológica panuniversal, las condiciones instaladas en distintos puntos del Macrouniverso no tienen por qué coincidir unas con otras. No serían posibles entonces ni siquiera casos de convergencia, como acaece en nuestro planeta. De modo que sería imposible encontrar réplicas del elefante, de la jirafa, del abedul, del manzano... y ni siquiera nada parecido por convergencia.

Más aún, allí no tienen por qué existir los genes. El ácido desoxirribonucleico como código puede ser un imposible, únicamente una curiosidad terráquea y, por ende, las transformaciones, si las hay, se deben producir mediante otros mecanismos. La cariocinesis o mitosis (división celular) estaría ausente. Tampoco el sexo, ni la gestación, ni la oviparidad, ni la viviparidad serían posibles allí. Nada de postura de huevos, ni nacimientos luego de gestación intrauterina.

La reproducción, si la hubiera, habría seguido los más variados caminos de las posibilidades circunstanciales instaladas perecederamente, por ejemplo, por gemación, escisión directa o fragmentación de los individuos. ¿Individuos? Ni siquiera es necesario que existan individuos, sino que la vida puede consistir en una masa continua en crecimiento a expensas de algún sustrato gaseoso, líquido o sólido.

Extrapolar las leyes biológicas circunstanciales y transitorias instaladas en nuestra biosfera, al resto del Todo, es realmente una empresa bien antropocéntrica y al mismo tiempo ingenua.

Seres puramente gaseosos, líquidos o coloides reticulados son concebibles en otros centros de azar con otras leyes.

¿Qué base puedo tener para pensar así?

Si partimos del hecho de que aquí en la Tierra, sin ir más lejos, tenemos la más fabulosa variedad de caprichosas formas vivientes que nunca se repiten; si tomamos en cuenta que cada especie extinguida ha existido en el pasado por única vez y que cada especie actual también es exclusiva, irrepetible; si fueron y son millones las especies vivientes diferentes; si tantos fueron los caminos seguidos por la variación de las especies, con más razón entonces deberán ser disímiles de las nuestras las posibles formas de vida de otros universos.[9]

---

[9] Véase Ladislao Vadas, *Naves extraterrestres y humanoides (Alegato contra su existencia)*, Buenos Aires, Imprima, 1978, cap. 5.

7. El mito de los "humanoides"

Por todas éstas mis hipótesis, es que suena a ridículo cuando en los libros de exobiología poco serios se habla de extraterrestres con figura humana o humanoide que han visitado la Tierra.

También suenan a falso las noticias periodísticas que dan cuenta de relatos de presuntos testigos oculares que habrían tenido contactos con humanos o humanoides de otros mundos.

Estas supuestas visitas de planetícolas realizadas en hipotéticas naves espaciales, relatadas como hechos recopilados de presuntos o engañados testigos, son el fruto genuino de la más pura fantasía humana.

Mucha tinta ha corrido sobre el tema, principalmente a partir del año 1947 en adelante y durante unas tres décadas.[10]

Si bien los autores de libros sobre el fenómeno OVNI (Objeto Volador No Identificado) toman ciertos datos de la antigüedad como presuntas pruebas para robustecer sus hipótesis, lo cierto es que el interés sobre los objetos voladores no identificados se despertó cuando en 1947 un piloto estadounidense que sobrevolaba el monte Rainier creyó avistar una flotilla de objetos brillantes de forma discoidal, semejantes a dos platos juntos por su parte cóncava.[11]

Luego, en los relatos de otros episodios concernientes a los OVNIS, se habló de sus tripulantes de figura humana o humanoide.

El hombre no pudo desprenderse tampoco esta vez de su natural antropocentrismo. Así como otrora, en el pasado, se imaginaba a sus dioses inventados con figura humana, también en este caso los tripulantes de fantasmagóricas naves, hipotéticamente provenientes de otros planetas, no podían presentar —siendo inteligentes— otra figura que la humana o "humanoide". Podían ser gigantes,[12] enanos cabezones,[13] pequeños seres verdes o mozos rubios y altos, pero todos de estructura humana o "humanoide".

Incluso en ciertas pinturas rupestres se ha pretendido ver a astronautas de otros mundos, iguales al hombre. No han faltado quienes avanzando más sobre el tema imaginaron a ciertos personajes mitificados del pasado como visitantes extraterrestres que venían a nuestro mundo para enseñarle al hombre diversas técnicas de agricultura, por ejemplo, o

[10] Véase Jacques y Janine Vallée, *Fenómenos insólitos del espacio*, Barcelona, Pomaire, 1967.

[11] Véase Antonio Ribera, *El gran enigma de los platillos volantes*, Barcelona, Plaza y Janés, 1975, pág. 64 y sigs.

[12] Véase Henry Durrant, *Humanoides extraterrestres*, Buenos Aires, Javier Vergara, 1978, págs. 44, 158, 159 y 161.

[13] Véase Antonio Ribera, *op. cit.*, pág. 229.

inculcarle consejos morales. También se ha intentado explicar como obras de extraterrestres, o al menos dirigida su ejecución por ellos, la existencia de construcciones curiosas como los geoglifos de Nazca, Perú, la fortaleza de Sacsayhuaman que domina la ciudad de Cuzco, y la de Ollantaytambo sobre el "Valle sagrado de los Incas", y Machu Picchu, "la ciudad perdida de los Incas",[14] lugares todos que he tenido oportunidad de visitar sin comprobar allí otra cosa que la mano exclusiva del terráqueo. También han sido atribuidas a extraterrestres las ciclópeas esculturas de la isla de Pascua (moais), las pirámides de Egipto, etc., que evidentemente son obras realizadas por el hombre sin lugar a dudas.

Lo han imaginado todo como obras de extraterrestres sin tener en cuenta que el hombre que vivió hace 2000 o 6000 años atrás poseía la misma capacidad mental que el moderno. Son necesarias muchas decenas de miles de años para que se haga efectiva alguna marcada transformación evolutiva en una especie como la nuestra, que se reproduce tan lentamente.

En ninguna de las observaciones científicas, tanto paleontológicas como de los seres vivientes actuales, es posible hallar tendencia alguna de los filumes hacia la forma humana o humanoide. Esto ocurrió una sola vez durante la historia evolutiva en la rama de los primates. El hombre y sus parientes más próximos, los monos antropomorfos (orangután, gorila, chimpancé y gibón) fueron un caso único, puramente aleatorio, un accidente morfológico. Es imposible vislumbrar algún esbozo, alguna tendencia morfológica que apunte hacia otra futura forma semejante al hombre, tanto se trate de anfibios, reptiles o mamíferos. Con cuanta más razón debe ser esto imposible en otros mundos donde las formas pueden haber seguido cursos de los más dispares comparados con las terráqueas. Ninguna ley cósmica que apunte hacia el "humanoide" es posible de ser concebida con seriedad en el campo exobiológico. La forma humana es irrepetible porque la posibilidad de variación de las formas vivientes es fabulosamente prolífera, como lo podemos observar aquí en la Tierra donde jamás se repiten las especies extinguidas.

Por consiguiente, el argumento contundente es: si aquí en la Tierra los filumes han seguido los más variados derroteros, originando las más dispares formas, es totalmente improbable que en otros mundos haya ocurrido una recapitulación de lo acaecido en nuestro planeta. Basta con echar una ojeada a los libros ilustrados de paleontología y zoología para darse cuenta de la profusión de formas terráqueas ya extinguidas y las aún vivientes. Unicelulares, moluscos, gusanos, insectos, crustáceos, arácnidos y demás artrópodos, pólipos, poríferos, peces, anfibios, reptiles,

---

[14] Véase Ladislao Vadas, *Naves extraterrestres y humanoides*, (*Alegato contra su existencia*), Buenos Aires, Imprima, 1978, cap. 6.

aves y mamíferos nos muestran un fabuloso e interminable mundo de formas dispares como huellas que ha dejado una ciega evolución de todas las especies que no obedeció a finalidad alguna.

Ni aun teniendo en cuenta los mencionados casos de convergencia es posible admitir alguna tendencia hacia determinada forma. Es posible ver algunas pocas formas animales que no han seguido el mismo derrotero evolutivo, pero que por vivir en el mismo ambiente presentan adaptaciones de organización y funcionales semejantes a otras (fenómeno de convergencia). Tenemos ejemplos de ello en los cetáceos y los sirenios entre los mamíferos, y los ictiosaurios ya extinguidos entre los reptiles, que en relación con el ambiente acuático presentan todos formas parecidas a las de los peces.

El parecido morfológico entre un tiburón, un ictiosaurio y un delfín, por ejemplo, es notable. Otro caso es el aspecto *vermiforme* que presentan los linguatúlidos, que son artrópodos adaptados a la vida endoparásita parecidos a gusanos.

No obstante, éstos constituyen casos muy aislados en el contexto de la fauna total, actual y extinguida, y no es posible vislumbrar ninguna ley biológica general de convergencia.

Aquí, en materia de evolución evidentemente no hay causas finales, como no las hay en ninguna otra parte, y la forma humana es el producto neto del acaso.

Aunque exista la remota posibilidad de la aparición de inteligencias en otros microuniversos muy alejados del nuestro,[15] si a pesar de ello aceptamos su existencia en algún lugar, las formas contenedoras de tal inteligencia deben estar muy lejos de parecerse a nosotros.

8. Las posibles formas de inteligencia en otros mundos

Así como las morfologías de los supuestos seres inteligentes de otros microuniversos hay que concebirlas muy dispares de la figura humana, también sus mecanismos psíquicos habrá que aceptarlos completamente disímiles de los nuestros.

Nuestro conjunto de reglas morales, por ejemplo, apareció como una necesidad existencial frente a nuestra índole contradictoria, ante nuestras tendencias hacia las conductas negativas para nuestra especie que, libradas sin freno, nos llevarían a la destrucción.

Sin embargo, no poseemos verdadera conciencia de las causas de la

---

[15] El profesor Heinrich K. Erben cita en su libro *Estamos solos en el cosmos* (Barcelona, Planeta, 1985, pág. 180) al zoólogo británico Joachim Illies, quien ha calculado la posibilidad del origen de la inteligencia como una entre un quintillón, igual a 10^{30}.

aparición de nuestras reglas éticas, y nos inclinamos a creer que estas normas existen más allá del hombre, como algo sagrado escrito en un mundo intemporal con carácter de eternidad. No nos percatamos que, si fuera posible suprimir todas nuestras inclinaciones hacia la maldad, entonces la moral y todas las leyes penales carecerían de sentido.

Nuestros conceptos del bien y del mal se hallan tan arraigados que no podemos concebir un planeta sin luchas por egoísmo. Proyectamos nuestra índole belicosa, territorialista e intolerante hacia otros supuestos seres, y creemos que en todo lugar donde haya inteligencia debe existir necesariamente el egoísmo y la agresividad. Así es como se afirma que "Siempre que tenemos una civilización, tenemos imperialismo".[16]

Sin embargo, la existencia de seres inteligentes de otros mundos podría estar asentada sobre una base de pura solidaridad. La sociedad allí, de existir, podría encontrarse coordinada de tal modo, que ser malo sería un imposible.

La propia selección natural se podía haber encargado de eliminar todo estorbo para la pacífica marcha de la sociedad.

Otra causa de autolimpieza de la especie o colonia puede ser la misma comunidad que se haga cargo de la eliminación inmediata de todo individuo que con su voluntad y accionar pusiera en peligro la supervivencia de la sociedad. ¿Serían por esto indiferentes al sentimiento? ¿No experimentarían remordimientos por la eliminación de uno de los suyos como nos ocurriría a nosotros si optáramos por aniquilar directamente y sin miramientos a todos los criminales, sin ofrecerles oportunidad alguna para la enmienda?

Sin embargo, una sociedad donde todo ser aberrante fuese eliminado apenas diera síntomas de maldad, marcharía armónicamente de modo permanente gracias a un método que para nosotros es una monstruosidad.

Pero este sistema social de permanente purga dejaría de ser una aberración si de esa manera se salvaguardara la integridad del conjunto y si ésta fuese la única fórmula para lograr paz y armonía.

También puede tratarse de una serie de interrelaciones ecológicas tan estrechas e inviolables con otras especies o colonias, que una sola falla en un miembro componente minaría la misma existencia de toda la comunidad.

Son concebibles múltiples formas de convivencia que pueden dar origen a un psiquismo dispar al nuestro.

---

[16] Véase Carl Sagan, *Comunicación con inteligencias extraterrestres*, Barcelona, Planeta, 1980, pág. 172.

No obstante, no todo debe ser bondades en exobiología, según nuestro natural deseo de que las cosas sean diferentes de nuestra inicua sociedad. También se pude dar lo opuesto. Podría tratarse de seres inteligentes infinitamente más agresivos que el hombre, embarcados en constantes luchas entre sí, mucho más crueles que las acaecidas en nuestro planeta. Esto puede ser así porque nada nos pude garantizar una vida pacífica y armoniosa en ningún lugar del Macrouniverso.

Podemos concebir sin ambages de ninguna naturaleza a voluntades lanzadas permanentemente unas contra otras, con ansias de destrucción, con la única finalidad de sobrevivir y sacar el mejor partido de la existencia. Todo como una ley absoluta sin cabida para ninguna clase de regla moral.

En esta hipotética pero muy posible sociedad de individuos en continua cacería y destrucción de sus propios miembros, las bajas podrían estar compensadas por una extraordinaria capacidad reproductora, como la que presentan por ejemplo los peces en nuestros mares.

Todo esto y muchos otros horrores son posible porque no existe ninguna ley natural que impida tal estado de cosas. Incluso podemos imaginar a seres inteligentes superiores al hombre, de gran sensibilidad exquisita, esclavizados de por vida por otros seres de inteligencia aun superior a la de ellos, pero sin moral. También a seres inteligentes condenados al sufrimiento, martirizados por placer morboso de otros especímenes superiores pero aberrantes, de naturaleza sádica.

Todo es posible en este Macrouniverso donde todo se halla librado al acaso, sin finalidad alguna y, por supuesto, sin leyes éticas intemporales, eternas,y sin siquiera la existencia de entes con voluntad y poder (llamémosles hipotéticos dioses) separados de la esencia del universo o inmanentes a ella, con capacidad de encaminar hacia el bien toda situación inicua instalada en este Anticosmos.

El único consuelo que nos queda a los terráqueos no creyentes en un orden de cosas trascendental, es el pensamiento expresado en el capítulo VI. Allí se tomaba al universo como un eterno cataclismo que a la larga pondrá fin a las posibilidades de generación de formas de vida.

Este fin sobrevendrá una vez absorbidos los microuniversos en el Todo universal, con la pérdida definitiva de los objetos (átomos) y leyes naturales.

Hacia este anonadamiento será arrastrada toda posibilidad de vida con todas sus inicuas lacras implicantes, de modo que, al no poder ya reaparecer ese fenómeno, se cerrarán las puertas para el horror y el dolor que le son inherentes.

Prosiguiendo con el tema exobiológico de la posible existencia de inteligencias en otros microuniversos, ¿podrían éstas captar y concebir el entorno de igual modo que nosotros, o sus conceptos del mundo serían dispares?

En el cap. I,4 vimos las posibilidades de una percepción y concepción del mundo dispares de la nuestra. Esto es aplicable ahora al presente capítulo. En aquella oportunidad decíamos que, provistos de otros sentidos de la percepción totalmente diferentes de los que poseemos, el entorno que acostumbramos a ver, oír, palpar, oler y saborear se nos tornaría irreconocible. Creeríamos hallarnos en otro mundo.

También señalamos que si a esas formas extrañas de percibir el entorno añadíamos una forma diferente de la antrópica de concebir las cosas, no quedarían trazas de nuestro mundo que tomamos subjetivamente por una realidad única.

Esto aplicado a distintas inteligencias de otros microuniversos, nos indicaría tantos mundos particulares y disímiles entre sí como inteligencias existentes. De modo que cada una de ellas, incluso nosotros, nos veríamos impedidos de entendernos ni aun empleando la matemática, supuesto lenguaje universal.

Lo hermoso para nosotros sería feo para ellos. La música, algo sin sentido, el goce sexual un imposible, el dolor un placer, nuestros conceptos de justicia, lealtad, amistad, nobleza, cosas sin valor o, por el contrario como ya hemos visto, nuestra permisiva sociedad sería para ellos una aberración sin nombre.

¿Tendrían estos seres una necesidad de religión como la posee el humano? ¿Una tendencia a creer en algo superior? Todo dependería de sus relaciones yo-naturaleza exterior. Si éstas fueran armónicas y satisficieran plenamente el motivo existencial, entonces podrían prescindir de todo dios, de toda idea de divinidad, máxime si sus existencias se hallasen garantizadas para sobrevivir, y encontrasen justificativos existenciales. Esto significa hallarse libres de achaques como los que aquejan a la humanidad, que se ve obligada a buscar apoyo aunque más no sea en alguna ilusión. También dependerá de que sus motivos de vivir se vean realizados en plenitud, sin frustraciones que obliguen a buscar amparo en las divinidades. Sin militarismo, sin policía, sin religión, sin tendencias malignas y libres de cosas desagradables, carecerían de sentido para muchas colonias inteligentes extraterrestres los conceptos de libertad, justicia, paz, buenas costumbres, heroísmo, abnegación, compasión, gloria, dios, vida futura en un paraíso, etc., porque incluso sus relaciones sociales, de existir, podrían estar fundamentadas, como hemos dicho, precisamente en una pura solidaridad, sin admisión posible de otra cosa.[17]

Al margen de todo, y aunque esto resulta casi un imposible, si contactáramos alguna vez con seres extraterrestres intelectualmente muy

---

[17] Véase Ladislao Vadas, *Naves extraterrestres y humanoides (Alegato contra su existencia)*, Buenos Aires, Imprima, 1978, cap. 7.

superiores a nosotros, ¿dónde quedaría nuestra filosofía de la que tanto se ufanan muchos? ¿Y dónde también nuestros conocimientos empíricos de los que tanto nos vanagloriamos?

9. La muerte no necesaria

Por último, para finalizar con esta parte tercera relativa a la vida, tocaremos la muerte, esto es la fatal detención del proceso viviente. Quizás esto como corolario, aunque volveremos sobre el tema en la parte cuarta, sección segunda relativa al mundo humano, y sección tercera concerniente a las reflexiones antrópicas.

Creo que el mejor lugar para tratar del fatal desenlace biológico es este capítulo sobre astrobiología, porque es posible vislumbrar en este campo otras posibilidades no tan ineluctables y para nosotros tan lúgubres.

En efecto, las especulaciones cosmobiológicas permiten columbrar ciertos mecanismos de escape a lo que aquí en la Tierra es una fatalidad, aunque éste no sea el caso de todas las especies vivientes.

Habíamos expresado en esta parte tercera, cap. X,17, que la muerte es un error de la naturaleza y que el defecto se encontraba en el tipo de reproducción instalado caprichosamente en nuestra biosfera. Esa separación de óvulos, por un lado, y espermatozoides, por el otro, en dos sexos diferentes y su aleatoria unión posterior eran el problema, porque el nuevo ser que comienza desde cero es como un escape a la muerte que inevitablemente alcanzará tarde o temprano a sus progenitores. Pero es un escape ciegamente egoísta porque no se apiada de sus progenitores destinados a la corrupción orgánica.

También en esa oportunidad he hablado de un posible escape a la muerte mediante una forma bien terráquea de reproducción que es posible observar en los unicelulares como la ameba y el *paramaecium* (véase cap. X,17).

Ahora bien, exobiológicamente hablando, teniendo a la vista múltiples posibilidades jamás aprovechadas en la Tierra por los ciegos caprichos biológicos, podemos hablar de escisiparidad de unicelulares gigantes o de pluricelulares si es que existen repetidos en el ámbito extraterrestre.

Cada individuo inteligente, aun superior al hombre puede ser un unicelular. En lugar de tratarse de un individuo compuesto de múltiples células como nosotros, puede estar constituido de numerosas moléculas gigantes. Este individuo provisto de mecanismo psicogenerador puede dividirse en dos para dar copias exactas no de un código genético, sino de todo su contenido psíquico acumulado hasta ese momento. Una especie de mitosis que produce dos individuos completos y adultos a partir de uno con toda la capacidad intelectual, todos sus conocimientos adquiridos hasta el momento y toda su personalidad duplicada. Nada de desarrollo psíquico ni experiencias desde la infancia; nada de aprendizaje primario, escuela y facultades, porque el individuo ya es adulto con todos los conocimientos. Nada de empezar siempre de nuevo desde el óvulo, para pasar por las etapas fetales, de la niñez, adolescencia, juventud. Esta clase de seres inteligentes pueden ser cada vez más sabios y capaces, y su ciencia, de poseerla, avanzaría a paso agigantado, sobremanera acelerada con respecto a la nuestra, ya que debemos comenzar siempre de nuevo lo que otros ya han aprendido y dejado trunco por causa de la muerte.

A partir de ese momento de la escisiparidad, cada individuo resultante con idéntica personalidad y conocimientos exactamente iguales, comenzaría a distanciarse de su gemelo clonal por adquisición de nuevas experiencias y nuevos conocimientos, hasta una próxima escisión, y así sucesivamente. Muchos opinarán que esto es un disparate mayúsculo, sobre todo los espiritualistas. Que el cuerpo pueda escindirse en dos es aceptable, pero... ¿lo puede hacer una psique para dar dos copias exactas con todo el conocimiento acumulado? ¡Esto parece ser una locura! ¿Cómo podría duplicarse *el espíritu*?

Sin embargo, más adelante, en el capítulo relativo al psiquismo, veremos cómo el mecanismo cerebral, lejos de contener algún espíritu, es comparable con la moderna electrónica y cómo las piezas que lo componen pueden almacenar información. De modo que toda nueva impresión debe originar algún cambio en la estructura cerebral, tal como el magnetograma que se produce en una cinta magnetofónica o los registros de imágenes en una videocinta. Luego, estas estructuras con sus cambios son las que a semejanza de nuestro ADN pueden duplicarse en un exótico sistema exobiológico.

La inmortalidad es posible exobiológicamente y la funesta muerte sería un evento inevitable tan sólo en esta desgraciada Tierra y en otros aciagos mundos donde se pudo haber repetido este error de perecer, que consiste en un paso hacia la nada.

Cuarta Parte

EL HOMBRE

Sección Primera

QUE ES EL HOMBRE

Capítulo XII
El episodio *Homo*

1. Un proceso más entre otros

¿Qué es el hombre? ¡Cuántos pensadores se han formulado esta pregunta! Algunos incluso han titulado su libro con este interrogante.[1]

Protágoras, Platón, Aristóteles, Tomás de Aquino, Nicolás de Cusa, Maquiavelo, Descartes, Leibniz, Hobbes, Kant, Fichte, Feuerbach, Marx, Nietzsche, Bergson, Scheler, Hartmann, Heidegger, Teilhard de Chardin... —por no mencionar, por razones de espacio, más que unos posos pensadores— se han ocupado del hombre.

Por otra parte, antropólogos, etólogos, psicólogos, psicoanalistas, teólogos, sociólogos, etc., se han planteado el mismo interrogante. La lista de nombres sería interminable. El hombre es un tema vasto y eterno para el hombre, y la respuesta no puede ser directa y definitoria. Iremos pues contestando el interrogante a medida que transcurran los capítulos.

Ante nuestra visión íntegra del fenómeno, lo esencial es no deshacerse de la idea de *proceso*.

La vida, dijimos (cap. VIII), es un proceso físico más instalado en el Anticosmos, recortado de él, que marcha cíclica y perecederamente por un camino de supervivencia, siendo esta última la propia y mismísima "causa final", si de algún modo queremos expresarlo al estilo escolástico, aunque en sentido irónico, ya que en mi hipótesis, no es como lo explicaba Aristóteles.

Según él no hay ni un solo resquicio para plantear el origen de las especies sobre un devenir puramente fáctico sometido al acaso, y todo está ya preformado por las esencias, y el devenir es el resultado del ser. Por el contrario, según mi visión del mundo, es el "ser" el resultado del devenir, pero el ser como proceso en marcha, en nuestro caso, el hombre. El hombre jamás ha sido preformado en esencia alguna como posibilidad.

[1] Por ejemplo, Hans-Joachim Schoeps (Buenos Aires, Eudeba, 1979) y Martín Buber (México, Fdo. de Cult. Económ., 1983).

Nunca ha sido planificado ni calculado de antemano. Para aclarar aún más esto debemos decir que jamás ha existido como posibilidad concreta en los dispersos átomos del universo conocido, ni en protones, neutrones y electrones en número de 10^{80}, ni en los quarks. En ninguno de esos elementos se hallaba en latencia la figura humana y su psiquismo. De ningún modo podemos pensar entonces que sólo fue menester la aproximación casual de ciertos átomos de los 40 elementos químicos que entran en la composición de la vida —hecho ocurrido en este punto del espacio, la Tierra—, para que se constituyera. el hombre como algo previsto, como un rompecabezas cuyas piezas tremendamente dispersas, alguna vez se iban a juntar de modo inevitable para construirnos. ¡O tal vez como una *idea platónica* que se tenía que plasmar en el mundo sensible alguna vez! No, el episodio *Homo* fue un epifenómeno aleatorio, accidental, y se halla transitoriamente instalado en el Anticosmos, como posibilidad sobrevenida que antes jamás existió ni existirá en el futuro anticósmico.

2. El hombre como el seudoproducto conocido más improbable del accionar de la esencia del universo

Ahora ha llegado el momento de no hacer tan sólo hincapié en las incalculables partículas en plena acción que dibujan nuestros tejidos, nuestros órganos (corazón, pulmones, vasos sanguíneos, estómago, intestinos, hígado, páncreas, riñones, músculo, piel, etc.), que compartimos con otros animales, sino que también debemos centrar la atención en nuestro intrincado órgano cerebral que supera con creces en capacidad al del resto de la fauna.

Somos no sólo improbables, sino ¡casi imposibles![2] Pero existimos, lo atestiguamos entre todos y por ende fuimos posibles. El grado de complejidad que supone nuestro proceso de intercambio energético con el medio y nuestras manifestaciones psicogeneradoras raya en lo inconcebible.

Por ello, para Descartes, el hombre no era sólo un autómata. Tenía que haber algo más en él aparte del cuerpo que marcha por vías mecánicas. También estaba *el alma*. Pero esto lo creía por una sola y única causa: su ignorancia acerca del mecanismo mental que produce todas las manifestaciones que conocemos y nos asombran.

Poco a poco iremos comprendiendo que aun en el aspecto psicogene-

---

[2] Recordemos el cálculo del zoólogo Joachim Illies para la aparición de la inteligencia, cuya posibilidad según él es de una entre un quintillón (véase cap. XI, 8, nota al pie de pág.).

rador, el hombre es un auténtico autómata comparable a una supercomputadora del futuro.

Cuando observamos la tierra que pisamos, que vemos arada para la siembra, esa capa húmica mezcla de silicatos, múltiples minerales arrancados de las rocas por la erosión y restos orgánicos de los otrora cuerpos vivientes, nos asombramos al pensar que, de pronto, el conjunto de bioelementos allí contenido se organiza, adquiere inteligencia, piensa, ama, crea, inventa tecnología, explora el espacio y transforma la faz del planeta. También esos bioelementos que contiene la tierra, el suelo que pisamos desaprensivamente, pueden ser nuestra madre, nuestros hijos..., todo ser querido, y cada ser un mundo con sus pensamientos, creencias, sentimientos, anhelos, sueños, proyectos. ¡Claro! ¿Cómo no nos va a asombrar que de un montón de tierra y agua logren agruparse mágicamente a lo largo de un tiempo biológico los bioelementos, para captar energía solar y a través de varias metamorfosis —pasando por ser vegetal, animal vegetariano primero y carnívoro después—transformarse luego en un Aristóteles, un Copérnico, un Darwin, un Einstein... o venerablemente en ¡nuestra madre, y en nuestro padre!?

La lentitud de todo el proceso de transformación, paso a paso, nos hace aceptar todo esto como natural. Si lo viéramos todo acelerado como en una película pasada rápidamente, entonces sin duda lo compararíamos todo con la magia.

3. Teoría del embudo o cono cosmológico

En este punto hemos arribado a una de las cuestiones capitales de mi obra. A uno de los temas por los cuales he escrito este libro.

Una de mis intenciones al lanzarme a escribir esta visión del mundo ha sido explicar qué es el hombre entre otras, como qué es el universo, la vida, y cuál pueda ser el futuro de la humanidad.

¿Qué es el hombre? He respondido que un proceso más instalado accidentalmente en el Macrouniverso.

Sí, bueno, pero... ¿y el montón de tierra y agua que contiene las moléculas de los bioelementos que se organizan, captan energía del Sol y luego piensan, aman y crean civilización...? ¿Cómo se debe entender esto? ¿Como un "simple" proceso más?

No, ¡nunca!, sino como un proceso poco probable, casi imposible, que no obstante, somos.

¿De dónde vino este proceso como factible si ya he cortado más atrás la vía de la preformación aristotélica, del hombre programado, y también he obliterado de paso el camino platónico de "la idea hombre" a ser plasmada en realidad palpable?

Y aún más. He dejado atrás también a Hegel para quien "el hombre no es más que el principio en que la razón del mundo llega a su autoconciencia plena y, con ello, a su consumación".[3] Y, como lo dijo él con asomos panteístas: "El hombre sólo puede saber de Dios en cuanto que *Dios sabe de sí mismo en el hombre*; este saber es la autoconciencia de Dios. El espíritu del hombre, su saber acerca de Dios, no es otra cosa que el espíritu de Dios mismo" (véase *Hegels Sämtliche Werke*, ed. H. Glockner, 1951 ss., la bastardilla me pertenece).

Esto nos sugiere que el mundo-Dios cobra conciencia de sí mismo por medio del hombre que lo hace emerger de las tinieblas de lo inconsciente. Pero de ser así, muy pobre por cierto vendría a ser esta conciencia de este supuesto dios "en el hombre", porque ya hemos señalado las limitaciones de nuestros sentidos para percibir el entorno, nuestra pobreza mental para comprender el universo, las posibles otras versiones de mundo vedadas para nuestro entendimiento, la relatividad cerebral, etc. Todo esto lo he tratado al comienzo de esta obra, en el capítulo I.

¡Pobre dios de esta clase, si como dice Hegel, "sabe de sí mismo a través del hombre"! ¡Qué poco sabría entonces! ¡Más bien me inclino a creer que de este modo no sabría casi nada!

Tampoco es, como lo creyó el mismo Hegel, que alguna especie de "espíritu del mundo" (*Weltgeist*) se despliega en la historia humana a la cual dirige como una especie de Providencia divina o Idea. ¿A buen puerto?

Mal podría tratarse de la historia universal como un proceso conducido hacia un objetivo seguro, una revelación de un dios absoluto, su realización y encarnación, desde que carecemos de garantías para arribar a meta alguna. Frente a la perspectiva de una posible guerra de exterminio total de la especie humana y frente a las posibilidades de algún cataclismo a nivel anticósmico, ¿qué seguridad poseemos?

Tampoco es mi posición comparable al hombre spinoziano, porque según Spinoza "el hombre ante el infinito es un ser en el que Dios se ama a sí mismo",[4] dentro de un panteísmo que nos habla de una *sustancia espiritual hombre* como una parte de la *sustancia espiritual dios* y finalmente ambas —junto con el mundo— se identifican en una sola.

Según Spinoza "...cuando decimos que la mente humana percibe esto o aquello, no decimos otra cosa sino que Dios..., en cuanto que constituye la esencia de la mente humana, tiene esta o aquella idea" (*Ethica II*, prop. 11). Aquí en este caso, siendo la misma sustancia espiritual se trataría de un dios bastante mezquino por cierto al permitirle participar al hombre de una tan pobre sabiduría, llena de conceptos erróneos como se observaba en el pasado, y tan falible, que se ve precisada a manejarse

---

[3] Véase Martín Buber, *¿Qué es el hombre?*, México, Fondo de Cultura Económica, 1983, pág. 43.
[4] Véase en nota 3, *ob. cit.*, pág. 36.

en muchos casos por puras teorías que son reemplazadas unas por otras.

En realidad, en este Macrouniverso no hace falta ninguna clase de dios. Por el contrario, de aparecer alguna especie de dios por ahí para comandar el mundo tal como se encuentra, se trataría de un ente totalmente absurdo, superfluo, como veremos en el cap. XXII. El universo "se da cuerda a sí mismo", y un supuesto dios navegando entre las galaxias no podría ser más que un dios holgazán, el *dieu fainéant* de Alexandre Koyré.[5]

No obstante, sin ser un dios, sin poseer un conocimiento innato de la verdad, de la realidad del mundo como le cuadraría de ser parte de una divinidad omnisciente, absoluta, perfecta, como lo quiere Spinoza, el hombre es dueño de la maravilla de sus facultades mentales, de un cerebro superior con una capacidad que le autoasombra. Sus manifestaciones psíquicas son realmente fabulosas y su capacidad de comprensión del entorno mediante la investigación es notable. ¿Cómo explicar entonces tanto prodigio, lo no sólo improbable sino casi imposible que es el hombre con su conciencia e inteligencia, un conjunto de aproximadamente cien billones de células que piensa?

Recordemos una vez más aquella cifra 10^{80} que resulta del cálculo de las partículas que componen tan sólo éste, nuestro microuniverso de galaxias, y olvidémonos por un momento del resto, de los otros microuniversos más allá del nuestro y del Todo aún más lejos, según mi hipótesis. ¿Es esta materia en acción suficiente o no para constituir en algún sitio cósmico las circunstancias favorables para la aparición del hombre, al menos en un solo caso?

En el cap. XI, 3 advertí que nos hallamos en un punto azaricéntrico. Y en efecto, si existe algún lugar del universo entre trillones de estrellas donde podemos aparecer tal como somos, éste es precisamente el planeta Tierra donde se dio el centro del azar, no sólo en virtud de sus condiciones físicas, sino en cuanto ha sido —hablando metafóricamente— "elegido por el azar" (véase cap. VII, 1).

Esto no significa de ningún modo que según esta concepción, la Tierra vuelva a ser el centro del universo y para la cual se debe todo, hasta el último quasar más lejano avistado, los agujeros negros y las radiogalaxias.

No, no somos la hechura especial de este universo de galaxias y menos del Todo anticósmico que nos ignora. No somos ningún centro del universo ni éste se debe a nosotros, sino que ocupamos un lugar cualquiera, despreciable, insignificante, inseguro, a merced de todo cataclismo y destrucción, y somos un frágil proceso que a duras penas se sostiene en un

[5] Véase Alexandre Koyré, *Del mundo cerrado al universo infinito*, México, Siglo XXI, 1982, cap. XII.

entorno de relativa consistencia y perecederas condiciones. Somos un accidente instalado en un punto cualquiera que (valga el juego de palabras) por azar se constituyó en "azaricéntrico". Es decir que no sólo nuestro planeta es azaricéntrico (por sus condiciones físicas), sino que nosotros, los seres humanos también lo somos en cuanto que aparecimos aquí.

Para entenderlo se hace necesario acudir a mi *teoría del embudo o cono cosmológico*. Este embudo es pura ficción, pues jamás ha existido; no obstante es una forma de representar de algún modo, mediante una figura, el acaecer antrópico. Cual hilos invisibles e hipotéticos que comandan al fantoche cósmico, el *homo*, los acontecimientos fueron incidiendo por encadenamiento en nuestra formación.

De lo mucho o casi todo de nuestro universo de galaxias (base del cono) se formó la casi nada que somos nosotros (punta del cono) comparados con aquél. Del juego continuo del accionar permanente de la esencia del universo que formó primero átomos de hidrógeno que hasta hoy sobreabundan mayoritariamente en todas las galaxias junto con el helio, elemento que le sigue en la escala, según hemos visto en el cap. IV, 1, quedamos como remanente, como una pepita de oro en un inconmensurable cedazo.

De esa colosal masa de lo relativamente más simple formado de la esencia del universo, se ha ido complejizando cierta porción hasta arribar a la trama orgánica a través de infinidad de procesos, casi el ciento por ciento de ellos truncos. A lo largo de unos 20.000 millones de años (según probables cálculos actuales aplicados a la edad del universo observable), de aquella masa primigenia se ha ido segregando un ínfimo porcentaje de procesos como el viviente hasta desembocar en la casi nada de probabilidades que somos como supercomputadoras naturales que pueden pensar, inventar y transformar a nuestra conveniencia pequeñas áreas del Todo.

¿Qué es el hombre, entonces? Un autómata creado por eliminación de infinitos procesos suscitados ciegamente por la esencia del universo, como si se tratara de tanteos, pero sin seguridad alguna a lo largo de todo el proceso, sin garantía de éxito o de supervivencia una vez lograda la marcha sostenida por un lapso.

El *Homo* es una especie de *ciborg* complejizado a tal punto por incidencia azarosa que suele ofenderse si alguien pretende señalarle su automatismo, porque no logra comprenderlo y prefiere aferrarse a ideas simplistas como las del "mundo del espíritu". Los sentimientos, lo estético, el éxtasis, no pueden explicarse mecánicamente, se dice. Sin embargo, si desmenuzáramos todo el psiquismo humano hasta sus últimos componentes activos no encontraríamos otra cosa que acción máquinal como la que existe en una computadora. Incluso lo más sagrado para todos, lo más puro, noble y venerable que se pueda concebir, el amor de madre, es reductible a puro proceso automático. La etología comparada hombre-animal no anda muy lejos de explicarlo así.

Si fuera posible conocer absolutamente todas las situaciones posibles, todas nuestras reacciones a las mismas, todos nuestros posibles pensamientos, acciones y combinaciones de recuerdos grabados, llegaríamos sin duda a comprender que hay un límite, que todo queda encerrado en un círculo de puro automatismo.

¿Qué es el hombre, otra vez? Es un proceso físico (llamado psicosomático) complejizado al grado superlativo a consecuencia de un mecanismo eliminatorio de procesos, que puede ser representado abstractamente como un conjunto de hechos e influencias aleatorias en forma de un imaginario embudo o cono. La punta de este cono es precisamente el hombre.

Diez mil trillones de estrellas y quizás otro número igual de planetas han sido ignorados por el cono azaroso de influencias al no producirse en ninguno de esos sistemas el hombre, salvo en uno solo.

En otro ejemplo, también abstracto, es como si 10^{22} de estrellas y planetas hubiesen pasado por un filtro aleatorio sin que apareciera el hombre más que en uno solo de los sistemas.

Reflexionemos por unos instantes en lo que significan estas cifras astronómicas y la apabullante inmensidad del universo. Y para ilustrarnos prácticamente y al mismo tiempo asombrarnos, si tenemos oportunidad para ello, observemos el cielo en el campo, muy lejos de toda población con sus luces, en una noche sin Luna. Detengamos nuestra atención en esa faja lechosa que atraviesa casi toda la esfera celeste coincidente con la zona de mayor conglomerado de estrellas, que ha dado motivos para denominar Vía Láctea a nuestra galaxia precisamente por su aspecto lechoso.

Mediante la observación telescópica de gran aumento, esa nebulosa se transforma en decenas de miles de millones de estrellas.

Pensemos entonces, en plena noche campestre, en la cantidad de estrellas que nos rodean. Reflexionemos, por otra parte, en la colosal cifra de galaxias que nos da la astronomía: ¡cien mil millones! Lo que observamos fue en una sola galaxia, ahora hay cien mil millones de ellas y se sospecha que pueden llegar al billón. Multipliquemos y meditemos estupefactos sobre la cantidad de puntitos luminosos (soles) que pueblan este universo de galaxias. ¿Con otro tanto de planetas? ¡Qué distinto todo esto de aquel reducido mundo tolemaico creído durante 1500 años con la Tierra en el centro y la Luna, el Sol, los planetas, y las estrellas visibles moviéndose a su alrededor! Ante este panorama, ¿existe o no suficiente material en acción para la constitución del hombre por pura incidencia azarosa a lo largo de miles de millones de años terrestres?

¡Y sin embargo esto no es aún todo ni mucho menos! En efecto, ¿recuerda el lector mi hipótesis de los múltiples universos de galaxias?

(véase cap. V). El cálculo entonces que habla de que el total de las partículas atómicas del universo conocido es de 10^{80}, se queda corto, simplemente porque según mi hipótesis hay varios universos.

Podríamos decir que en ese enjambre de universos de galaxias o microuniversos como el nuestro que supongo más allá, hay varias veces un 10^{80} número de partículas elementales y que nosotros somos el producto de múltiples "diez elevado a la potencia ochenta" del Macrouniverso o Universo total.

Y más aún todavía, no nos olvidemos de la eternidad. Si lo posible es en la eternidad, aunque sea muy improbable, alguna vez tiene que realizarse. No lo posible retornable alguna vez o cíclicamente, sino lo posible por única vez según el devenir sin retorno de la esencia del universo, de acuerdo con mi hipótesis (véase cap. IX, 5).

Tan sólo en este insignificante y perdido sistema Tierra-Sol, descentrado, destronado como centro del mundo, pequeño, despreciable frente al Todo, ileso por pura casualidad, se ha producido el fenómeno *Homo* entre trillones de procesos fracasados, protagonizados por los bioelementos en el resto.

Somos y esto basta. Fuimos posibles quizá por única vez y aquí estamos.

En algún punto entre miles de trillones de astros tuvimos que aparecer forzosamente por el peso de la mera casualidad, y reitero que si hay algún lugar del Todo en que pudimos ser como somos, con todo nuestro psiquismo que es para cada individuo todo un amplísimo mundo propio que nos maravilla y desconcierta, ese lugar es precisamente esta imaginaria punta del cono azaroso, aquí en la Tierra como caso único. Tanto azar abruma, desconcierta, nos asusta, nos sobrecoge, nos lleva a buscar algún escape de él mediante una ilusión, para muchos la de concebir otra cosa, una creación por parte de un ser superior omnipotente y omnisciente, pero sin hacerse preguntas acerca de dónde pudo haber salido semejante supuesto ente supremo, porque el problema del origen psicogenerador se traslada así de sujeto. Pasa del hombre a un hipotético ente, pero de este modo quedamos en el mismo lugar que al principio sumidos en la intriga del origen.

4. Los precursores

En el período Terciario, junto con los caballos, asnos, cerdos, camellos, elefantes, tapires, rinocerontes, ciervos, vacunos, jirafas, hipopótamos, etc., evoluciona el hombre.

Los antropólogos se han devanado los sesos para ubicar en la edad geológica adecuada la aparición del "verdadero" hombre totalmente distinguido de las formas simiescas. Mas todo resultó ser en vano. ¿Existe en realidad un comienzo del hombre como tal? En absoluto. Esto es pura fantasía. La transición entre forma y forma fue lenta y gradual.

El origen del hombre se halla en el primer coacervado, o en los genes libres sobrenadando en la sustancia coloide del medio acuático primitivo, en la primera célula viviente o como se la quiera denominar a la "chispa de la vida". También en el primer pluricelular, después en el pez, y sucesivamente en el anfibio, en el reptil, en el mamífero primitivo y en el prosimio, Pero jamás esbozado en forma alguna, ni planificado de antemano, ni previsto en parte ninguna.

La rama filogenética que lo produjo fue un curso totalmente aleatorio de sucesivas mutaciones tan ciegas como la colisión entre dos galaxias.

No obstante las dificultades para establecer una línea evolutiva completa del hombre, es posible reconstruir el proceso de transformación hasta donde lo permiten los restos fósiles hallados hasta ahora.

Los criterios de los antropólogos difieren en los detalles de la reconstrucción de la filogenia humana.

Tomaremos como guía la *Enciclopedia ilustrada del hombre prehistórico* de Jan Jelínek [6] impresa en Checoslovaquia y editada en México por Editorial Extemporáneos, 1975, y también a Ralph L. Beals y Harry Hoijer de la Universidad de California, Los Angeles, *Introducción a la antropología*, Madrid, Aguilar, 2a. edición, 7ª reimpresión, 1976.

No importa que aún existan baches entre las diversas formas fósiles halladas; no importa que aún se estén haciendo reclasificaciones. Lo importante, lo cierto es que los antecesores de los monos, simios y el *Homo* fueron los prosimios que aún sobreviven como fósiles vivientes en algunas regiones del planeta como Madagascar, Africa y algunas islas del océano índico. Estos son los tupayas, lemures y társidos. En esas formas ya se encuentran nuestras raíces. Sólo faltaban los epifenómenos mutagénicos posteriores para que se verificara la ciega hominización. Todo esto es relativo y se explica así por razones puramente didácticas, ya que también podríamos ir más atrás y fijar nuestras raíces en alguna forma reptiliana, y aún más lejos en los anfibios, en algo parecido a un tritón o a una salamandra, o tal vez a una rana o a un sapo con cola, pero los antropólogos prefieren a los makís, loris, tupayas, galagos y ayeayes, y hay que seguirles la corriente. No es necesario ser minucioso. Es a grandes rasgos donde se adivina claramente la evolución de los filumes.

Dejando de lado ahora a los precursores más primitivos, vamos a centrar nuestra atención en la rama hominizante propiamente dicha, en aquel filum cuyos representantes fósiles presentan caracteres correspon-

---

[6] Director del Museo Moraviano de Brno, y jefe del Instituto Anthropos. Obtuvo en 1963 la medalla Hrdlička de la Sociedad Checa de Antropología por sus sobresalientes investigaciones. Es miembro de la Unión Internacional de Ciencias Antropológicas y Etnológicas.

dientes a los homínidos (hombres), y que los distancian de los póngidos (simios: entre los actuales el chimpancé, gorila, orangután y gibón).

Hoy se considera que el antecesor que con mayor seguridad originó la rama filogenética hominizante fue el género *Ramapithecus* que ha sido ubicado en la época del Plioceno según algunos investigadores que se refieren al espécimen asiático (Ralph L. Beals y Harry Hoijer, *obra citada*, pág. 48). Otros ubican hacia el final del Mioceno al *Ramapithecus wickeri* del Africa oriental y al *Ramapithecus punjabicus* de la India y China, y se les asigna una antigüedad de unos 14 millones de años (Jan Jelinek, *obra citada*, pág. 48).

Pero el tronco común de los póngidos y homínidos se remonta muy probablemente al Mioceno o tal vez al Oligoceno, esto es en la mitad del período Terciario, hace unos 30 ó 40 millones de años.

Este detalle rompe con tendencias aún hoy conservadas basadas en viejos mitos, frutos de la fantasía e ignorancia, que tratan de ubicar testarudamente al hombre en el período Cuaternario, como si se tratara de algún corolario de la evolución.

En realidad somos reptiles saurios con la cola atrofiada, extremidades posteriores alargadas y las anteriores libres, en posición erguida, con pérdida de escamas y desarrollo cerebral, y en este aspecto somos antiquísimos. Sin embargo, nuestros ancestros más "modernos", los homínidos, también datan de mucho tiempo.

El proceso de hominización acompañado de múltiples ramas simiescas en evolución fue lento y gradual, de ahi las múltiples formas de póngidos y homínidos. Así es como se habla, según la "jerga" antropológica en boga, de *Australopithecus*, *Homo habilis*, *Homo erectus (Pithecanthropus)*, con sus subespecies *modjokertensis*, *capensis*, *officinalis*, *leakeyi*, *pekinensis*, etc.); del *Homo sapiens steinheimensis* y *neandertalensis* y finalmente del *Homo sapiens sapiens*[7] que es el actual espécimen que puebla el planeta en número de 5000 millones de individuos.

Por otro lado, en la rama de los llamados póngidos, tenemos al *Parapithecus*, *Propliopithecus*, *Proconsul*, *Dryopithecus*, *Sivapithecus*, *Oreopithecus bambolii*, *Gigantopithecus*, entre otros del Oligoceno hasta el Pleistoceno[8] de Africa, Asia y Europa.

Estos términos clasificatorios pueden ser cambiados con el tiempo en la medida que se realicen nuevo hallazgos fósiles o reclasificaciones más ajustadas, pero esto no tiene importancia. Lo cierto es que el proceso de hominización demandó mucho, muchísimo tiempo, y esto condice con lo tratado recientemente sobre el embudo cosmológico, de la incidencia de

[7] Véase Jan Jelinek, *Enciclopedia ilustrada del hombre prehistórico*, México, Extemporáneos, 1975, pág. 16.
[8] Véase R. L. Beals y H. Hoijer, *Introducción a la antropología*, Madrid, Aguilar, 1976, pág. 48.

factores azarosos que precisamente requieren de lapsos muy prolongados. Se trató de un proceso muy rico en formas y de trayectoria muy tortuosa, cuyos resultados están hoy a la vista en las diversas subespecies tomadas arbitrariamente por razas, por parte de los investigadores.

5. La homonización como proceso sin unidad

Que el hombre no pertenece a una sola especie y que se halla en constante variación lo veremos en seguida. Por de pronto, podemos conocer a través del registro fósil que consta de esas pocas piezas anatómicas que han llegado a nuestro poder (muchas por mera casualidad), que las ramificaciones han sido constantes y que el tan mentado tronco común es tan sólo hipotético. Veamos, por ejemplo, las enormes diferencias morfológicas que existieron entre un *Gigantopithecus* del Pleistoceno para quien el paleontólogo chino Weng-Chung Pei, ha asignado una estatura de 3,5 metros [9] con otros especímenes póngidos que no llegan al metro y medio.

Este detalle se repite luego en el arbitrariamente unificado género *Homo*, especie *sapiens*, subespecie *sapiens* cuando comparamos a un negro nilótico de más de 2 metros de estatura con un pigmeo del ex Congo Belga de 1,37 m.

De acuerdo con el ciego mecanismo mutacional la línea hominizante ha originado infinidad de formas que se han extinguido por múltiples causas. Inadaptaciones al medio ambiente, pestes, hambrunas, y lo que es siempre un muy importante factor de aniquilación, esto es las luchas entre las poblaciones por la supervivencia. Estas contiendas sin fin, con toda seguridad han sido la causa de la supervivencia de los individuos más inteligentes, sagaces, pícaros y ¡egoístas! dentro de su ámbito tribal solidario. (Esto es que los individuos son solidarios con los miembros de su propia comunidad, pero feroces frente a toda otra tribu enemiga). Aunque parezca inadecuado, éste ha sido uno de los factores del incremento de la capacidad cerebral del hombre, como veremos más adelante. Las ramas filogenéticas más inteligentes se depuraban de este modo a sí mismas quedando en ellas tan sólo para la descendencia la heredable sagacidad. De ahí provenimos, de la picardía, de la astucia para eludir o eliminar al enemigo que ataca un territorio rico en alimentos para sobrevivir a lo largo de millones de años.

Es muy posible que el mismo hombre de Neanderthal (*Homo neandertalensis*) que la mayoría de las opiniones modernas considera una sub-

---

[9] Según el investigador chino, profesor W. Ch. Pei quien estudió al Gigantopiteco. (Citado por Jan Jelínek en obra citada, pág. 35.)

especie del *Homo sapiens*, esto es un *Homo sapiens neandertalensis*,[10] en lugar de ser nuestro precursor, no haya sido más que una rama homínida de pocas luces, aniquilada por alguna otra especie de *Homo* más inteligente y astuta.

Así como han existido entonces infinidad de especies, subespecies, razas y variedades, también hoy tenemos a la vista la heterogeneidad en el resultado actual provisional del proceso de hominización. Me refiero a la cantidad de tipos humanos diferentes en la actualidad y que los investigadores han dado en denominar como razas o divisiones de una sola especie polimórfica, politípica y poligénica.[11]

En el punto 11 del cap. IX he hablado del mito de las especies, explicando que éstas son un invento humano para ordenar de algún modo la promiscuidad de la fauna y de la flora. Uno de los criterios más decisivos para la taxanomía específica es la infecundidad entre las formas vivientes. El jaguar y el puma no se cruzan entre sí, luego son especies diferentes, se dice. Sin embargo, hay elasticidad en este criterio. Algunas especies dan descendencia como el mulo, hijo del caballo y asna o de asno y yegua, infecundo aunque no siempre, y el híbrido entre liebre y conejo y entre el canario y el jilguero.

No voy a pretender aquí reclasificar al *Homo sapiens* para denominar a cada raza como especie negra, amarilla, blanca y cobriza (según una antigua clasificación ya en desuso), sino señalar con pruebas evidentes que no se trata en el caso del hombre de una sola especie, sino de una variación heterogénea conspicua de formas antrópicas, resultado de un proceso sin unidad que es el hominal. El hecho de que exista la posibilidad de cruzamiento entre todas las denominadas "razas" humanas del planeta no significa que se trate de una sola especie originada de una última rama filogenética única.

La "especie" animal y vegetal es un invento humano con fines clasificatorios, como hemos visto, pero para ser cautos, tratándose de las que hoy son tomadas como principales razas (blanca, negra y amarilla y algunas otras como la de los pigmeos y la melanesio-papúa), podríamos hablar de subespecies y no de especies, en lugar de razas. Aunque lo más acertado será hablar de líneas evolutivas en lugar de etnogenias. Así tenemos la línea negroide con sus sublíneas como los negros nilóticos, bosquimano-hotentotes, pigmeos y negros de la selva, entre otras.

Dentro de la línea mongoloide, se encuentran los mongoloides extremos de Siberia, Mongolia y Kamchatka, con los ojos de aberturas estrechas de adaptación al medio que suplen a las gafas oscuras; tibetanos, chinos del norte y asiáticos del sudeste de Tailandia, Birmania, Indonesia

---

[10] Véase R. L. Beals y H. Hoijer, *ob. cit.*, pág. 108.
[11] Véase en nota 10, *ob. cit.*, pág. 238.

y las Filipinas. Estos son sólo algunos ejemplos, pues la variación es notable en esta línea que algunos denominan como "raza amarilla".

Hay líneas locales índicas como los drávidas y los hindúes. En las Américas están las líneas amerindias que seguramente derivan de la mongoloide y entre las cuales se hallan los esquimales, los indios norteamericanos (antes mal llamados "pieles rojas"), los centroamericanos y los sudamericanos.

Como líneas aparte tenemos los polinesios, los micronesios y los melanesio-papúes.

Dentro de la línea que podemos denominar como caucasoide para tomar el nombre de lo que según los etnólogos es una más de las tres o cuatro "razas" principales, podemos mencionar a los europeos del noreste (Rusia, Estonia, Lituania, Finlandia y Polonia) y del noroeste (Escandinavia, gran parte de Alemania, los Países Bajos, y parte del Reino Unido e Irlanda). Los alpinos se encuentran en Suiza, Austria, Baviera y Checoslovaquia hasta el Mar Negro, y los irano-mediterráneos, en torno del mar Mediterráneo y Arabia.[12]

Ainos, patagones, fueguinos, vedas, lapones, negritos de Oceanía, quichuas, aimarás (o kollas) e infinidad de variedades de todo el orbe harían inacabable una minuciosa descripción del resultado fenotípico de las infinitas variaciones mutacionales de la línea evolutiva *Homo*. Hay una infinita variedad de lo que se denomina "raza" que por razones de espacio no podemos mencionar aquí en su totalidad. Además, los etnólogos aún no se han puesto de acuerdo sobre su número exacto ni han aunado criterios acerca de su clasificación. Pero lo cierto, lo que podemos sacar en conclusión de todo este despliegue de variedades, es que el *Homo* es un proceso sin unidad que derivó continuamente en múltiples ramas filogenéticas, tal como lo hicieron sus ancestros prehomínidos.

En lo concerniente a la controvertida cuestión sobre la existencia de razas superiores, la primacía de unas razas con respecto a otras es cierta a todas luces. Hay razas que progresan científica y tecnológicamente, basta que exista la oportunidad para ello, mientras otras permanecen estancas. Hay pueblos que se destacan por la profundidad de sus pensamientos que se traducen en filosofía, por ejemplo. Hay otros que no descuellan en estas cualidades, en cambio lo hacen en deportes como el atletismo y diversos juegos competitivos.

La superioridad racial puede estar dada por las aptitudes intelectuales en unos casos o físicas en otros, sin excluirse a veces.

Hay pueblos más inteligentes que otros, o unos más diestros físicamente que otros pero menos inteligentes. Una de las condiciones para que la inteligencia se revele es la oportunidad histórica de los pueblos.

---

[12] Con referencia a "razas", véase R. L. Beals y H. Hoijer, *ob. cit.*, pág. 203 y sigs.

Empero todo esto no significa que del seno de un pueblo con un índice intelectual bajo no pueda surgir algún genio, y viceversa, de un pueblo inteligente, un idiota. Las mutaciones genéticas son continuas y producen cambios y, por ende, variación en toda la población humana. Pero el hecho de que aparezcan genios en pueblos con menor índice intelectual no invalida la superioridad de ciertas razas. Según el mecanismo genético de las mutaciones, es imposible que todas las razas del mundo posean en forma innata básica la misma capacidad intelectual.

Esto sería sobrenatural, y puede ser aceptado tan sólo desde un punto de vista mitológico, o desde una petición de principio, jamás a la luz de la Ciencia Experimental. La presunta igualdad del género humano presupone un mito creacionista, "todos iguales para la prueba", todos descendientes de una única pareja creada de una vez. Más la realidad científica es muy otra, pues exige enormes diferencias en las capacidades de los distintos pueblos, las que realmente existen porque son el resultado de mutaciones aleatorias que hacen variar continuamente al hombre, tanto en su aspecto físico como en el psíquico.

6. El Homo como proceso en marcha que de ningún modo es el tope de la evolución

Lo normal para el hombre es tomarse a sí mismo como algo acabado, fijo, producto final de "la creación".

Aunque muchos aceptan la evolución de las especies, también admiten tácitamente la forma humana actual, en su aspecto somático y psíquico, como un corolario de la creación evolutiva, un tope, un ser consumado que ya no admite enmiendas radicales en su naturaleza salvo en lo que pueden hacer la medicina por su cuerpo, la psiquiatría por su mente, la cultura por su civilización y la difusión de las reglas morales por su conciencia y conducta ante el prójimo.

Incluso grandes pensadores que han buceado en las profundidades antrópicas toman inconscientemente a todas las manifestaciones humanas como un producto de un ser ya estanco en sus posibilidades transformativas, tanto somáticas como psíquicas, en el aspecto de su capacidad intelectual y de las tendencias innatas.

¿Qué es esto que puede parecer muy oscuro? Simplemente que el hombre quizás influenciado aún por viejos mitos creacionistas, se ve a sí mismo como detenido en sus mutaciones genéticas. Es como si mirara un retrato de sí mismo que es una figura captada y detenida en el tiempo.

Nada más equivocado. Si bien hoy existe una mescolanza continua de genes de todas las "razas" en los países liberales, y por causa de las facilidades y el progreso del transporte, los genes continúan mutando y transformando a la humanidad. Somos en la actualidad sólo una etapa de nuestra continua transformación.

Para que sea notable una transformación genética son necesarios muchos milenios. El proceso mutacional viene desde el principio de la vida, se continúa en el presente y no se detendrá en el futuro.

Pero no se crea que el género humano mejorará física y psíquicamente mediante este mecanismo natural. Nada compele hacia ello. No existe ley alguna ni principio "misterioso" que obre en el sentido de que el *Homo*, en el futuro, sea más inmune a las enfermedades, de físico más esbelto, más longevo y más inteligente. Por el contrario, a causa de la miscelánea de los genes en virtud del cruzamiento de las diversas "razas" del planeta, y por motivos de conservación de genes negativos heredables que se manifiestan somatopsíquicamente con diversas patologías y deficiencias paliadas o corregidas por la ciencia médica, más bien conduce todo esto a una degeneración de la humanidad. Lo que se ha detenido es la selección natural. Si a ello añadimos los nuevos genes perniciosos mutados que se irán acumulando, el panorama futuro no es prometedor, salvo que se tomen medidas biológicas de control genético. Pero lo cierto, lo que no ofrece duda, es que nos estamos transformando continuamente y que no seremos tal como nos vemos en la actualidad, dentro de varias decenas de milenios.

Somos un episodio más del proceso universal, un episodio reciente y de transición.

Unicamente la ciencia genética del futuro podrá perfeccionar a la humanidad, si es que se dan las circunstancias para ello. Esto lo consideraremos más adelante.

Capítulo XIII

Un ser incompleto en cuanto a adaptación física al planeta

1. La inadecuada constitución física frente al medio ambiente

Por antropocentrismo, por vanidad, orgullo, egolatría y otras cosas, todas ellas naturales, inocentes y lógicas para un ciborg como lo es el hombre mecánico "programado" en los genes, este se cree el ser más perfecto de la Tierra.

Por más que el hombre profundice en las disciplinas que le atañen como propio objeto de estudio, no alcanza a ver sus torpezas, debilidades, contradicciones..., y una adaptación forzada y pobre a un medio que le es siempre hostil. Su mirada está clavada más allá y cree verse a sí mismo como un ser casi divino, según su concepto inventado, basado en las ideas de perfección innatas que todos llevamos adentro como factores de supervivencia, para realizar lo mejor posible las cosas en la vida.

Entre muchos otros, uno de los detalles relacionados con nuestra falta de adaptación plena a la biosfera, es el hecho de ser terrestres y pesados. La gravitación terrestre nos juega más de una mala pasada a lo largo de nuestra vida al atraernos permanentemente hacia el suelo. Nos caemos con frecuencia sobre todo de niños y cuando somos ancianos. Si fuéramos como los peces en un medio acuático, no tendríamos oportunidad de caer violentamente hacia el fondo. Si aéreos pero livianos, vaporosos, flotantes, tampoco sufriríamos tan fatales caídas como las que experimentamos por el error de ser terrestres y demasiado graves.

Los insectos ciertamente se hallan mejor adaptados a las caídas en virtud de su liviandad.

Si pasamos a otros detalles de nuestras desventajas, vemos por comparación que los artrópodos en general se hallan mejor protegidos de las radiaciones que nosotros, por estar cubiertos de un exoesqueleto quitinoso. Nuestra piel es sensible a los rayos ultravioleta y nuestros tejidos pueden ser dañados por una prolongada exposición solar. Además, nuestros blandos tejidos pueden ser fácilmente lesionados con los elementos físicos de nuestro derredor por hallarse desprovistos de la coraza protectora de quitina que poseen los insectos y otros artrópodos, como crustáceos y arácnidos.

Pero el error más craso de la naturaleza es sin duda la posición superior de nuestro cerebro, tan vulnerable, pésimamente ubicado en la parte más alta de nuestro cuerpo, encerrado en una rígida caja ósea, el cráneo, frágil a los golpes y presiones fuertes. Vulnerabilidad que compartimos con los demás animales. Este órgano tan vital, nuestro cerebro, que es nuestro yo, nuestra existencia no vegetativa, en lugar de hallarse tan expuesto debería encontrarse ubicado en la profundidad de nuestras entrañas en un sitio resguardado por material blando o líquido, tal como lo está el feto en el útero, rodeado del líquido amniótico protector — especie de parachoques y amortiguador hidráulico—,[1] y de las membranas amnios, corion y decidua.

¡Cuántos accidentes fatales por caídas, contusiones e insolación se evitarían de este modo!

¿Puede colegirse de nuestra constitución anatómica una sabiduría de la naturaleza? Aquí vemos a todas luces que no hay tal cosa.

Nuestra visión binocular hacia adelante, que nos impide saber qué ocurre a nuestras espaldas en cierto ángulo inabarcable, es otro error de la naturaleza antrópica. ¡Cuántos asesinatos por la espalda se pudieron haber evitado de abarcar nuestra visión toda el área circundante! Tampoco poseemos una visión de acomodación de tipo "telescópico", como las aves rapaces, para percibir objetos a grandes distancias.

Nuestra sensibilidad auditiva es muy pobre comparada con la del perro, por ejemplo.

Otro notable error de nuestra configuración anatómica lo constituyen nuestras incómodas articulaciones de piernas, brazos y dedos, que limitan nuestros movimientos. Imaginémonos inarticulados con mayor número de extremidades que las que tenemos, movibles en todo sentido como las que poseen pulpos y calamares.

Si con nuestras torpes manos hemos creado esta civilización, ¿qué no haría un ser dotado de ocho, diez o más extremidades inarticuladas terminadas en dedos a modo de filamentos móviles en todo sentido y adaptables a los contornos más sinuosos? En materia de tecnología y arte esto sería sin duda muy ventajoso.[2]

Nuestro sistema inmunológico es deficiente comparado con el de otros animales. Virus, bacterias, hongos y parásitos hacen estragos en nuestro organismo. Antes que comiencen a actuar los anticuerpos podemos enfermarnos gravemente e incluso morir sin el auxilio de las modernas vacunas y antibióticos. Durante muchos siglos el hombre moría prematuramente de tuberculosis, viruela negra, neumonía o una simple apendicitis.

---

[1] Véase Jaschke, Ardévol y Pla Janini, *Tratado de obstetricia*, Barcelona, Labor, 1954, pág. 50.
[2] Véase Ladislao Vadas, *Naves extraterrestres y humanoides*, (*Alegato contra su existencia*), Buenos Aires, Imprima, 1978, cap. 6.

Otro error de la naturaleza humana es el exagerado tamaño de la cabeza del feto que provoca el parto doloroso en la mujer. O la mujer no está adaptada al voluminoso cráneo del feto, o éste no se halla adaptado a la estrechez pelviana de la mujer. Lo cierto es que algo falla.

También la exagerada respuesta en algunos individuos a la sustancias del exterior que penetran en el organismo (shock anafiláctico) nos indican una inadaptación.

Todo esto y muchas otras cosas más hacen que seamos frágiles y defectuosos.

2. Una hipotética forma viviente más apta para el ambiente telúrico

Un ser anfibio y aéreo según las circunstancias y necesidades constituiría sin duda una adaptación más ideal al medio telúrico. Una forma viviente capaz de ambular por el suelo llano con capacidad de modificar su cuerpo para deslizarse, como las serpientes, por los lugares más abruptos; adoptar un contorno pisciforme para sumergirse en todas las aguas del planeta a profundidad, adaptado a respirar tanto oxígeno aéreo como mezclado con las aguas igual que los peces, sería más práctico.

Incluso podemos imaginar un espécimen adaptado naturalmente para patinar sobre el hielo y deslizarse en la nieve. También para volar por los aires como un murciélago mediante pliegues extensibles a manera de alas, utilizados en otras oportunidades encogidos como aletas para la natación.

También podría estar provisto de raíces taladrantes para hincarlas a voluntad en el suelo con el fin de extraer nutrientes y poseer clorofila en su epidermis como los vegetales, para alimentarse directamente de la tierra y del Sol.

Como ya explicamos, para evitar las bastas e incómodas articulaciones que limitan torpemente nuestros movimientos, y más aún para suplir al vulnerable endoesqueleto que poseemos, común a todos los vertebrados, lo ideal consistiría en un ser provisto de un exoesqueleto elástico sumamente resistente a todo accidente. En cuanto a su configuración anatómica debería tratarse de un ser radiado, una especie de esfera (o zoosfera) rodeada de tentáculos en todo sentido, algunos con pliegues o en forma de aletas capaces de cumplir las múltiples funciones como las ambulatorias, natatorias y de vuelo.

Esta zoosfera de simetría radiada surtida de múltiples extremidades, con el cerebro ubicado entre los pliegues más profundos y centrales rodeado de elementos protectores, *resguardado por una cubierta* elástica con tejidos blandos en su interior, sin huesos, ni clase alguna de piezas duras, podría tomar cualquier forma según hemos visto.

A voluntad podría tornarse globosa o serpentiforme, para rodar en el primer caso y deslizarse en el segundo; pisciforme o anadiforme (semejante a un pez o a un pato, respectivamente) para nadar sumergida en un caso, o sobre la superficie de las aguas en otro; aerodinámica para un vuelo rápido o falconiforme (de forma de halcón) para un vuelo planeado, de modo de poder dominar así los tres ambientes planetarios: acuático, terrestre y aéreo.

Si bien estos ambientes, incluso el espacio exterior, iban a ser dominados en nuestro siglo XX al ser aplicada nuestra inteligencia y tecnología, aquí se trata de las condiciones naturales que podía presentar un ser más perfecto que el hombre capaz de imperar en esos ambientes desde el pasado remoto.

El poder regenerativo de esta zoosfera podría ser fabuloso, como ocurre con nuestros equinodermos (estrellas y erizos de mar), de modo que cualquier tentáculo o casquete esférico seccionado tuviera la facultad de volver a desarrollarse normalmente. Esta sería otra enorme ventaja con respecto a nosotros que poseemos tejidos en su mayor parte de nulo o relativo poder reconstituyente, salvo unos pocos como la piel.

Este ser sería más ideal para hablar de una cumbre de la evolución de las especies "concebida con inteligencia".

Todo esto puede sonar a pura ciencia-ficción de carácter exobiológico. Sin embargo, las posibilidades biológicas en nuestro planeta pueden ser tan vastas que lo que se ha dado en materia de formas vivientes conocidas, incluido el hombre, pueden constituir tan sólo un porcentaje ínfimo de tales posibilidades.

¿Cómo se vería a sí misma una "criatura" como la que he descrito?, se preguntarán algunos. Como muy hermosa, es la respuesta. Hermosa e inmejorable. Tengamos en cuenta que la belleza no existe. Es como el color, una creación cerebral. Las cosas en sí son neutras, es decir ni bellas ni feas. Es nuestro mecanismo psicogenerador el que tiñe de belleza algunas cosas como las flores, un paisaje, un tronco de árbol rugoso, una construcción rústica, un cielo con nubes arreboladas, la Luna llena asomando entre los árboles, las aves multicolores o una mujer. También el hombre ve al ser humano ideal, varón o mujer en este caso, como bello si se lo imagina joven.

Sin embargo, observémonos bien. Los feos pabellones auriculares, la prominente nariz, las fosas nasales, los genitales masculinos y femeninos, su región glútea hendida, el vello y la barba en algunas razas, el desgarbado pie con un feo talón y atrofiados dedos, el ombligo, las prominentes rodillas y codos, los nudos de los dedos, todos estos detalles hablan muy poco en favor de la estética si los analizamos fría y objetivamente. Tan sólo por una predisposición innata y la costumbre nos vemos como estéticos, armónicos, pero el patrón de la armonía no se halla en parte alguna. Nuestras extremidades inferiores demasiado largas o cortas son inarmónicas. ¿Debe haber un término medio? ¿Cuál es?

Según las subespecies humanas, lo estético pueden ser extremidades cortas o largas.

Las antiguas tallas que representan a distintas Venus de diferentes lugares prehistóricos muestran a mujeres más bien gruesas u obesas como modelos. Como ejemplo, tenemos las Venus de Laussel de Francia; de Willendorf (auriñaciense, Paleolítico superior) de Austria; de Vestonice (gravettiense) de Moravia, Checoslovaquia,[3] y la Venus Hotentote de África.

También a lo largo de la historia del blanco europeo la belleza de la mujer ha pasado por diversas modas como, por ejemplo, la pintura del rostro, el peinado y la cintura fina o gruesa.

Todo patrón estético es relativo, muchas veces convencional. Un hipotético pero posible ser inteligente adaptado a todo terreno y clima del globo terráqueo como el propuesto, verdaderamente podría apreciarse a sí mismo como ¡hermosísimo!

3. El ingenio del hombre, eficaz salvador de su extinción como género

Sin embargo, cabe una pregunta: ¿una forma viviente tan eficiente para dominar los ambientes principales del planeta, podría llegar a ser inteligente como el hombre?

El desnudo hombre, físicamente débil comparado con otros animales, logró sobrevivir gracias a su ingenio, de lo contrario se hubiese extinguido en las duras competiciones con otras especies más ágiles y potentes.

Incluso por su desnudez, confinado primitivamente a regiones cálidas, no se hubiese podido expandir hacia otros climas más fríos de no mediar su habilidad para cubrirse con pieles, construir refugios, y de no haber descubierto el fuego.

Pero no creo que estas desventajas físicas por sí solas hayan sido el factor preponderante del ascenso de su capacidad intelectual porque caeríamos en un inaceptable lamarckismo rechazado por las evidencias experimentales, según el cual, si un animal tiene necesidad de volar, su deseo será cumplido en la descendencia, que adquirirá alas. Lo mismo habría ocurrido con el hombre primitivo de pocas luces, quien por el solo hecho de hallarse desvalido frente a la naturaleza, en inferioridad de condiciones frente a otras especies depredadoras, por pura necesidad de sobrevivir y por simple anhelo de llegar a ser inteligente se le habría cumplido este deseo cristalizado en su sucesor, el *Homo sapiens*. Esto es

---

[3] Véase Jan Jelínek, *Enciclopedia ilustrada del hombre prehistórico*, México, Extemporáneos, 1975, págs. 370 a 410.

absurdo.

En el próximo capítulo veremos que la transformación psíquica fue obra de otros mecanismos, entre los que podemos destacar las luchas interespecíficas por el espacio y el alimento. Entre clanes y tribus competidoras tenían que quedar como reproductores tan sólo los individuos mutantes más ingeniosos, cuando ya la evolución había apuntado por deriva hacia el incremento de la masa cerebral, dejando de lado al resto del organismo.

De este modo vemos que aun seres sumamente adaptados a todo ambiente, como la imaginada esfera con tentáculos capaz de cambiar de forma, una vez entrados en competición por supervivencia, junto con otros factores genéticos, pueden incrementar su inteligencia si su mecanismo genético está basado en el ADN propenso a las mutaciones aleatorias.

El hombre se salvó de una extinción casi segura gracias al incremento de su ingenio, ya que incluso había perdido su habilidad de arborícola ante el resto de los primates que podían huir de sus enemigos saltando de rama en rama. Los társidos y los monos ciertamente estaban en mejores condiciones de sobrevivir que el hombre.

El hombre en cambio adquirió luces y una capacidad mental extraordinaria frente a otros congéneres hoy ya extinguidos. pero ¡he aquí la paradoja! He aquí el craso error del ciego accionar de la esencia del universo que dibuja procesos, si es que se puede imputar yerro a algo inconsciente: el *Homo*, al mismo tiempo que adquiere luces, entra en una etapa de evolución psíquica terriblemente conflictiva. Es como si se hubiese provisto de un arma de doble filo. Al ir saliendo de las tinieblas para conocer la realidad fue encontrando poco a poco el temor a la enfermedad, a los embates de la vida, a los accidentes, a lo siniestro, a la muerte, por el hecho de haber adquirido conciencia. Esa salida de las tinieblas hacia la luz le significaría un enfrentamiento con el propio problema y drama existencial, con la razón misma del mundo, la vida, la muerte. El planteo de interrogantes como el origen del mundo, de la vida, el sentido de ésta y el brutal e inaceptable tránsito hacia la nada, aguijonearían para siempre al *Homo*, con luces sí, pero insuficientes para vislumbrar la realidad en su más profunda esencia.

La salida de estas torturantes tribulaciones fue fantástica, como veremos a lo largo de los próximos capítulos, como los que tratan del mundo humano, un mundo de ficción creado como escapatoria de lo siniestro, para encapsularse en él, en ese mundo mental y sobrevivir a la temible y aniquilante tanatomanía que, sin duda comenzó a cernirse amenazante, y que seguramente lo iba a invadir al enfrentarse a lo proceloso, de no mediar un escape posible.

Veamos a continuación la emersión de las tinieblas, la toma de conciencia de la realidad, la naturaleza psicogeneradora y la escapatoria.

Capítulo XIV
El psiquismo

1. Un proceso físico más

¿Debe considerarse al mundo psíquico como separado de los átomos, de los quarks y de todas las subpartículas conocidas y por conocer? ¿Es como algo infiltrado entre los átomos o entre las subpartículas, esto es otra esencia del universo, imponderable, aparte de la que propongo como única? ¿Mi idea monista, que sólo en algo puede concordar con Haeckel y quizá con Hobbes, está equivocada entonces y en consecuencia el dualismo es lo evidente según el significado que le otorga Christian Wolff cuando dice: "dualistas son los que admiten la existencia de sustancias materiales y de sustancias espirituales" (*Psychologia rationalis*, § 39) y también según Descartes, quien reconocía la existencia de dos especies diferentes de sustancias finitas, la corpórea y la espiritual?

¿Qué es el espíritu? "Ser inmaterial dotado de razón, alma racional", es la definición que da el diccionario corriente.

¿Ser inmaterial? ¡Ya empezamos mal!

En primer lugar, ¿qué es la materia? pregunto. El diccionario me responde que es "todo lo ponderable e indestructible que ocupa un lugar en el espacio", con lo cual no me aclara absolutamente nada de su naturaleza. Así, por un lado tenemos que el espíritu no es materia y está dotado de razón; la materia por su parte, cuya naturaleza íntima no se conoce, es algo que se puede medir y pesar por ocupar un lugar en el espacio, es cuerpo, y ahora, ¿qué es la razón de lo cual está dotado aquello que no ocupa lugar por ser inmaterial y que no obstante es un ser? El diccionario filosófico la define como "una guía autónoma del hombre en todos los campos en los que es posible una indagación o una investigación", y que "es una 'facultad' propia del hombre, que lo distingue de los otros animales" (¿?), mientras que el diccionario corriente dice que es "la facultad de discurrir" y "el acto de discurrir el entendimiento".

Discurrir es reflexionar, pensar acerca de una cosa y platicar de ella. Pero todo esto se mantiene como flotando en un plano superficial sin penetrar en las profundidades con un sentido claro. Luego, ¿quién o qué piensa?, ¿quién o qué reflexiona? ¿Tiene que ser forzosamente y en términos excluyentes ese algo imponderable que no ocupa lugar y que no obstante existe, esto es el presunto ente de naturaleza espiritual o alma racional? ¿No puede ser otra cosa, lo otro, lo que igualmente se concept- úa tan sibilina y someramente, la materia?

Si analizamos con detenimiento y en profundidad esta cuestión, no- taremos que tanto la palabra materia como la palabra espíritu se refieren a conceptos obscuros, pésimamente definidos y superficialmente pensa- dos.

La idea de cuerpo en el caso de la materia es demasiado, quizás absolutamente, simplista, pues "cuerpo" no nos dice nada aunque ocupe lugar y pueda ser pesado, y porque sabemos muy bien por la física nuclear que todo cuerpo es un estado de cosas, es algo que *está sucediendo* y que su naturaleza íntima es un complejísimo proceso (véase · cap. I, 3). Un proceso en el que se hallan involucradas en acción concomitante toda una constelación de partículas orbitales, nucleares, subnucleares y varias formas de energía (fuerza débil y fuerza fuerte, por ejemplo) que pueden ser liberadas al variar las condiciones físicas. Entonces "el cuerpo", la "materia", un trozo de metal, sodio por ejemplo, de pronto, por desintegración, se nos puede transformar en un haz energético o emitir un tren de ondas que puede viajar a la velocidad de la luz, esto es a 300.000 kilómetros por segundo en el vacío.

¿Sabían y saben los filósofos de qué estaban y están hablando cuando mencionan la materia, el materialismo, el mecanicismo materialista? Creo que ni por asomo, ¡porque la materia es lo más desconocido!

Para dichos pensadores la materia es "tan sólo" o "no es más que" un ladrillo, un trozo de metal, un guijarro, un témpano, sin advertir que un ladrillo, un trozo de hierro, una piedra, el hielo son sucesos (véase cap. I, 3) y no objetos, son *manifestaciones* de lo oculto, y que la sustancia que se esconde tras las apariencias, en otro estado puede manifestarse en forma de luz, onda de radio, rayo gamma, neutrino, etc. En conse- cuencia, vemos que en todo esto puede transformarse la "materia" que formaba un ladrillo, un clavo de hierro, un guijarro...

Las expresiones "tan sólo" y "no es más que" sirven para tapar, minimizar o simplificar lo complejo, dificultoso, y son locuciones prefe- ridas por muchos que pretenden sintetizar sin explicar nada.

Un ladrillo que "no es más que" ¡un ladrillo!, por supuesto que no puede pensar, pero... ¿y los componentes esenciales del ladrillo, electro- nes, protones, neutrones... quarks, y las formas energéticas que de ello derivan?

¿Qué son la luz, la electricidad, al magnetismo, el fenómeno de la visión...?, ¿materia, energía o *manifestaciones de la esencia del universo* que no es ni materia ni espíritu según el burdo concepto que se tiene de estas cosas?

Los espiritualistas que conceptúan lo espiritual como algo imponderable, "inmaterial" (¿?) no andan muy distanciados de aquellos que conceptúan a la materia simplemente como cuerpo, como algo ponderable que ocupa lugar. Luego, si nadie sabe qué es la materia en su esencia más íntima, mal puede contraponérsele lo inmaterial, el espíritu, como una existencia inventada imposible de ser detectada ya que no ocupa lugar, esto es, que "existe" pero no está en ninguna parte. Esto es absurdo, no obstante, así se piensa con ligereza.

Paradójica y cómicamente podríamos unir a materialistas y espiritualistas (aunque ellos se rechacen) para denominarlos a ambos "energialistas", porque unos y otros se refieren en sus discusiones a lo mismo subyacente: la energía que es una de las manifestaciones de la escondida esencia universal, y que bien puede producir psiquismo, es decir lo que los "espiritualistas" denominan manifestaciones espirituales.

En resumidas cuentas, la palabra espíritu que indica un concepto simple, es un invento de nuestra mente que, asombrada, intrigada ante lo incomprensible de la mente humana, echó mano de la fantasía para explicar desde su ignorancia lo que de ningún modo podía entender.

Tan fabulosamente colosal es la complejidad del proceso psíquico y sus manifestaciones, que ante este fenómeno el hombre se vuelve supersticioso y atribuye todo a un espíritu.

Así, por ejemplo, el principal error de Descartes fue considerar el pensamiento como independiente de la "materia", para afirmar que existe el alma independiente del cuerpo, "que no necesita de lugar alguno para su existencia ni depende de cosa material alguna" (*Discurso del método*, 4ª parte), cuando en realidad el pensamiento se localiza en el cerebro (un lugar) y no se produce si falta aquello que se denomina "materia", como el oxígeno, el carbono, el fósforo, el hidrógeno... y otros elementos en forma de sustancias químicas que aporta la sangre.

La idea de alma es antiquísima, propia del primitivo inculto. Mas los cultos posteriores que aún desconocían los electrones, protones, neutrones, neutrinos, todos los bariones, leptones... y el espectro de ondas electromagnéticas continuaron aceptando por comodidad lo espiritual como otra sustancia aparte de "lo material", y especularon (léase filosofaron) sobre ella en interminables tratados.

Pero los cultos actuales, que aún se aferran a la "sustancia espiritual" como antagónica de lo "material", lo hacen por razones creenciales tradicionales o por misticismo, sin tener en cuenta, vuelvo a repetir, que aquello que denominan "materia" es lo más desconocido que hay.

2. La materia energía y la otra manifestación de la esencia del universo

El famoso Leibniz, quien seguramente se representaba en su tiempo

(1646-1716) a la materia como un cascote o un trozo de goma, achacó con gracia a Hobbes el pretender explicar la sensación por el mecanismo de una reacción elástica, como la que se da en un balón hinchado.

Aquí vemos claramente cómo desde la ignorancia se busca simplificar. De lo superficial, basto y aparente se deduce aquello de "es tan sólo", o "no es más que", locuciones preferidas por quienes nada saben en profundidad de la cuestión que tratan y menos si ésta es compleja.

Leamos a Leibniz: "Aunque tuviera unos ojos tan penetrantes que llegaran a ver las más insignificantes partes de la estructura corpórea, no sé yo lo que con ello habríamos conseguido. No hallaría allí el origen de la percepción como no se encuentra en un reloj cuyas piezas mecánicas se sacan afuera para hacerlas visibles, o como no se le descubre en un molino, aunque se pudiera uno pasear entre sus ruedas. Entre un molino y otras máquinas más delicadas media tan sólo una diferencia de grado. Puede bien comprenderse que la máquina nos haga las cosas más bonitas del mundo; *jamás, empero podrá darlas conscientemente*" (Leibniz, edición de C. J. Gerhardt, III, 68 (la bastardilla me pertenece).

Claro está que el pobre Leibniz se imaginaba un mecanismo compuesto de palancas, engranajes, poleas, es decir de piezas inertes a menos que se las pusiera en marcha mediante la aplicación de un muelle de relojería o de cualquier fuerza motriz.

Aquí tenemos una prueba de lo recientemente señalado sobre cómo se concibe la materia, como una pura apariencia de trozo metálico, por ejemplo, en forma de rueda dentada, palanca, etcétera.

Muy distinto es cuando nos imaginamos penetrados en un organismo viviente, en su cerebro, donde cada pieza, átomo, electrón, neutrino, positrón, quark, etc., lejos de ser como un tosco engranaje, posee actividad propia que saca de sí mismo (véase cap. III, 3).

Hoy, a casi 300 años de Leibniz, podemos hacer otra comparación y decir que el psiquismo, incluida la conciencia, es comparable con la moderna electrónica. No sé con qué se lo podrá comparar dentro de otros tres siglos si es que entonces cabría algún tipo de comparación con alguna cosa, ya que supongo que en esa época se conocerá al dedillo lo que ocurre en el cerebro en materia de pensamiento, raciocinio, memoria, imaginación, fantasía, sentimientos, etc. Por ahora podemos presumir que la electrónica moderna se está aproximando cada vez más a lo que es el psiquismo.

Si una computadora puede realizar en pocos segundos cálculos que nos demandarían horas, días y quizás años, como los astronómicos por ejemplo; si hay cerebros electrónicos que traducen de un idioma a otro a razón de varias palabras por segundo, que gobiernan una máquina que compone música, que juegan al ajedrez, etc., y están en constante superación día a día, es fácil predecir que en un futuro próximo se podrán equiparar al cerebro humano (ya que en velocidad nos han superado fabulosamente) en cuanto a creaciones como la poesía, novela, especulaciones filosóficas, soluciones de engorrosos problemas científicos y tecnológicos, psiquiátricos y ¡tomar decisiones por sí mismos!, y no sólo esto, ¡también tomar conciencia de la realidad circundante! Lo que naturalmente ha demandado demasiados miles de millones de años de acopios de procesos físicos guiados por códigos genéticos en complejización, el hombre con su tecnología lo logrará en pocos años.

Ahora bien, se dirá: "Tenemos ya calculadoras de vertiginosa rapidez para obtener resultados, pero... de ahí a tomar conciencia del entorno e igualarse a nuestro cerebro ¡qué locura pensarlo!"

La inmensa mayoría de las personas no desea pensar en esto. Por el contrario, rechaza con enfado toda insinuación no tan sólo de una superación de la mente humana por parte de las "máquinas", sino de una "simple" equiparación. ¡Jamás! ¡Nunca —se exclama— la tecnología electrónica se igualará al cerebro humano! Esto es natural amor propio y no se puede censurar. Ningún humano desea ser superado, ni siquiera igualado.

Sin embargo, agreguemos imágenes a las calculadoras preparadas para responder, incluso con amor, y obtendremos el cerebro humano. ¿Imágenes reproducidas por reflexión en una máquina que piensa? ¿Qué clase de imágenes? Pensemos en un haz o pincel de electrones que explora una pantalla de televisión produciendo una imagen. ¿Consistirá esto en ver sin ojos? Cuando nos remitimos a nuestras imágenes mentales, cuando recordamos lo que hemos visto y cuando fantaseamos no necesitamos ojos. Muchos fenómenos son posibles en este mundo que poco conocemos y la vista no es imprescindible para reproducir imágenes.

La imagen ya es posible, la ve todo el mundo en las pantallas de sus televisores. Es sólo bidimensional. Pronto, con nuevos avances, podrá ser tridimensional. El ojo también existe y es la cámara receptora de televisión, el ciborg sobrehumano ya es posible, ¡y con mejores sentimientos que el humano! Puede destilar sólo amor, mansedumbre, jamás ira, egoísmo, agresividad. Las "máquinas pensantes desbocadas" de la ciencia-ficción son sólo eso, pura ficción. No tienen por qué ser creadas. La ciencia y la tecnología no tienen por qué ser aprendices de brujos. El temor de un futuro en que las máquinas que superen al *Homo* tomen las riendas del mundo y dominen a su creador, para satisfacer sus propias apetencias es infundado porque todo esto es pura fantasía, pero no lo es la creación de ciborgs mansos, más inteligentes, sensibles y creativos que el hombre, que lo hagan casi todo.

Igualmente, la técnica del láser promete maravillas que también se pueden comparar con nuestro cerebro natural.

De este modo, comparando al ciborg natural, esto es el hombre y su cerebro, con el ciborg tecnológico del futuro, esbozado ya en el presente, podemos comprender mejor la naturaleza de nuestro psiquismo, como una manifestación más de la esencia del universo aparte de sus dos versiones también poco comprendidas: la materia y la energía. Pero en este caso concerniente a la manifestación psicogeneradora, ésta se halla más cerca del fenómeno energético con la particularidad de tratarse de un fenómeno emanado de ciertas estructuras (neuronas y su conjunto) ordenadas por los derroteros genéticos inscriptos en el ADN.

3. Las raíces del psiquismo

El asombro ante lo incomprensible de nuestro mecanismo mental que exigía una explicación supersticiosa basada en las reminiscencias de culturas inferiores, fue lo que originó la filosófica idea simplista de *alma* como principio o energía espiritual, que también de paso podía explicar la vida somática. Se define como sustancia espiritual, simple, que con el cuerpo humano constituye una unidad esencial.

El conocimiento directo del alma humana no es posible, se dice, pero lo es a través de sus operaciones, se añade, y aquí está la petición de principio. Se antepone un concepto, se inventa un ente, una sustancia separada de la desconocida "materia", como contrapuesta a ella, y se le atribuyen manifestaciones psíquicas cuando éstas bien pueden tener otra fuente, como ya he expresado al principio de este capítulo al referirme a "materialistas" y "espiritualistas", ambos "energialistas".

Para comprender el mecanismo mental veamos a continuación dónde y cómo se manifiesta primigeniamente y en su mayor simpleza el psiquismo.

Primero observemos los vegetales. Ya en los movimientos násticos y en los tropismos es posible advertir conductas que se asemejan al psiquismo. Sin neuronas, sin conductos ni ganglios nerviosos, los vegetales ya dan señales que indican esbozos de acciones psíquicas. Se apartan de superficies frías, se dirigen siempre hacia la luz por más que se los confine a la oscuridad, cierran sus limbos foliares, enderezan sus hojas en "posición de sueño" o en "posición de vigilia", dejan colgar sus hojas al anochecer, buscan mantener los rizomas a una distancia constante de la superficie del suelo, los zarcillos se enroscan alrededor de un soporte no bien contactan con él, la planta *Mimosa pudica* se "entristece" al ser tocadas sus hojas y la atrapamoscas da muestras de vivacidad cuando su cepo se cierra súbitamente sobre su víctima.

Todo esto ya lo hemos tratado en el cap. X, 2, con referencia a la acción mecánica en los vegetales, por cuanto no es dable pensar ni por asomo que yo pretenda ahora otorgar a los vegetales algo así como pensamiento, raciocinio, voluntad y sentimientos. Lo que sucede es que, según mi hipótesis, el psiquismo humano es tan automático como el vegetal y sólo difiere de éste en su grado de complejidad. De modo que aquí invierto los conceptos. No comparo las conductas de los vegetales con la psiquis humana como si ellos poseyeran inteligencia y voluntad, sino a la inversa, comparo el mecanismo psíquico humano con el automatismo vegetal.

Pasando ahora al reino animal, podemos observar cómo una actinia (anémona de mar), animal muy primitivo, se contrae bruscamente ante el menor contacto con nuestros dedos para esconderse entre las cavidades de las rocas.

Una hormiga tomada en nuestras manos se desespera buscando escapar o nos ataca con sus pinzas y aguijón para defenderse. ¿Quién no conoce la proverbial "inteligencia" de las hormigas y abejas?

Insectos como los saltamontes, al ser sorprendidos huyen en vuelo para esconderse detrás de un tallo o de una hoja de hierba como si "supieran" que no serán vistos; son muchas las especies de animales, como ciertas serpientes inofensivas del género Heterodon,[1] que simulan estar muertas al ser molestadas. Podríamos mencionar infinidad de ejemplos aún entre animales primitivos como los artrópodos y los moluscos.

Los pólipos Antozoos entre los que figura la actinia mencionada aquí, fueron considerados como vegetales durante mucho tiempo, y todavía Linné (1707-1778) en sus clasificaciones los comprendió primeramente entre las criptógamas (plantas sin flores). El sistema nervioso de estos pólipos tiene la forma de una red difusa con condensaciones en la boca, la musculatura y los tentáculos,[2] nada comparable con un cerebro, y carece de órganos de los sentidos diferenciados; sin embargo adopta conductas.

El "cerebro" de un insecto consiste tan sólo en un conjunto de ganglios, un complejo ganglionar infraesofágico más una cadena ganglionar ventral.[3] No obstante lo cual algunos, como ciertos coleópteros, adoptan la actitud de simular estar muertos al ser molestados, igual que las serpientes mencionadas cuyo cerebro reptiliano está notablemente más desarrollado.

Todo esto nos indica "ingenio", "inteligencia", "voluntad", "razonamiento", "deseo", etc., según la terminología que el hombre aplica a las *apariencias*. En efecto, el ingenio, el razonamiento, el amor, etc., son sólo conceptos surgidos de puras apariencias. Detrás de todo esto no se esconde otra cosa que puro automatismo; las relaciones de los seres vivos entre sí y con el medio físico nos maravillan como "ingenios", pero en realidad son la casi nada que ha *quedado* entre infinitos procesos "tontos" que han sucumbido precisamente por ser torpes.

---

[1] Véase Karl P. Schmidt y Robert Inger, *Los reptiles*, Barcelona, Seix y Barral, 1960, pág. 217.
[2] Véase Humberto D'Ancona, *Tratado de zoología*, Barcelona, Labor, 1960, pág. 513.
[3] Véase en nota 2, *ob. cit.*, pág. 631.

Lo que ocurre es que el conjunto de hechos físico-químico-biológicos se hallan trabados entre sí y es lo que pudo ser; lo otro, la mayoría de los procesos se han truncado. Pero el hombre tiende a ver tan sólo el resultado aleatorio, lo ínfimo, y esto le engaña y razona a la inversa creyendo que eso poco es lo que con voluntad e inteligencia se acomodó al medio, cuando en realidad es el resultado provisional de un gigantesco despliegue de acomodamientos de procesos mayores en su número casi todos ellos perdidos.

Con respecto al psiquismo humano ocurre lo mismo. Somos autómatas como la naturaleza y no nos damos cuenta de ello por causa de nuestra pobreza de entendimiento para lo complejo que es el psiquismo, cuyas raíces ya se encuentran en las conductas de los vegetales y de los animales inferiores, incluso en los unicelulares como la ameba.

Luego el automatismo psíquico también podría ser comparado con la denominada "mecánica celeste", con el sistema planetario, con los sistemas estelares binarios y con toda una galaxia y sus aconteceres. Pero el psiquismo humano es tan rápido y complejo que apabulla al que lo quiere entender.

Se cree ver otra cosa en sus manifestaciones, como sentimiento, cálculo matemático, memoria, imaginación... y el extraordinario fenómeno de la *toma de conciencia* del entorno y de uno mismo; sin embargo, todo es un mecanismo de flujo, cambio, acción energética obrado por elementos como el oxígeno respirado aportado al cerebro mediante la corriente sanguínea, el carbono, el fósforo, etc., que entran con los alimentos y son transportados igualmente por los vasos que irrigan las vecindades de las neuronas.

Mas profundamente podemos imaginar el cerebro como un vacío casi total en donde ocurren hechos, en el que actúan elementos subatómicos que van y vienen dibujando imágenes, generando raciocinio, amor, odio, alegría, pena y todas las manifestaciones psíquicas que vemos enmascaradas por una borrosa idea de "espiritualidad", a la postre, también generada allí. Desde ya que algo debe ocurrir entre átomo y átomo, entre molécula y molécula, entre neurona y neurona de los que está compuesta la trama cerebral. Algo debe fluir de un elemento a otro para producir psiquismo. Cierta forma de energía vertiginosa debe emanar para hacer de las neuronas un generador del mundo intelectual.

En cuanto al extraño fenómeno de la toma de conciencia del mundo, esto se explica bien. Desde cuando vemos, oímos, olemos y gustamos el entorno, éste se graba en nuestras estructuras neuronales. Luego, en un momento dado, una vez excitadas estas tramas psíquicas, ellas responden con el recuerdo, y estas manifestaciones mnémicas son tomadas y reflejadas a su vez por otras tramas neuronales que las ponen en evidencia. Lo mismo ocurre con los pensamientos, imaginación, fantasía, etcétera.

La conciencia es entonces un fenómeno reflexivo. Pero ¡cuidado¡, *no es la esencia del universo propiamente dicha la que toma conciencia del mundo, sino sus manifestaciones* en forma de trama psicogeneradora.

4. El génesis de nuestra capacidad mental

En lo concerniente a la capacidad intelectual del hombre cabe preguntar: ¿de dónde vino, siendo durante milenios un ser de pocas luces que tan sólo conocía el fuego, algo de metalurgia y cierto arte tosco? En efecto, ¿cómo es posible que un cazador y agricultor primitivo, que jamás necesitó de logaritmos, de complicados teoremas, de engorrosas ecuaciones físicas, de fórmulas químicas, de lógica aristotélica, ni de extensos, sutiles y profundos tratados de filosofía, de pronto se revele con capacidad de crear la matemática, la filosofía, la ciencia y la tecnología en forma explosiva, comparado este último período en que eso se cumple, con el largo transcurso en letargo de los edades de piedra, del fuego y de los metales en la prehistoria? ¿Cómo es posible que este otrora ignorante, iletrado y tosco habitante de la Tierra, hoy brille con el maquinismo y la electrónica?

¿Cómo se explica que el antes oscuro, rudo y simple pastor nómada, el bárbaro, el vándalo..., haya logrado conocer hoy, en el campo astronómico, la naturaleza de las estrellas, avistado los quasars y concebido los agujeros negros del espacio y un universo de galaxias en expansión hasta un radio cercano a los 20.000 millones de años luz?

¿Cuál pudo haber sido la causa de que un bruto que cazaba en hordas o guerreaba con sus huestes para conquistar riquezas y territorios, hoy se lance al espacio exterior para explorar otros mundos con refinada tecnología, y que en materia nuclear haya logrado técnicas tan avanzadas que le permiten desmenuzar la materia hasta el punto de pretender conocer sus últimos componentes como se considera por ahora a los quarks?

Para comprender por qué el hombre se maravilla de su propio ingenio es necesario descender hasta las unidades biológicas que conforman la masa cerebral y olvidarnos por el momento de las manifestaciones psíquicas. El aspecto más profundo a nivel molecular, atómico y subatómico donde se origina la conciencia y el pensamiento ya ha sido tratado al principio de este capítulo. La masa encefálica humana es una de las más voluminosas entre los mamíferos, y en proporción al tamaño del cuerpo humano resulta descomunal si lo comparamos también proporcionalmente con el elefante y los cetáceos, por ejemplo, que presentan un cerebro de notable tamaño. La masa cerebral de un cachalote adulto se ha comprobado que pesa casi 9000 gramos, esto es casi siete veces y media más que la del hombre en promedio, que es de 1200 gramos.[4]

Para comprender el tema es necesario hacer hincapié en una pieza clave para la generación del psiquismo, la neurona, porque es la unidad del proceso de cerebración de todos los vertebrados. La poseen tanto los tiburones, como los sapos, las gallinas, las serpientes, los caballos y el hombre.

Mucho se ha especulado acerca de las causas del incremento de la capacidad psíquica del hombre, superior a los demás animales. Se ha dicho que fueron sus manos hábiles, también su naturaleza físicamente desvalida, su cuerpo desnudo sin manto de pelos, sin plumas, escamas, ni cubierta quitinosa, su carencia de defensas eficaces para hacer frente al medio hostil como las presentan otros animales provistos de cuernos, garras, pico, aguijón, púas, cascos, etc. Sin embargo, nada de esto pudo haber obrado sobre la masa encefálica a manera de estímulo u otro mecanismo para incrementar su capacidad psicogeneradora. No vamos a caer aquí en lamarckismo alguno cuya doctrina afirma que la necesidad crea al órgano como si todo ser viviente poseyera conciencia de la necesidad de una nueva adaptación y el poder de modificar sus tejidos para crear nuevos órganos a fin de acomodarse al medio para sobrevivir. Ya expliqué que el mecanismo es a la inversa, que los cambios son fortuitos y continuos, y que *queda* la casi nada, sólo aquello que puede seguir adelante.

Pero en el caso del ser humano, según mi teoría, ha ocurrido una especie de epifenómeno que denomino de *multiplicación y acumulación*.

¿Qué puede significar esto? Veamos. Es obvio que en los tiempos primitivos, durante las luchas entre clanes o tribus por territorios ricos en alimentos han quedado por selección natural aquellos individuos más sagaces, ingeniosos, hábiles. ¿Pero es esto suficiente argumento para explicar la evolución del cerebro? Como decíamos más arriba, ¿acaso estos individuos necesitaban del cálculo infinitesimal, de teoremas, abstractas ecuaciones, profundos y extensos filosofemas, etc.? Por cuanto de ningún modo es completo el argumento recientemente esgrimido para explicar tanta colosal capacidad del cerebro humano comparado con los animales superiores. El abismo es notable y caemos en el misterio que encierra la pregunta: Si el hombre primitivo nunca necesitó de esa capacidad para sobrevivir, y ni aun el hombre actual común la necesita —pues son pocos en proporción a la población mundial los que se dedican a la ciencia y al pensamiento profundo— cuya mayoría vive si no en la ignorancia, al menos en un nivel intelectual mediocre, ¿de dónde le vino entonces al *Homo* ese sobrante de capacidad?

Y no es que los genios constituyan alguna raza especial. Pueden surgir

[4] Véase M. Latarjet y A. Ruíz Liard, *Anatomía humana*, Buenos Aires, Panamericana, 1983, pág. 184.

de las capas sociales más diversas. Tanto de campesinos analfabetos como de familias de ciudadanos ilustradas o ignorantes.

¿Cómo pudo haber ocurrido este fenómeno y qué es lo que quise decir recientemente con epifenómeno de multiplicación y acumulación?

Dejando de lado, por supuesto, todo mito creacionista, para explicar mi hipótesis debemos recurrir a la genética, y dentro de este campo es necesario hacer hincapié en un fenómeno que podríamos denominar como *deriva mutacional.*

¿Qué significa ésto? Se trata de un fenómeno de acumulación heredable de elementos neuronales y sus sinapsis, algo semejante a las unidades electrónicas y sus conexiones. Son los mismos elementos repetidos por mutación genética los que han incrementado la masa cerebral del hombre, sobre todo en el área superficial de la capa externa, llamada sustancia gris cortical, mediante el arrugamiento. Estas unidades acumuladas por pura deriva azarosa o empuje de azar o por presión de azar, o como se lo quiera denominar, como caso único (recordemos la idea del cono cosmológico [véase cap. XII, 3]), se constituyeron en reservas potenciales del intelecto humano. Nunca fueron destinadas por nada ni por nadie para su futura utilización con el fin de crear las ciencias y la alta tecnología, como tampoco utilizadas a pleno, sino que su acumulación fue fortuita lo mismo que su utilización.

De este modo se logró la multiplicación de las unidades cerebrales (neuronas) semejantes a las unidades en electrónica, y células neuróglicas o neuroglia como colaboradores funcionales de las neuronas. Estos elementos, las neuronas, se fueron acumulando con carácter hereditario hasta la extraordinaria cifra de más de 100 mil millones (10^{11}) (con una variable de un factor 10 en más o en menos)[5] que contiene el cerebro humano. Esta acumulación por multiplicación de elementos que forman el sistema nervioso central que nunca son utilizados en su totalidad, fue la clave de nuestra capacidad psíquica. Así se explica la latencia del potencial del cerebro humano durante el largo período de oscuridad intelectual y la explosiva manifestación posterior en la filosofía, la ciencia y la tecnología.

Todo ha dependido de la cantidad de neuronas y del número de sus conexiones (sinapsis) que rozan ciertamente cifras astronómicas. (Se ha llegado a calcular un número total de conexiones en unos cien billones [10^{14}]). El número de unidades repetidas cual copias y por ende la complejidad de sus conexiones fue lo que nos distanció tan abismalmente de los demás seres vivientes de psiquismo superior, como los monos antropomorfos.

Ese complexo celular entrelazado y conectado por un inconcebible

[5] Véase Bernardo A. Houssay, *Fisiología humana*, Buenos Aires, El Ateneo, 1969, pág. 918.

número de sinapsis es lo que nos hace reflexionar, recordar, concebir lo abstracto y amar al estilo humano.

Por supuesto que aquí queda descartada entonces toda insinuación acerca de la intromisión de alguna otra sustancia como la espiritual, para explicar las manifestaciones psíquicas y la conciencia. Todo lo psicogénico emana de esas estructuras biológicas compuestas de moléculas, átomos, y más profundamente de la *esencia* de que está compuesto todo el universo, de modo que una de las tantas manifestaciones de la sustancia universal es precisamente el *psiquismo*.

Otro ejemplo de acumulación de unidades neuronales repetidas, en su myor parte inactivas, lo podemos tener quizás en los cetáceos, entre ellos los delfines y ballenas. Se sospecha que los delfines, por ejemplo, poseen una capacidad intelectual extraordinaria, pero que no encuentran forma plena de manifestarse por causa de que estos animales carecen de manos y se encuentran cómodos en un medio que no les exige mucho. ¿De lo contrario podrían crear arte y tecnología? Quizá nuevas investigaciones futuras diluciden esta incógnita bien planteada y con fundamento.

5. El estado consciente y el todo cerebral

La cantidad de obras escritas acerca de la mente humana es monstruosamente fabulosa. Desde tiempo inmemorial el hombre ha ido ocupándose de sus facultades mentales. Es decir que la mente ha tratado siempre de entender a la mente. Primero en los tratados filosóficos cuando la psicología se constituía en una rama de la filosofía, y luego en los tratados como ciencia independiente. Una interminable bibliografía nos da la pauta de la preocupación que mueve al hombre a estudiarse a sí mismo y de hurgar en las causas de la cerebración.

Pero ante semejante complejidad del proceso aún no es dable ofrecer científicamente una explicación clara del mismo, y es lógico que así sea desde que no se ha podido todavía descender técnicamente al nivel molecular, atómico y de los quarks en la trama cerebral para explorar en ese microcampo. Por ello es que aún en nuestros días hay preferencia por aferrarse a la noción de alma simple como ente productor de las manifestaciones psíquicas, porque de este modo se simplifican las cosas. Por ello se echó mano del *élan vital* (principio misterioso de los vitalistas) para explicar la vida somática, teoría desmentida hoy por la biología. Ahora queda aun el reducto del antiquísimo concepto de alma para explicar los fenómenos psíquicos.

Pero por cierto, según señales inequívocas, es posible conjeturar que dentro del mecanismo mental existe una parte relacionada con el estado consciente reflexivo del individuo, y otra con lo inconsciente. En el intermedio podemos colocar el subconsciente como umbral de la conciencia o conciencia parcial o imperfecta. Esto es ya lo clásico en psicología. Más, ¿cómo puede explicarse esto a nivel estructural del cerebro?

Evidentemente existen dos factores en la producción del psiquismo en el cerebro. Uno es de orden genético, el otro es la experiencia. El primero se origina en la construcción de la trama cerebral durante la organogénesis y su maduración durante el crecimiento del niño, dirigida por el código genético encerrado en los cromosomas. Esto prepara la estructura para memorizar, razonar, desear, amar, odiar, fantasear, compungirse, alegrarse, asquearse, aburrirse, etc., etc., esto es, responder a los estímulos del exterior de una manera humana propia, particular, sui géneris. La otra concausa consiste precisamente en el.estímulo que origina la experiencia, esto es, el choque con el exterior y también el enfrentarse al propio interior psíquico en un acto de reflexión (toma de conciencia).

Esta dualidad (cerebro preparado biológicamente para responder al entorno por una parte, y experiencias que se graban en las unidades psíquicas cual cintas magnéticas por la otra) no ha sido reconocida por muchos durante siglos y ello ha originado interminables polémicas. Se trataba de algo excluyente: puro idealismo (Platón, Kant, Fichte, Hegel) o experiencia pura (empiristas ingleses: Hobbes, Locke, Hume).

Según Wolff, "Se denomina idealistas a los que admiten que los cuerpos sólo poseen una existencia ideal en nuestras almas, y que en consecuencia niegan la real existencia de los cuerpos mismos y del mundo" (*Psychol. rationalis*, § 36).

Y también, según Baumgarten, "El que admite sólo espíritus en este mundo es un idealista" (*Metafísica*, § 402).

Lo mismo Berkeley —citado por Kant—, "... declara que el espacio, con todas las cosas a las cuales está adherido, como condición indispensable, es algo imposible en sí y por ende las cosas en el espacio son meras imaginaciones (*Crítica de la razón pura*, *Analítica de los principios*, *Refutación del idealismo*).

En el otro bando, el de los empiristas que niegan todo principio innato, leemos cosas como éstas: "Supongamos que la mente es un papel en blanco, vacío de caracteres, sin ideas. ¿Cómo se llena? A esto respondo con una palabra: de la experiencia. En ella está fundado todo nuestro conocimiento, y de ello se deriva todo en último término. Nuestra observación... es la que abastece a nuestro entendimiento con todos los materiales del pensar". (Locke, *Ensayo sobre el entendimiento humano*, libro II, cap. I, 2.)

Para Hume, "la experiencia no es otra cosa que costumbre y hábito. No es cuestión de más altas operaciones de la mente o de otros procesos intelectuales".[6]

---

[6] Véase Johannes Hirschberger, *Historia de la filosofía*, Barcelona, Herder, 1970, tomo II, pág. 134.

Mas lo cierto es que existen ambas cosas: por un lado, una trama "posicogeneradora" innata preparada para interpretar a su manera lo captado por los sentidos y dar respuesta a ello, y por el otro, las experiencias que se graban en el material neuronal con las cuales el cerebro (o conjunto neuronal) elabora un mundo psíquico netamente humano, no único posible, como ya hemos visto en el cap. I al cual remito al lector para confrontarlo ahora con el presente tema.

En cuanto a cómo es dable explicar todos estos fenómenos a nivel estructural cerebral, todo nos indica que existen elementos psicogeneradores que se mantienen activos para sostener el estado consciente; otros que, aunque activos, permanecen en el ámbito del subconsciente y "ayudan" o emergen sus manifestaciones para ir tornándose conscientes por turno en la medida en que se piensa, y finalmente, elementos que permanecen totalmente en la "esfera" de lo inconsciente.

Este bosquejo —y digo simplemente bosquejo porque el mecanismo psíquico es en realidad harto intrincado, fabulosamente complejo— coincide aproximadamente con las nociones clásicas de la psicología de hoy, aunque añado osadamente que lejos de existir algo más, es decir una segunda sustancia de naturaleza espiritual, son los propios elementos psicogeneradores los que producen todas las manifestaciones como la conciencia, el razonamiento, las pasiones, sentimientos, creatividad, etcétera.

Nos podríamos inclinar a pensar que es la propia esencia del universo que ha creado un campo psicogenerador la que se manifiesta a través de las estructuras formadas de ella misma; sin embargo, no lo podría hacer intencional ni conscientemente sino accidentalmente, por razones que ya hemos visto, y en realidad es sólo la trama psicogeneradora la que se manifiesta.

Los estados conscientes y subconscientes se pueden comparar en su actividad con una especie de barrido que recorre los distintos elementos estructurales psicogeneradores del cerebro. Esta exploración va tornando conscientes los distintos resortes o mecanismos endógenos innatos y las estructuras impresionadas durante las experiencias sensoriales.

¿Qué significa esto? Que sucesivamente, al ir pasando el sujeto de un estado de ánimo a otro, ya sea estimulado por recuerdos, por reflexiones, temores, anhelos, etc., se van tornando activos y conscientes por turno esos estados anímicos, sentimientos y pasiones que no son otra cosa que la actividad de las moléculas cerebrales, más profundamente de los átomos, más hondamente de las partículas subatómicas con sus emanaciones energéticas, y finalmente de la esencia universal de la cual todo está formado. Esto en cuanto a la endogénesis del psiquismo. Con respecto a la exogénesis, son las impresiones actuales de los sentidos que se inscriben en las neuronas las que estimulan el estado consciente. Ambos estímulos, el endógeno y el exógeno, se influyen, complementan y aúnan en las manifestaciones conscientes.

Es obvio que cuando algo penetra en el sistema nervioso central a través de los conductos nerviosos, la vista de un paisaje por ejemplo, ante ese flujo y entrada de fotones en el ojo y posterior transmisión nerviosa del influjo, en algún lugar físico del cerebro debe alterarse la estructura molecular o atómica. Algunos elementos deben cambiar de lugar, y en esto debe con-sistir la grabación de la visión parecidamente a como se graba en una videocinta.

En la cinta magnetográfica existen partículas microscópicas de óxido de hierro fijadas en un aglutinante resinoso. En ese óxido de una cinta virgen hay imanes moleculares microscópicos que son los que se orientan para formar el magnetograma cuando pasan frente al electroimán del magnetógrafo que recibe los impulsos eléctricos en que ha sido transformado determinado fenómeno físico, que puede luego reproducirse. El cerebro humano no puede ser diferente. Algo se altera en su estructura ante las impresiones exteriores e interiores, y en eso consiste la memoria de hechos ocurridos en el exterior e incluso de pensamientos, fantasías o sueños ocurridos en su interior.

También es lo que pone en marcha el mecanismo del raciocinio que debe ser sin duda un intercambio energético entre las neuronas en actividad consciente e inconsciente.

Esas grabaciones pueden ser reproducidas (recuerdos) aunque medie una friolera de tiempo de unos 80 o más años desde la infancia. Otras se recuerdan mal, algunas se borran, y la capacidad de grabación y permanencia disminuye con la edad del individuo.

6. ¿Nuestro psiquismo proyectado fuera de la bóveda craneal?

Muchos son los que creen en la telepatía, en la clarividencia y en la telequinesia, entre otras cosas.

La transmisión del pensamiento y comunicación de sentimientos de una persona a otra sin la intervención de los sentidos; la captación directa de frases escritas, objetos ocultos, etc., y la acción sobre objetos a distancia por obra de la voluntad consciente o por el inconsciente, entre otros supuestos fenómenos más declarados por la parapsicología, ¿pueden ser creíbles sin lugar a dudas?

Su aceptación también implicaría la de una fuga del psiquismo de la bóveda craneal para ejercer una acción a distancia o entrever lo oculto. De ser esto verídico, nada altera entonces a esas "ondas cerebrales" o "efluvios" o "emanaciones" o como se lo quiera llamar, ya que ni la gravedad, ni el magnetismo, ni la electricidad, ni las radiaciones de ninguna naturaleza alteran el pensamiento, salvo ciertas sustancias químicas como el alcohol y los estupefacientes, que por otra parte actúan por vía sanguínea.

Pero hay un detalle que invalida toda presunción sobre estos supuestos fenómenos cuyos relatos tanto subyugan a los amigos del misterio.

Si la energía psíquica, tren de ondas cerebrales, poder mental, fuerzas ocultas, o como se les quiera denominar, existieran a distancia del cerebro (a veces a grandes distancias según lo afirman los creyentes) con facultades para "ver" sin ojos, ni luz lo que ocurre o va a ocurrir, y además accionara sobre objetos apartados para moverlos etc., entonces ciertamente este mundo sería un pandemónium. En efecto, si las supuestas "fuerzas ocultas" de la mente interfirieran consciente o inconscientemente con otras mentes y objetos, las personas se hallarían confundidas y las cosas (mesas, sillas, pianos, ropas, cuadros, máquinas, vajilla, etc.) danzarían alocadamente haciendo la vida imposible.

Por otra parte, mientras unas personas adivinarían los pensamientos de otras provocando infinitos conflictos con los "mal pensados", rota la cortesía, el disimulo, la diplomacia y el necesario fingimiento, otros sujetos dominarían mentalmente a su prójimo suscitándose situaciones injustas y lamentables de sojuzgamiento.

Nada de esto sucede. Las leyes físicas, químicas, biológicas y psíquicas se cumplen en todo el orbe; la ciencia empírica lo certifica con la repetición de sus experimentos, y el argumento de que son contadas las personas que poseen esos poderes mentales es inconsistente, pues no existe un solo caso en el mundo bien probado, absolutamente convincente.

Los hechos narrados con veracidad son meras coincidencias, y esto no va contra ninguna ley del azar, pues entre miles de millones de seres humanos pensantes que pueblan el globo, necesariamente deben producirse coincidencias de pensamientos, supuestas precogniciones y sueños que "se hacen realidad", etc. Pero sobre todo existe mucha subjetividad, sugestionabilidad, errores de observación e interpretación de los hechos, y finalmente mucho fraude y mentira.

Si realmente las formas energéticas psicogeneradoras traspasan la bóveda craneal, por el momento no hay manera de detectarlas.

7. ¿Nuestro psiquismo, conciencia del universo?

Según cálculos astronómicos en boga, hace unos 15.000 millones de años, o quizás 20.000 millones, se produjo la gran explosión o *big bang*, o acaso una "silenciosa" expansión, de la masa total del universo de galaxias concentrada en un principio en un supersol, o tal vez en un átomo primitivo, o "simplemente" en "un universo de tamaño nulo infinitamente caliente" (según las distintas hipótesis).

Luego de prolongada evolución estelar, planetaria y galáctica a lo largo de esos miles de millones de años, aparece en un punto del cosmos —según la jerga astronómica y filosófica clásica, ya que para mí se trata de un Anticosmos—, la vida, y entre los seres vivientes una rama evolutiva autodenominada de los homínidos que toma conciencia del entorno y de sí misma. ¿Es el *Homo* entonces conciencia actual de universo? O en otros términos, ¿es el universo todo el que ha tomado conciencia de sí mismo en el hombre? ¡Rotundamente no!

¿Por qué esta negación tan categórica?

Simplemente porque la conciencia que posee el hombre acerca del mundo que lo rodea es apenas una débil lucesita comparable a la que emite una luciérnaga en una noche cerrada, ¡aun mucho menos que eso!, una pobre lumbre puntual en las tinieblas que abarcan un radio de 15.000 a 20.000 millones de años luz. No me refiero aquí a las tinieblas en el sentido de oscuridad, ya que el universo está iluminado por las estrellas, sino metafóricamente a las tinieblas de la ignorancia.

Es poquísimo lo que sabe el hombre a pesar de su vanagloria de conocer la naturaleza de las estrellas, quasars, galaxias, etc., y haber arribado al quark.

Pero eso no es todo. Por otra parte, el ser humano posee una capacidad menguada para conocer la realidad que le rodea tal como lo hemos visto en el cap. I, donde he señalado la imagen desleída que poseemos de la realidad y de nuestra ignorancia con respecto a otras posibles versiones del mundo entretejidas con la que percibimos malamente con nuestros limitados sentidos e interpretamos a nuestra manera con nuestro relativo cerebro (véase también cap. II, 6).

Incluso el hombre desconoce su propio ser en su aspecto psicosomático. No sabe cómo funciona su cerebro, no se conoce a sí mismo en su naturaleza psíquica más íntima. Mal podría ser ésta, la humana, una conciencia actual del universo a través de la cual éste se conociera a sí mismo en toda su vastedad y complejidad.

Tampoco es dable suponer alguna clase de mundo intelectivo o "de la luz" separado, hacia el cual estaría arribando al hombre por evolución, un mundo aparte que habría estado esperando al hombre consciente para que éste encajara en su seno y se "diera cuenta de su realidad". Por el contrario, todo el psiquismo es proyección del hombre.

8. El mito del libre albedrío

El hombre en general se cree libre para tomar determinaciones. Cree poseer libertad absoluta en sus pensamientos y actos, al menos en principio, ya que en muchas ocasiones son los demás hombres los que limitan llevar a cabo las decisiones individuales, pero esto no viene al caso.

¿Existe realmente tal potestad de obrar por reflexión y elección en términos absolutos?

Ya Aristóteles expresó el concepto de lo voluntario, es decir lo que es "principio de sí mismo", y dice que "el hombre es el principio y el padre de sus actos, tanto como de sus hijos",[7] y también en otra parte repite que "el hombre es el principio mismo de sus actos".[8]

Y para Tomás de Aquino, "El libre albedrío es la causa del propio movimiento porque el hombre, mediante el libre albedrío, se determina a sí mismo a obrar". (Suma teológica I, q.83, a.1; véase también Suma contra los gentiles, II, 48).

Según Leibniz, "La sustancia libre (el espíritu) se determina por sí misma, esto es, siguiendo el motivo del bien percibido por la inteligencia que la inclina sin necesitarla" (Teodicea, § 288).

Por su parte Kant dice, "Si es dable admitir la libertad como una propiedad de causas determinadas de los fenómenos, en relación con los fenómenos como hechos, es necesario que sea la facultad de iniciar por sí misma la serie de los propios efectos, sin que la actividad de la causa deba tener un comienzo y sin que tenga necesidad de otra causa que determine dicho comienzo". (Prolegómenos a toda metafísica futura, § 53).

Mas lo cierto, lo que se desprende de la concepción de un mundo cuyos elementos se hallan trabados en un proceso universal, dependientes, relativos unos a otros, es que no es posible admitir una libertad absoluta en la psicogeneración. Por el contrario, toda cerebración obedece a una serie de causas endógenas y exógenas ajenas al supuesto acto propio de la determinación tenido por independiente y absoluto.

Esto es que el hombre no se determina a sí mismo como lo quiere Tomás de Aquino, sino que en todo instante está siendo determinado por los invisibles hilos del proceso general en que se halla inmerso. Es una especie de fantoche cósmico manejado por los hilos de un determinismo relativo (nunca fatal) que hace ser a cada individuo como es.

El proceso mental, ese fluir constante en el torrente sanguíneo de los elementos químicos de recambio que fluyen hacia el cerebro, el proceso neuronal en sí, la cerebración que confluye hacia el acto de la elección, eso jamás consiste, como pretende Kant, en "la facultad de iniciar por sí misma la serie de los propios efectos, sin necesidad de otra causa que determine dicho comienzo".

Vamos a explicar todo esto. En primer lugar es necesario adelantar con respecto a lo dicho acerca de la sangre que aporta los elementos al cerebro que incluso determinados humores son capaces de alterar la toma de una decisión.

En realidad, en el trasfondo de cada elección, de cada decisión apa-

---

[7] Aristóteles, Obras completas, tomo I°, Moral a Nicómaco, libro III, cap. 6, Buenos Aires, Omeba, 1967.
[8] ob. cit. en nota 7, libro III, cap. 4.

rentemente libre, existe toda una constelación de factores que empujan, que compelen a elegir blanco o negro.

Hay factores genéticos, vivenciales y circunstanciales, entre otros, que quitan toda facultad de libertad absoluta.

La dote hereditaria inscripta en el ADN forma el temperamento y hace que el individuo a nacer posea luego en forma innata una serie de predisposiciones, grado de inteligencia, tendencias (alcoholismo hereditario, por ejemplo), cualidades (para las matemáticas, lo abstracto, la música, diversas artes o labores prácticas) y aberraciones (desvíos sexuales, hipersexualidad, agresividad, pusilanimidad, sadismo, masoquismo, criminalidad, y toda la constelación de perversiones humanas no adquiridas). Estos son los factores innatos temperamentales. Luego vienen los factores experienciales que se van acumulando en la trama cerebral, grabados allí durante el choque del niño con el ambiente, que se suman a los hereditarios para formar el carácter del individuo.

A esto hay que añadir los factores circunstanciales apremiantes o compelentes que hacen que el sujeto no pueda manejar ciertas situaciones que lo obligan a realizar a veces actos que no desea.

Si a todo esto añadimos ciertas sustancias químicas, como el alcohol, que alteran el juicio y ciertas hormonas, como las masculinizantes o feminizantes, que hacen sentirse más o menos hombres a ciertos individuos masculinos o más o menos mujeres a los de sexo femenino, y que incluso pueden cambiar el sexo de una persona en el terreno psíquico, entonces obtenemos la mencionada constelación de factores que inciden para la toma de decisiones por parte de un sujeto.

Ante una situación apremiante, entonces, dos o más individuos van a pensar, reaccionar y actuar de distinto modo compelidos por sus respectivas dotes genéticas, sus anteriores experiencias, y según también el estado de ánimo del momento. Sin descartar tampoco el estado fisiológico circunstancial de cada uno al cual puede estar o no ligado dicho estado anímico generado por felices o aciagos eventos recientes.

Cierto individuo puede llegar al asesinato por una afrenta porque fue lo que ha presenciado en su niñez o lo que la vida le ha enseñado con sus avatares en concomitancia con su innata agresividad (genética hereditaria) o impresa por el ambiente formador. En cambio otro, frente a idénticas circunstancias, puede llegar a perdonar porque en su hogar siempre ha sido practicada esa virtud y se halla desprovisto de un temperamento agresivo y de componentes ambientales en tal sentido.

Nada hay de absoluto en la determinación dispar de ambos individuos. Nada existe más allá ni más acá de los componentes genéticos, temperamentales, vivenciales, ambientales, fisiológicos, químicos, anímicos, etc. Nada que pueda ser considerado el ámbito de una libertad absoluta como un hecho en sí de una "sustancia espiritual libre que se determina por sí misma" (Leibniz). Esta es sólo una visión antigua y creencial del ahora reconocido complejo fenómeno psicogenerador. Noción que fue y es suscitada cuando se aceptaba y se acepta aún hoy que el hombre es la conjunción de dos sustancias de naturaleza diferente: espiritual simple la una, material y compleja la otra.

El acto supuestamente libre no es un hecho aislado, no es causa aislada, desconectada, independiente de otros factores, ni siquiera es un hecho sobreañadido, sino que se trata del propio término de un proceso de cerebración en el cual se acrisolan múltiples factores componentes que hacen que el individuo no sea libre, sino un fantoche manejado por otros hechos.

Ni el fatalismo, ni el accidentalismo dan lugar al libre albedrío, porque en este último caso es el accidente lo que nos compele.

Luego nadie es culpable absoluto, ni inocente absoluto. Y desde este punto de vista realista, todas las leyes condenatorias y todos los méritos suenan a absurdos. No obstante, las condenas y las recompensas son necesarios para la especie humana según su índole peculiar que así lo exige, como veremos luego.

Por último, aquellos que basados en la mecánica cuántica pretenden, como Ernst Jordan, relacionar indeterminismo cuántico con libre albedrío, no advierten que existe cierto determinismo genético por una parte y un transitorio determinismo cósmico (macrofísico) por la otra, según los argumentos expuestos en este punto.

9. La relatividad cerebral

Siendo el psiquismo un proceso físico más, enclavado en el conjunto de procesos universales que inciden en él localmente, un proceso de complejidad extrema algo recortado del resto aunque íntimamente ligado al entorno, al Sol, a la radiación cósmica, a la galaxia, al ambiente telúrico, a los hechos biológicos como las mutaciones genéticas, a la acción del ADN en la organogénesis, a los hechos físicos accidentales, a los avatares de la vida..., y en definitiva un producto de circunstancias muy particulares y relativas que de ningún modo constituyen la *totalidad*, entonces también de ningún modo puede ser nuestro cerebro algo que conciba lo absoluto, la *totalidad* (véase cap. II, 6).

Por el contrario, se trata primordialmente de un mecanismo de adaptación al medio telúrico que esta relacionado con nuestra supervivencia, y secundariamente, en virtud del exorbitante número de sus neuronas y la astronómica cifra de sus conexiones, tal como hemos visto en este capítulo, existe una capacidad sobrante que rebasa el mero objetivo de la supervivencia.

Pero aun así, su impotencia para comprenderlo todo es casi completa. De ahí entonces que nadie se pueda poner de acuerdo sobre cuestiones de fondo de orden metafísico, porque la "verdad" parece estar bailando desde un cerebro a otro, y el que parecía tener razón queda superado por otro que parece tenerla mejor, y éste a su vez por un tercero y así sucesivamente, sin descontar casos en los que la razón parece volver al primero luego de un exhaustivo análisis de la cuestión, y sin que tampoco se sostenga allí por mucho tiempo al terciar nuevas opiniones.

Más adelante analizaremos la relatividad y pobreza de nuestra mente cuando abordemos el tema filosófico (véase cap. I, e infra cap. XIX).

10. ¿Podríamos "convivir" con más de un cerebro?

Para finalizar este capítulo acerca del quizá más complexo y fabuloso mecanismo con capacidad de generar todo un universo de manifestaciones, nos podríamos preguntar, ¿por qué todos los animales, y entre éstos el hombre, poseen un solo cerebro? O tal vez, si bien existe una sola masa cerebral, ¿por qué no hay dos o más unidades psíquicas, esto es en lugar de un solo "yo", varios?

Incluso podría tratarse de individuos bicéfalos, tricéfalos o policéfalos. ¿Cómo podría funcionar esto tratándose del hombre?

Si fuésemos cada uno de nosotros poseedores de más de una unidad de juicio, ya sea provistos de dos, tres o cuatro cabezas comunicadas entre sí, o de un solo cerebro dividido, entonces todo análisis de una cuestión, de una conducta a seguir, de una determinación a tomar, se vería sometida a la reflexión de varias entidades conectadas entre sí. Se formalizaría en consecuencia una deliberación pluralista, un debate, una discusión semejante a la que se puede suscitar entre dos o más personas, o en un cónclave. Desde ya que esto no funcionaría, y no solo en el hombre, sino tampoco en los animales. En el caso de éstos, mientras una unidad psíquica tomaría la determinación de huir ante un enemigo y la otra de atacarlo, ¿qué haría el animal? Quizás se mantendría inmóvil a la espera de un predominio de una de las decisiones sobre la otra, dando tiempo así al enemigo para atacar.

En cuanto concierne al hombre, si éste poseyera más de una unidad de juicio, o una o varias conciencias, pronto entraría en conflicto "consigo mismo" para tornarse imposible su existencia en ese estado.

Los animales bicéfalos o policéfalos no pueden existir entonces, tampoco el hombre con dos o más cabezas, o varios cerebros en una sola cabeza, o un cerebro dividido en dos o más unidades de pensamiento.

Ahora bien, es muy factible, y lo creo seguro, que a lo largo de las mutaciones y selección de las especies hayan aparecido seres con más de una unidad cerebral, incluido el hombre, pero que dada su inviabilidad por las razones señaladas se han extinguido sin dejar descendencia, cortándose así toda herencia de esos caracteres.

Capítulo XV
Factores de supervivencia

1. El comienzo de la lucha por la supervivencia

El comienzo de la lucha por la supervivencia en todos los animales existió ya sin duda en el primer protozoario y en la primera célula vegetal y formas intermedias que aparecieron sobre la Tierra. El hombre heredó de los animales los instintos de conservación y sexual, la xenofobia y el territorialismo, mas no quedó armado, frente al medio agresivo, de las defensas que protegen a los animales sobrevivientes de la gran hecatombe natural, extendida en el tiempo a lo largo de miles de millones de años de transformación faunística y extinciones permanentes. Fue el desarrollo descomunal de su cerebro lo que le salvó de una extinción casi segura, y su inteligencia superior se convirtió en un poderoso factor de supervivencia. Pero he aquí que, paradójicamente, al adquirir el *Homo* más luces entró en crisis al encontrarse cara a cara con una realidad existencial que le exigía nuevos factores de supervivencia además de los heredados de los animales inferiores a él, y aparte de su inteligencia, y esto es precisamente lo que más improbabiliza al hombre amén de otros factores ya señalados anteriormente. Empero se dio, y aquí estamos. El hombre aprendió a soñar, a evadirse de la procelosa y cruel realidad, a entretenerse, emocionarse. Encontró lo estético, lo ético; creó la idea de perfección, la idea de la inmortalidad del alma, la animación del mundo físico mediante la idea de espíritu y se sumió así en un mundo "espiritual", ficticio, ajeno a la realidad.

Pero el hecho de "encontrar" esas cosas es un decir. En realidad al hombre no halló nada de esto porque esas cosas no existían fuera de su mente, sino que fueron surgiendo de su interior. Lo que ocurrió fue que *quedaron* para la procreación sólo aquellos individuos que por mutación genética eran proclives a inventar las cosas señaladas. Los demás coespecímenes, ramas filéticas enteras, han sucumbido con toda seguridad víctimas de las tribulaciones, el terror y el suicidio ante el horror (agresiones de otros animales, enfermedades, accidentes y la siniestra e inaceptable muerte de seres queridos) y también ante el tedio, el no tener nada que hacer en el mundo más que procurarse alimento y reproducirse como los otros animales inconscientes. Este ser, por el contrario, ya tenía conciencia, y su entrada en el reino de la luz intelectual fue una etapa grave, muy crítica, dramática, porque comenzó a darse cuenta de todo aquello que el animal inferior ignora.[1]

Tan sólo en un mundo fabuloso puede sobrevivir el hombre, la cruda realidad es enervante de la voluntad de vivir. El primitivo, por ejemplo, ignora el azar, y el hombre moderno le teme y prefiere buscar otras explicaciones de los acontecimientos.

Todo individuo temeroso, propenso a tomar a la tremenda la cruel realidad, sumido con pesimismo en las tinieblas existenciales que hoy consideraríamos patológicas, con tendencias hacia el suicidio por no poder soportar dicha realidad, fue barrido de la existencia sin dar lugar a descendencia alguna. Tan sólo quedaron los soñadores, los "juguetones", los creadores de ideas salvadoras como el "más allá de la muerte" y de los "espíritus-dioses" protectores, los optimistas, los que elaboraban belleza a su alrededor, aun a expensas de "cosas feas".

Veamos a continuación los diversos motivos que salvaron al *Homo* de su extinción en el pasado y los salvan aún en el presente.

2. El instinto de conservación

La lombriz de tierra, una vez extraída de su ambiente hipogeo, se contorsiona violentamente y aunque se trate de un proceso automático, el organismo "quiere vivir", no "desea morir", tiende a escabullirse de su enemigo y caer en tierra blanda para enterrarse.[2] El pez extraído del agua y puesto en la orilla del río realiza saltos repetidos con su cuerpo acostado, lo que le permite volver a su medio acuático. Da la impresión de "negarse a morir", de "desear" continuar viviendo. Se trata de otro *proceso automático* así programado selectivamente que en realidad no se *niega* a morir ni *desea* vivir, pero su mecanismo es eficaz y le permite sobrevivir.

El hombre que no sabe nadar y cae al agua para ser arrastrado por la corriente se desespera, piensa en mil cosas, se resiste a aceptar su suerte, de pronto lo ve todo perdido, pero al instante quiere más vida, no se resigna a la muerte y piensa que "no puede ser" lo que le está ocurriendo o se pregunta "¿por qué a mí?".

El que adquiere un tumor maligno y lo sabe, sufre el mismo trance

---

[1] Véase Martín Buber, *¿Qué es el hombre?*, México, Fondo de Cultura Económica, 1983, pág. 68, a propósito de lo que dice el autor, de la confrontación entre Kant y Nietzsche sobre el hombre.

[2] Véase Konrad Lorenz, *La otra cara del espejo*, Barcelona, Plaza y Janés, 1980, pág. 113.

que el próximo a ahogarse aunque más prolongado. Sus días se deslizan en la desilusión total, ya nada le interesa en la vida y va como despidiéndose de todo, de las cosas, del barrio, de la ciudad, de sus seres queridos, del mundo, pero sin resignarse a tamaña suerte. Hay una resistencia en la pregunta sin respuesta, ¿por qué?

Por ambos trances he pasado superándolos, por cuanto hablo con perfecto conocimiento de causa basado en desagradables experiencias vividas.

Claro que aquí se plantean algunos interrogantes, como los pertenecientes al ámbito religioso, pues en virtud de la fe es posible sobrellevar muchas vicisitudes de la vida. Sin embargo, éstos se diluirán en la medida en que avancemos en mi pensamiento vertido en los sucesivos capítulos próximos.

La tensión vital psicosomática se resiste siempre a la muerte, y hasta se puede decir que los tejidos orgánicos se niegan a ser destruidos. El palpitar de las vísceras de un vientre abierto por accidente nos parece decir que éstas se resisten ante el final ineluctable. Todo es automatismo, aun los procesos psíquicos, como hemos visto, pero esa tendencia a conservar su integridad tan ciega, tan automática, que denominamos instinto de conservación, ha permitido la vida desde la primigenia célula viviente planetaria hasta el hombre.

¿Cuál podría ser la causa de estos comportamientos inconscientes de huida de la muerte? Simplemente las mutaciones genéticas relacionadas con la conducta, y la selección natural, de modo que todos aquellos individuos sin apego a la vida que seguro hicieron su aparición en la existencia como los demás y por millones a lo largo del tiempo, desaparecieron irremisiblemente para quedar de rezago sólo algunos suicidas de hoy como casos patológicos, y con amplia mayoría aquellos que más fuertemente experimentaron el deseo de vivir.

3. El instinto sexual

Después de los peces y los batracios que no necesitan copulación para reproducirse, los vertebrados derivaron en sus transformaciones hacia la necesidad de que una parte de su organismo se introdujera en otro para facilitar la unión de los gametos.

El mecanismo de la reproducción pudo haberse dado en miles de formas distintas, y los gametos no tienen por qué existir y, por ende, tampoco la copulación. La instalación del sexo sobre el planeta fue un accidente biológico de carácter aleatorio, y tanto el hombre como la mujer son tan sólo accidentes morfológico-fisiológicos, heredados de nuestros ancestros animales. Desde el punto de vista biológico no existe ninguna necesidad de este sistema, pero así se ha dado en nuestro planeta, y el sexo domina la mayor parte de la vida adulta del hombre y aun en la infancia, y esto lo ha heredado desde los reptiles. Este mecanismo de la gametogénesis y de la cópula lo compartimos con todos los mamíferos, las aves, los reptiles, los insectos y los moluscos. En estas dos últimas clases de animales, como casos de analogía, porque las ramas filéticas de moluscos e insectos son muy divergentes de los vertebrados.

En los vegetales, si bien existe la gametogénesis y la unión de elementos sexuales separados, hay otros mecanismos de multiplicación agámica como la reproducción por rizomas, multiplicación vegetativa o asexual que comparten también con muchos animales, como ciertas esponjas y pólipos que lo hacen por gemación, y entre algunos insectos, como los pulgones y abejas se presentan casos de partenogénesis, es decir reproducción sin cópula ni unión de gametos, de modo que no es dable suponer alguna ley general del sexo. No obstante, la forma gámica de la reproducción se ha generalizado en el planeta. Lo que entre los vegetales se cumple accidentalmente, esto es la unión de los gametos facilitada por el viento, las aguas, los insectos, etc., en el caso del hombre, que es muy poco prolífero por la escasa cantidad de crías que da durante su existencia, el mecanismo que asegura la perpetuación de la especie es un fuerte instinto de atracción sexual imposible de ser disimulado totalmente por las reglas de la costumbre moral y el pudor. Así es como los sexos se atraen cual polos magnéticos opuestos en todo tiempo y lugar. El macho, con el torrente sanguíneo lleno de sustancias excitantes que tocan su cerebro, se lanza sobre la hembra, la cópula se hace inevitable, y la prole como resultado queda asegurada.

Empero no hay mayor engaño que el goce sexual. Rostro, pechos, muslos, glúteos, curvas corpóreas y toda desnudez total o parcial sirve de llamador para el macho humano quien elabora belleza, armonía, en su cerebro, de aquella apariencia que es la hembra: montón de tejidos celulares, metidos en un saco epidérmico cuya forma exterior hace que eso que llamamos mujer excitante estimule por la vista la producción de sustancias químicas por parte de las glándulas que provocan la excitación sexual. El engaño "está a la vista" pero el macho no lo percibe. El conjunto de órganos, repleto de tuberías menores (venas, arterias y capilares), que empapan todo de sangre, fuelles fofos no menos repletos de sangre (pulmones), motor-bomba (corazón) que impulsa chorros del mismo líquido, sacos como el estómago y vejiga urinaria, tubo mayor (intestinos) con material alimenticio en proceso de digestión y materia fecal, el encubierto esqueleto óseo usado como símbolo de la muerte y el terror, etc., todo esto es una mujer atractiva y todo esto es también el hombre que atrae a las hembras. El que no sabe de estas cosas sólo se guía por las apariencias que dan las formas y la piel que tapiza todo el conjunto contenido, más los que lo saben no quedan menos atrapados por el cebo que es la mujer con sus formas, por el deseo sexual, y se olvidan de todo porque las hormonas embriagan. Si vamos más lejos, ya en el plano grotesco de la vida, quizá cualquier galán se desilusionaría de su amada si mediante una fantástica incursión en el futuro pudiera conocerla en su aspecto que presentaría a la edad de setenta u ochenta años.

En contraste con el género humano, en el caso de animales como el mono mandril de cara azul y las aves, es el macho el que luce vistoso y atrae a las hembras.

De ahí entonces vemos la relatividad de nuestra sexualidad que se dio así como la vemos y experimentamos, sólo caprichosamente.

Pero el acto sexual, fundamental para la existencia del *Homo*, ha sido y es paradójica e hipócritamente "mal tratado" por el hombre que se escuda tras la máscara del pudor, y en lugar de ejecutarlo en público y erigir en todas las plazas un monumento a la pareja realizándolo, en homenaje a los progenitores, padre y madre, en su noble misión de la perpetuación del género humano, por el contrario, trata de ocultarlo como así también todo lo relacionado con el sexo.

Mas esto no impide en absoluto la descendencia, y por ende la supervivencia.

4. El entretenimiento

Podemos observar que las crías de todo animal superior, como los felinos, cánidos, cetáceos y monos se entregan al juego. No así una rana, un lagarto, una zarigüeya, una araña, una mariposa, un cangrejo...

Luego podemos comprobar también que juegan los adultos de ciertas especies, claro está siempre evolucionadas, como los delfines, las ballenas, las focas, los perros, las nutrias, los loros y los monos, porque es una necesidad imperiosa para todo ser evolucionado.

Pero el más alto exponente lúdico es el hombre, con una necesidad apremiante que le aguijonea constantemente, y no sólo en su infancia sino durante toda la vida. Pero con la diferencia de que en la adultez se manifiesta más como entretenimiento que como juego propiamente dicho.

El bebé de pocos meses ya experimenta la imperiosa necesidad del entretenimiento y se distrae con sonajeros, muñecos y todo artificio creado por la industria para los párvulos. Apenas se lo desatiende o se lo deja solo con los juguetes, se harta de ellos y rompe a llorar. Llanto que cesa ante alguna novedad, un juguete nuevo, una flor, un canto, etcétera.

Esta necesidad de entretenimiento y de lo novedoso no abandona más al ser humano, y así es como podemos ver a los ancianos ya retirados jugar al ajedrez en las plazas públicas o aprender manualidades, practicar ciertos deportes livianos o salir de excursión para soportar mejor la existencia en salud, ya que el tedio es uno de los peores males para el hombre, quien puede enfermar por no hallar motivos existenciales.

Es más, todos necesitamos "hacer algo" aunque más no sea mirar a la gente que pasa, sentados en un bar o en el banco de una plaza, u observar los animales de una granja en el campo. La inactividad total, la falta de estímulo en la vida es imposible para el humano normal.

Se entretiene tanto el jugador de rugby y el de naipes, como el médico con sus pacientes, el abogado con sus pleitos, el estadista con los vaivenes de la política, el comerciante con sus clientes y el turista, ávido de nuevos paisajes, con sus itinerarios.

Todos necesitan imperiosamente "hacer algo", y cuando el ser "lanzado al mundo", el *hombre yecto* de los existencialistas, se da cuenta de que hay algo que hacer aquí, en este planeta, halla su entretenimiento u ocupación que es lo mismo, y de paso puede abocarse a solucionar problemas serios de la sociedad humana y cubrir sus propias necesidades económicas.

Tan sólo ciertos operarios atrapados por la rutina en las fábricas o máquinas pueden experimentar desagrado en su labor cotidiana; no obstante esto siempre se compensa por alguna afición al margen, ya sea la pesca, otros deportes, el espectáculo o algún arte.

Si en este planeta no hubiese nada que hacer en materia sociopolítico-económica, tecnológica, artística, deportiva, etcétera, y si tampoco los hombres apreciaran las obras de arte creadas por otros hombres, entonces ciertamente faltaría la sal de la vida y la existencia de un ser consciente e inteligente como el hombre se tornaría harto sombría, insoportable, quizás imposible.

Por otra parte, si todo ya estuviese realizado en el planeta, y el mundo y su sociedad entera marcharan a la perfección cual aparato de relojería de pila atómica, y todo confiado a las máquinas y la electrónica, de suyo que los hombres necesitarían emplear imperiosamente su tiempo en algo. ¿Todos artistas o simples espectadores, o mezcla de ambos?

5. El placer

Una de las escuelas socráticas, la cirenaica, consideraba al placer como el único bien posible. Aristipo de Cirene (435-355 a. C.), fue el fundador de esa escuela.

Esta posición fue adoptada luego por Epicuro de Samos (341-271 a.C.), quien sostenía que el placer era el objetivo de la vida y la única felicidad.

---

[3] Véase Johannes Hirschberger, *Historia de la filosofía*, Barcelona, Herder, 1968, tomo I, pág. 246.

Y realmente el sentido hedónico de la vida campea en la sociedad humana, aunque se dice que no todo placer emana de un riguroso sensismo.

Por ejemplo, Johannes Hirschberger,[3] dice: "No ha sido la Biblia, ni fueron los rígidos estoicos, ni el rigorista Kant quienes primero caracterizaron la vida de goce con el *predicado de sensual*; ya los especialistas de la hedonística introdujeron esta terminología. También Goethe ha opinado del mismo modo y los artistas modernos están contestes en que quieren ser hombres «sensuales». Pero, ¿serán capaces de decirnos que el placer que experimentamos al escuchar una sinfonía de Beethoven, en su último contenido vivencial, está constituido por una referencia a la sensualidad, acaso al estómago?". Luego añade este autor que los epicúreos "deberían haber distinguido con neta claridad entre *gozo sensual* y *gozo espiritual*, pero no lo hicieron". (La bastardilla me pertenece.)

Sin embargo, afirmo categóricamente que sólo existe un único mecanismo de placer que se vale de los sentidos, pero se genera en el cerebro. Cuando los órganos sexuales de macho y hembra, durante la cópula, generan por fricción placer a nivel de tacto, ¿quién elabora el goce: el sentido del tacto, esto es las células sensibles ricamente inervadas, o — como se dice— "la carne", o finalmente el cerebro? Por supuesto que es el cerebro. El orgasmo es una producción cerebral.

Cuando una persona gusta de exquisitos manjares, ¿qué es lo que elabora placer: las células gustativas de la lengua y el olfato en consuno, o acaso el estómago, o finalmente el cerebro? Desde ya que es el cerebro.

Ahora bien, ¿en qué se puede diferenciar esto de un goce denominado espiritual?

Acaso cuando escuchamos cualquier melodía agradable, ¿no es el sentido del oído el que le da entrada y el cerebro el que en última instancia genera deleite? Luego es un placer sensual, ¿o es que el oído no es un sentido? También cuando leemos un libro agradable que nos causa gozo, ¿no es acaso el sentido de la vista el que da entrada a la palabra escrita? Luego la lectura es un placer sensual, ¿o acaso los ojos no son órganos de los sentidos? ¡O a la inversa! Se trata de placeres mentales. Ambos enfoques son válidos.

Más aún, todo lo estético es placer sensual o todo es placer mental, según como se lo quiera llamar, pero en última instancia lo correcto es denominar placer psíquico a toda forma de gozo, aun el que experimenta el aficionado a la pornografía y el amante de la buena mesa, porque es el cerebro el que elabora esa sensación.

Aun los pensamientos placenteros de índole poética, sentimental o pasional, que aparentemente nada tienen que ver con lo sensual, se nutren de ideas de objetos que alguna vez han entrado por los sentidos.

¿Es cierto entonces, como lo consideraba Epicuro, que el placer es el objetivo de la vida y la única felicidad?

Nos pueden preguntar por ejemplo, ¿qué placer puede experimentar un soldado voluntario en la guerra? Podemos responder que el placer de derrotar al enemigo, aunque este logro signifique infinitas penurias previas en el frente de batalla.

Lo cierto es que el placer es buscado por todos, incluso por los ascetas que se mortifican con la esperanza de que en el futuro, en la vida de ultratumba, puedan obtener el *placer* de la bienaventuranza, o unión con su dios, y aun en sus formas más aberrantes, por las personas pervertidas como los masoquistas.

También los animales, ya en sus formas más inferiores, tienden hacia el bienestar, rehúyen las incomodidades. El placer apetecido es una necesidad lógica del ser viviente. La trama vital se sostiene mejor en armonía con su medio. Por lo tanto, el placer se constituye en un poderoso factor de supervivencia, ya que si nadie tuviera ese aliciente o nadie experimentara goce alguno en la vida, el destino de semejantes seres tanto primitivos como conscientes e inteligentes se vería trunco. El acto sexual sería insulso y no buscado, y el comer un acto abúlico, forzado, que jamás ofrecería atracción ni satisfacción, en todo caso sólo sensación de plenitud indigesta.

6. El animismo y las religiones

Al principio de este capítulo decíamos que el hombre, al emerger desde las tinieblas de la inconsciencia hacia la luz del entendimiento, se halló frente a una realidad inquietante, siniestra, que le exigía nuevos factores de supervivencia. También señalamos que en esos tiempos primitivos de la toma de conciencia del entorno, quedaron como remanente tan sólo los individuos soñadores, fantasiosos, aquellos que mejor podían evadirse de la cruel realidad circundante, en medio de innumerables casos de extinción. Entre estos sobrevivientes se perpetuaron aquellos que comenzaron a "animar el mundo inanimado". El animismo lo inundó todo, rocas, bosques, ríos, mares... y hasta los objetos del cielo como el Sol, la Luna y otros astros. Todas estas cosas comenzaron a surtirse de conciencia y voluntad, todo comenzó a poseer espíritu y así es como se hablaba de los "espíritus de la montaña", "del bosque", "del río", etcétera.

Muchos objetos comenzaron a tener propiedades milagrosas, y la superstición salvó al género humano de caer en la desesperación ante los ciegos embates de la naturaleza física y biológica.

Sus clamores, invocaciones, signos y danzas, según sus creencias, tenían poder para detener una catástrofe, sanar a un enfermo, evitar la muerte, y los interminables dioses que fueron creados por la rica fantasía humana jugaban un papel muy importante en el conflicto yo-naturaleza, al poseer poderes para torcer los acontecimientos aciagos en sentido favorable. Esto insuflaba confianza en la vida. El hombre podía de este modo dominar el mundo.

Luego la religión, nutrida del animismo, vino también a llenar así los baches que resultan de los interrogantes acerca de la existencia, pues explica el origen del universo y de los hombres, la razón y el puesto del hombre en el cosmos, brinda protección, aunque ilusoria, frente a los embates de la vida y promete una dicha final.

Las múltiples religiones que sobrevinieron como conjunto ordenado de creencias en forma de dogma en todos los pueblos primitivos del orbe fueron, igual que las rústicas supersticiones dispersas, factor de supervivencia, aunque ya más elaborado y convincente.

Este fenómeno antrópico lo veremos con mayor detalle en el capítulo concerniente al mundo de las creencias.

7. La idea de perfección

Aristóteles dio tres sentidos para el término *perfecto* : 1) aquello que no adolece de la falta de alguna de sus partes componentes; 2) aquello que en su especie tiene una excelencia que no puede ser superada; 3) aquello que ha alcanzado su fin, bueno en su calidad.

La filosofía ha utilizado el término *perfección* en el primero y tercer sentido, esto es en lo relativo a la integridad del Todo y a la realización del fin.

Pero el primer concepto, como es de esperar, fue aplicado a un ente inventado por la mente humana para explicar el mundo en tiempos de oscuridad intelectual. Un mundo del cual se tenía una imagen más pálida que la de hoy por causa de la insuficiencia de conocimientos. A este ente idealizado como poseedor de todas las perfecciones en términos absolutos, se le denominó *dios*, y se lo imaginó único en su especie.

Así es como el teólogo aristotélico Tomás de Aquino dice: "...Dios es el ser totalmente perfecto, pues no es otra cosa sino su ser mismo. Y digo totalmente perfecto, en cuanto no le falta ningún tipo de perfección" (*Suma contra los gentiles*, libro I, cap. XXVIII).

Duns Escoto a su vez afirma que la forma en las criaturas encierra cierta perfección, porque dicha forma es parcial y tan sólo se trata de una *participación* de lo perfecto que es Dios, quien no es parte ni participación de cosa alguna (véase *Opus Oxoniense* I, d.8, q.4, a.3, n.22. La bastardilla me pertenece).

Para Bergson, la perfección se identifica con lo absoluto y ambos se consustancian con la totalidad del ser (véase *Introduction à la Métaphysique*, en *La pensée et le mouvant*, 3ª ed., 1934, pág. 204).

En cuanto a Kant, menciona dos perfecciones: trascendental una, metafísica la otra, La primera como "la integridad de todas las cosas en su género", y la segunda como "la integridad de una cosa considerada simplemente como cosa en general" (véase *Crítica de la razón práctica*, I, I, cap. I, scol. II).

¿De dónde pudieron haber surgido estas ideas acerca de la perfección? Desde ya que en ninguna manifestación de la esencia del universo existe perfección alguna en términos absolutos, mientras que la otra supuesta sustancia inventada, que es resultado de una pura cerebración, esa idea de un ente espiritual absoluto y perfecto (dios), existe exclusivamente en el ámbito craneal, jamás en exterior alguno. ¿Cómo se originó entonces este fenómeno que no condice con realidad alguna exterior al psiquismo? La respuesta dada con crudeza es, por mutación genética.

A lo largo del camino filético de la rama de los homínidos fueron quedando aquellos individuos con mayor tendencia a realizar las cosas lo más perfectas posible. Y esto por simples razones de supervivencia, ya que todos aquellos desordenados, propensos al yerro, incapaces, torpes, descuidados, sucumbieron víctimas de toda clase de accidentes y embates de los enemigos. Sin duda fueron tribus enteras, portadoras de los genes responsables, las que desaparecieron por esta causa y solo quedaron las ramas evolutivas más eficaces, y dentro de éstas, los individuos que podían concebir con mayor perfección un proyecto, una obra, un arma, la organización de una cacería, una invasión, etc. Esta habilidad fue luego trasladada al arte y la tecnología para realizar las cosas lo más perfectas posible.

Aquel que pinta un cuadro, el carpintero o mecánico que construye, el arquitecto, el escritor..., todos tratan de realizar las cosas del modo más perfecto posible.

Nadie es perfecto, por cierto, pero al menos llevamos adentro la idea de la perfección.

Ciertamente si no hubiese sido por esta idea, que en la práctica obró el perfeccionamiento en todo el quehacer humano a lo largo de milenios, es probable que todo el género humano se hubiese extinguido al ir a los tumbos, de yerro en yerro.

Luego también de especulación en especulación la mente humana consiguió concebir la fábula del ser superior absolutamente perfecto, como una proyección de la idea de perfección en algo ilusorio.

Esta idea de perfección que posee el hombre en forma innata será muy útil para su futuro y esto será considerado en el último capítulo de esta obra (véase cap. XXVII y epílogo).

8. El amor

Son multitud los filósofos que se han ocupado del amor.

Mientras unos pensadores lo han ensalzado al grado extremo, hasta el término de lo absoluto consustanciándolo con lo divino, otros lo han relativizado, minimizado en sus alcances, reducido al ámbito exclusivamente humano.

Hesíodo y Parménides, según Aristóteles (*Metafísica*, I,4) fueron los que primero admitieron que el amor es un principio en los seres que imprime movimiento y da enlace a las cosas.

A su vez Empédocles (también mencionado por Aristóteles, *Metafísica*, I,4) introdujo la *amistad* y la *discordia* (o el *amor* y el *odio*) como dos principios opuestos. El amor entonces es para él un poder que une los cuatro elementos: el fuego, la tierra, el aire y el agua, y la discordia es lo que los separa.

Para Platón el amor es conciencia, insuficiencia, necesidad, y al mismo tiempo, anhelo de obtener y guardar aquello que no se posee, según se explica en su obra *El banquete, o del amor* (200 a y sigs.).

Según la noción de Leibniz sobre el amor, se resuelve el contrasentido entre la aceptación de la imposibilidad de anhelar otra cosa que no sea nuestro propio bien, y la de que únicamente existe amor cuando hay búsqueda por nuestra parte del bien de la cosa amada sin beneficio para nosotros, y dice que el amor puede orientarse únicamente hacia "aquello que posee capacidad de placer o de felicidad".

Según Hegel, la auténtica esencia del amor consiste en abandonar la conciencia de sí, en olvidarse en otro de uno mismo y, más aún, en el reencontrarse y poseerse realmente en este olvido (*Lecciones de estética*).

Para Schopenhauer el amor es sentimiento de la unidad cósmica.

Hartmann afirma que el amor es la identificación del amante y del amado, y también afirma que el amor se propone o que efectiviza al menos parcialmente, es la identidad del Principio inconsciente, de la Fuerza infinita que rige el mundo (*Fenomenología de la conciencia moral*).

En cambio, para Freud todas las formas superiores del amor no constituyen más que sublimaciones de la libido inhibida.

Incluso el mito campea en el tema del amor. En efecto, tanto para Feuerbach como para Hegel, la encarnación (según el mito judeocristiano) no es más que "el amor puro, absoluto, sin agregado, desprovisto de distinciones entre el amor divino y el humano" (Feuerbach, *La esencia del cristianismo*).

El amor extendido a toda la humanidad ha sido el fundamento de la ética de los positivistas Comte y Spencer.

Según Scheler el amor tiende a realizar el más alto valor posible. Puede dirigirse a la naturaleza humana y a dios en lo que poseen de propio, es decir como otro ente diferente del que ama.

Para Bergson dios es amor y objeto de amor.

Sartre nos habla de un amor que es el *proyecto* de la fusión absoluta entre dos infinitos, que en realidad se excluyen porque hay contradicción en aceptar dos infinitos. Pero se trata sólo de un *proyecto* que, finalmente, resulta destinado al descalabro.

Aquí vemos en una brevísima reseña los sentidos que los más renombrados pensadores han otorgado a esa pasión tan arrobadora que es el amor.

Han llegado incluso a extenderlo a todo el universo (cosmos-orden) como una fuerza cósmica, cuando en realidad el amor se halla aquí en el planeta Tierra, recluido en la bóveda craneal de los hombres, y en forma primitiva en otros animales.

Con aquella figuración de la presencia panuniversal del amor extendido hasta los confines del Todo, se da la imagen de que se encuentra como flotando entre y en las estrellas, en los quasars, los agujeros negros del espacio y en toda las galaxias del universo detectable y... ¡quién sabe si no aún más allá!

Pero la realidad es muy otra. El amor, que ya se adivina en los animales inferiores al hombre en forma de amor maternal, para el ser humano es también un poderoso factor de supervivencia, ya que si dominara únicamente su contrario, el odio, la humanidad se hubiese autoaniquilado irremisiblemente.

Veamos los distintos amores en su real y a veces cruel significado.

La proyección del amor hacia un supuesto ente divino es tan sólo una ilusión; el amor a ser "alcanzado algún día" entre todos los hombres de la Tierra, una vana esperanza, una utopía; el amor al prójimo, una virtud impracticable para la inmensa mayoría de la población humana; el amor a la patria, un producto del territorialismo egoísta heredado por el hombre de los animales inferiores, que predispone a la xenofobia, las invasiones, las guerras; el amor al dinero, el lujo y la gloria, pura vanidad; el amor entre individuos de distinto sexo persigue ciegamente el fin de la reproducción de la especie, y finalmente el amor tenido por muchos como el más sublime y sagrado, el amor de madre, es un puro automatismo, por más que les pese a todos los hijos. ¿Cómo es posible este "sacrilegio" de bajar del pedestal de lo "sacrosanto" al amor de madre, para arrojarlo al suelo y tratarlo de mero acto mecánico?

Entre ciertos peces y reptiles, el "amor materno" o paterno existe sólo durante cierto período de protección de los huevos o de las crías, como en el pez cíclido del género Tilapia que construye un nido y guarda sus crías en la boca para protegerlas,[4] y como en la mayoría de las serpientes, lagartos y tortugas, cuyas crías, una vez nacidas, en un descuido pueden ser devoradas por su propia madre.[5]

Estos son ejemplos de puro automatismo extraído de los comporta-

---

[4] Véase Irenäus Eibl-Eibesfeldt, *Etología*, Barcelona, Omega, 1974, págs. 77, 105, 198, 346 y 373.
[5] Véase Karl P. Schmidt y Robert F. Inger, *Los reptiles*, Barcelona, Seix Barral, 1960, pág. 41.

mientos de animales muy primitivos, según estudios etológicos. Empero, ¿es acaso distinto en el hombre?

Recordemos el reciente capítulo XIV sobre el psiquismo, donde se habla de que se trata de un proceso físico más, aunque tremendamente complejo, un fenómeno tan fabulosamente grande, con manifestaciones tan sutiles, que el hombre se ve impedido de comprenderlo y se torna supersticioso ante sí mismo, atribuyendo todo a un espíritu. También se habla allí del ciborg humano y se compara todo el proceso de cerebración con el comportamiento de los vegetales. Luego el amor de madre es puro automatismo surgido de las mutaciones de los genes que hacen al psiquismo, conservado igual que la atracción sexual, como un poderosísimo factor de supervivencia al permitir la protección del desvalido recién nacido, quien desencadena el proceso amoroso en la madre. Luego el amor materno persiste durante el crecimiento del niño y se proyecta hacia su adultez como por inercia. Las familias, núcleos básicos de la sociedad, se hallan unidas por el amor (padres, hijos, hermanos) y ello garantiza la perpetuidad de la especie.

9. La estética

Para Plotino (204-269 d.C.) el Uno y Dios son definidos como "el bien que otorga la *belleza* a todas las cosas" *(Enéadas)*.

Hegel define lo bello como "la aparición sensible de la idea". Esto significa que verdad y *belleza* son la misma cosa. Su distinción radica en que la verdad es la manifestación objetiva y universal de la Idea, mientras que por otra parte la *belleza* es su manifestación sensible (*Vorlesungen über die Aesthetik*, Edic. Glockner, I, pág. 160).

En realidad, el ser humano necesita imperiosamente "bañar" de belleza el mundo en que vive. De lo contrario, si todo fuese feo, repelente, entonces el sinsabor, la amargura, la tristeza, el pesimismo harían presa de todo individuo, lo cual sumado a otros factores de supervivencia restados como la alegría, el placer, la felicidad, etc. lo conducirían hacia la enfermedad o el suicidio.

Incluso los bebés y los cachorros de mamíferos, como los felinos y los cánidos por ejemplo, aparecen como hermosos y graciosos ante nuestros ojos, y despiertan simpatía y ternura. Esto los ayuda a la supervivencia, ya que si los niños fuesen repugnantes o desprovistos de gracia igual que los ancianos, no serían tan aceptados y protegidos.

Por ello es que en el gran tamiz de la selección natural quedaron aquellos individuos que poseían la facultad de teñir de bello un paisaje montañés, una flor, una aurora, un anochecer, la Luna asomando entre los árboles, el colorido de las mariposas, de las aves y sus trinos, el mar, una noche estrellada, ver gracia en un niño, hermosura en una mujer y... ¡hasta a veces tomar por grato lo prosaico de una ciudad!, tal como se revela en ciertas poesías que cantan a las calles y edificios de ciertos barrios no muy estéticos, por cierto.

Este bañar con belleza las cosas de este mundo por parte de nuestro cerebro se extiende a las diversas formas de arte, algunas de ellas aparentemente casi inexplicables.

Todas estas cosas podrían ser feas o indiferentes si nuestro cerebro estuviese conformado de modo distinto para intepretar el entorno, pero se dio así, y la belleza elaborada por pura cerebración nos permite la alegría, el optimismo... y, en definitiva, la salud y la vida.

10. La ética

También en este tópico abundan las opiniones de los pensadores de la humanidad.

Platón y Aristóteles por ejemplo, han entretejido con la ética otros conceptos y fenómenos afectivos, como la "ética de las virtudes", la justicia, el bien, el placer y la felicidad. Empero, casi todas las concepciones dentro de esta ciencia de la conducta humana se mantienen en una esfera netamente ideal, es decir en algo que no se encuentra en el terreno físico, real, sino en la fantasía, todo confinado al cerebro humano, atado a la índole del hombre.

Para Plotino, dentro del ámbito místico, el fin de la conducta humana es el retorno del hombre a su principio creador, hacia la unidad divina (*Enéadas*).

Según Tomás de Aquino, "Dios es el último fin del hombre" (*Suma Teológica*, II, 2, q. 1, a. 8), y de allí se deriva toda su ética.

Para Hegel, la "moralidad" no es otra cosa que la intención o la voluntad subjetiva de realizar lo que se halla realizado en el Estado.

Hartmann dice que: "Hay un reino de valores subsistente en sí mismo, un auténtico mundo inteligible que está fuera de la realidad y fuera de la conciencia, una esfera ética ideal no construida, inventada o soñada..." (*Etica*). Esto es que los valores tienen un "en sí", es decir que son independientes de la actividad que tome frente a ellos el sujeto.

Por su parte, dice Nietzsche: "Los valores morales han ocupado hasta ahora el rango superior y ¿quién podría dudar de ellos? Mas saquemos a estos valores de su puesto y cambiaremos todos los valores: invertiremos el principio de su jerarquía precedente" (*La voluntad de dominio*).

Kant nos transmite su idea acerca de la *necesidad absoluta* del deber y de las leyes morales cuando dice que: "...el fundamento de esa obligación (absoluta) no puede buscarse en la naturaleza del hombre o en las circunstancias del mundo en que se encuentra metido, sino que se ha de buscar a priori únicamente en los conceptos de la razón pura"

(*Fundamento a la metafísica de las costumbres*). Con esto nos da a entender la autonomía del imperativo moral, lo absoluto del mandato, como algo dado, escrito quizá en la eternidad, dada su intemporalidad, y anclado en la razón humana, a lo cual deben ajustarse las conductas de los hombres pues también en la obra citada da a entender que "aun cuando no se hubiera dado hasta ahora en la vida un solo amigo honrado, no obstante, la honradez como deber existiría «antes de toda experiencia, en la idea de una razón determinante de la voluntad por motivos a priori»".[6] Más aún, Kant deriva su concepción de la moralidad hacia la prueba de la existencia de un dios absoluto y la esgrime como postulado en el siguiente juicio según el comentario al respecto de un historiador de la filosofía: "La felicidad sólo podrá ser hallada por la moralidad; esto empero sería imposible si no existiese un ser que vinculase la felicidad del hombre con la moralidad, y este ser no es otro que Dios; luego Dios debe existir necesariamente".[7]

Sin embargo lo cierto, lo que se desprende de la Ciencia Experimental, único recurso para indagar más profundamente en las conductas de todos los pueblos de la Tierra ligada a la historia, la tradición y a nuestros ancestros, los animales inferiores, es dable inferir que todas las reglas morales fueron surgiendo en la medida de su necesidad, precisamente de los comportamientos del hombre de acuerdo con su naturaleza. Jamás han estado más allá, como supuestas leyes inscriptas, colgadas allí. ¿En dónde? ¿En todo caso en el cosmos o en el Anticosmos, aun antes de la aparición del hombre sobre la faz de la Tierra como "esperando allí" este acontecimiento antrópico, el de "la creación del hombre", para servirle luego de guía o mandato?

¡Nada de esto! No son leyes dadas y menos absolutas, sino advenidas sobre la marcha como factor de supervivencia. De lo contrario, de no haber aparecido eventualmente, entonces el hombre hubiese destruido al hombre al no tomar conciencia de sus actos negativos. El asesinato hubiese sido tan natural y corriente que el número de muertes pronto hubiese superado al de nacimientos, y la "especie" *sapiens* habría desaparecido.

En cuanto al posterior ensalzamiento por parte de filósofos y religiosos de ese puro fenómeno biológico que es la moralidad, no es otra cosa que la obra del psiquismo humano sobredimensionado, que rebasa como hemos visto (cap. XIV, 4) lo estrictamente necesario para sobrevivir como

---

[6] Citado en Johannes Hirschberger, *Historia de la filosofía*, Barcelona, Herder, 1970, tomo II, págs. 209 y 213.
[7] Según Angel González Alvarez, *Manual de historia de la filosofía*, Madrid, Gredos, 1964, pág. 433.

adaptación al medio planetario, para ir más allá en sus especulaciones metafísicas basado en la rica aptitud para la fantasía, y crear así lo ideal.

11. La felicidad

Este estado de satisfacción experimentado por el ser humano por su propia situación en el mundo, es buscado por todos, Mas su plenitud suele ser alcanzada por unos pocos y no suele ser duradera. En muchos casos, la dicha es efímera.

A veces no se tiene clara conciencia de poseer la felicidad hasta tanto no se la pierde. O se cree no poseerla en absoluto, se la niega, hasta tanto el individuo no cae en situaciones penosas. Entonces añora la antes inadvertida y negada felicidad pasada. De modo que es dable hablar de grados de felicidad, lo cual la relativiza. Pero lo cierto es que todos anhelamos el estado de satisfacción en el mundo, y ese aliciente estimula nuestra existencia, la que si se hallara desprovista de ese estímulo o si nunca se diera una satisfacción y todo fuera frustración, entonces nuestra vida se tornaría abúlica, mórbidamente desinteresada, y la voluntad se inclinaría hacia la tanatomanía o, en todo caso, el sistema psicosomático marcharía hacia el desmedro de la salud.

Tales de Mileto decía que es sabio "aquel que posee un cuerpo saludable, fortuna y alma bien educada" (Diógenes Laercio).

Para Kant, "la felicidad es la condición de un ser racional en el mundo, al cual, en el total curso de su vida, todo le resulta conforme con su deseo y voluntad" (*Crítica de la razón práctica, Dialéctica*, Secc. 5), y Hegel la reducía al concepto de satisfacción absoluta y total, lo cual la hace inalcanzable en la Tierra y esto la proyecta hacia un mundo sobrenatural. Veremos con más detalles esta ilusoria salida de lo terrenal en el capítulo relativo al mundo de las creencias.

12. La alegría

Descartes ha dicho que la alegría es "una emoción placentera del alma que consiste en el gozo del bien que las impresiones del cerebro le representan como suyo" (*Les Passions de l'âme*, II, 91).

En cambio Spinoza le imprime un sentido metafísico cuando dice: "El gozo es una alegría acompañada por la idea de una cosa pretérita que sucedió sin que se la esperase", en cuanto "la alegría es la transición del ser humano desde una menor hacia una mayor perfección" (*Etica*). Lo cierto es que la alegría es una de las emociones fundamentales del hombre, que le permiten sacudir "la modorra" de los días siempre iguales, salir de la rutina de las tareas diarias y compensar los sinsabores como beneficios saludables para el sistema nervioso central y el resto psicosomático. Pero, ¿qué es la emoción? El diccionario la define como una "agitación del ánimo, caracterizada por una conmoción orgánica consiguiente a impresiones de los sentidos, ideas o recuerdos, lo cual produce fenómenos viscerales que percibe el sujeto emocionado, y con frecuencia se traduce en gestos, actitudes u otras formas de expresión". Es una buena descripción del fenómeno, aunque de carácter superficial, pues a su vez, ¿qué es la agitación del ánimo? Es mover violentamente el ánimo. ¿Mas qué es el ánimo? Es el alma o espíritu en cuanto ọ principio de la actividad humana, siempre de acuerdo con las definiciones de estos términos que da el diccionario. Pero como el alma espiritual no existe, como hemos visto en el cap. XIV, 1, toda emoción es en todo caso agitación molecular, intracelular con acción psicosomática. Algo ocurre en el interior de las neuronas y a lo largo de los nervios durante una emoción, y la alegría es un proceso desencadenado por una estructura psicogeneradora preparada para ello según el código genético encerrado en los gametos.

Luego la alegría y las pasiones como el amor y el odio, sentimientos como la compasión, etc., que nacen durante el choque yo-entorno, son procesos físico-químico-biológico-psíquicos.

La alegría que salpica de optimismo la existencia es un factor más que, aunado a los otros ya tratados, se relaciona con la supervivencia al evitar el pesimismo, la abulia, la enfermedad y el suicidio.

Todos los pesimistas, tristes, melancólicos, murrios en estado permanente y con características mórbidas, que no hallaron emoción placentera, gusto ni diversión en ningúna cosa de esta Tierra, dejaron de existir siendo aún niños, sin dar descendencia proclive por herencia hacia la misma anomalía.

13. El raciocinio

Con respecto a la razón, no ocurre distinto en cuanto al carácter automático, mecánico de las facultades mentales, recientemente señalado. En este caso, se trata de un mecanismo más preparado por la conducción genética y las inducciones organogenéticas que durante el desarrollo fetal orientan los elementos químicos para construir con ellos una trama preparada para razonar de un modo particular antrópico, esto es, no único posible ya que otras inteligencias de otros lejanos mundos, de existir como hemos visto, razonarían de forma distinta de la nuestra (véase cap. XI, 8).

La razón se constituye en una guía autónoma del hombre frente a su entorno, en todo aquello que requiere una indagación, y en esto estoy de .

acuerdo con los estoicos que consideraban a la razón como la más perfecta guía en la existencia. Sin embargo, no estoy de acuerdo con ellos en cuanto creían que la única guía de los animales es el instinto, y menos estoy de acuerdo con lo que decía Séneca acerca de la razón como "una parte del espíritu divino infundida en el cuerpo del hombre" (*Cartas a Lucilo*, 66). Tampoco acepto lo que da a entender Hegel muchos siglos después en el sentido de que la razón nunca es formal y siempre *es idéntica a la realidad*, y dice: "La razón es positiva porque genera lo universal y lo universal comprende a lo particular" *(La ciencia de la lógica)*. Más adelante, en el capítulo XVIII, 10, veremos por qué niego estas cosas.

Por de pronto deseo advertir que nadie posee la capacidad para verificar en términos absolutos que los animales, como el perro, las ballenas, el elefante y el mono, por ejemplo, carezcan por completo de raciocinio. ¿Quién puede saber a ciencia cierta lo que ocurre en el cerebro de estos animales, si todo se limita a observarlos desde el exterior, con bloqueo total para acceder a su mecanismo psicogenerador?

Desde el punto de vista biológico, evolucionista y real, es totalmente imposible que la facultad de razonar sea exclusiva del hombre si tenemos en cuenta que éste desciende de animales inferiores y se halla cercanamente emparentado con los monos.

Así como los intestinos y el ojo se encuentran tanto en moluscos, crustáceos, insectos y vertebrados, también el principio del raciocinio se debe hallar al menos en forma rudimentaria en los mamíferos superiores. El plan genético es común en muchos aspectos dentro de los filumes en general, y entre los animales más evolucionados y filéticamente más próximos las semejanzas deben ser más notorias.

No obstante, en el perro, sin ser su rama filética próxima al hombre, es dable adivinar un principio de raciocinio. Es un animal en extremo lógico, como muchos otros. De una lógica asombrosa. Si no va una cosa elige otra; si se frustra una vez, difícilmente vuelve a reincidir en lo mismo. No suele caer muchas veces en el mismo error; si tiene que elegir entre dos caminos a sabiendas de su longitud, elegirá el más corto; sabe si su dueño está de buen o mal humor, y de acuerdo con el estado de ánimo de éste calcula para actuar de un modo o de otro.

Si pasamos a los simios, sería interminable tratar de detallar aquí todas las experiencias llevadas a cabo con nuestros parientes más cercanos. Los animales razonan, lo que les falta es la cantidad de elementos neuronales que posee el hombre y su complejidad en las conexiones como hemos visto, para ser como él.

Desde ya que, como corolario de este tema, debemos caer nuevamente en la repetida explicación de la existencia de todas las facultades mentales y decir que de todos los individuos aparecidos en este planeta quedaron para la transmisión hereditaria aquellos que mejor podían razonar, juzgar de los peligros inminentes y futuros, acerca del aprovisionamiento de alimentos, etc. En una palabra, guiarse en toda indagación e investigación a fin de no obtener resultados desagradables o funestos en las experiencias.

De este modo, el raciocinio se constituye en un eficaz factor de supervivencia para un ser como el hombre, desprovisto de las naturales defensas y protección de que se hallan munidos otros animales.

14. Otros factores

Por último, entre otros muchos factores de supervivencia, de cuya conjunción surge precisamente la eficacia del hombre, podemos citar la agresividad, el egoismo, la xenofobia, el racismo y el territorialismo, todo esto en virtud de la naturaleza humana ya que si ésta fuese distinta, sumamente solidaria por ejemplo, todo sería diferente.

La agresividad y el egoísmo a nivel tribal o de nación permite obtener mejor el alimento en las competiciones con otros pueblos.

Igualmente, el odio a los extranjeros y el territorialismo empujan a los pueblos hacia la conquista, el sometimiento de naciones vecinas y la obtención de nuevos recursos. Lo mismo se puede decir para explicar el racismo.

Desde siempre, las antiguas civilizaciones se han dado a la lucha y han sido asaltadas por pueblos vecinos o nómadas.

No obstante todos estos factores de supervivencia señalados, gracias a los cuales la "especie" sapiens ha obtenido éxito en su tiempo para perpetuar los pueblos sobrevivientes, hoy constituyen paradójicamente verdaderos obstáculos para la supervivencia. Nuestra herencia de la agresividad desde los reptiles nos depara más de un sinsabor en la vida individual y terribles masacres entre las naciones. Lo mismo el territorialismo, el egoísmo patriótico, etc., esto es la falta de una solidaridad universal de que adolece la humanidad es lo que se constituye en serio escollo.

Ahora bien, como corolario de este tema cabe la pregunta, ¿cuál es la propia esencia de todos estos factores de supervivencia señalados? ¿En qué consisten metafísicamente? ¿Por qué aparecieron en el género Homo? ¿Son manifestaciones pertenecientes a algún plano superior como cosas en sí, o emanaciones de otras cosas en sí?

La respuesta es una sola: se trata de emanaciones propias de la índole humana.

¿De dónde surge la índole humana? Ya hemos visto a lo largo de esta obra que todo nace de los distintos niveles de acción que crean sus propios campos. Luego el amor, la felicidad, la idea de perfección, el placer, etc.,surgen del ADN o código genético. Más profundamente, se trata de manifestaciones de la esencia del universo tan físicas como una galaxia, tan naturales como un estallido estelar por exceso de masa.

Por más que el hombre crea ver otra cosa, algún mundo inteligible más allá de lo "material", esto es sólo un espejismo, y todos son productos netos de la naturaleza humana innata.

Capítulo XVI

La paradoja humana

1. El vicio y la morigeración

Con este capítulo vamos a entrar de lleno en la demostración de que el hombre, también en su aspecto psíquico, es un verdadero error de la naturaleza (en cuanto a su faceta física ya lo he evidenciado en el cap. XIII).

Las conductas del ser humano son además de polifacéticas, también contradictorias en grado superlativo, y a tal punto contrastantes que, en muchos casos el hombre se espanta del hombre mismo, y a veces habla de actos "inhumanos" cuando se trata a todas luces de actos bien antrópicos, propios del género *Homo*, los que no son observables en los animales inferiores a él, en todo caso únicamente en los vegetales (plantas estranguladoras e invasoras que, como hemos visto, matan lentamente por estrangulamiento y asfixia a otros vegetales), cuyas conductas se pueden asemejar a las torturas humanas.

De todo lo que cabe en nuestra imaginación en materia de actos aberrantes es capaz el hombre.

Los archivos policiales, los tratados de criminología, los extensos trabajos de psicología y psiquiatría basados en experiencias narradas, y los datos históricos de todas las civilizaciones junto con los trabajos antropológicos sobre ritos y costumbres de diversos pueblos primitivos del orbe, constituyen un extraordinariamente vasto conjunto de pruebas y ejemplos de la contradictoria naturaleza humana.

Aquello que no se le ocurre a ningún animal, eso hace el hombre en este planeta, desde recluirse en un apartado rincón del globo para orar, meditar y hacer una vida ascética ejemplar, hasta marcar un récord de asesinatos a sangre fría o entregarse a la total corrupción, o darse al vicio para amanecer tirado en el sucio suelo cual cerdo con la sangre de sus venas y arterias saturada de alcohol, o agonizar perdido cual suicida, con una sobredosis de droga estupefaciente.

Al tal punto sube el grado de aberraciones de que es capaz el ser humano, que casi podemos hablar de un orate, o al menos así resulta ser la imagen de la mayoría de la humanidad si centramos nuestra atención en esa faceta de sus ocurrencias.

Es impresionante notar que muchas crueldades y monstruosidades fueron y son aceptadas por los distintos pueblos, según su cultura.

Los sacrificios humanos a inexistentes dioses; las deformaciones craneanas que se realizaban en algunos pueblos andinos antiguos; la práctica de agujerear los lóbulos de las orejas para insertar grandes discos de adorno entre los incas; el alargamiento del cuello mediante la adición de aros entre las mujeres birmanas; las perforaciones nasales para atravesar objetos como huesos; mutilaciones tales como la eliminación del clítoris en las niñas para que no sientan placer sexual, en Africa; la circuncisión entre los judíos; la perforación de labios para colocar discos de madera como señal de belleza en mujeres de ciertas tribus africanas; el vendaje de los pies de las mujeres chinas para que permanezcan pequeños; la ingestión del cerebro de individuos de otras tribus para adquirir sabiduría; el canibalismo; el "enterramiento" vivo de las esposas de ciertos personajes fallecidos; las torturas; la esclavitud, entre infinidad de otras costumbres que hoy horrorizan al "civilizado", fueron "cosas normales", y más que eso: sagradas u obligatorias bajo el peso de las culturas.

No obstante, para el hombre "civilizado" de hoy también es común convivir con las aberraciones y los contrasentidos.

Por ejemplo, mientras unos individuos, los menos, cursan una vida austera, se cuidan en las comidas y bebidas y se alejan de todo vicio, otros, la mayoría, maltratan sus organismos con la ingestión excesiva de toda suerte de alimentos nocivos como grasas, frituras, condimientos irritantes, sal, manjares recocidos y comestibles refinados que han perdido la mayor parte de sus propiedades alimentarias, bebidas alcohólicas y sin alcohol pero con aditivos químicos no naturales, consumo de tabaco, etc. Hoy son muchos los jóvenes que se dan al vicio de los difundidos estupefacientes. Estas tendencias viciosas constituyen, sin lugar a dudas, recursos errados para la salud y la supervivencia, de modo que habría que denominarlas costumbres de antisupervivencia. pero como se trata de la mayoría de la población humana la que agrede permanentemente de una forma u otra a su organismo por exagerada y morbosa inclinación hedónica, queda corroborado también en este aspecto que el hombre es un error de la naturaleza.

En el capítulo XIV, 8, hice notar que el libre albedrío es una ilusión; ahora lo podemos comprobar más fehacientemente cuando lo confrontamos con el esclavizante vicio. El ser se hace esclavo del vicio que resulta difícil de manejar y suele dominar la voluntad las más de las veces, aun a conciencia de ser nocivo. Aquí temeraria y paradójicamente flaquea el mismísimo instinto de conservación, fuerte factor de supervivencia.

2. Búsqueda enfermiza de las emociones fuertes y de la tristeza

El teatro, el cine, la televisión, la literatura y los relatos se hallan plagados de violencia, crueldad, terror, tragedias y dramas de toda laya, junto con temas que inducen al apenamiento más profundo.

Parece ser que estas emociones son apetecidas por el *Homo* como una necesidad enfermiza. La atracción hacia los relatos o escenas de violencia es electrizante. Los desenlaces tristes que mueven hasta las lágrimas también son buscados, y esto indica morbosidad, pero siempre son "disfrutados" como males ajenos, nunca propios.

Por más que se haya intentado esclarecer estas aberraciones desde el terreno psicológico, de acuerdo con una de cuyas explicaciones sería todo producto de la necesidad de toparse uno con lo terrible que les sucede a los demás para salir airoso, con la satisfacción quizá subconsciente o inconsciente de no ser la propia víctima, no deja por ello de ser aberrante.

Aristóteles se ocupó también de la tragedia definiéndola como la "imitación de hechos que suscitan piedad y terror y que rematan en la purificación de tales emociones" (*De arte poética*, ed. Rywather, Oxford, 1953, 6, 1449 b 23).

En efecto, la puesta en peligro de la vida o de la felicidad de personas inocentes provoca piedad y terror en los espectadores, y esto quizá puede hacer bien al individuo que afina así tales emociones y con ellas sus sentimientos. Sin embargo este afinamiento no es buscado, no constituye el motivo de la elección del espectáculo y el hecho de la búsqueda de tales géneros es tan patológico como la afición de los espectadores de los circos romanos por las luchas a muerte entre gladiadores y entre éstos y las fieras. El morbo emocional siempre ha existido en el hombre de todos los tiempos.

Por su parte, el filósofo del pesimismo, Schopenhauer, tomando lo *trágico* como un conflicto no resuelto e insoluble dice que "es la representación de la vida en su aspecto terrorífico. El dolor sin nombre, el afán de la humanidad, el triunfo de la perfidia, el descarnado señorío del azar y el fatal precipicio de los justos y de los inocentes nos son presentados por ella y de tal manera constituye un signo significante de la naturaleza propia del mundo y del ser" *(El mundo como voluntad y como representación)*.

Esto es verdad, aunque también lo indudable, vuelvo a repetir, es lo paradojico de la naturaleza humana, que por un lado busca aterrorizarse hasta la médula con obras de suspenso, fúnebres y terroríficas; horrorizarse y angustiarse al grado supremo con escenas de suma crueldad, de guerras y masacres y afligirse hasta las lágrimas o el llanto con dramas lúgubres de trágico final; mientras que por otro lado ese mismo ser anhela la alegría, la paz, la concordia, es compasivo, optimista, y rehúye todo lo que se relaciona en la vida real con lo macabro.

3. Guerra y paz

Otra feroz paradoja de la naturaleza humana es esa especie de peligrosa dualidad contrastante y muchas veces espantosa e inconcebible para el propio *Homo*, que se traduce en mansedumbre y agresividad latentes en cada individuo, y que en un mal ejemplo se puede comparar con el "hombre y la bestia" de la novela de Stevenson. Sin embargo, aquí no existe bestia alguna, sino el hombre solo.

Claro que en el ser humano existe realmente la herencia acopiada a lo largo de la evolución de lo bestial del reptil y de la serie de mamíferos primitivos que dieron origen a la rama de los homínidos. Es como si existieran dos cerebros en cada individuo, y algunos investigadores efectivamente sostienen que es así, y dividen la masa encefálica en cerebro antiguo, ubicado en las capas inferiores , sede de todos los instintos primitivos y bestiales, y el neocerebro noble y censor, identificado con el neocórtex o capa superior. El primero como producto de la etapa evolutiva arcaica, el segundo de la reciente.

Otros van más allá y hablan de un cerebro "trino", compuesto de un "complejo reptílico" en la zona más profunda, un "sistema límbico" que lo rodea, y el neocórtex superior, de modo que el cerebro humano en este caso se puede comparar con tres computadoras biológicas en interconexión. Cada uno de los tres cerebros deriva de determinada etapa evolutiva.[1]

Aceptemos por el momento la hipótesis de los dos cerebros que explica bien las contradictorias manifestaciones del "sapiens".

Los "dos cerebros" están latentes y activos por turno, todo depende de las circunstancias que franqueen el paso para actuar uno u otro. Sin ser dos conciencias o unidades de juicio que vimos no pueden coexistir, se trata realmente de dos naturalezas en una. El "manso cordero" puede transformarse de pronto en fiera acorralada, en un huracán desatado y devastador, en una máquina de matar, y aquí está el error de la naturaleza. Lo que fue útil para nuestros ancestros, las feroces bestias, es decir la agresividad, la ferocidad, hoy es un estorbo para esta máscara de conducta que llamamos civilización.

El individuo más manso en su hogar, en su lugar de trabajo, en la calle, puede convertirse de pronto en un vándalo destructor si es arrastrado por una muchedumbre enardecida, ya sea con justa razón, con prejuicios, fanatismo o errores de interpretación de los hechos.

---

[1] Según Paul D. Mac Lean, *A Triune Concept of the Brain and Behaviour*, University of Toronto Press, Toronto, 1973.

Los linchamientos, las revueltas, los asaltos en masa, saqueos y violaciones obedecen a este tipo de transformación del "hombre manso" en "bestia" desatada.

La agresividad reptiliana y posreptiliana se manifiesta también en el ámbito intelectual además del práctico. Los autores intelectuales de las guerras, conductores civiles o comandantes militares, no hesitaron jamás a lo largo de toda la historia humana en lanzarse a la aventura de la matanza y la destrucción, arrastrando a las poblaciones hacia acciones bélicas que muchas veces no eran sentidas como propias por ellas, ya que no obedecían a defensas territoriales o de las familias.

El hombre en general es belicoso por naturaleza, y una vez desatado este instinto en el frente de batalla toma muy a pecho su misión de matar. Así es como seres otrora pacíficos, bonachones, incapaces de empuñar un arma ni utilizar las manos para la agresión, una vez enfrentados con el "enemigo" matan a diestra y siniestra a otros seres iguales, muchos de los cuales en tiempo de paz y de conocerse podrían ser los mejores amigos capaces, incluso, de salvarse mutuamente la vida en un acto de arrojo.

Los "enemigos" enfrentados representan de este modo una ridícula y lamentable paradoja: ¡enemigos a muerte en circunstancias de guerra en el papel de soldados, y potenciales amigos entrañables en tiempos de paz!

Ha habido infinidad de casos en que en los frentes de batalla, durante las treguas, los soldados "enemigos" (según el concepto de los generales) se dieron la mano, comieron y fumaron juntos, para luego separarse ante la orden de nuevo ataque y continuar matándose.

Mi padre, que fue soldado en el frente de batalla durante la primera guerra mundial, ha sido fiel testigo y actor forzado de estos hechos y me los ha narrado repetidas veces con toda fidelidad.

Pero la paradoja mayor es que, en tiempos de paz, la calma social no suele apreciarse en su justo valor como un bien caro, y se cae fácilmente en la guerra antes de insistir en la diplomacia para solucionar conflictos. Mas en tiempos de guerra avanzada, ante el horror de los millones de muertos y la destrucción de ciudades enteras, el hambre y las epidemias, se suspira por la paz.

Pacifistas y guerreros se reparten en dos bandos, pero las paradojas prosiguen y muchos pacifistas, en determinadas circunstancias, se transforman en beligerantes en otras, como ha ocurrido a lo largo de la historia.

4. Destrucción del hábitat humano y ecologismo

Todos los factores de supervivencia señalados en el capítulo anterior palidecen ante el avance del deterioro planetario obrado por el hombre en su inconsciencia, camino hacia la extinción.

Esta es una más de las paradojas mayores.

Mientras algunos grupos de personas que han tomado cabal conciencia del delicado equilibrio ecológico en que se desenvuelve la humanidad, se desviven por conservarlo creando reservas ecológicas, otros, a sabiendas de ello, no hacen más que talar bosques y selvas creando desiertos y desequilibrios en las condiciones climáticas. Diezman la fauna natural, construyen represas en sitios inadecuados, polucionan las aguas de los ríos, lagos y mares, contaminan la atmósfera y la saturan de residuos, como el peligroso dióxido de carbono en demasía causante del efecto de invernadero, entre otros múltiples daños a nivel planteario que amenazan seriamente a toda la especie humana. Tampoco faltan aquellos desinformados o poseedores de intereses creados que tratan de minimizar la constante rotura del equilibrio ecológico.

La responsabilidad y la desaprensión se hallan trabadas en una lucha permanente, en esta segunda mitad del siglo, en lo que atañe a la salvación de la flora y la fauna, la conservación de las aguas, el suelo y el aire, de todo lo cual depende la supervivencia del hombre.

Hay que decir una vez más que, mientras unos no hacen más que tratar de restañar los daños producidos por los depredadores del hábitat humano, aunque más no sea salvando a un animalito de la muerte restituyéndolo, si se ha extraviado, a su ambiente natural, otros viven empeñados en las tareas de máxima explotación de recursos naturales no renovables, logrando con ello una implacable y constante ruina del hogar planetario destinado a las futuras generaciones.

5. Sublimidad y bajeza

Una de las pruebas de que la generación humana marcha ciegamente, como barco a la deriva, la podemos observar en el amplio abanico o escala de cualidades individuales en que se divide la sociedad.

En ese inmenso muestrario de la moralidad podemos escalar desde lo más abyecto, repugnante y degradado, hasta lo más noble y excelso, con un término medio que si bien es mayoría, no indica por su calidad plan cósmico ni divino alguno, según el cual hipotéticamente el grueso de la humanidad debería ser normal. Es tan sólo un parámetro matemático, pues lo excelente se halla en un extremo de la escala y se trata de una minoría

A veces, frente a los actos de violación, pillaje, burlas hirientes, torturas, asesinatos, asaltos y robos, extorsiones, atentados terroristas, vandalismo, patoterismo, saña, alevosía, genocidio y muchas otras atrocidades y horrores, cuesta creer hallarse en presencia del mismo espécimen que produce arte exquisito, poesía romántica, música sublime; que practica la caridad, la bondad, la justicia, y pone honor y nobleza en todos sus pensamientos y actos.

"Angeles" buenos en un extremo y "demonios" en el otro de la escala de moralidad; seres excelsos y seres aberrantes conviven en un permanente estado inarmónico e injusto, tratando los primeros de reparar los descalabros que ocasionan los segundos en la sociedad. Los primeros hacen esfuerzos por enmendarlos, mientras que el "grueso" que ocupa el mayor segmento de dicha escala, nada entre dos aguas, se debate entre el bien y el mal, siendo alternativamente bueno a veces, malo a veces, más bueno que malo, o más malo que bueno según sus inclinaciones innatas y adquiridas en consuno. Todo esto sin libertad absoluta para pensar u obrar, según hemos demostrado en el cap. XIV, 8, tal como ningún individuo de los extremos tampoco la posee.

Es triste pensar que el *Homo* necesariamente debe ser así, ya que se trata de un producto neto del acaso.

Lo mismo que en el caso del manso-agresivo, el bueno y el malo constituyen pruebas de una desconcertante paradoja de la naturaleza del *Homo sapiens* cuyo peso en el sombrío destino de la humanidad analizaremos con mayor detalle en la Sección Cuarta, cap. XXIV.

6. Lucro y generosidad, codicia y renunciamiento

En estos últimos tiempos, y por mucho que les pese a los pensadores que atribuyen las conductas humanas únicamente al ambiente social de turno, es cuando parece revelarse en su mayor desnudez la naturaleza del hombre. Quizá siempre haya sido así y tan sólo le ha faltado la oportunidad para manifestarlo, en especial la faceta a la que me voy a referir a continuación.

Lo cierto es que en el seno de la vida moderna de hoy, la codicia y el lucro parecen invadir todo el ámbito de la sociedad humana.

Son escasas las personas que obran simplemente por "amor al arte", de modo totalmente desinteresado. El hombre de hoy es incapaz de crear un invento tan sólo para mejorar las condiciones de vida "sin cobrar un centavo" por su patente. Tampoco de crear un medicamento a título gratuito para el beneficio de la salud de sus semejantes; editar un libro para venderlo a precio de costo con el único propósito de difundir la cultura o abastecer de textos de estudios a los alumnos de escuelas y universidades; componer melodías gratuitamente tan sólo para el deleite del público; escribir obras teatrales y representarlas sin cobrar entrada con el solo objeto de brindar un espectáculo para solaz o como mensaje conteniendo una moraleja destinada al espectador. Igualmente renombrados artistas de la escena y con una posición económica desahogada, nada hacen sin un contrato con un empresario que les garantice una retribución pecuniaria, y pocos son los que donan sus ganancias para el bien de la comunidad.

Incluso los muy caros mensajes de amor al prójimo, de paz y armonía que deberían ser desinteresados y sagrados para la humanidad, difundidos por radio y televisión, poseen un trasfondo de lucro publicitario cuando van precedidos o seguidos de la mención de una firma comercial.

Todo paso a ser dado, todo acto, incluso las palabras habladas o el pensamiento escrito apuntan hacia el interés monetario. Conferencias en recintos y los mensajes orales dados a conocer por los diversos medios de difusión encierran un objetivo de lucro.

Tan inveterada es esta costumbre que pensar hoy en lo contrario "es ponerse en ridículo". Nadie parece mover un dedo sin apuntar hacia una utilidad "material", ya sea el automóvil flamante, un habitáculo a todo lujo, el yate propio (aunque todo esto sea inalcanzable para la inmensa mayoría de los soñadores de este mundo), o una cadena interminable de bienes. La ambición parece no conocer fin.

Si el hombre con ambición desmedida poseyera un país entero para él solo, no conforme con eso desearía todo un continente. Si el continente, entonces ambicionaría el planeta entero. Si el planeta, descontento aún desería la Luna, y una vez en posesión de la Tierra y de la Luna ambicionaría ser el dueño del sistema solar entero o de toda la galaxia Vía Láctea, si esto estuviese dentro de sus posibilidades.

En abismal contraste con todo esto existen los generosos y aquellos que hacen gala de un renunciamiento total y, por tanto, espectacular para nuestros tiempos.

Otra vez estamos en presencia de una franca minoría, quizás una insignificancia o puñado de la humanidad que renuncia a todo bien denominado "material", para ceñirse modestamente a los bienes de la esfera psicogeneratriz que los hombres creyentes en otra sustancia ideal dan en llamar "bienes espirituales".

Este fenómeno antrópico, aunque se trate de algo escaso dado el número de personas que lo practica, será un elemento muy importante para mi fórmula de futuro destinada a la humanidad, que ofreceré en el último capítulo de esta obra.

Lo cierto es que entre los que podríamos separar irónicamente en dos "especímenes", a saber, los generosos, desinteresados por un lado, y los codiciosos y ambiciosos desmedidos por el otro, se abre un abismo paradójico ciertamente insondable.

7. Insensibilidad y conciencia

Pobreza, desnutrición, muertes infantiles, enfermedades, inundaciones, movimientos sísmicos, vulcanismo, accidentes de toda índole, nuestro planeta se halla plagado de hechos luctuosos.

En virtud de la numerosa población actual del globo, a cada instante que pasa ocurren tragedias por doquier. Sin embargo, muy a pesar de los modernos medios informativos, que si bien reflejan tan sólo un ínfimo porcentaje de las desgracias que acaecen en el mundo a cada instante, de todos modos dan un toque de atención acerca de los problemas del hombre con el hombre y con su mundo que lo rodea, es monstruosa la indiferencia de la población en general, y de los estadistas ante las necesidades de ayuda.

Los horrores que padece la humanidad en distintos puntos del globo y por turno, estremecen en el momento, cuando se tienen ante los ojos los reportajes televisivos o los diarios y revistas que dan cuenta de los hechos.

Mas pronto se olvida todo y el mundo continúa marchando en la insensibilidad. Las comodidades son sagradas, como el hueso para el perro, y no pueden ser sacrificadas en aras de la humanidad. ¿Exceso de población para ser todos atendidos, o fuerte apego a la vida muelle en el lujo y el bienestar de los que realmente pueden ayudar? Quizás ambas cosas, y esto lo consideraremos también en el último capítulo en el punto relativo a la planificación planetaria total. Mientras tanto es digno de señalar que existe una contrapartida positiva de la insensibilidad, pues se trata de una conciencia cabal de los problemas del globo anidada, como es de esperar, también en unos pocos pobladores de este mundo.

Estos son los que presagian con justos y bien fundados motivos un desastre futuro por exceso de población a nivel planetario, falta de recursos alimentarios, mayor pobreza y descontento. Son los que se agrupan en instituciones de bien de carácter internacional, libres de nacionalismos egoístas y patrioterismo. Tratan de concientizar a las gentes a nivel planetario para que la ayuda sea global, y de alertar sobre lo que está sucediendo en un mundo donde la inmensa mayoría de los por ahora 5000 millones de seres humanos que lo pueblan vive en la ignorancia y en la desnutrición por indigencia.

La paradoja humana se halla precisamente en el hecho de que siendo la sensibilidad del hombre una de sus virtudes más nobles, son minoría los que la poseen al grado de conciencia tan alto que se avienen a brindar ayuda a los menesterosos, mientras que el grueso de la población del globo pasa su existencia como ignorándolo todo, salvo breves sacudones que motivan las noticias luctuosas del mundo dadas con propósito de lucro, que pronto son olvidadas.

El proyecto de superhombre del futuro del que hablaré en el último capítulo deberá considerar todas estas cuestiones acerca de la índole del hombre actual.

8. La mar de paradojas

Seriedad e insensatez, misantropía y simpatía, misticismo y munda-nalidad, poesía y prosaísmo, elegancia y vulgaridad, valentía y cobardía, altivez y humildad..., son infinitas las paradojas de la naturaleza humana y no las podemos mencionar aquí por razones de espacio.

Lo que resta es saber a qué ley o presión de circunstancias, o a qué ciego avatar obedecen estas contradictorias cualidades antrópicas que entorpecen ciertamente la marcha armónica de la sociedad.

¿O es que estamos inmersos entre posibilidades siempre abiertas a todo, sin ley ni condicionamientos de ninguna naturaleza, de modo que la deriva puede ser múltiple e imprevisible? O... al final de cuentas, ¿es todo esto necesario para obtener motivos existenciales en la vida, la que ciertamente sería aburrida si todos fuéramos iguales? ¿Estaría todo esto así sabiamente dispuesto por algún *demiurgo* (según la filosofía platónica, o quizá del gnosticismo)?

Sin embargo, surgen otras preguntas: ¿por qué así? ¿Acaso unos deben poseer indefectiblemente la imperiosa necesidad del deleite mor-boso, mientras otros se "deben o pueden conformar" con el arte exquisito, las buenas costumbres y todas las virtudes? Finalmente, ¿no es posible acaso prescindir perfectamente de los primeros? ¿Acaso no serían sufi-cientes las sanas justas deportivas y el arte competitivo para distraerse, dejando de lado todo lo morboso: la violencia, el delito, la tragedia, etc., como temas para brindar emociones, tanto en la realidad como en el espectáculo ficticio y la literatura?

En el cap. XX referente a este tema y en la sección última tendrá el lector oportunidad de incursionar en estas metafísicas.

Sección Segunda

EL MUNDO HUMANO

Capítulo XVII

El mundo de las apariencias

1. Inmersión en el mundo psíquico

Una vez dada a luz la criatura humana, ésta comienza a incursionar en un mundo que no es el real.

Nunca puede tener razón Hume cuando afirma que "...nada está jamás presente en el espíritu excepto sus percepciones, o sea sus impresiones e ideas, y que los objetos externos sólo llegan a ser conocidos por nosotros por esas percepciones que ocasionan. Odiar, amar, pensar, sentir, ver: todo esto no es sino percibir". Y "Nunca podemos concebir otra cosa que percepciones y, por consiguiente, todo deberá asemejárseles" (*Tratado de la naturaleza humana. (Acerca del entendimiento)*, Segunda Parte, Sección VI, y Cuarta Parte, Sección II).

Está claro que, al no existir para Hume el inconsciente y el subconsciente, las neuronas ni los quarks, todo quedaba a nivel sensitivo, y la interpretación de las impresiones era para él un misterio inexplicable.

No obstante, al parecer, algo ha logrado intuir según éstas sus palabras: "Pero como todo razonamiento relativo a los hechos surge sólo de la costumbre y ésta sólo puede ser efecto de percepciones reiteradas, *la extensión de la costumbre y el razonamiento más allá de las percepciones* nunca puede ser el efecto natural de la repetición y conexión constantes, sino que debe surgir de la *cooperación de algún otro principio*" (obra citada, Cuarta Parte, Sección II. La bastardilla me pertenece).

El niño, en la medida en que va "chocando" con el mundo exterior, elabora nociones bien alejadas por cierto de la realidad.

Estas nociones son el producto de una trama cerebral preparada previamente por el desarrollo organogenético fetal, basado en un plan o código genético presente en el cigoto.

Esta masa cerebral, o más bien esencia del universo, casi toda ella "vacío" según las dimensiones del átomo comparadas con sus elementos componentes, protones, neutrones y electrones, es la que queda estampada con las impresiones exteriores aunque nunca como un *tabula rasa*, según expresión aplicada a la condición del "alma", antes de la adquisición de cualquier conocimiento. Platón, por ejemplo, comparó el alma con un bloque de cera sobre el cual se imprimen las sensaciones y los pensamientos que quedan en la memoria (*Teeteto*, 191 d).

Aristóteles comparó la inteligencia en "blanco" con "una hoja donde no se ha escrito nada en realidad, en entelequia" (*Tratado del alma*, III, 4, § 11).

Ambos estaban equivocados al igual que otros pensadores posteriores. Lo cierto es que la inmersión en el mundo psíquico es paulatina. Día tras día el niño va obteniendo "psiquizada" la realidad, esto es subjetivizada, o tal vez "bañada" o "coloreada" de psiquismo.

Existe una acción dual, esto es percepción-cerebro; finalmente es el cerebro activo el que interpreta y elabora una versión del mundo, según ya he explicado en el cap. I. Se va formando así en la mente del niño una noción turbia de la realidad, un seudomundo en donde no es posible discernir lo posible de lo imposible.

Es fácil entonces engañar a una criatura haciéndole creer en "los reyes magos" por ejemplo, o que si fallece su madre, ella quedará esperándolo transformada en una estrella, o que pasado un tiempo volverá a la vida; que los árboles pueden hablar; la Luna sonreír; el Sol ocultarse tras las nubes con movimiento propio; los animales pensar y conducirse cual personas.

En resumen, en el mundo del niño todo es posible; se trata de un entorno plástico, animado, fantástico, donde los seres más fabulosos pueden existir y los objetos físicos como ramas secas y rocas pueden pensar, querer, odiar, ser buenos o malos y provistos de voluntad, causar daño adrede.

Pero he aquí lo notable: ¡jamás se abandona totalmente la versión psiquizada del mundo del niño, una vez en la adultez!

Así es como el hombre se transforma en "la medida de todas las cosas", como bien lo dijo Protágoras (Platón, *Teeteto*, 152 a).

2. Los fenómenos físicos "psiquizados"

Mientras el entorno se va imprimiendo en las neuronas, la psique, que es el conjunto de ellas y ya con un contenido de improntas, va reaccionando de un modo particular, propiamente antrópico, para elaborar una interpretación sui géneris de los fenómenos exteriores.

Así es como aparecen nociones como arriba, abajo, derecha, izquierda, cosas que no existen una vez suprimido el sujeto pensante. Arriba y abajo carecerían igualmente de sentido si desapareciera la Tierra "bajo" los pies del sujeto y éste se hallara de pronto en el espacio. Entonces el Sol y la Luna podrían estar tanto abajo como arriba al no haber la referencia del piso y la gravedad terrestres.

Con respecto al concepto de la inmovilidad, el hombre común cree ver dos cosas: una es el movimiento, otra es el reposo. Las cosas pueden moverse o hallarse fijas, inmóviles en un lugar. Un avión puede estar detenido en el aeropuerto, o en movimiento en el aire. Mas en realidad nos preguntamos, ¿dónde puede existir un objeto en verdadero reposo?

Si, como ya vimos, la Tierra que contiene los objetos gira sobre sí misma, y si a su vez se desplaza alrededor del Sol, y si al mismo tiempo acompaña al Sol en su movimiento, y también acompaña al de la galaxia Vía Láctea en su huida de otras galaxias... además de otros movimientos también superpuestos, ¿cuándo y dónde puede haber algo en reposo absoluto en este mundo?

Ya han sido explicadas tanto la relatividad de los movimientos como la imposibilidad del reposo absoluto en el cap. III, 3.

Con referencia a la visión, para el terráqueo sólo son visibles los objetos líquidos y sólidos del planeta, no así la mezcla de gases atmosféricos que nos rodea cual océano. El cielo parece ser azul y el hombre habla corrientemente y muy convencido de "cielo azul", de "bóveda celeste", o de "seres celestiales" según sus mitos, cuando bien se sabe hoy que el espacio, más allá de la atmósfera, es negro.

Los objetos son incoloros. Sin embargo, los vemos con colores según la onda de luz que reflejen. La psique elabora con esa longitud particular de onda en que se desplaza el fotón que incide en la retina, un determinado color o matiz. En consecuencia es difícil convencer a una persona común que la sangre es incolora dentro de nuestro organismo, pulmones, corazón, hígado, etc., y que el color rojo que presenta una vez bañada de luz blanca, es sólo un invento de nuestro psiquismo.

Ni la leche es blanca, ni las estrellas son rojas, anaranjadas o amarillas como nuestro Sol y, por supuesto, la mezcla de ondas fotónicas que emite el Sol tampoco es blanca sino que así es como lo interpreta nuestro cerebro. El prisma nos desengaña al descomponer la luz "blanca" y mostrarnos a su través el espectro que va del violeta al rojo, pero al mismo tiempo y paradójicamente nos engaña, porque ninguno de los colores existen. También un color para una persona, puede ser invisible para otra, debido a alguna "anomalía", como en el caso de los daltónicos.

El acto de ver con cierta gama de ondas electromagnéticas del espectro es un fenómeno físico. Es el ojo con nuestro cerebro y cierto segmento de longitud de onda de los fotones lo que elabora la visión y nos permite ver el mundo (véase cap. I, 2). Un ser de otro mundo podría no ver con "nuestra luz" y percibir en cambio el entorno mediante otro fenómeno.

El arco iris, en otro ejemplo, también es sólo una ilusión óptica, ya que mientras para un observador puede estar en un lugar, a cierta distancia, para otro se halla en otra parte más alejada y en otro sitio con referencia a los objetos como árboles, montañas o casas. Para cada persona hay un arco iris particular.

Por su parte, la Luna parece desplazarse de Este a Oeste en el firmamento o aparente "bóveda celeste", cuando esta ilusión es el efecto de la rotación terrestre, y en realidad nuestro satélite natural va en sentido contrario, esto es de Oeste a Este, en su órbita.

El comportamiento solar y de todas las estrellas y planetas visibles también engañó durante siglos a los hombres, quienes adhirieron a la creencia en la fijeza de la Tierra y del desplazamiento sobre ella de todos los astros. Los cometas no podían ser otra cosa que señales o advertencias de hechos aciagos.

En los tiempos primitivos y en todas las culturas, las enfermedades eran atribuidas a espíritus maléficos instalados arteramente en los cuerpos de los pacientes. Al desconocerse la existencia de virus, hongos, bacterias, protozoarios, degeneraciones celulares malignas y psicosis, la mente solucionó el enigma de la enfermedad mediante un "baño" de sobrenaturalismo a los fenómenos naturales patológicos. También otros males o la buenaventura eran y son atribuidos a castigos o premios por parte de las divinidades.

Los judíos, por ejemplo, según sus crónicas del pasado, siempre creyeron que todos los males que les sobrevenían eran por causa de sus faltas ante su dios Yahvé, y Constantino I creyó que sus éxitos militares eran debidos a su adhesión al dios de los cristianos.

La tendencia a relacionar hechos realmente inconexos fue y es una verdadera constante en el ser humano, y de allí nacen las diversas mancias y adivinaciones que veremos luego en el capítulo destinado al mundo de las creencias.

También el concepto de que todo objeto es idéntico a sí mismo es falso.

¡¿Absurdo?! Veremos que no porque si "todo fluye", "si no puede uno bañarse dos veces en el mismo río", según Heráclito (véase cap. XIX, 1), posición que comparto, entonces todo objeto de un instante ya es otro objeto al instante siguiente. Podría ser idéntico a sí mismo en un instante dado, más aún esto es difícil de pensarlo porque mientras se piensa el objeto cambia. Además, ¿qué es un instante? ¿Es algo fijo o un flujo sin solución de continuidad? Es más bien lo último.

Todos los simbolismos pertenecen también a la psiquización del entorno. Los escudos, banderas, insignias y diversos objetos de la heráldica con figuras zoomorfas, antropomorfas, etc., constituyen frutos genuinos de la psiquización del entorno, donde juegan su papel águilas, leones, bueyes, dragones y otras criaturas reales o ficticias, como seres idealizados por su valor, fuerza y otras cualidades. Ora se ensalza la nobleza del caballo, ora la bravura y el poderío del "águila guerrera", ora la fuerza y la valentía del león.

Finalmente, cabe acotar que la poesía, ese mundo de la alegoría y la metáfora en que se sumerge el poeta, es uno de los más altos exponentes de la psiquización del entorno humano.

3. Realidad psíquica y realidad extrapsíquica

Mientras escribo esto, me estoy desplazando en el espacio a una velocidad para mí fantástica, junto con el planeta sobre el que estoy asentado, con el Sol y la galaxia, formando parte de ese devenir accidental de esta porción estructurada del Macrouniverso, además de estar rotando con mi escritorio, mi casa, mi pueblo.

No obstante, para la humanidad en general ocupada en sus diarios quehaceres, no hay tal conciencia de proceso cósmico o anticósmico. Hay día, noche y un mundo estable, plasmado en la psique casi como una estampa, como algo seguro, como escenario donde se realizan las acciones cotidianas del quehacer biológico.

Esta imagen del mundo plasmada en la psique desde que se tienen las primeras impresiones, es lo más inconexo con la realidad extrapsíquica.

El hecho de hallarse uno formando parte de las transformaciones para nosotros lentas del Macrouniverso, pasa inadvertido en la vida cotidiana, y se cree vivir en un mundo firme, asentado sobre la seguridad de que mañana también saldrá el Sol.

A veces, cuando la Ciencia nos da un toque de atención sobre la realidad extrapsíquica, como por ejemplo cuando nos habla de la rotación y traslación planetaria, o cuando es la vida misma la que nos la advierte en el momento en que asistimos a un velatorio de algún ser conocido, nos asalta la sensación de inseguridad y caemos en la cuenta de cuán efímero es todo. Más esto pronto se olvida y nos sumergimos nuevamente en el mundo psíquico; las obligaciones, compromisos, anhelos, intereses que nos creamos, hacen que se continúen tomando las horas del día, los días del año y los años de nuestras vidas, como estampas que desfilan en el marco rígido como representamos al mundo, que en realidad es puro cambio, devenir, transitoriedad, pero de duración tan larga para el humano que éste queda engañado y cree ver todo igual desde que nace hasta que muere: la Luna siempre presentando sus fases, los ciclos estacionales sucederse siempre, la atmósfera constantemente rodeándonos. Tanta regularidad hace pensar en una disposición exacta de las cosas y, el mundo humano se torna así matemático.

En el orden biológico ocurre lo mismo. El tiempo que transcurre entre nacimiento y muerte, entre enfermedad y enfermedad "deja vivir", y durante esos lapsos el individuo normal se siente seguro, no piensa en la muerte, ni le preocupa la enfermedad. Pero si proyectáramos una película de la vida de un hombre aceleradamente, veríamos nacimiento, goce, sufrimiento y muerte.

Si el ser humano tuviera conciencia por un instante de todos los peligros que acechan a su estructura somática (accidentes [incluidas las enfermedades que son accidentes biológicos]) y a su estructura psíquica (psicosis, contrariedades, dolor moral), ciertamente renegaría de estar vivo.

No obstante, la especie humana continúa adelante, y es porque se aferra a las creencias y a las ilusiones que crea la mente para poder sobrevivir ante la conciencia del peligro.

El azar golpea terrible e indiscriminadamente a todo ser vivo, dada la naturaleza dinámica y ciega de la esencia del universo que crea caminos perecederos de organización casual, pero el hombre sabe "escapar" psíquicamente de la tribulación mediante la ilusión y la fantasía.

4. La otra cara de la realidad

La humanidad en general no posee una conciencia clara de lo vano que es todo, porque sabe crear motivos para vivir; posee ilusiones y sentido lúdico que se manifiesta en la más temprana edad.

Lo tremendo pasa inadvertido a su derredor.

Que un padre, una madre, hijo o hermano se convertirán en larvas de insectos y una masa putrefacta maloliente o en montón de cenizas después de muertos, es una idea tan atroz que apenas cabe en nuestra mente. Esto resulta insoportable por causa de la índole de nuestro psiquismo, ya que desde el punto de vista exterior a nuestra sensible mente la masa putrefacta, los insectos necrófagos formados de elementos de nuestros seres queridos, son procesos en sí ajenos a lo que fue un organismo. Los seres queridos son tales únicamente para nuestro proceso físico químico biológico psíquico, no para la realidad exterior. Son devenires de los protones, neutrones, electrones,... quarks, gluones, que ahora se presentan para nosotros bajo otro aspecto.

El hecho del mal olor, del desagradable aspecto de la masa putrefacta, y la idea que asocia a los insectos repugnantes a nuestros seres queridos, es todo una creación de nuestro mundo psíquico. Lo otro, lo perteneciente al mundo externo está allí "imperturbable", siguiendo leyes físico-químico-biológicas circunstanciales que otorgan cierto fatalismo a las acontecimientos.

Nos repugna también la idea no menos verdadera de que somos anatómica y fisiológicamente un tubo digestivo (según el modelo arquetípico existente en los animales   primitivos) rodeado de glándulas anexas, musculatura, esqueleto óseo, nervios, vasos, extremidades, piel, y otros anexos que se nutren a sus expensas.

También nos choca la verdad de que, cualidades tan exquisitas como el amor, la bondad alojadas en la psique humana, tengan que depender de un proceso bioquímico expuesto a toda clase de eventos que atentan contra su integridad, y nos cuesta aceptar que un simple paro de la bomba cardíaca, sea suficiente para que todas las facultades mentales que hasta un instante producían maravillas, las neuronas que contenían todo un mundo, queden reducidas a la nulidad.

Otra apariencia son las formas que, como ya hemos visto, nos hacen creer que las cosas son bonitas. Así, por ejemplo, lo que para los hombres constituye una hermosa mujer de piel suave y delicadas formas, una vez desollada se transformaría en un verdadero monstruo para nuestra psique al mostrar sus músculos entrecruzados, sus órbitas oculares circundadas espantosamente por la musculatura orbicular de los párpados, y la boca por la orbicular de los labios. Y si además pudiéramos observar las ramificaciones de los vasos sanguíneos y las intrincadas redes del sistema nervioso, y más aún, si pudiéramos obtener una disección perfecta de todas sus partes anatómicas separando el cerebro y sistema nervioso por un lado, el sistema cardiovascular por otro, el aparato respiratorio aparte, luego el tubo digestivo con sus faringe, estómago, intestinos estirados y glándulas anexas como el páncreas y el hígado, también los aparatos urinario y genital y finalmente el esqueleto, todo eso extendido, colgado en plena exhibición, más de una persona se horrorizaría ante la nueva visión de aquello que teníamos delante como belleza un momento antes.

Belleza que no era más que una forma. Una forma de mantenerse todo dentro de un saco, un tejido celular que es la piel que envuelve un contorno muscular, que oculta todo eso y se muestra con aspecto estético al observador.

Para tener otro ejemplo en una microdimensión podríamos imaginarnos poseedores de ojos con la capacidad de aumento de un microscopio electrónico.

Entonces, al observar a un delicado y gracioso bebé, comprobaríamos otra vez que se trata de una monstruosidad con su piel llena de enormes depresiones (poros), protuberancias pilosas (vello) y grandes surcos (pliegues).

Luego, si tuviéramos la posibilidad de empequeñecernos tanto hasta lograr el tamaño de un insecto de no más de un milímetro con visión macroscópica para penetrar en su cuerpo con el fin de explorarlo, veríamos desfilar cosas tremendas y sobrecogedoras.

Unas cavidades rodeadas de una poderosa masa muscular, el corazón del tamaño de una caldera impulsando torrentes de sangre por gruesas mangueras, produciendo un ruido ensordecedor. Los pulmones cual fuelles de un gigante produciendo tremendas corrientes de aire a lo largo de enormes tubos ramificados. Los intestinos cual gruesos caños de material elástico moviéndose continuamente por el peristaltismo, con su contenido de voluminosas masas de alimentos mezclados con jugos digestivos; un aparato filtrante, el riñón, hacia donde confluye sangre por una intrincada red de capilares y en donde quedan retenidas sustancias químicas disueltas en agua que van a parar a una inmensa bolsa, la vejiga.

Cada llanto significaría el paso de una potente corriente de aire proveniente de la cavidad torácica cuya fuerza hace vibrar unas cuerdas que producen sonido estrepitoso.

Y todo esto no es más que un delicado bebé que, calmado y apreciado desde una visión "normal", nos sonríe inocentemente y se granjea nuestro afecto.

Pero todo esto sería aun una forma macroscópica de apreciar las cosas. ¿Qué pasaría si pudiéramos ver todas las cosas con una visión capaz de percibir objetos o fenómenos hasta del tamaño de un micrómetro? Situados entonces dentro de un vaso sanguíneo veríamos los hematíes cual gigantes balones desinflados bicóncavos desplazarse en el torrente sanguíneo sin chocar gracias a sus cargas negativas de la cubierta exterior, a los enormes leucocitos fagocitar cuerpos extraños o listos para acudir donde haya perturbaciones patológicas, junto a los trombocitos con afinidades hacia el lugar donde se produce un traumatismo con pérdida de sangre. Ante nuestra visión semejante al microscopio óptico, los observaríamos moverse y actuar mecánicamente, todo ligado a influencias de diversas sustancias que impregnan el organismo.

Finalmente, si nos achicáramos tanto hasta ocupar una fracción de nanómetro, entonces el organismo del niño nos parecería quizá como nuestra galaxia, con los elementos formadores separados años luz unos de otros. Todo se haría irreconocible y habitaríamos un universo extraño muy lejos de la imagen de un niño.

Además, un cerebro distinto del humano podría crear en su propio y particular mundo psíquico (ya con una visión normal) formas realmente repugnantes al observar cabeza, rostro, brazos, torso y piernas del niño.

Este en que vivimos es verdaderamente el mundo de las puras apariencias. Para mencionar otra ilusión, podemos añadir que mientras en el Anticosmos está ocurriendo de todo en materia de catástrofes, el hombre continúa encapsulado y soñando en su pequeño mundo, creyéndose gran cosa y pensando que el universo se debe a él.

5. La belleza

Kant definió lo bello como "lo que gusta universalmente y sin conceptos" (*Crítica del juicio*, § 6).

Es una buena definición aunque relativa. Es acertada porque lo bello gusta de buenas a primeras, esto es "sin conceptos previos". Pero la definición es insuficiente en cuanto a su universalidad, que puede ser interpretada en términos absolutos. En efecto, lo que es bello para unos, puede no serlo, o serlo a medias, para otros, aparte de la existencia de cosas que realmente a todos agradan como las flores, el canto de ciertas aves, un paisaje montañés, un amanecer en el campo. Aquí vamos a tomar lo bello como perfección sensible que es uno de sus sentidos filosóficos entre otros, como "la manifestación del bien", como "manifestación de la verdad", como "simetría" y como "perfección expresiva".

Muchos se preguntan si la belleza que nos revela el sentido realmente existe en los objetos exteriores, o es una elaboración de nuestra psique.

Por supuesto que, como ya he explicado, se trata de un producto neto de nuestro psiquismo que en el exterior sólo ve "apariencias" (véase cap. XV, 9). Recordemos el fenómeno químico físico del "color". Forma y color, aunque éste consista en blanco y negro en un paisaje fotografiado, por ejemplo, nos pueden ofrecer belleza, o mejor dicho nuestra mente puede creer verlo como bello, o más precisamente baña eso que en sí es neutro, de belleza... o de fealdad si otras ideas, como la desolación y lo mustio, se asocian a un paisaje desértico, o a árboles secos.

Una mujer bella no lo es para un perro o un caballo, pero puede subyugar a un hombre que "cree" hallar hermosura en su rostro, en su cuerpo. Pero su rostro compuesto de frente, ojos, nariz, pómulos, labios, mentón... no es bello como conjunto de elementos funcionales, y como vimos, tampoco su cuerpo con sus líneas: todo eso es neutro. El engaño proviene de la contextura cerebral, sobre todo del macho humano, y su funcionamiento que elabora el fenómeno cerebrado de "hermosura".

La mente humana transforma la realidad, hace de ella un mundo propio, una versión particular entre múltiples otras posibles para otros hipotéticos seres provistos de distintos cerebros. La lenta inmersión en un mundo de apariencias se perpetúa. Aun los ancianos viven en "su mundo", y no en el mundo real. Viven de recuerdos, de lo que llaman con nostalgia "su época", "sus tiempos", esto es del conjunto de vivencias que los hicieron tal como son, con sus gustos y rechazos, pero añorando los bellos momentos de aquel entonces.

Hay pensadores que hacen tanto hincapié en los fenómenos tales como se presentan, que consideran a éstos como lo que aparece o se manifiesta *en sí mismo* (Husserl). Heidegger considera al fenómeno como puro y simple aparecer del *ser en sí*. Lo distingue de este modo de la simple apariencia y se olvida aquí de los procesos en marcha, del devenir.

Luego se puede entender que el fenómeno que nos es dado, constituye lo esencial, intencional, como una finalidad, la de experimentar el goce como ocurre con lo bello, para quedarnos con eso, sin ir más allá en nuestras indagaciones con el fin de hallar la cruda realidad subyacente desprovista del "baño psiquizante" o "barniz" que damos a las cosas.

Más hemos de ver que esa posición frente al entorno es solo una ilusión porque a veces sufrimos tontamente por aquello que creemos ser "la realidad en sí".

Si todo fuese sólo dicha, no tendríamos más que aceptar, en cierto grado al menos, la posición de aquellos pensadores anclados en los fenómenos, pero desde el momento en que muchas veces sufrimos tontamente en un mundo que no es el real, sino inventado por distintas visiones del mundo de los hombres y por diversas culturas (sacrificios religiosos, modas tiranizantes, costumbres bárbaras, prejuicios, obligaciones sociales incómodas y en especial errores de apreciación e interpretación de los propios fenómenos tanto físicos como psíquicos, etc.), entonces no podemos quedarnos con esas puras apariencias. Por el contrario, es necesario conocer qué hay detrás de las cosas y de dónde y cómo vienen los hechos para precavernos de las desdichas.

La belleza, el deleite, así como muchas otras apariencias, pueden a veces constituirse en verdaderas trampas.

6. El antropocentrismo y el antropomorfismo

Desde muy antiguo el hombre se ha creído el centro de una supuesta creación. Su ubicación privilegiada en el centro del mundo: la Tierra, según el antiguo sistema tolemaico, lo ha convencido de ello. No obstante aún hoy en día, destronada ya la Tierra de su privilegiado sitial, muchos pensadores continúan considerando al hombre como un ser excepcional por su puesto en el presunto cosmos-orden, no ya en el terreno físico, sino en el ámbito espiritual.

Empero, cuando los pensadores hablan del hombre como "imagen y semejanza" de una supuesta divinidad absoluta, insinúan en cierto modo, veladamente, que el universo entero como creación existe para el hombre desde que el cuerpo es el que contiene al alma, o mejor: el alma espiritual necesita del cuerpo para manifestarse, y por su parte el cuerpo requiere del entorno para su existencia. Entorno que, si atamos cabos, se extiende hacia el universo pues todo se halla ligado de alguna manera u otra. (Esto no es estrictamente cierto, como ya lo hemos visto, pero la mayoría lo acepta así.)

Por otra parte, en virtud de su antropomorfismo, el hombre cree ver en la naturaleza o en las cosas una voluntad idéntica a la suya propia. Es el hombre que se expande sobre todo su entorno y lo baña de humanidad. Esta proyección de la naturaleza humana lo humaniza todo, y de aquí al antropomorfismo religioso y teísta hay un solo paso. Todo ser espiritual de categoría divina es antropomorfizado.

Aquí estamos en presencia de dos resultados de esa creación de un mundo psiquizado por parte de la mente humana a saber: primero la naturaleza real exterior psiquizada, y luego la creación mental que se llama espíritu, todo ello antropomorfizado.

Esta imagen no es más que engañosa ya que, como vimos en el cap. VI, 5, el Todo es sordo, ciego e inconsciente y no se debe a nada. El hombre es un ser insignificante en el Macrouniverso. Su mundo psiquizado ocupa tan sólo el volumen craneal de cada uno de los habitantes del orbe y las manifestaciones de ese psiquismo se hallan confinadas a un punto del Todo, que es la Tierra, ya sea en forma escrita en los libros, grabada en sistemas electrónicos o en expansión por el espacio exterior en forma de ondas radiales que viajan desde que comenzó la radiofonía en nuestro planeta (cuyo globito de ondas ocupa un espacio mínimo comparado con el Todo).

En el futuro, sus manifestaciones podrán abarcar el sistema solar o una determinada área galáctica una vez explorados, transformados y colonizados por nuestra civilización en expansión, aunque así y todo siempre ocuparán un punto en el concierto universal.

No obstante todo esto, incluso muchos cosmólogos[1] creen aun en la actualidad que el universo ha sido creado (incluso de la nada, según el mito) para el hombre o para que apareciera el hombre en él como un resultado de una evolución cósmica, cuando la realidad es muy otra: nada ha sido hecho para nosotros.

El hombre está como perdido en el Todo, desamparado, realmente ignorado por el Anticosmos. Tan inmenso, sordo y ciego es el Macrouniverso, que el hombre, con su arrogancia y pretensiones antropocéntricas, cae en el más triste y evidente ridículo ante una visión realista del panorama universal.

7. El sobrenaturalismo

La creencia en otra sustancia aparte de la que estudian los físicos, hace que el ser humano se sumerja en un mundo inmaterial. Mientras la física se aplica, según se dice, a la materia-energía con sus manifestaciones, el creyente añade a ello algo más, separado, que denomina *espíritu* como ente panuniversal y simple que, sin ocupar lugar, está en todas partes.

Esto desde un punto de vista metafísico-teológico. No obstante, el vulgo habla del "espíritu de la montaña", del "espíritu del río", etc., con cuyas denominaciones asigna un sitio para cada espíritu en particular.

Por tanto existen para el hombre común infinidad de entes espirituales que animan el mundo.

De este modo, por la acción de entes sobrenaturales se explican todos los fenómenos de la naturaleza que no se entienden.

Esta manera de fantasear es innata; el hombre lleva adentro ese potencial y una vez desarrollado lo proyecta al exterior, bañando al mundo de sobrenaturalismo. Dijimos que ya el niño, al igual que el

[1] Entre ellos Hubert Reeves, astrofísico canadiense.

primitivo inculto, se cree rodeado de las posibilidades más insólitas y confunde fantasía con realidad. No logra un neto deslinde entre ambas cosas y puede creer prácticamente en todo, incluso en los sueños. Aquí no se trata de una inmersión en el mundo sobrenatural porque éste definitivamente no existe en el exterior, sino que esta imagen se lleva adentro y es desplegada hacia los objetos exteriores. Luego se cree ver en éstos una posesión de voluntad, aunque se trate de trozos metálicos, piedras o árboles. Todo el mundo exterior es como si danzara alrededor del individuo, ya sea a merced de él, de sus deseos, pensamientos y actos, ya sea rebelándose a sus intereses para ceñirse a los propios (de los seres espirituales).

Los actos de un primitivo son difíciles de comprender para un civilizado.

De ahí lo enigmático del comportamiento de los nativos incultos para los exploradores que contactaron por primera vez con ellos en la época de las conquistas de nuevos continentes.

Los actos de los primitivos se ciñen a ciertas reglas estrictas según sus culturas, para no ofender a sus dioses o antepasados cuyos espíritus pueden estar vigilantes sobre sus descendientes.

Estas culturas que surgen de lo innato, de la propia naturaleza humana, en cierto modo tiranizan la vida de cada individuo. Este no puede hacer lo que quisiera o conducirse contrariamente a las reglas establecidas que pesan sobre él, porque lo sobrenatural está vigilante y es exigente.

Entre los pueblos civilizados no es diferente en su esencia. Tan sólo han cambiado las formas de manifestarse.

El que más, el que menos, se siente protegido en la vida, como si poseyera un "dios aparte" o un "ángel de la guarda", y esto puede suceder incluso al margen de las creencias religiosas. Es casi subconsciente y el ente protector puede ser tanto "el dios aparte" particular como la divinidad en que se cree según el dogma profesado. No en vano existe el mito del "ángel custodio", ya que esa idea surge del innato sobrenaturalismo en que se desenvuelve cada individuo, quien rechaza inconscientemente toda posibilidad de daño que pueda acaecerle mediante el pensamiento o frase: "no, a mí no me puede suceder tal cosa". Esta apariencia de creer ver algo sobrenatural que rodea al individuo entronca directamente con los factores de supervivencia señalados en el cap. XV, 6, y con las creencias religiosas a tratar en el cap. XVIII, 4.

8. Las costumbres

La visión del mundo humano de las apariencias desde el enfoque psicologista, único válido para esta cuestión, muy apartado de todo idealismo hegeliano, posee múltiples facetas. Son tan variadas que sería imposible incluirlas en este tratado, pues se haría muy extenso. De modo que para finalizar este capítulo sólo añadiremos el mundo de las costumbres.

Si existe algo verdadera y tenazmente tiranizante en toda sociedad humana éstas son precisamente las costumbres, que envuelven ya al niño de corta edad para ir transformándolo en una especie de autómata de los modales o esclavo de la cultura.

La forma del lenguaje, el modo de sentarse, de pararse, de vestir, de jugar, de comer, de contestar, de pedir, de tratar a los mayores, parientes cercanos y extraños, los gustos, los rituales, las modas del canto, de la danza, todo amaneramiento, etc., hacen prisionero al individuo desde sus primeros años. Esto no es proyección inmediata del yo de los mayores que envuelve a los jóvenes, ni proyección por parte de los niños como en el caso del sobrenaturalismo, sino un ambiente folklórico particular creado por tradición. No obstante, originariamente, todo proviene de la propia naturaleza humana, de una tendencia innata hacia la creación de rituales, formulismos, símbolos, actitudes, cumplidos, y todo lo que atañe al folklore en un amplio despliegue de formas que se hacen peculiares de cada pueblo o capa social.

De modo que podemos advertir en todos los pueblos la tendencia hacia las modas, el canto, las danzas, la vestimenta, el flirteo en las parejas jóvenes, la vergüenza ante ciertas palabras o actos, el tabú del sexo, la creación de símbolos y el fervor adoratorio hacia ellos, el amor al terruño en donde se ha nacido, la veneración por los antepasados, etc. Hay en todo esto algo genérico, común a todos los pueblos, y la explicación lógica se halla en el código genético ancestral, que es transmitido de generación en generación, en donde están planificadas las susodichas tendencias psíquicas que hacen de la especie denominada sapiens lo que es en su particularidad frente a otras especies animales de conductas también propias, y lo que podría representar ante supuestos pero posibles seres inteligentes de otros microuniversos de galaxias.

En cuanto a lo tiranizante del ambiente psicosocial no proyectado, sino elaborado al albur por determinada fracción de la población del orbe, tenemos por ejemplo las modas. Modas en el vestir, en las danzas, música, canto, en el habla, en las bebidas y comidas, y rituales, como el brindis por ejemplo, etc.

Las modas en el vestir suelen ser constrictivas en ciertos pueblos o capas sociales, y en algunos casos se llega al más sonante ridículo en materia de vestimenta al punto que un pueblo se ríe de otro, o las nuevas generaciones se burlan de las antiguas ante lo estrafalario que fue aceptado como "normal" en determinado seno social y época. Hoy los contemporáneos se ríen del tocado de los "damas antiguas", de su exagerado miriñaque, de las pelucas empolvadas de los notables, de las gorgueras de las damas del siglo XVII, de las barbas sin recorte y los exagerados bigotes de los abuelos del álbum familiar, de los trajes de baño femeninos del siglo pasado, etcétera

Mañana, los jóvenes que hoy se ríen de todas estas cosas del pasado, serán a su vez el hazmerreír de las generaciones venideras que los verán actuar en viejas películas y videos transmitidos en quién sabe qué sofisticado sistema del espectáculo del futuro.

Pasando a otra faceta, también las historias adoptadas por los diversos pueblos y naciones del orbe transmitidas a las nuevas generaciones contienen elementos subjetivos, tergiversaciones por creencias dogmáticas, ideológicas políticas, influencias nacionalistas, antropolatrías diversas, prejuicios y tabúes. De modo que la mente de los escolares es moldeada frecuentemente según un esquema histórico falsificado que muchas veces contiene relatos de circunstancias injustas, atemperadas tendenciosamente por el historiador y ofrecidas como glorias del pasado de un pueblo "heroico" o de algún general "virtuoso".

Nadie puede saber a ciencia cierta en qué clase de entorno se mueve. Se desconoce lo que "verdaderamente" es lo auténtico y correcto y qué es lo definitivamente incorrecto, salvo lo ético.

Incluso el tabú del sexo consiste en una atmósfera artificial que nos envuelve y nos persuade de que el cuerpo humano desnudo es impúdico, cuando lo más natural sería que todos anduviéramos en todas las ciudades del orbe tal como se estila en las playas del mundo cuando la temperatura climática lo permite. En todo caso, el nudismo debería ser practicado parcialmente, tapando sólo las partes genitales por razones exclusivamente estéticas y prácticas, como se ve entre los nativos de muchos pueblos. En este ocultamiento no deberían entrar los senos de la mujer que son exhibidos por éstas sin inhibición alguna en muchos lugares del mundo según sus culturas.

Pero el mundo humano es terriblemente constringente. ¡Guay con transgredir las modas del presente! ¡Pobre de aquel que aparezca vestido a la usanza del siglo XII en pleno final del siglo XX! La sociedad no perdona, y se hace insoportable pretender ir contra la corriente y rechazar las canciones de moda para escuchar en público anticuados valses de antaño.

Sin embargo, todo esto no es más que un mundo de apariencias creado por pura cerebración, al cual la sociedad humana se ata a sí misma, se somete y se exige sagradamente.

Lo aparente domina al individuo. "Lo arriba y lo abajo", "los distintos lugares que ocupa el Sol al nacer y al ponerse", lo bello, lo feo, la irrenunciable idea antropocéntrica, el antropomorfismo, el sobrenaturalismo, "la inmovilidad" como un hecho posible y las costumbres folklóricas, gravitan pesadamente sobre cada individuo y a veces sellan sus desdichas en la vida (caso de las mujeres que fueron enterradas vivas junto con sus amos fallecidos, sacrificios humanos a los dioses, mutilaciones de todo tipo por razones religiosas o de distinto social, canibalismo, etc.).

Capítulo XVIII
El mundo de las creencias

1. El mundo físico animado

El potencial encerrado en nuestra mente para crear fantasías basadas en las fijaciones de nuestras percepciones del mundo exterior no conoce límite. La mente humana es un mecanismo evasor de la realidad. Presta sentido a aquello que no lo tiene, otorga vida y voluntad a los objetos inanimados y a los seres ya muertos, relaciona hechos inconexos, atribuye pensamiento a las flores y a los árboles, cualidades humanas a los pájaros y hasta... ¡se encariña con las máquinas!

El fenómeno de psiquización del entorno hace que todo sea posible. El mar, el viento, el trueno, las montañas, los ríos... pueden hablar, también oír, pensar y tener voluntad. Las constelaciones estelares pueden adquirir formas zoomorfas, antropomorfas o representar artesanías humanas (como por ejemplo las del cisne, de Orión y de la lira), y a su vez las correspondientes al "zodíaco" se cree que pueden influir en el destino humano dentro de un determinismo infundado.

El Sol ha sido divinizado o personificado por muchos pueblos. (Es el Inti de los incas que se consideraban sus hijos; el Tonatiuh de los aztecas; el Ra de los egipcios; el Baal de los fenicios; el Helios de los griegos). Lo mismo la Luna (Selene de los griegos; Astarté de los fenicios; Metztli de los aztecas y la Mamaquilla de los antiguos peruanos). También la tierra y el mar (Pachamama y Mamacocha respectivamente de los antiguos peruanos).[1]

El hecho de que el cono de sobra proyectado por la Tierra interpuesta entre el Sol y la Luna, eclipse a esta, era interpretado por los antiguos peruanos como una serpiente o puma que intentaba devorar a la diosa Mamaquilla (la luna), esposa de Inti (el Sol). Entonces los nativos, durante el eclipse, trataban de ahuyentar al animal con amenazas y ruidos.[2]

---

[1] Véase J. Alden Mason, *Las antiguas culturas del Perú*, México, Fondo de Cultura Económica, 1969, pág. 193.
[2] Véase en nota 1, *ob. cit.*, pág. 193.

Siguiendo con las culturas americanas antiguas, podemos recalar en el significado de las *huacas o guacas* que, según J. Alden Mason, eran lugares sagrados que alojaban o que representaban un espíritu, que si poseía mala voluntad era menester aplacarlo mediante un obsequio o algún sacrificio.

Estos lugares se contaban por miles y podía tratarse de templos, manantiales, colinas, piedras acumuladas, cavernas e incluso raíces, canteras, fuertes, puentes, tumbas y lugares históricos.

Los peruanos adoraban las cumbres cubiertas de nieve y varias colinas alrededor de lo que denominaban "ombligo del mundo" (la ciudad del Cuzco), pues creían que representaban a grandes personajes muertos, incluso algunos como protectores.[3]

Por su parte, la animación de la naturaleza divinizada entre los aztecas fue abundante. Los antropólogos que han estudiado esta cultura hablan de "dioses de la fecundidad", "diosas de la lluvia y de la humedad", "dioses del fuego", "dioses planetarias y estelares", "dioses de la muerte y de la tierra", a los que describen en profusión.[4]

También los mayas, sus vecinos, poseían sus dioses que personificaban la naturaleza, como Chaac, dios de la lluvia; el dios del maíz; Xamán Ek, dios de la estrella polar; el dios del viento que posiblemente fue Kukulcán; Ixchel, diosa de las inundaciones, la preñez, el tejido y quizás también de la Luna.[5]

Entre los antiguos egipcios, Atum era el espíritu del mundo frente al caos simbolizado por el dios Nun. Atum era un espíritu diluido y llevaba en sí la potencia generadora de todas las cosas y los seres. Una vez que Atum toma conciencia de sí mismo se desdobla y da nacimiento al dios Ra que personifica al Sol. Emergido del caos, Atum-Ra organiza el universo. El aire es llamado Shu, el fuego Tefnut, el dios tierra Geb y la diosa del cielo Nut; Osiris es el dios de la vegetación y la fecundidad; Isis símbolo del agua y de la tierra fecunda, mientras que Seth, espíritu del mal, es el dios del desierto y de la esterilidad. Esta cosmogonía es denominada heliopolita.[6]

Sería interminable la descripción de dioses y diosas creados por la fantasía de los diversos pueblos del orbe. Baste como ejemplo lo expresado.

[3] Véase en nota 1, *ob. cit.*, pág. 194.
[4] Véase George C. Vaillant, *La civilización azteca*, México, Fondo de Cultura Económica, 1973, págs. 149 y sigs.
[5] Véase Sylvanus G. Morley, *La civilización maya*, México, Fondo de Cultura Económica, 1972, págs. 211 y sigs.
[6] Véase Jacques Pirenne, *Historia del antiguo Egipto*, Barcelona, Océano, 1980, tomo I, pág. 111 y sigs.

2. La creencia en los espíritus

En el cap. XV, 1 he tratado de pintar el panorama existencial que sin duda asomó en los tiempos primitivos: el hombre ya con ciertas luces, frente a una realidad amenazadora, siniestra y muchas veces incomprensible.

Decía también allí que su entrada en la luz intelectual fue un paso grave porque le permitía al primitivo darse cuenta de todo aquello que el animal inferior ignora.

El animal, en efecto, carece de la noción de un peligro futuro si no existen indicios de su presentación inminente. El animal, si bien posee grabadas experiencias desagradables vive en el presente. Sufre en el momento. Ya aliviado, olvida y podríamos decir que vive feliz sin el tormento de los recuerdos de días desgraciados ni temores del futuro.

No se le ocurre que puede enfermar de nuevo para ponerse triste por ello. En todo caso, rehuirá los arbustos espinosos para no pincharse nuevamente y esquivará a otros animales con quienes ha tenido desagradables experiencias. Pero todas estas decisiones las tomará en el momento o la oportunidad en que se presente el peligro. No puede calcular que en el futuro sus crías pueden ser atacadas. Las cuida instintivamente, no vive las zozobras de pensar en un futuro lleno de peligros basado en experiencias anteriores. El instinto planificado en los genes es instantáneo. Obra en las circunstancias, no antes, aunque se crea ver previsión del peligro en los animales. Ellos carecen de conciencia de lo que vendrá. Se comportan cual autómatas planificados en los códigos genéticos.

En el caso del ser consciente de los peligros pasados, presentes y futuros es distinto. El hombre puede llegar a tener terror del futuro si se halla desprovisto de una esperanza aunque sea ilusoria. Al poseer conciencia de la posibilidad de la desgracia futura, a diferencia del animal, puede vivir angustiado y terminar en la enfermedad y la muerte.

Es posible que ya el Pitecántropo haya experimentado los primeros choques conscientes con la traicionera y enigmática realidad. Puede que la transición de las tinieblas de la inconsciencia hacia la luz de la conciencia se haya producido en la rama filética del Pitecántropo (*Homo erectus*) y quizá ya en el *Australopithecus* del Pleistoceno inferior, cuyas facultades intelectuales se situaban en el límite entre la inteligencia animal y el intelecto humano, o más bien debe ser considerado como el "prehomínido que empezó a rebasar los límites de la inteligencia animal y ha de figurar como el antecesor inmediato del hombre", según Jan Jalínek.[7]

---

[7] Véase Jan Jelínek, *Enciclopedia ilustrada del hombre prehistórico*, México, Extemporáneos (Impreso en Praga, Checoslovaquia), 1975, pág. 61.

Cuando este ser ya consciente se enfrentó con el peligro de las enfermedades, de los accidentes, del ataque de las fieras y de las hordas homínidas, no ya como episodios circunstanciales, del momento, sino como peligros siempre en acecho incluso para sus descendientes, comenzó a actuar en algunos individuos el mecanismo de la supervivencia en forma de fantasía evasora de la realidad. Estos fueron los que dieron descendencia, no así aquellos que perecieron víctimas de las tribulaciones frente a lo desconocido, frente a un entorno que de pronto les enviaba golpes terribles, toda clase de desgracias o los envolvía en tragedias sin razón ni motivo aparente alguno, sin atinar a conocer en lo mínimo las causas. Lo siniestro parecía provenir de las sombras o de la nada para herir contundentemente, y la inseguridad generada por ello debía ser insoportable para el Pitecántropo con ciertas luces intelectuales.

De ahí entonces la supervivencia de los individuos fantasiosos y su descendencia.

La fantasía creó la idea de *espíritu* y lo espiritual animó el mundo circundante y ofreció razones (inventadas) por las cuales sobrevenían como de la nada las catástrofes, las enfermedades, las epidemias, la muerte súbita.

Todas las calamidades comenzaron a tener explicación. Si sobrevenía una prolongada sequía con su consecuencia, la hambruna, o si se desencadenaba una tempestad de viento y agua que arrasaba a su paso las aldeas, o si entraba en erupción un volcán o temblaba la tierra, o una epidemia diezmaba a una población, todo era señal de que las deidades moradoras en las montañas o personificadas en el dios del viento, la lluvia (recordemos a Kukulcán y Chaac de los mayas) y otros espíritus, estaban enfadadas o actuaban con alevosía.

El mundo circundante se tornaba de este modo domeñable. ¿De qué manera? Si las deidades espirituales estaban ofendidas, enojadas o alteradas y se manifestaban desatando su furia y lanzaban calamidades sobre los hombres, entonces había que aplacarlas.

Los distintos rituales, palabras, danzas, sacrificios, se creían eficaces para pacificar los espíritus poderosos y manejar a la naturaleza que les obedecía. De este modo, al espiritualizarlo todo, el mundo quedaba al menos en buena parte en manos del hombre, que así se sentía protegido ante lo siniestro, más seguro. Aún en nuestra civilización es dable observar a menudo la intención de torcer el destino y mejorar toda situación penosa invocando y peticionando a la deidad o deidades en que se cree. (Los santos de hoy invocados pueden considerarse comparativamente como equivalentes a deidades menores de los primitivos, por ejemplo el santo del trabajo, de la suerte, de la salud, etc.).

El animismo, ese invento de la fantasía, y la creencia en él, esto es en la existencia de espíritus que animan todas las cosas, salvó al hombre de su extinción, como hemos visto en el cap. XV,6. En aquella oportunidad se señalaba la importancia del invento; ahora se acentúa el valor de la capacidad de *creer* para sentirse protegido.

3. La creencia en la vida más allá de la muerte

Ya he hablado en el capítulo concerniente a los factores de supervivencia, del poderoso instinto de conservación que nos aleja de todo lo relacionado con la posibilidad de la muerte. Nadie quiere morir y todos se resisten a la fase terminal de la existencia, aún la mosca, la lombriz, y con más razón el hombre, ya que posee conciencia y el horror que le causa la idea de un tránsito final hacia la nada es insoportable. Más que la muerte en sí, lo espantoso es la idea de la desaparición definitiva, para siempre, de todo lo que uno es, de eso "yo" que encierra todo un mundo de vivencias, experiencias, afectos, felicidades, deseos, sentimientos, proyectos, ilusiones, ambiciones y finalmente... ¡esperanza de vida! ¡Anhelo de más y más vida!

Esa idea intolerable, con toda seguridad ha atormentado a nuestros remotísimos antepasados que no poseían un mecanismo de escape que aliviara la angustia generada por ella, y con toda seguridad estos individuos pesimistas se fueron perdiendo a lo largo de las generaciones para quedar como reproductores tan sólo los fantasiosos. Fue otra vez la facultad de fantasear y la capacidad de creer en las fantasías lo que salvó al hombre.

Bastó para ello añadir la idea de *inmortalidad* a la inventada idea de *espíritu animador* de todo cuerpo.

El cuerpo podía morir, heder, llenarse de gusanos, desintegrarse, pero el espíritu separado, nunca. ¡Extraordinaria salida de la terrible cuestión! ¡Una manifestación más de la esencia del universo en forma de fantasía eficaz, aunque transitoriamente! El tránsito hacia la nada quedaba suprimido y la vida podía continuar bajo otra forma, la de *sustancia espiritual*.

El horror a la muerte quedaba así atemperado, ya que si bien se trataba igualmente de un trance penoso por el hecho de abandonar la amada vida terrena, al menos no todo estaba perdido, o más bien lo más preciado era lo que perduraba: ¡nada menos que la vida, y después de la muerte!

4. Las creencias míticas y religiosas

Como hemos podido apreciar, el hombre, después de evolucionar, ha llegado a una situación existencial crítica en que necesita vivir engañado, esto es en el seno de una ilusión que es el mito y la religión, con sus inherentes ideas de alma inmortal, el más allá, etc.

En los tiempos precientíficos y aun durante el desarrollo de la ciencia, en diversos pueblos primitivos proliferaron los mitos.

¿Qué significado puede tener el mito? Precisa y básicamente, en ausencia de todo conocimiento científico, el mito ofrece una explicación —si bien ingenua, al mismo tiempo satisfactoria en muchos casos— del mundo, la vida y el hombre.

Mientras unas fábulas míticas se refieren a la creación del mundo, otras hablan de seres divinos o sobrehumanos, del origen de la humanidad, de una tribu en particular o determinada familia.

También se describen héroes que lograron tras ingentes esfuerzos, grandes beneficios para la humanidad.

Mientras algunos autores separan los mitos de las religiones, yo afirmo que son la misma cosa. Más aún, según mi modo de ver, làs religiones son supersticiones en grande, o mitos perdurables.

Si bien se ha opinado que la mitología en general no constituye una parte esencial de la religión antigua porque no tenía ninguna sanción sagrada ni ejercía una gran fuerza coactiva sobre el adorador, no todo queda confinado a esta apreciación. En efecto, si depuramos los mitos, despreciamos los demasiado fabulosos, de historias simples, infantiles, ingenuos y construidos más bien para "entretener" que para explicar cosmogonías, existencias y fenómenos físicos, y escogemos "los mayores y más convincentes", nos quedan verdaderamente entre manos las religiones. Muchos de los que hoy se consideran mitos, otrora fueron religiones, y esto es tan sólo un punto de vista actual. Por su parte y a la inversa, muchos mitos del pasado se han transformado en religiones.

Las actuales religiones también pueden·ser consideradas como mitos desde una óptica incrédula.

Si bien la religión contiene moralidad (no siempre), rituales, sacrificios, oraciones, veneración, esperanzas de ultratumba y otros ingredientes sacratísimos, siempre existen componentes netamente míticos una vez desgajada aquella de los elementos emocionales, rituales, morales, etcétera.

Entre muchos ejemplos podemos elegir algunos, como el mito de Osiris del antiguo Egipto.

Este mito osiríaco es un añadido a la cosmogonía heliopolita ya mencionada (véase punto 1), posee una moral y se incluyó en la religión egipcia de salvación.

Osiris, un rey que había vivido entre los hombres, era también el dios de los muertos.

Fue un rey benefactor de sus súbditos. Asesinado por un rival y vengado por su hijo, resucitó en virtud de un llamado a la vida por el amor de Isis. Una vez resucitado de entre los muertos gobernó sobre los "muertos". Es un dios de la vida que sigue a la muerte y por ello "convirtió" a la religión egipcia en una religión de salvación.

Siguiendo con el mito, cuando Isis logró reconstruir el cuerpo despedazado de Osiris, éste fue abrazado por el dios creador Ra, se mezclaron sus almas y ambos constituyeron en adelante una única divinidad.

Aquí tenemos a un hombre convertido en dios, un dios de la resurrección y la vida, que luego compararemos con otro personaje mitificado.

Entre el pueblo azteca también surgió un mito sobre cierto rey barbado, Quetzalcóatl, que civilizó a los toltecas y partió por mar hacia el Oriente. Según una profecía, algún día Quetzalcóatl volvería del mar. Para algunos fue un aventurero blanco europeo que estuvo en México y fue tomado por un dios.[8]

Quetzalcóatl, "la Serpiente Emplumada", fue el dios de la civilización y parece haber sido adorado extensamente bajo distintos aspectos.

En el Perú se produjo al parecer un caso similar. Viracocha fue el creador de todas las cosas, incluyendo otras deidades, y era inmortal. Sin embargo, a Viracocha se lo consideraba también como un héroe cultural que enseñó a su pueblo cómo debía vivir. Según la mitología incaica, Viracocha, luego de visitar todo el país con la finalidad de instruir a su pueblo, partió caminando sobre las olas desde las costas del Ecuador a través del océano Pacífico. De ahí que cuando el conquistador español Pizarro llegó al Perú fue tomado por el dios que regresaba. Lo mismo le ocurrió a Cortés en México con respecto a Quetzalcóatl con el que quizás fue confundido. La similitud es notable.

Esto da pábulo a la hipótesis de que mucho antes de la llegada de los españoles y portugueses a América ya lo habían hecho otros exploradores de otras naciones. Desde ya que América no fue descubierta a fines del siglo XV, sino que los exploradores y conquistadores europeos hallaron, al arribar a ella, un continente ya poblado desde hacía muchos milenios a.C.

En la India tenemos otros casos de personajes mitificados. La historia parece repetirse con algunas variantes. Luego explicaré las causas de todas estas antropolatrías como extrañas manifestaciones de la esencia del universo en forma de psiquismo. Veamos el mito acontecido en la antigua India.

Se trata de Krisna. Se dice que "el tirano Kansa, rey de Benarés, se había atraído la cólera de los dioses por su crueldad. Un sabio llamado Narada, al maldecirlo le había predicho que un hijo de su sobrina Devaki

---

[8] Véase George C. Vaillant, *La civilización azteca*, México, Fondo de Cultura Económica, 1973, pág. 147.

(o Devanaki) lo mataría y acabaría con su imperio. Para impedirlo, Kansa hizo degollar a seis hijos de Devaki y arrojó a ésta en prisión. Entonces Visnú (segunda persona de la trimurti o trinidad índica compuesta de Brahma, el susodicho Visnú y Siva) se encarnó en Krisna. Devaki, que había sido concebida en la cárcel, iluminada por Visnú que se le apareció, le dio a luz una medianoche.

Luego la historia de este Krisna adornado de todo mito, lo pinta como una mezcla de lo divino con lo humano, pues veamos lo que dice el siguiente pasaje del Mahabarata (epopeya india, escrita en lengua sánscrita): "Y mucha gente le seguía y exclamaron y le gritaron: ayúdanos, Señor. Y de todos lados le dijeron: éste es quien nos librará. Este es quien resucita a los muertos, sana a los sordos, ciegos, paralíticos y cojos. Krisna resucita a los muertos, sana leprosos, hace que los ciegos vean, los sordos oigan, apoya a los débiles, y el pueblo dice: éste es verdaderamente el Salvador, que fue prometido a nuestros padres".

Tiene discípulos, dice parábolas, hace obra de redentor, es asesinado, desaparece su cadáver pero luego asciende al cielo. Se calcula que vivió casi 4000 años a.C.

En China, a principios del siglo VI a.C. hizo su aparición un reformador religioso denominado Lao-Tse, fundador del *taoísmo*.

Según el mito, fue concebido por su madre de un rayo de luz y lo llevó en su seno durante ochenta y un años. Lao-Tse se retiró a las montañas para obtener la paz del alma en la contemplación e hizo públicas sus meditaciones en dos libros.

Su doctrina religiosa parece inclinarse hacia el monoteísmo, pues afirma que la creación es obra de un *principio Tao que existe por sí mismo*.

Después de Lao-Tse, surgió un nuevo reformador, Confucio, en chino Kong-Fu-Tseu (551-479 a.C.). Según la tradición, tuvo numerosos discípulos que difundieron sus doctrinas. Se le otorgaron honores casi divinos y los emperadores le levantaron gran número de templos; su imagen figuró en las escuelas como objeto de culto. Su filosofía fue muy difundida e interpretada en forma dispar por su seguidores.

Nuevamente en la India hace su aparición un reformador religioso denominado Gautama Siddhartha o Sakyamuni (el sabio de la tribu de los Sakyas), quien realizó cambios profundos en el brahmanismo a fines del siglo VI a.C. (Se dice que vivió probablemente entre 560 y 480 a.C. en el nordeste de la India).

Este personaje se proclamó Buda, "el Iluminado". Tiene también sus discípulos, es seguido por muchedumbres, se expresa en parábolas (como Krisna), da un fundamental sermón en Benarés, y realiza milagros como la multiplicación de los panes y otros.

Su doctrina consiste en las cuatro Nobles verdades tomadas de su célebre sermón de Benarés: 1º la omnipresencia del sufrimiento en todas las formas de vida; 2º su causa es el deseo egoísta; 3º con la supresión del deseo equivocado cesará el sufrimiento; 4º la Noble Verdad del Octuple Sendero que el mismo Buda recorrió hasta el final del sufrimiento y que consiste en *las Opiniones Justas; el Motivo Justo; el Discurso Correcto; la Acción Justa; la Correcta Forma de Vivir; el Esfuerzo Correcto,* etc., lo cual conduce a librarse de reencarnaciones humanas inferiores para alcanzar el Nirvana (felicidad obtenida en la extinción de la conciencia individual).

Contemporáneo al Buda, también en la India, surge el fundador del *jainismo,* religión que sostiene la inmortalidad del alma y al igual que en el budismo, el fin en la vida es alcanzar el *nirvana.* Se trata de Vardhamana (600-527 a.C.), el Mahavira o el Jina (cuyo significado es "el vencedor") de la casta de los chartrias a la que también perteneció el Buda. Fue también reformador religioso e igual que Siddhartha enseñó el camino conducente a la escapatoria de la serie de infinitos renacimientos según las creencias tradicionales de la India.[9]

En Persia, Zarathustra o Zoroastro fue un reformador religioso cuya doctrina, el mazdeísmo, habla de dos principios contrarios, uno el autor de todo bien llamado Ormuz, y otro de todo mal denominado Ahrimán. El primero es el creador del mundo, el segundo quiere destruirlo. Cuando el Bien haya vencido al Mal, Ormuz a Ahrimán, entonces resplandecerá la luz eterna.

Esta creencia en el bien y el mal se halla muy extendida en el mundo y se trata simplemente de una proyección méntal de la dual naturaleza humana que tiende hacia la maldad, al mismo tiempo que por razones de supervivencia trata de imponerse un freno en tal sentido mediante la moralidad.

Hay inseguridad con respecto a la fecha en que vivió Zoroastro, generalmente se acepta que existió entre 660 y 583 a.C.

Se sabe que igual que Krisna, Confucio y Buda tuvo sus discípulos.

Más tarde, los seis espíritus amigos de Ormuz se vieron transformados en divinidades secundarias y entre ellas se popularizó el dios Mitra que representaba al Sol escudriñando la conciencia de los hombres.

En realidad Mitra es una deidad de origen védico y fue acogido en la religión iraniana de Zoroastro como intermediario entre los hombres y

[9] Véase Arnold J. Toynbee, *La gran aventura de la humanidad,* Buenos Aires, Emecé, 1985, págs. 213 y 214. (Título en inglés: *Mankind and Mother Earth,* Oxford University Press, 1976.)

Ormuz.

Mas como "hombre" nace milagrosamente y los pastores vienen a adorar al niño. Cuando finaliza su misión terrestre vuelve al cielo. Mitra juzgará a los buenos y a los malos, y al fin del mundo vendrá para el juicio final.

La religión de Mitra se difundió por todo el Imperio Romano y opuso una vivísima resistencia al naciente cristianismo. Hay quienes opinan, como Renán, que si no hubiese sido por el emperador Constantino I, el "mundo" se habría vuelto mitriano en vez de cristiano.

En Palestina hace su aparición Jesús, otro de los personajes mitificados, quien se proclama hijo de Yahvé, el dios de los hebreos, y se dispone a reformar la religión judía monoteísta, que luego por influjos de los evangelistas y del judío converso Saulo de Tarso (luego Pablo), fue transformada en triteísta.

Pero al mismo tiempo, al adjudicarse como padre a Yahvé, se proclamó el mesías y esto exasperó a los judíos que le hacen crucificar.

Según lo describen cuatro arbitrariamente escogidos redactores de los llamados evangelios (buena nueva), de ser cierta su semblanza y en primer lugar su existencia, ya que los documentos antiguos silencian su historia,[10] era una persona muy versada en las escrituras sagradas de los hebreos.

Se le atribuye una concepción obrada por un dios y un nacimiento de una virgen (compárese con Krisna y Lao-Tse). Se narra que los pastores vienen a adorarle (compárese con Mitra). Elige sus discípulos (compárese con Krisna, Confucio, Buda y Zarathustra). Es seguido por muchedumbres (compárese con Krisna y Buda). Enseña en parábolas y realiza milagros (compárese con Krisna y Buda). Muere y vuelve a la vida para ascender a los cielos (compárese con Osiris, Krisna y Mitra).

Todo esto hace sospechar que su biografía narrada en los evangelios ha sido compuesta con las de otros personajes.

Su doctrina expresada en las frases "ama a tu prójimo como a ti mismo" y "ama a tus enemigos" es impracticable para la inmensa mayoría de los hombres de la Tierra, por ir contra la naturaleza humana. No obstante, esta doctrina ha prendido —al menos nominalmente, sin ser practicada en plenitud por las mayorías— en los pueblos europeos que la difundieron luego en las áreas de influencia conquistadora. En la actualidad los seguidores de Jesús representan una fracción de un 28%

---

[10] Ni los escritores judíos (Filón de Alejandría, Flavio Josefo, Justo de Tiberíades), ni los escritores romanos o griegos (como Tácito, Séneca, Plinio el Antiguo, Marcial, Plutarco, Persio, Suetonio), contemporáneos de Jesús y de tiempos posteriores, describen su historia. Algunos, como Josefo y Tácito, sólo lo mencionan brevemente sin asignarle importancia alguna.

de la población del globo aunque sólo nominalmente, ya que son pocos los cristianos prácticos.[11]

En el siglo III d.C. aparece en el seno del imperio persa sasánida el fundador de una nueva religión misionera que se extiende mucho más rápidamente de lo que lo hizo el cristianismo al principio. Se trata de Manés, nacido en Babilonia (Irak) quien declaró ser sucesor de Zarathustra, de Buda y de Jesús. Manés predica un dualismo radical. Descubre en la naturaleza por doquier —igual que Zarathustra— la lucha del bien, de la fertilidad, de la luz, de la vida, contra el mal, la esterilidad, la oscuridad, la muerte. Dice ser "el Sello de los profetas", "el Mensajero del Dios de la Verdad de Babilonia" y encarnación del Espíritu Santo.

Su intención fue convertir a toda la humanidad a la nueva religión que se denominó *maniqueísmo*, y predicó que un severo ascetismo puede asegurarle al hombre la victoria del bien y la resurrección en un mundo feliz.

Se dice que el rey Varanes I, de la dinastía de los sasánidas, nieto de Sapor I, instigado por Kartir, eclesiástico zoroástrico, arrestó a Manés y dio orden de desollarlo vivo. De este modo murió como un mártir.

El maniqueísmo se difundió a lo lejos de su origen e influyó en el cristianismo, pues Manés había enviado misioneros por el imperio sasánida e incluso hasta Egipto.

En arabia, nace el fundador de la religión musulmana, Mahoma, (570-632 d.C). Fue primero pastor y luego conductor de caravanas. Después comienza a anunciarse como elegido de Alá.

Las experiencias religiosas de Mahoma tuvieron la forma de las epifanías del arcángel Gabriel del mito judeocristiano, quien le habló en el nombre de Alá y le mandó transmitir las palabras pronunciadas a sus compatriotas de la Meca.

Predicó en la Meca durante doce años pero obtuvo resistencia, pues los árabes politeístas que, al lado de divinidades vagas, adoraban a las fuentes, a los árboles y las piedras como la alojada en el templete de la Kaaba de la Meca, y creían además que la atmósfera estaba habitada por espíritus o *djins* que amenazaban el reposo de los hombres, se le opusieron. Por esto y también por la oposición de los poderosos comerciantes de La Meca que temían la pérdida de prestigio del santuario de la Kaaba que atraía a los compradores y otras causas, tuvo que huir de La Meca hacia Medina (huida conocida con el nombre de *héjira*). Luego hizo la guerra santa a sus compatriotas de La Meca y venció.

---

[11] *Fuente:* Annuario Statistico Della Chiesa 1984, según datos obtenidos y proyectados a 1988, por el Ing. I. V. Celia.

Se le atribuye el *Alcorán*, libro sagrado de los mahometanos, aunque parece que no fue escrito por él, sino recogido por boca de los más fieles discípulos de este profeta y copiado en pergaminos. Su basamento doctrinario se halla en fuentes judías, cristianas y propiamente árabes. Su doctrina es escueta. Sólo afirma cuatro principios: 1) El monoteísmo. 2) "Sólo Alá es dios y Mahoma su profeta". 3) La inmortalidad del alma. 4) La retribución o castigo final de los actos humanos.

En el aspecto mítico o alegórico, Mahoma realiza un viaje nocturno desde La Meca a Jerusalén y de Jerusalén a La Meca, montado en una cabalgadura llamada Al-borak que lo lleva a recorrer los siete cielos para encontrarse, entre otros personajes, con Adán, Moisés y Abraham de los judíos. Luego llega hasta el jardín de las delicias y al trono de Alá.

Con esta descripción podemos dar por terminada la serie de fundadores y reformadores de religiones. Estas son todas antropolatrías a las que podemos agregar también el sintoísmo japonés dentro del cual, aparte de la adoración de miles de dioses de la naturaleza y los espíritus de los antepasados, también se venera la naturaleza divina de los emperadores.

En muchos casos las similitudes de estas antropolatrías son notables, frutos de la fantasía humana panuniversal por una parte, y por otra el resultado de imitaciones en las narraciones e influencias de un mito en otro.

Desde ya que esto no es todo, son innumerables los casos de reformas religiosas, ya sea con éxito o abortadas, realizadas por diversos personajes a lo largo de la historia, y por supuesto es imposible incluirlas todas aquí por razones de espacio.

Después de esta resumida reseña de los casos más notables, ¿qué significado pueden tener todas estas antropolatrías como curiosas y extrañas manifestaciones de la esencia del universo en forma de psiquismo?

Simplemente, se trata de razones de supervivencia entroncadas con motivos existenciales que ha buscado de continuo el hombre a lo largo de su existencia sobre el planeta.

La religión como factor de supervivencia ya la hemos analizado en el cap. XV, 6. Decíamos allí que entre los sobrevivientes de las tribulaciones generadas por el choque yo-entorno, habían quedado sólo aquellos individuos soñadores, fantasiosos, que poseían capacidad de "animar el mundo" con espíritus.

En cuanto al motivo existencial, la búsqueda en esa nada que parece ofrecer el mundo ante un pensamiento profundo desprovisto de fantasía, exento de dioses protectores, y dioses alevosos que al menos explican los embates aciagos de la vida, posibles de ser aplacados, esa inquietud logró un resultado satisfactorio en la invención de dioses espirituales. También en la creencia en personajes intermediarios de carne y hueso, luego mitificados y divinizados por la tradición, en franca antropolatría como una tendencia universal del género humano (recordemos los casos dispersos de América, Africa y Asia.

El origen del mundo, el puesto del hombre en el cosmos, la razón misma, esto es, la finalidad de la existencia humana, todo este misterio quedaba aclarado mediante las creencias míticas y religiosas, asimismo como se lograba la huida de la terrible idea de la muerte como tránsito hacia la nada, ante la perspectiva de una vida futura. Así también se tornaban soportables las miserias humanas, las injusticias del mundo, la existencia del mal y los padecimientos de este llamado "valle de lágrimas". El pobre y desvalido ser humano, el paria de esta existencia enclavado en un ciego, sordo, insensible, pero traicionero Anticosmos, logró así consuelo gracias a la ilusión de las religiones.

A veces pienso, ¿por qué mi madre no habrá tenido razón en sus creencias? Ella era muy católica.

¡Porque es tan lindo ese mundo de fantasía de los ángeles, de los santos en la bienaventuranza, y de un todopoderoso protector en el "paraíso celestial"!

A veces la humanidad creyente me da lástima. Sin embargo, también reconozco que esta compasión es inoportuna, puesto que "el creyente de alma" puede vivir feliz a su manera. ¿Y qué más se puede pedir para esta existencia?

No obstante pienso también, según mi posición atea, ¿por qué tendrá que ser precisamente todo así, tan cruda, descarnada y desamparadora la realidad, y el mundo sobrenatural tan sólo una ilusión?

Las religiones ciertamente asumen así el papel de cuentos de hadas para niños y adultos, y hacen olvidar o ignorar lo siniestro de la realidad.

Este es el aspecto positivo de las creencias religiosas. Luego en el cap. XXV veremos su faz negativa como fanatismo cruel en unos casos, y como traba para el progreso en otros.

Pero no se crea que mi intención aquí es quitar toda ilusión al hombre, por alguna especie de simple placer morboso o algo por el estilo. Por el contrario, en primer lugar se trata de un pensamiento genuino, sincero.

Yo veo las cosas así, tal como las escribo. En segundo término se trata de un reemplazo. La intención que me ha movido a escribir esta obra parte de un loable propósito de reemplazar toda vana y estéril ilusión humana por algo positivo, por una fórmula de futuro que ofreceré en los últimos capítulos.

5. Las supersticiones y el milagro

La naturaleza humana que podríamos denominar "virgen", es decir desprovista de la máscara de la civilización, es supersticiosa.

Aunque se tilde a la superstición de creencia extraña a la fe religiosa, es necesario reconocer que las religiones la poseen; de lo contrario, ¿en qué consistiría entonces la aceptación del milagro que siempre las acompaña?

Por más que se quiera negar la amalgama entre religión y superstición, no es posible separarlas. El diccionario filosófico parece querer arreglar esta cuestión cuando define la superstición como "el exceso o las aberraciones de la religión, o bien la forma de religión que no compartimos".[12]

También dice que Cicerón la definió así: "No sólo los filósofos sino también nuestros antepasados distinguieron a la superstición de la religión: los que durante días enteros rogaban e inmolaban víctimas para obtener que sus hijos quedaran *supérstites* (supervivientes) se denominaron supersticiosos y tal nombre tuvo más tarde mayor extensión" (*De natura deorum*, ed. Plasberg, 1933, II, 28, 71-72).

Tomás de Aquino dice por su parte: "La superstición es el vicio opuesto por exceso a la religión y por el cual se presta un culto divino quien no se debiera o de modo indebido" (*Suma teológica*, II, 2, q.93, a.1).

¡De modo que debe haber diferenciación arbitraria de cultos!

El más acertado fue Hobbes, quien definió la superstición afirmando: "El temor al poder invisible, imaginado por la mente o basado en relatos públicamente permitidos, es religión; no permitidos, es superstición" (*Leviathan*, I, 6).

De modo que toda religión es considerada como superstición a los ojos de los creyentes en otra.

Así, alguna vez, también el cristianismo tenido por religión sagrada y "verdadera" en Occidente, será mito y superstición para las generaciones futuras, de igual modo como lo son actualmente las religiones azteca, maya y egipcia, por ejemplo.

En alguna crónica del futuro es posible que alguien escriba (o grabe electrónicamente o por otros medios tecnológicos avanzados que aún no conocemos), cosas como ésta: "En ciertos tiempos, allá entre los años 1 y 2000... según el antiguo calendario gregoriano de la era llamada cristiana, existió un mito supersticioso acerca de cierto personaje que se atribuyó ser hijo del dio judío Yahvé, que tuvo como misión en la tierra salvar al género humano de cierto pecado original y de otras faltas, mediante su predicación, crucifixión, muerte, resurrección y ascensión a los cielos... Este mito, hoy extinguido como religión, fue predominante principalmente en las naciones europeas y en sus áreas de influencia en el resto del globo".

---

[12] Véase Nicola Abbagnano, *Diccionario de filosofía*, México, Fondo de Cultura Económica, 1963

Desde ya que los adeptos iniciados, seguidores de un reformador tau-maturgo, deben poseer una fuerte base supersticiosa para poder inter-pretar como milagros sus hechos naturales o trucos. Confróntese, por ejemplo, con las narraciones evangélicas de expulsión de demonios de supuestos posesos que hoy la psiquiatría explica como casos de desequi-librios mentales.

Según mi modo de ver, son supersticiones tanto las religiones en su totalidad como los milagros y la adivinaciones, sean éstas las distintas "mancias" (cartomancia, quiromancia, nigromancia, oniromancia, ono-mancia, ornitomancia, etc.), o el horóscopo de la astrología, el espiritis-mo, el satanismo, la brujería y la misma parapsicología. En todos los casos, o existe una interpretación errónea de los hechos naturales, o hay fraude, sugestión, autosugestión o alucinaciones, o se pretende ligar hechos u objetos totalmente inconexos entre sí, o se desconoce lo casual. En efecto, el hombre le teme al azar, se resiste a aceptar que un hecho extraño sea la obra de una pura casualidad, de una coincidencia muy improbable pero posible. Si ocurre un hecho casual, uno entre mil no casuales, es difícilmente aceptado como tal y se tiende a buscar otras explicaciones; si no se las encuentra, entonces se prefiere acudir a causas paranormales, extranormales o sobrenaturales.

Y realmente, a la larga, espaciadamente se producen en el mundo coincidencias tan improbables, tan fabulosamente extrañas y asombro-sas, que incluso los científicos pueden quedar perplejos y tentados de echar mano de una explicación paranormal o sobrenatural del fenómeno.

No obstante, si analizamos a fondo las causalidades, basta con que un hecho sea posible para que pueda ocurrir alguna vez, aunque su proba-bilidad sea una entre un millón o menor aún.

Como ejemplos de hechos fuera de lo común, podemos mencionar el caso de una persona que va caminando por un campo y que de pronto es herido en la cabeza por un aerolito y muere. ¿Quién puede asegurar con absoluta certeza que alguna vez no ha ocurrido esta casualidad en el mundo?

En otro ejemplo puede tratarse de una confusión. ¿Es posible negar que algunas personas han sido condenadas a muerte erróneamente por evidencias palpables, con multitud de testigos oculares, en los casos de individuos dobles?

En cuanto a las cosas inconexas entre sí, tenemos como ejemplo al zodíaco, objeto de culto en las religiones astrales que divinizaban a las doce constelaciones, tomado en los horóscopos. Las estrellas que son tenidas en cuenta para ser unidas con líneas imaginarias y formar con ellas ciertas figuras antojadizas, no están relacionadas unas con otras, ya que en lugar de hallarse en un mismo plano, como se creía en otros tiempos, están separadas en profundidad por enormes distancias. Además, y esto es fundamental, la presunta influencia de los astros en el destino humano es a todas luces un mayúsculo disparate. La astrología no posee absolutamente ningún asidero en la ciencia astronómica, ni en la física, ni en conocimiento científico alguno y sólo puede ser aceptada como un entretenimiento, o... como una mera superstición.

La brujería y la hechicería, por su parte, son quizá las más groseras y peligrosas supersticiones, ya que sus adeptos obnubilados por el fanatismo, exaltados por la autosugestión o desequilibrios mentales, pueden provocar daños criminales a las personas y engañar a los incautos.

La parapsicología, por otro lado, pretende estudiar fenómenos inexistentes, ya que jamás ha sido posible provocar experiencias paranormales y repetirlas infinitas veces, como se hace en el campo científico, por ejemplo en biología, física y química.

Incluso la creencia en el alma y en cualquier clase de espíritu, sea benévolo o malévolo, es para mí pura superstición, y según mi punto de vista los creyentes en milagros son supersticiosos.

El milagro, ya sea la anulación, ya la suspensión de las leyes naturales, no puede existir, porque de lo contrario habría que tirar y quemar todos los libros de ciencia y cerrar todas las universidades del mundo. Luego recelar de toda máquina de precisión, de toda construcción edilicia o de alta ingeniería. Si la suspensión de las leyes naturales fuese posible, entonces en los laboratorios medicinales surgirían poderosos tóxicos en lugar de benefactores medicamentos; las máquinas se "desbocarían" para transformarse en alocados monstruos indomables; los aviones caerían al suelo sin causas mecánicas ni electrónicas naturales; los puentes, diques, torres y grandes rascacielos cederían sin explicación alguna y los artefactos electrónicos enloquecerían e incluso agredirían al hombre.

Todo sería inseguro, tambaleante, librado al capricho de los magos, taumaturgos, manosantas, sacerdotes del vudú... o dioses del Olimpo.

La ingeniería, la ciencia física y la química no se asentarían sobre bases sólidas desde el momento en que las leyes que las sustentan podrían ser suspendidas, por influjos de fuerzas misteriosas indetectables, sólo evidentes por sus supuestos efectos que, dicho sea de paso, no es posible comprobar en ningún laboratorio del mundo.

El milagro es imposible. Si cae un avión y se salva un solo pasajero entre decenas de ellos, se dice apresuradamente que se trata de un milagro. Mas si se investiga el accidente para determinar el ángulo de incidencia en la caída de la nave, la ubicación del pasajero sobreviviente, su tamaño, peso, si se hallaba despierto o dormido... y todos los múltiples parámetros que influyeron *naturalmente* en su inmunidad frente al siniestro, entonces ¡por el contrario!, ¡el milagro resultaría ser si ese pasajero, a pesar de todo, no se hubiese salvado!

Es la ignorancia acerca de los hechos, la propensión hacia la superstición, y a veces el miedo al azar, la no aceptación de las coincidencias, como hemos visto, lo que hace exclamar ¡Fue un milagro!

Si el prodigio existiera realmente, incluso la ciencia médica estaría de más, ya que con simples palabras, ademanes, exorcismos o concurrencia a los santuarios del mundo, en consuno con una profunda fe, se curarían todas las enfermedades. Fe que iría creciendo en los demás ante las evidencias generalizadas, cosa que no ocurre, ya que los episodios de auténticas curaciones son esporádicos, de extrema rareza. ¡Pero existen! ¿Por qué?

Toda curación aparentemente milagrosa no obedece a otra causa que al estímulo, reacción y actuación de los sistemas inmunológicos naturales desencadenados por la fe del enfermo. Pero este mecanismo psicosomático es válido tan sólo para ciertos casos muy específicos, de ahí su rareza.

En cuanto a los casos de neurosis como el histerismo, con manifestaciones de parálisis, trastornos de la visión, convulsiones, malestares digestivos, etc., sus normalizaciones aparentemente milagrosas se deben a la autosugestión obrada igualmente por la credulidad.

Por su parte, los casos fehacientes de "muertos resucitados" no son sino los catalépticos.

Sin tomar en cuenta a los pueblos primitivos, en cuyo seno dominaba el animismo, la antigüedad estaba plagada de milagros de toda especie. De ahí tantos santos y santuarios milagrosos esparcidos por el mundo.

En la medida en que fue avanzando el progreso científico, los "hechos milagrosos" han ido mermando, y hoy día son rarezas. Esto es una señal inequívoca de que toda interpretación sobrenatural de los hechos ha sido y es un engaño, un fruto del desconocimiento.

Luego la superstición, como tendencia innata, junto con la interpretación de ciertos hechos como milagrosos, se manifiesta ante todo aquello que el hombre no entiende, y su razón de ser está en el mismo mundo humano de las apariencias y creencias creado por su fantasioso psiquismo, a fin de eludir la cruda y enigmática realidad que de otro modo se tornaría insoportable.[13]

6. Las creencias esotéricas y la profecía

Emparentadas íntimamente con las supersticiones se hallan las creencias en "lo oculto", esto es en los fenómenos que se consideran producidos por fuerzas ocultas.

Aquí tenemos entre manos una verdadera paradoja. En efecto, mientras la Ciencia Experimental, en una de sus ramas, la microfísica, se

---

[13] Véase Ladislao Vadas, *El origen de las creencias*, Buenos Aires, Claridad, cap. VI.

encuentra aún hoy abocada a hallar aquello que se oculta tras el protón, el neutrón, el electrón, el quark..., y que denomino esencia o sustancia universal, según pudo apreciar el lector en los primeros capítulos de esta obra, otros, ya en la remota antigüedad, pretendían conocer el fondo de todo sin experiencia alguna.

La "magia negra" era tomada como una realidad, lo mismo hoy en día la astrología y la teosofía en su forma inmanentista, creencia esta última en presuntas fuerzas ocultas de las naturaleza como manifestación de un espíritu divino que anima el cosmos.

Hoy se habla mucho de la parapsicología o metapsíquica, que pretende estudiar supuestos fenómenos psíquicos que no corresponden a la conciencia normal y común, como la telequinesia, el sexto sentido, la transmisión del pensamiento, la levitación, las premoniciones, etc.

Ninguno de estos supuestos fenómenos es aceptable para mí, y esto muy a pesar de haber expresado mis sospechas de la existencia de otras versiones de mundo, ya sea separadas o entretejidas con la que pueden captar nuestros sentidos y el instrumental científico (véanse cap. I, 6, y cap. II, 6). Y no los admito por las siguientes razones: primero, porque toda verificación experimental de los presuntos fenómenos paranormales fracasa siempre, y a lo largo de los años nada fehaciente se añade, y segundo, porque a esas por mí aceptadas y denominadas "otras manifestaciones de la esencia universal" las considero indetectables y no inmiscuibles en nuestra propia versión del mundo, por estar incomunicadas entre sí las distintas versiones.

Por su parte, el satanismo (culto a Satán) que podemos considerar también como relacionado con el ocultismo, presupone la existencia de un ente extraído del mito judeocristiano, enemigo del dios bíblico, y la adoración la justifican sus adeptos porque el dios de los cristianos "había traicionado al género humano al enviarle a su hijo al mundo".

Aquí vemos claramente cómo un mito se alarga y da origen a nuevos mitos y creencias.

En realidad, el sentido psicológico de la creencia en el demonio está claro: el hombre hace las mil y una en su planeta, luego le echa la culpa al demonio, un ser creado por su fantasía. Este descargo o atemperamiento de sus culpas adjudicándolas a un ente imaginario, puede ser interpretado psicológicamente como que, de este modo, el individuo se siente algo aliviado del remordimiento de conciencia por sus travesuras al compartir sus culpas o acusar al "tentador", aunque más no sea subconscientemente.

Por las mismas razones expuestas con referencia a la parapsicología, tampoco estos presuntos "poderes de las tinieblas" pueden existir y, por ende, tampoco "la magia negra" que se halla emparentada con el animismo y pretende el dominio de la naturaleza de modo acientífico, "de un solo golpe", mediante encantamientos, exorcismos, filtros y talismanes para comunicarse con presuntas fuerzas naturales, celestiales o infernales, y hacerlas obedecer a su deseos.

Es la Ciencia la que ha asestado un golpe mortal al supuesto de la magia.

Sin embargo, se preguntará el lector, ¿por qué tanta creencia en la magia en los pueblos primitivos y por qué tanto aparente éxito de los magos y su persistencia?

Simplemente porque si un enemigo cuya imagen en poder del brujo es destruida, muere ocasionalmente; si a veces el hecho de verter agua en un recipiente va seguido de lluvia; si un enfermo grave se pone bien luego de las danzas y palabras mágicas del chamán, esto es suficiente para creer en la magia. Aunque los fracasos sean la regla y el éxito una excepción de un caso entre cientos, para el crédulo esto no invalida el poder mágico porque siempre, en todos los casos, es posible hallar alguna excusa o explicación del fracaso. Generalmente se esgrime el argumento de que el complejo procedimiento prescrito fue ejecutado incorrectamente.

Incluso el hombre moderno recurre en ocasiones a los "servicios" de la magia, a veces inconscientemente o sin confesarlo, como una necesidad de esta ilusión ante las tribulaciones de la vida, y ya hemos visto claramente por qué.

En resumen, lo único que se puede deducir de las presuntas "ciencias ocultas" es que el hombre no sabe nada de lo oculto, y este mi presente ensayo trata precisamente de las *manifestaciones* de lo oculto, es decir de las señales, los fenómenos que nos dan a conocer nuestros sentidos ayudados por el instrumental científico y la Ciencia Experimental, pero jamás de supuestas señales fuera del marco científico, que nunca son posibles de captar experimentalmente sin que asomen dudas. Por ende, se hace necesario desechar su existencia por más que algunos creyentes aseguren su realidad, ya sea engañados, sugestionados, anoticiados por sus mayores y grabadas estas cosas en sus mentes desde niños, o alucinados por procesos patológicos, cansancio, drogas, etc., o finalmente fingiendo y mintiendo para deslumbrar a los demás.

Puesto que las manifestaciones son lo conocido y lo que las produce es lo subyacente desconocido, he aquí la razón del título que —según expliqué en el prólogo— he dado a esta obra, *Las manifestaciones* (lo experimentable), *de la esencia* (lo oculto) *del universo* (es decir, de mi Macrouniverso o Todo).

Empero lo para mí oculto jamás debe ser confundido con aquello que erige como postulado el ocultismo.[14]

---

[14] Véase Ladislao Vadas, *El origen de las creencias*, Buenos Aires, Claridad, cap. VIII.

Con respecto a la profecía o predicción, como supuesto don de algunas personas, esto no es más que una patraña ya que involucra un determinismo fatal imposible de ser aceptado, que ha sido negado en este libro (véase cap. III, 6) y que incluso y paradójicamente entra en conflicto con el presunto libre albedrío en el terreno creencial.

En cuanto a la explicación de este fenómeno como creencia extendida, la profecía es simplemente una especie de juego de acertijos. Se dicen muchas cosas en lenguaje sibilino, algunas con ciertas posibilidades lógicas de ocurrir tomando como base ciertas circunstancias del presente.

Como en el caso de la magia, basta que se cumpla (aunque más no sea de un modo aproximado) algún vaticinio entre innumerables fracasos para que se le de magnificencia a este hecho y adquiera fama el profeta, vidente o agorero.

7. La creencia en la naturaleza

"La naturaleza es sabia"; "la naturaleza sabe lo que hace"; "hay inteligencia en la naturaleza"; "la naturaleza es insobornable", y frases así por el estilo es común oírlas a menudo.

En realidad, ¿es sabia la naturaleza? ¿Sabe lo que hace? ¿Posee inteligencia y voluntad?

Las diversas formas de panteísmo han tratado de divinizar a la naturaleza para transformarla en un ente con voluntad e inteligencia que persigue algún supuesto fin.

Así lo dan a entender los sistemas panteístas evolucionistas como el hegeliano, y quizás también el de Haeckel y el panteísmo spinoziano.

Estamos aquí, aun contando con grandes pensadores, frente a una simple superstición. Es la eterna cuestión de la falta de conocimiento de lo que rodea al hombre, que le hace inventar ficciones, creer en ellas y adorar a la naturaleza.

Lo incomprensible es lo que desencadena el mecanismo psíquico de la superstición.

Scheler, por su parte, según el comentario hecho por Hirschberger en su obra *Historia de la filosofía* (Barcelona, Herder, 1970, tomo 2, pág. 400): "ve a lo demoníaco explayarse tumescentemente en un poder cósmico al que aún lo divino está uncido, y desarrolla un panteísmo evolucionista, en el que el dios bueno aparece sólo al final del proceso cósmico".

Pero Hegel y Scheler imprimen a la evolución de la naturaleza un sello espiritual; hablan de un espíritu que lo dirige todo hacia un fin ideal.

Más aquí me refiero a la creencia en la naturaleza como ente único, en el sentido monista haeckeliano, creencia que comparten con los grandes pensadores también muchos hombres comunes que, convencidos, ven sabiduría e intencionalidad en los hechos naturales, tanto sea en el crecimiento de una planta, la apertura de una flor o en el colorido de las aves.

Empero a esta altura de mi exposición, en esta obra me eximo de mayores comentarios después de haber explicado detalladamente que la esencia del universo es ciega, sorda e inconsciente, y que sus manifestaciones van totalmente a la deriva, produciendo a veces aquí o acullá, ciertos hechos ordenados de efímera duración, que pronto son absorbidos en el Anticosmos (véase cap. VI).

8. La creencia en el hombre

No existe en la Tierra mayor antropolatría que la creencia del hombre en sí mismo. Todo, absolutamente todo, para el hombre se halla referido al autodenominado "rey de la creación", al punto que podemos interrogar metafísicamente, ¿qué haría el dios inventado por el hombre, sin el hombre?

Infinidad de sistemas filosóficos que han buscado la razón última del existir y el fin a que debe aplicarse todo ser humano en la vida, incluyen en forma implícita la creencia en el hombre.

También presuponen esta creencia, como fundamento básico, los distintos sistemas políticos que buscan afanosamente la fórmula ideal de una sociedad perfecta.

En la Sección 4ª, cap. XXIV, veremos la tremenda utopía que persiguen tanto filósofos, como ideólogos de la política. No obstante los fracasos para conformar a todos los seres humanos, se insiste con las paleocreencias y neocreencias en los diversos sistemas cual fórmulas salvadoras, sin tener en cuenta que la naturaleza humana no da para ninguna doctrina perfectamente concebida. Patriarcados, monarquías, imperialismos, democracias, plutocracias, demagogias, oligarquías, colectivismos, despotismos de toda laya, todo ha sido ensayado en el seno de la población planetaria sin conformar en plenitud al hombre en general (véase cap. XXVII, 1).

No obstante, cada líder, cada partido político sin egoísmos, cree ser poseedor de la fórmula mágica ideal, y las fricciones son frecuentes.

De aquí a las guerras civiles o a las contiendas bélicas internacionales hay un solo paso. Sólo falta añadir los intereses creados y la tendencia belicosa innata del ser humano.

En el terreno del pensamiento abstracto no es diferente. El hombre cree en sí mismo y hace avanzar la ciencia y la tecnología. Este es el lado positivo de esta creencia, aun bajo la amenaza de la autodestrucción.

9. La creencia en la capacidad mental par entenderlo todo al margen de la experiencia

Le denominan intuición, y se trata de una percepción instantánea, realizada en la intimidad del yo con suma claridad de una verdad o idea, del mismo modo que si se tuviera ante los ojos.

Con este solo recurso, son muchos los que creen entender el mundo.

Entre los filósofos, el concepto de intuición ha estado ligado a la teología. En efecto, para Kant por ejemplo, la intuición intelectual es creadora, por la cual el objeto mismo es puesto o creado y esto es únicamente posible para el Ser creador, esto es para Dios. Para Kant y los antiguos la intuición es, por lo tanto, reservada a Dios.

Para Hegel, intuición y fe deben ser tomadas "como fe en Dios y como intuición intelectual de Dios", y como para él esto no es diferente del pensamiento, en cierto modo el hombre "piensa a Dios". O según otra construcción de una frase de Hegel: "...Dios sabe de sí mismo en el hombre...". De este modo, ¡el hombre debiera entenderlo y saberlo todo!

Pero fuera de todo teísmo y de todo filosofema, el hombre de ciencia también cree en el conocimiento *a priori* y lleva como instrumento para lograrlo, a la matemática.

Filósofos como Leibniz admitían no obstante dos conocimientos: el conocer *a priori* y el conocer por experiencia (*a posteriori*).

En cambio Fichte y Schelling no lo creían así. Para ellos la totalidad del saber *es a priori*, es decir una propia factura del yo.

Pero en realidad el conocimiento logrado mediante la razón pura al margen de toda experiencia se agota en sí mismo. La posibilidad de un mayor alcance es ilusoria.

Así es como diversos matemáticos, físicos y cosmólogos se sumen en el mundo abstracto de las ecuaciones y engorrosos cálculos matemáticos para explicar el mundo. Ilusionariamente achican el universo y creen tenerlo en un puño. Entonces, inmersos ya en un verdadero ámbito de locura y desvarío, hablan de "flechas termodinámicas, psicológicas y cosmológicas del tiempo", de "anti-yo" (u otro yo hecho de antimateria) "que no debe darle la mano al yo, so pena de aniquilarse ambos"; de "un universo de tamaño nulo antes de ser creado —quizás influenciados aún por viejos mitos de creación de la nada, y por el afán de pretender testarudamente conciliar mito y religión ¡con la Ciencia!— e infinitamente caliente justo en el *big bang*; "de regreso del tiempo, de muerte antes del nacimiento, y vidas hacia atrás con posterior rejuvenecimiento", y formulan preguntas absurdas como "¿Por qué recordamos el pasado pero no el futuro?"[15]

[15] Véase Stephen W. Hawking, *Historia del tiempo*, Buenos Aires, Crítica, 1988, págs. 100, 157 y cap. 9.

Además, y como si esto fuera poco, se han sugerido cosas como "enviar señales hacia el pasado a mayor velocidad que la de la luz, para alterar el presente" (máquinas "autócidas"); historias como la de "un hombre, o un gato" ("el amigo de Wigner" y "el gato de Schrödinger") que, según la teoría cuántica, "pueden estar al mismo tiempo vivos y muertos cuando dos mundos del superespacio coexisten y se superponen", y especulaciones como que "no sólo el mundo y nuestro cuerpo, sino nuestro cerebro y nuestra conciencia se multiplican en miles de millones de copias, ¡Pero estamos incomunicados, porque a nadie le es posible abandonar un mundo y visitar su copia en otro!" [16] (Según la teoría de Everett y desarrollada por De Witt, basada en que cada transición cuántica en el universo está dividiendo nuestro mundo en múltiples copias de sí mismo.) [17]

En fin, ¡cosas de la matemática!

Lo cierto es que la matemática como invento de nuestra relativa mente que es, nos suele conducir por laberintos tan intrincados como irreales para sumirnos en las más inverosímiles fantasías. He aquí su falla. Puede ser aplicable hasta cierto punto a nuestro entorno, pero no más allá porque es relativa. No se trata de un instrumento omnímodo, absoluto, con el que se pueda dominar todo, sino una herramienta de alcances limitados, y la creencia en su infalibilidad y "omnipotencia" nos lleva a fantasear con interminables teorías poco duraderas (véase cap. V, 2).

Para Heisenberg, por ejemplo, la matemática "ya no describe el comportamiento de las partículas elementales, sino sólo *nuestro conocimiento de su comportamiento*", y Paul Davies dice que "debemos ir con cuidado al extraer conclusiones sobre el mundo real a partir de modelos matemáticos idealizados. A veces funcionan y a veces no".[18] Mientras que según mi punto de vista, el reino de la matemática verdaderamente ha llegado a su fin por amalgamarse ya casi con la ciega metafísica, el mito o la pura especulación.

Lo indudable es nuestra limitación cerebral, tal como lo he expresado en el cap. I, y en el cap. XIV, 9, acerca de nuestras percepciones del mundo exterior y nuestra relatividad psíquica.

Todo el resto lo constituye una creencia más del hombre en sí mismo. Su natural orgullo, su antropolatría innata, le hacen caer en un endiosamiento frente al supuesto cosmos-orden que cree poder dominar o

---

[16] Véase Paul Davies, *Otros mundos*, Barcelona, Antoni Bosch, 1983, págs. 119, 125-132.
[17] Véase también al respecto Karl R. Popper, *Teoría cuántica y el cisma en física*, Madrid, Tecnos, 1985, pág. 110. También Alastair I. M. Rae, *Física cuántica: ¿Ilusión o realidad?*, Madrid, Alianza, 1988, caps. 4 y 6.
[18] Véase Paul Davies, *La frontera del infinito*, Barcelona, Biblioteca Científica Salvat 1985, pág. 134.

abarcar con su pensamiento, cuando por el contrario, es el Anticosmos el que lo envuelve y minimiza.

El hombre con su ciencia actual queda apabullado frente a la complejidad de las manifestaciones de la esencia del universo, que jamás alcanzará a comprender en su totalidad, dada precisamente su limitada capacidad cerebral para ello.[19]

10. La creencia en la razón

Una de los espejismos más subyugantes fue sin duda la creencia del hombre en su razón. Lo irracional pertenece al mundo de la locura y Hegel dijo una vez: "Todo lo racional es real y todo lo real es racional".

Todo lo que entra en la justa razón es aceptable, mas todo aquello que la contradice debe ser rechazado como realidad por ser absurdo.

Sin embargo, este culto a la razón no es más que otra creencia del hombre en sí mismo.

Sócrates, quien según Platón pretendía hacer "parir" el conocimiento de la verdad directamente de las mentes de sus discípulos, jamás podía estar acertado. El método de la *mayéutica socrática* no hizo más que alejar de la verdad a los pensadores, cada uno de los cuales llegó a creer poseer *la verdad,* cuando en realidad lo único que poseyó fue "su verdad", una entre tantas que podríamos denominar, con mayor propiedad *seudoverdades.*

Hoy en día, a la luz de la física cuántica y la astronomía, ¿es posible fiarse de la razón como guía autónoma del hombre en todos los campos en los que es posible una indagación o una investigación?

¿Es racional, por ejemplo, que la masa de un electrón se halle repartida en todo su orbital y que se encuentre al mismo tiempo en varios lugares a la vez? ¿Es racional que la pregunta de cómo es en realidad un átomo carezca hoy de sentido y menos de respuesta? ¿Es racional que los aceleradores de partículas nos revelen un mundo de antipartículas, de cuyo choque surge la aniquilación de ambas? ¿Cabe en la razón que el universo sea curvo y finito y que un astronauta que saliera en una nave desde la tierra en línea recta hacia el espacio, regresaría al punto de partida al cabo de un tiempo sin desviar su nave de su rumbo "rectilíneo"? ¿Es racional que la masa de un objeto en movimiento acelerado aumente desmesuradamente cerca de la velocidad de la luz y que un objeto como un bastón por ejemplo, se acorte en las mismas circunstancias? ¿Es racional la relatividad? ¿Lo es la acción de un agujero negro del espacio que atrae con tal violencia la materia circun-

[19] Veáse Ladislao Vadas, *El origen de las creencias,* Buenos Aires, Claridad, cap. IX.

dante que la hace prácticamente desaparecer?

La razón es efectivamente una guía para el hombre en el mundo, pero jamás lo racional puede ser símbolo de lo real, porque *lo real es irracional*. La locura nos rodea no sólo en forma de mundo circundante, sino en forma de irracional Anticosmos hasta el infinito. Es el hombre quien con su particular forma de ordenar el mundo, esto es racionalizarlo, escapa de la enervante sinrazón y logra así sobrevivir, de lo contrario formaría parte de la vorágine de la locura exterior que al final lo aniquilaría.

Ahora será oportuno formular una pregunta "en mi contra". Si el razonamiento no nos sirve para comprender el Todo, si el Macrouniverso por mí concebido es irracional, ¿de dónde podría venir la legitimidad de todos mis argumentos sobre las manifestaciones de la esencia del universo, esto es el mundo, la vida y el hombre? Si mi propio raciocinio es inaplicable al irracional entorno, ¿por qué he refutado recientemente a aquellos matemáticos que inventan "hipótesis descabelladas"?, ¿qué fundamento poseo entonces para expresar mis hipótesis en este libro? ¿Cómo es que me he atrevido a escribir esta obra para rebatir muchos conceptos dados por sentados, no obstante aceptar que mi raciocinio es relativo, insuficiente?

La respuesta es que ¡no estoy solo!

El solo razonamiento es claro que no sirve, la matemática sola, tampoco. Es necesario complementarlos. ¿De qué modo y con qué? Con la *Ciencia Experimental*.

Unicamente mediante esta amalgama de razón y Ciencia Empírica es posible obtener una visión del mundo aproximada a la realidad.

Más adelante, en el capítulo XIX dedicado a la filosofía, insistiré sobre este tema.

11. La creencia en la ciencia

Si bien la salida de la humanidad de la oscuridad de la ignorancia hacia el conocimiento fue muy lenta al principio, el avance fue sostenido.

El mundo de las apariencias fue retrocediendo cual penumbra a medida que clareaba el conocimiento, pero el obstáculo a vencer no ha sido una simple penumbra, sino la inmensa mole de las supersticiones, creencias religiosas milenarias fuertemente arraigadas con sus cosmologías tenidas por ciertas, seguras y definitivas, y toda clase de supercherías, hechicerías, milagros y otros prejuicios.

La oposición que ha ofrecido la creencia religiosa al progreso de las ciencias puede decirse que ha sido ferozmente obstinada por darse por sentada la autoridad de ciertos textos tenidos por veraces y sagrados, y la propia visión del mundo de la antigüedad. Un mundo perfecto cual aparato de relojería con la Tierra inmóvil en su centro y los astros girando a su alrededor, el benefactor Sol dando su vital lumbre, ofreciendo su romanticismo la Luna, y como rindiendo homenaje al "rey de la creación", las estrellas y los planetas.

La seguridad del *Homo* inmerso en un mundo creado exclusivamente por su mente, en donde las cosas eran como sus mayores se las imaginaron cual niños fantasiosos, no impidió, sin embargo, que la creencia en el conocimiento científico persistiera en ciertas mentes. Esto hizo avanzar la ciencia lentamente al principio, contra viento y marea ya en la Edad Media, más audazmente en el Renacimiento,[20] y explosivamente en los últimos tiempos.

Esta creencia posee la particularidad de no ser dogmática, inamovible, obstinada, sino cambiante, adaptable a las nuevas observaciones.

Lejos de constituir una especie de religión, como lo afirman algunos creyentes en vanas ilusiones, se trata en realidad del choque yo-entorno sin prejuicios y con el ánimo siempre dispuesto a aceptar todo aquello que se desprende de la experiencia con evidencia, aun sacrificando todo preconcepto teórico o cualquier convicción *a priori.* A diferencia de un dogma que tiende a mantenerse incólume, la creencia científica cede en sus anteriores convicciones a cada paso que se da en el conocimiento nacido de la experiencia.

Esta creencia, a mi modo de ver, es junto con la creencia en el progreso, lo único positivo para toda la humanidad, es lo que la puede rescatar de un mundo que marcha a los tumbos, donde todo es improvisado y donde los hombres viven de falsas ilusiones, la inmensa mayoría de ellos mal, y creyendo que algo superior, en definitiva y a pesar de todos los desastres naturales y descalabros humanos, "vela por el mundo y la humanidad".[21]

12. La creencia en el progreso

El otro aliciente que extrae a la humanidad del profundo abismo existencial de las vanas creencias, de los contumaces prejuicios en que se halla sumida, es la loable creencia en el progreso.

Todo lo que hoy se tiene por sacrosanto es un obstáculo para el progreso.

El control de la natalidad, la eugenesia y la eutanasia, por ejemplo, son horrores para muchos hoy día, pero mañana serán aceptados como cosas naturales sumamente necesarias.

[20] Véase Alexandre Koyré, *Estudios de historia del pensamiento científico*, México, Siglo XXI, 1982.
[21] Véase Ladislao Vadas, *El origen de las creencias*, Buenos Aires, Claridad, cap. XI.

Recordemos los problemas que tuvo el anatomista Vesalio en el siglo XVI cuando fue condenado a muerte por la Inquisición por haber abierto el vientre a un hombre vivo.

Ayer fue horror la profanación de cadáveres para su estudio. Hoy se recela de la manipulación genética. Hasta hace poco fue escandaloso el transplante de órganos, el divorcio, el bebé de probeta y la inseminación artificial.

No hace mucho hubo gran resistencia frente a las investigaciones sobre la hoy beneficiosa energía atómica, y se criticó infundadamente la exploración espacial y al "mortífero" rayo láser. Hoy existen la medicina nuclear, las usinas atómicas y la propulsión nuclear que tiene perspectivas de generalizarse en un futuro próximo; hay satélites artificiales en órbita para las comunicaciones, el video, estudios meteorológicos y pronósticos de cosechas, y el láser es utilizado en microcirugía y en otras múltiples aplicaciones.

Los prejuicios son bárbaros y la mente humana se amolda muy lentamente al progreso. No obstante, la creencia en él por parte de "pertinaces creyentes" puede ser una garantía de bienestar pleno para toda la humanidad del futuro sin excepciones, si es que se impone la cordura.

Capítulo XIX
La filosofía

I. Los pensadores basados en la capacidad mental por sí sola para entenderlo todo

El *Homo sapiens*, una vez salido de "las tenebrosas cavernas" psíquicas, una vez emergido de la oscuridad mental hacia las luces del alba intelectual, comenzó a interrogarse acerca del mundo, de la vida y de sí mismo. Esto es, ¿qué es el mundo? ¿De dónde procede y cuál es su fundamento? ¿Qué sentido tiene todo lo que nos rodea? ¿Qué es la vida? ¿Qué es el hombre y qué puesto desempeña en el cosmos?

Ante este cuestionario nace el pensamiento filosófico.

El filosofar es otra de las manifestaciones de la esencia del universo.

Empero su significado es sólo para el que piensa, quien objetiva su pensamiento. No lo tiene en sí, en cuanto mecanismo ciego generador de dichas manifestaciones, esto es el bailoteo de los átomos y el flujo energético cerebral.

En este capítulo concerniente al sistema tenido por los antiguos como el saber único y absoluto: la filosofía (amor a la sabiduría), debemos retroceder para ubicarnos nuevamente en una de las creencias del mundo humano, la creencia en la razón y en la capacidad mental para entenderlo todo al margen de la experiencia tratada en el cap. XVIII, 9 y 10.

Allí daba como conclusión que el hombre, ante la montaña de complejidades de las manifestaciones de la esencia del universo queda apabullado, y que dada la relatividad y limitación de su capacidad mental, jamás alcanzará a entenderlas en términos absolutos.

Daba a entender también que lo irracional del mundo estaba fuera del alcance de nuestra mente racional, que lo es precisamente para ordenar de algún modo nuestro entorno y poder vivir en él encapsulados en nuestro propio *mundo humano*, genuina elaboración de nuestra "especie".

No obstante ello, y por lógica pura, el hombre ha creido poseer la capacidad innata de comprenderlo todo, incluso "lo absoluto".

Si bien hubo algunos chispazos de modestia, como en el socrático "sólo sé que no sé nada", lo cierto es que el mismo Sócrates trató de extraer la verdad en el "conócete a ti mismo", mientras otros pensadores tampoco se cansaron de hurgar en sus propias mentes para hallar allí el conocimiento más general del cosmos y del hombre.

Pero por más que se profundice racional y aprioristicamente, lo único que es dable conocer de este modo, desprovisto de la experiencia buscada (el experimento), es sólo la propia forma de concebir el mundo antrópico, común a todo el género humano y nada más. Los conceptos universales que el hombre puede hallar en sí mismo sirven sólo para el humano y su mundo.

En cuanto a las concepciones particulares que elabora cada uno frente a la monstruosamente compleja realidad, se constituye cada una de ellas en "una verdad", una entre múltiples posibles, por más que se diga que existe una "sola". La realidad es muy otra a pesar de que cada filósofo haya inventado "su verdad", llámese ésta dogma, escuela filosófica, sistema, posición, cosmovisión o lo que sea.

Es necesario discernir que si bien "esas verdades" son todas creencias dispares y también parciales, se hallan encerradas globalmente en el mundo humano, fruto de una particular forma de concebir el entorno (véanse caps. I y XVII).

Luego, "la verdad" de cada filósofo difiere de la "verdad" de otros, y la escuela filosófica de cada uno pronto dará en sus discípulos tantas nuevas "verdades" como seguidores tenga. Vemos como mayor paradigma al maestro Platón con "su verdad" y al discípulo Aristóteles, alejado de él con "su propia verdad", desde la cual critica a su maestro. Pero ya antes, los preplatónicos o presocráticos también habían sido cada cual dueño de "su propia verdad".

Comparemos entre sí a los milesios, los pitagóricos, los eleáticos, a Heráclito, los mecanicistas y Anaxágoras, y los sofistas.

Vemos como para Tales de Mileto (624-546 a.C.) todo procede del *agua* y que todo está lleno de dioses. La esencia de las cosas era para Tales el agua, así como para mí la esencia es lo oculto, indeterminado relativo, indefinible, inconstante, y sus manifestaciones: nosotros mismos enteramente (para otros, materia y espíritu) y nuestro entorno hasta el infinito.

Anaximandro (610-545 a.C.), contemporáneo de Tales, va por otro camino, pues piensa como yo en algo *indeterminado* y en algo espacial, temporalmente infinito, eterno y omnipresente. De modo que para él el principio del ser es algo más abstracto y general que para Tales de Mileto.

A su vez Anaxímenes (585-528 a.C.), discípulo de Anaximandro, decía que era el *aire* de donde había salido todo por condensación y rarefacción.

"El aire enrarecido se torna fuego. Una vez condensado es viento, luego es nube y a continuación, según el grado de condensación es agua, tierra, piedra".

Para Pitágoras (570-496 a.C.) y los pitagóricos es el *número* el principio de todas las cosas. La esencia del mundo está expresada en el número.

Según Pitágoras, el principio de los seres ya no está en la materia sino en la forma. Los números, por lo tanto, son la única realidad verdadera, pues el acontecer de la naturaleza, los cambios y movimientos de las cosas de experiencia están sometidos a proporción, a armonía y, en consecuencia, a medida y a número. Los números lo explican todo, la armonía de las esferas celestes, los cambios terrestres y toda la naturaleza.

Para Heráclito (544-484 a.C.) "todo fluye". "No puede uno bañarse dos veces en el mismo río". Las aguas han pasado, hay otras en su lugar y aun nosotros mismos somos ya otros. Este constante fluir es lo que explicaría la esencia de las cosas. El principio ya no es el aire, ni el agua, ni lo indeterminado, sino el *devenir* como tensión entre contrarios.

Para Parménides (540-470 a.C.), en franco contraste con Heráclito, no hay un devenir, sino un *ser*, y el camino de la verdad está caracterizado por tres principios: "Se ha de pensar y decir siempre que sólo el ser es, porque es ser; en cambio la nada no es". Este ser parmenidiano es siempre igual y está en eterno reposo.

Para Zenón de Elea (460 a.C.), "Aquiles en su carrera con una tortuga, jamás podría alcanzarla". Con este ejemplo, según él, se probaba que el movimiento no existe. Su idea fundamental acerca del mundo visible era que éste es pura apariencia en desorden y que el verdadero ser se hallaba detrás de esa apariencia. Este auténtico ser, según Zenón, podía alcanzarse únicamente por el pensamiento.

Empédocles (492-432 a.C.), en lugar de aceptar como yo un monismo, o como otros una díada, habla de una tétrada, y dice que hay cuatro sustancias fundamentales o raíces del ser, a saber: *fuego, agua, aire* y *tierra*.

Para Demócrito (460-370 a.C.) existen los *átomos*, impenetrables, indestructibles y eternos, todos iguales en su naturaleza, pero con infinita variedad de formas externas.

Anaxágoras (500-428 a.C.) a su vez nos dice que la sustancia básica del mundo son las *homeomerías* en número infinito, como los átomos de Demócrito, y también eternas, indestructibles e inmutables.

A continuación también podemos hablar de la un poco olvidada filosofía oriental donde igualmente tenemos diversas inquietudes metafísicas como la védica que nos habla del Ser y el No-Ser, antes de los cuales solamente existía el Uno. De este dios que renace en forma de universo sensible y lo penetra todo, proviene la materia. El hombre se constituye en un microcosmos que refleja el macrocosmos y dentro de él es donde hay que buscar la divinidad.

El budismo, por su parte, en su doctrina primitiva sostiene como método moral la extinción de todo deseo para alcanzar el *nirvana*.

Por eso el sabio debe cortar la cadena de experiencias, herencia del pasado (samskara), suprimiendo mediante el aniquilamiento del deseo (después de una larga serie de supresiones como el nombre y el cuerpo, el contacto, la sensación, la sed, etc.) el apego a la existencia, lo que trae aparejada la supresión del nacimiento, y por ende de vejez, muerte, dolor, pena y desesperación. Esto es el imperio de la supresión del dolor.

Según el jainismo de su fundador, Mahavira, nada puede afirmarse o negarse completamente. Por ejemplo, no se puede afirmar ni negar la existencia de una cosa, de modo que toda proposición es verdadera, pero sólo bajo ciertas condiciones.

Empero sostiene la no existencia de un dios supremo creador del mundo, y admite la eternidad de la existencia.

A su vez, el pensamiento chino está asumido en las ideas del Yin y el Yang que —según el orientalista Jean Riviére Joffroy— consisten en dos fuerzas, como aspectos o manifestaciones alternantes y complementarias, de todos los contrastes posibles del universo. Ambos son el ritmo perpetuo del universo. El uno siempre implica al otro. Más allá se encuentra el Tao como lo total o como una totalidad alternante y cíclica que se halla en cada una de las apariencias.

Para el chino, de este modo, no hay sucesión, sino interdependencia de los fenómenos; no hay un antes o un después, sino parejas de fenómenos simultáneos.

Por su parte, la filosofía de Kong-Fu-Tseu (Confucio) puede resumirse así: Es preciso vivir según la naturaleza, y la naturaleza del hombre es buena. La naturaleza es la materia universal, en la que todas las fuerzas se equilibran al alcanzar el estado de chung. Semejante naturaleza equilibrada es el fin de la vida. La ética de Confucio es entonces cósmica y no metafísica, y alcanza su plenitud en el jen, que es el hombre moral perfecto.

Finalmente, la filosofía japonesa, el Shinto, sostiene que todo hombre posee una naturaleza divina que trasciende su naturaleza humana. Este es el motivo por el que algunas personas son dignas de adoración según lo que tienen de divino.[1]

Con esta reseña queda demostrado que las ideas precientíficas no nos llevan a ninguna parte más que a infinitas interpretaciones particulares del mundo que nunca coinciden exactamente entre sí, pruebas de nuestra relatividad cerebral, y que lo absoluto que vanamente han perseguido los pensadores es un espejismo.

Todo este variado panorama ideológico que nos ofrecen los presocráticos y los orientales se ve complementado por la legión de filósofos postsocráticos occidentales que fueron apareciendo en el escenario del pensamiento hasta nuestros días, quienes tampoco coinciden en sus

[1] Para este tema de las filosofias orientales, véase Jean Riviére Joffroy, El pensamiento filosófico de Asia, Madrid, Gredos, 1960.

visiones del mundo.

Así tenemos en un breve y parcial repaso "el mundo en la idea" de Platón; "la idea en el mundo" de Aristóteles; la antigua filosofía de la vida o epicureísmo (de Epicuro de Samos); el estoicismo (Zenón de Citio, Séneca, Epicteto, Marco Aurelio); el escepticismo (Pirrón de Elis); el eclecticismo (Cicerón); el neoplatonismo (Plotino); la patrística (Agustín); la escolástica (Tomás de Aquino, Duns Escoto); la filosofía del Renacimiento (Nicolás de Cusa, Giordano Bruno); el racionalismo (Descartes, la filosofía del panteísmo de Spinoza, y la *philosophia perennis* de Leibniz); el empirismo (Francis Bacon, Hobbes, Locke, Hume); la ilustración (Wolff y su escuela, D'Alembert, Diderot, La Mettrie, Holbach, Helvecio [Helvetius], Condillac, Cabanis, Voltaire, Rousseau); el idealismo (Kant, Fichte, Schelling, Hegel); el voluntarismo y pesimismo (Schopenhauer); el materialismo (Feuerbach, Plechanov, Marx, Engels, Haeckel, Le Dantec, Ostwald); la transmutación de los valores (Nietzsche); el positivismo (Comte); el evolucionismo (Spencer, Darwin); el pragmatismo (James, Peirce, Dewey); el vitalismo (Bergson, Dilthey, Spengler, Klages, Driesch); la fenomenología (Husserl, Scheler); el realismo de Hartmann; el neorrealismo (Whitehead, Russell) y el existencialismo (Kierkegaard, Jaspers, Heidegger, Sartre, Marcel), por no mencionar a todos por razones de espacio.

Como vemos, las concepciones sobre el hombre y su entorno por parte de los pensadores son infinitas, y la soberbia filosofía como presunto saber supremo que se da el lujo de minimizar a las por ella denominadas "ciencias particulares" (léase Ciencias Empíricas), resulta huera sin el aporte de los conocimientos experimentales.

2. El supuesto saber sin supuestos

La filosofía antigua se constituye y desarrolla en relación con la religión.[2] Luego, según ya hemos visto, si religión y mito son una misma cosa, podemos presumir que en el umbral de la filosofía griega se encuentra el mito.[3]

La ciencia del ser ha partido siempre de peticiones de principio. Su mismo objeto de estudio, "el ser" frente a la posibilidad del "no ser", es ya una petición de principio, porque primero habría que demostrar que *el ser* puede *no existir*.

---

[2] Véase Angel González Alvarez, *Manual de historia de la filosofía*, Madrid, Gredos, 1964, Proemio, págs. 11-13.
[3] Véase Johannes Hirschberger, *Historia de la filosofía*, Barcelona, Herder, 1968, tomo I, pág. 43.

En realidad, todo parte de una idea infantil, y para razonar al modo filosófico es necesario poseer mentalidad de niño Mas si no se la posee, al menos es necesario retrotraerse a la niñez.[4]

En efecto, ¿quién les dijo a los filósofos que puede "no haber ser", esto es, que pueda "existir la nada", o que pueda "no haber nada"?

Unicamente la naturaleza humana sumida en el *mundo humano* pudo haber "insuflado" la idea del "no ser".

Quizás alguien podría acotar que fue el mito el inductor de tal idea. (¿El que habla de "creación de la nada". ¡Quizá!)

No obstante, si así fuera, ¿quién, en última instancia, inventa los mitos? Indudablemente lo hace la naturaleza humana.

En cuanto a la ontología, ese estudio del "ser en cuanto ser", analizada hondamente resulta una posición si no ridícula frente a la realidad, al menos perogrullesca, ya que hay que buscar al ser real en la esencia universal; todo lo demás son procesos, fenómenos, y no seres, y la esencia "es de suyo", no cabe un estudio del por qué es, porque es la existencia misma.

Luego, el interrogante "¿por qué hay ente y no más bien nada?" presupone la posibilidad del no ser. ¿Es éste, entonces y en resumidas cuentas, un saber sin supuestos?

¡Claro! Para el filósofo, o hay *ser* o no hay *nada.* ¿De dónde nace esta idea? De las vivencias.

Desde la infancia, el individuo se acostumbra a "ver algo" o a "no ver nada". Sobre la mesa hay algo o no hay nada. Cuando un ser está vivo hay ser, cuando muere deja de existir, no hay más ser vivo. Esto se graba. Luego, cuando se filosofa puede llegarse a dudar de la perpetuidad del *ser*, y resulta fácil asirse a algún tipo de creacionismo, a la idea de la aparición del ser de la nada. Por ello, teología y filosofía van casi siempre de la mano.

En el capítulo I, 3, con el subtítulo de "Formas, seres y procesos", dije que los filósofos llamaban *seres* a las *formas.* (La materia es una forma de la energía y ésta es una forma de la materia, se dice, pero ambas son, según mi hipótesis, formas de manifestarse la *esencia.*) Ahora, en este capítulo relativo a la filosofía se actualiza la cuestión.

En aquella oportunidad también expresé que la nada no existe y que jamás existió, como tampoco los seres, sino que hay *procesos.*

Los astros, las galaxias, la Tierra, el mar, los continentes, los animales, las plantas, el hombre, las ideas, las figuras geométricas, un ángel, la raíz

---

[4] "Es absolutamente indispensable que el aspirante a filósofo se haga bien cargo de llevar a su estado (de ánimo) una disposición infantil. El que quiere ser filósofo necesitará puerilizarse, infantilizarse, hacerse como un niño pequeño". (Manuel García Morente, *Lecciones preliminares de filosofía*, Buenos Aires, Losada, 1972, pág. 17.)

cuadrada de 2, y absurdos como "un triángulo ovalado" o "un metal de madera", todos éstos "entes" no existen, sino los procesos que los "dibujan", ya sea lo exterior a nuestra mente o lo que ésta imagina.

¿Qué son los procesos? Constituyen *el devenir de la esencia del universo*, una y mil veces y una vez más mi mimada "esencia o sustancia universal", relativa, indefinida, inidentificable, cambiante, cuasi mágica... "creadora" tanto de caos, desorden en general como de pequeños focos de orden perecedero, instantáneos, frente a los evos anticósmicos.

En cuanto al "ser" de esa "mi sustancia universal" constituye el ser por excelencia, el ser auténtico, pero nunca concreto (y en esto difiero de la ontología tradicional) ni materia, ni energía, ni espíritu, ¡ni partícula, ni onda! Esto último es *devenir* y no *ser*. Es el ente que no puede no ser jamás, que siempre fue desde la eternidad y siempre será en la eternidad futura, o más bien desligándonos de lo temporal que constituye un engaño mental bien humano —puesto que el tiempo no existe, sino el cambio de la esencia en su accionar (véase cap. III, 11)—, nos queda algo universal enlazado a un eterno presente sin pasado ni futuro. Luego la esencia del universo jamás deja de ser, no puede no ser porque es la existencia misma como lo único, sin contrapartida, como lo que es por sí mismo, que es lo que es, que nunca puede "no ser" porque es condición propia el ser siempre.

Por ello, la vieja pregunta filosófica de siempre formulada por Leibniz de este modo: "¿Por qué existe algo más bien que nada?, pues la nada es más simple y fácil que algo" (*Principios de la naturaleza y de la gracia*, § 7), y reiterada luego por Heidegger cuando expresa: "¿Por qué hay ente y no más bien nada?" (*¿Qué es metafísica?*, traducción de Xavier Zubiri) es insubstancial.

Aquí también hago metafísica, ¿también ontología? ¿Quién no la hace?

Aquí ato cabos y saco conclusiones fundándome en la Ciencia Empírica, en sus ramas básicas (física, química, bioquímica, biología, astronomía, antropología y psicología), que creo envuelven todo lo demás, como por ejemplo la microfísica, la astrofísica, la química de las estrellas y del espacio, la geología, la zoología y botánica, la paleontología, la anatomía, la fisiología, la genética... —esto es en el terreno físico podríamos decir, para ponernos a tono con los conceptos actuales—, y en el mundo de la psicología se encierran los mitos, las religiones y otras creencias, la teología, la sociología y la política, el arte y todas las manifestaciones humanas, y entre ellas, ¡buena parte de la filosofía!

Luego, si aquí me encuentro haciendo filosofía, acepto de buen grado que estoy también suponiendo algo, ya que la filosofía es un supuesto saber sin supuestos, desde cuando presupone muchas cosas para sus especulaciones, como por ejemplo la existencia de lo espiritual, el monismo o el dualismo del ser universal, la existencia de algún ente divino, la infalibilidad de la razón, la capacidad humana para entenderlo todo, el creacionismo, lo absoluto, la nada, etc.

Finalmente, la filosofia encierra una posición supersticiosa frente a la realidad del mundo que no entiende, que no puede entender aprioristicamente, que nunca entenderá si no se amalgama con la Ciencia Experimental, pues se trata de un mundo o universo detectable que en su conjunto es una epifanía del ser, esto es de la escondida *esencia-que existe*.

Luego *las manifestaciones de la esencia del universo*, que es el título completo de ésta, mi obra, significan la epifanía de lo subyacente desconocido (esencia-sustancia) o epifanía de la propia existencia oculta.

3. Los alcances de la filosofia

Estoy de acuerdo, entonces, con la filosofia cuando su tarea es coordinar o unificar los resultados de la Ciencia Empírica, cuyas ramas los filósofos denominan "ciencias particulares", y en cuanto crítica o valoración del saber y sus posibilidades y límites en su aplicación al hombre.

Pero nunca la aceptaré como el único saber posible con el que deban coincidir las otras ciencias, que es lo mismo que anteponer un dogma a la Ciencia, en lugar de teorizar después de los descubrimientos y experimentos científicos.

En otras palabras, niego todo valor metafísico puro que se anteponga a la Ciencia Experimental. Valoro, por otra parte, la concepción positivista de la filosofia que se nutre de las ciencias particulares, y acepto su faz crítica como juicio acerca del saber.

En efecto, la creencia de que la filosofia es el único saber posible está negada por lo antedicho en esta obra en los pasajes sobre "la relatividad cerebral" (cap. XIV, 9), y acerca de la creencia en la capacidad mental para entenderlo todo al margen de la experiencia (cap. XVIII, 9 y 10).

Es aquélla, la del saber único, una concepción que ha dominado en la antigüedad y en la Edad Media, y que aún hoy perdura en algunas escuelas o tendencias filosóficas.

Según esta creencia, un conocimiento no es tal si no es filosófico. Fuera de la filosofia el saber no es perfecto, tan sólo provisional.

Para Aristóteles, la filosofia es "la ciencia teórica de la verdad". "Los prácticos —dice— cuando consideran el porqué de las cosas, no examinan la causa en sí misma, sino en relación con un fin particular y para un interés presente. Ahora bien, nosotros no conocemos lo verdadero si no sabemos la causa" (*Metafísica*, libro II, cap. 1).

Fichte, quien definió a la filosofia como "ciencia de la ciencia en general" no da lugar a que las ciencias particulares posean autonomía.

Para Bergson, la intuición es la "visión directa del espíritu por parte del espíritu" y es la herramienta de la filosofia para conocer la realidad absoluta.

Según Bergson, las cosas, la materia, no poseen realidad como tales porque son sólo conciencia y tan sólo la conciencia puede conocer la conciencia.

En resumen, según mi posición frente a la filosofía, lo rescatable son los sistemas empíricos en forma parcial y los positivistas.

Con lo que concuerdo es con esa filosofía que se nutre de las *ciencias particulares* para recoger sus resultados y obtener con ello una *visión del mundo*, y en esto precisamente consiste mi presente trabajo. Esto es lo que he hecho a través de mis lecturas, observaciones y reflexiones para volcarlo en este ensayo que así es filosofía. No lo es de otro modo, si por filosofía se entiende otra cosa.

Capítulo XX

Los motivos existenciales del hombre

1. ¿Para qué vivimos?

Existe una regia frase existencialista, una magnífica definición exacta que me gusta al mismo tiempo que me apena y decepciona como ser viviente, y que reza así: "El hombre está yecto en el mundo", es decir arrojado, abandonado, y yo coincido en un todo con ello.

Debo aclarar que no soy existencialista, no me he nutrido en el existencialismo, pero acepto la frase porque se ajusta a mi óptica frente al drama humano.

El hombre, al nacer está como "tirado ahí", enfrentado con el mundo, más atroz aún, ¡a merced del mundo!, y... nadie, ni sus padres, ni la ciencia, ni la sociedad pueden protegerlo en términos absolutos.

Todo dependerá de su suerte, aunque tarde o temprano deberá enfrentarse ante las *situaciones límites* de Jaspers, como sufrir, "enredarse en la culpa", estar sometido al azar, luchar, morir, y esto es lo ineluctable.

Una vez nacido el niño, tirado desvalido a la existencia sin habérselo pedido a nadie, sin haber sido su intención el pasar desde los estados de conjuntos de quarks, átomos, moléculas dispersas en la biosfera y de energía solar captada por los vegetales hacia el estado orgánico, se encuentra de pronto en el papel de viviente. Se halla en la existencia para trasponer el umbral del estado inconsciente inocente hacia la conciencia, y verse como compelido, propulsado a seguir adelante, siempre adelante, porque detrás suyo se encuentra empujándolo el fuerte instinto de conservación y su futuro depende primordialmente de un aleatorio plan genético compuesto de dos planes anteriores.

¿Qué significa este galimatías?

Que una mitad de los genes contenidos en los 46 cromosomas humanos son paternos y la otra mitad maternos, los que van a determinar según su predominancia, la longevidad del futuro ser, su predisposición a determinadas enfermedades, su estatura, hermosura o fealdad, grado de inteligencia y capacidad, y múltiples otros detalles fenotípicos con los que va a enfrentar la vida.

A toda esta constitución o equipamiento básico habrá que añadir luego

un incierto destino, choques con el entorno físico y social, las circunstancias, vivencias, experiencias, oportunidades, frustraciones y otras
eventualidades. Todo esto sumado a la dote genética va a hacer de la
criatura nacida, una vez en uso de la razón y en su adultez, un "santo"
o un criminal, un dechado de virtudes o un depravado, un idiota o un
sabio, un doliente enfermo baldado de por vida o un hombre sano hasta
su vejez, una persona cuerda o un psicótico, un ser feliz o un infortu-
nado, un rico rodeado de la opulencia o un mendigo sumido en la peor
miseria, un hombre preclaro o un reo destinado a la cárcel, un ser
querido hasta su ancianidad por toda su familia o un desdichado que
pasa sus días de larga agonía en manos de extraños insensibles.

Como una prueba más de que estamos tirados, yectos, abandonados
en el mundo, es el hecho de que una vez pasado el período útil para la
reproducción, igual que a los animales pueden sobrevenirnos toda clase
de achaques psicosomáticos en la vejez avanzada, puesto que —podríamos decir— la descendencia ya ha sido asegurada. Así es como aparecen
la disminución de la vista y de la audición, la caída de los dientes,
debilidad cardíaca, inhibición de las glándulas endocrinas, menor respuesta inmunológica ante los agentes infecciosos, negatividad frente a la
vida, alteraciones del carácter y hasta la misma pérdida de la inteligencia
por reblandecimiento cerebral, que ya es una premuerte.

Nuestro proceso viviente es como un aparato a pila lanzado a la
acción, que se va debilitando en su impulso, deteriorando y trabándose
sus piezas hasta la detención total, sin que nadie ni nada vele por su
reparación.

A su vez, el lugar y circunstancias de nacimiento del viviente consciente van a gravitar en su existencia. El que nace en el seno de una opulenta
familia en pleno centro de una gran ciudad, tendrá "su propia suerte",
el que hace su aparición en el escenario de la existencia rodeado de la
más mísera pobreza tendrá la suya; el que viene a la vida en el seno de
una familia honesta puede salir correcto, el que lo hace en un hogar de
criminales, borrachos, neuróticos o psicóticos es muy probable que sea
un desdichado.

La criatura inocente, el bebé, también viene al mundo sin importar su
origen uterino, esto es, si fue engendrado durante una orgía, en el
adulterio, la depravación sexual, en el estupro o la concepción legal. El
está "ahí y ahora" como algo nuevo e inocente, y basta.

Pero aquí parece ser que nos hallamos como situados en un tiempo
presente.

No hablemos sólo de casos enclavados en el ahora. Situemos también
al ser en la escala del tiempo, en el pasado y en el futuro.

(Aunque para mí el ser no existe, sino en este caso un proceso viviente,
según ya he explicado más arriba, permítaseme no obstante emplear en
adelante el término "ser" aplicado al hombre en un sentido abstracto o

metafórico.)

No nos olvidemos entonces de los "seres" del pasado que ingresaron al mundo en estado viviente consciente, y obtuvieron dicha o desdicha, y pensemos en los que lo harán en un futuro, libres de atormentadoras enfermedades incurables que hoy afligen al hombre, pero quizás enfrentados con otras contrariedades desconocidas en nuestro tiempo.

Si vamos hacia el pasado, el ser nacido hace 5000 años en Egipto, por ejemplo, tuvo "en suerte" o "en desgracia" determinadas circunstancias existenciales que lo rodearon, como el peso del ambiente de la época con todas sus exigencias, a veces duras e injustas, enfermedades en aquellos tiempos incurables por falta de técnicas y conocimientos médicos, y que por ende le acortaban la vida, prejuicios y supersticiones limitantes de la "libertad de pensamiento", etcétera.

Muchos de los nacidos durante los tiempos de la civilización azteca en América tuvieron como funesto destino el hecho de ser enemigos tomados prisioneros y sacrificados a los dioses, según el sangriento ritual religioso del momento, que consistía en abrirles el pecho estando vivos para arrancarles el corazón palpitante y ofrecerlo a los dioses.

Los creyentes en la religión de Cristo nacidos en Roma en los tiempos del incipiente cristianismo, sufrieron el triste destino de convertirse en mártires crucificados, despedazados por las fieras en los anfiteatros a la vista del público, o quemados vivos, por causa de sus creencias religiosas disidentes.

En cambio muchos que nacieron después, también en Europa durante el famoso tribunal de la Inquisición, tuvieron como funesto destino las torturas de toda clase o ser también quemados vivos por causa de creencias supersticiosas sustentadas por sus jueces inquisidores y verdugos.

A otros les tocó intervenir en las guerras, ser heridos, vivir como inválidos o quedar despedazados en los campos de batalla. A otros vivir los períodos de paz. Unos felices, otros atormentados por diversas causas.

Realmente, al ser que está por llegar al mundo, el inocente bebé, puede hallarse frente a todo.

¡Miremos a la criatura recién nacida! ¿Se merece todo eso?

Si pudiéramos proyectar una película acelerada de la vida real de una persona con sus altibajos existenciales desde su nacimiento, primera y segunda infancia, adolescencia, madurez, ancianidad, hasta su muerte —pasando por alto los nimios, rutinarios y numerosos detalles de su vida—, realmente asistiríamos a un tragicómico espectáculo, mezcla de momentos de gran dicha con instantes de profundo pesar en violento y chocante contraste: ilusiones, frustraciones; diversiones, pesares; explosiones de alegría, duelo por la muerte de seres queridos; éxitos, fracasos; brindis de felicidad, desalentadoras noticias; emociones placenteras, desengaños; orgasmos, dolores insoportables; alegres risas, profundas melancolías; afectos, desprecios... y finalmente, la tumba, la cremación, el nicho... ¡La nada!

Y este acelerado y selectivo filme imaginémoslo multiplicado por miles de millones con infinitas variantes. A cada instante un nacimiento, a cada instante una defunción, un final de un camino de altibajos. Pensemos que esto sucede en el planeta hoy día entre los cinco mil millones de seres humanos que lo habitan, y viene sucediendo desde hace muchos miles de años con el ser consciente de la "la raza humana", aunque antes, cuando la población no era tan numerosa, en forma más espaciada en el tiempo.

La vida es un cielo abierto, nacemos en un descampado, no sabemos qué nos sobrevendrá, si una gélida temperatura, calor abrasador, tempestad de agua y viento huracanado, la caída de un rayo, granizo o manso tiempo primaveral. Nos hallamos a merced de todo avatar. Aunque nuestra madre vele a veces día y noche a la vera de nuestro lecho, la parálisis, la invalidez o la muerte nos pueden llegar indefectiblemente si las circunstancias se dan cita y apuntan hacia ello con apremiante fatalismo.

Por más invocaciones, oraciones, gritos desesperados clamando ayuda a ilusorios seres superiores de las mil y una religiones del mundo, lo indefectible se impone porque ya está todo como determinado, aún la ineficacia de un medicamento o el yerro de un médico. No como un fatalismo venido desde las estrellas o desde los albores de la formación de este universo de galaxias (mi microuniverso) ni de más allá todavía, sino como un conjunto de circunstancias que se fueron dando aleatoriamente, sobre la marcha, en virtud de los avatares de la *sustancia universal* con sus *manifestaciones* que... de un montón de bioelementos constituido por sí misma, forma seres conscientes enfrentados con "el existir".

Estamos como destapados, o sin techo, a la intemperie frente a la inclemencia de la existencia, al mismo tiempo que compelidos de tal manera que nos es imposible "echarnos atrás" por más sinsabores que nos vengan encima. Nos encontramos atrapados por la existencia sin salida. Esta sólo adviene con la muerte. A veces la muerte es la aliada, la liberadora de toda penuria y amiga de los desahuciados, y la pregunta "¿Para qué existimos en esta incierta aventura en el mundo?", planteada desde el punto de vista exterior a la mente, o desde una óptica anticósmica, sólo tiene una desalentadora respuesta: vivimos para... ¡sobrevivir! y nada más.

¿Así de simple? ¿Y qué es sobrevivir? La respuesta en parte ya está dada en este libro. Baste recordar los pasajes del capítulo XV concerniente a los "factores de supervivencia" (y también de los capítulos XVII y XVIII).

Realmente, si tenemos a la vista un bebé recién nacido, tan inocente, tan desvalido, tan merecedor de una vida útil en felicidad, es alucinante el pensar que aquello que le aguarda puede ser tanto halagüeño, como mezcla de felicidades y desdichas, o en su mayor parte infortunios o... la tragedia prematura y terminal.

Esto lo debiera tener siempre en cuenta la sociedad humana que está por recoger en su seno a un recién nacido de cualquier lugar de la Tierra, de polo a polo, y de cualquier estrato social que sea. Esto lo trataremos más de cerca en el penúltimo capítulo de esta obra (véase cap. XXVI, 1). Frente a tan desolador panorama como el que nos pinta esa huera respuesta a la reciente pregunta existencial, si de lo que se trata es de ¡sobrevivir! y nada más, entonces, ¿no hay metas?

A su vez, ante el cielo abierto existencial a todo evento feliz o aciago, ¿de veras no hay nada protector?

¡Sin meta alguna y desprotegidos en la existencia, verdaderamente es como para renegar de ella, perder toda esperanza, todo deseo de vivir!

Sin embargo, lo cierto es que este triste, trágico y real panorama cursa subterráneamente ante la Humanidad. Esta no lo advierte, y mientras tanto sueña, cree en ilusiones, vive con metas aunque sean borrosas, siempre proyectadas hacia un futuro previsible, pero incierto a la vez, al que en muchos casos no se llega y las metas jamás se alcanzan.

Lo que sostiene al humano en la vida es el pensar que mañana también saldrá el Sol para él, sin sospechar ni remotamente que quizá se encuentre en el último día de su existencia.

Todo este pesimismo destilado como hiel en este capítulo, se tornará en optimismo en los últimos capítulos de este libro, por lo tanto no desmaye el lector. Anticipo que nuevamente caeremos en el vacío existencial y nuevamente nos levantaremos. También nos sumiremos en el lodazal de las miserias humanas una y otra vez, para elevarnos después, en el curso de lo que falta de esta obra. Todo esto es necesario examinarlo y soportarlo para no engañarnos, porque así es el mundo y la vida, más luego vendrán las fórmulas y todo quedará superado en un futuro esperanzado.

No me mueve escribir atrocidades, ni es mi vocación mostrar tan sólo el lado tétrico de la vida. La realidad es así y está-en-el-mundo, su descripción no debe lastimar, porque la solución es factible.

2. La necesidad y el deseo, fuentes de todo motivo de vivir

Volvamos al tema: nace la criatura, ¿qué encuentra? Un mundo ante sí. ¿Qué hace frente al mundo? Necesita, desea...

El niño de pecho "desea" el sustento, la comodidad, el estar bien, porque lo necesita. Si no tiene esto estalla en llanto.

Luego desea tocar los objetos, posee curiosidad y más adelante en su evolución la *necesidad de hacer algo* se torna imperiosa, busca entretenerse, y lo que es muy importante, se halla provisto de una fuerte necesidad de emociones (como ya hemos apreciado en el capítulo XVI de "La paradoja humana", punto 2), que al principio le brindan los juegos, el deporte, las narraciones y modernamente el cine y la televisión (dibujos animados, y más tarde los dramas fuertes, el deporte rudo y a veces peligroso, la aventura, etc.).

Más adelante, ¿con qué se encuentra el ser? Con obligaciones distintas según la cultura en que le tocó nacer por azar (o por relativo fatalismo).

Según la época y el lugar en que le tocó aparecer en la existencia, si fue, por ejemplo, en el seno de los pueblos primitivos, se debe someter a las ceremonias de iniciación, a las enseñanzas del arte guerrero, a los rituales religiosos, a mutilaciones de toda clase, a pruebas muchas veces dolorosas, según las culturas; si en los civilizados, debe cumplir con la enseñanza escolar, asimilar determinado dogma religioso que profesan sus mayores, prepararse para la defensa territorial y de su nacionalidad (servicio militar) aparte de múltiples obligaciones que le impone el medio social en que hizo su entrada como ser perteneciente a la "raza humana" y donde se desenvuelve, y según el estrato social a que pertenece y la generación que le toca vivir.

El paria del universo, el ser consciente que viene a la existencia sin desearlo, por puro accidente de la atracción sexual primero y de la fortuita unión —fruto de una aventura espermatozoidal— de dos gametos después, de progenitores que no ha elegido, a partir de su nacimiento comienza a desear, luego a tener obligaciones y a ser zarandeado por la vida.

¿Pero qué es en esencia el vivir y qué busca el hombre en la vida?

Aparte de la creencia religiosa que el ser recoge en su existencia según el lugar de su nacimiento —creencia que ocupa la mente del hombre común sólo por momentos en su vida, y que permanece la mayor parte del tiempo en su inconsciente—, su psique desea, proyecta, busca, se ilusiona, crea sus metas: una casa, un título, poder, mando, ser artista... o simplemente trabajar. ¿Trabajar meramente? No, por supuesto, sino hacerse de bienes indispensables y luego... acopiar riquezas quizá, si es posible. ¡Obtener riquezas!... ¿Y de ahí en más? ¿Qué hacer una vez rico? Y... ¡vivir, disfrutar de la existencia!

Empero, ¿qué es disfrutar de la vida? Miles de respuestas caben aquí, como comer bien, beber, lograr el placer sexual, jugar, dedicarse a un deporte, viajar, conocer el mundo, adquirir bienes y más bienes, vestimentas, lujo, jerarquía, halagos, lucirse ante los demás... y otras vanidades.

¿Vanidades? ¿Y qué no es vanidad? ¡Incluso triunfar y obtener fama!

En el texto bíblico podemos leer: "Vanidad de vanidades, dijo el Predicador; vanidad de vanidades, todo es vanidad" (Eclesiastés I, 2).

A propósito, durante la oportunidad que tuve de visitar el panteón de los reyes de España sito en el monasterio del Escorial, he meditado acerca de las transformaciones de la esencia del universo. En ese momento, ahí, ante los sarcófagos, elaboré una frase no pronunciada que reza así: "... y los átomos 'reposan' en los cementerios, otros volaron en forma de insectos necrófagos..., luego de haber actuado en forma de seres humanos".

Pensé en los reyes "que allí yacían". ¡Cuántas glorias, pompas, vicisitudes, afanes, ambiciones, intrigas, victorias, apoteosis, derrotas, refinados lujos...! Ahora sus átomos aquietados, aunque aún vibrantes, yacen ahí.

¿No es todo vanidad al fin y al cabo?

¿Qué puede ser empero el disfrutar de la vida?

Quizá formar un hogar, tener hijos, conseguir amor de ellos, de su familia, ser feliz viendo progresar a sus descendientes... ¿progresar? ¿Y qué es progresar? Otra vez lo mismo que se cierra en un círculo: la vivienda, la vestimenta, ¿el lujo?, las alhajas, el transporte propio, el moblaje, la comodidad, la diversión, el acopio cultural, el aprendizaje, el perfeccionamiento moral, la satisfacción de ver realizados sus proyecto, ¿qué proyectos? Y... ¡lo mismo!, a saber, bienes, halagos, la admiración, el placer... En resumen, ¿el placer? ¿Es el sentido hedónico de la vida, entonces, la verdadera razón del existir? ¿Epicuro de Samos, quien hace 2300 años lo creía así, tenía razón, entonces?

Para muchos parece ser así con cabal convencimiento; legítimamente para unos, en franco contraste para otros que al mismo tiempo profesan un dogma religioso que les exige precisa y paradójicamente lo contrario: la huida de los placeres, y parecen olvidarlo.

Analicemos el amor de la pareja, el amor por lo hijos, la felicidad de verlos contentos. ¿Felicidad. ¿Es todo así? ¿Es entonces la felicidad el motivo existencial por excelencia? ¿No se trata, en la mayoría de los casos, sólo de una expresión de deseo? A lo largo de una existencia, ¿cuántos son los momentos de felicidad logrados? Para muchos es sólo una utopía, para otros sólo hay alguna que otra felicidad.

Entonces —ya en el terreno religioso—, ¿el motivo de vivir sería por excelencia el labrarse en esta vida la felicidad en la existencia ultraterrena? ¿Lo hacen todos los habitantes de la Tierra?

Más adelante (cap. XXI, 2) comprenderemos la utopía que significa la bienaventuranza. Por de pronto ya he señalado la inexistencia del alma inmortal en el cap. XIV relativo al psiquismo.

Recordemos también lo que dije en el cap. XV, 11 sobre la felicidad como factor de supervivencia.

3. ¿Tienen que existir forzosamente los sinsabores para apreciar mejor la bonanza?

El ser "tirado ahí", a merced de todo, el inocente niño de a poco va logrando satisfacciones, grandes alegrías, placeres en el juego, halagos, cariño, amistades, ayuda de sus mayores, al mismo tiempo que choca con lo desagradable, con las frustraciones, disgustos. También va perdiendo su inocencia y a veces lo brutal lo sacude. Un altercado, una necesidad de reaccionar furibundamente, un impulso de atacar, destruir a su adversario que lo insulta, que se opone a sus deseos, que lo desprecia, que se burla hirientemente, lo denigra o ataca.

El altercado, la discusión exacerbada, la riña, toda violencia, es algo terrible que no debiera existir en el mundo.

Quizá también le espere pasar por el trance del luto por pérdida de algún familiar...

El vivir resulta ser una empresa terrible si juntamos todos los sinsabores de una existencia humana y los colocamos uno detrás de otro para narrarlo o proyectarlo en un filme. Esto no tendría sentido; todo público se aburriría de no ver otra cosa que puros trances dolorosos, uno detrás de otro.

¿Lo tendría a la inversa? ¿Esto es si esta vez seleccionamos los buenos momentos? Alegrías, instantes de intenso goce y felicidad, éxitos, triunfos, halagos, cosecha de vítores y homenajes, metas alcanzadas, algarabía, sólo risas y sonrisas, optimismo, cantos de alegría, apasionamientos, amores correspondidos, gloria, apoteosis...

¿Sería interesante una novela o filme así, que mostrara un continuo salto de una felicidad a otra, en una seguidilla donde todo, absolutamente todo, le va bien al personaje protagonista sin ninguna mezcla de contrariedad?

Igual que en el caso anterior, el público se hastiaría de no encontrar en semejante biografía ninguna otra cosa que puros éxitos en la vida, y este tedio también asaltaría, sin duda, a cualquier protagonista de carne y hueso.

Es el contraste entre las satisfacciones y las contrariedades lo que estimula el interés. Sería la vida harto aburrida si todo nos saliera bien a todos.

La naturaleza humana requiere el contraste, el suspenso, la intriga, la tensión, la expectativa, luego el desenlace. Se desea el final feliz, aunque muchas veces éste deviene trágico.

¿Pero es necesario que esto sea así como si la naturaleza humana fuese el patrón, el único modelo? De ningún modo. Es tan sólo la naturaleza humana la que exige cierta penuria, cierto contratiempo, algunos obstáculos para luego apreciar el contraste de los momentos de bonanza.

Pero si lo demasiado fácil merma el interés, y lo más difícil es lo más atractivo; si cuanto más tensión en una historia, cuanto más intriga en un relato, cuanto más difícil se hace lograr un objetivo en la vida real, más subyugante resulta ese "camino" o "el mientras tanto" hasta llegar al relax del final, ¿por qué digo entonces que tan sólo la naturaleza humana es lo que exige esto? ¿Acaso hay alguna otra naturaleza inteligente y consciente como la del hombre que no sea humana?

No lo sabemos, pero podemos realizar una conjetura. Puedo suponer otra toma de conciencia por parte de algún otro ser viviente inteligente de alguna muy lejana galaxia o de algún remoto otro universo de galaxias similar o no al nuestro, cuya naturaleza psíquica puede ser totalmente dispar de la nuestra (véase cap. XI, 8).[1]

El amplio espectro de las posibilidades por supuesto que no se halla agotado ni siquiera en nuestro planeta, e incluso el hombre mismo puede ser reformado en su propia naturaleza íntima, como veremos en el último capítulo.[2]

Sin embargo, nos resulta difícil imaginar un mundo fácil, el que, de existir, contendría seres abúlicos, sin alicientes, cuyas vidas transcurrirían más bien vegetativamente que con curiosidad y acción. Volveremos luego sobre este tema.

4. Las ocupaciones

Volvamos nuevamente hacia atrás. Nace el niño —habíamos dicho—; pasada cierta etapa de relativa apatía, se entrega al juego. El sentido lúdico de la vida no le abandona más durante todo el resto de sus días, y la imperiosa necesidad de emociones que motivan su existencia se extiende a lo largo de su infancia, juventud y madurez para ir perdiéndose en la ancianidad aunque no en todos los casos.

Por supuesto que en la madurez y en la ancianidad el juego se suele sublimar —si se me permite este término freudiano— y es representado por las ocupaciones. El médico "juega" al doctor y los pacientes; el abogado "juega" a la defensa de los derechos de los litigantes, el político "juega" con los vaivenes de la política.

Pero retrocedamos otra vez. Retornemos al infante. Mientras va creciendo no se da cuenta aun porque el mundo es para él un juguete, pero una vez adolescente o ya adulto, se encuentra con que hay que hacer algo en el escenario del mundo.

[1] Véase Ladislao Vadas, *Naves extraterrestres y humanoides (Alegato contra su existencia)*, Buenos Aires, Imprima, 1978, cap. 7.
[2] Véase Ladislao Vadas, *Diálogo entre dos inteligencias cósmicas*, Buenos Aires, Tres Tiempos, 1984, cap. XVIII.

Si todo estuviese ya realizado, ¡realmente, qué aburrida sería la existencia! Sin emociones, sin contratiempos todo sería enervantemente monótono. Hay que curar, solucionar pleitos, tomar decisiones políticas, guerrear, pacificar, crear obras artísticas para lucirse, entretener a los demás ya sea con novelas, cuentos, teatro, cine, televisión, con alguna otra invención futura, ya sea en el papel de escritor, actor serio, bufón o payaso. También se encuentra con que hay que enseñar, trabajar en la producción de bienes, inventar y armar máquinas, proyectar y construir edificios, reparar, investigar, distribuir y comerciar con los alimentos, ayudar, dar amor, consolar, pensar acerca del mundo, la vida y el hombre... y un largo etcétera.

Todo lo "torcido" está también allí, a la vera del camino de la existencia y sólo depende del caminante ciborg humano el tomar los frutos prohibidos, o ignorarlos, jamás con responsabilidad absoluta ya que el libre albedrío en términos absolutos no existe, como hemos visto en el cap. XIV, 8. Todo desvío debe ser tomado como puro accidente antrópico o tropiezo de un autómata. Aquel que es condenado por la justicia humana —única existente— a cadena perpetua o a la pena de muerte, lo es por un accidente, un tropiezo, jamás por una culpa absoluta, y esto es tan terrible como real y necesario según la naturaleza humana que se dio en este infausto planeta —y a la vez prodigioso en otros aspectos—, punto anticósmico de dramas, tragedias, alegrías y vanidades.

El ser encuentra así tareas a realizar en el mundo, ya sea enmendarlo, hacer progresar a la sociedad o entretener a sus semejantes, luciéndose de paso para cubrir una vanidad existencial y ganar dinero al mismo tiempo para la subsistencia y para cubrir otras vanidades. El arte y el deporte, por ejemplo, resultados de la necesidad acuciante de hallarse ocupado, pueden llenar en plenitud su vacío existencial.

El hombre, en realidad, no ha sido hecho para nada por nadie, pero simbólica o metafóricamente podríamos decir que "ha sido hecho por la naturaleza" para la vida primitiva, esto es, cultivar la tierra, hacer vida pastoril, recolectar alimentos, cazar, guerrear, saquear y ofrecer sacrificios a imaginarios dioses, al margen de otras costumbres folklóricas, y crear obras artísticas si la disponibilidad de tiempo lo permite.

Estas organizaciones primitivas eran más fáciles de sobrellevar, salvo cuando arreciaban calamidades como epidemias y desastres naturales. En cambio el modernismo, esta civilización actual, es muy difícil de sostener por su colosal complejidad, dependencias, equilibrios condicionados y falta de planificación a nivel global. Los países tienen así sus altibajos económicos, políticos, sociales y de moral, según es dable constatar a través de la historia.

Pero así están dadas las actuales circunstancias para millones de seres que se incorporan a esta vorágine de la civilización contemporánea. Quedan ya pocos pueblos que aún medran a expensas de la vida pastoril nómada, de la cacería, de la recolección y de algún tipo de agricultura familiar sin dependencia alguna del maquinismo universal. Los jóvenes que ingresan en esta vorágine, una vez aptos, se dispersan en las innumerables ocupaciones que junto con las recompensas les ofrecen motivos para existir.

Así queda por ahora planteada la espinosa cuestión existencial del hombre que será fundamental para los capítulos finales de esta obra, donde ofreceré soluciones.

Sección Tercera

REFLEXIONES ANTROPICAS

Capítulo XXI
El hastío existencial y otras reflexiones

1. La inmortalidad

¡Existir siempre! He aquí el anhelo de todo individuo de la especie humana. Nadie se resigna a ser nada alguna vez, y un fiel reflejo de esta inquietud lo tenemos en las diversas creencias religiosas que aceptan una vida más allá de la muerte, y en especial en la creencia en el alma inmortal, que sostienen aun aquellos que no se confiesan religiosos o pertenecientes a determinado dogma.

Hasta pareciera ser que la misma esencia del universo, esa sustancia escondida, desconocida, manifestante, poseyera alguna tendencia natural a mantenerse en ese estado de *epifanía de la existencia*, en ese *ser yo mismo*, como participación del ser en el yo, ¿o el yo en el ser?, ese *yo mismo* que se pregunta por el ser, y que por nada del mundo y jamás desearía *no ser*. Este estado fenoménico pareciera querer resistirse al tránsito hacia la inconsciencia total, esto es, hacia la nada, hacia esa cesación del proceso consciente que denominamos muerte.

Pareciera ser que la manifestación, fenómeno o epifanía de la sustancia del universo en forma de yo consciente, tuviera horror a no ser nunca más ese yo-conciencia, algo semejante al "horror al vacío" que ante los ojos de los físicos presenta esa otra manifestación o apariencia de la esencia universal, la materia. Un terror a perderlo todo, esto es el ser y sus vivencias, deseos, ilusiones, afectos... y todo lo que ya hemos visto anteriormente.

La idea de la inmortalidad surge entonces como fórmula salvadora, como un aliciente que conforta, que promete, que aleja a esa otra idea de carácter aterrador del paso del yo hacia una nada absoluta.

¿Empero es realmente así todo esto? ¿Es al menos posible que la esencia manifestante del universo contenga en su propia naturaleza íntima alguna poderosa tendencia a permanecer en estado de yo-conciencia dibujado por ella misma, y por ende, como epifanía de la existencia, manifieste también un horror a la nada? En absoluto, pues ya hemos visto que por una parte, no hay *ser* sino *proceso*; por otra, que la nada no existe, y por otra, que la *esencia* carece de conciencia alguna, que es ciega, sorda, insensible, y que sólo muy de vez en cuando produce ciertos estados de cosas que se sostienen efímeramente, como las conciencias humanas, para pasar de inmediato —en tiempo cósmico— hacia otras formas manifestantes o fenómenos como son la luz, un haz o tren de ondas electromagnéticas, un núcleo cometario, un núcleo estelar, una planta en flor.

Bueno pero, no obstante toda esta cruda realidad que subyace, que se encuentra subterráneamente debajo de todos los fenómenos del universo, lo cierto es que el deseo de inmortalidad existe como fenómeno antrópico. Sin embargo, posee una y única causa: el poderoso instinto de conservación como decisivo factor de supervivencia. Y no hay más explicación, pues como sabemos, todo el psiquismo se produce a nivel fenoménico, no a nivel esencial y por lo tanto resulta imposible buscar un estado consciente en la esencia del universo, alguna propiedad íntima, concreta, universal, eterna.

Es sólo una *tensión de vida*, algo que trabado "se resiste" a ser destrabado, algo paradójicamente inconsciente y consciente a la vez, algo ensamblado que ofrece resistencia como la cohesión de los elementos químicos afines.

Quizá pueda ser comparable burdamente con una gota de agua que sobre una superficie aceitosa o resinosa forma una película superficial en tensión que se resiste a su ruptura. Es algo así como una coraza o cubierta construida ciegamente por los elementos químicos (manifestaciones de la esencia) que de manera casual se opone a la ruptura de eso que denominamos vida y conciencia.

Pero a nivel de fenómeno que involucra toda manifestación psíquica, todo es efímero, y el deseo de inmortalidad resulta entonces paradójicamente efímero: ¡Dura mientras existe el hombre que lo concibe!

Se piensa en la inmortalidad, pero este pensamiento es perecedero, desaparece con la muerte del que lo piensa y no hay inmortalidad, sino que todo ha sido una ilusión.

2. La ansiada bienaventuranza

Pero he aquí —y esto va para aquellos que aún, a pesar de mis argumentos, continúan creyendo en la inmortalidad— que aunque sea aceptada una vida perpetua, más allá de la muerte, con carácter de eternidad, cabe la pregunta en cuanto a la índole del hombre, ¿cómo podría ser esto?

En efecto, el existir siempre, y siempre en la eternidad, ¿no implicaría para un ser como el humano una verdadera nada?

¿Cómo se podría entender esto que parece un contrasentido?

Veamos. El ser humano requiere del cambio, la novedad, el observar siempre algo nuevo. El hombre es un "eterno" espectador del mundo, o al menos oidor si está ciego, o palpador si carece de vista y oído, etc., pero nunca podría permanecer estático contemplando siempre lo mismo, o conformándose con lo ya conocido o sabido. Siempre querrá algo más para continuar poniendo en movimiento su vida psíquica, que si se estaciona, prácticamente desaparece.

Supongamos que fuéramos inmortales, o que pudieran existir los seres eternos frente a un mundo por conocer. Hasta aquí todo va bien porque delante de esta clase de seres hay algo por descubrir. Ahora bien, imaginémonos que estos seres ya existieron lo suficientemente como para conocerlo todo, absolutamente todo. El mundo ya no tiene secretos para ellos. Una vez explorado y sabido todo, una vez experimentado todo y vuelto a experimentar hasta el cansancio en la eternidad, ¿no sobrevendría el más enervante hastío sobre esta clase de conciencias? ¿No sufrirían en consecuencia una especie de parálisis psíquica, una pérdida total de interés por el mundo y por sí mismos? Por más que lo repasaran todo cual historia, infinitas veces, como un eterno filme, para obtener motivos existenciales viviendo de recuerdos, ¿no caerían en el tedio más absoluto en la eternidad?

¿Es posible para un ser como el humano vivir eternamente en estado consciente-inteligente, rumiando su pasado o contemplando un presente ya archiconocido y siempre el mismo? ¿Es posible la vida psíquica sin historia por conocer?

La bienaventuranza es posible pensarla superficialmente, más no profundizar en su sentido sin caer en un contrasentido.

Si esta suerte de seres poseyera la facultad de amnesiarse, cada vez que llegara a saberlo todo, esto es, borrar todo pasado de su psique para comenzar siempre de nuevo a conocer la historia del universo, ¿no equivaldría esta amnesia a una muerte con tránsito, hacia la nada? Puesto que un olvido total de todas las cosas equivaldría a un aniquilamiento.

Dada la índole humana, es imposible entonces una vida psíquica eterna so pena de paralizar la psique y anular la conciencia. Pero ambas cosas significarían llegar a la nada como "ser" en el sentido de *proceso* consciente. Hastío y nada son sinónimos en este caso.[1]

3. El sentirse único

Hay una extraña forma de pensar —al menos para mí— que consist·en sentirse uno, como único en el universo.

En efecto, si realizo una abstracción de mi conciencia y me olvido de

---

[1] Véase Ladislao Vadas, *Diálogo entre dos inteligencias cósmicas*, Buenos Aires, Tres Tiempos, 1984, cap. III.

todos los demás seres que habitan el planeta y luego hago como que no existen ni siquiera los demás astros, ni las galaxias, ni objeto alguno del universo, esto es, si suprimo o me olvido momentáneamente del universo entero, o si imagino que todo lo que no soy yo desaparece, aun quedaré yo como conciencia única. En esta reflexión me puedo considerar como un centro, como lo único existente. Ya sé que no es así y que cada uno de los cinco mil millones de seres humanos que pueblan por ahora el globo podría experimentar esta misma sensación de sentirse único.

¿Qué es esto que hace que uno, como un "montón" de "materia" en que consiste, o más bien una bolita menor que la cabeza de un alfiler de bioelementos —si eliminamos el vacío intraatómico—, se sienta uno, único y por única vez? ¿Cómo es que eso, una vez organizado, produzca una conciencia con semejante sensación?

Sé —tengo conciencia de ello— que todos los seres humanos, cada uno de ellos, puede también sentirse centro del universo, pero aun así y todo, sigo sintiéndome como único, una vez abstraído de todo. Esto parece una falsa ilusión. En efecto, si cinco mil millones o infinitamente más personas pueden cada una experimentar lo mismo, entonces ese centro no existe en ninguna parte y es sólo una ilusión del yo-conciencia. ¿O existe realmente en cada uno?

A pesar de todo, y por otra parte enfocado desde otro ángulo, parece ser que realmente existo como centro único desde el momento en que puedo imaginarme solo en todo el universo, al margen del universo. ¿Independientemente de mi planeta también? Sé que como organismo y por ende como conciencia, dependo de la combustión del carbono de mi cerebro con el oxígeno del exterior que aporta mi torrente sanguíneo. Y sé también que el carbono que forma parte de mi cerebro proviene igualmente del exterior, con los alimentos, y que dependo del sistema Tierra-Sol y éste de otras condiciones ligadas al universo de galaxias, pero igualmente, así y todo nada me quita que yo sea un fenómeno único. Evidentemente no podría sostenerme como tal si desapareciera el entorno que me sustenta, que me da "el ser", como diría un filósofo, que dibuja "mi proceso" como digo yo, que pone en marcha mi psiquismo, que me hace concebir esta idea de sentirme único.

Sin embargo, por otra parte, también pienso que a pesar de que cada uno de los actuales habitantes del globo puede sentirse único, *debe existir realmente en el mundo alguien que sea un centro consciente*. Así me siento yo, y creo que en el momento de mi muerte, o después, alguien, algún nuevo ser en formación pasará a ocupar dicho centro. No sé si en la Tierra, en otra galaxia o en otro universo de galaxias, en otro tiempo, pero alguien debe continuar ocupando el centro consciente, esto que soy ahora (aunque sólo como conciencia pura, por supuesto que no con mis vivencias, conocimientos, reflexiones y personalidad).

Todos podrán pensar lo mismo, ya lo sé, pero a pesar de ello es difícil sustraerse de la idea de ser único. Veamos dos fantásticos ejemplos. Si partiera de la Tierra como astronauta hacia otros sistemas solares en un prolongado viaje sidéreo, y la Tierra mientras tanto fuese destruida totalmente, aun seguiría sintiéndome como yo-conciencia única, aun en otra galaxia, si previamente congelado, despertara allí. Ya independiente de mi planeta natal y del Sol, al menos por un tiempo hasta tanto no acaezca mi muerte.

A continuación, valga este otro ejemplo basado en la ficción. Si una supuesta inteligencia cósmica en forma de "paquete energético" o mediante una "transferencia de materia" decidiera conocer el mundo humano a través de la experiencia de un humano, esto es, valiéndose de sus sentidos y forma de pensar y razonar, debería tomar entonces posesión de un cerebro humano, identificarse con él en una especie de metempsicosis (en la que, dicho sea de paso, no creo). O quizás espiar el mundo como hombre mediante un "adosamiento" psíquico, de una psique a otra, o yuxtaposición de dos conciencias distintas (cosa que creo imposible para el terráqueo actual, pero no imposible para una alta técnica futura).

Esta posesión la debería realizar en un solo individuo de la Tierra para conocer su forma de pensar a través de su cerebro y a lo largo de su existencia de terráqueo. Este individuo elegido, uno solo entre todos los habitantes del planeta, sería el privilegiado, "el centro", "el único". Así me siento yo.

Luego, al fenecer ese individuo privilegiado "espiado" por parte de una hipotética suprainteligencia venida del espacio como haz energético viajero, ésta debería elegir otro cerebro para adosarse a él y continuar escrutando el mundo humano desde un humano para ampliar sus experiencias.

Este otro habitante de la Tierra pasaría, sin saberlo, a ocupar ahora el "privilegiado sitial" del anterior como único "poseso" de la Tierra.

Por este motivo, que se desprende de este fantástico paradigma, es por el cual me siento único, no como un poseído en lo que, por supuesto, y lo repito, no creo, sino como un extraño fenómeno de conciencia.

Raro fenómeno, realmente, es éste de sentirse yo-único como manifestación consciente de la *la esencia del universo*.

4. Conciencias interrumpidas

Otro fenómeno no menos extraño que se me ocurre mentar en esta sección dedicada a las reflexiones, es el de la posible ausencia de toda conciencia y por ende la "muerte" del universo, de mi Macrouniverso todo, ya que al no haber quien "testimonie" su existencia, es como si no existiera, puesto que en sí es ciego, sordo e inconsciente.

Para el razonamiento, parto de la siguiente base: en los capítulos IV y V he explicado la mecánica del "universo pulsátil", teoría deducida de las observaciones astronómicas que involucra el *big-bang* (quizá excluido el previo "universo inflacionario", cuya teoría no me convence). Remito al lector que no recuerde todos los detalles, a dichos capítulos para que haga un repaso del tema. En la suposición de que autor y lector se ubican ambos en la cuestión, expondré cierta reflexión que se me ocurre.

Dado que durante la pulsación actual del microuniverso de galaxias "que habitamos", a lo largo de este ciclo expansivo presente del que somos testigos, se produjo el fenómeno de la organización biológica de *la esencia del universo* en forma de materia-energía que conocemos con el nombre de vida, y ésta por evolución natural determinada por la adversidad del medio actuante sobre los organismos llegó a ser consciente de sí misma en el hombre, conciencia parcial y desleída del universo, sería factible aceptar alguna probabilidad de que en cada nueva pulsación, o en todo caso, en una cualquiera, en forma espaciada, se repita lo mismo.

Luego, aunque esta toma de conciencia faltara en alguna que otra pulsación, siempre es posible que ocurriera en alguna de ellas, de modo que el estado consciente sería un fenómeno continuo. Por lo menos, mientras dure el ciclo de la repetibilidad de las pulsaciones de nuestro microuniverso con formación de estrellas (soles), planetas, vida y seres inteligentes y conscientes.

En efecto, aunque nuestro universo de galaxias permaneciera inconsciente durante 99 pulsaciones y volviera a serlo en la centésima, ese lapso es como si no hubiese existido "para el estado consciente". Aunque transcurrieran billones de años terrestres entre una conciencia y otra sería como si nunca hubieran existido, pues el cese del estado consciente al momento de haberse producido la destrucción del planeta contenedor de vida y de tal estado, empalmaría sin solución de continuidad con la aparición de un nuevo estado consciente. Lo mismo si pasaran trillones, cuatrillones... de años terrestres entre un estado consciente y otro. Sería algo parecido al estado de hibernación. El animal que entra en el letargo invernal es como si estuviera muerto durante tal período, y cuando sale de ese estado es como si no hubiera existido el lapso que medió entre el comienzo de su letargo y su terminación.

También es comparable con un sueño profundo sin ensoñaciones en que cae un ser humano que duerme varias horas. Al despertar es como si el tiempo que permaneció en el trance onírico no hubiera existido. El estado consciente de la noche anterior empalma con el del nuevo día.

En resumen, la conciencia en el universo sería un hecho continuo, ininterrumpido, del cual nosotros u otros seres no podemos escapar por más que quisiéramos destruirnos si la desesperación frente a una vida dolorosa nos acosara, ya que siempre existiría la posibilidad de una reinstalación de la conciencia en el Todo, y por ende nos hallaríamos como dependientes o fatalmente atados como seres conscientes a la esencia del universo que nos produce.

El consuelo único es que quizá los ciclos no sean eternos como dije más arriba, y que alguna vez se anulará para siempre la posibilidad de lo consciente.

5. La muerte

Se podría decir que la temible pero apaciguadora muerte es el rasero de la nada que lo nivela todo. No más engreídos, injustos ni desdichados. En la "nada" no puede haber nada de esto. La muerte no es dolorosa. Ni terrible. Por el contrario, es siempre la vida la generadora de dolor, pena, desesperación, abatimiento, horror. Son los últimos estertores de la vida los dolorosos y terribles. Una vez acaecida la muerte, cesa todo eso. No más sufrimientos por siempre jamás.

No queremos sufrir, no deseamos morir. Lloramos la muerte de los seres queridos sin advertir que toda felicidad perenne es imposible, sin pensar que para ellos ya se acabó la perspectiva futura de la tragedia, la enfermedad, todo sufrimiento, el horror a la muerte próxima. Ya nada, pero absolutamente nada terrible les puede pasar. Están a salvo de toda tribulación, de toda desgracia, de toda injusticia según está estructurado este proceloso mundo. En otros mundos podría ser diferente. Pero en este mundo es "más seguro" no existir o estar muerto, que vivir. La brevísima chispita de vida que es nuestra existencia consiste en un evento, un azar.

Tanto nos puede ir bien, como mal, regularmente bien o regularmente mal. Después... ya nada nos puede ir mal, ¡ni bien!

Sin embargo, si se nos ofreciera la oportunidad de nacer de nuevo, seríamos capaces de aceptar y apostar a la vida.

Mas todo esto es desde un punto de vista terráqueo, muy humano. El día en que el hombre llegue a colonizar otros mundos, ¿podrá ser inmortal, eterno?

Ya hemos visto que no. La inmortalidad aunque lograda es problemática, la bienaventuranza una utopía. El hastío por haberlo ya conocido y experimentado todo proyectado hacia una eternidad es enervante, es imposible seguir existiendo siempre sin amnesiarse totalmente o anular la conciencia, al menos para una naturaleza como la humana, y la amnesia total equivale ciertamente a una muerte, al Nirvana, a una nada. Y la amnesia parcial por cierto a una muerte para muchas cosas.

La muerte es entonces necesaria para un ser como el humano, aunque puede ser postergada por lapsos muy largos, técnica que será factible en el futuro.

Capítulo XXII
Los fundamentos de mi ateísmo

1. La teología

Son variadas las fuentes en las que he abrevado para poder discernir la existencia o no existencia de un ente superior creador y gobernador del mundo. Las principales han sido las ciencias naturales (en este caso sin intención de dilucidar existencia divina alguna, sino que la deducción de su inexistencia vino sola después, por reflexión), las religiones, la antropología, la psicología, la filosofía y la propia teología.

Vamos a comenzar por lo último, es decir por la metafísica que trata acerca de la existencia de un ser supremo al que describe en sus atributos y supuestas acciones.

Será conveniente adelantar que son los mismos argumentos metafísicos de que se nutre la teología, los que una vez analizados en profundidad se vuelven contra sí mismos, como pronto comprobará el lector. Es la misma metafísica la que en sus razonamientos se transforma en una antimetafísica que anula todo lo sostenido en principio.

Voy a tomar, por lógica, la descripción de un dios como lo ha imaginado la teología judeocristiana, porque es de esta clase de ente del que hablan los filósofos de Occidente,[1] y precisamente estoy enclavado en una cultura occidental. Por consiguiente, no creo acertado referirme a otras teologías "extrañas" al occidentalismo, aunque, como verá luego el lector, ninguna especie de dios en el mundo podrá sostenerse ante mis argumentos finales. No solamente será barrido de la existencia el dios judeocristiano, sino también toda concepción de cualquier clase de divinidad en el mundo. Veamos.

¿Qué nos dice la teología judeocristiana, que es la que "tenemos más a mano"?

Dice en principio que su dios es un "ente espiritual absolutamente prime-

---

[1] Dice el católico J. Javaux, en su obra titulada *¿Dios demostrable?* (Barcelona, Herder, 1971, pág. 260): "Desde el comienzo de este estudio hemos precisado que el Dios cuya existencia queríamos probar, es aquel cuyas principales características han fijado la filosofía y la teología cristianas occidentales".

ro e incausado".[2]

Luego afirma que se trata de un ser simple, esto es, que no está compuesto de partes cuantitativas, ni de materia y forma, ni de esencia y existencia, ni de sustancia y accidentes. *Es esencia metafísica pura.*
Después dice que es un ser perfecto, bueno, infinito, inmenso, omnipresente, inmutable, único y eterno. Esto en cuanto a sus denominados atributos *entitativos.*

En cuanto a los atributos *operativos*, la teología ha imaginado a este ente como poseedor de sabiduría infinita u omnisciencia, de infalibilidad, de ciencia de simple inteligencia —esto es, conocimiento de los seres *posibles* que son capaces de existir, pero que jamás existieron ni existirán—, y de ciencia de visión —esto es, *presciencia* como conocimiento de lo que aún no existe y *previsión* o conocimiento de lo que sucederá—.

Dice también que está dotado de voluntad, que posee omnipotencia (potencia creadora y potencia conservadora, gobernadora y providente), y finalmente habla de un "concurso divino", esto es, de una intervención o influjo de este dios en todas las cosas, aun en las que no existieron antes y fueron producidas por las cosas creadas.

Luego también dice que su dios "es amor" y "fuente de toda verdad, razón y justicia", y que en él hay amor por sí mismo, delectación y gozo, y que también es poseedor de misericordia y liberalidad.

Tan perfecto ha imaginado el hombre a este ente que el neoplatónico filósofo alejandrino Plotino (204-270 d.C.) lo concibió como el "Uno" —principio de todo número—, del cual no se puede predicar ningún atributo positivo; y el filósofo judío de la Edad Media, Moisés Maimónides (1135-1204), creyó del mismo modo conveniente definir a su dios por lo que éste no es más bien que por sus atributos positivos, pues pensaba que al no poder decir absolutamente todo lo que ese dios era, se le restaba de este modo perfección. De manera que la mejor definición consistía para él en los atributos negativos diciendo que dios no es malo, injusto, ignorante, impotente, etc.; el resto de las perfecciones quedaba así sobreentendido.

Para Filón de Alejandría (25 a.C. - 40 d.C.) nada se podía decir de su dios, sino sólo que *es*, nunca decir sus propiedades porque supera toda cualidad, pues es bueno sobre lo bueno, perfecto sobre lo perfecto, etc. Hasta aquí la teología. Pasemos ahora a su antítesis.

2. La antiteología

Empecemos por la afirmación de que esta clase de dios es un ente primero e incausado. ¿Alguien puede imaginarse a semejante naturaleza espiritual

[2] Véase Angel González Alvarez, *Tratado de metafísica - Teología natural,* Madrid, Gredos, 1968, pág. 143.

existiendo desde siempre, aun "antes" de haber creado el mundo y "para siempre" una vez acabado el mundo?

¿Es posible pensar en un ser increado y primero absolutamente solo, *sin historia* en la eternidad, antes de aparecer el mundo con su historia? ¿Y luego una vez terminado el mundo nuevamente hasta la eternidad ya sin historia?

Por supuesto que si el humano inventó tal ente a la ligera, jamás pensó en sus propios motivos existenciales que exigen algo por qué vivir, esto es expectativas, cambio, aconteceres, emociones, historia (véase el cap. anterior XXI, 1 y 2).

Ahora bien, si a esto sumamos lo que también afirman los teólogos, esto es su inmutabilidad, omnisciencia, presciencia y previsión, se complican aún más las cosas porque nos hallamos ante un ser que ya lo sabe todo, absolutamente todo, que no puede esperar nada de nada, sin expectativas ante el porvenir y por ende carente de emociones, de interés por alternativas históricas futuras, de sorpresas, de deseos, de satisfacciones... por ser para él todo archiconocido. En una palabra, es carente de todo aquello que mueve a la existencia por cuanto entonces, ¿es algo, o más bien una nada?

El mundo, una chispita en su eterna existencia, debe carecer por completo de interés para tal ente, ya que éste lo ha estado rumiando desde siempre, es decir como una idea antes de su creación, y para esta suerte de dios todo está en un eterno presente porque es intemporal y además posee ciencia de visión, sabe lo que va a ocurrir dentro de un quintillón de quintillones de años, por ejemplo, y tiene presente todo el pasado hasta lo infinito. Nada escapa a su conocimiento, pues además de ser omnipresente es omnisciente, y como es también inmutable,[3] nada puede desfilar "ante sus ojos" para ofrecerle motivos existenciales.

¿Sólo podría tener razón Tomás de Aquino cuando dice de su dios que es "feliz" y se goza en sí mismo?

"Dios es su misma felicidad" (*Suma contra los gentiles,* Libro I, cap. CI). "... Dios se deleita mucho más con su felicidad, que es él mismo, que los demás seres felices en una felicidad que no se identifica con su ser" (*Suma contra los gentiles,* Libro I, cap. CII).

Después veremos que frente al siniestro e inicuo mundo salido "de sus propias manos", esta "autofelicidad" es absurda.

Luego a la pregunta que se formulan muchos sobre qué hacía este dios antes de haber creado el mundo, habría que añadirle, ¿y qué hace ahora con el mundo? ¿Acaso es novedad para él?

En efecto, todo esto carece de sentido ante otros interrogantes: ¿para qué necesita el mundo? ¿Acaso no lo sabe todo hasta el más mínimo detalle, cada acontecimiento sucedido, sucediendo y por suceder desde siempre y por ende conoce el final de todo?

---

[3] Véase Michel Grison, *Teología natural o teodicea,* Barcelona, Herder, 1968, pág. 173.

"Ninguna novedad hay en Dios" (Angel González Alvarez, *Tratado de metafísica - Teología natural*, edic. citada, pág. 424).

Es como aquel autor que leyera su propia novela intrigante conociendo por supuesto ya la trama y el final. Ciertamente, más valdría aceptar a múltiples dioses ignorantes del futuro disfrutando de diferentes emociones —deportivas, políticas, militares, científicas, artísticas, etc.— protagonizadas por el hombre, antes que un sólo dios que reúna en sí todas esas emociones sabiéndolas de antemano.

En efecto, el desarrollo y desenlace de una justa deportiva, por ejemplo, son más emocionantes si existen dos o más espectadores con sus preferencias que pugnan por un equipo u otro, que si hay un solo espectador de una sola bandería.

En consecuencia, más creíble sería la existencia de los múltiples dioses griegos del Olimpo, que la de un solo dios según la concepción monoteísta. Un solo dios que lo sabe todo divirtiéndose con los acontecimientos protagonizados por el ser humano e interviniendo en ellos, carece de sentido.

En cuanto a lo que se dice de este enigmático ente, que es amor, la bondad y fuente de toda verdad, razón y justicia, ¡qué curioso! Es extraño que los profundos pensadores que han ideado todo esto con sus especulaciones metafísicas, no se hayan dado cuenta de un detalle oculto que falsea todos estos seudoatributos.

En efecto. Si este dios es puro amor, bondad, verdad, razón, justicia, etc., uno se pregunta: ¿frente a qué es todo esto?

¿Frente a su mundo creado por él? ¿Frente a un estado de cosas preexistente al mundo fuera del marco de esta divinidad? ¿Frente a algún otro ente igualmente superior al hombre, poderoso, pero maligno? ¿O frente a sus criaturas creadas como inferiores, falibles, proclives a la iniquidad?

Desgraciadamente, para la teología ninguna de estas cuatro confrontaciones es posible.

No puede ser un dechado de virtudes frente al mundo porque éste, según se cree, "salió de sus propias manos" y por lo tanto no pudo haber creado las *posibilidades* del odio, de la maldad, de la mentira, de la sinrazón, de la injusticia, etc., que en el mundo se encuentran, porque estas cosas no tienen cabida en él, no condicen con su naturaleza absolutamente perfecta concebida por los teólogos.

Tampoco puede brillar por sus atributos de perfección frente a un estado de cosas paralelo, ajeno a su propia naturaleza, dada su unicidad. Fue, es y será siempre el uno, único, y nada, absolutamente nada, puede hallarse fuera de su órbita y por ende no puede resaltar frente al odio, la maldad, la falsedad, la injusticia, etc., como cosas fuera de él, "allí puestas desde la eternidad", coexistiendo con él antes de haber sido creado el mundo, porque él es único y su esencia no condice con lo siniestro.

La concepción teológica verdaderamente encierra una idea infantil. Se presupone la existencia del desamor, de la mentira, de la injusticia, etc., como más allá del creador, fuera de su naturaleza, y se lo confronta ingenuamente con eso, sin advertir que todo lo existente y las posibilidades emanan de él. "Todo cuanto existe, existe por Dios", dice Tomás de Aquino (*Suma contra los gentiles*, Libro II, cap XV). "Luego necesariamente todo lo que no es Dios ha de reducirse a él como a la causa de su existencia" (obra citada, cap. XV, 5). "Dios es virtualmente todas las cosas" (ibídem, 6). "Las cosas imperfectas tienen su origen en las perfectas... Y Dios es el ser sumo y perfectísimo" (ibídem, 7).

¿Puede ser esto último? ¿Un ser sumo perfectísimo puede originar cosas imperfectas? ¿Para qué? ¿En todo caso para resaltar él ante su creación en un acto de jactancia? ¿Condice a su vez esta antivirtud con una suma perfección? ¿No están viciadas por su base todas estas aseveraciones metafísicas?

La tercera confrontación queda en consecuencia también invalidada por estos mismos argumentos, ya que es imposible que otro ente de naturaleza maligna le haya hecho "la vida imposible" a este "dios de la bondad" desde toda la eternidad, siendo precisamente único, inmutable, todopoderoso, absoluto y gozador de sí mismo.

Finalmente, la cuarta confrontación de este dios excelso puesto frente a sus pobres, defectuosas, débiles e inicuas criaturas también carece de sentido alguno, ya que si aceptamos tal superioridad, gloria y excelsitud por parte del presunto creador, lo veremos transformado nuevamente en un ser imperfecto, a saber presumido, soberbio y vanidoso al fin, que quiere ser preferido ante todos los demás, y desea resaltar como el mejor frente a sus miserables e inferiores criaturas salidas de "sus propias manos".

Por otro lado, también según la teología, este ente creador parece despreciar el mundo después de haberlo creado.

En efecto, en el terreno mítico en cuyo ámbito se encuadra la teología llamada sobrenatural o dogmática que parte de los principios "revelados", tenemos un ejemplo de lo que estoy tratando en el mito sumerio y hebreo del "diluvio universal".

Veamos los pasajes bíblicos que dicen: "Y vio Jehová que la malicia de los hombres era mucha en la tierra, y que todo designio de los pensamientos del corazón de ellos era de continuo solamente el mal.

"*Y arrepintióse Jehová* de haber hecho hombre en la tierra, y pesóle en su corazón.

"Y dijo Jehová: Raeré los hombres que he creado, de sobre la faz de la tierra, desde el hombre hasta la bestia y hasta el reptil y las aves del cielo: porque *me arrepiento de haberlos hecho*" (Génesis, 6:5-8).

"Y yo, he aquí que yo traigo un diluvio de aguas sobre la tierra, para destruir toda carne en que haya espíritu de vida debajo del cielo, todo lo que hay en la tierra morirá" (Génesis, 6:17).

Como se ve, este ente creador absoluto, omnisciente, "infalible" según los teólogos, ahora parece haberse equivocado garrafalmente al crear hombres y animales, y desea destruirlo todo.

¿Es conciliable el atributo de su infalibilidad con el "arrepentimiento" ante el cuadro mundano de iniquidad?

¿Un dios chapucero? Por supuesto que estamos ahora muy, pero muy lejos de aquel ente suma perfección de Maimónides, Filón de Alejandría, Plotino, Tomás de Aquino y otros.

Lo esgrimido anula toda suerte de dios como lo quiere la teología, y la razón naufraga en sí misma al chocar frontalmente con sus argumentos y contraargumentos.

Dice el teólogo católico Hans Küng en su libro *¿Existe Dios?*, refiriéndose a Feuerbach: "Teología y ateísmo están muy cerca una de otro.[4]

Y a propósito del ateo Ludwig Feuerbach, tengo las mejores palabras de elogio para él por su acertado pensamiento acerca del creído dios único que se define así: *"Dios es la proyección del hombre"*.

Añado directamente: todo dios es un invento del hombre, es decir una especie de mayéutica socrática, en este caso con certeza.

¿En qué sentido se puede entender esta mayéutica? Por supuesto que no en el de "sacar a luz los conocimientos que se forman en la mente", sino en el de extraer las ideas innatas de perfección que todos poseemos en nuestro interior, para atribuírselas a un inventado ente superior, como ya hemos visto en el cap. XV, 7, relativo a la idea de perfección como factor de supervivencia.

Es precisamente esto lo que aflora desde lo profundo de nuestra psique, desde nuestra trama neuronal programada en nuestros genes, y es proyectado hacia un ilusorio ser preconcebido ya sabemos por qué, pues esto lo hemos tratado en el cap. XVIII, 2, concerniente al "mundo de las creencias".

En ese ser inventado es en quien se reflejan todas las ideas de perfección que nacen de la índole humana, y todo es a la inversa de lo que afirmaba Duns Escoto (véase cap. XV, 7) en cuanto para él —y para muchos otros— son las criaturas las que contienen "cierta" perfección, no toda, "porque se trata sólo de una participación de lo perfecto sumo que es dios". Por el contrario, a mi modo de ver, son precisamente las "criaturas" las que paradójicamente sin ser perfectas, poseen no obstante la idea de la perfección suma y ya hemos visto por qué, y son las que fabrican a su dios.

Aquí paradójicamente no se trata de "criaturas" creadas por un dios, sino de un dios creado por las "criaturas".

Este libro, como habrá notado el lector, está trabado en sus partes, es decir correlacionado, y ahora, al confrontar los capítulos, creo que se comprenden mejor las nociones acerca de un ser perfecto ideal desde el enfoque biológico, lejos ya de toda metafísica.

A continuación vamos a proseguir con este largo tema de la antimetafísi-

---

[4] Véase Hans Küng, *¿Existe Dios?*, Madrid, Cristiandad, 1979, págs. 271 y sigs.

ca teológica, para refutar las diversas pruebas que se podrían esgrimir para demostrar la existencia de un dios, como por ejemplo los argumentos ontológico o "a priori"; de la experiencia religiosa; del "objeto de fe"; de "la confianza"; de "las cinco vías" de Tomás de Aquino; de las verdades eternas; del deseo de beatitud, y el de la conciencia de la ley moral.

Analicémoslos por parte.

Por lo antedicho dejamos por sentado que Descartes, por ejemplo, no podía tener razón en su pretendida demostración de un dios a partir de las *ideas de perfección*. Si hallamos en nosotros la idea de un ser infinitamente perfecto, razonaba Descartes, tal idea no podía provenir de la nada ni de nosotros mismos porque somos imperfectos. Luego tenía que proceder del mismo ser infinito y perfecto, y por consiguiente así quedaba demostrada su existencia. Sin embargo, acabamos de ver de dónde sale en realidad tal idea. Descartes, en sus tiempos, no sabía nada de neuronas ni de genética, ni de evolución de la vida y choque de la incipiente conciencia con el entorno enigmático y hostil.

Por su parte, el otro sentido del argumento *ontológico* de la existencia de un dios carece igualmente de todo valor, ya que si por el solo hecho de poder concebir o intuir un ser, éste tiene que existir, también existirían indudablemente las Gorgonas, el Centauro, el Leviatán, todos los dioses del Olimpo, como asimismo lo espiritual en general que involucra lo sobrenatural y por ende los milagros, los poderes ocultos, la magia, la adivinación, etc., que ya vimos no existen.

La experiencia religiosa (otro argumento), como igualmente ya sabemos, tampoco añade absolutamente nada a favor de la teología, puesto que en el cap. XVIII han quedado demostradas las causas de la universal creencia en los dioses de los diversos pueblos, y el argumento de que este dios es puro *objeto de fe* tampoco, ya que con este criterio se podría llegar a creer por artículo de fe en cualquier disparate, en las cosas más extravagantes.

Tampoco puede ser, como lo pretende Küng, quien después de escribir una extensa obra concluye en un "sí a dios", como *una cuestión de confianza*: "Dios, es una cuestión de confianza". "La existencia de Dios es algo que sólo puede ser admitido mediante una confianza basada en la realidad misma."[5]

Con este mismo criterio se puede creer en cualquier falsedad, tanto en el terreno dogmático como en el científico, y esta "certeza" no puede tener ningún valor precisamente frente a la realidad que antepone Küng.

No por el hecho de que se crea que la realidad sea infundada sin un dios que la soporte se debe concluir en la *necesidad* de tal dios, porque ya hemos visto a través de mi cosmología que esto que estamos viviendo es un instante efímero, una chispita en la sordera, ceguedad e inconsciencia de un Anticosmos infinitamente alejado de un aparente cosmos-orden.

[5] Véase en nota 4, *ob. cit.*, pág. 775.

De modo que flaquea ante mi visión del mundo, aun lo que dice Küng en su libro (pág. 774) con estas palabras:

> También es posible el sí a Dios. El ateísmo no puede ser fundamentado racionalmente. ¡Es indemostrable!
> ¿Por qué? Porque es la realidad con toda su problemática la que ofrece motivo suficiente para arriesgar un sí confiado no sólo a esta realidad, a su identidad, sentido y valor, sino también a aquel sin el que esa misma realidad aparece, pese a su carácter fundante, en último término infundada, pese a su condición sustentante, en último término sin soporte, pese a su autoevolución, en último término sin meta: esto es un sí confiado al fundamento, soporte y meta últimos de la problemática realidad.
> En síntesis, no existe de hecho ninguna prueba concluyente de la *necesidad* del ateísmo. Tampoco se puede rebatir positivamente al que dice: ¡Hay un Dios! Semejante confianza, que la misma realidad invita a tener, no se ve conmovida por el ateísmo. También la afirmación de Dios descansa últimamente en una *decisión* que, lo mismo que la otra, depende de la opinión fundamental ante la realidad general. También ella es racionalmente irrefutable.

Concretamente, ¿por qué flaquea este argumento ante mi cosmología?

Es de advertir que toda esta *visión del mundo* escrita en mi libro es *una auténtica antiteología*, y mi obra está trabada en sus partes componentes, es decir que éstas están relacionadas entre sí, de modo que todo ya ha sido dicho, y para rebatir a Küng remito al lector, en especial al capítulo VI, 5 donde trato "del universo como un eterno cataclismo" y del "Todo sordo y ciego", y donde digo que todo es accidental, incluso los efímeros "resultados" como las conciencias humanas.

También carecen de todo valor las aristotélicas pruebas de "las cinco vías tomistas" o argumentos *a posteriori*, por ser totalmente anticuadas y mal fundadas, ya que a la luz de la astrofísica actual comprobamos que lejos de hacer falta un "primer motor" (dios), el mundo "se da cuerda a sí mismo" y puede prescindir perfectamente de todo dios creador, conservador, gobernador y providente como incluso lo corrobora Hawking,[6] y que la finalidad de las cosas que se da por supuesta no existe.[7]

También hoy queda fuera de lugar el remontarse hacia la infinita serie de causas y efectos para hallar finalmente una causa primera.

En cuanto a las pruebas de *"las verdades eternas"*, que Leibniz, por ejemplo, expresa así: "Las verdades necesarias, siendo anteriores a la existencia de los seres contingentes, deben estar fundadas en la existencia de una sustancia necesaria", no tienen ya validez a esta altura de mi

---

[6] Véase Stephen W. Hawking, *Historia del tiempo*, Buenos Aires , Ed. Crítica, 1988, cap. 8.
[7] Véase Ladislao Vadas, *Razonamientos ateos*, Buenos Aires, Meditación, 1987, Libro II, 4ª Parte, cap. IV.

exposición, pues han sido refutadas en el cap. VI, 6 relativo "al universo como un eterno cataclismo".

Por su parte, el argumento teológico de la existencia de un dios, basado en el *deseo de beatitud* (o prueba eudemonológica), que en esencia se formula así: "Todo anhelo natural supone la existencia real de lo anhelado, entonces si el hombre anhela a un dios, éste debe existir", queda igualmente invalidado por lo dicho sobre la bienaventuranza en el cap. XXI, 1, 2 y 5.

Por último, el argumento de la *moralidad* cuyo mayor exponente en tal sentido ha sido Kant con su obra *Crítica de la razón práctica*, según el cual la existencia de las reglas morales nos da cuenta de un ser supremo que las ha establecido, cae por su base ante la explicación biológica de la moral dada en el cap. XV, 10 de "los factores de supervivencia".

Aquí vemos a las claras que la idea de un dios es una construcción humana, una ilusión, y por eso debo felicitar al ex teólogo Feuerbach, quien así también lo concibió y quien le hizo decir al teólogo Hans Küng cien años después con respecto a él: "Los teólogos parecen tener dificultades, casi miedo, para mirar de frente a un ateísmo tan descarnado y entrar en diálogo con él. Prefieren eludirlo, ignorarlo, escamotearlo dialécticamente".[8]

Hay que felicitar también al psicoanalista Freud, que considera a la creencia en un dios como una ilusión infantil.[9]

Tampoco hay que descartar la actitud supersticiosa frente a la naturaleza universal que no se entiende, incluso por parte de grandes científicos como Newton, quien al no poder explicar el fenómeno de la gravedad universal echó mano a la acción del "espíritu de dios" como causa verdadera y última de dicha fuerza.[10]

Ahora pasaremos a otras confrontaciones que también llevan al absurdo.

Empezaremos con la contradicción que encierra la aceptación de un dios inmutable frente al acto de la creación.

Lo inmutable es aquello que no experimenta cambio alguno, que no se altera. La teología dice que a su dios nada afecta, pues todas las mutaciones se encuentran fuera de él.

"Todas las mutaciones se hallan de parte de las realizaciones extradivinas y en nada afectan a Dios, realidad siempre idéntica e inmutable."[11]

Ahora bien, veamos a continuación el absurdo de esta posición teológica frente al aceptado "magno" acto de la creación del mundo.

Demos rienda suelta a nuestra fantasía para imaginarnos —siguiéndole

---

[8] Véase Hans Küng, *¿Existe Dios?*, Madrid, Cristiandad, 1979, pág. 296.
[9] Véase Sigmund Freud, *El porvenir de una ilusión VI*, en *Obras completas*, volumen XXI, Buenos Aires, Amorrortu, 1986.
[10] Véase Alexandre Koyré, *Del mundo cerrado al universo infinito*, México, Siglo Veintiuno, 1982, pág. 216.
[11] Angel González Alvarez, *Tratado de metafísica - Teología natural*, Madrid, Gredos, 1968, pág. 389.

la corriente a la teología— un ente inmutable y eterno, existiendo solo, único, desde siempre, en un presente eterno, sin que nada, absolutamente nada transcurra fuera de él y que nada, absolutamente ningún cambio le acaezca.

¿No se trataría de una especie de Brahma dormido, según la mitología hindú? ¿Recuerda el lector al creador Brahma dormido meciéndose sobre el Océano, que cíclicamente despierta para dar de sí el mundo? (véanse caps. III, 9 y IV, 7).

Ahora bien, ¿el estar dormido sin ensoñaciones no equivale a hallarse casi muerto?

El dios de los teólogos no ha sido ideado por cierto como cíclicamente dormido igual que el dios de los hindúes, pero no obstante, en el afán de idearlo lo más perfecto posible, se le ha otorgado la inmutabilidad.

"Puesto que Dios es simple, es inmutable... Nada puede violentar su naturaleza... se afirma de Dios que se posee (a sí mismo) perfectamente como en un instante único... La eternidad resulta de la inmutabilidad divina."[12]

Esta inmutabilidad en la eternidad pretérita, es decir, anterior al acto de la creación del mundo, ¿no equivale igualmente a una muerte, o más bien a un no existir, o más bien a una nada?

No obstante imaginemos a este dios creador "occidental" existiendo en sí mismo, "poseyéndose" a sí mismo como en un instante único, y siempre... desde siempre jamás, desde toda la eternidad pretérita... pero... de pronto ¡un suceso! ¡Algo ocurre en el interior y fuera de este impasible ente (como si fuese un "cuerpo glorioso" incapaz de padecer)![13]

¡Decide crear algo que antes no existía: el mundo con sus criaturas!

¿Alguien puede aceptar que en este ser no se ha obrado un cambio? ¿El decidir no implica una alteración, una mutación en un ente que antes se contentaba con ser "sí mismo"? Ahora es él y su creación, su mundo con sus criaturas que lo acompañan.

Por más que los teólogos afirmen ingenuamente que este dios "jamás cambia sus decisiones", son precisamente estas decisiones las que consisten en el cambio. Antes no le interesaba acompañarse del mundo aunque lo tuviera "en su mente desde siempre", o no quería crearlo por propia "decisión" o lo que fuere, pero luego ese decidir, ese materializar la "idea eterna del mundo", ¿no implica acaso un formidable cambio en su ser interior? Aunque ya conocía desde siempre palmo a palmo toda la historia del mundo y de sus criaturas hasta el final de todo, ¿acaso el acto de la creación y luego la novedad de verse en el papel de conservador, gobernador, providente y asistente del mundo, no involucra una mutación de este ente

---

[12] Véase Michel Grison, *Teología natural o Teodicea*, Barcelona, Herder, 1968, págs. 164 y 173.
[13] "No puede haber tristeza en Dios, ya que ésta es una pasión, y Dios es impasible" (Tomás de Aquino, *Suma contra los gentiles*, Libro IV, cap. XVI).

que antes no realizaba ninguna de estas cosas?

¿Y el juicio a las criaturas libres como los hombres, ya en el terreno de la teología dogmática? ¡Bueno! Esto ya son palabras mayores en materia de contradicción.

En efecto, ¿cómo podría este ente "juzgar" a sus criaturas según sus pensamientos y actos si desde siempre, desde toda la eternidad conocía perfectamente bien quién se iba a portar mal y quién lo iba a hacer bien, quién por ende se iba a condenar y quién se iba a salvar?

En cuanto a los que para arreglar las cosas dicen que la creación como causación del mundo es eterna (intemporal) como San Agustín: "... el mundo siempre fue porque siempre fue el que lo creara" (La ciudad de Dios, X, 31), y también Duns Escoto, Descartes y otros, todos ellos quedan sin argumentos frente a la visión astronómica de la actualidad ya tratada en la segunda parte de este libro, y en el terreno de la teología "revelada" frente al libro del Génesis.

Pasemos ahora a la aporía del conocimiento y el concurso divino frente a la libertad humana aceptada por los teólogos.

Por supuesto que si para esta suerte de dios no hay misterios, si lo sabe todo aun lo que vendrá dentro de sextillones de sextillones de años y todo en el infinito, ¿qué sentido puede tener para él el libre albedrío de la criatura humana?

Es que ni siquiera para este mismo dios puede tener sentido su propio libre albedrío y, sin embargo, la teología afirma que lo posee. "En Dios se da el libre albedrío", dice Tomás de Aquino en su Suma contra los gentiles, Libro I, cap. LXXXVIII, puesto que si es inmutable,impasible, eterno y posee ciencia de visión, resulta absurdo que pueda tomar alguna determinación desde cuando ya lo conoce todo desde siempre y paradójicamente incluso "sus propias determinaciones", esto es si va a elegir blanco o negro ya lo sabe desde la eternidad pretérita.

Un ser paralizado como lo pinta la teología no puede tomar decisiones, y sus criaturas ya decretadas desde siempre hasta el más ínfimo pensamiento y acto no pueden poseer libre albedrío, por hallarse ya salvadas o condenadas aún antes de nacer, desde toda la eternidad. Es como pretender que los personajes de una historieta posean "libre albedrío" ante su autor, o que los títeres y fantoches obren libremente ante el titiritero.[14]

"Todo cuanto existe, existe por Dios" (Tomás de Aquino, Suma contra los gentiles, Libro II, cap. XV). "... nada puede existir sino dependiente de Dios" (Libro II, cap. XV). "Dios está en todas partes y en todas las cosas" (Libro III, cap. LXVIII).

Y para terminar con el tema de la pretendida libertad absoluta humana,

---

[14] Véase Ladislao Vadas, Razonamientos ateos, Buenos Aires. Meditación, 1987, Libro II, Cuarta Parte, capítulos IX, XI y XII.

basta remitir al lector al cap. XIV, 8 donde explico que el "libre albedrío" es
en realidad un mito, lo mismo que el pretendido creador.

3. Las pruebas de la no existencia de un dios basadas en la astronomía, la geología, la biología y la antropología

Aquí, en este punto, podemos decir acertadamente que sobran las
palabras, pues este libro ha sido —repito— desde un principio y a lo largo de su desarrollo *una auténtica antiteología*, como bien se habrá dado
cuenta el lector a través de sus páginas. Las pruebas de las ciencias
naturales ya han sido dadas en los respectivos capítulos de cada tema y sólo
resta hacer un sucinto repaso para clarificar mejor algunos aspectos que
invalidan toda suerte de concepción de una divinidad creadora y gobernadora del universo.

Por empezar ya se habrá advertido desde un principio que mi *sustancia
o esencia* del universo ocupa en el Todo propiamente el papel que se le podría
asignar a una sustancia divina, ya sea esta última separada de la materia-
energía o identificada con ella.

En el primer caso tenemos dos sustancias: una divina trascendente, otra
mundana. En el segundo se trata de un dios inmanente. Ambas formas han
sido negadas en mi obra porque hablo de una única esencia del universo que
nunca podría ser alguna especie de dios —quizá identificado con la naturaleza o algo así, como lo quiere el panteísmo (dios inmanente)—, puesto que,
como hemos visto en el cap. II donde he explicado sobradamente la
naturaleza de la esencia del universo, ésta es algo relativo, incoherente, sin
identidad, irracional, sordo, ciego, inconsciente, inestable, mudable, que
sólo a veces, muy pocas veces, suscita de sí mismo algo significativo para sí
mismo por puro automatismo, como es el fenómeno de la conciencia
humana.

Esta esencia es caótica, creadora quizá por única vez en circunstancias
perecederas, de leyes o condiciones transitorias y cambiantes, y de ciclos
provisionales, pequeñas chispas en la eternidad prontas a extinguirse para
nunca más retornar. Todo está dicho sobre el tema.

En cuanto a lo que a las *pruebas astronómicas* concierne, es evidente que
el cuadro de desorden que presenta lo que denomino Anticosmos es harto
elocuente. Potentes quasars, lentes gravitacionales, estallidos de galaxias,
colisiones y "canibalismo" galáctico, poderosísimos y casi inconcebibles
agujeros negros del espacio que atrapan y tragan estrellas para hacerlas
prácticamente desaparecer, etc., nos hablan muy poco y nada de un cosmos-
orden como el que se aceptaba antaño, que requería forzosamente de un
creador: "Si hay un orden, debe existir un ordenador", se decía. Además, el
universo, mi Macrouniverso que contiene varios universos de galaxias o

microuniversos, jamás tuvo necesidad de ser creado de la nada, y su marcha, ya sean los *big-bangs* (con su etapa previa de "universos inflacionario" o sin ella), los microuniversos pulsátiles o múltiples universos galácticos abiertos —según las diversas teorías— no necesitan de ningún gobernador, ya que todo marcha a la deriva por sí mismo y eternamente así.

Hay cosas que nuestra mente no puede entender o aceptar, y es lógico que así sea desde que fuimos formados por las ciegas manifestaciones de la esencia del universo y somos limitados en nuestro alcance intelectual.

La esencia del universo ocupa en todo caso el lugar de un dios frío, inconsciente, inconexo, y se puede comparar con el dios de los teólogos tan sólo en su aspecto de increada, no en cuanto a accionar consciente e intencional alguno.

Con respecto a la *prueba geológica*, ya hemos visto cómo nuestro planeta se halla totalmente desprotegido en el espacio, a merced de todo evento catastrófico que lo puede destruir. También hemos tratado de su burda formación accidental, de sus movimientos no exactos, y por ende no matemáticos, su continua transformación y su destino final poco feliz.

Ahora viene también un interrogante metafísico y antiteológico: si el hombre, supuesta criatura de un dios, es capaz de idear, de planificar y construir un mundo mejor que la Tierra para ser habitado, cosa ya concebida por muchos, ¿cómo queda entonces el presunto creador de todo?

Como un dios chapucero, por supuesto, ya que "su propia criatura inferior" es capaz de superarlo.

Este que habitamos no es ni lejos el mejor de los mundos posibles; el hombre es capaz de concebirlo mucho más perfecto y... en un futuro, a un lejano, si se dan las circunstancias, sin duda será posible la construcción de un planeta muy superior a la Tierra a partir de material cósmico como nuestra Luna y los asteroides, por ejemplo. Sin descartar el acondicionamiento de nuestra propia Tierra u otros planetas como Venus y Marte para transformarlos en verdaderos paraísos para la vida.

En cuanto a las *pruebas biológicas*, ya hemos conocido el mecanismo del origen de la vida, las mutaciones aleatorias, los errores de la naturaleza, la "carnicería" planetaria, el imperfecto equilibrio ecológico, la ciega y cruel lucha por la supervivencia y las amenazas catastróficas permanentes sobre todos los seres vivientes sin excepción.[15]

Si éste que habitamos no es el peor de los mundos posibles, creo que poco le falta para serlo.

[15] Para el desarrollo de las pruebas biológicas, geológicas y astronómicas, véase tambien Ladislao Vadas, *Razonamientos ateos*, Buenos Aires. Meditación, 1987, Libro II, Partes Primera, Segunda y Tercera.

Schopenhauer, refiriéndose al optimismo de Leibniz, ya lo dijo acertadamente: "... y a este mundo, teatro de dolor de seres atormentados y angustiados, que subsisten a condición de devorarse los unos a los otros..., a este mundo se le ha querido adaptar un sistema de optimismo y presentar como el mejor de los mundos posibles. El absurdo clama a gritos" (*El mundo como voluntad y representación*, 1. c. II, cap. 46).

Aquí vuelve sobre el tapete, como una burla o ironía, aquello que dijo Tomás de Aquino: "Dios es feliz" (véase punto 2). Si lo es, lo será frente a sí mismo ignorando el mundo, pero nunca lo podrá ser frente al mundo creado por él.

Finalmente, con respecto al hombre (*pruebas antropológicas*), sólo resta recordar su situación en el mundo; su origen a partir del unicelular, su brutal evolución a lo largo de sus sucesivos estadios de pez, anfibio, reptil, mamífero primitivo, frente a permanentes enemigos; su lucha sin cuartel contra toda clase de microorganismos, su índole belicosa, territorialista, egoísta y agresiva desde su tierna infancia (cosa que no condice con una supuesta "creación a imagen y semejanza" de una divinidad excelsa), etc., atemperada por razones de supervivencia por lo sublime: el amor, la moralidad, la solidaridad, el altruismo, la bondad, etc.

Todo esto que atañe a una forma imperfecta,defectuosa tanto en su constitución física como psíquica, según hemos visto, nos habla de un ser a la deriva, desamparado, "tirado ahí" en la existencia, "yecto en el mundo", a merced de todo.

Realmente es así porque las conductas se le imponen por el ambiente social y las tragedias le sobrevienen fatalmente. Por más que pretenda asirse a ilusorias tablas de salvación refugiado en el animismo, la cruel y procelosa realidad a la larga le juega malas pasadas hasta la faz terminal sin salvación. Aquí, ante este cuadro, que sólo los dolientes pueden entender en su esencia y significado más íntimo, no hay cabida para dios alguno. Es el hombre con su conocimiento adquirido y su relativa capacidad psíquica quien ha aliviado al hombre de sus penurias, pero aún... ¡aún falta mucho!

Mi intención al escribir este libro apunta precisamente hacia eso que aún falta. Hacia el final de esta obra lo verá el lector. Por el momento, ya que ha tenido el estoicismo suficiente para llegar a este tramo, le recomiendo que se arme de paciencia para arribar al trecho final.

4. El mal, problema insoluble para la teología

Por último, ya casi al término de este capítulo, retornaremos a la metafísica a fin de considerar uno de los problemas mayores para la teología: el tema de la existencia del mal en el mundo, un mundo salido de las "propias manos de un excelso creador", pura bondad según se afirma, enfocado ahora desde el ámbito no sólo moral, sino también de las ciencias naturales.

Dice J. Javaux en su libro ¿*Dios demostrable?*: [16]

"El problema del mal es un problema que siempre ha llenado de angustia el espíritu de los siervos de Dios. 'Si Dios es bueno, ¿de dónde procede el mal?', se preguntaba ya San Agustín (*Confesiones*, VII, I, V, 7)".

"La aporía del conocimiento divino del mal" y "la aporía de la causalidad divina universal y la existencia del mal", así titula el tomista Angel González Alvarez dos temas de su tratado.[17]

A su vez Michel Grison, otro tomista, titula "Dios y el mal", al capítulo 4º, Parte 3ª de su obra.[18]

Ambos tomistas resuelven el problema de una manera tan fácil como poco convincente diciendo con Tomas de Aquino que el mal "simplemente no existe".

"El mal no tiene ninguna naturaleza" (Tomás de Aquino, *Suma contra los gentiles*, Libro III, cap. VII).

Y cosas por el estilo como "En la naturaleza, el mal de unos seres es el bien de otros" (Angel González Alvarez, obra citada, pág. 426), etc., lo cual es una injusticia.

Sin embargo, queda un remanente mayúsculo sin explicación y éste es la *permisión* del mal por parte del ser divino y el otorgamiento a la criatura de un presunto libre albedrío.

Dice Angel González Alvarez, reconociendo el problema:

> Queda, sin embargo, una grave cuestión a resolver que deriva precisamente de esta extrínseca ordenación del mal y de aquella *permisión...*¿por qué Dios nos ha gratificado con una libertad que puede ser mal empleada y a cuyo obrar pecaminoso se compromete El mismo a concurrir? ... El mal moral, el obrar pecaminoso hay que ponerlo en el platillo del abuso de la libertad y no en el uso de la misma. Este abuso de la libertad pudo ser impedido por Dios con sólo proporcionarnos una forma de libertad distinta de la que efectivamente nos dio. ¿Por qué no lo hizo? *La sola formulación de este interrogante nos advierte de la vecindad al más impenetrable misterio del quehacer metafísico.*[19]

¡Verdaderamente! No hay solución ni para uno ni para el otro problema. Esto es, no la hay para la aporía del conocimiento y concurso divino y la libertad humana, ni para la aporía del conocimiento y causalidad divina universal y la existencia del mal.

En efecto, ¿cómo podemos concebir otra vez a un ser que fue desde toda la eternidad la bondad misma, el sumo bien, el puro amor, quien de pronto se ve acompañado de un mundo donde existe la maldad moral, el odio, y en el terreno físico el mal en la naturaleza?

Si estaba solo antes de crear su mundo y era la perfección infinita en cuya

[16] Barcelona, Herder, 1971, pág. 340.
[17] *Tratado de metafísica - Teología natural*, Madrid, Gredos, 1968, págs. 425 y 519.
[18] *Teología natural o teodicea*, Barcelona, Herder, 1968, pág. 220.
[19] Obra citada, págs. 522 y 523. (La bastardilla me pertenece.)

"mente", naturaleza, o esencia no podía caber ni una pizca de odio, maldad, falsedad, injusticia, etc., ¿de dónde salieron estas lacras una vez creado el mundo por este ser excelso?

¿Aparecieron porque creó criaturas imperfectas y un mundo lleno de catástrofes naturales? ¿Por qué lo habría hecho así? ¿Por obligación de lo *posible*?

¿Se vio obligado a crear la posibilidad del daño para aleccionar a sus criaturas, edificarlas, o de acuerdo con alguna especie de ley, hacer que "del mal de unos surja el bien de otros", en un sistema injusto?

En absoluto. Un ser excelso, la perfección suma no podría nunca haber creado seres imperfectos, viles, malvados, egoístas, agresivos y un mundo lleno de accidentes fatales para sus criaturas.

No lo pudo hacer nunca y ya vimos por qué. Simplemente porque de ese modo iba a perder su perfección absoluta al quedar como el mejor frente a sus criaturas inferiores, como un jactancioso, engreído, soberbio y vanidoso ser superior. Tampoco es digno de un ser excelso el crear un mundo pleno de peligros para inocentes criaturas, muchas de ellas aún sin uso de razón, que sucumben o quedan inválidas por terremotos, vulcanismo, tempestades, inundaciones, sequías, epidemias, enfermedades, y toda clase de males en el mundo.

¿"Que es necesario el mal de unos para el bien de otros"?

¿Que de este modo la vida da lecciones?

Pero ¿tanto mal es necesario? ¿Para unos sí, para otros no tanto? ¿Tanta tragedia, horror, desconsuelo, miseria, desesperación, dolor físico y moral hasta límites insoportables que pueden empujar al infeliz hacia el suicidio? ¿Tanta, pero tanta maldad es necesaria, que tengan que sufrir y morir millones de seres humanos en los genocidios bélicos?

Pero no importa aquí el número. No interesa que sean millones los dolientes hasta límites inhumanos. ¡Basta que sea uno! ¡Un solo ser que en su desesperación rechine sus dientes o emita alaridos de dolor y desesperación en este mundo ante lo fatal, ineluctable, sin esperanzas, consuelo, piedad, ni alivio de ninguna naturaleza.

¡Y pensar que Leibniz consideraba a este mundo como "el mejor de los mundos posibles"!

Para él, su dios "eligió" y realizó el mejor de los mundos posibles entre infinitos modelos. Su dios no pudo "elegir" de otra manera en el muestrario" de los *mundos posibles*,[20] como si estos mundos posibles estuviesen, cual modelos, fuera de él, ahí "a la vista", en exposición, a elección, a cual más bonito.

¡Absurdo, si él fue y será el ser único y de quien por creación salió todo,

[20] Véase Johannes Hirschberger, *Historia de la filosofía*, Barcelona, Herder, 1970 (tomo II), pág. 88.

absolutamente todo lo que él no es!

Si éste es el mejor de los mundos, entonces habría que hacer hablar, balbucear, quejarse, gritar o rogar entre estertores a todos los afligidos del mundo para conocer si es así. A cada instante un drama, una tragedia, un horror, al mismo tiempo que un orgasmo, una exultación, una dicha, una carcajada..., éste es el paradójico cuadro del mundo desde hace muchos miles de años, desde que lo habita el ser consciente. Y no nos olvidemos de ningún modo de los animales, que padecieron mucho antes de la aparición del hombre.

Tenemos a la vista entonces, como lo habrá advertido el lector, dos mayúsculos problemas teológicos: *el origen del mal* y *su permisión*.

¿Es cierto entonces que el mal no posee ninguna naturaleza y que en esencia se trata de una *privación del bien*?

Si es así, como lo quiere Tomás de Aquino, su dios creó su propia limitación. Este dios tomista, en efecto, debe ser representado como una especie de foco central que emite rayos de bien hasta cierto alcance, rayos que se van debilitando a medida que se agranda la distancia de su foco central.

De modo que todo lo que se halla cerca de eşe dios, especie de sol radiante, es bueno; todo lo que está alejado y que recibe más débilmente los rayos de la bondad es regular, y todo lo que se encuentra tan lejos que no recibe nada de su bondad, es malo.

Pero he aquí entonces que estamos en presencia de un dios radiado, cuyos rayos poseen cada vez menor potencia y se trata por consiguiente de un dios *limitado*.

¿Vale luego esta explicación del mal?

Por supuesto que en absoluto, ya que la teología, por otra parte, ha imaginado un dios todopoderoso ilimitado.

Es claro que ese alejamiento o acercamiento a la bondad de ese dios por parte de un sujeto consciente puede ser interpretado desde el punto de vista moral, y por lo tanto sería el sujeto quien se alejara o acercara por propia voluntad. Empero aun así, todo queda invalidado porque ya vimos que el libre albedrío no existe, no puede existir ni en la "criatura" ni en el supuesto creador, luego el ser malo no depende de una utópica libertad humana absoluta, sino de la fatalidad que incide en un autómata manejado por los hilos tejidos por la indeterminada y ciega esencia del universo.

Por último, trataremos la "presencialidad" divina en su mundo creado. Si este dios es ubicuo, esto es omnipresente, su espíritu debe hallarse entonces en cada átomo, en cada espacio intraatómico, entre electrones, protones y neutrones, en cada quark... en cada molécula, en cada célula, en cada tejido viviente, en todo el planeta y su interior, en el espacio exterior, en cada estrella, en cada galaxia hasta el infinito.

Entonces, ¿cómo es posible su impasible presencia en el cerebro de un demente criminal que asesina a un niño, en una fiera que destroza a su víctima inocente, en una serpiente que inocula su mortal veneno en las carnes de una criatura? ¿Cómo es posible concebirlo "unido", "adosado", metido, interpuesto con indiferencia en las mismísimas células cancerosas que destruyen una vida útil haciéndole sentir al paciente horrendos dolores y desazón frente a la vida? ¿Cómo puede insensiblemente presenciar todo acto de injusticia sin resarcimiento, en todo accidente que dejará lágrimas en los deudos o invalidez en las víctimas? ¿Cómo podemos imaginarlo presente en una acción bélica, en una batalla, ubicado en las espadas, lanzas, cañones, balas... atravesando cuerpos vivos; en la sangre que mana, en los bombarderos, en las bombas, en los miembros amputados y esparcidos, en los seres despedazados, en los inválidos...?

¿Es cierto que el mal no existe y que es sólo una privación del bíen?

Lo cierto es que el dolor, la desesperación, la iniquidad existen y nos golpean de lleno, nos hieren cual puñal, nos atraviesan como espadas, y todo esto lo experimentamos moralmente y en carne propia, y en esto último nos acompañan los inocentes animales de todo el planeta.

¿Es necesario que todo sea así? Es como si dijera este dios "Bueno, ¡es necesario padecer para luego disfrutar!"

Supongamos que este ente hubiese creado el sistema *sacrificio-recompensa*, ¿sería justo ante el panorama de desigualdades en las oportunidades?

Por todo esto y mucho más que no cabe en este libro, es necesario concluir en que ninguna clase de dios suma perfección existe, no puede existir, es un imposible tanto desde el punto de vista metafísico como desde un enfoque basado en la Ciencia.

5. Sucinto repaso de las aporías y antinomias que se presentan ante los argumentos teológicos

Aquí, a la par de otras inquisiciones, vamos a plantear varios interrogantes que ya obtuvieron su respuesta en esta obra, con fines de reafirmar las ideas. Veamos:

a) ¿Pudo haber existido un dios solo, "aburrido" en la eternidad pretérita, que cierta vez decidió crear el mundo para entretenerse o "complicarse la existencia" con él?

No, porque el mundo, hasta su final, no puede ser para este supuesto creador novedad alguna, ni motivo de entretenimiento ni complicación, desde que ya lo conocía todo como idea en la eternidad, hasta el más insignificante detalle de su historia, puesto que este ente, según la teología, se halla anclado en un eterno presente que enlaza pasado y futuro, carece de actitud expectante del futuro y de la espera impaciente de su llegada. Conoce todas las cosas pasadas y por venir porque tiene "ciencia de visión".

b) Si lo sabía todo, ¿para qué creó el mundo entonces?

La pregunta encierra dos cosas: un absurdo, y la consecuente imposibilidad lógica de la existencia de un creador de esta naturaleza. Muy distinto sería si los teólogos lo hubieran concebido carente de conocimientos sobre el futuro, a la expectativa de los acontecimientos que le ofrecerían motivos de entretenimiento y razones de existir. Pero esto último le restaría perfección, pues al desconocer lo venidero dejaría de ser absoluto por cuanto su existencia es imposible.

c) Se dice que es amor, que es bueno, misericordioso, fuente de toda verdad, razón y justicia, que es feliz... Pero todo esto, ¿frente a qué?

Por supuesto que frente a lo que él no es y que está en el mundo creado por él, pero lo que no es él salió de él, luego tuvo que haber sido el autor de las posibilidades del odio, del mal, de la impiedad, de la falsedad, de la sinrazón, de la injusticia, de la infelicidad...

Sin embargo, esto no es posible porque de un ser que encierra todas las perfecciones concebibles, puro amor, bondad, etc., nunca podría surgir lo contrario. Luego este ser es un imposible porque el mundo existe y contiene todo lo negativo y jamás pudo haber "salido de sus manos".

d) ¿Puede este ente "brillar" como el mejor frente a su supuesta creación sin menoscabar su perfección?

Nunca, porque el ser soberbio, esto es, preferido a todos los demás, es pecaminoso.

¿Podría entonces haber creado seres pares idénticos a él, múltiples dioses como él, para acompañarse de ellos en su soledad?

No, porque sería él mismo reflejado en otros seres que no le añadirían nada. Sería él mismo multiplicado como una imagen repetida en los trozos de un espejo hecho añicos, y al no ser único esto le retaría perfección.

Luego este ser no puede existir ni de un modo ni de otro. Es un imposible.

e) ¿Es posible que una vez hecho el mundo, el creador comience a despreciarlo al punto de arrepentirse de haberlo creado (cf. con el punto 2 de este capítulo).

Nunca, porque se dijo que era infalible e inmutable.

f) ¿Puede concebirse como inmutable frente al acto de la creación del mundo?

No, porque ello implica cambio, mutación en la situación del dios solitario en la eternidad que de pronto se halla acompañado de "la materia", y de "otros seres espirituales".

g) ¿Puede este ente asumir el papel de juez y juzgar a sus criaturas?

Jamás, porque ya lo conoce todo desde la eternidad y sabe quién se va a salvar y quién a condenar (según la creencia dogmática).

h) ¿Puede confrontarse con un supuesto "libre albedrío" de sus criaturas y poseer él mismo su propio "libre albedrío"?

No, porque su intervención o "concurso" en todas las cosas invalida toda supuesta libertad absoluta de sus criaturas, y en cuanto a su propio "libre albedrío", no puede tenerlo porque es absoluto y conoce su pensamiento y su obrar desde siempre, aun sus posibles decisiones de cualquier clase desde cuando siempre supo cuál de ellas iba a tomar, puesto que, pasado y futuro es presente para él porque es intemporal y posee ciencia de visión, esto es presciencia y previsión.

En consecuencia, se trata de un ser paralizado, anclado en un presente, que no puede tomar decisiones porque resulta ridículo, pues ya sabe desde la eternidad su propio pensamiento, o más bien no es un ser sino una aporía, un erróneo invento de la fantasía humana, inexistente en la realidad como los duendes y los sátiros.

i) ¿Puede existir algún dios perfecto, exacto, frente al desordenado y no matemático anticosmos y la crueldad biológica?

No, porque la obra no sería digna de él, y su impiedad ante un injusto sistema ecológico basado en la crueldad se contradice con el supuesto atributo de misericordia.

j) ¿Puede la teología explicar satisfactoriamente la existencia del mal en el mundo?

De ningún modo, porque aun para ella es un "misterio" tanto su origen como la permisión por parte del hipotético creador de todo lo que existe.

k) ¿Puede demostrarse la existencia de este creador por los argumentos ontológico, de la experiencia religiosa, de la confianza, de las cinco vías tomistas, del artículo de fe, de las verdades eternas, del deseo de beatitud y de la conciencia de la ley moral?

Ya hemos visto que no, a lo largo de los capítulos correspondientes.

l) ¿Pudo este dios haber creado lo imposible, esto es un mundo donde también lo imposible fuera posible? ¿O tal vez pudo haber hecho un mundo totalmente imposible?

De ninguna manera, porque es absurdo que, por ejemplo, lo más grande sea más pequeño que lo más pequeño, o que la suma de los tres ángulos de un triángulo no sea igual a dos rectos. Nunca podría haber creado un mundo imposible.

¿Entonces lo posible está por encima de este dios? ¿Le obliga a no contradecirlo?

He aquí entonces que este dios no es absoluto porque se vio obligado por la necesidad de crear sólo lo posible.

Luego, el mundo de lo posible estaría fuera de él. Existiría él por un lado y lo posible por el otro desde siempre. Luego jamás fue único y con poderes absolutos desde cuando se vio condicionado por lo posible, uncido a ello.

Como vemos, todas las vías están cortadas. No existe ninguna suerte de dios, no puede existir, es un imposible.[21]

---

[21] Para conocer un desarrollo más amplio del tema véase mi libro *Razonamientos ateos*, Buenos Aires, Meditación, 1987.

Capítulo XXIII
El mundo de lo posible

1. ¿Lo posible viene del infinito?

Edad de Piedra, Edad de los Metales, Edades Antigua, Media y Moderna. Eras de las Máquinas, Atómica, de la Electrónica, de los Plásticos, Espacial, etc., los cambios aunque lentos al principio, han sido descomunales para la humanidad.

Si volvieran a la vida los hombres de la Edad de Piedra, quizá creerían hallarse en otro mundo, o en una Tierra invadida y poblada por otra especie de homínido.

Antes eran los pesados dinosaurios que seguramente harían trepidar el suelo a su paso. Luego aparece el hombre cavernario, cazador, recolector, pastor nómada.

Después el hombre doméstica el caballo, el asno, el reno, el buey, el camello, la llama, el elefante, para la carga y el transporte.

Hoy vivimos entre máquinas, rodeados de automotores; "convivimos" con los artefactos técnicos, dependemos de ellos. Estamos supeditados al reloj, a los medios modernos de transporte, a las máquinas agrícolas, a las fábricas, a la electrónica, al uso pacífico de la energía nuclear.

Esto es una muestra del mundo de lo posible que ningún primitivo podía haber soñado siquiera.

Pero no es sólo esto. Las *posibilidades* se hallan enclavadas en la mismísima dimensión cósmica —para mí anticósmica—, esto es en las galaxias y sus componentes, las estrellas, planetas, satélites de los planetas y fenómenos hace poco descubiertos, como los quasars, las lentes gravitacionales, los agujeros negros, etc. Allí son posibles muchas cosas, y por supuesto lo que consideramos recientemente corresponde a las posibilidades del mundo de la conciencia, al psiquismo en consuno con ciertas posibilidades de nuestro entorno, porque es el intelecto el que crea la ciencia y la tecnología.

En última instancia, nos encontramos propiamente hablando de *las manifestaciones de la esencia del universo*, que es el título completo de este libro. Ahora vamos a tratar aquí de posibles inquietudes que puedan asaltar al *Homo* frente a dichas posibilidades. Para ello haremos como si no existieran los capítulos anteriores, con el fin de remarcar los temas.

Así surge una serie de interrogantes metafísicos que atañen a este mundo de las posibilidades de manifestarse la susodicha esencia, los que en parte y en cierto modo ya han sido contestados al principio de esta obra, y los que no, trataré de aclararlos.

Para el posible razonamiento que podemos expresar así: si a cada instante se determina el futuro, ¿será infinita la serie de las causas?, ya hemos señalado que de ser cierta la teoría de un universo oscilante o pulsátil, entonces en cada contracción hasta el volumen mínimo del universo de galaxias se cierra un capítulo, y en consecuencia cada nueva expansión comienza con una serie de hechos desligada de todo acaecer anterior.

Teniendo en cuenta esto, nos atendremos tan sólo a la actual expansión según la teoría del *big bang*, que terminará alguna vez en el *big crunch*, y podemos preguntar: ¿por ejemplo mi actual pensamiento se gestó ciega e inconscientemente en las estrellas que influencian a la Tierra con sus radiaciones, o más atrás quizás, en el supuesto supersol aun sin átomos, o en el átomo primitivo, o en cualquiera concentración máxima del universo de galaxias, según las distintas teorías, que dio origen al *big bang* que desparramó materia y energía? ¿Mi organismo entonces con todo su normal funcionamiento y también con sus enfermedades pasadas y futuras, ha sido determinado no intencionalmente en el concierto universal? ¿Igualmente esto que estoy escribiendo viene desde las galaxias, quasars y supernovas que depositan su influencia en la Tierra como una posibilidad que ahora se dio?

La respuesta a estos interrogantes ya ha sido dada en el cap. III, 5 y 6, que encierra los temas relativos a "la presunta serie infinita de las causas" y al tema titulado "¿determinismo fatal o espontaneidad?", por cuanto sigo sosteniendo, según se desprende de los capítulos posteriores al citado, que las posibilidades "gestadas" en el pasado remoto son siempre relativas, limitadas.

Además, también he hablado de la circunstancialidad y transitoriedad de las leyes físicas instaladas en este punto del Macrouniverso que nos rodea. No obstante, aquí vamos a hacer que el enfoque no abarque el Todo, sino precisamente la región donde se ha suscitado este fenómeno de las leyes físicas.

Por otra parte, si hacemos un distingo entre determinismo científico y determinismo fatalista, tampoco arribamos a lo ineluctable. El fatalismo, a diferencia del determinismo causal científico, se refiere a una creencia, a una doctrina teológica o sobrenatural que acepta alguna especie de poder trascendental separado de la "materia", como causa de todo acontecimiento.[1]

---

1 Véase Mario Bunge, *Causalidad*, Buenos Aires, EUDEBA, 1972, pág. 114.

Pero ya he refutado todo esto en los capítulos anteriores, especialmente en los caps. XIV, XVIII y recientemente en el XXII.

2. Lo factible, la matemática, y "las verdades eternas"

¿Lo factible hoy, lo será también mañana y en la eternidad?

¿Si las leyes físicas son variables a lo largo del tiempo, lo serán hasta el infinito o podrán retornar todas o algunas de ellas cíclica o esporádicamente?

Hoy son posibles muchas cosas, ¿lo fueron siempre y lo serán en la eternidad?

Según mi visión del mundo escrita en este libro, lo factible hoy no lo será mañana (hablando en tiempo cósmico) ni en la eternidad, precisamente porque las leyes son variables y no repetibles (véase cap. III, 9).

Haciendo la salvedad de que lo hoy posible podrá retornar —aunque quizás algo modificado— dentro de los ciclos, una vez acabados éstos, jamás podrá retornar.

Esto es, que mientras hoy son posibles muchas cosas, dentro de quintillones de año dejarán de serlo para siempre.

Sin embargo, pareciera ser que existen verdades aún más allá de la estructura física del mundo.

Esté o no el universo, aunque desapareciera todo de un plumazo, la suma de los ángulos de un triángulo siempre seguirá dando dos rectos y el hecho de que las veces que entra el diámetro de una circunferencia en su longitud nunca nos puede dar un número entero, será verdad siempre, aunque no haya nada.

No obstante, es necesario entender que estas cosas existen tan solo cuando son pensadas y *mientras pueden ser pensadas*. Son a nivel de pensamiento, no fuera de él.

Esta posibilidad de ser pensada e imaginada la figura geométrica perfecta (el cubo, un rombo, una línea recta, etc.), que en la realidad no existen como tal perfección, y el hecho de poder ser concebido abstractamente y calculado que el diámetro de una circunferencia entre $3,1416 \infty$ veces en su longitud, y que la suma de los ángulos de un triángulo es igual a dos rectos, o que el bien que dura es mejor que el bien que pasa o el concebir un ser, el más perfecto del mundo, esto no significa que se trate de "verdades eternas". Precisamente ese poder pensar, concebir, abstraer, consiste en una *posibilidad* transitoria que se dio como accionar de la esencia del universo en forma de operación mental, en forma de psiquismo por única vez, y aquí está el engaño. Nuestra mente tiende a eternizar nuestros conceptos. Es nuestra especie *sapiens* encerrada en un perecedero ciclo biológico de nacimiento-muerte-nacimiento, la que tiende a eternizar "verdades".

No voy a negar que la matemática es parcialmente aplicable al entorno, a la mecánica, al electromagnetismo, al estudio de la luz, a la óptica, a la metalurgia, a la física cuántica, a la astrofísica, etc., en el terreno físico. Empero ¿qué es la matemática? Igual que el lenguaje, se trata de un producto elaborado por nuestra estructura cerebral. No existe más allá de nuestra mente.

Más profundamente consiste en una manifestación más de la esencia del universo en forma de psiquismo de carácter perecedero. De modo que, una vez extinguido al ser consciente inteligente que crea este fenómeno tan sólo hoy *posible*, la matemática, ésta desaparecerá junto con su creador para nunca más retornar. Por ende, también se disiparán las supuestas "verdades eternas" como pensadas, ya que el pensarlas es una *posibilidad* que se da hoy sólo. Mañana no existirá más quien las piense y como no habrá ya retorno posible, todo lo que hoy parece verdad eterna es tan sólo un espejismo.

¿El átomo eterno? ¿La *posibilidad* de la esfera eterna? ¿Eterna la figura del triángulo? ¿El concepto de lo malo eterno? ¿La belleza eterna como concepto? ¿El verbo eterno? ¡Nada de esto! (véase cap. VI, 6). Nada de esto será posible. Lo *posible* transitorio envuelve también a la matemática, la lógica, la palabra y la moralidad.

La lógica, por ejemplo, nuestra lógica, será "superada" por la sinrazón del devenir futuro de nuestro miniuniverso de galaxias una vez absorbido por el Todo agaláctico, por el caótico Macrouniverso o Anticosmos.

Desaparecida también para siempre la posibilidad de las conciencias, también se perderá toda posibilidad de lo ético. El bien y el mal carecerán de sentido alguno, no serán ni siquiera un recuerdo de lo que fueron, porque nadie existirá para recordar nada, pasarán a la historia no escrita del Todo inconsciente que será como si nunca hubiese existido. El bien y el mal son un "invento" local y transitorio de la esencia del universo en forma de hombre; son el producto perecedero de una manifestación psicogeneradora instantánea —en tiempo cósmico— de la sustancia universal inconsciente, ciega, sorda y casi siempre caótica.

Creo que ahora, si no me equivoco, se entiende mejor qué es precisamente la *posibilidad* de la geometría, de la aritmética, de las ecuaciones, de la esfera, del triángulo, del cubo, del trapecio, de las órbitas elípticas, de la ética, de las fantasías, de las ideas, del lenguaje, del reloj, del avión, etc., lo que existe por única vez como posible en el Macrouniverso.

¡Y cosa notable!, incluso este poder concebir nuestra mente "la verdad eterna" y *creer* en ello, es también una posibilidad transitoria.

Vemos como todo queda encerrado en círculos concéntricos.

Las supuestas verdades eternas podrían tener visos de realidad únicamente si retornaran o se mantuvieran las condiciones, circunstancias, objetos y "seres" como los que nos circundan y somos.

Según mi hipótesis, todo derivará hacia otro estado de cosas irreversible y, por ende, tales "verdades" son una falsa ilusión.

Aun suponiendo la existencia de inteligencias en un futuro agaláctico, tampoco sería válida la moral, por ejemplo. Si estas fantásticas inteligencias sin enfermedades ni accidentes de ninguna naturaleza estuviesen enclavadas en un ambiente sin objetos para ser "vistos", detectados, contados, tenidos en cuenta, sin cosas a ser disputadas, sin algo por qué luchar, competir, como le ocurre al hombre que disputa palmo a palmo todos los bienes de su planeta, no tendría razón de ser ninguna clase de ética, "el bien y el mal" serían absurdos. Pero, en última instancia, este ejemplo resulta de pura ficción, ya que ni siquiera la posibilidad de una reinstalación de inteligencia alguna tiene por qué ser posible en el remoto futuro.

Como vemos, toda vía puede ser cortada.

3. El "azar herramienta"

Si suponemos otra vez —haciendo caso omiso de lo antedicho— que todo estuvo latente en los quarks, o elementos esenciales escondidos tras de ellos, esparcidos por las vastedades del informe Todo, y sólo fue necesaria la aproximación, la selección, el enlace de los elementos de la mezcla heterogénea de las manifestaciones, de aquella familia de quarks u otra cosa capaz de encadenar la evolución cósmica, la evolución biológica, la evolución psíquica y aun una posible autoevolución futura del hombre, ¿entonces, la "creación" obraría de ese modo valiéndose del azar como herramienta para lograrse así ciertos fines?

¿Qué es el azar? (véase cap. III, 6). ¿Un invento de la mente humana? ¿O un mecanismo montado por el dinamismo universal, que por eliminación, siempre por eliminación, tarde o temprano, "consigue" arribar a procesos más o menos durables, cíclicos?

¿Habría que aceptar entonces alguna programación? ¿Un plan según el cual a la larga siempre se arribaría a los mismos resultados? ¿Qué resultados finales? ¿Aparte del placer, la felicidad, también el dolor, el error, el sufrimiento atroz, la crueldad, el mal? ¿Y todo esto encerrado en la mismísima esencia del universo desde siempre y para siempre con posibilidad de manifestarse alguna vez?

Todo esto se podría comparar con unos juegos de letras esparcidos al azar o algo parecido. Es como si los átomos esparcidos por todo el cosmos, una vez seleccionados por "el azar herramienta", apartados y puestos en contacto unos con otros generaran todo lo que somos y conocemos. Es como si alguna divinidad creadora hubiese dicho a otra deidad, o tal vez en forma de monólogo: "Hagamos una cosa, desarmemos un entero o fabriquemos un rompecabezas con 10^{80} partículas, desparramémoslas y dejemos que solas, por azar, armen figuras y produzcan hechos: galaxias, estrellas, planetas, seres vivientes, conciencias y civilización..."

Sin embargo, por las mismas consideraciones anteriores no podemos decir por ejemplo que hace quintillones de años, en los quarks o llamémosle mejor, esencia universal informe, ha estado ya como latente, dispersa, la posibilidad de este universo de galaxias, la vida, la conciencia, la historia de la humanidad, y esto que estoy escribiendo.

O en otras palabras, ante el interrogante, ¿estaban en los átomos primitivos recientemente formados luego del supuesto *big bang*, o aun antes, programadas la forma humana, cual rompecabezas, con su conciencia, y las formas de todos los seres vivientes históricos y prehistóricos incluyendo a los vegetales, las "ideas" de Platón, las "formas" de Aristóteles y mis propias ideas? De acuerdo con mi hipótesis habrá que contestar que de ningún modo, porque *las posibilidades se improvisan*, no están programadas, ni anticipadas por nada ni por nadie.

Las leyes instaladas que permiten obrar a la esencia universal selectivamente, por propia gravitación y por un instante anticósmico dado, luego se diluyen y se pierden irremisiblemente para siempre, como ya lo he anticipado.

De modo que no es posible pensar acertadamente en ninguna especie de "azar herramienta" selectivo y aproximador de elementos y menos en programación alguna. ¡Y por suerte!, ya que de este modo es posible que *el dolor* sea un episodio pasajero en el Anticosmos, y que una vez desaparecida la posibilidad y formación de las conciencias que lo padecen ya nunca jamás regresará a escena en la eternidad, de manera que no estaríamos como atados, encadenados a un cíclico fatalismo conducente siempre al mismo callejón de las idénticas circunstancias desagradables por toda la eternidad.

De ningún modo es éste que propongo, un mecanismo fatalista, aun teniendo en cuenta aquel cono cosmológico del cap. XII, 3 como explicación de la presencia del hombre sobre la Tierra (véase), sino que la actividad espontánea de la esencia universal hace derivar los hechos hacia los senderos más caprichosos. De ahí "el caso único" en que consistimos como entes suscitados en el Anticosmos.

4. ¿Intervención en el Anticosmos?[2]

Tampoco es dable pensar en alguna intervención no ya por parte de

---

[2] Véase Ladislao Vadas, *Diálogo entre dos inteligencias cósmicas*, Buenos Aires, Tres Tiempos, 1984.

una suerte de ser divino absoluto y sobrenatural que, como ya vimos, no puede existir, sino de alguna otra especie de ente consciente superior y poderoso pero natural, evolucionado a partir de formas inferiores, separado del resto de la sustancia universal, cuyo influjo en el curso de la evolución del universo de galaxias habría dado estos resultados que somos y conocemos. Es difícil aceptarlo, ya que de ser así, todo se hubiera dado en forma lineal y no por infinitos tanteos al azar, errores y fracasos en un mayúsculo porcentaje, y a la postre con "resultados" efímeros, limitados e inseguros como el que somos.

Además es fácil conjeturar que de existir una intervención en nuestros asuntos, de algún modo o de otro sería posible percibir sus influencias. Pensemos, por ejemplo, en las dos hecatombes bélicas a nivel mundial, las llamadas primera y segunda guerra mundial. ¿No deberían haber sido impedidas por hipotéticos seres naturales provistos de altos poderes? Sobre todo la segunda contienda con todos sus horrores después de la triste experiencia de la primera.

¿Y las epidemias y enfermedades incurables? ¿No parece más bien a todas luces que todo marcha a la buena de un dios, o dioses que no existen?

Alguien dijo algo por el estilo: "Si aceptamos que este mundo ha sido creado, también habrá que concluir en que luego ha sido abandonado".

En mi libro *Razonamientos ateos* (libro III, cap. VI) también trato este tema.

5. Las distintas posibles versiones coetáneas de la esencia universal

En el cap. III, 9 sostengo que las propiedades de la esencia proyectadas hacia el futuro son quizás limitadas o ilimitadas pero irrepetibles. Ahora vamos a tratar de conjeturar acerca de sus propiedades contemporáneas.

¿Son posibles millones, trillones... de manifestaciones coetáneas distintas unas de otras por parte de la esencia del universo? ¿Esto es, millones, trillones o más mundos posibles dispares unos de otros actualmente existentes, o las versiones de éstos son limitadas?

Esto se responde con otro interrogante: ¿quién puede saberlo a ciencia cierta desde que nuestro cerebro, como hemos visto, posee una pobre, muy limitada capacidad para entender lo esencial?

Esto significa que en mi hipotético Anticosmos o Macrouniverso que contiene miniuniversos de galaxias, o universos agalácticos informes, o regiones mayores que todo el enjambre de microuniversos, sin átomos, ni quarks, etc., se multiplicarían sin fin las posibilidades. De este modo no sería nunca posible agotar todas las situaciones encerradas en un hipotético círculo. Además, no nos olvidemos de las posibles "versiones de mundo" paralelas o entretejidas en un mismo ámbito (véase cap. I, 6 y cap. II, 6). ¿Todo esto fabulosamente multiplicado en diversidad? ¿Algo burdamente comparable con las ondas del espectro electromagnético, las de radiofonía, por ejemplo, pero indetectable?

Tan sólo desde el ámbito de las creencias aprioristicas es posible aventurar alguna opinión, jamás en el terreno de la certeza.

Desde que desconocemos la naturaleza de la esencia del universo en términos absolutos, no podemos tampoco conocer absolutamente todas las posibles situaciones que se pueden suscitar en un momento dado.

6. El puesto de nuestra psique entre lo posible

En cuanto al hombre, con respecto a su ubicación en el contexto de las posibilidades, ¿debe ser considerado comparativamente ante hipotéticas inteligencias "cósmicas" superiores, como un batracio frente a un simio, o como una lombriz ante un universitario?

¿Hay algún límite para una multiplicación de nuestra capacidad mental mediante manipuleo genético?

Puesto que somos pobres de intelecto y poseemos una débil y desleída visión de la realidad de Macrouniverso, no podemos por consiguiente arrogarnos capacidad alguna —¿innata?— de intuir siquiera nuestro puesto dentro de la gradación de las posibilidades totales de la esencia del universo de producir fenómenos, epifanías o manifestaciones. En cambio, sí estamos capacitados para intuir al menos, basados en la experiencia científica, que nos hallamos muy abajo en la escala de las posibilidades, y que podemos ascender mucho, muchísimo si perseveramos en la Ciencia Empírica.

7. La historia de la humanidad

Podríamos interrogarnos también acerca de nuestra historia, quizás ignorando adrede lo recientemente dicho.

¿Se halla entonces enmarcada en su conjunto, dentro de una predeterminada factibilidad toda la historia protagonizada por el hombre? ¿Será repetible, o cursará por esta única vez dentro de un ciclo cósmico? ¿Un millón de hipotéticos planetas poblados de *Homo sapiens*, poseerían cada uno de ellos una historia distinta? ¿Un millón de historias diferentes o alguna de ellas coincidente? ¿Puede existir alguna ley de la historia?

¿Por ejemplo, todas las situaciones políticas, absolutamente todas las que se pueden dar estarían encerradas en un círculo, o sus posibilidades son infinitas? ¿Todos los conductores, jefes civiles y militares que han existido en la Tierra con sus ideas, son repetibles siempre o alguna que otra vez, o ya nunca en el futuro?

¿Un Nabucodonosor, un Augusto, un Aníbal, un Gengis-Khan, un Napoleón, todos los imperios de la Tierra repetibles en el cosmos hasta el cansancio?

A mi modo de ver, es posible que se den algunos pasos análogos, jamás exactos si es que se cumpliera una repetición de la evolución de las ideas y de los conocimientos científicos, pero nunca en los pasos dados en materia político, social, económica. En este último aspecto, la historia del hombre y sus conflictos es única en el Macrouniverso, porque emana de su propia naturaleza psicosomática particular, de sus necesidades antrópicas, y no creo que su índole sea repetible (véase cap. XI). Indole y aleatoriedad en consumo deben diversificar toda historia posible.

¿Ideas y conocimientos científicos? Esto presupone el ADN (código genético), las mutaciones, la evolución biológica por selección, las manifestaciones psíquicas... pero ya hemos discutido sobre la probabilidad de las repeticiones del acontecer antrópico. Esto se halla en el cap. XII, 2 con el subtítulo de: "El hombre como el seudoproducto más improbable del accionar de la esencia del universo". Allí dije que no sólo somos improbables, sino casi imposibles. De ahí entonces que sea dificultosa una repetición de historias en el Anticosmos protagonizadas por hipotéticos otros seres conscientes inteligentes igualmente improbables de diversos microuniversos.

8. La tecnología

Al principio del capítulo he mencionado el desarrollo de las máquinas, de la electrónica, la aplicación pacífica de la energía nuclear, la industria de los plásticos, etc., a lo que podemos añadir los adelantos biológicos como la medicina y la genética. ¿Se hallaba todo esto como posibilidad latente en los albores de la formación de la actual estructura de nuestro miniuniverso de galaxias? Esto es, si diéramos crédito a los creyentes en la vida extraterrestre como Sagan, N. S. Kardashev, F. D. Drake, P. Morrison, R. B. Lee, S. von Hoerner y otros, algunos de los cuales admiten la posibilidad de la existencia de hasta un millón de civilizaciones técnicas tan sólo en nuestra galaxia,[3] ¿todos estos procesos históricos pasarían por similares etapas tecnológicas a las que ha atravesado el hombre?

Muchos creyentes en la vida extraterrestre, sin conocer mucho de biología, lo aceptan así, basados en una seudociencia, la exobiología (una

[3] Véase Carl Sagan, *Comunicación con inteligencias extraterrestres*, *(Actas de un congreso científico realizado en 1971 en Armenia)*, Barcelona, Planeta, 1980, pág. 169.

"ciencia" sin datos).

Muchos astrónomos, astrofísicos, radioastrónomos, exobiólogos, etc., creen que es posible extrapolar la índole humana hacia esas exóticas hipotéticas "criaturas", y hablan del "desarrollo de la ciencia, del arte y la tecnología (y aun de conflictos ideológicos y autodestrucción),[4] como si se tratara del hombre, quizá convencidos de ello por la existencia de las mismas leyes físico-químicas en el universo de galaxias. Con respecto a la índole de esas supuestas inteligencias, ya he explicado que, de existir, serían muy disímiles del ser humano (véase Cap. XI, 8).

¿Existe entonces al menos alguna ley cósmica de la tecnología?

Ciertamente, se pueden hacer planteos intrigantes. ¿Acaso la rueda dentada, la polea de transmisión, los motores de explosión y eléctrico, la palanca, el pistón, la hélice, la bujía de ignición, el turborreactor, existían en el sistema solar antes que el hombre los inventara y fabricara? ¿O existían algunas de estas cosas bajo otra apariencia ya en la naturaleza?

Recordemos los mecanismos vegetales. ¿No hay ahí palancas (en algunas flores), resortes (algunos zarcillos), adminículos que favorecen el vuelo de las semillas por el aire o su flotación y desplazamiento por las aguas de ríos y arroyos para su dispersión, y otros inventos?

La rueda giratoria quizá se podría comparar con las esferas celestes que rotan sobre sí mismas; el motor eléctrico podría hallar alguno de sus principios, por ejemplo, en el magnetismo terrestre; la chispa de la bujía, en el rayo. ¿A su vez los materiales plásticos inventados por el hombre podrían tener algún equivalente en los huevos del tiburón y la raya, y en el endoesqueleto laminar del calamar, que se les asemejan, y el cartón en los nidos de las avispas?

Mas lo cierto es que las combinaciones mecánicas y electrónicas posibles que facilitan el desplazamiento de vehículos terrestres, acuáticos, aéreos y espaciales no se dan naturalmente de ninguna forma en el ámbito separado de toda posible inteligencia instalada en el microuniverso, como tampoco se instalan fábricas con todos sus complejos mecanismos componentes.

¿Esto significa que lo factible encerrado como potencial en la "materia" se halla como a la "espera" de que alguna inteligencia se instale en un organismo provisto de hábiles adminículos, como nuestras manos, para obrar, combinar y desenvolver esas posibilidades encerradas en los metales, no metales y en las leyes físico-químicas que los gobiernan?

El hombre puede inventar muchas cosas, pero he aquí que en última instancia está condicionado por lo factible. No puede hacer que lo imposible sea posible. ¿Será esto por ahora?

Son precisamente las factibilidades permitidas por las leyes físicas que

[4] Véase en nota 3 ob. cit. págs. 167 y sigs.

involucran las leyes químicas, bioquímicas, biológicas y psíquicas como formando parte de un multifacético proceso físico universal,·las que condicionan.

Pero, ¿cómo se pueden interpretar las nuevas posibilidades que siempre se van abriendo ante el avance tecnológico? ¿Como factibilidades creadas por el hombre o ya latentes?

En el último caso, retorna a nuestra mente otra vez la idea de una presunta programación.

El reloj, la dínamo, la lámpara eléctrica, el automóvil, el submarino atómico, el receptor de radio, la televisión, los artefactos mortíferos de guerra, el avión, el cohete espacial, las computadoras... ¿todo estaba calculado, previsto, programado en el Anticosmos a la espera de la instalación por evolución de inteligencias como la humana para cristalizarse en los resultados actuales y futuros?

Alguien podría pensarlo así.

¿El mortífero arsenal bélico actual compuesto de las armas más sofisticadas, programado en el "cosmos"?

No debemos dejarnos deslumbrar por nuestro mundo humano, por el mundo de las apariencias descrito en el cap. XVII.

¿Qué es una computadora, un avión, la televisión, el radiotelescopio, la nave espacial, etc.? Un ordenamiento de elementos del universo, procesos dirigidos por la inteligencia, manifestaciones de la esencia del universo obligadas hasta donde es posible a cumplir ciertas funciones, pero hasta ahí y nada más, *hasta donde lo permite lo factible*. Nada estuvo jamás previsto. Sucede que el hombre ordena las cosas de un modo como nadie antes las había ordenado. De ahí, de ese ordenamiento surgen las nuevas posibilidades.

Una serie de poleas, de motores, de palancas, es un ordenamiento que abre nuevas perspectivas.

Un automóvil, un avión, son un conjunto de piezas ordenadas por el hombre. Este ordenamiento no se hallaba inscripto en el "cosmos", como una posibilidad dada, sino que es algo advenido sobre la marcha. Entonces lo factible no está más allá o entre bambalinas. Estas combinaciones abren nuevos caminos, sí, es cierto, aunque siempre "dentro de lo posible sobrevenido".

Sin embargo, ante el interrogante, ¿son infinitas las posibilidades actuales de combinar y recombinar los elementos naturales para crear así siempre nuevas posibilidades hasta el infinito? Respondo que no. Debe haber un límite para esta especie de "galera mágica" de la tecnología que parece no tener tope en las innovaciones. Igual que las combinaciones químicas —aun tomando en cuenta las que derivan de la química del carbono, llamada también química orgánica— tienen un tope, las factibilidades tecnológicas que hoy en tiempo cósmico nos tocan vivir, deben tenerlo también. Muy distinto sería sin duda si despertáramos dentro de quintillones de años en que las leyes físicas habrán variado, pues entonces mucho de lo hoy imposible se nos tornaría posible y viceversa.

Ahora bien, en la escala de las actuales posibilidades dentro de este universo de galaxias, uno de cuyos puntos (el sistema solar y cierta área galáctica) está podríamos decir a nuestro alcance, ¿dónde nos hallamos ubicados? ¿Al principio y nos falta casi todo? ¿En la mitad de la escala? ¿O cerca del final?

Más bien me inclino a pensar que al principio, y que aún falta fabulosamente mucho.

¿Transferencia de materia-energía; poblamiento galáctico; creación de seres sutiles sin cuerpo, pura energía provistos de suprainteligencia; inmortalidad natural; superación de la velocidad de la luz; exploración de otras galaxias; conocimiento de otros universos de galaxias y agalácticos; detección de otras versiones del mundo paralelas a la nuestra que hoy nos ofrecen nuestros sentidos y el actual instrumental técnico, y mucho más?

¿Por qué no?

Estos anticipos de las posibilidades futuras serán muy importantes para el próximo cap. XXV, relativo a la "ciencia y la tecnología", y para el cap. XXVII, de "la fórmula del futuro".

El mundo de las posibilidades ciertamente presenta perspectivas fascinantes para el futuro y sería lamentable no aprovecharlas.

Sección Cuarta

EL FUTURO DE LA HUMANIDAD

Capítulo XXIV
Un error de la naturaleza

1. El sexo, los celos y las desavenencias como problema

¿Quién se atrevería a cuestionar el sexo? Todos hablan del sexo sin advertir quizá que nuestro mecanismo reproductor podría estar basado en otra forma de multiplicación. Por ejemplo asexual, o bien bisexual pero con ausencia de celos.

Todo el mundo acepta complacientemente y con toda reverencia a macho y hembra como dos formas biológicas necesarias, como un sistema reproductor inobjetable, dispuesto así por "algún sabihondo creador", demiurgo, o por la —para muchos— "no menos sabia naturaleza", y a la pasión de los celos, como algo legítimo, sin advertir que se trata de una forma de egoísmo.

Sin embargo, es comprobable que el sexo, los celos y la discordia entre las parejas unidas por amor, acarrean al individuo "lanzado a la existencia" una serie de problemas que pueden opacar la intensa satisfacción que también ofrece el placer sexual por ciegos motivos de supervivencia. Angustias, sinsabores, dramas, suicidios, locura, intrigas, injusticias, asesinatos y ruina de vidas incipientes puede ocasionar el "placentero invento" del sexo, y los celos por parte del "sabio creador" para unos, por parte de la "sapiente naturaleza" para otros, según las creencias.

¡Cuántas muertes por celos! ¡Cuántos dramas pasionales con pequeños testigos absortos, mudos de espanto, sin comprender nada por su corta edad, inocentes, aterrados niños a quienes les toca el aciago destino de contemplar el brutal castigo propinado a su madre por parte de "papá", o el asesinato de uno de sus progenitores por parte del otro, o el suicidio por celos! ¡Cuánta corrupción en las clases gobernantes por causa de las seducciones sexuales! ¡Cuántos cursos de las guerras y de la historia cambiados hacia el mal por influjo de la hembra sobre el macho, y viceversa a veces!

Si bien podemos también exclamar, ¡cuántas inspiraciones para exquisitas obras musicales, de arte, poéticas y de bien, cuánto placer gracias al sexo! ¿Aquí ya hemos hecho justicia al sexo? De ningún modo.

Resulta dolorosamente caro el placer sexual. Lo que lo empaña es gravísimo, tan grave que podemos exclamar sin ambages que ¡sexo y celos son un verdadero error de la naturaleza! (Ya demostramos que ningún creador extranatural puede existir, ¡y de existir, si creó el sexo y los celos habrá que aceptar que ciertamente fue un verdadero chapucero!). Sin embargo, aún sin el "aditamento" de los celos, el sexo por sí solo ya es un error por dar lugar a las frecuentes desavenencias y reyertas en las parejas, cuya incompatibilidad entra en conflicto con el amor que las une.

Una vez unidos los enamorados y cuando aplacada la pasión cegadora no se entienden, discrepan y riñen de palabra o de obra, sin atreverse a optar por la separación porque en el fondo se quieren, entonces sufren y hacen sufrir. Esto nos indica que el sistema de la procreación instalado entre los seres humanos es una equivocación, pues el sufrimiento está de más en el mundo.

¿Se puede imputar error a algo inconsciente como lo son las manifestaciones de la sustancia universal (naturaleza)? Por supuesto que no, pero el error está y hay que señalarlo. Que es un yerro de la naturaleza es un decir, pero el error existe y molesta, traba la felicidad que legítimamente merece el "ser lanzado al mundo".

Incluso aquello a lo que el vulgo otorga tanta atención y que mueve a una natural repulsión: las aberraciones sexuales como el sadismo, el masoquismo, la homosexualidad, etc., no son más que otros desvíos de las manifestaciones del *Homo* como proceso, ya de por sí fallido, del anticosmos.

2. Las tendencias negativas innatas

En el cap. XVI, 1 he anticipado que el hombre es un verdadero error de la naturaleza en su faz moral, a veces un verdadero monstruo en este aspecto, y ahora vamos a reafirmarlo (cf. también cap. XVI, 5) y a dar una explicación de todos esos fenómenos sorprendentes para los mismos hombres observadores de las conductas humanas.

Pero he aquí que, por desgracia, lo sorprendente sería si fuera a la inversa.

¿Qué intento decir con esto?

Que si el hombre fuese un "ángel exclusivamente bueno" esto constituiría realmente un milagro —y el milagro no existe según hemos visto—.

¿Por qué? Recordemos su origen, las causas incidentes en su naturaleza durante su evolución, su cruel competición frente a un medio hostil cual un animal más lanzado hacia la "ley de la selva", desamparado, a merced de todo. Un proceso producto de semejante brutal entorno, ¿cómo no iba a ser agresivo, egoísta, belicoso, territorialista, xenófobo, paradójicamente "inhumano"?

Es el producto neto de la crueldad de la naturaleza, de la brutalidad del ambiente ecológico y, en última instancia, de la escondida, ciega, sorda e inconsciente *esencia del universo* que se manifiesta aleatoria y no menos ciegamente.

Luego, ¿podemos culpar de algún modo al hombre de ser como es? De ninguna manera. Y aquí claudica nuevamente toda pretensión dogmática de que "el hombre estaría a prueba en la vida para merecer premio o castigo".

Esta creencia es ciertamente absurda, pues encierra una verdadera aberración. En efecto, ¿para qué deben existir pecadores a partir de seres primigeniamente inocentes (niños), y luego para qué obtener condenados al tormento eterno por causa de las "contaminaciones mundanas"?

¿No bastaría con lanzar al mundo únicamente ángeles buenos y crear así directamente el paraíso en la Tierra? ¡Bah! ¡Ingenuidades teológico-religiosas!

Recordemos que el hombre es un fantoche anticósmico manejado por los hilos invisibles de las circunstancias aleatorias "creadas" perecederamente por lo subyacente: la relativa y frívola *esencia del universo*.

Sus conductas negativas "inhumanas" son innatas, lo mismo que las positivas "humanas", estas últimas como freno necesario contra aquellas, consistentes en factores de supervivencia como ya he señalado. Una vez que se desencadenan unas u otras por ciertas circunstancias, entonces afloran desde lo profundo de la inconsciencia hasta manifestarse.

3. El ser que atenta contra su propia existencia como especie

Una de las facetas más atroces de la índole humana es esa falta de solidaridad a nivel específico, esto es a nivel mundial. Los prejuicios xenofóbicos predominan, y el color de la piel, del cabello, si es enrulado, lacio, rubio, castaño o negro retinto, sus facciones, ojos grandes, pequeños, claros, oscuros, rasgados, nariz, labios, pómulos, barbilla... todo junto con "las formas de pensar" y las intolerancias, tienen que ver con las fobias inconsistentes e injustas.

No existe unidad de especie, y el racismo se constituye en una plaga generadora de guerras, y por ende de invasiones, masacres, dominaciones, en una palabra, injusticias.

Mientras que en el resto de los animales son las especies las que se protegen frente a otras especies por razones de supervivencia, en el caso de la clasificada arbitrariamente como "especie *sapiens*" —que como hemos visto, según mi hipótesis es en realidad un conjunto de subespecies—, hay ataques interespecíficos.

Esta actitud mortífera y con potencial aniquilador se ha hecho patente en el reciente enfrentamiento ideológico entre dos bloques que piensan en forma opuesta.

Si bien hoy arribamos a una etapa de tolerancia, no sabemos hasta cuándo ésta será sostenible. De todos modos, ha quedado latente la posibilidad de que, de disentir dos bloques mundiales importantes y poderosos, dada la mortífera y aniquiladora tecnología de guerra actual —que será incrementada seguramente en el futuro— es posible la destrucción de la humanidad, y ¡esto es suficiente! La posibilidad del holocausto final a la nada existe y no es cuestión de subestimar su probabilidad.

Este, a todas luces, es otro error de la naturaleza. ¿Error en derivar como inteligente y consciente al hombre, tras su paso desde oscuro animal hacia las luces del intelecto? Una vez que toda especie de animal inferior pasara hipotéticamente a tornarse inteligente para darse cuenta de las posibilidades que le brinda el entorno, ¿se volvería contra sí misma? Si hipotéticos millones de especies de animales adquirieran por evolución una inteligencia como la humana, ¿harían lo mismo que el hombre? Una vez enterado cada espécimen de todo lo que puede hacer en el mundo, ¿echaría mano de los más mortíferos artefactos para destruirse, como si existiera alguna ley general en tal sentido?

Sostengo que no y que todo se debe a la índole básica de la naturaleza humana en especial, proclive hacia lo negativo.

Todo se halla encerrado en el código genético universal, en el ácido desoxirribonucleico de la especie, y aflora cuando se dan las circunstancias desencadenantes u oportunidades para ello.

4. Delincuencia, cerrojos, cárceles, policía y ejércitos

Una pauta de que la humanidad anda muy mal nos la da la existencia del hombre que cuida al hombre de otros hombres, y esto bajo amenaza de muerte. El hombre uniformado —policía— para infundir respeto, aprovisionado de un arma —como amenaza de muerte— es necesario para garantir la seguridad.

Esta es evidentemente una aberración tan grande como inadvertida, porque desde niños nos acostumbramos a verlo así y lo tomamos como natural. Este recelo intraespecífico de un individuo con respecto a otro se justificaría quizás en los animales inferiores, pero nunca en el hombre, ser inteligente superior con potencial de nobleza.

También nos indica que las cosas andan muy mal en el seno de las sociedades humanas, el hecho de la existencia de cerrojos de toda clase.

Todo morador que se ausenta de su finca para dejarla sola debe tomar la precaución de cerrar todas las ventanas y echar llave a las puertas exteriores. ¿Para evitar que otra especie deprede en sus dominios? No, es para que su propio coespécimen no incursione con fines de apropiarse de lo ajeno.

Candados, llaves, trabas, pasadores, toda clase de cerraduras de seguridad, alarmas, blindajes, rejas, portones, alambradas electrificadas, centinelas, etc., nos dan la pauta de que el *Homo* es un ser anormal, un enfermo que no sabe que lo es. Se trata de una especie que padece una terrible neurosis. Una neurosis heredable de generación en generación y que ningún tratamiento ha podido erradicar totalmente. Ni la moral inculcada, ni la amenaza de castigo de algún dios vengador o justiciero, según las creencias, ni la amenaza de muerte del hombre uniformado y armado de parte de la ley en contra del hombre delincuente, ni las cárceles, ni las leyes.

El fracaso es total. La especie es incorregible. Las cárceles siempre se hallan ocupadas y su existencia es otra prueba de la falla antrópica.

El tener que estar encerrados algunos hombres para que otros puedan vivir en paz, es una prueba suficiente de que la especie está enferma ya que sus genes siempre producen los mismos tipos humanos que se repiten a través de las generaciones.

Existe un despliegue genético que da como resultado generacional al sacerdote, al comerciante, al artista, al jugador, etc., y por desgracia también al guerrero y al delincuente.

Estos tipos humanos se encuentran enraizados en la especie y esto lo confirma la etología que estudia el comportamiento de los animales, incluido el hombre. Así como los psitácidos tienen sus conductas que se repiten en las familias de papagayos como loros, cotorras y cacatúas; los cánidos la propia; los felinos la suya, también el *Homo* despliega un comportamiento que se repite de generación en generación desde hace milenios.

La prostitución en la mujer y el bandidaje en el hombre, por ejemplo, siempre han existido, "desde que el hombre es hombre" —según se dice—. Remontémonos al pasado y veremos documentos históricos antiguos que lo corroboran.

Pero la prueba más impresionante de que el género *Homo* padece de una enfermedad psíquica inveterada y terrible, adquirida desde el principio de su formación en el filum productor, es la existencia del guerrero de toda tribu, del soldado de toda "civilización", de los ejércitos de toda nación, del arsenal bélico.

En la historia de la humanidad no hallamos más que invasiones, masacres, saqueos, dominaciones de unos pueblos a otros. Esta es la aberración máxima. Tanto es horrorosa la aberración en sí, como su aceptación implícita por parte de cada individuo y la sociedad entera. Incluso es tomada como algo natural en las escuelas, donde se instruye a los niños y se les habla de sangrientas batallas del pasado como de lo más natural del mundo, como si se tratara de algo "normal", aceptable, igual que los cuentos de hadas.

5. Guerras y arsenal bélico

El arsenal bélico actual a nivel planetario es ciertamente una alucinante, demencial y más que elocuente muestra de la patología inadvertida que padece el *Homo sapiens*. Una patología que ningún psiquiatra
trata de curar porque no la advierte siquiera, y aunque lo quisiera hacer
fracasaría rotundamente en su solución, porque tratar de extirpar este
defecto equivaldría a arrancar un trozo de cerebro y aun así y todo, la
anormalidad afloraría nuevamente en la descendencia de cada individuo
porque está encerrada en el plan genético y es heredable.

El echar mano de la muerte y la destrucción siempre ha sido un
recurso tenido por natural en todo tiempo y lugar. El hombre es belicoso
por naturaleza. Basta con despertar este instinto para obtener a un
asesino en el campo de batalla, y esto lo saben muy bien los comandantes. En ese caso, el asesinato ya es lícito, ¡y cuanto más asesino se es,
mayor es el mérito! Los diversos pueblos siempre han estado en conflicto,
basta recorrer la historia para cerciorarse de ello.

Acadios, sumerios, egipcios, civilizaciones del valle del Indo, del río
Amarillo, asirios, caldeos, persas, griegos, romanos, vándalos, bárbaros,
musulmanes, mongoles, y también los americanos aztecas e incas, y
todos los pueblos del mundo de todos los tiempos, ya sea en estado tribal
o civilizado han sido invasores de otros pueblos y a su vez invadidos. Esta
es una constante de la índole humana.[1]

No nos olvidemos de la primera y segunda guerra mundial de este
siglo.

Empero lo más lamentable es que la belicosidad se encuentra filogenéticamente programada como en las hormigas y en las abejas.

Es también propia del género *Homo*, está en sus genes y aflora durante
las contiendas.

Suelen ser apretadas las secuencias de la alternativa guerra-paz.

Por motivos políticos, económicos, racistas, folklóricos, territorialistas,
religiosos, de intereses creados, etc., el hombre siempre ha guerreado,
tanto en los tiempos del arco y la flecha, como en los de la fuerza nuclear,
y esto es terrible, verdaderamente alucinante, al mismo tiempo que
ridículo y lastimoso.

Poblaciones civiles enteras se ven arrasadas vandálicamente sin haber
tomado sus pobladores ni arte ni parte en los conflictos de la clase
dirigente de las naciones, o de los comandantes de ejércitos (guerras
internas). De modo que "el ser lanzado a la existencia sin haberlo
deseado", se puede encontrar de pronto envuelto en las peores situacio-

---

[1] Véase Arnold Toynbee, *La gran aventura de la humanidad*, Buenos Aires, Emecé,
1985. (Título original: *Mankind and Mother Earth*, Oxford University Press, 1976.)

nes bélicas sin haberlo pedido tampoco, u obligado a ir al frente de
batalla para cumplir muchas veces con el simple capricho de un general
"a quien no le gusta la cara de otro general".

Mi pobre padre por ejemplo, a los 18 años, en plena edad de oro, tuvo
que alistarse obligatoriamente para intervenir en la primera contienda
mundial. ¿Para defender qué? Ni él mismo jamás lo supo con claridad
porque primero combatió a favor de un bando y luego lo tuvo que hacer
a favor del contrario por mandato de los superiores, según los vaivenes
de la política.

Fue luego herido y dado de baja como inválido por todo el resto de sus
días.

¡"Bonita" biografía! ¿No es cierto?

Otras veces se esgrimen razones de patriotismo, pero a mi modo de
ver todo obedece a una falla del género *Homo*. ¿Cual es esta falla? La falta
de solidaridad a nivel mundial, de toda "la raza humana", como se le
denomina al proceso hominal. Pronto explicaré que las fronteras que
encierran a los diversos pueblos en naciones son una verdadera prueba
de egoísmo disfrazado de nacionalismo y de soberanía. La institución de
las fronteras es propiamente una flagrante aberración, una burla a la
solidaridad mundial que debería reinar de polo a polo.

Cuanto más naciones encerradas entre fronteras existan, mayores son
las probabilidades de conflictos bélicos.

Los errores "que cometió la naturaleza al formar al hombre" son
múltiples, y las xenofobias, racismos, prejuicios religiosos, egoísmos
disfrazados de patriotismo, y la belicosidad innata sumada a todo ello,
son los más altos exponentes de tales yerros, pues los primeros factores
señalados son los generadores de conflictos y el último el precipitador de
las guerras.

Los horrores como mutilaciones, invalidez, pérdida de seres queridos,
hambre, destrucción, miseria, enfermedad, sojuzgamiento, vejaciones,
desprecios y múltiples penurias más como resultados de las luchas
armadas —¡a veces justificadas por un bienestar futuro para determinado
pueblo (nada de logros a nivel universal)!— se constituyen en tétricas,
sombrías muestras de lo que son capaces las manifestaciones de la ciega
esencia del universo en forma de seres humanos. Los inofensivos bioelementos sitos en la tierra que pisamos desaprensivamente, una vez que
forman a un ser humano se tornan peligrosos para el ser humano.

La ceguedad no existe tan sólo en el choque de dos galaxias en el
espacio anticósmico, sino también en el choque armado entre los
hombres de este punto cósmico en que se hallan protagonizando su
escabrosa historia.

El último —y reciente en tiempo cronológico de la historia— conflicto
bélico a nivel mundial es una muestra sumamente escalofriante de lo que
es capaz de realizar el hombre, aquel vándalo y bárbaro del pasado, cual

huracán desatado, en materia de horror, cuando excitado su inconsciente programado, hace su irrupción la conducta aberrante.

¡Cuidado *Homo sapiens*! ¡Que no sea alguna próxima descabellada aventura belicosa la última de todas las locuras por hallarnos ya luego todos extinguidos a consecuencia de la misma!

¡Que no ocurra porque a pesar de todo el amargo pesimismo que he destilado cual hiel en esta obra, hay aún buenas perspectivas que pronto señalaré!

6. Falta de previsión

Consecuencia también del egoísmo a nivel de pueblo o nación con respecto a otros pueblos y naciones, de las xenofobias y territorialismos, es la ausencia de una planificación global. Y por desgracia es lógico que así sea, ya que hay ausencia de solidaridad en el plano mundial.

No tan sólo el color de la piel actúa en contra de dicha solidaridad, sino también los distintos idiomas, la tradición, la religión y el folklore.

Todo el bagaje folklórico de cada pueblo puede ser muy bonito y emotivo para ese pueblo, sobre todo durante las festividades, pero por desgracia es un factor generador de fobias a lo extranjero y en última instancia de conflictos bélicos.

La ausencia de solidaridad a nivel mundial, es entonces la causa de una falta de previsión también a nivel global.

Los países pobres ¡ahí se pudran en su miseria a pesar de que el planeta Tierra entero debiera ser patrimonio de la humanidad! Y si llega alguna ayuda es generalmente a título de vil préstamo con intereses. Debe caer muy, pero muy bajo un pueblo para que obtenga una ayuda desinteresada por parte de las naciones más pudientes. Todo va en suerte. Depende del lugar donde nace la inocente criatura merecedora siempre de lo mejor. Si lo hace en un país opulento suerte para ella, si en un país paupérrimo ¡pobre de ella!

¡Y pensar que algunos dogmáticos hablan de dignidad humana! ¡Ensalzan al hombre cual "criatura casi divina", hecha "a imagen y semejanza" de un ser supremo, según el mito judeocristiano!

El desnivel es tremendo. ¿Cuántas son las naciones del mundo cuyos habitantes realmente disfrutan de un bienestar acorde con los adelantos tecnológicos de este último tramo del siglo que fenece?

Y aun dentro de estos contados países desarrollados, ¿existe una previsión plena para cada ser que nace en su seno?

La iniciativa humana se dirige hacia el interés personal y a "tapar agujeros" más bien que a actuar dentro de un sistema sabiamente organizado, planificado, donde todo ser lanzado a la existencia tenga garantidas las oportunidades de realizarse plenamente.

La "ley de la selva" continúa predominando en la actual civilización. El crítico panorama actual del globo es realmente sobrecogedor, al punto que debería ser denominado de desastre mundial. Nada se prevé. Ni los alimentos, ni las viviendas, ni el aumento de la población mundial, ni el reciclaje natural por exceso de explotación de recursos naturales, ni la situación ecológica del futuro, ni las consecuencias de una cada vez más alta y descontrolada tecnificación a nivel planetario. Se asustan los hombres sólo cuando tienen encima al ogro, el problema del desequilibrio ecológico. A veces ya es tarde para subsanarlo.

Podríamos decir irónicamente que se vive "a la buena de un dios que no existe", y todo es improvisación, librado a la iniciativa o no de buenos o malos estadistas, de bienhechoras o no voluntades privadas.

Se improvisa tanto en recursos alimentarios como en salud, en recursos energéticos como en problemas ecológicos, y nada se salva de la falta de una inteligente planificación global. Mientras tanto, el mundo es un triste muestrario de parias que en su mayoría viven en la indigencia y a merced de "la suerte", y el resto... el que podríamos decir que "está bien", es igualmente en buena parte un triste conjunto de fantochescos muñecos de la nada que no saben a ciencia cierta qué es lo que en realidad quieren hacer en este mundo con tanta riqueza (cf. cap. XX).

Capítulo XXV
Ciencia y tecnología

1. De las tinieblas hacia la luz

Larga, demasiado larga ha sido la noche oscura para la humanidad dormida. Fueron demasiados los siglos durante los cuales el hombre sumergido en la oscuridad de la ignorancia mecíase confiado en los brazos del dogma traicionero.

En efecto, la principal causa del atraso de la humanidad durante la prolongada tiniebla de la Edad Media ha sido sin duda la religión. Específicamente, la religión judeocristiana que mantuvo frenada la capacidad de los cerebros de Europa que fue luego punta de lanza del adelanto mundial.

Instituciones como la supersticiosa Inquisición muy poco y nada podían aportar por cierto a la causa de la Ciencia.

Todo el potencial intelectual ha estado sólo latente, desperdiciado en el hombre, quien en la seguridad de que lo único que había que esperar en esta vida era la "otra existencia", la prometida bienaventuranza, "se dejaba estar", o se veía impedido de pensar más allá de los prejuicios dogmáticos.

Mientras Europa dormía en el seno de la ilusoria seguridad que le brindaba la religión, los males socavaban toda placidez. Desde ya que así, en los brazos de la fe, eran más soportables las desdichas, pero el daño inadvertido que al mismo tiempo se autopropinaba la humanidad al desperdiciar el precioso tiempo y capacidad, aún hasta nuestros días lo sentimos. Cae sobre nuestras espaldas como un puñal. Ante el féretro es cuando su crudeza llega al máximo al contemplar el cadáver de lo que fue una vida útil, segada prematura e injustamente. Muchos padres deben lamentar la muerte de sus hijos de 20, 30, 40 años, o viceversa, los niños se ven en la luctuosa situación de lagrimar ante el ataúd de su madre, o padre, de 30, 40 años. Diagnóstico: cáncer.

Si no hubiese sido por el dulce cristianismo, tiempo ha este flagelo y muchos otros habrían sido dominados.

De no mediar el obstáculo de la religión, entonces la cirugía con láser, el transplante de órganos, el bebé de probeta, los antibióticos, la inseminación artificial, los satélites artificiales, la electrónica, los aceleradores de partículas, la exploración y el poblamiento de los planetas, ya hubiesen existido hace más de mil años, y hoy... hoy ya estaríamos libres de casi todas las enfermedades, habitando otros mundos e incursionando en nuestra galaxia.

Mientras se creía que la Tierra "fija" era el centro del universo; que un dios todopoderoso, suma bondad, velaba por todos los hombres de la Tierra; que abrir un cuerpo vivo, o "profanar" un cadáver para estudiar su anatomía era un horroroso y sacrílego delito digno de ser castigado con la muerte, y contradecir el mito bíblico, un sacrilegio merecedor del más altisonante anatema, las enfermedades hacían estragos en vidas jóvenes que empezaban a dar sus frutos en bien de sus semejantes. Una hoy simple apendicitis podía ser fatal entonces. La pulmonía, la tuberculosis, la viruela negra y otras pestes diezmaban a hombres que, paradójica y ridículamente poseían en sus cerebros la capacidad latente para dominar todos esos flagelos con ciencia y tecnología.

Hoy verdaderamente nos hallamos ante el más rotundo fracaso de todas las religiones y filosofías. La delincuencia, el vicio como el alcoholismo y la drogadicción, el flagelo del terrorismo que cobra sus inocentes víctimas, la pobreza, la desnutrición, mortandad infantil... ¡¿y para qué seguir?! son el lamentable "resultado".

El hombre inventa fórmulas filosóficas para ser aplicadas al hombre, cree poseer el sistema o método de vida ideal, pero todo fracasa ante la realidad de la existencia antrópica. Las religiones por su parte amenazan con castigos al mal comportamiento con resultados tan adversos como la primera y segunda guerra mundial protagonizadas por ¡cristianos! que deberían ser mansos como en sus tiempos primigenios ¡y dar el ejemplo al mundo!

En resumen, ha costado mucho esfuerzo y tiempo para emerger desde las tinieblas, del oscurantismo hacia la luz, pero finalmente ¡aquí estamos!, haciendo caso omiso de los anatemas y otras tonterías, aún luchando contra los prejuicios míticos como la oposición al control de la natalidad.

El paso del tiempo de la alquimia y de "la piedra filosofal" al de la era espacial y al de la técnica para desentrañar los secretos de la materia energía con los aceleradores de partículas, es realmente significativo y prometedor para el futuro próximo.

2. Las grandes revoluciones científicas

Gracias a los grandes hitos revolucionarios en materia científica que dieron vuelta a los prejuicios dogmáticos, hoy el hombre sensato piensa distinto y se tiene el camino preparado para *la gran revolución a nivel planetario.*

Los grandes hitos demoledores de viejos mitos infantiles han sido la revolución copernicana, el evolucionismo darwiniano, el relativismo einsteniano, el avance último de la astronomía y el conocimiento cada vez más profundo de la intimidad de la materia-energía.

Copérnico, Galileo y otros han asestado primero un severo golpe al mito persistente de la Tierra fija, centro del universo.

El genial Darwin, por su parte, asestó un golpe mortal al fijismo creacionista y al mito judaico de la primera pareja de seres perfectos que, según el mismo dio origen a la humanidad.[1]

Einstein destruyó prácticamente con su relativismo ese mundo del espacio y tiempo absolutos de Newton y otros.

La moderna astronomía decisivamente podríamos decir que "pateó" al globo terráqueo de su privilegiada posición junto con su Sol, para proyectarlo hacia un lugar cualquiera a un costado de la galaxia Vía Láctea, al mismo tiempo que lo transformó en un insignificante puntito en el concierto universal donde se cuentan hoy las galaxias por millones.

Por su parte, la física cuántica nos aleja toda imagen de exactitud matemática cuando observamos el comportamiento de las partículas elementales, y nos sume en el desconcierto de un minimundo donde las cosas se miden en nanómetros porque los micrones ya pueden ser comparados proporcionalmente con kilómetros dada la pequeñez de los quarks.

Las ideas de la física clásica de Galileo y Newton pierden aquí toda vigencia.

La sustancia universal se nos revela caprichosa en sus manifestaciones y el cono cosmológico que nos ha "creado" por "depuración" y selección como procesos fugaces, viables por un "momento" cósmico, nos permite (reiterando el tema antiteológico) prescindir de toda suerte de dios creador y gobernador del mundo.

3. El arrollador avance de la Ciencia Experimental

Luego del excesivamente largo letargo, la Ciencia comenzó a avanzar de un modo firme, sostenido. Después cada vez más acelerado.

Igualmente su consecuencia, la tecnología.

Las experiencias que antes demandaban largos períodos, hoy se logran en tiempos cada vez más breves gracias al acúmulo de datos y al instrumental científico, al punto que en estos últimos decenios su avance es explosivo.

[1] Véase *Génesis,* 2:1-25

Los períodos se fueron acortando de tal modo que el caudal de conocimientos que se podía obtener al principio, por ejemplo, durante un siglo, luego se pudo lograr en la mitad de tiempo. Más tarde se pudo hablar de décadas y hoy ya ni siquiera es posible dividir el avance científico-tecnológico en "era cuántica", "del láser", "de las sondas espaciales", "de las microcomputadoras o nanocomputadoras", etc., porque los vertiginosos adelantos se superponen y sorprendentemente la técnica se ve muchas veces obligada en nuestros días a rechazar proyectos aún no llevados a la práctica, por haber sido superados ya por otros mejores.

Por su parte, los detractores de la Ciencia, que siempre han existido y existen sobre todo en los ámbitos religioso y filosófico, no se han cansado de despotricar contra lo que despectivamente y con fines de minimización consideran como "una más de las posturas del hombre frente a la vida". Sin embargo, no reparan que todo, aún ellos mismos con su actitud anticientífica por vaya a saber qué resentimientos o prejuicios, caen bajo la lupa de la Ciencia Empírica y son estudiados como fonómenos producidos por la sustancia universal.

Paradójicamente estos mismos tenaces difamadores, cuando presentan un cuadro de salud deficiente, acuden presurosos a la Ciencia, en este caso a la ciencia salvadora encarnada en la medicina.

Desearía comprobar si un Unamuno[2] o un Feyerabend[3] con un cuadro patológico severo se dejarían morir o se resignarían a sufrir en lugar de acudir a un facultativo, ya que el uno descreía de la ciencia y el progreso, pretendía aferrarse a la ilusión de la inmortalidad dogmática y prácticamente insinuaba el retorno a la Edad Media, y el otro relativiza el valor de la Ciencia para la humanidad y realza igualmente las cosas del pasado como las tradiciones no-científicas.

Más a pesar de todo, lo cierto es que mientras en el aspecto moral hay estancamiento en todo el orbe, en el campo científico se continúa verificando un arrollador avance, y éste es el único signo positivo para la humanidad. Y lo es, aunque parezca absurdo, porque finalmente la Ciencia tendrá que confluir con lo moral, o más bien dicho la suprema conquista de la moral dependerá de la Ciencia Empírica.

¿Qué es esto?, se preguntará sorprendido el lector quizás esbozando una compasiva sonrisa, ¿acaso el autor se ha vuelto loco? Sin embargo, pronto comprenderá el significado.

Tengo plena conciencia de los peligros que encierra "el conocer demasiado" en manos de personajes inescrupulosos.

Sé que la Ciencia moderna puede constituirse en un arma de doble filo.

---

[2] Véase Miguel de Unamuno, *Del sentimiento trágico de la vida*, Madrid, Espasa Calpe, 1985.
[3] Véase Paul Feyerabend, *Adiós a la razón*, Madrid, Tecnos, 1987.

Conozco que muchos piensan en las sofisticadas armas aniquiladoras que pueden ser utilizadas, de los recelos de una manipulación genética que pueda producir monstruos, nuevas enfermedades transmisibles e incontrolables, creación de razas humanas esclavas, etc.

¿Pero en qué campo no existen riesgos?

También se criticaba la investigación nuclear, el invento del rayo láser, la exploración espacial, el propio manipuleo genético... etc., y sin embargo hòy se tiene provecho de todo esto en el uso pacífico y para bien de la humanidad.

La Ciencia Empírica descubre; el científico honesto, de vocación pura, no tiene la culpa si sus descubrimientos son luego mal empleados por los inescrupulosos. También son bien empleados por personas de buena voluntad y esto es lo positivo.

La imagen del "científico villano" de las películas es falsa y un descrédito para el sabio sincero. No existe en general. El "sabio loco", ambicioso o "instrumento de destrucción", es una excepción.

¿Desastres ecológicos, contaminación, efecto de invernadero, agujero de ozono... son todas consecuencias indirectas de los descubrimientos científicos?

Puede ser, porque la mala tecnología los ha empleado desacertadamente, pero es también la Ciencia la que alerta constantemente a la humanidad sobre los desastres provocados y de los que se avecinan amenazadoramente. Y es también la Ciencia la que finalmente subsana los desbarajustes realizados por aquellos que emplean mal los conocimientos, de modo que no es jamás la Ciencia "la malévola", sino el hombre, siempre el hombre con sus intereses creados, egoísmo, codicia, desaprensión, desidia, oportunismo y malicia.

4. La única esperanza de salvación

¡Atención mortales, que viene el mesías! Pero este abstracto "ser" mesiánico, fruto del *Homo* nos salvará únicamente si prima la cordura, la buena voluntad de los hombres.

¿Quién puede ser este liberador no prometido por nadie?

Se trata de lo mejor que pudo haber producido la humanidad para beneficio propio: La Ciencia Experimental con su "descendiente", la Tecnología.

Todos estamos en sus manos, aun sus detractores, y nadie, ni sus más contumaces criticones se avienen, ni les pasa por las mientes siquiera retrogradar al pasado, a abandonar los beneficios aportados por el conocimiento científico, a abandonar las comodidades de las ciudades, la asistencia médica, los veloces transportes, las comunicaciones, las diversiones, las aliviadas tareas, la cultura dependiente de la tecnología.

Nadie es capaz de retroceder para recluirse en la vida pastoril de antaño o como agricultor primitivo con arados de madera tirados por bueyes, sin industrias, sin vestimentas confeccionadas con máquinas, cubiertos de pieles o ropas de lana hilada o de algodón hechas con sus propias manos, en viviendas de adobe, piedra o madera, ya sea en plena llanura, montaña, selva o valle, para finalmente sufrir y morir como perros abandonados a cualquier edad, víctimas de cualquier peste.

Todo el actual adelanto nos empuja a seguir avanzando. Nos resulta imposible retroceder.

Si bien nuestra capacidad para entenderlo todo es pobre, si bien nuestro conocimiento frente al complejo universo aún es incipiente, lo cierto es que ya poseemos la clave científico-tecnológica suficiente para emerger de esta situación inicua en que nos hallamos sumergidos en esta sociedad global.

Es necesario tomar plena conciencia que la Ciencia Empírica y la Tecnología constituyen la única salvación para todos, incluso para los animales y plantas.

No se trata en absoluto de religión alguna, ni de ninguna especie de dios o de algo al que deba rendírsele culto, ceremonia o devoción. Nada de eso.

No existe como objeto de culto, no es dogma porque se aviene al cambio, a nuevas aperturas; es flexible, si falla una teoría se elige otra; se trata en resumen de lo mejor que ha producido el ser humano para sí mismo en su choque yo-entorno. Consiste en comprender en lo posible dicho entorno y poder así enderezar los acontecimientos, dominar realmente el mundo para evitar catástrofes, y no como lo pretendían hacer ilusoriamente los creyentes del pasado, creadores de dioses para después invocarlos, según he descrito en el cap. XVIII relativo al "mundo de las creencias", puntos 1 y 2.

Nunca puede tener razón un Feyerabend cuando dice por ejemplo que al hombre hay que entenderlo desde dentro, al mismo tiempo que critica a la ciencia por su frialdad,[4] pues se olvida que existen ramas de la Ciencia como la psicología, la psiquiatría y la etología, que tratan precisamente de entender al hombre desde dentro y aliviarlo en sus penurias.

No existen tema o problema alguno que no caiga bajo la jurisdicción de la Ciencia, y nuestro futuro está en sus manos.

[4] Véase Paul Feyerabend, *Adiós a la razón*, Madrid, Tecnos, 1987, pág. 80.

Capítulo XXVI
La fórmula del presente

1. El ser que nace en-el-mundo y la brecha que debe abrirle la sociedad

Ha llegado el momento amigo y paciente lector, de arribar a la causa final de mi obra, al objetivo por el cual he escrito este libro.

Según mi visión del mundo hasta aquí expuesta, de acuerdo con la cual todo lo que tenía que decir está escrito, no he destilado más que desilusionante pesimismo que se puede recapitular brevemente así:

1) No existe ninguna clase de dios creador, conservador, gobernador y protector del universo; 2) somos un proceso instantáneo del accionar de un Anticosmos ciego, sordo, inconsciente; 3) no existe ninguna especie de espíritu y, por ende, tampoco un alma inmortal; 4) con nuestra muerte todo se acaba y la bienaventuranza es una utopía; 5) toda religión es mito cual cuento de hadas; 6) lo sobrenatural no existe y nada vela por nosotros; 7) estamos "yectos", "tirados ahí" en la existencia, solos en el mundo, desamparados, a merced de toda catástrofe a nivel biológico (enfermedades), antrópico (guerra de exterminio total, rotura brusca del equilibrio ecológico), telúrico (conturbación planetaria), solar (conturbación del Sol), extrasolar (peligros anticósmicos), etc.; 8) nos hallamos en un mundo social de descontentos que marcha a la deriva y a los tumbos, plagado de injusticias.

Luego, ante todo este panorama tan pesimista, tan desalentador, ¿qué podemos esperar entonces?

Veamos y armémonos de optimismo.

A pesar de constituir nuestro proceso viviente consciente desde el inicio hasta un próximo final tan sólo un chispazo frente al "tiempo" anticósmico, debemos tener la esperanza de que ningún acontecimiento catastrófico de gran magnitud nos acaecerá por mucho tiempo, porque de acuerdo con los pronósticos científicos, aún nos resta un largo camino por recorrer como viajeros del espacio galáctico sobre este vehículo esférico que es la Tierra.

Lo demás depende de que prive la sensatez, la cordura, la prudencia y la concientización de toda la humanidad en el sentido de que es únicamente el conocimiento científico y su pacífica y sana aplicación, lo que nos puede garantizar una existencia feliz, sin dolor moral ni físico que no tienen razón de ser en el mundo, están de más y es necesario erradicarlos.

Cada uno de nosotros somos por única vez. Cada uno somos todo un mundo pleno de necesidades, deseos, ilusiones, proyectos, afanes, esperanzas... y se nos debe una real atención no por privilegio personal alguno, ni por mérito o demérito en la vida, que al fin y al cabo son puros accidentes originados según nuestra dote genética que no elegimos, el lugar de nuestro nacimiento, educación, circunstancias de la vida y finalmente suerte.

¿Qué es esto de una atención que se nos debe por el sólo hecho de aparecer en la existencia? ¿Atención por parte de quién?

Recordemos varios capítulos de esta obra como el XIV, 8 sobre el libre albedrío que no existe, donde expongo que somos la hechura de las circunstancias, y títeres de *las manifestaciones de la esencia del universo*.

En el capítulo XX, 1 he señalado la aleatoria situación en-el-mundo de cada individuo, y cómo determinadas circunstancias existenciales pueden hacer de él un "santo" o un criminal; un mal hablado, grosero, fanfarrón, pendenciero, burlón... o una persona educada; un ser sano o enfermo de por vida; con una mente equilibrada y feliz o un psicótico atormentado; un rico rodeado de la opulencia o un miserable mendigo, etc. En el capítulo XXIV hice ver cómo el humano posee tendencias negativas innatas que lo pueden llevar a delinquir, a la cárcel, a guerrear, etc. etc.

Ahora bien. Pensemos nuevamente en la inocente criatura que está por venir al mundo. Se halla en gestación en el vientre materno; los bioelementos del entorno afluyen a través del organismo de la gestante y la van formando; pronto hará su aleatoria aparición en escena, en un punto cualquiera del planeta. Hagamos una abstracción. No importa de qué raza sea, de qué capa social, intelectual, analfabeta, pobre, rica. No interesa por ahora el país donde estará destinado a nacer y vivir, ni la economía de esa nación,ni si está en guerra o en paz, ni el lenguaje, ni las costumbres, ni la religión, en una palabra, nada. ¡Lo que importa es que un ser va a aparecer en-el-mundo! (Cf. cap. XX,1).

Este ser, no importa su origen, por lógica, por justicia, porque se lo merece por su inocencia, por tratarse de un ser humano como usted lector, como yo, como todos cuando nacemos, por llevar precisamente carga de inocencia es acreedor de *lo mejor de lo mejor* en la vida que le espera.

¿Quién debe brindarle lo mejor de lo mejor en el mundo tal como indudablemente lo desea toda madre que lleva en su vientre a un niño?

¡La mismísima sociedad humana!

¿De qué país? ¿De cada país? ¿De los países más desarrollados?

No, de todos los países del globo que se deben solidarizar para acoger en su seno a un nuevo ser merecedor de todo lo mejor posible de este mundo. Esto significa lisa y llanamente que los hoy por hoy 5000 millones de habitantes del globo, o los mañana 10.000 millones, o lo que sea en cifras, deben abrir una brecha en la sociedad mundial para recibir digna, gloriosa, apoteótica y honrosamente al nuevo ser.

¿Es esto posible hoy por hoy?

¡Qué va! Como está el mundo da lo mismo que nazca tanto una criatura, como una mosca o un ternero, o que caiga una bolilla del bolillero de la lotería, y aún peor que esto dada la enorme cifra de las "bolillas humanas" por nacer cada día y noche.

¡Entonces, a reformar el mundo señores! ¡Basta de dormir y de pereza!

¿Puede reformarse el mundo? ¿Es posible tamaña empresa que consiste en vérselas con nada menos que un coloso de 40.000 kilómetros de circunferencia, 12.742 km. de diámetro ecuatorial, una superficie de unos 510 millones de kilómetros cuadrados de los cuales menos de un tercio corresponde a continentes e islas, y 5000 millones de terráqueos pululando por allí?

Mayores empresas le aguardan al hombre en el espacio interplanetario. Es cuestión de voluntad, ciencia, tecnología y tiempo.

2. Inculcación de la moral sin dogmas en todos los niveles de enseñanza y mediante todos los medios de difusión e información pública

El hombre es según se lo modela, se suele decir. Esto en realidad no es estrictamente así, ya que, como hemos visto en el cap. XIV, 8 existe una base genética programada que se traduce en temperamento individual, a la que se añaden luego las vivencias o choques del individuo con su entorno que a su vez remodela lo innato. De ahí surge el carácter, se dice.

Pero no sólo eso, sino también una atemperación de las naturales predisposiciones malsanas inscriptas en el ADN, o por el contrario su exacerbación. Lo mismo ocurre con las predisposiciones benévolas. Se pueden dar cuatro posibilidades básicas (con sus intermedios graduales):

1) Cuando un mal ejemplo se suma a una mala inclinación, nace el depravado; 2) cuando el buen ejemplo se suma a una buena predisposición natural surge la persona excelente; 3) cuando una naturaleza innata con buenas predisposiciones recibe ejemplos nocivos en la vida y sobre todo durante las primeras experiencias, que son las que más se fijan y gravitan, puede tornarse deshonesta; 4) finalmente, un individuo provisto de una base genética negativa, puede ser corregido y bien encaminado con los consejos morales y buenos ejemplos.

Esto es fundamental aunque siempre relativo dada la naturaleza humana y las variables circunstanciales. Los ejemplos dados son en líneas generales, ya que puede darse el caso de que a una persona que posee tendencias sanas innatas no le hagan mella los malos ejemplos y también que una predisposición mala pueda ser de tal intensidad que ningún ejemplo bueno pueda atemperarla. A su vez, el hombre básicamente malo que recibe ejemplos malos, a consecuencia de ciertas circunstancias o golpes aleccionadores de la vida puede en algunos casos transformarse en bueno, de modo que la "suma" anterior no tiene por qué dar resultados absolutos. O mejor dicho, los puede dar siempre que no se añadan dichas "lecciones de la vida".

Creo que todo esto resulta comprensible. Pero... sean como fueren los casos, ¿qué otro recurso le queda por ahora al hombre, que tratar de morigerar las tendencias innatas malsanas de la "especie *sapiens*"?

Esto significa lisa y llanamente que todas, absolutamente todas las personas del orbe que están "del lado de la justicia, la bondad, la morigeración, la nobleza, la buena voluntad... y todo lo relacionado con la integridad del individuo, deben poner todo el empeño posible para arreglar esta sociedad humana.

¿De qué modo?

Según la tétrada recién expuesta (con sus extensiones), la consigna es difundir la moral y dar buenos ejemplos con tesón, sin descanso. Esto me ha sido inspirado por mi padre que era pura bondad, a lo que yo agrego que jamás hay que "casarse" con dogma alguno y quedar "tranquilos" en la suposición de que son los moralistas, los sacerdotes de infinitas religiones, esto es "los otros", los encargados de esa tarea, y proseguir "los ajenos al tema" con sus ocupaciones con fines de aumentar sus ingresos, sus placeres, sus éxitos, vanidades y... dar cabida a sus devociones religiosas... ¡Total, otros son los encargados de encarrilar a los hombres!

¡No! ¡Mil veces no! Aparte de los padres, todo director cinematográfico, de televisión, de radio, diarios, revistas, editor de libros, publicitario, gobernante, maestro, profesor, hermano, tío, abuelo... "simples hombres de la calle", todos los que guardan la moral y la practican, sin excepción alguna, en el hogar, las escuelas, universidades, clubes, canchas de deportes, templos, monasterios, hospitales, comisarías, durante las celebraciones, reuniones, actos culturales, y en la mismísima calle y plazas públicas deben tener la competente obligación moral de difundir la ética acompañándose de excelentes ejemplos.

¿Locura? ¿Ingenuidad? ¿Que hay que dejar esa tarea a los moralistas, a los sacerdotes de las mil y una religiones, a los monjes, esto es ¡a los otros!?

¡Nada más absurdo, señores cómodos! Todos, absolutamente todos debemos bregar por difundir la moral a pequeños ¡y adultos! ¿O por ventura se creen los adultos que por ser tales, ya no necesitan del consejo ético, de una lección, de un toque de atención en la vida? ¿Autosuficientes, eh? ¡Pobres! ¡Dan lástima si se creen enteros por ser adultos! Incluso sus propios hijos les pueden dar buenos ejemplos o enrostrarles sus malos comportamientos.

¡Ahora resulta que el autor Ladislao Vadas resultó ser un moralista!, dirán quizás sorprendidos algunos lectores.

Para muchos, el moralista puede ser una especie de individuo molesto, que incomoda el "albedrío" del que debe gozar todo hombre, y por otro lado, el ateo suele ser conceptuado casi como una especie de delincuente, y entonces... ¡un ateo moralista! ¿No es sospechoso? ¿No suena a absurdo?

¿Es así? ¿Debe ser así? Les digo a los antimoralistas, les doy un toque de atención —por si no lo saben— que al final, de rebote, todos recibimos como un bumerán en la cabeza, los resultados de nuestras comodidades, de nuestras desaprensiones, desidias y el delegar siempre en manos de supuestos terceros "competentes" aquello que nos incumbe directamente.

"Siembra vientos y recogerás tempestades", dice un proverbio. Yo digo "no siembres nada y recogerás miserias". ¡Claro! ¡En este caso miserias humanas!

El moralista es, claro está, como un insecto zumbón molesto que perturba la "paz, tranquilidad y comodidad" de todos aquellos que relegan responsabilidades. Pero aquí la cosa va en serio señor *Homo sapiens*, y atañe a toda la humanidad con repercusión en cada uno de nosotros.

3. Aplicación de la eugenesia

Es evidente que la especie humana se está degenerando cada vez más marcadamente. Al no existir una selección natural, la humanidad se está cargando de genes negativos.

El proceso de las mutaciones genéticas es ciego y la acumulación de genes letales es continua y de funestas consecuencias para el *Homo*.

El avance de la medicina, si bien digno de alabanza y admiración por una parte, es por otra el causante del estancamiento selectivo.

Durante los largos períodos de vida primitiva la "raza" humana se depuraba sola. El promedio de vida era corto por cierto, pero los individuos que quedaban seleccionados eran excelentes reproductores que permitieron seguir adelante al género *Homo*. La estrechez pelviana de la mujer por ejemplo, era un factor de corte de la reproducción. Al no poder ser expulsada la criatura gestada, ésta moría y a veces incluso la madre. Luego este defecto no se heredaba hasta el grado de peligrosidad. Aunque algunos hombres pueden ser portadores de genes negativos cuyo fenotipo puede reaparecer en las mujeres descendientes, de todos modos siempre se cortaba la descendencia de madres defectuosas en grado sumo. De ahí entonces que la estrechez pelviana habrá sido sin duda un fenómeno más raro en el pasado.

Hoy gracias a la técnica de la cesárea es posible extraer a la criatura, pero los genes de la madre continúan así activos en la descendencia.

Lo mismo podemos decir de los defectos cardíacos "programados" en el código genético, corregidos por la cirugía o atemperados por medicamentos que el enfermo debe tomar de por vida y cuya existencia ya no transcurre en la normalidad de las personas carentes de estas anomalías.

Igualmente ocurre con los hipertensos, gotosos, diabéticos, esquizofrénicos, daltónicos, hipercolesterolémicos, deficientes del sistema inmunológico, predispuestos a los tumores malignos,[1] homosexuales y criminales. (En estos dos últimos casos se ha comprobado que el hermano gemelo genéticamente idéntico de un homosexual casi siempre presenta la misma tendencia, igual que un hermano gemelo de un criminal presenta predisposición hacia el crimen).[2]

La cirugía corrige, las medicinas atemperan las dolencias, pero los males se continúan heredando, acumulando en el ADN y esparciéndose cada vez en mayor número de personas, y... al fin y al cabo creando infelicidad.

Por su parte, el grado de inteligencia tampoco se incrementa en una sociedad global que está arribando rápidamente a una miscelánea genética completa. Ya no podrá haber razas superiores y todo tiende hacia un término medio. Esto es debido al perfeccionamiento y rapidez de los medios de transporte, al incremento del turismo, viajes de negocios, emigración, etc., que facilitan el contacto macho-hembra de diferentes razas y pueblos.

Pronto el índice intelectual del terráqueo será mediocre porque los genes responsables del genio se hallarán diluidos en la masa poblacional del globo quizás con carácter recesivo, de penetración incompleta, atemperados o eclipsados en sus efectos por otros genes dominantes (según la jerga genética de moda).[3]

El panorama del futuro es realmente estremecedor en el aspecto genético.

Si no hay vaso sanguíneo, ni pelo, ni órgano, ni célula alguna no heredable; ni el tamaño del individuo, ni su capacidad física e intelectual, ni su tendencia a determinado comportamiento,[4] ni su predisposición al

[1] Véase Curt Stern, *Principios de genética humana*, Barcelona, El Ateneo, 1963.
[2] Véase en nota 1, *ob. cit.*, págs. 498 y 717-719.
[3] Véase Curt Stern, *Principios de genética humana*, Barcelona, El Ateneo 1963, y E. W. Sinnot, Leslie C. Dunn, y Theodosius Dobzhansky, *Principios de genética*, Barcelona, Omega, 1961.
[4] Véase E. W. Sinnot, Leslie C. Dunn, y Theodosius Dobzhansky, *Principos de genética*, Barcelona, Omega, 1961, e Irenäus Eibl Eibesfeldt, *Etología*, Barcelona, Omega, 1974, págs. 230 y sigs.

vicio (alcoholismo, por ejemplo), ni su longevidad, etc.; ¿qué será de las futuras generaciones de una humanidad a la deriva y "homogeneizada"? ¿Dolientes individuos dependientes de las correctoras intervenciones quirúrgicas, de los sostenedores medicamentos administrados de por vida, de trasplantes de órganos? ¿Y otros, mientras tanto, confinados a las casas de salud mental y hospitales? ¿Un pulular cada vez mayor de contrahechos, oligofrénicos, psicópatas, delincuentes, homosexuales, es la lamentable perspectiva de un futuro para el hombre que prefiere aferrarse al sentimiento antes que a la razón? ¿Sentimiento de lástima por quién? ¿Por el futuro ser desdichado destinado a aparecer por determinación de los progenitores genéticamente defectuosos, o piedad por los ya existentes que tienden a perpetuarse cuya procreación se pretende cortar para que no haya más descendientes que hereden su tara?

Creo que ésta es una cuestión de lógica pura. Aunque nuestra lógica sea relativa, no cabe aquí algo más allá, ilusorio, que esté por encima de todo y se justifique este calamitoso estado de cosas en el orbe, puesto que ya vimos que ninguna especie de ser supremo puede existir.

Solo quedamos nosotros, con nuestra lógica, con nuestra forma antrópica de razonar, y nuestra Ciencia.

Debemos sacar partido de esto.

¿Qué es lo que se puede hacer para paliar esta situación?

Así como se hace con los animales de criadero para obtener los mejores ejemplares, es imprescindible aplicar la *eugenesia*.

Por supuesto que no de modo drástico y cruento, eliminando de la existencia a todo individuo inepto para dejar la mejor descendencia, sino mediante la *esterilización incruenta* de toda persona con taras hereditarias.

La pretensión de aplicar semejante método va a traer consecuentemente pertinaces y "lógicas" resistencias, tanto de parte de los propios afectados, como desde el ámbito de los dogmatismos. Pero todo es cuestión de concientizar al mundo de los beneficios de la eugenesia. ¿O qué es preferible? ¿Que el planeta se continúe llenando de seres infelices o que se sometan a un sacrificio los ineptos para depurar a la humanidad y permitir a todo ser lanzado a la existencia que viva sano, inteligente y con todas las oportunidades de realizarse en la vida?

Creo que los irracionales sentimientos deben quedar a un lado en esta materia.

¿Es realmente una cuestión de concientización?

Ya lo creo que lo es. Tenemos un ejemplo. El hecho de obligar a los jóvenes a alistarse en el servicio miliar para aprender a defender su patria, aceptado por todos sin hesitar, ¿no es un caso de concientización? Podría ser distinto. Sin embargo, se acepta sin ambages la posibilidad de ir a una guerra, a matar o... morir. ¡Nada menos!

La eugenesia en cambio no pide semejante sacrificio, no exige luchar hasta la muerte, ni matar sin asco al enemigo. Pide el sacrificio de renunciar a engendrar hijos con varias posibilidades de ser infelices toda la vida.

No se trata, por supuesto, de convencer tan sólo a los tarados mentales que se dejen esterilizar, sino a personas lúcidas que no obstante poseen taras hereditarias.

¿Es preferible hacerle caso al corazoncito de la pareja genéticamente mal equipada, que también se siente "con todo el derecho del mundo" de lanzar hijos hacia la existencia, aunque la Ciencia les advierta de que hay una esquizofrenia o una posibilidad de ceguera de por medio?

El pretendido "derecho a nacer" por decisión de una pareja cae en el absurdo ante las posibilidades de que el futuro individuo sea ¡un infeliz!

¿Mas quién podrá juzgar estas posibilidades, el estadista o el consejo genético? Por supuesto que un tema tan delicado sólo puede estar en manos de científicos.

Feyerabend está totalmente equivocado cuando pretende que las decisiones sobre las investigaciones científicas las deben tomar los ciudadanos y nunca los expertos.[5]

Es muy difícil por cierto eliminar todos los genes negativos que cual lastre aquejan al género humano, porque se trata de una "especie" que se reproduce muy lentamente comparada con otros animales, pero todo depende de la intensidad con que se encare el problema.

Lo ideal sería seleccionar las mejores parejas para la procreación como ya lo aconsejaba Platón,[6] pero esto es imposible dada la índole humana y la creencia en el libre albedrío.

Sin embargo, es necesario dejar para la procreación únicamente a los individuos más inteligentes, sanos, robustos, esbeltos, bellos, longevos, no proclives a vicio alguno, a la agresividad, etc., de todas las razas, y esterilizar a todos aquellos que poseen algún defecto heredable o son portadores de genes indeseables, dominantes o recesivos que se puedan manifestar fenotípicamente alguna vez según estudios genealógicos, aunque así la población mundial disminuya notablemente.

¿Esterilizarlos en qué forma? De modo incruento y con su consentimiento, por supuesto.

De este modo los hospitales, manicomios, cotolengos, asimismo los hogares y la calle se verían menos poblados de desdichados de toda especie.

Este sería solo un paliativo, por supuesto, pero en el próximo capítulo daremos la solución total.

---

[5] Véase Paul Feyerabend, *Adiós a la razón*, Madrid, Tecnos, 1987.
[6] Véase Platón, *República*, 459 d.

4. Transformación socio-político-económica

Siempre teniendo presente la brecha que debe abrir la sociedad mundial a todo ser consciente, inteligente que viene a este mundo, luego de tratar de la obligatoriedad de todo miembro de dicha sociedad de inculcar la moral, educar y dar el mejor ejemplo, y hablar de la necesidad de la eugenesia para depurar el género humano, veremos ahora qué aspecto debería presentar el orbe en lo social, político y económico.

Yo he nacido en este mundo, he incursionado en él, he tomado visión de él, y he comprobado que casi todo está mal.

¿Resentido? ¿Amargado? ¿Negativo? ¿Rebelde? Simplemente un deseoso de orden, justicia, paz y felicidad para todos.

Ya hemos tratado en el cap. XXIV, 6 la falta de una efectiva previsión en la sociedad humana, en un mundo que marcha a los tumbos, a la deriva, a "la buena de un dios que no existe", o cómo se le quiere llamar, pero que indudablemente se encamina mal.

Decía en aquel capítulo que nada se prevé a nivel mundial, ni los alimentos, ni las viviendas, ni el control del aumento poblacional del orbe, ni el reciclaje natural de los recursos.

Según un cálculo poblacional aparecido en el *Diccionario Enciclopédico Abreviado*, Espasa Calpe, Apéndice I (ver Tierra), nuestra población actual se verá duplicada hacia el año 2023, esto es aproximadamente dentro de unos 30 años. Según la tabla, las duplicaciones se producen en períodos cada vez más cortos. Así, tenemos por ejemplo que desde el año 900 al 1700 la población mundial pasó de 320 a 600 millones en 800 años. Luego en 150 años pasó a 1200 millones, en 1850. Cien años más tarde, en 1950, llego a 2500 millones. Para 1995, es decir 45 años después, se calcularon 5000 millones, cifra que fue alcanzada antes, en 1987.

Estas son estadísticas, proyecciones que pueden fallar, pero de todos modos el panorama del futuro es realmente aterrador. ¿Dónde, cuándo, cómo y en qué condiciones nacerá el habitante planetario número 10.000 millones?

Por ejemplo, un cable de la agencia UPI fechado el 19-5-88 dice que la población mundial crece a un ritmo de 220.000 personas diarias (unas 150 por minuto o sea cinco cada dos segundos), según un informe de las Naciones Unidas.

Si bien en la actualidad se nota una disminución del índice de natalidad en algunos países por la utilización de medios anticonceptivos, la población global continúa aumentando.

A su vez otro cable, en esta oportunidad de AP, fechado en Nueva Delhi el 20-12-88 proveniente de un informe anual del Fondo de las Naciones Unidas para la Infancia (Unicef) dice que medio millón de niños murieron en el curso del año 1987 en los países agobiados por la deuda pendiente con los países ricos. También allí se habla de tres millones de niños que murieron en el mundo ese mismo año por falta de previsión sanitaria. ¿Que es esto? ¿Locura? ¿Falsa información? ¿Tendenciosos informes? Sin embargo, nadie los refuta.

¿Soy un pesimista a pesar de todo? ¿Un resentido? ¿Un esquizofrénico? ¿Un amargado, acaso? ¿Tal vez un negativo o exagerado rebelde? ¿Acaso la desnutrición, la mortandad infantil, el descontento social, el terrorismo, los conflictos armados, el pauperismo de las mayorías frente a la opulencia de los menos, la contaminación ambiental y el deterioro ecológico son todas meras ilusiones?

Respondo con preguntas: ¿Acaso no lo he palpado todo a través de mis viajes? ¿No lo estoy comprobando a través de la prensa diaria? No, no estoy viviendo en otro mundo. Tengo mis pies puestos sobre esta Tierra con la cabeza apuntando hacia el soñado "dulce cielo" que debería reinar precisamente aquí, en este "valle de lágrimas".

¿O son aquéllas, al fin y al cabo, realidades "necesarias", ante las cuales hay que cerrar los ojos, agachar la cabeza y continuar así, a los tumbos en una sociedad injusta

No, mi rebelión me lo impide.

¿Qué hay que hacer entonces: ¿*Qué debo hacer*, tal como se preguntaba Immanuel Kant en su *Crítica de la razón pura*?[7]

Esta última pregunta carece para mí de sentido porque ya hice lo que tenía que hacer al escribir este libro.

La primera se responde así:

Es necesario eliminar todas las fronteras entre todos los países del orbe para que reine la solidaridad entre todos los pueblos. No más naciones. El planeta Tierra entero debe ser patrimonio de toda la humanidad. Hay que adoptar un idioma único, universal, científicamente elaborado y enseñado en todas las escuelas del planeta para que se puedan entender todos los hombres de polo a polo. Dividir el planeta en regiones productivas previa abolición de todas las naciones, soberanías y nacionalismos; crear repúblicas o estados democráticos que se podrían denominar: Unión Cosmopolita de Repúblicas del globo terráqueo, o Unión de Estados del Planeta Tierra, o como se desee, con fines administrativos, con representantes en una asamblea mundial permanente, esto es un gobierno único mundial con sede quizás itinerante para evitar xenofobias, racismos, dominios de unos pueblos sobre otros y consecuentes conflictos bélicos. Este gobierno mundial único deberá estar respaldado por un consejo permanente de sabios que dictarán las pautas a seguir en materia de planificación del orbe, sus regiones productivas,

---

[7] Véase Immanuel Kant, *Crítica de la razón pura*, Teoría trascendental del método, cap. II Cánon de la razón pura, 2a. sección.

ecología, regulación del clima, conservación del suelo, reciclaje de recursos, atención de las necesidades sociales, salud, esparcimiento, educación, motivos existenciales, etc., de modo que físicos, químicos, biólogos, psicólogos, antropólogos, etólogos, pedagogos, médicos, ingenieros, ecólogos, geólogos, meteorólogos, etc., serán la clave de un futuro planeta planificado y modificado para ser más habitable.

Será necesario inculcar el cosmopolitismo a todos los niños de todas las escuelas para que aprendan a amar a todos los niños de todas las razas, y también explicar esto a los adultos por los medios de difusión; erradicar la pobreza en todo el planeta para que haya justicia social a la que es acreedor todo, absolutamente todo ser lanzado a la existencia; controlar la natalidad para mantener una población estable, económica y sanitariamente atendible; planificar toda la producción a nivel global para que haya un superávit permanente de recursos, previendo toda clase de eventos contrarios; crear gigantescas reservas ecológicas asegurando su inviolabilidad por parte de los predadores y explotadores humanos; eliminar todos los zoológicos del mundo donde se encuentren animales prisioneros, y en su lugar construir otros donde estén en libertad, y cada uno en su hábitat "natural" creado artificialmente, y donde sea el hombre el "encerrado" en vehículos apropiados para recorrer el parque zoológico; frenar drásticamente toda contaminación ambiental para resguardar nuestro habitáculo que nos da la vida; proteger toda la fauna terrestre, aérea y acuática y toda la flora terrestre y acuática del globo terráqueo, aun fuera de las reservas; inculcar a los niños que toda guerra es un horror inadmisible y tratar de equivocados a todos los que a lo largo de la historia recurrieron a lar armas para solucionar conflictos y lograr ambiciones, en lugar de hacerlo en forma pacífica; eliminar todo medio de diversión (programas de cine, televisión, novela, cuento, y lo que vendrá en el futuro) dónde se exhiba o justifique la violencia...

¿Qué más puedo decir? Por supuesto que se puede añadir muchísimo más que haría interminable este libro, cosas que dejo para los especialistas que me habrán interpretado y que saben mejor que yo lo que conviene al bienestar de una sociedad cosmopolita.

Lo importante es que mis ideas han sido dadas y creo que lo esencial se comprende bien.

Capítulo XXVII

La fórmula del futuro: "El *Homo Sublimis*"

1. La aplicación de la ingeniería genética

Todo lo aconsejado en el capítulo anterior no hay que tomarlo más que como un paliativo, aunque trascendental.

La triste realidad resulta ser que, a grandes rasgos, el *Homo sapiens* es incorregible. Su naturaleza innata se lo impide. Mediante la educación, la moralización y selección dirigida es tan sólo mejorable. ¿Por qué concluir con este descorazonante pesimismo? Ya sabemos por qué. Todo lo que antecede en este libro lo está indicando a gritos. Ya lo he especificado en el cap. XXIV al explicar que el hombre es un error de la naturaleza. En el cap. XVI he confrontado las paradojas humanas.

¿Qué podemos esperar entonces de un ser contradictorio, erróneo, cuyos motivos existenciales están en el aire, y luego, a la postre, sin dios protector y prometedor alguno como hemos visto, sin libertad absoluta (libre albedrío) (véase cap. XIV, 8), sin alma inmortal, sin futura bienaventuranza (según mi triste hipótesis) y ahora con el agravante de que es incorregible en términos absolutos? ¿Qué hacer con esta calamidad?

Vemos a través de la historia de la humanidad cómo han fracasado todos los sistemas socio-político-económicos. Todo ensayo en este sentido ha dado resultados aterradores en el panorama mundial actual ya descrito.

Nada satisface plenamente al hombre. He explicado que incluso las religiones han fracasado y también las filosofías. La fórmula ideal, perfecta, definitiva aún no ha llegado. Tampoco en el terreno político. Monarquías, imperios, repúblicas, dictaduras, tiranías, democracias, demagogias, plutocracias, totalitarismos, anarquías, comunismo... todo ha sido ensayado sin resultados plenos (cf. cap. XVIII, 8).

Entre los mencionados, el sistema democrático, casi universalmente adoptado en nuestros días, se dice que es el mejor, aunque con la salvedad de no ser perfecto. Esto es debido a que se aplica a un tejido social en bruto, a un *homo* en estado natural, lleno de inclinaciones e intereses contrapuestos que hacen que la sociedad global se desenvuelva en una especie de "ley de la selva" que obliga permanentemente a poner freno a los desbordes a veces peligrosos. Dentro de una democracia plena, todos los grupos se sienten con derechos, aun los aberrantes, excéntricos, fanatizados, violentos y otros, que a la postre no constituyen más que estorbos para la normal marcha de la sociedad en paz y armonía.

Sabemos los hombres conscientes, observadores, cómo está el mundo.

El hombre inventa sistemas, cree en ellos, lucha por sus ideales. A la postre lo que se obtiene es pauperismo, vicio, corrupción, descontento y millones de niños destinados a nacer y morir sin llegar a adultos, o a vivir· en la disconformidad.

Soñadores como Marx han creído dar en el blanco sin contar con la traicionera naturaleza humana.

Si hay dictaduras, el descontento cunde, se suspira por la libertad. Si hay libertad, se abusa de ella y se vive en una sociedad donde grupos de individuos presionan sobre otros grupos en ausencia de solidaridad, a veces ferozmente y las víctimas son incontables, podemos ser tú, lector, o yo.

Los nacionalismos que son una forma de egoísmo siempre afloran.

También la agresividad, la xenofobia, el desprecio, el territorialismo, la lucha armada, destrucción y muerte.

Todo esto no quiere decir que aquel intento sugerido en el capítulo anterior no valga la pena de ser llevado a cabo. Por el contrario ¡es la única salida por ahora! Tan sólo le falta un radical ingrediente del futuro.

Allí hablé de *eugenesia* como medida provisional para seleccionar a los mejores. Ahora hablaré de *ingeniería genética* para lograr lo mejor de lo mejor. Lo anterior, la eugenesia, es el atenuante, la ingeniería genética es la solución radical y definitiva.

Si se hubiese aplicado la eugenesia desde los tiempos de Platón que la aconsejaba, hoy a 2400 años ciertamente la humanidad se hallaría depurada, más sana, longeva, bella e inteligente. No obstante adolecería aún de todos los defectos morales.

Lo que propongo en este libro es terminar de raíz con toda tendencia humana negativa, con la maldad y el dolor en el mundo. La justicia vendrá sola entonces. No más pecadores para obtener condenados. ¿Para qué obtener réprobos según el mito? ¡Tonterías!

Recordemos una vez más el lugar que debe reservar la sociedad global a toda criatura próxima a venir a este mundo para que el mundo de dicha criatura sea un verdadero *paraíso* como el soñado por los inventores de mitos. Si, así debe ser, el paraíso en la real Tierra, no en un utópico, ilusorio "cielo" que no está en ninguna parte más que en la imaginación humana.

Todo ser inocente que se forma en este planeta merece un paraíso precisamente por nacer inocente.

¡Hagámoslo entonces! ¡Es científica y tecnológicamente posible!

Cambiemos primero al hombre actual por un nuevo hombre.

¿De qué modo es posible obrar este "milagro"?

Nada de milagros subrenaturales porque no existen. Lo natural basta y sobra. Lo natural una vez dominado y conducido con nuestra inteligencia y tecnología ya se asemeja luego al milagro. Ya es conceptualmente un milagro. Ya obtuvimos muchos "milagros" como el empleo maravilloso de las ondas electromagnéticas para lograr imágenes y sonido a distancia, el viaje tripulado hacia la Luna, las exploraciones espaciales, el maquinismo, las microcomputadoras, el láser, etc.

¿Qué hacer con nosotros entonces? ¡Autometamorfosearnos! ¿Cómo? Transformándonos en un milagro científico.

¿Con que medios tecnológicos? Corrigiendo nuestro programa genético natural encerrado en el ADN.

Desde luego que, si en un núcleo celular se puede hallar codificado un elefante, un mosquito, un roble, una seta, una planta de lechuga, una bacteria, un pulpo o un Einstein, ¿cómo no va a ser posible codificar un hombre nuevo, moviendo para ello las piezas convenientes del plan genético?

Este debe ser un proyecto del futuro, cuando la ingeniería genética se encuentre en condiciones de mover "las piezas" para obrar "el milagro", pero las bases ya están sentadas.

Hoy, claro está, esto nos parece una locura, y para muchos también yo una especie de loco.

Lo mismo hubiese ocurrido con alguien que delante de Platón, Sócrates o Aristóteles se hubiese puesto a hablarles de evolución de las especies vivientes, de cine, radio, televisión, automóviles, viajes a la Luna, exploración del sistema solar, energía nuclear, aceleradores de partículas, física cuántica, agujeros negros del espacio, nanocomputadoras y del "simple" vuelo de "los más pesados que el aire", esto es de los aviones y helicópteros. ¡Qué compasiva sonrisa esbozaría Platón ante semejante loco que se atreviera a comunicarle tantas pamplinas del futuro!

Y Aristóteles, quizás lo mandaría a pasear, o al manicomio al conocer sus delirios. Sócrates, por su parte, quizás huiría de semejante insano por no servirle de nada para su método de la mayéutica consistente en extraer la verdad con preguntas a sus interlocutores.

Hoy es muy posible que me encuentre ante muchos Sócrates, Platones y Aristóteles, es decir sabios de esta época.

Estoy proyectado hacia el futuro, por eso es difícil que alguien me entienda y acepte mi propuesta para la humanidad.

No obstante tengan la certeza de que es la única salida de la inveterada "crisis" denominada *Homo sapiens*, sinónimo de "error de la naturaleza" que se pone de manifiesto cuando el hombre se enfrenta a sí mismo, como si se mirara en un espejo para asustarse o reñir con su propia imagen.

El hombre actual aún no se conoce a sí mismo. No sabe quién es, y cuando se confronta consigo mismo le cuesta creer que sea, ¡él mismo!, o rechaza esto y habla de pensamientos y actos "inhumanos" como queriendo lanzar lejos de sí su propia índole.

Por ello es necesario utilizar a la Ciencia para autometamorfosearse cual primigenia larva en bella mariposa.

2. El superhombre

Por esto dije más atrás que venía el mesías, que la Ciencia-Tecnología es nuestra única salvación, porque la especie *sapiens* está enferma y tiene un mal incurable que es su propia índole.

Hay que reemplazar la especie, entonces. Esta cura radical e indolora consiste en dejar el género *Homo*, pero reemplazar a la especie *"sapiens"* por otra que denomino en todos mis libros especie *sublimis*.[1]

¿De dónde he extraído esta denominación?

De la propia acepción de la palabra: excelso, eminente, de elevación extraordinaria.

¿Por qué deberá tratarse de otra especie y no de la misma perfeccionada?

Simplemente para evitar un posterior cruzamiento con el primitivo (actual) *Homo sapiens* con la consecuente retrogradación. Las dos especies entonces no serán interfecundas y podrán convivir juntas por un tiempo hasta que desaparezca totalmente la especie *sapiens* mediante su esterilización en un magno sacrificio no a inexistentes dioses, sino en aras de una humanidad hija angelizada.

¿Cómo se podría lograr semejante milagro?

Por supuesto que por el momento aún no es posible tamaña hazaña, puesto que la ingeniería genética existe desde hace sólo unos veinte años. Se trata de una disciplina incipiente.

No obstante, como todo el saber se está acelerando en estos últimos tiempos, pronto los resultados genéticos serán espectaculares y sorprendentes.

Cuando sea posible proyectar en una pantalla gigante como la de un cine el código genético en su partes para entender lo ultramicroscópico, o cuando sea factible reproducir parte por parte todo el plan de un futuro ser encerrado en el núcleo de una célula; cuando tengamos extensos atlas compuestos de grandes láminas con el código genético dibujado o cuando poseamos réplicas del plan genético que va a dar un árbol, una

---

[1] Véase Ladislao Vadas, *El universo y sus manifestaciones*, Buenos Aires, Sapiencia, 1983, 3ª. parte, cap. V. También *Razonamientos ateos*, Buenos Aires, Meditación, 1987, Libro III, cap. IX, y también *Diálogo entre dos inteligencias cósmicas*, Buenos Aires, Tres Tiempos, 1984, cap. XVIII.

jirafa o un hombre, todo encerrado en una nanocomputadora; cuando en materia de aumentos ópticos sean superados todos los modernos métodos, entonces será posible cambiar a gusto las piezas claves de dicho código.

Así los genes de la inteligencia, por ejemplo, deberán ser seleccionados y aun mejorados para introducirlos en un cigoto o en un gameto a fin de que comanden desde allí la formación del cerebro en el futuro feto gestado extrauterinamente.

Lo mismo se deberá hacer con los genes mejorados de la longevidad para que el ser viva cien, doscientos, trescientos... mil años, o más en "perenne juventud".

Igualmente perfeccionar los genes que producen el sistema inmunológico de modo de poder ser dominadas todas las enfermedades infecciosas e incluso las tumorales.

También los genes responsables de la regeneración de los tejidos, de suerte que una extremidad amputada pueda crecer de nuevo y así también todo órgano extirpado.

Asimismo será necesario extirpar del ADN toda información codificada que apunte hacia cualquier enfermedad hereditaria o predisposición a adquirir ciertas dolencias para librar a este actual estado larvario del *Homo*, de la pesadilla de innumerables achaques que sobrevienen fatalmente a determinadas edades, desde la niñez hasta la ancianidad.

En el futuro habrá que cerrar todos los hospitales y manicomios del mundo, y la ciencia médica se transformará en biología investigadora tendiente a mejorar aún más el *Homo sublimis*.

También será imprescindible eliminar sin miramientos todos los genes responsables de la agresividad, del egoísmo, de la envidia, de la belicosidad, del odio a lo extranjero, de las tendencias hacia las burlas hirientes, a ese morboso deleite logrado a expensas de la mortificación de los demás, a la procacidad, a la falacia, a los celos y a toda forma de maldad que hoy ya se adivina en los niños de pocos años.

En una palabra, es imprescindible depurar el ADN humano de todo lastre morboso físico y moral que hoy afea al género *Homo* y que se constituye en factor de infelicidad tanto para el propio individuo como para los demás.

El dolor físico y moral, el sufrimiento, están de más en este Anticosmos.

El *Homo* con su inteligencia debe suprimirlos para siempre, mientras exista la humanidad. Poseemos en forma innata la idea de perfección según hemos visto en el capítulo XV, 7, llevémosla entonces a la práctica y construyamos al ser perfecto. El ángel bueno es posible. Hay que modelar mejor lo que la torpe, ciega e inconsciente *esencia del universo* ha producido en este puntito perdido del Anticosmos, que es nuestro sistema solar, sede no obstante de mucho dolor en la Tierra.

A la luz de la Ciencia Experimental, es totalmente superfluo que exista la maldad. Esta debe ser extirpada de raíz del código genético para que nunca más vuelva a formarse nuestro cerebro reptiliano que traba nuestras emanaciones de nobleza que surgen del neocórtex.

Quizá sea necesario aclarar aquí que no existen "genes egoístas, agresivos, altruistas", etc., como lo malinterpretan algunos cortos de pensamiento. Lo genes no poseen "personalidad", no es que se manifiesten en egoísmo, agresividad o altruismo desde algún recóndito reducto de cada individuo formado, sino que son responsables precisamente de la formación de las estructuras cerebrales funcionales. Estas estructuras son las que luego, por inclinación hacia ello, van a producir la agresividad, por ejemplo, como la presentan perros, serpientes, lagartos y hombres.

El altruismo ya es algo propio del hombre, cuyo plan organogenético también se halla en el ADN que puede ser modificado si no lo presenta.

A su vez, se deberán fabricar e implantar genes que hagan a una nobleza suprema, suma bondad, completa solidaridad, plena armonía, absoluta paz.

¿Un mundo aburrido entonces? ¿Sin reyertas, sin enojos, burlas hirientes para divertirse, a nadie a quien condenar, corregir, curar? ¿Sin emociones fuertes como las que proporcionan las guerras y las victorias y glorias de vencedores?

¡Atención! ¡También será menester eliminar los genes responsables de la constitución de un cerebro que presenta esa forma de pensar y punto! ¡Claro que sí! ¡La naturaleza se equivocó al formar seres que necesitan de la violencia y de lo morboso para obtener motivos existenciales!

Necesitamos vivir en un mundo sin cárceles, reformatorios, cerrojos, grilletes, alarmas, códigos penales, policía, ejércitos, ni armamento de ninguna especie. Nuestros hogares y todo edificio debe quedar con puertas y ventanas sin trabas ni llaves día y noche, y si es necesario para airear los ambientes, abiertas de par en par, estén o no sus moradores. Y nuestros bienes, si es menester, exhibidos en las calles o plazas públicas sin custodia alguna, sin que a nadie se le ocurra ni por asomo tocarlos aunque se trate de alhajas u otros objetos de valor.

El nuevo código genético humano deberá estar desprovisto de todo lo negativo relacionado con el físico, el modo de pensar y la conducta.

Los genes perfeccionados serán los encargados de comandar desde el cigoto todo el desarrollo del futuro ser en cámaras especiales fuera del vientre materno.

¿Por qué un desarrollo extrauterino? Para evitar el manipuleo en el ovario o útero de la mujer y para el mejor control del proceso embrionario.

¿Y el amor de madre? ¿Quién se encargaría de criar a los hijos, darles amor? ¿Los padres o la comunidad?

¡Nada de niños! El nuevo ser planificado, gestado en un medio extrauterino, con un ciento por ciento de seguridad, donde todo esté exactamente previsto como el aporte artificial de nutrimientos, temperatura y todas las condiciones que requiera el proceso, saldrá ¡directamente adulto!

¿Cómo?, se preguntará el lector, ¿y la dorada etapa de la niñez con su inocencia, candor y gracia? Respuesta: ¡El adulto es el que poseerá todas estas cualidades y estará destinado científicamente a vivir una perenne niñez en un mundo de seguridades creado por la tecnología! [2]

¡Claro! Esta posibilidad de cambio tan radical (véase cap. XXIII "El mundo de lo posible") suena a loca fantasía, a proyecto irrealizable en nuestros días. Recordemos nuevamente a los pensadores griegos de hace 2500 años con sus ideas, y pensemos enseguida en el avión, la electrónica, la obtención de fotografías y datos de los planetas que nos acompañan y sus lunas, y toda la modernidad actual.

¿Sería reconocible el mundo de hoy para un Parménides, por ejemplo?

El mundo de las factibilidades que se va abriendo a la Ciencia ante su avance es fabuloso, y ya he hecho notar que aquello que hoy sólo puede ser concebido como un milagro, mañana puede convertirse en realidad.

En vista de lo analizado en este libro con respecto al hombre, a su incompleta adaptación física al planeta (véase cap. XIII), a sus desconcertantes paradojas (véase cap. XVI) y finalmente revelado como error de la naturaleza (véase cap. XXIV), es dable concluir, frente a las posibilidades genéticas futuras, que el hombre es por ahora solo un *estado larvario*.

Somos una larva destinada quizás a metamorfosearse en ángel sublime.

Se trata de una larva llena de defectos físicos y morales hecha por la ciega naturaleza, destinada a arrastrarse en un mundo que apenas entiende.

Pero el mayor mérito para esta larva será hallar el camino del conocimiento suficiente para autometamorfosearse en sublime mariposa, elevarse por el aire y observar y comprender mejor el mundo desde lo alto, esto es con mayor inteligencia.

Desde que hay distinta gradación en la capacidad intelectual humana —y esto se debe al programa genético del cual somos   producto—, es posible entonces aumentarla mediante mutaciones artificiales.

¿Hasta dónde podríamos llegar? ¿A duplicar, triplicar, quintuplicar, o quizá centuplicar... nuestra inteligencia?

La ingeniería genética del futuro lo dirá. Por de pronto sabemos que

[2] Véase Ladislao Vadas, *Diálogo entre dos inteligencias cósmicas*, Buenos Aires, Tres Tiempos, 1984, cap. XVIII.

lo natural puede ser superado con creces.

Supongamos que el superhombre (*Homo sublimis*), verdadero niño-genio producto del larvario *Homo sapiens*, poseyera una inteligencia cien veces superior a la media del hombre actual, ¿cuántas cosas podría retener y comprender de inmediato?

En breve lapso podría sin duda asimilar extensos tratados de física, química y matemática, y realizar cálculos hoy sólo reservados a las computadoras.

¿Continuarían existiendo dos sexos en la nueva especie *Homo sublimis*, o se trataría de un asexuado o hermafrodita?

En el primer caso, la reproducción artificial se podría realizar mediante extirpación celular para su cultivo embrionario o clonación; en el segundo, todo individuo se hallaría capacitado para copular con otro y viceversa.

Pero lo más probable es que, siendo el futuro superhombre una creación del hombre, éste hará que se conserven los sexos separados, pues es difícil de que el macho humano que es quien más participa en la ciencia, renuncie a que siga existiendo la mujer. Otra cosa será cuando a su vez el *Homo sublimis* se disponga a perfeccionarse creando nuevos superhombres (o supermujeres) asexuados o hermafroditas.

Mas el placer sexual es tan intenso y buscado que aún esa posibilidad resulta difícil de ser llevada a cabo y quizás se conserven ambos sexos no con fines de reproducción, ya que ésta se podrá realizar en laboratorios como hemos visto, sino con fines exclusivos de placer sexual.

¿De qué raza podría ser el superhombre?

Lo más lógico y justo es que se tratara de un producto de la mezcla de todas las razas humanas. Luego de sucesivas transformaciones es muy posible que la figura humana pase a ser humanoide, esto es semejante al hombre, y en un futuro lejano quizás ya ni eso. Es muy posible que el modelo humano o humanoide sea reemplazado por otro más práctico (véase cap. XIII, 2).

En este punto ya la raza o crisol de razas carecerá de sentido, puesto que se buscará la mejor forma física adaptable a todo terreno, clima y latitud del globo, y quizás a otros ámbitos del sistema solar, ya que se tratará de un espécimen cosmopolita con posibilidades de incursionar en otros planetas, y en este caso poliplanetario o planetopolita.

¿Qué régimen alimentario deberá poseer el superhombre?

Por todo lo antedicho concerniente a la maltratada fauna, deberá ser exclusivamente vegetariano para que deje en paz a todos los animales de la Tierra. Para ello bastará realizar un ajuste del plan genético concerniente al aparato digestivo, de modo que toda carne resulte repugnante al paladar e indigesta, ya sea cruda o cocida. Al mismo tiempo se le deberá quitar el instinto de cazador para proteger a toda la fauna sin excepción. Deberá sentir igualmente repugnancia a toda bebida alcohólica y a toda droga estupefaciente y al tabaco, a fin de que no prenda ninguna clase de vicio para el individuo y la sociedad.

Más adelante vamos a conjeturar hasta dónde podría estar llamado a llegar este niño-genio.

3. Transformación genética de flora y fauna

El dominio del mundo biológico desde el comando genético puede ser comparado con una galera mágica.

En efecto, en este campo la creatividad puede no tener límites. El ingeniero genético podrá ser un verdadero mago o artista modelador de nuevas formas vivientes que jamás han existido y ni se han soñado siquiera.

Desde nuevos y benéficos seres microscópicos, este artista podrá crear hasta formas gigantescas de animales mansos para el deleite de los visitantes de las futuras reservas ecológicas.

Para suplir la carne y satisfacer plenamente el régimen vegetariano del superhombre, podrá crear plantas de hojas comestibles de crecimiento rápido y profuso, y plantas hoy inexistentes que produzcan los más exquisitos frutos durante todo el año, aclimatadas en todas las regiones, incluso con propiedades superiores a las de la carne, para comerlos asados o cocinados, manufacturados y conservados de mil maneras.

Con sistemas de riego planificado y otras técnicas aplicadas a los suelos se podrán obtener plantas de un crecimiento tan exuberante como en las selvas tropicales, libres de toda plaga para que aseguren el abastecimiento alimentario de toda la población regulada del orbe.

Con respecto a la fauna, deberá ser también regulada y transformados todos los animales carnívoros en vegetarianos (con exclusión quizás de la fauna marina) sin necesidad de que se extinga ninguna línea genética.

Así el tigre, el león, el águila, el cocodrilo, provistos de dentición especial y jugos digestivos apropiados podrán pastar mansos cual ovejas en las praderas. Nadie se verá necesitado de cazar y devorar a nadie, ni atacar en defensa.

Y esto no es todo ni mucho menos. La genética ofrece posibilidades realmente fabulosas.

Ya no será necesario lamentar la extinción de las especies.

¿Cómo puede ser esto?

Si se nos extingue el elefante africano, por ejemplo, o el rinoceronte, o la jirafa, a no preocuparse. ¡Pues a construirlos de nuevo! ¿Con qué material? A partir de otro animal mediante los ajustes genéticos para obtener el espécimen deseado.

Y no sólo esto. ¡También será posible "resucitar" a los extinguidos dinosaurios!

A partir de un reptil actual, modelado genéticamente, planificado su crecimiento, se podrá obtener un tiranosauro, un triceratops, un brontosauro, un plesiosauro, un pterodáctilo y todo lo que se desee de la fauna prehistórica, incluso un tigre sable, un mamut, un megaterio o un gliptodonte de las pampas. Pero todos vegetarianos e inofensivos sin excepción para que pasten plácidamente en las reservaciones y sirvan de solaz y admiración para los turistas, como creaciones y recreaciones artísticas de los genetistas, así como hoy se admiran las esculturas y cuadros en las exposiciones.

Este será un arte nuevo de insólitas posibilidades.

4. Hacia una planificación total

Veamos ahora algunas sugerencias mías acerca de cómo se debería comportar el superhombre y de cómo debería ser este mundo modificado por él.

Paulatinamente, el *Homo sublimis* deberá tender hacia una planificación total de su existencia.

Desde el cigoto será destinado a ser un ingeniero, un artista, un biólogo o un astrofísico. Su vocación deberá ser planificada en el ADN.

¿Podemos imaginarnos hoy, por ejemplo, a un carpintero, un payaso, un sepulturero, un poeta, un filósofo... planificados antes de su estado fetal? ¿Un determinismo arbitrario? ¿Un destino dado a cada hombre por decisión de otros hombres?

Esto tomado a la ligera puede parecer repugnante e inadmisible. Sin embargo, ¿acaso es distinto ahora? ¿Acaso existe la libertad absoluta de pensamiento y acto? (véase cap. XIV, 8). ¿Acaso no somos "el fruto" de nuestra dote genética, más las experiencias de la vida? ¿Finalmente no somos acaso fantoches cósmicos creídos poseedores de una libertad que tan sólo es una ilusión?

¿Acaso el escultor de vocación plena se lamenta de no haber nacido astrónomo o novelista?

Y si alguno se lamenta, de nada le vale, porque si su vocación ha sido otra y las circunstancias de la vida lo empujaron a ser lo que es, esto igualmente escapa a su pretendida libertad absoluta.

Luego, si un conjunto de hombres eminentes con conocimientos científicos decide crear genéticamente a un astrofísico, por ejemplo, una vez gestado, desarrollado psicosomáticamente y preparado según su indeclinable vocación predeterminada por otros, ya no lamentará el no haber sido actor por ejemplo, puesto que es lo que tenía que ser, de igual modo que un pez no puede lamentar el no haber nacido araña.

El pez y la araña carecen de conciencia de lo que son. El hombre la posee, y sin embargo, en conformidad con lo que es según su vocación, de acuerdo con su "propio mundo" en que está encerrado, se halla en la misma situación que el pez y la araña.

Luego toda vocación y capacidad deberá ser planificada para cada individuo destinado a existir en el mundo, de acuerdo con *la necesidad* y trascendencia de esa ocupación para el conjunto social y siempre que exista garantía de *felicidad* para tal individuo en conexión precisamente con su importancia para dicha sociedad. De lo contrario NO se fabricará tal individuo. Se hará otro, con otra vocación. (Recuerde el lector mi axioma: "La sociedad deberá abrir una brecha a todo ser destinado por el hombre a nacer en el mundo y garantizarle una existencia feliz" (cap. XXVI, 1).

Ahora bien, ya hemos tratado acerca de los motivos existenciales del hombre (véase cap. XX) y hemos dejado por sentado que este espécimen necesita imperiosamente de las ocupaciones, hacer algo y "nutrirse" del *cambio*, de la *novedad* para evitar el tedio.

Aparte de esto también se necesita, según vimos, cierta expectativa, tensión y suspenso, e incluso ciertas contrariedades con el fin de saber apreciar y disfrutar mejor los tiempos de relax, de éxito tras las dificultades, pues, ¿en qué consisten las justas deportivas, por ejemplo, o las competiciones de toda índole (políticas, empresariales, profesionales, artísticas, etc.)?

Hoy el hombre se halla pleno de ocupaciones y misiones como sanar, ayudar, consolar y las toma como sagradas, como si siempre estuvieran destinadas a existir, pero mañana no será así.

Mas si el camino hacia la meta fuese directo, si todo objetivo se lograra sin dificultades, sin esfuerzos, la vida sería aburrida, insípida, desprovista de aliciente.

En efecto, dentro de un entorno especialmente preparado para un ser no ya *lanzado* a la ventura a un mundo de inseguridades, no "yecto en el mundo", a merced de todo, como hemos visto en el cap. XX, sino *ubicado* en un ambiente donde el accidente grave sea un imposible y donde tarde o temprano se encuentre garantizada la plena realización del individuo, en un entorno acogedor que le ofrezca todo lo necesario para gozar de la vida, la existencia sería demasiado cómoda.

¿Qué hacer entonces con un mundo fácil del futuro, creado por la tecnología?

El gobierno único, global, con un equipo de eminentes sabios asesores al margen de una asamblea política, deberá planificar y llevar a cabo un mundo mezcla de *parque de diversiones con carreras de obstáculos*.

Será necesario entonces prever, calcular, "construir" ciertos impedimentos para que "el ser *ubicado*" en un mundo seguro y acogedor, encuentre a su paso ciertas dificultades planificadas, ciertos sinsabores, tensiones, expectativas, ansias, dudas, aguijoneo, aliciente, emociones, como en los juegos de obstáculos.

Mas todos con la seguridad de alcanzar alguna vez la meta o alguna meta aunque no se alcancen todas, y jamás el fracaso definitivo, la tragedia, el dolor sin límites, cosas éstas que deben ser erradicadas inteligentemente del planeta.

Todos los obstáculos de la vida deberán ser salvables luego de pasar penurias, tensiones y esfuerzos sabiamente planificados por los organizadores del mundo, para que la meta sea plenamente saboreada, igual que en las películas de final justo y feliz, aunque con la diferencia de que cada individuo deberá "vivir" varias películas de ese tenor durante su existencia.

Por supuesto que no podrá caber aquí ninguna clase de brutales y cruentas competiciones como el boxeo, las luchas, los deportes peligrosos, y menos las guerras "con su loable fin" de obtener luego la "ansiada paz", o alguna fatua gloria o tal vez algún héroe triunfador.[3]

La gloria definitiva del *Homo* será alcanzar la paz con la especie *sublimis* que no podrá guerrear jamás porque su plan genético se lo impedirá.

Todo esto parece estar bien, pero, ¿y los peligros anticósmicos y biológicos que aun podrán acechar a la humanidad?

Precisamente los eminentes sabios de todas las disciplinas útiles del consejo mundial, en cuyas manos deberá hallarse toda la planificación de la vida de cada ser "lanzado a la existencia y *ubicado* en el mundo", son quienes conocerán todos los peligros, esto es el *tembladeral* en que se halla asentado todo proceso del universo incluida nuestra galaxia, el sistema solar, nuestro planeta y la propia existencia humana.

Sin dios alguno, sin protección, estamos solos en el anticosmos. Por consiguiente, ellos deberán velar continuamente para evitar hasta donde sea posible cualquier catástrofe, tanto se trate de eventos anticósmicos como telúricos y biológicos (degeneración física e intelectual del futuro *Homo sublimis* programado, por causa de algún descontrol o desviación, como por ejemplo alguna tendencia hacia la maldad, etc.).

No obstante, todo el terrible secreto de estos supersabios programados deberá estar confiado a las computadoras, y también toda la marcha del mundo programado.

Los sabios sólo tendrían entonces la misión de abocarse a continuar investigando, ya que, aunque poseyeran una inteligencia multiplicada, no por ello habrían llegado a saberlo todo dada la complejidad de *las manifestaciones de la esencia del universo*.

Continuarían siendo punta de lanza en la investigación, poseedores del terrible secreto de la relatividad y vanidad de todo, incluso las caras y

---

[3] Véase Erich Fromm, *¿Tener o ser?*, Buenos Aires, Fondo de Cultura Económica, 1986, págs. 138 y 139.

sagradas aspiraciones de todo terráqueo, como ya hemos conocido en los capítulos anteriores.

Serían equivalentes a los papás que hacen creer a sus niños en los reyes magos y toda clase de fábulas, en un mundo de fantasías donde incluso la mamá muerta puede volver a la vida o transformarse en una estrella.

El resto, la humanidad, aunque compuesta por genios, deberá ser como los actuales niños, seguir cada individuo el camino de la vida que le ha sido predeterminado por la computadora y cumplirlo cual fantoche, pero consciente y con capacidad de gozarlo intensamente.

El falso mundo de ensueño que brindan hoy malsanamente los estupefacientes, deberá ser "realidad" palpable para el futuro *Homo sublimis*. Su existencia, a pesar de los altibajos programados, deberá transcurrir en su mayor parte en un estado de euforia, exultación; nada de melancolía, desesperación, llanto desconsolado ni enfermiza adustez. Ese estado exultante también pertenecerá, como ahora pertenece a una ilusión, empero, ¿qué no es ilusión en este mundo? ¿Acaso no he afirmado más atrás (véase cap. VIII, 5) que somos un "dibujo" de *la esencia del universo*, fantasmas, fenómenos, manifestaciones o epifanías de lo subyacente ciego e inconsciente?

No obstante, aunque seamos una de esas manifestaciones, aun siendo "dibujos", gozamos, sentimos la vida, experimentamos y somos conscientes, pero... también somos a veces víctimas, padecemos, y esto es lo inadmisible, totalmente injusto, y tenemos derecho a estar destinados a gozar en esas circunstancias de ser dibujados y jamás caer en situaciones penosas al grado extremo; nuestra inteligencia es capaz de lograrlo en el futuro.

Todo deberá ser como en los parques de diversiones que hoy el hombre crea para solaz de sus niños. Emoción, un poco de miedo, algún susto, pero nada de tragedias, y disfrute al fin porque es legítimo. Visión siempre optimista de la vida, euforia, alegría garantizadas luego de pequeños sinsabores.

A nuestras percepciones se les podrían añadir otras nuevas desde el plan genético, de modo de ampliar nuestro contacto con el entorno y con ello nuestro mundo, en sentido placentero. Visión telescópica (con *zoom*), para observar y acercar o alejar paisajes; percepción de nuevos matices en los colores; ver con luz ultravioleta e infrarroja; visualizar lo que hoy no es visible para nosotros sin la ayuda de instrumental, como con los rayos X y con el microscopio; memorizar más vívidamente todas las imágenes; apreciar como placenteros nuevos sonidos y sensaciones; elevar en intensidad todo goce sano, incluido el sexual sin degradación alguna, y muchas otras cosas placenteras.

Las máquinas del futuro lo deberán hacer todo, incluso construirse y repararse a sí mismas, para dejar tiempo libre al ángel bueno del futuro a fin de permitirle disfrutar de las emociones del diario y variable "parque de diversiones" llamado globo terráqueo.

La robótica seguramente avanzará de tal manera que las máquinas controladas, equipadas con supercerebros electrónicos, podrán tomar decisiones siempre a favor del hombre pues estarán diseñadas para ello, jamás en su contra "para defender alguna clase de intereses robóticos", como se avienen a conjeturar algunos negativistas ante un futuro planificado.

Las ciudades y el campo deberán ser perfectamente planificados. Cada ciudad un jardín, cada campiña un vergel. Todo muy alejado de las actuales ciudades que son verdaderas calamidades, donde se entremezclan peligrosos vehículos con los peatones, con sistemas de protección que pueden fallar.

Hay hacinamiento, falta de oxígeno y sobreabundancia de hollín y gases tóxicos, mínima ventilación y aburridoras paredes por doquier; calles angostas, mal trazadas y edificios antiestéticos, si no lúgubres.

A su vez las poblaciones se han ido expandiendo a la deriva, sin proyecto alguno, con extensos arrabales en total desorden.

Lo mismo las poblaciones menores alejadas, sin planeamiento previo de carreteras y otras vías de comunicación (fluviales, ferroviarias). Todo se ha improvisado sobre la marcha, y las incomodidades se hallan a la vista.

Todo esto deberá desaparecer, reemplazado por ciudades-jardín y poblaciones menores plenas de luz, espacio (para el esparcimiento, el deporte, el paseo), vegetación, trazado edilicio planificado, práctico, pintoresco, risueño, alegre, con viviendas, imitando quizás formas de aves y otros animales vistosos, semejantes a flores plenas de colorido, con motivos cambiantes, para alejar todo dejo lúgubre, prosaico, porque esto es morboso.

Todos los edificios, ya sea en torre o viviendas bajas aisladas, deberán estar rodeados de aire, luz y espacios verdes para hacer más placentera la vida ciudadana. Flores, plantas y animales de adorno, estos últimos en estado de libertad, deben rodear a todo edificio en lugar de existir como hoy "bosques de cemento".

A su vez cada ciudad deberá estar rodeada de un cinturón ecológico de praderas alternadas con montes y jardines.

Las fábricas, las máquinas conscientes que lo harán casi todo, deberán estar confinadas en sitios especiales, apartados de toda zona residencial.

Los transportes, veloces y seguros que no pongan en peligro a nadie, deberán cruzarlo todo, los automotores como los de la actualidad, verdadera locura, calles con cruces en cada esquina, avenidas a un mismo nivel y peligrosas carreteras, por supuesto que deberán pasar a la triste historia de los accidentes de tránsito.

Los medios de desplazamiento del futuro, ya sea aéreos, por túneles, cintas, o lo que fuere, deberán ofrecer seguridades del ciento por ciento.

Finalmente, el planeta entero, de polo a polo, deberá presentar desde una nave espacial el aspecto de una colosal esfera jardín.

Lo que no hizo ninguna clase de dios porque los dioses no existen, lo que no pudo construir la burda y ciega naturaleza, debe realizarlo el hombre con su Ciencia y su Tecnología, para transformar este planeta Tierra en una maravilla de la ingeniería, con sus regiones productivas bien delimitadas, poblaciones perfectamente distribuidas, natalidad rigurosamente controlada, extensas reservas ecológicas plenas de exuberante vegetación, praderas ¡de adorno! (no todo para el lucro), inmensas reservas faunísticas, todo con un régimen de lluvias y clima regulados.

La cantidad de *Homo sublimis* deberá ser la adecuada para que cada uno de los individuos viva bien. Mil millones, quinientos millones... no importa la cifra. Esta se determinará de acuerdo con los recursos. No es necesario que el *Homo* se multiplique en cifras astronómicas hasta el hacinamiento.

Esto es una locura. No existe ninguna necesidad de industrializarlo todo y transformar el orbe en una ciudad única. La mitad del globo pude quedar despoblada y reservada a plantas y animales sin problema alguno para el *Homo*. Por el contrario ello redundará indudablemente en su beneficio.

Una vez arreglado el planeta y transformada la defectuosa larva, sólo entonces el hombre superior podrá, ya sin cargo de conciencia alguno, abocarse a soñar, a crear poesía, arte... a disfrutar de la existencia.

Adivino la mofa, el sarcasmo de muchas larvas de *Homo* actuales ante mis ideas, pero no les haga caso amigo lector avanzado, nosotros nos entendemos.

Todo esto será quizá rechazado con carcajadas por la mayoría de los hombres actuales prisioneros de las circunstancias del momento histórico que nos toca vivir. Esto es natural y lógico: el hombre de la Edad Media también hubiera reído estridentemente ante una especulación adelantada sobre el mundo actual.

Tengo plena conciencia de que la receta dada en este libro puede caer en saco roto, y que el futuro se podrá convertir en algo muy distinto de lo que mi imaginación proyecta. Puede que el futuro superhombre, si es que aparece alguna vez, sea una creación que no necesite de la naturaleza: flora ni fauna, ni de paisajes para disfrutar. Quizá se trate entonces de un *Homo* de *civitas-atis*, adaptado genéticamente a vivir en ciudad. Quizás entonces, a consecuencia de ello, el aspecto futuro del planeta no tenga ningún parecido con lo natural y se transforme en una ciudad única, al extremo sofisticada.

Tan sólo propongo, de acuerdo con mis gustos particulares como amante de la naturaleza, pero no de una naturaleza en bruto, hostil y traicionera como lo es la actual, sino de una naturaleza domesticada, es decir una vez rescatado de ella lo mejor, transformada en su resto en inofensiva y acogedora.

5. El poblamiento del sistema solar

Después de haber formulado que, sin dios, sin protección alguna, es el hombre quien deberá construir un mundo mejor y seguro y transformarse a sí mismo desde el ADN en una especie de dios natural sumamente perfecto en base a las ideas de perfección que llevamos adentro (véase cap. XV, 7), aplicadas a todas las futuras creaciones, ¿qué nuevas perspectivas le aguardan al futuro *Homo sublimis* en el concierto universal?

Una vez acondicionada la Tierra con perfectos canales de riego, regulación de las precipitaciones pluviales, dominada toda tempestad devastadora, moderado el clima planetario, impedida de antemano toda posible producción de catástrofes como sequías, inundaciones, granizo, prevenidos los sismos e incendios de bosques y la mortandad de animales, controladas todas las plagas y asegurada la provisión alimentaria para todos, es muy posible que el superhombre se lance hacia el acondicionamiento de los otros 39 cuerpos esféricos que rodean al Sol para ser colonizados. Los más próximos como la Luna, Venus, Mercurio y Marte es posible que sean los primeros en transformarse en habitables. ¿O a la inversa, se crearán nuevas razas de hombres capaces de adaptarse cada cual a su respectivo planeta o luna? ¿O tal vez se construirá genéticamente un tipo de espécimen anaerobio, con cubierta protectora contra todo tipo de radiación letal y altas temperaturas, resistente a distinta intensidad de gravitación, etc., capaz de adaptarse a todo el sistema solar para poblarlo?

Este último, estimo, será muy difícil al principio. Lo más probable es que el futuro superhombre, ya no terráqueo exclusivamente, sino solar (o del sistema solar) acondicione planetas sólidos como Mercurio, Venus, Marte y nuestra Luna, y las lunas de Júpiter, Saturno, Urano y Neptuno mediante creación de atmósferas, semejantes a la terrestre, quizá bajo cubiertas o capas protectoras estratosféricas. O tal vez construya ciudades encerradas bajo techo o cúpulas con ambiente terráqueo, esto es aire, vegetación, riego una vez extraída o creada el agua a partir de los materiales del suelo, además de construcciones de otra índole, parques, transportes, fábricas, comunicaciones, etc.

En cuanto a los grandes planetas tenidos por gaseosos o semisólidos como Júpiter, Saturno, Urano y Neptuno, las ciudades jardín allí podrían ser especies de burbujas flotantes en las inhóspitas atmósferas planetarias o en el interior de estos planetas, o tal vez en órbita alrededor de ellos.

Quizás estas pompas o ampollas con aire, vegetación y ciudades en su interior podrían entrar y salir de los cuerpos planetarios.

6. La colonización galáctica

Si la larva *Homo sapiens*, eterna inquieta, que busca afanosamente nuevos caminos para abrirse paso en el universo ha logrado este mundo moderno de la electrónica, de las naves aéreas y espaciales, ¿que no hará un cerebro multiplicado en su capacidad como el *Homo sublimis*? Ante un campo siempre abierto y novedoso de factibilidades (véase cap. XXIII, 8) es muy posible que se lance fuera del sistema solar para incursionar en otras áreas galácticas a fin de expandir su civilización. Estas incursiones y colonizaciones estimularían aún más sus inquietudes y será mucho, muchísimo lo que aún podrá hacer el hijo excelso del *sapiens* en este microuniverso de galaxias, de modo que el aburrimiento total se hallará siempre lejano. A nuestro Sol, según cálculos, le restan aún unos 5000 millones de años de vida,[4] hay tiempo suficiente para escapar de él antes que envejezca para buscar estrellas más jóvenes con planetas. Ni siquiera el límite por ahora aceptado de velocidad que es el de la luz (300.000 km. por segundo) puede ser un impedimento, pues la civilización terráquea expandida luego por el sistema planetario para transformarse en civilización solar, podrá realizar viajes migratorios sin regreso.

¿Qué es esto? Que si se deseara alcanzar el centro galáctico, por ejemplo, para poblar allí posibles cuerpos planetarios o crear ciudades "burbujas" se tardaría, según cálculos, veintiún años a una velocidad muy próxima a la de la luz. Pero éste es el tiempo que según la relatividad tardarían los viajeros espaciales. En cambio, para los terráqueos que se quedaran en su planeta habrían transcurrido unos 30.000 años.[5]

No obstante, como la longevidad del *Homo sublimis* y sus descendientes podrá ser de cientos de miles de años, aun si regresaran los viajeros hallarían en la Tierra a sus conocidos. ¡Todos en plena juventud!

En cambio, si la exploración se hiciera hacia otras galaxias, más allá aún de la gigantesca Andrómeda distante de nosotros dos millones de años luz, entonces el regreso ya sería más problemático y el enjambre de viajeros colonizadores dispuestos a quedarse allí para siempre no regresarían jamás, para dedicarse a reproducirse y poblar la región ocupada por galaxias alrededor de nuestra Vía Láctea, llamada Grupo Local de galaxias. Esto significa el mentado "viaje sin regreso", como lo han hecho muchos emigrantes terráqueos de un país a otro. Luego,

---

[4] Véase Carl Sagan, *Cosmos*, Barcelona, Planeta, 1983, pág. 301.
[5] Véase en nota 4, *ob. cit.*, pág. 207.

quizás aún más allá... mientras este universo de galaxias no se conturbe y lo permita.

7. Los dioses reales

Si la expansión de este universo de galaxias que he denominado microuniverso, enclavado en un Macrouniverso total, según mi hipótesis de la estructura del Todo (véase cap. V) ha demandado en su expansión un tiempo (nuestro tiempo planetario) de unos 20.000 millones de años — de ser cierta la teoría del *big bang*—, podemos calcular aún muchos miles de millones de años para el máximo de su expansión, y otro tanto en su conjunto para su contracción. De modo que el tiempo que posee por delante el futuro superhombre es fabuloso.

Por otra parte —de no ser cierta la teoría de un universo de galaxias pulsátil, cíclico—, si este microcosmos originado en una explosión o inflación se halla destinado a una expansión sin límites para perderse en el espacio circundante, de igual modo el tiempo que poseerá el *Homo sublimis* para sus invenciones y acciones será extraordinario. Suficiente para escapar a tiempo de todo evento catastrófico local calculado de antemano, de índole anticósmica, por ejemplo.

Este prolongado lapso y las posibilidades de expandirse por un buen número de galaxias le permitirá quizás autotransformarse en un "ser" incorpóreo, pura energía capaz de trasladarse cual haz energético a velocidad relativista de un punto del universo a otro. ¿Incluso superar la velocidad de la luz? Pensemos en los taquiones y su posibilidad (véase cap. III, 8). Sin vehículo alguno podría trasladarse a enormes distancias para "corporificarse" en determinado lugar con figura a elección.

Se trataría de un ente pura inteligencia emanada de un orden autoestablecido en las manifestaciones de la esencia del universo. No como espíritu que ya vimos queda excluido como sustancia en mis hipótesis (véase cap. XIV, 2 y 3), sino como un resultado del potencial transitorio encerrado en los quarks u otra forma de manifestarse la esencia del universo.

Estos entes, puras inteligencias viajeras cual tren de ondas organizado, podrían actuar sobre el medio físico sometiéndolo a sus deseos y a su vez tomarían de ese medio los elementos energéticos necesarios para continuar "dándose el ser" mediante el intercambio semejante a nuestro metabolismo y respiración. Una vez en esta etapa, en el caso de una gran perturbación en el área habitada del universo de galaxias, podrían tener la facultad de pasar a otra dimensión para ponerse a salvo.

Estos serían los verdaderos dioses reales, capaces de crear mundos perfectos donde nadie esté a prueba entre "el bien y el mal", sino tan sólo en el bien.

Epílogo

Hemos llegado así al final de este libro que, según mi visión del mundo, contiene las únicas fórmulas para una existencia mejor.

Tal como lo he anticipado en el prólogo, es el resultado de mis inquietudes. Considero que mi misión en esta vida ha sido hacer el mayor acopio posible de conocimientos mediante la perseverante lectura, ser observador y reflexionar sobre el mundo, la vida y el hombre, elaborar una visión del mundo, y escribir este mensaje para la humanidad.

A lo largo de estas páginas he ofrecido mis ideas acerca de lo esencial del Todo, de lo escondido, impalpable, indetectable, por mí denominado *esencia del universo* que se manifiesta perecederamente en un astronómico número de formas. Entre éstas se halla como una casi nada el proceso viviente, y entre éste estamos nosotros.

He dado a conocer mi hipótesis acerca de la para mí verdadera estructura del universo total.

Introduje los términos *Macrouniverso* y *microuniverso* para denominar respectivamente al Todo, y a los universos en él contenidos como el nuestro formado de galaxias y otros posibles.

He explicado que vivimos sin notarlo en un magno cataclismo. He dado mi concepto sobre la vida como proceso, su evolución y he analizado las posibilidades de su existencia fuera del ámbito terráqueo.

He intentado dar la respuesta al interrogante ¿qué es el hombre? Reduje la problemática de su origen y evolución a la hipótesis del cono o embudo cosmológico. Señalé sus imperfecciones como adaptación física al planeta.

Expuse mis ideas sobre las supuestas sustancias: "materia" y "espíritu", y he dado mi hipótesis sobre la naturaleza del psiquismo. He repasado el mundo de las apariencias en que se mueve el hombre y su mundo de las creencias que le sostienen en la vida. He opinado sobre la filosofía en un breve repaso del tema. He especulado sobre los motivos existenciales del hombre y reflexionado sobre la inmortalidad y la muerte. Expliqué los basamentos de mi ateísmo. Repasé el mundo de las posibilidades. Señalé los fundamentos para considerar al hombre como un error de la naturaleza, sus paradojas, y los factores de supervivencia. He denunciado también el fracaso tanto de las religiones como de las filosofías inventadas por el rico potencial fantasioso y especulativo de la mente humana. Puntualicé que tampoco han tenido éxito pleno las políticas. He valorado la Ciencia y la Tecnología como único medio de eliminar el dolor, el sufrimiento y la injusticia en el planeta, y de lograr la autoperfección humana, y he ofrecido para la humanidad las fórmulas del presente y del futuro.

Con esto creo haber cumplido con mi misión en la existencia, durante la cual me he convencido de que en este mundo casi todo está mal, aún un amor asentado o justificado en una contrapartida: el odio que no debiera existir, sino sólo el amor; que el hombre vive a la "buena de un dios" que no existe, sin planificación alguna, a la deriva azarosa, en un mundo donde todo se improvisa sobre la marcha y donde "el ser que cae en la existencia" puede hallar tanto fortuna como desdicha librado al azar.

Sin dios alguno, ubicados en un proceloso mundo imperfecto lleno de accidentes, catástrofes, agresiones e incomodidades, y siendo nosotros también un proceso fallido de la naturaleza, plagado de lacras que nos hacen casi "devorarnos" los unos a los otros bajo la implacable "ley de la selva", he arribado a la conclusión de que al mundo, tal como está, es necesario borrarlo de un plumazo para reemplazarlo por otro mejor y que es el conocimiento científico bien empleado, junto con la inteligencia y nuestras innatas ideas de perfección a ser materializadas, el único tesoro que posee el hombre, mediante el cual éste puede transformarse en el mítico ángel bueno sin vestigios de maldad y erradicar el dolor y la injusticia para siempre del ámbito destinado a ser colonizado por mi hipotético y futurible *Homo sublimis* en nuestra galaxia y aún más allá.

Quizás, alguna vez, "floten" en el espacio dioses reales, frutos de aquel primitivo soñador, polifacético, contradictorio, ya extinguido y lejano *Homo sapiens*, que supiera aprovechar con inteligencia los recursos que le brindaba el entorno para transformarse en un ser sublime.

Bibliografía

Antropología

Beals, Ralph L. y Hoijer, Harry: *Introducción a la antropología*, Madrid, Aguilar, 1976.

Bock, Philip K.: *Introducción a la moderna antropología cultural*, Madrid, Fondo de Cultura Económica, 1977.

Hoebel, E. Adamson: *El hombre en el mundo primitivo*, Barcelona, Omega, 1961.

Jelinek, Jan: *Enciclopedia ilustrada del hombre prehistórico*, México, Extemporáneos, impreso en Praga, Checoslovaquia, 1975.

Mason, J. Alden: *Las antiguas culturas del Perú*, México, Fondo de Cultura Económica, 1969.

Morley, Sylvanus G.: *La civilización maya*, México, Fondo de Cultura Económica, 1972.

Vaillant, George C.: *La civilización azteca*, México, Fondo de Cultura Económica, 1973.

Antropología filosófica

Buber, Martin: *¿Qué es el hombre?*, México, Fondo de Cultura Económica, 1983.

Schoeps, Hans Joachim: *¿Qué es el hombre?*, Buenos Aires, EUDEBA, 1979.

Arqueología

Kauffmann Doig, Federico: *Manual de arqueología peruana*, Lima-Perú, Peisa, 1973.

Astronomía

Bürgel, Bruno H.: *Los mundos lejanos*, Barcelona, Labor, 1952.

Ducrocq, Albert: *La aventura del cosmos*, Barcelona, Labor, 1968.

Laplace, Pedro S.: *Breve historia de la astronomía*, Buenos Aires, Espasa Calpe, 1947.

Papp, Desiderio: *Más allá del sol...*, Buenos Aires, Espasa Calpe, 1947.

Puig, Ignacio: *¿Qué es la física cósmica?*, Buenos Aires, Espasa Calpe, 1946.

438   LA ESENCIA DEL UNIVERSO

Rudaux, Lucien y De Vaucouleurs, Gérard: *Astronomía*, Barcelona, Labor, 1962.
Sagan, Carl: *Cosmos*, Barcelona, Planeta, 1983, 7ª. ed.

Biología

Balinsky, B. I.: *Introducción a la embriología*, Barcelona, Omega, 1965.
Charpentier, P. G.: *Los microbios*, Barcelona, Labor, 1931.
Dodson, Edward O.: *Evolución, proceso y resultado*, Barcelona, Omega, 1963.
Fernández Galiano, E.: *Los fundamentos de la biología*, Barcelona, Labor, 1945.
Jastrow, Robert: *El telar mágico*, Barcelona, Salvat, 1985.
Majovko, V. V. y Makarov, P. V.: *Biología general*, México, Grijalbo, 1964.
Montagna, William: *Anatomía comparada*, Barcelona, Omega, 1964.
Oparin, A. I.: *El origen de la vida*, México, Grijalbo, 1968.
Weisz, Paul B.: *Biología*, Barcelona, Omega, 1958.

Botánica

Esau, Katherine: *Anatomía vegetal*, Barcelona, Omega, 1967.
Fernández Riofrío, B.: *Introducción a la botánica*, Barcelona, Labor, 1942.
Francé, R. H.: *La maravillosa vida de las plantas*, Barcelona, Labor, 1949.
Gola, Giuseppe; Negri, Giovani y Cappelletti, Carlo: *Tratado de botánica*, Barcelona, Labor, 1961.
Hill, J. Ben; Overholts, Lee O.; Popp, Henry W. y Grove, Alvin R. Jr.: *Tratado de botánica*, Barcelona, Omega. s/f.

Cosmobiología

Erben, Heinrich K.: *Estamos sólos en el Cosmos*, Barcelona, Planeta, 1985.
Michel, Aimé: *Los misteriosos platillos volantes*, Barcelona, Pomaire. s/f.
Ribera, Antonio: *El gran enigma de los platillos volantes*, Barcelona, Plaza y Janés, 1975.
Sagan, Carl: *Comunicación con inteligencias extraterrestres*, Barcelona, Planeta, 1980.
Sagan, Carl y Shklovskii, I. S.: *Vida inteligente en el universo*, Barcelona, Reverté, 1981.
Vadas, Ladislao: *Naves extraterrestres y humanoides. Alegato contra su existencia*, Buenos Aires, Imprima, 1978.
Vallée, Jacques y Vallée, Janine: *Fenómenos insólitos del espacio*, Barcelona, Pomaire, 1967.

Cosmología

Davies, Paul: *El universo desbocado,* Barcelona, Salvat, 1985.
— *La frontera del infinito,* Barcelona, Salvat, 1985.
Durham, Frank y Purrington, Robert O.: *La trama del universo,* México, Fondo de Cultura Económica, 1989.
Hawking, Stephen W.: *Historia del tiempo* (Título original: *A brief history of time. From the Big Bangs to Black Holes),* Buenos Aires, Crítica, 1988.
Koyré, Alexandre: *Del mundo cerrado al universo infinito,* México, Siglo XXI, 1982.
Popper, Karl R.: *Teoría cuántica y el cisma en física,* Madrid, Tecnos, 1985.

Cristología

Allegro, John M.: *Droga, mito y cristianismo,* Buenos Aires, Rescate, 1985.
— *La historicidad de Jesús y los rollos del Mar Muerto,* Buenos Aires, Rescate, 1986.
Ambelain, Robert: *El hombre que creó a Jesucristo,* Barcelona, Martínez Roca, 1985.
— *Jesús o el secreto mortal de los templarios,* Barcelona, Martínez Roca, 1986.
Celia, I. Vicente: *¿Qué es la Biblia?,* Buenos Aires, Claridad, 1987.
Faber-Kaiser, Andreas: *Jesús vivió y murió en Cachemira,* Barcelona, A.T.E. 1976.
Fromm, Erich: *El dogma de Cristo,* México, Paidós, 1988.
Griese, Franz: *La desilusión de un sacerdote. La verdad científica sobre la religión cristiana,* Buenos Aires, Claridad, s/f.
Renán, Ernesto: *Vida de Jesús,* Madrid, Edaf, 1985.
Strauss, David Federico: *Nueva vida de Jesús,* Buenos Aires, Biblioteca Nueva, 1943.
Vadas, Ladislao: *El cristianismo al descubierto,* Buenos Aires, Claridad, (en preparación).

Ecología

Clarke, George L.: *Elementos de ecología,* Barcelona, Omega, 1958.
Dorst, Jean: *Antes que la naturaleza muera,* Barcelona, Omega, 1972.
Margalef, Ramón: *Ecología,* Barcelona, Omega, 1986.

440   LA ESENCIA DEL UNIVERSO

Ensayos varios

Asimov, Isaac: *Las amenazas de nuestro mundo*, Barcelona, Plaza y Janés, 1980.
Bunge, Mario: *Causalidad*, Buenos Aires, EUDEBA, 1972.
Calder, Ritchie: *El hombre y el Cosmos*, Caracas, Venezuela, Monte Avila, 1969.
Davies, Paul: *Otros mundos*, Barcelona, Antoni Bosch, 1983.
Ditfurth, Hoimar von: *No somos sólo de este mundo. Ciencia y religión no se excluyen ni contradicen*, Barcelona, Planeta, 1983.
Erben, Heinrich K.: *¿Se extinguirá la raza humana?*, Barcelona, Planeta, 1982.
Feyerabend, Paul: *Adiós a la razón*, Madrid, Tecnos, 1987.
Fromm, Erich: *Y seréis como dioses*, México, Paidós, 1984.
— *¿Podrá sobrevivir el hombre?*, Buenos Aires, Paidós, 1973.
Haeckel, Ernesto: *Los enigmas del universo*, Valencia, Sempere, s/f.
Koyré, Alexandre: *Estudios de historia del pensamiento científico*, México, Siglo XXI, 1982.
Lorenz, Konrad: *La otra cara del espejo*, Barcelona, Plaza y Janés, 1974.
Monod, Jacques: *El azar y la necesidad*, Barcelona, Tusquets, 1985.
Moody, Raymond A. Jr.: *Vida después de la vida*, México, Edaf, 1982.
Morris, Desmond: *El mono desnudo*, Barcelona, Plaza y Janés, 1985.
Prigogine, Ilya: *¿Tan sólo una ilusión?*, Barcelona, Tusquets, 1988.
Sagan, Carl: *El cerebro de Broca*, Buenos Aires, Grijalbo, 1982.
— *Los dragones del Edén*, Buenos Aires, Grijalbo, 1982.
Sotto, Alain y Oberto, Varinia: *Más allá de la muerte*, Madrid, Edaf, 1984.
Teilhard de Chardin, Pierre: *El fenómeno humano*, Madrid, Tecnos, 1974.
Unamuno, Miguel de: *Del sentimiento trágico de la vida*, Madrid, Espasa Calpe, 1985.
Vadas, Ladislao: *El universo y sus manifestaciones*, Buenos Aires, Sapiencia, 1983.
— *Diálogo entre dos inteligencias cósmicas*, Buenos Aires, Tres Tiempos, 1984.

Etología

Dawkins, Richard: *El gen egoísta*, Barcelona, Salvat, 1985.
Eibl-Eibesfeldt, Iranäus: *Etología*, Barcelona, Omega, 1974.
Lorenz, Konrad y Leyhausen, Paul: *Biología del comportamiento. Raíces instintivas de la agresión, el miedo y la libertad*, México, Siglo XXI, 1979.
Lorenz, Konrad: *Evolución y modificación de la conducta*, México, Siglo XXI, 1979.
Mainardi, Danilo: *El animal cultural*, Buenos Aires, Sudamericana, 1976.

Thorpe, W. H.: *Naturaleza animal y naturaleza humana*. Madrid, Alianza, 1980.

Filosofía

Aristóteles: *Obras completas*, Buenos Aires, Omeba, 1967 (4 tomos).
Caturelli, Alberto: *La filosofía*, Madrid, Gredos, 1966.
Cusa, Nicolás de: *La docta ignorancia*. Buenos Aires, Aguilar, 1981.
Descartes, René: *Discurso del método - Meditaciones metafísicas - Reglas para la dirección el espíritu - Principios de filosofía*, México, Porrúa, 1980.
Fichte, Johann Gottlieb: *Doctrina de la ciencia*, Buenos Aires, Aguilar, 1975.
González Alvarez, Angel: *Manual de historia de la filosofía*. Madrid, Gredos, 1964.
Hegel, G. W. F.: *Fenomenología del espíritu*, México, Fondo de Cultura Económica, 1971.
Heidegger, Martín: *El ser y el tiempo*. México, Fondo de Cultura Económica, 1971.
Hirschberger, Johannes: *Historia de la filosofía*, Barcelona, Herder, 1968 (2 tomos).
Hume, David: *Tratado de la naturaleza humana*, Buenos Aires, Paidós, 1974.
Kant, Immanuel: *Crítica de la razón pura*, Madrid, Clásicos Bergua, 1970 (2 tomos).
Leibniz, Gottfried: *Monadología*. Buenos Aires, Aguilar, 1980.
Locke, John: *Ensayo sobre el entendimiento humano*, Buenos Aires, Aguilar, 1982.
Nietzsche, Federico: *Obras completas*, Buenos Aires, Aguilar, 1965 (5 tomos).
Platón: *Obras completas*, Madrid, Aguilar, 1981.
Sartre, Jean-Paul: *El ser y la nada*, Buenos Aires, Losada, 1989.
Scheler, Max: *El puesto del hombre en el cosmos*, Buenos Aires, Losada, 1984.
Welte, Bernhard: *El hombre entre lo finito e infinito*, Buenos Aires, Guadalupe, 1983.

Física

Bunge, Mario: *Controversias en física*, Madrid, Tecnos, 1983.
Davies, Paul: *Superfuerza*, Barcelona, Salvat, 1985.
Kaplan, Irving: *Física nuclear*, Madrid, Aguilar, 1970.
Labin, Edouard: *La liberación de la energía atómica*, Buenos Aires, Espasa Calpe, 1946.

Rae, Alastair: *Física cuántica: ¿Ilusión o realidad?*, Madrid, Alianza, 1988.
Trefil, James S.: *De los átomos a los quarks*, Barcelona, Salvat, 1985.
White, Harvey E.: *Física moderna universitaria*, Barcelona, UTEHA, 1965.

Genética

Sinnot, Edmund W.; Dunn, Leslie C., y Dobzhansky, Theodosius: *Principios de genética*, Barcelona, Omega, 1961.
Stern, Curt: *Principios de genética humana*, Barcelona, El Ateneo, 1963.

Geología

Gheyselinck, R.: *La Tierra inquieta*, Barcelona, Labor, 1948.
Read, H. H. y Watson, Janet: *Introducción a la geología*, Madrid, Alhambra, 1973.

Historia

Pirenne, Jaques: *Historia del antiguo Egipto*, Barcelona, Océano, 1980 (3 tomos).
— *Historia universal* (10 tomos).
Toynbee, Arnold: *La gran aventura de la humanidad*, Buenos Aires, Emecé, 1985. (Título original: *Mankind and Mother Eart*, Oxford University Press, 1976).
Varios autores: *Historia universal Marín*, Barcelona, Marín, 1973 (6 tomos).

Medicina

Boyd, William: *Tratado de patología*, Buenos Aires, El Ateneo, 1968.
Houssay, Bernardo y colaboradores: *Fisiología humana*, Buenos Aires, El Ateneo, 1969.
Latarjet, M. y Ruiz Liard, A.: *Anatomía humana*, Buenos Aires, Panamericana, 1983 (2 tomos).

Paleontología

Koenigswald, G. H. R. von: *Los hombres prehistóricos*, Barcelona, Omega, 1960.
Meléndez, Bermudo: *Manual de paleontología*, Madrid, Paraninfo, 1955.
Swinnerton, H. H.: *Elementos de paleontología*, Barcelona, Omega, s/f.
Teilhard de Chardin, Pierre: *La aparición del hombre*, Madrid, Taurus, 1967.

Parapsicología

Quevedo, Oscar G.: *Qué es la parapsicología*, Buenos Aires, Columba, 1971.
Schrenck-Notzing, Albert Freiherr von: *Problemas básicos de la parapsicología*, Buenos Aires, Troquel, 1976.

Psicoanálisis

Fenichel, Otto: *Teoría psicoanalítica de las neurosis*, Buenos Aires, Paidós, 1964.
Fromm, Erich: *Anatomía de la destructividad humana*, México, Siglo XXI, 1975.
— *El miedo a la libertad*, Buenos Aires, Paidós, 1987.
— *La crisis del psicoanálisis*, Barcelona, Paidós, 1984.
— *Psicoanálisis de la sociedad contemporánea*, México, Fondo de Cultura Económica, 1974
— *¿Tener o ser?*, Buenos Aires, Fondo de Cultura Económica, 1986.

Psicología

Ellemberger, Henri F.: *El descubrimiento del inconsciente (Historia y evolución de la psiquiatría dinámica)*, Madrid, Gredos, s/f.
Krech, David: Crutchfield, Richard S. y Livson, Norman: *Elementos de psicología*, Madrid, Gredos, s/f.
Popper, Karl R. y Eccles, John C.: *El yo y su cerebro*, Barcelona, Labor, 1985.
Zutt, Jurg: *Psiquiatría antropológica*, Madrid, Gredos, s/f.
Wyss, Dieter: *Las escuelas de psicología profunda desde sus principios hasta la actualidad (Evolución - Problemas - Crisis)*, Madrid, Gredos, s/f.

Química

Babor, Joseph A. e Ibars, José: *Química general moderna*, Barcelona, Marín, 1965.
Fruton, Joseph y Simmonds, Sofia: *Bioquímica general*, Barcelona Omega, 1961.

Religión

Conze, Edward: *El budismo. Su esencia y su desarrollo*, México, Fondo de Cultura Económica, 1978.

De la Grasserie, R. y Kreglinger, R.: *Psicología de las religiones. Evolución religiosa de la humanidad*, México, Edic. Pavlov, s/f.

Farré, Luis: *Filosofía de la religión*, Buenos Aires, Losada, 1969.

Ferriere, Emilio: *Errores científicos de la Biblia*, Madrid, D. Jorro, 1904.

— *Los mitos de la Biblia*, Madrid, D. Jorro, 1904.

Freud, Sigmund: *El porvenir de una ilusión*, en *Obras completas*, volúmen XXI, Buenos Aires, Amorrortu, 1986.

— *Moisés y la religión monoteísta*, en *Obras completas*, volúmen XXIII, Buenos Aires, Amorrortu, 1986.

Griese, Franz: *Herejías católicas*, Buenos Aires, Claridad, s/f.

Humprhreys, C.: *Explorando el budismo*, Buenos Aires, Dédalo, 1975.

Johnson, Paul: *La historia del cristianismo*, Buenos Aires, Javier Vergara, 1989.

La santa Biblia, Antigua versión de Cipriano de Valera, Madrid, Depósito central de la Sociedad Bíblica, 1917.

Lepp, Ignace: *Psicoanálisis del ateísmo moderno*, Buenos Aires, Lohlé, 1963.

Lindsey, Hal: *Satanás vivo y activo en el planeta Tierra*, Maracaibo, Venezuela, Libertador, 1978.

Lloyd-Jones, D. Martyn: *¿Por qué lo permite Dios?*, Misiones (Argentina), Hebrón, 1985.

Nietzsche, Friedrich: *El anticristo*, Buenos Aires, Ed. LL, 1968.

Plejanov, G. V.: *Ensayos sobre el ateísmo y la religión*, Madrid, Júcar, 1982.

Regnault, François: *Dios es inconsciente*, Buenos Aires, Manantial, 1986.

Russell, Bertrand: *Por qué no soy cristiano*, Buenos Aires, Sudamericana, 1971.

Sagrada Biblia, Franquesa, Pedro (Prof. de Antiguo Testamento) y Solé, José (Prof. de Nuevo Testamento), Barcelona, Regina, 1978.

Straubinger, Juan: *El Nuevo Testamento*, Buenos Aires, Domo, 1979.

Tillich, Paul: *La era protestante*, Buenos Aires, Paidós, 1965.

— *Pensamiento cristiano y cultura de Occidente*, Buenos Aires, La Aurora, 1976 (2 tomos).

Vadas, Ladislao: *El origen de las creencias*, Buenos Aires, Claridad (en prensa).

Teología

González Alvarez, Angel: *Tratado de metafísica. Teología natural*, Madrid, Gredos, 1968.

Grison, Michel: *Teología natural o Teodicea*, Barcelona, Herder, 1968.

Javaux, J.: *¿Dios demostrable?* Barcelona, Herder, 1971 (Título en francés: *Prouver Dieu?*, Desclée, París - Tournai, 1967).

Küng, Hans: *¿Existe Dios?*, Madrid, Cristiandad, 1979 (Título en alemán:

Existier Gott?, Munich, R. Piper, 1978).

Maréchal, Joseph: *El punto de partida de la metafísica* (cuaderno V), Madrid, Gredos, s/f.

Tomás de Aquino: *Suma contra los gentiles*, México, Porrúa, 1977.

— *Suma teológica*, Madrid, BAC, 1947.

Vadas, Ladislao: *Razonamientos ateos. Una antiteología*, Buenos Aires, Meditación, 1987.

Zoología

Arévalo, Celso: *La vida en las aguas dulces*, Barcelona, Labor, s/f.

Bertin, León: *La vida de los animales*, Barcelona, Labor, 1970 (2 tomos).

Böhmig, Ludwig: *Zoología I (Invertebrados)*, Barcelona, Labor, 1948.

D'Ancona, Humberto: *Tratado de zoología*, Barcelona, Labor, 1960 (2 tomos).

Fernández Galiano, E.: *Los animales parásitos*, Barcelona, Labor, 1943.

Frisch, Karl von: *La vida de las abejas*, Barcelona, Labor, 1957.

Goetsch, Wilhelm: *La vida social de las hormigas*, Barcelona, Labor, 1957.

Lozano Rey, Luis: *Los vertebrados terrestres*, Barcelona, Labor, s/f.

Ross, Herbert H.: *Introducción a la entomología general y aplicada*, Barcelona, Omega, 1964.

Sanderson, Ivan T.: *Los mamíferos*, Barcelona, Seix Barral, 1962.

Schmidt, Karl P. e Inger, Robert F.: *Los reptiles*, Barcelona, Seix Barral, 1960.

Storer, Tracy J. y Usinger, Robert L.: *Zoología general*, Barcelona, Omega, s/f.

Indice onomástico y temático

Impreso y encuadernado en GRAFICA GUADALUPE
Av. San Martín 3773 (1847) Rafael Calzada
en el mes de **agosto** de 1991